Dark Canopy

Jennifer Benkau lebt mit ihrem Mann, vier Kindern und zwei Hunden inmitten lauter Musik und vieler Bücher im Rheinland. Nachdem sie in ihrer Kindheit Geschichten in eine Schreibmaschine gehämmert hatte, verfiel sie pünktlich zum Erwachsenwerden in einen literarischen Dornröschenschlaf, aus dem sie zehn Jahre später, an einem verregneten Dezembermorgen, von ihrer ersten Romanidee stürmisch wachgeküsst wurde. Von dem Moment an gab es kein Halten mehr.

Jennifer Benkau

dark canopy

Roman

Veröffentlicht im Carlsen Verlag
Dezember 2015
Mit freundlicher Genehmigung des Loewe Verlages

Script5 ist ein Imprint der Loewe Verlag GmbH, Bindlach
Umschlagfotos: iStockphoto.com © cloki; shutterstock.com
© Nagy Melinda; Getty Images © Nicholas Homrich
Umschlaggestaltung: formlabor unter Verwendung des Entwurfs
von Christian Keller
Corporate Design Taschenbuch: bell étage
Druck und Bindung: CPI books GmbH, Leck
ISBN 978-3-551-31455-0
Printed in Germany

ich weiß nicht, womit die menschen
im dritten weltkrieg kämpfen. aber im vierten
werden es keulen und steine sein.

albert einstein

intro

Ich hatte immer behauptet, der erste Percent, der in meinen Wurfradius tritt, würde ihn nicht lebend verlassen.

Aber es kam alles ganz anders.

Der Griff des Messers schmiegte sich in meine Handfläche, als wäre die Waffe für mich gemacht. Meine Schwester Penny hatte das Holz mit Baumwollstreifen umwickelt, die meinen Schweiß aufsaugen sollten. Meine Hände schwitzten immer; ein ernst zu nehmendes Handicap, wenn man nur mit einem Messer richtig umgehen kann und ansonsten über keine nennenswerten Stärken verfügt. Unter dem von Salzflecken überzogenen Stoff war mein Name eingeritzt. Dumm, das wusste ich selbst. Aber etwas Kostbares wie eine Waffe rief Neider auf den Plan und die Buchstaben im Holz konnten mich als Eigentümerin ausweisen. Oder mich verraten. Waffen waren ebenso begehrt wie verboten.

Zwischen den verknoteten Zweigen des Dornbusches hindurch beobachtete ich, wie er näher kam. Er war furchterregend. Und er sah aus, wie alle Percents aussahen: einen halben Kopf größer als ein durchschnittlicher Mann, schlank, aber muskulös. Makellose Gesichtszüge wie aus Holz geschnitzt, man konnte den einen kaum vom anderen unterscheiden. An seinem kurzen Zopf erkannte ich, dass er ein Varlet war, also noch nicht vollständig ausgebildet. Je höher ihr Rang, desto länger durften sie ihr Haar tragen. Dieser hier war jung.

Für uns waren sie alle gleich: ein gutes Ziel für unsere Waffen.

Der Varlet trat einen weiteren Schritt vor, hob einen dicht begrünten Zweig an und lugte darunter, als suchte er nach Beeren. Natürlich tat er nichts dergleichen. Er wollte mich täuschen. Ich wusste, dass er meine Anwesenheit roch. Sie nahmen Gerüche über ihre Haut auf. Daher trugen sie auch bei Kälte nur ärmellose Hemden, die außerdem die Muskulatur betonten, was uns ihre körperliche Überlegenheit demonstrieren sollte.

In der Düsternis, die Dark Canopy über das Land gelegt hatte, sah er besser als ich, trotzdem entdeckte er mich nicht. Ich kauerte in einer Mulde unter den bräunlichen Blättern des Busches und meine dunkle Kleidung und konsequente Unbeweglichkeit tarnten mich. Er kam so nah, dass ich das leichte Beben seiner Haut bemerkte, das sein Wittern verriet. Ganz sicher wusste er, dass ich da war. Aber ob er auch ahnte, wie nah?

Ich hielt die Luft an und nahm den Messergriff in die linke Hand, wischte mir Daumen und Zeigefinger der rechten an der Hose ab.

Zwei Meter trennten uns. Ich traf jedes noch so magere Karnickel auf zehn Meter. Und dieses Karnickel war ein Meter neunzig groß, hatte hellbraune, überaus verletzliche Haut und anthrazitfarbene Augen mit schlitzförmigen Pupillen. Schlangenaugen, die in meine Richtung sahen, als meine Finger die Messerklinge umfassten und ich die Waffe zum Wurf über die Schulter hob. Für einen Moment stand er wie erstarrt. Und ich ebenso. Keine Bewegung, kein Atmen, kein Hautbeben.

Wirf!, befahl ich mir. Nur ein Karnickel, ein Percent. Einer von Tausenden. Der Feind.

Am Rande meines Blickfelds nahm ich wahr, dass seine Hände leer waren. An seinem Gürtel steckte keine Waffe, nur ein Communicator. Er blinkte nicht, war nicht auf Empfang.

Später redete ich mir manchmal ein, dass ich deshalb gezögert hatte. Weil ich Lunte roch. Denn warum ging ein junger Percent schon allein und unbewaffnet in die Wildnis?

Tatsächlich aber warf ich nicht, weil ich gelähmt war, in ebenjenem Moment, als er meinen Blick aus seinen ausdruckslosen Augen erwiderte. Dann schloss er die Lider, hob das Kinn und ich erkannte, dass es die Wahrheit war, was man über sie sagte. Er kannte keine Angst und ging aufrecht in den Tod.

Natürlich tat er das. Er war nur einer von Tausenden, kein Individuum. Er würde ersetzt werden, sein Sterben hatte keine Bedeutung. Für niemanden. Weder für die Triade, ihre Präsidenten noch für die Städter oder uns Rebellen würde sein Tod etwas ändern. Niemand würde um ihn trauern, ihm selbst war sein Leben egal.

Der Messergriff schlug gegen mein Ohr, so sehr zitterte meine Hand. Mir war es nicht egal.

Unter meinen Knien brachen kleine Zweige, als ich rückwärtskroch. Laub knisterte, es klang wie Feuer und fühlte sich ebenso gefährlich an. Ich hatte schon ein paar Meter zwischen uns gebracht, als er die Augen öffnete. Ich sprang auf, machte schnellere Schritte nach hinten, geriet ins Straucheln, konnte einen Sturz aber gerade noch verhindern. Er starrte mir nach. Jeden Moment würde er lossprinten. Mein erster Fehler würde mein letzter werden.

Versagt. Das Wort donnerte mir mit jedem Pulsschlag durch den Leib. *Versagt, versagt, versagt.*

Ich stieß mit dem Rücken an einen Baum. Mich herumzuwerfen und zu rennen würde keinen Sinn ergeben. Sie waren unglaublich schnell. Doch ich konnte ihn immer noch treffen. Ich fasste das Messer wieder an der Klinge. Auf die Entfernung würde er ihm ausweichen können, aber vielleicht wagte er sich nicht näher, wenn ich drohte zu werfen. Hoffentlich.

Erneut hatte ich mich geirrt.

Es kostete ihn nur zwei Schritte Anlauf, um mit einem Sprung mühelos über das Gebüsch zu setzen. Dabei hielt er seinen Blick und all seine Konzentration auf meine Waffe gerichtet, die Hände mit gespreizten Fingern auf Höhe seines Halses erhoben. Es war keine Geste, die mich beschwichtigen sollte. Meine Kehle stellte das Ziel seiner Hände dar.

Ich riss das Messer so schnell hoch, dass es mir fast zwischen den Fingern hindurchgerutscht und nach hinten geflogen wäre. Im nächsten Moment zischte meine Waffe auf ihn zu. Es dauerte nur den Bruchteil einer Sekunde, und doch viel zu lange. Ich glaubte, die Reflexion der silbrigen Klinge in seinen Augen funkeln zu sehen. Dann hörte ich ein Klatschen, einen Augenblick Totenstille und schließlich keuchte er auf. Doch getroffen hatte ich ihn nicht. Er hielt mein Messer zwischen den Handflächen unmittelbar vor seiner Stirn und atmete schwer. Ein Blutstrom rann von seinem Handballen die angewinkelten Unterarme hinab.

Im nächsten Moment stand er direkt vor mir.

Meine eigenen Atemgeräusche versetzten mich in Panik. Vier oder fünf wie abgehackte H klingende Geräusche pressten die Luft aus meinen Lungen, ihnen folgte ein langes, pfeifendes »Hhhüü«, mit dem ich sie wieder einsog. Ich sah die Bewegungen seiner Kiefermuskeln, als er die Zähne zusammenbiss, sah seine Halsschlagader anschwellen. Er hielt mein Messer direkt vor meine Nase, seine Faust um die Klinge geschlossen. Mehr Blut tropfte. *Pffscht, pffscht, pffscht.*

Ich drohte von meinem eigenen Herzen k. o. geschlagen zu werden und rief mir vor Augen, wie er mir gegenübergestanden hatte, als ich die Waffe noch auf ihn gerichtet hielt. Ich wollte ebenso furchtlos sein. Trotz erfüllte mich und ich hob den Kopf, lehnte ihn gegen den Baumstamm hinter mir und presste die Lider zusammen. Er sollte sehen, dass ein Mensch ebenso stark sein konnte wie ein gefühlskalter Percent.

Sie mochten keine Angst kennen – dafür kannten wir Mut.

»Mach es schnell«, sagte ich, so fest ich konnte.

»Warum sollte ich?«

Seine Stimme traf mich wie ein Schlag. Sie sprachen alle mit der gleichen Stimme. Aus irgendeinem Grund hatte ich angenommen, er wäre anders. Ein besonderer Percent sollte mich töten, nicht einer von Tausenden. Doch würde er mich überhaupt töten? Manchmal holten sie sich junge, schöne Frauen aus den Städten – zum Vergnügen, zum Zeitvertreib. Manche hatten Glück und mussten ihnen nur als Dienerinnen zur Verfügung stehen. Andere –

»Warum?«, wiederholte er schroff. »Sprich!«

Der Gedanke, er könnte mich mitnehmen, ließ den kleinen Knoten aus Schauerlegenden in meinem Hals zu saurer Furcht anschwellen. Ich wollte lieber sterben, als ein Spielzeug dieser Mutanten zu werden, und ich verließ mich nicht darauf, dass meine mickrige Statur und die Narbe, die mir Unterlippe und Kinn teilte, mich schützen würden. Ganz sicher war ich nicht schön. Aber womöglich schön genug.

»Ich hätte dich umlegen können und habe es nicht getan. Du bist mir etwas schuldig, Percent.« Ich spie ihm das Wort mit Spucke vor die Brust.

Einen Sekundenbruchteil später fegte mich ein gewaltiger Schlag zu Boden. Es dauerte einen Moment, bis ich realisierte, dass er mich mit dem Faustrücken umgehauen hatte. Alles war voller Blutspritzer, sie stammten von seiner Hand sowie aus meinen Lippen. Schmerz brüllte in meinem Kiefer und ich konnte den Mund nicht schließen. Speichel lief mir mit Blut vermischt übers Kinn. Ich sah das wellenartige Zucken seiner Haut, die auf den Geruch reagierte.

Der einbeinige Laurencio, der den Jüngeren von uns Lesen und Schreiben beibrachte, hatte einmal behauptet, die Percents würden Menschen bei lebendigem Leib fressen, wenn das Blut sie erst berauschte. »Damit es so richtig spritzt«, hatte er mit gesenkter Stimme erzählt, »lassen sie ihr Opfer möglichst lange am Leben, wenn sie es verspeisen.« Die anderen Erwachsenen sagten zwar oft, Laurencio wäre ein Spinner, aber an diesem Tag hatten sie nicht widersprochen.

Ich grub die Finger in Laub und Erde, tastete verzweifelt nach etwas, das ich als Waffe nutzen konnte. Da war nichts. Nur tote Blätter. Der Percent starrte auf mich herab. Den Kopf schief gelegt, verzog er einen Mundwinkel zu einem höhnischen Grinsen. Wir wussten beide, dass ich verloren war. Teile meines Körpers fielen vor Angst in Ohnmacht, allen voran meine Blase. Ich machte mir in die Hose und schämte mich. Ich schämte mich vor einem Percent – beim Licht der Sonne noch mal! Vor Wut entfuhr mir ein Schluchzen.

Doch plötzlich vibrierte der Comm an seinem Gürtel. Ich wusste nicht, warum, aber der Percent warf gehetzte Blicke in alle Richtungen, atmete dann auf, drehte sich um und verschwand mit einigen hastigen Sprüngen im Wald. Mein Messer nahm er mit, ebenso meinen Stolz. Den Rest von meinem Leben – und das war zu diesem Zeitpunkt nicht mehr viel – ließ er auf dem vollgepinkelten Waldboden zurück.

• • •

Zu meiner eigenen Verwunderung lief ich nicht nach Hause. Stattdessen schlich ich mich tiefer in den Wald, wenn auch in die entgegengesetzte Richtung wie der Percent. Ich war unbewaffnet und meine Nase lief. Es war mir gleich. Sollten sie doch kommen, die clanfreien Vagabunden, die wilden Hunde und die Mutantratten! Ich summte kaum hörbar ein Lied, das Matthial manchmal pfiff, und war froh, dass er nicht in der Nähe war und mich so sah.

Was war ich nur für eine Kriegerin. Wie erbärmlich meine erste Schlacht verlaufen war! Die Chance zu glänzen war verpufft. Ich hatte versagt.

Beim Bach zog ich Stiefel, Strümpfe und die Jacke aus und ging mit der Hose ins Wasser, um sie zu säubern. Sie auszuziehen, wagte ich nicht. Ich wusch das Blut ab und kühlte meinen Kiefer. Danach zwang ich mich heim und sammelte auf dem Weg ein paar Pilze, um meine Hände zu beschäftigen. Bei jedem, den ich aufhob, sagte ich in Gedanken auf, was ich über diesen Pilz wusste. Wie er hieß, wie er zubereitet wurde, wer aus unserem Clan ihn am liebsten aß.

Der Hexenröhrling schmeckte am besten mit Schmalz und Kräutern gebraten, eignete sich aber nicht für Kinder und Alte, da er schwer verträglich war.

Ich lebte noch. Ohne Messer.

Steinpilze, eine Leibspeise meiner besten Freundin Amber. Ließen sich wunderbar trocknen, wenn sie nicht vorher aufgegessen wurden.

Ich hätte einen Varlet töten können und habe es nicht getan.

Ein Parasolpilz von der Größe eines Suppentellers. Mit altem Brot paniert und gebacken würde er zwei oder drei Leute satt machen.

Der Varlet hatte mich laufen lassen.

Ich musste mich ablenken, aber es funktionierte nicht.

Zu wenige Pilze. Zu viele Meter zwischen ihnen. Zu oft der Gedanke, dass der Percent mein Messer hatte. Und damit meinen Namen, meinen richtigen Namen.

• • •

Hinter den Hagebuttensträuchern tauchte die Coca-Cola-Werbetafel, die die Front der alten Fabrik bedeckte, vor mir aus dem Halbdunkel auf. Sie machte unser Hauptquartier zum buntesten Gebäude weit und breit. Die Farbe war abgeblättert, aber wenn man bedachte, dass schon seit mehr als dreißig Jahren nichts mehr daran gemacht worden war, sah das Haus immer noch schön aus. Ein bisschen Rot, ein bisschen Weiß, und sogar der Schriftzug ließ sich noch erkennen.

Die anderen Clans nannten es selbstgefällig, dass wir uns in diesem farbenfrohen Gebäude versteckten. Aber es bot Platz für alle, und wenn die Percents außerhalb der Stadt ihre Razzien durchführten, waren es meist die unauffälligen, ärmlichen Hütten, die sie auseinandernahmen. Oft durchsuchten sie auch die Kanalisation und die alten U-Bahn-Schächte, wo sich einst viele Rebellen versteckt gehalten hatten. Aber am Hauptquartier des Coca-Cola-Clans gingen sie immer vorbei.

Unauffällig sah ich mich um, doch die Straße war wie leer gefegt und ich gelangte ungesehen zur Rückseite des Gebäudes, schlich am geschlossenen Rolltor vorbei, kletterte über die schwankende Feuerleiter nach oben und schlüpfte durch ein Fenster im ersten Stock.

Sofort bemerkte ich unter etlichen weniger angenehmen Gerüchen den Duft von Rübensuppe und jubelte innerlich auf. Es war immer etwas Besonderes, wenn unser Clanführer Mars den Generator für den Herd einschaltete und wir für kurze Zeit Strom hatten. Seine Kinder Matthial, Josh und Janett besaßen eine Playstation, ein Spielgerät, das einst Mars' Vater gehört hatte, und meist erlaubte er ihnen, sie anzuschließen und ein wenig zu spielen, solange gekocht wurde. Niemand wusste, wie alt dieses Relikt aus früheren Zeiten war und wie lange es noch funktionieren würde; das Ding tat es seit Monaten nur noch, wenn man es falsch herum, mit der Oberfläche nach unten, hinlegte.

Ich beeilte mich, in den Gemeinschaftsraum zu gelangen, um meinen Freunden beim Spielen zuzusehen. Das würde mich auf andere Gedanken bringen und das allgemeine Interesse an den erbitterten *Tekken*-Duellen zwischen Matthial und Josh würde die Aufmerksamkeit der anderen von mir ablenken.

Heute hatte ich kein Glück. Das Essen war bereits fertig und der kostbare Strom wieder abgeschaltet. Von unseren fünfundzwanzig Clanmitgliedern waren die meisten anwesend. Sie hatten sich auf den paar Stühlen, der Bank und den abgewetzten Sofas und Sesseln um die Tische versammelt, auf denen Töpfe neben schiefen Kerzen standen. Ich registrierte sofort, dass es heute kein Brot gab. Schade, das mochte ich am liebsten. Aber mit meinem Kiefer hätte ich es ohnehin nicht kauen können. Ein paar Gesichter drehten sich kurz in meine Richtung, nickten mir zu und widmeten sich wieder dem Essen. Zwei oder drei Leute sagten »Hallo, Joy«, doch die meisten aßen einfach weiter. Wer keine Schale besaß oder keine Lust hatte, sie nach dem Essen zu spülen, löffelte direkt aus einem Topf.

Ich ging zu Baby, die meistens kochte, und legte meine Pilze vor ihr auf den Tisch, wobei ich mein Gesicht zur Seite neigte, damit sie meinen Kiefer nicht sah. Baby trug ihren Namen, weil sie permanent Kinder bekam, keiner wusste so recht, von wem. Das letzte war im achten Monat gestorben, aber sie war – wie Mars es nannte – schon wieder trächtig. Das vorletzte hatte sie sich mit einem Tuch auf den Rücken gebunden, zwei weitere Kleinkinder saßen zu ihren Füßen und zankten um eine rohe Rübe. Die meisten Erwachsenen mochten Baby nicht besonders, ich dafür umso mehr. Leider beruhte dies auf Gegenseitigkeit, dadurch entging ihr mein Verhalten natürlich nicht.

»Was ist passiert, Püppchen?«, fragte sie und drehte mein Gesicht ins Kerzenlicht. Prompt schlug sie die Zähne zusammen. »Mein Gott, deine Wange! Wer hat dich so geschlagen?«

»Ein Perschent.« Mist. Ich bekam den S-Laut nicht richtig zustande.

Baby ließ den Löffel fallen und schlug die Hände vor den Mund. Im gleichen Moment bemerkte und bereute ich zugleich, dass ich unüberlegt die Wahrheit gesagt hatte. Es war zu spät, das Ganze als Witz abzutun, Baby wiederholte meine Antwort bereits laut und deutlich mit mehreren Fragezeichen dahinter, die im Raum umherzufliegen und zu blinken schienen wie Leuchtschilder aus der Stadt.

»Aber isch bin ihm entkommen!«, rief ich. Ach nee.

Meine Worte hallten durch den Aufenthaltsraum, in dem meist Ruhe herrschte, damit uns von draußen niemand hörte. Für einen Moment hielt jedes Schmatzen und Schlürfen inne. Dann sagte irgendwer: »Echt jetzt?«

Im Nu war ich umringt und musste meinem Clan Bericht erstatten. Ich wagte kaum, jemanden anzusehen, außer meine Freundin Amber, deren Augen schreckensstarr wurden. Sie war die Ängstliche von uns beiden und mich schauderte bei dem Gedanken daran, dass sie ursprünglich heute mit mir zum Jagen in den Wald hatte gehen wollen. Neben ihr stand Penny und schüttelte zornig den Kopf, als würde sie es nicht glauben und mich für meinen Leichtsinn am liebsten auf die heile Wange schlagen.

Mein Unbehagen verflog, als unter den Erwachsenen ein paar unterdrückte Töne der Erleichterung laut wurden und jemand anerkennende Worte flüsterte. Ich fühlte sogar ein wenig Stolz, weil der Percent mich nicht erwischt hatte. Dass er es war, der mich verschont hatte, sagte ich nicht. Natürlich ließ ich auch weg, dass der Percent nun mein Messer besaß, und von meiner vollgepinkelten Hose würde kein Mensch je erfahren. Diese Minuten gehörten mir. Ich war die Heldin; eine tapfere Rebellin, die ganz allein einem Percent entkommen war.

Ich blieb es, bis unser Anführer Mars, der noch nie von Angesicht zu Angesicht mit mir gesprochen hatte, mich an den Schultern zu sich zog.

»Wo ist denn deine Klinge, Messermädchen?«

»Verloren«, murmelte ich. Um ihm nicht in die Augen schauen zu müssen, starrte ich auf seinen drahtigen aschblonden Bart.

Er schüttelte den Kopf, diese Antwort stellte ihn nicht zufrieden. »Wo ist die Klinge, Messermädchen, in die du deinen Namen geritzt hast, um sie nicht zu verlieren?«

Mein Hochmut hatte mich verraten. Ich war stolz gewesen, wenn sie mich Messermädchen genannt hatten, weil ich so gut mit dem Messer umgehen konnte. Nun war ich nur noch ein Mädchen und Mars bemerkte das sofort und verhöhnte mich.

»Er hat schie. Isch wollte werfen, aber …«

Die Strafe folgte auf dem Fuße. Mars schlug mir unvermittelt mit der flachen Hand auf die unversehrte Wange, wobei er meine Schulter nicht losließ, sodass ich aufrecht stehen bleiben musste. Meine Zähne schlugen zusammen und der Schmerz auf der anderen Seite flammte mit voller Wucht wieder auf. Flecken erschienen und verschwanden vor meinen Augen. Pennys spitzer Schrei durchdrang das Dröhnen in meinen Ohren. Ich schluckte, blinzelte und tat mein Möglichstes, nicht zu heulen.

»Du bist tapfer«, sagte Mars, nachdem er mich eine schier endlose Zeit gemustert hatte.

Ich nickte. Auch als der Percent mich schlug, hatte ich nicht geweint.

»Es ist gut, dass du entkommen bist. Die Backpfeife war allein für den Namen im Messer, Joy Annlin Rissel.« Damit drehte er sich weg und ging zurück zu seinem Platz und alle anderen taten es ihm nach, als wäre nichts gewesen. Selbst Penny wandte sich ab, denn sie wusste, dass sie mir nun keine Hilfe war.

Verdattert blieb ich zurück. Ich hatte nicht einmal gewusst, dass Mars meinen Vornamen wusste. Aber er kannte meinen ganzen Namen!

Mars' ältester Sohn, Matthial, trat an meine Seite. Das war okay, da Matthial ungefähr in meinem Alter und ebenfalls ein junger Krieger war. Es war erlaubt und gern gesehen, dass wir uns gegenseitig unterstützten, selbst wenn es den Älteren bereits untersagt war, sich um uns zu kümmern. Sobald wir keine Kinder mehr sein wollten, wurden wir auch nicht mehr als solche behandelt.

Matthial legte seinen Arm um meine Schultern, nahm von Baby eine Schale Suppe an und führte mich zu einem leeren Tisch. Dort schob er mich auf ein Sofa, setzte sich zu mir und wies seinen Schäferhund Rick an, sich an meine andere Seite zu legen. Ich streichelte das warme Fell und wischte schnell ein paar Tränen ab, die nun doch kamen. Niemand sah hin, nur Rick leckte mir das Salz von den Händen.

Es war ungewöhnlich für Matthial, dass er kein Wort sagte. Und er sah mich auch nicht an. Stattdessen starrte er voller Verachtung über die Tische hinweg zu seinem Vater. Sein Verhalten wunderte mich, denn Matthial selbst wurde weit härter bestraft, wenn er Fehler machte. Er beschwerte sich nie darüber. Eigentlich hatte ich verfluchtes Glück gehabt. Eine Ohrfeige war eine milde Strafe, wenn man bedachte, dass meine Dummheit den Clan und vielleicht die ganze Rebellion in Gefahr gebracht hatte. Die Percents wussten natürlich, dass wir Waffen besaßen, auch wenn das streng verboten war. Ich konnte mir jedoch vorstellen, wie viele Messer sie nun bei uns vermuteten, wenn selbst junge Mädchen damit herumliefen. Vermutlich durchsuchten sie nun die Stadt nach der Familie mit meinem Namen. Da kamen sie zu spät. Ein schwacher Trost.

* * *

In dieser Nacht fand ich kaum Schlaf. Ich lag in meinem Bett unter dem Fenster, sah stundenlang in den klaren Nachthimmel und lauschte Pennys Schnarchen. Mein Gesicht stank bestialisch nach ihrer Beinwellessenz, mein Kiefer pochte und meine Wange brannte.

Wo sollte ich ein neues Messer herbekommen?

* * *

Am frühen Morgen weckte mich der entfernte Klang der Glocken, der aus Lautsprechern kam, seit es keine Kirchen mehr gab. Solange ich denken konnte, läuteten sie nur zweimal im Jahr.

Einmal im Frühjahr, am Tag der Eroberung, gegen Mittag, sobald der Himmel dunkel war. Dann mussten alle Städter auf den Straßen Spalier stehen und das Zeichen machen, das für Respekt stand, während die Percents zwischen ihnen hindurchschritten, auf Pferden ritten oder in Wagen fuhren, die Menschen zogen. Manchmal sah man sogar noch ein Automobil, aber dafür musste man erst einmal den Mumm haben aufzublicken.

Das zweite Mal erklangen die Glocken im Herbst. Am Blutsonnentag, meinem Geburtstag, in den Morgenstunden. An diesem Tag musste niemand Spalier stehen, die Demütigung der Erinnerung reichte auch so. Dieser Tag war heute.

Die Glockenklänge waren allerdings nicht nur Erinnerung an die Vergangenheit, oh nein. Sie ließen auch jedermann wissen, dass am Mittag das Chivvy stattfinden würde, eine Hetzjagd auf Menschen. Ein Ritual, mit dem die Varlets in die Welt der Krieger aufgenommen wurden und die Percents zugleich den Städtern demonstrierten, wie weit sie ihnen überlegen waren. Es sollte den Menschen eine Lehre sein, nachdem sie sich am Blutsonnentag aufgelehnt hatten.

Im Aufenthaltsraum traf ich bei der Suche nach etwas Essbarem auf Matthial und seinen zwei Jahre jüngeren Bruder Josh, der mit seinem honigblonden Strubbelkopf und den blassgrauen Augen ein knochiges Ebenbild seines ohnehin schon schlaksigen Bruders darstellte. Matthial hatte einen seltsamen Ausdruck auf dem müden Gesicht und schlug mir zur Begrüßung fester als sonst auf die Schulter. Er konnte nicht besser geschlafen haben als ich, vielleicht war er auch gar nicht erst zu Bett gegangen.

»Ist etwas passiert?«, fragte ich.

Josh schluckte. »Sie haben gestern drei Männer aus Jamies Clan getötet und zwei verletzt. Ein Hinterhalt, sie haben ihnen eine Falle gestellt. Wir haben es gerade erst erfahren.«

»Fuck«, murmelte ich. Wir verwendeten das Wort recht häufig, um zu maskieren, dass es uns kaum noch berührte, wenn jemand starb. Die Kleinen heulten meist. Wir nicht. Schon lange nicht mehr.

»In den nördlichen Wäldern«, fuhr Josh fort und trat von einem Bein aufs andere.

Mein Blut gefror, denn genau dort war ich gestern gewesen. »Darum war er unbewaffnet«, entfuhr es mir. »Er war ein Lockmittel.«

Matthial nickte knapp. »So haben sie Jamies Leute überwältigt. Sie trafen auf einen unbewaffneten Varlet, griffen an und verrieten damit ihren Standort den in der Nähe lauernden Kriegern. Himmelgraue Scheiße.«

Ich schnaubte, entrüstet über so viel Kaltherzigkeit der Percents, die ihresgleichen einfach opferten. Doch irgendetwas daran war seltsam … Warum hatte der Varlet bei mir keinen Alarm geschlagen? Vielleicht war ich es nicht wert. Sie wollten Rebellenkämpfer, keine Mädchen. Aber er hätte mich so leicht töten können, warum hatte er es nicht einfach getan? Womöglich aus dem gleichen Grund, aus dem auch ich ihn nicht getötet hatte?

Ich versuchte, das Grübeln zu unterbinden. Ich war mir ja noch nicht einmal über mein eigenes Motiv im Klaren. Es hatte keinen Sinn, über die Motive eines Percents zu spekulieren.

Unzufrieden mit mir selbst verließ ich den Aufenthaltsraum. Die Sonne ging auf, ich wollte die beiden kurzen Stunden Tageslicht nutzen, die die Percents der Natur zugestanden, ehe sie den Himmel wieder verdunkelten. Ein Ruf von Matthial ließ mich im Türstock innehalten.

»Joy?« Er grinste bemüht. Dann zog er seinen Dolch aus der Scheide und warf ihn in meine Richtung. Zitternd blieb die Klinge im Türrahmen stecken.

»Was …?«

»Herzlichen Glückwunsch zum Geburtstag, Messermädchen. Und zur Volljährigkeit.« Er drehte sich um und verließ den Raum durchs Fenster. War er rot geworden?

Josh zuckte mit den Schultern, sagte: »Ähm … ja, von mir auch«, und folgte ihm.

Verwirrt zog ich Matthials Waffe aus dem Holz und prüfte beide Schneiden mit dem Daumen. Verdammt scharf, er musste sie gerade erst geschliffen haben. Die Klinge war zwanzig Zentimeter lang, der Dolch recht schwer, aber perfekt ausbalanciert. Staunende, eisblaue Augen spiegelten sich auf dem blank polierten Stahl. Sie kamen mir fremd vor. Selbstverständlich, denn ab heute war ich jemand anderes. Ab heute war ich sechzehn. Volljährig. Berechtigt, mich frei zu bewegen und zum Handeln in die Stadt einzudringen, und verpflichtet, alles zu tun, was nötig war, um unser Überleben zu sichern, auch wenn ich mich dadurch in Gefahr brachte.

Ab heute war ich eine Kriegerin.

dreieinhalb jahre später,

anfang des jahres 40 nach der übernahme

I

fort hier, nur fort.
wo mag das sein?

Die Bettgymnastik meiner Schwester hätte mich weniger gestört, wenn sie etwas abwechslungsreicher gewesen wäre. Aber den immer selben schemenhaften Aufs und Abs zusehen zu müssen, begleitet von der stets gleichen Geräuschkulisse, reizte meine Nerven bis zum Äußersten. Sie hatten doch schon ein Kind. Wollte Penny enden wie Baby? Baby war tot, gestorben an einem Fieber nach der Geburt ihres letzten Kindes.

Vielleicht nervte es mich aber auch nur, dass die beiden schwitzten und ich selbst erbärmlich fror. Nichts hasste ich mehr als den Winter. Wobei Schlaflosigkeit sowie die Unfähigkeit, wichtige Entscheidungen zu treffen, auch weit oben auf meiner Hassliste rangierten. Heute Nacht kam alles zusammen.

Ich warf eine Blechschale und traf den keuchenden Ennes am Kopf. Er fluchte wüst in meine Richtung, ließ sich ansonsten jedoch nicht stören. Er kam noch nicht mal aus dem Rhythmus. Bewundernswert. Wenn er doch nur halb so gut jagen und kämpfen könnte oder neben dem inbrünstigen Gerammel wenigstens auch ein paar sinnvolle Interessen hätte! Ich verstand nicht, was Penny an ihm fand. Sie war zu gut für ihn, jeder sah das so, ausgenommen sie selbst.

Seufzend kam ich auf die Beine, wickelte mir meine Decke um die Schultern, ließ ein paar unflätige Bemerkungen zurück und trat aus dem Zimmer, das ich mir immer noch mit Penny teilte. Der Clan war in den letzten Jahren gewachsen, das Coca-Cola-Haus wurde langsam, aber sicher zu klein.

Barfuß schlurfte ich durch die Gänge. Bei der Sonne, wie sehr ich die Kälte hasste! Von draußen erklang das erbärmliche Heulen der wilden Hunde, die manchmal unseren Müll durchwühlten. Die froren sicher auch. Der Boden war so kalt, dass es wehtat draufzutreten. Als ich Matthials Tür erreicht hatte, überzog Gänsehaut meinen ganzen Körper. Ich klopfte mit den Fingerknöcheln gegen das Metall, doch bekam keine Antwort. Umso besser. Matthial war ein guter Redner, aber zuhören konnte er nur, wenn er schlief. Leise öffnete ich die Tür, stahl mich hinein und stieß mit dem Fuß gegen seine Matratze. Matthial war einer der wenigen mit einem eigenen Zimmer. Leider war sein Reich nicht mehr als eine ehemalige Besenkammer; es fasste nur die Matratze, einen Haufen aus Kleidung und Krempel, den er seinen Besitz nannte, sowie den Stuhl, auf dessen Sitzfläche er die Pflanzen zu trocknen versuchte, die er rauchte. Erfolglos natürlich. Fenster gab es nicht. Die Luft eignete sich besser zum Trinken denn zum Atmen und Matthials Körpergeruch, den ich für gewöhnlich mochte, mischte sich unangenehm mit dem modrigen Aroma der Blätter und dem Gestank seines alten Hundes. Vorsichtig stieg ich über Rick hinweg. Seine Augen glänzten kurz auf, ehe die Tür zufiel und wir in absolutem Dunkel zurückblieben. Mit den Zehen tastete ich nach Matthials Körper und ließ mich neben ihm nieder.

»Hmm, Joy?« Seine Hand suchte sich träge einen Weg unter meine Decke und meinen Pullover, bis er meinen Bauch berührte. »Du bist kalt wie 'n Fisch. Komm her.«

»Schlaf weiter«, flüsterte ich. »Ich will nur hier pennen.«

Er brummte etwas Unverständliches, nahm mich unter seine Decke und schloss die Arme um meine Taille. Ich wollte warten, bis er schlief, und ihm dann von allem Elend erzählen, das auf mir lastete. Von meinen Plänen, die davon handelten, dass ich ging. Ihn verließ, und mit ihm mein ganzes Leben und alles, was ich kannte. Doch seine Wärme und das gleichmäßige Heben und Senken seiner Brust lullten mich ein. Vielleicht atmeten er und sein Hund mir auch den Sauerstoff weg. In jedem Fall schlief ich noch vor ihm ein und die Entscheidung, die ich in dieser Nacht getroffen hatte, blieb mein Geheimnis.

* * *

Am nächsten Morgen hatten Amber und ich einen Auftrag zu erfüllen. Wir mussten in die Stadt, um Lebensmittel zu organisieren. Wie wir das anstellten, blieb uns überlassen. Zwar nahmen wir Felle mit, die bei der Kälte sicher begehrt waren, doch ob die Städter überhaupt etwas zum Tauschen hatten, war eine ganz andere Frage.

Ich witzelte, dass Mars uns nur darum bat, weil er auf unsere Inhaftierung hoffte, um zwei hungrige Mäuler weniger versorgen zu müssen. Amber fand meinen Zynismus selten komisch, aber diesmal wurde sie ernsthaft sauer.

Unser Clan war nicht arm, verglichen mit anderen ging es uns recht gut. Immerhin besaßen wir zwei Milchziegen und ein paar Hühner. Unser größter Stolz war das störrische Pferd, eines der wenigen, das von Menschen über die Hungerszeiten gebracht worden war. In den letzten beiden Wochen war der Clan jedoch erneut um drei Menschen gewachsen: eine Flüchtlingsfrau sowie zwei junge Männer. Wir nannten sie die Matches-Brüder, weil sie lang und dünn waren, feuerrotes Haar besaßen und dadurch wie Streichhölzer aussahen. Die Schwester der beiden war von den Percents als Dienerin eingezogen worden. Nun wollten die Brüder Rache und erwarteten, diese in unseren Reihen ausleben zu können. Leider erwarteten sie auch, dass wir sie durchfütterten. Ich konnte es ihnen nicht verübeln, im Winter kamen immer Neue. Genau dann, wenn wir sie am wenigsten gebrauchen konnten.

»Ich werde weggehen«, sagte ich, nachdem Amber und ich eine gute halbe Stunde schweigend marschiert waren.

Wir hatten ein Stück kahlen Ahornwald hinter uns gelassen und durchquerten nun Bomberland, jenes Gebiet, in dem im Krieg alles Lebendige ausgelöscht worden war. Selbst jetzt, viele Jahrzehnte später, gab es hier nicht mehr als Krater, dürres Gras, Unkraut und Flechten, die sich für nichts zu schade waren. Bomberland fand man überall, auch dort, wo alten Karten zufolge – laut denen der Name unseres Landes vor dem Krieg Großbritannien gewesen war – größere Städte gelegen hatten. Um die übrig gebliebenen Ruinen machte man besser weitläufige Bogen, denn dort versteckten sich oft wilde Hunde, wenn sie nicht von den Mutantratten verjagt worden waren. Diese Biester hatten die Größe von Katzen und galten allgemein als recht friedlich. Doch sobald sie Hunger hatten, schlossen sie sich wie wir zu Clans zusammen, und dann Gnade dem, der sich ihnen in den Weg stellte. Es hieß, Mutantratten hätten bereits ganze Rebellendörfer ausgelöscht.

»Amber? Hast du gehört, was ich gesagt habe?«

Meine Freundin reagierte nicht auf meine Worte, nur das Knirschen der gefrorenen Pflanzen unter unseren Stiefeln durchbrach die Stille mit jedem Schritt. Oder knirschten ihre Zähne? Meine klapperten.

»Zwei Tagesmärsche nördlich von hier gibt es mehrere kleine Clans, die nach Mitgliedern suchen. Ich habe Gerüchte gehört, dass einige versuchen wollen, im Sommer das Meer zu überqueren. Ihr Ziel ist das Land, das man früher Skandinavien nannte. Zwei Jungs aus Jamies Gruppe wollen sich ihnen anschließen. Vielleicht sollte ich es ihnen gleichtun.«

»Ich habe gehört, dass keiner dieser Versuche je gelungen ist«, gab Amber zurück. Sie grub die Hände tiefer in die Taschen ihres Mantels. »Außerdem weiß niemand, ob es auf der anderen Seite des

Meeres nicht auch Percents gibt. Wenn man ihnen Glauben schenkt, sind sie überall auf der Welt.«

»Wer glaubt denen schon?« Ich hatte erwartet, dass sie meine Idee nicht unterstützen würde. Amber war die Vorsichtige von uns. Möglich, dass ich gerade deshalb mit ihr über diese Sache sprach. »Wir werden es nie erfahren, solange es niemand versucht.«

Amber lachte trocken. »Sagst du uns Bescheid, dass es nicht funktioniert, nachdem sie dich getötet haben und deine Überreste von den Fischen gefressen wurden?«

Natürlich hatte sie recht. Keinem nützte ein Himmelfahrtskommando. Doch ich war es müde, einfach darauf zu warten, dass man uns inhaftieren würde. Oder – was noch schlimmer war – dass wir uns irgendwann ergeben mussten, weil die Nahrung nicht mehr ausreichte. Es schien mir nur noch eine Frage der Zeit. Gefangenschaft fürchtete ich mehr als alles andere und die Angst nahm mir jegliche Energie. Ich war eine Kriegerin von neunzehn Jahren und fühlte mich erschöpft und nutzlos wie eine alte Frau.

Unser Kampf war vor langer Zeit zum Erliegen gekommen. Die Matches-Brüder führten mir dies deutlich vor Augen. Sie waren voller Wut und gleichzeitig erfüllt von dem Drang, zu kämpfen und etwas zu bewegen. In ihren Augen leuchtete ein Feuer, der Wunsch nach Rebellion, den wir alle einmal verspürt hatten. In wenigen Monaten würden auch sie erkennen, dass unser einziger Kampf darin bestand zu überleben. Das Feuer würde verlöschen, zurück blieb nur Asche. Grau und tot.

Es gab keine Rebellion. Nur die Flucht vor der Realität. Die Parolen, die davon tönten, dass wir Menschen uns erheben und das Land – unser Land! – zurückerobern würden, gerieten schon in Vergessenheit. Ich hatte sie seit Jahren nicht mehr gehört.

Frustriert trat ich ein paar Steine vor mir den Trampelpfad entlang, den wir inzwischen erreicht hatten. Der warm gewordene

Stahl des Dolches in meinem Hosenbein drückte gegen meine Wade.

Unsere Rebellion war ein Kampf gegen Windmühlen. Wie in der Geschichte, die man uns erzählte, von diesem dummen Mann, der sich für einen Ritter hielt, bloß weil er ein Pferd hatte. Für uns sah es nicht besser aus, denn wir kämpften gegen intelligente Windmühlen, die für die paar einzelnen, die wir niederrissen, drei neue aufbauten. Da half ein Pferd überhaupt nichts.

»Was ist eigentlich mit Matthial?«, fragte Amber. Sie sprach nun leise, da wir die Stadtgrenze fast erreicht hatten.

Ich hatte mit der Frage gerechnet. »Was soll mit ihm sein?«

»Er ist Mars' Sohn. Er wird den Clan irgendwann übernehmen und kaum mit dir kommen, oder?«

Der eisige Wind brannte auf meinen Wangen, ich zog mir den Schal bis über die Nasenspitze. »Keine Ahnung. Ich habe nicht mit ihm darüber gesprochen.«

Amber steckte ihre Hand in die Jacke meines Parkas, griff nach meinen Fingern und drückte sie. »Dein Plan ist Irrsinn … das ist doch reiner Selbstmord! Rede mit Matthial. Bitte sag ihm, dass er dich davon abhalten soll. Du hörst doch auf niemand anderen, nur auf ihn.«

»Ich frag aber dich nach deiner Meinung, oder?«

»Ja.« Sie seufzte. »Aber nur aus einem Grund. Um hinterher sagen zu können, dass es bloß die gute alte Amber war, die dich aufhalten wollte. Amber-Hasenfuß.« Sie ließ den Kopf hängen und ihr dunkelblondes Haar fiel vor ihr Gesicht.

Auch ich senkte den Blick. Ich schämte mich ein wenig, denn ich hatte nicht gewusst, dass sie den spöttischen Spitznamen kannte, den wir ihr als Kinder gegeben hatten. Und nun durchschaute sie auch noch meine Absichten. Hatte ich sie unter- oder mich überschätzt?

Vor uns schälte sich der Zaun aus messerscharfem Z-Draht aus dem Halbdunkel und wir suchten eine geschützte Stelle, um abzuwarten. Im Osten zeichnete sich die glänzende Kuppel des ehemaligen Kernkraftreaktors vor dem Firmament ab und vor uns, auf der anderen Seite des Zauns, leuchteten die ersten Lichter der Stadt. Die Percents versorgten sie mit Strom aus einem Gezeitenkraftwerk an der Südküste. Vor vier Jahren hatten wir es angegriffen und für ein paar Tage stilllegen können, in der Hoffnung, damit auch Dark Canopy – der Maschine, die den Himmel verdunkelt – den Saft zu stehlen. Doch die DCs, die es in jeder Stadt gab, hatten eigene, geheim gehaltene Stromversorgungen. Es war unser letzter Vorstoß gegen die Percents gewesen, denn getroffen hatten wir nur die Städter und uns selbst, da wir jede Menge Sympathien verspielten. Viele Stadtleute unterstützten den Kampf gegen das Böse theoretisch – aber nur solange die eigenen Hütten warm und sicher waren.

»Und du würdest tatsächlich einfach ohne ihn gehen?« Amber ließ nicht locker. »Ehrlich, Joy, ich verstehe dich nicht. Ich würde nichts aufs Spiel setzen, wenn ich einen solchen Freund hätte. Du schmeißt ein gutes und sicheres Leben weg. Er liebt dich.«

Ich stieß ein Atemwölkchen in die Luft. »Er schläft mit mir.« Ja. Er schlief mit mir, wenn mir danach war. Und er schlief neben mir, wenn es das war, was ich brauchte. Er kannte meine Geheimnisse, wie ich seine kannte. Matthial wusste, dass ich manchmal Nahrungsmittel aus dem Gemeinschaftsbestand stahl. Ich wusste, dass er bei Gewitter Albträume bekam. Wir waren zu gute Freunde, um uns zu lieben.

Amber allerdings hatte offenbar beschlossen, mich in den Wahnsinn zu treiben. »Für die meisten Menschen gibt es zwischen Sex und Liebe einen Unterschied, mag sein. Aber nicht für ihn und nicht für dich, das weißt du genau.«

»Manchmal gehst du mir auf die Nerven, Amber. Matthial ist

mein Freund. Mein *bester* Freund.« Mit der Betonung schürte ich ihre Eifersucht. »Weil er mir nicht permanent einredet, dass dies nicht ausreichen würde.«

Wie erwartet zog Amber ihre Hand aus meiner Tasche. »Bis er dir einen Braten in die Röhre schiebt, dein ›bester‹ Freund.«

»Wir passen auf.« Amber wusste nicht, dass ich nicht fruchtbar war, meine Periode nie bekommen hatte, und sie hätte auch nicht verstanden, welche Erleichterung das für mich darstellte. Es war ein weiterer Grund, den Clan früher oder später zu verlassen. Kinder waren in unserer Gesellschaft wichtig, all unsere Hoffnung baute auf nachfolgende Generationen. *Wenn wir es nicht schaffen, uns unser Land zurückzuholen*, sagte Mars immer, *dann ist es unsere Aufgabe, unseren Kindern den Weg zu ebnen. Entscheidend ist, dass wir gewinnen, das Wann ist nicht so wichtig.* Wenn er etwas Derartiges sagte, sah Matthial mich immer auf diese bestimmte Weise an, die mir einen Stein in den Magen legte. Ich hatte früh erkannt, dass es zwischen uns keine ernsthafte Liebe geben konnte, und ich hatte mein Herz sehr viel besser im Griff, als Amber dachte. Matthial und ich hatten keine Zukunft. Ich würde ihm nie die Kinder gebären können, die der Clan von seinem Anführer verlangte. Besser, ich ging, bevor er genau das von mir erwartete.

Amber schmunzelte, als wäre sie mir in einer entscheidenden Sache weit voraus. »Ihr passt auf, so so. Na, das denken sie alle.«

Ich hatte keine Lust mehr auf diese Diskussion, sie würde in einem ernsten Streit enden. Alles, was ich nicht wollte, war, mit meiner Freundin zu streiten. Nicht jetzt, da wir in die Stadt vordringen mussten, und erst recht nicht, da ich mit dem Gedanken spielte, sie alle für immer zu verlassen. »Können wir das Thema beenden?«

Amber verzog missbilligend den Mund. »Natürlich.« Leise, wie zu sich selbst, fügte sie hinzu: »Du sprichst ja sowieso nur über das, worüber du sprechen willst.«

»Danke für dein Verständnis«, gab ich demonstrativ freundlich zurück und schätzte die Zeit am Himmel ab.

In einer halben Stunde würde die Sonne aufgehen und die beiden Stunden einläuten, in denen die Percents in ihren Häusern blieben. Ihre Haut reagierte überempfindlich auf das UV-Licht, weshalb sie den Himmel für viele Jahre gänzlich verdunkelt hatten. Infolgedessen war es zu verheerenden Hungersnöten gekommen, die wohl auch an den Percents nicht spurlos vorbeigegangen waren. Schließlich hatten sie experimentiert, wie viel Sonne sie der Natur zugestehen mussten, um ein Mindestmaß an Ernteerfolgen sicherzustellen. Was bedeutete: ihren Eigenbedarf und zusätzlich so viel, wie nötig war, um die für sie arbeitenden Stadtmenschen am Leben zu erhalten.

Sie schalteten Dark Canopy ab, nachdem die Sonne unterging, und nahmen es zwei Stunden nach Sonnenaufgang wieder in Betrieb. Diese beiden Stunden waren unsere beste Chance, mit den Städtern in Kontakt zu treten, denn zu dieser Zeit patrouillierten allenfalls einzelne Percents in Schutzanzügen, in denen wir sie leicht ausmachen und uns rechtzeitig vor ihnen verbergen konnten. Die Ausgangssperre, die in diesen Stunden galt, erleichterte unser Vorhaben allerdings nicht wirklich.

Wenig später knipste Amber sich mithilfe ihres Seitenschneiders Stück für Stück durch eine verborgen liegende Stelle im Zaun. Gemeinsam bogen wir das durchtrennte Eisen auseinander, schlüpften mit unserem Beutel Tauschwaren durch das Loch und schlossen die Lücke hinter uns. Ich wickelte ein wenig Draht darum, damit unser Privatdurchgang geschlossen blieb und von Weitem nicht zu erkennen war.

Lautlos hielten wir auf die ersten Häuserblocks zu und arbeiteten uns zwischen den Gebäuden voran. Es handelte sich in diesem ärmlichen Stadtteil, nahe dem Zaun, um ein- oder zweigeschossige

Wohnbauten. Die Fenster waren verbarrikadiert, um die Bewohner vor der Kälte zu schützen, denn unbeschädigtes Glas suchte man hier vergebens. Angeblich hatten in der Vergangenheit einzelne Familien ein ganzes dieser Häuser für sich gehabt. Angesichts dessen, dass heute jeder Raum von mehreren Menschen bewohnt wurde, konnte ich solchen Erzählungen kaum Glauben schenken.

In dieser Gegend lebten einfache Arbeiter. Bei ihnen war nichts zu holen, sie hatten selbst weniger als wir, also ließen wir den Bezirk schnell hinter uns.

Unser Ziel waren die Hochhausschluchten im Inneren der Stadt. Um das prunkvollste Gebäude – das Hotel, den Hauptsitz der Percents – schlugen wir immer einen großen Bogen, doch in den Häusern drum herum hatten wir oftmals Glück. Hier wurden in Familienbetrieben die Waren hergestellt, die man früher zuhauf in den heute leer stehenden Fabriken produziert hatte. Es gab Schlachter-, Weber- und Glasbläserfamilien, ebenso wie Elektriker, Chemiker, Heiler und Apotheker. Zwischen ihnen wohnten weitere Percents, die sie kontrollierten.

Adrenalin prickelte durch jede meiner Adern, als wir zwischen den Gebäuden hindurchhuschten. Sie waren so gewaltig, dass es am Morgen, wenn die Sonne noch niedrig stand, nicht viel heller wirkte als am späteren Tag, wenn der Himmel wieder finster war. Die Stille war Ehrfurcht erweckend und ließ selbst unsere schleichenden Schritte verräterisch laut klingen.

Hinter jeder Tür und jedem Fenster vermutete ich den Feind. In den ausgeschlachteten Autokarossen, die auf den Straßen vor sich hin rosteten, konnten sie sich verstecken, ebenso hinter den Müllcontainern. Längst hielt ich meinen Dolch im linken Ärmel verborgen, wo ich ihn schnell erreichen konnte. Hin und wieder erwischte ich mich bei dem Gedanken, dass ich ihn gerne benutzen würde.

Amber wies fragend in eine Richtung, doch ich schüttelte den Kopf.

»Zum Schneider«, formte ich lautlos mit den Lippen. Die Schneiderfamilie würde den höchsten Preis für die Felle zahlen und hatte die besten Tauschwaren. Keiner wusste, woher sie all den Kram bekamen, und ich war die Letzte, die es wissen wollte. Das Problem bestand darin, dass wir näher ans Hotel heranmussten.

Wir erreichten das Haus mit der verfallenen Telefonzelle davor, ohne gesehen zu werden. Natürlich konnten wir nicht einfach die Klingel drücken – während der Ausgangssperre zu klingeln wäre einem Leuchtsignal für den Feind gleichgekommen. Sie kontrollierten alles, was sie nicht zerstört hatten, und zerstörten, was sie nicht kontrollieren konnten.

Ich nahm einen kleinen Stein und warf ihn gegen eine der beleuchteten Fensterscheiben im dritten Stock. Sofort erschien ein rotwangiges Mondgesicht hinter dem Glas und verschwand wieder. Wir warteten und glaubten schon, dass man nicht mit uns reden wollte, als jemand die Haustür öffnete. Ein Junge von vielleicht zwölf Jahren, mit stiftdünnen Beinen, erschien, legte den Finger an die Lippen und winkte uns rein. Wir folgten ihm die Treppen hinauf und traten in die Wohnung der Schneiderfamilie. Schon in der Diele schlug uns trockene, warme Luft entgegen. Weiter ließ man uns nicht. Der Schneidermeister, ein hünenhafter, sehniger Mann Mitte dreißig, starrte uns mit unverhohlenem Misstrauen entgegen und scheuchte den Jungen in eins der Zimmer. Für einen Moment genoss ich es, dass meine eisigen Hände wieder beweglich wurden und meine rot gefrorenen Wangen sich erholten, dann begann ich schon zu schwitzen.

Der Schneider verschränkte die Finger und ließ sie knacken. »Was habt ihr?«

»Felle«, sagte ich, öffnete den Beutel und ließ ihn eines sehen.

Keines von den Tieren, die ich erlegt hatte, denn die waren durch die Messereinstiche von minderer Qualität. Das würde er noch früh genug bemerken. »Sieben Karnickel, ein Fuchs und ein paar Ratten.«

Die Frau trat neben ihn. Ihr Gesicht glühte vor Hitze und ihr Atem stank nach Essig. »Was wollt ihr dafür haben? Tabak? Gebrannten?«

Ich runzelte die Stirn. Seit wann handelte Mars mit Derartigem? Die Frau schien krank zu sein, sie schwitzte heftig, vielleicht war sie verwirrt.

»Kartoffeln«, schlug Amber vor und erntete ein Kopfschütteln. »Rüben, Brot oder Kohl.«

»Hol die Kürbisse«, wies der Mann seine Frau an, ohne uns aus den Augen zu lassen. »Drei bis vier Butternusskürbisse kann ich euch dafür geben«, sprach er an mich gerichtet weiter.

Ich schüttelte den Kopf. »Das reicht nicht.«

»Dann seid ihr mehr geworden im Clan?« Wieder knackten seine Finger. Ein widerliches Geräusch, er sollte damit aufhören.

»Hungriger«, gab ich zurück und zwang ein Grinsen in meine Züge.

»Rose«, rief er. »Pack einen Sack Äpfel drauf.«

Wieder schüttelte ich den Kopf, diesmal energisch. »Tut mir leid.«

»Und Mehl. Zwei Kilo.« Er sah mich an. »Verdammt, bei der heiligen Sonne! Drei Kilo Mehl, Rose!« Dann senkte er abrupt die Stimme und räusperte sich. »Habt ihr … habt ihr auch … Waffen?«

»Nein.« Ambers Antwort kam pfeilschnell, doch der Schneider sah weiterhin mich an.

»Ich habe mehr Essen«, sagte er. »Kartoffeln, Gerste, Möhren, lässt sich alles besorgen. Auch Gewürze. Ach, und Kandis. Wollt ihr ihn probieren?«

Ich presste die Lippen zusammen, konnte nicht leugnen, dass es verlockend klang. Zu verlockend. Amber berührte mich am Arm, ihr Blick war eine Warnung. Das Ganze gefiel ihr nicht.

»Wir haben keine Waffen«, sagte ich lauter als zuvor. »Und erst recht treiben wir keinen Handel damit.«

»Schade.« Der Schneider rieb sich das Kinn, seine schwielige Hand und die Bartstoppeln verursachten ein fieses Kratzen. »Schade, schade. Waffen wären schon gut.«

»Ja, wären sie.« Aus dem Augenwinkel nahm ich wahr, wie Amber den Abstand bis zur Tür abschätzte.

»Hilf mir mal, Joseph«, rief die Schneiderin aus der Küche. »Ich bekomm das Zeug nicht getragen, verdammich! Nun komm endlich her und hilf mir! Joseph!« Die Stimme wurde dringlicher, fast hysterisch. »Joseph, bitte!«

Amber und ich begriffen. Im einen Moment war es noch eine Ahnung gewesen, mit dem nächsten Lidschlag Gewissheit.

»Weg hier!«, zischte ich.

Es war eine Falle.

2

ayleen jordan? wer ist das?
»es kann dir egal sein, wer sie ist.
trag ihren namen, der ist nicht schwer.«

Amber und ich warfen uns gleichzeitig herum. Dicht hintereinander stürzten wir durch die Tür, da bemerkte ich auch schon die beiden Gestalten, die aus unterschiedlichen Zimmern kamen und sofort die Verfolgung aufnahmen.

Ich flankte über das Treppengeländer, landete ein halbes Stockwerk tiefer. Zu schnell: Durch eine gesprungene Fensterscheibe sah ich mehrere Percents in Schutzanzügen vor der Haustür stehen. Amber hatte besser reagiert als ich und war nach oben geflüchtet. Die beiden Percents, die uns jagten, teilten sich auf. Mir blieb nichts anderes übrig, als mich meinem Verfolger zu stellen, um an ihm vorbeizukommen. Ich musste Amber folgen. Vor der Tür waren zu viele, das würde ich niemals schaffen. Schöne Scheiße.

Mein Verfolger hetzte bereits hinter mir die Treppe hinunter. Er trug keinen Schutzanzug – ich musste nur an ihm vorbei ins Sonnenlicht gelangen und schon wäre ich gerettet. Doch er stand auf den Stufen weit über mir, das verschaffte ihm einen Vorteil. Seine Armbrust war bereits auf mich gerichtet. Ich versuchte, ihn zu täuschen, blieb auf dem Treppenabsatz stehen und presste mir die Hände vors Gesicht.

»Bitte«, jammerte ich schrill und beschimpfte ihn in Gedanken aufs Übelste. *Bitte halte mich für genauso beschränkt, wie du aussiehst.* »Ich habe überhaupt nichts getan. Bitte … meine Familie braucht nur etwas zu essen, nur …« Ich schielte zwischen den Fingern hindurch. Er grinste schief. Mein Plan ging auf, der Einfaltspinsel war noch blöder, als ich dachte. Lässig kam er die Treppe zu mir herab, näherte sich mir auf beleidigend unvorsichtige Weise.

»Ihr habt Ausgangssperre«, ließ er mich mit arroganter Stimme wissen. »Wir müssen dich bestrafen, das weißt du doch.«

»Es tut mir leid.« In meinem Kopf übersetzte ich mein Gestammel mit: *Es wird* dir *leidtun, Mistkerl.*

Er hob seine Armbrust. Der darin eingespannte spitze Bolzen berührte meine Wange, strich nah an meinem Ohr und meinen Hals entlang. Ich spielte mit, neigte mit einem zitternden Atemzug den Kopf zur Seite, als böte ich ihm meine Kehle dar. Sie liebten unterwürfiges Verhalten, zumindest sagten das die Älteren. Sein Grinsen wurde so dreckig wie der Tümpel, in den wir unser Abwasser leiteten. Wie alle Percents hatte er das Haar unterhalb der Schädelbasis kurz rasiert, das Deckhaar jedoch trug er lang, zu einem mit Fett eingeriebenen Zopf gebunden. Ein kurzer Zopf, das bedeutete, er war noch jung. Unerfahren. *Gut.*

Die schräg stehenden Augen fixierten mich, ich erkannte die Bewegung der vertikalen, schlitzförmigen Pupillen in der anthrazitfarbenen Iris.

Eine kleine, ruckartige Bewegung des Bolzens ritzte meine Haut auf. Es brannte und ich zog scharf die Luft ein. Um die Show aufrechtzuerhalten, rang ich mir ein Schluchzen ab. Er lehnte sich zu mir, seine Haut vibrierte und ich sah seine Zunge zwischen den geteilten Lippen, wie sie sich der kleinen Wunde entgegenstreckte.

Ich zog den Dolch in einer fließenden Bewegung aus dem Ärmel. Zielte auf seinen Hals. Traf ihn in dem Moment, als er mein Blut ablecken wollte. Er wehrte meinen Schlag mit der Armbrust ab, der Bolzen löste sich und schlug in die Wand über mir ein. Seine Waffe fiel scheppernd zu Boden. Mein Dolch kratzte über seinen Arm, er keuchte schmerzerfüllt auf und ich setzte nach, indem ich ihm die Fingernägel meiner freien Hand quer übers Gesicht zog. Einen weiteren Schlag konnte ich nicht landen, er drosch mir in den Magen und ich krümmte mich und würgte. Schon riss er meinen Kopf an den Haaren zurück und zielte mit der Faust auf meine Nase. Im letzten Moment gelang es mir, den Dolch hochzureißen. Der Idiot boxte mitten in die Schneide. Die Wucht riss mir meine Waffe fast aus der Hand, doch ich hielt eisern dagegen und hörte seine Fingerknochen gegen den Stahl schaben. Jetzt schrie er auf. Eine wundervolle Melodie aus Schmerz in meinen Ohren.

Die anderen Percents hämmerten gegen die Tür und in allen Wohnungen schrillten die Klingeln. Gleich würden sie das Gebäude stürmen, doch es gelang mir nicht, mich von meinem Gegner zu lösen. Er packte meine Kehle. Schlug meinen Hinterkopf gegen die Wand. Drückte so hart zu, dass mir schwarz und zugleich blendend weiß vor Augen wurde. Als letzten Farbklecks nahm ich den alten Feuerlöscher wahr, der direkt über ihm hing. Mein Messer fiel mir aus den Händen. Mit letzter Kraft riss ich den Arm hoch und zog am Schlauch des Feuerlöschers. Der schwere Zylinder fiel herunter, erwischte durch meinen Ruck den Percent an der Schulter, wodurch er kurz von mir abließ. Ich fand eine Sekunde Zeit, die Sicherungslasche abzureißen. Dann hielt ich den Atem an, rammte die pistolenähnliche Sprühvorrichtung in sein Gesicht und schoss ihm den Inhalt geradewegs in Mund und Nase. Es zischte und wir versanken in einer Pulverwolke. Er keuchte, der Idiot, er keuchte und japste; während ich die Luft anhielt. Ich sah ihn vor mir in die Knie gehen, tastete am Boden nach meinem Messer und fand es wie durch ein Wunder sofort. Noch einmal hieb ich mit der Klinge nach seinem im Staub verborgenen Schemen, doch ich traf ihn nicht.

Da mir die Luft ausging, stürzte ich an dem Percent vorbei und rannte die Treppen hoch. Keine Sekunde zu spät, denn unten hatte man den Kampf gehört. Sie schossen die Haustür auf und ich fluchte. Pistolen! Sie hatten Pistolen bei sich.

Seit ich ein kleines Mädchen war, wusste ich eins: Sie waren verflucht schnell. Und mein Leben lang hatte ich das Rennen trainiert, denn es gab nur eins, was ich wirklich wollte: Ich wollte schneller sein.

Und nun rannte ich um mein Leben, an den geschlossenen Türen im dritten und vierten Stock vorbei weiter nach oben. Es gelang mir, den Vorsprung von einem Stockwerk zu halten, sodass sie ihre Waffen nicht abfeuern konnten, doch lange hätte ich das nicht durchgehalten. Meine Oberschenkel wurden weich und brannten, als säßen Flammen statt Knochen im Fleisch.

Die Schaulustigkeit eines Bewohners im fünften Stock brachte mir den entscheidenden Vorteil. Der Mann öffnete seine Wohnungstür einen Spalt, um hinauszugaffen. Ich stieß ihn zur Seite, preschte in die Wohnung, warf die Tür zu und drehte den Schlüssel zweimal um. Sein Gezeter beachtete ich nicht. Ich stürmte quer durch die Wohnung zur Ostseite, auf der nicht nur die Balkone lagen, sondern in erster Linie die Morgensonne schien.

Draußen atmete ich einen Augenblick die nach Schnee riechende Luft ein, damit sie meinen Kopf klärte. Dann stieg ich über das Geländer. Höhe war schon lange nichts mehr, wovor ich mich fürchtete. In die Tiefe zu stürzen und zu sterben wäre barmherzig gewesen, verglichen mit dem, was meine Verfolger wahrscheinlich mit mir vorhatten. Ich hangelte mich an der eisernen Brüstung ein Stockwerk tiefer, schwang mich auf den darunterliegenden Balkon und nahm gleich eine weitere Etage in Angriff. Meine Hände wurden taub und blau vom eisigen Metall. Doch das Adrenalin schützte meinen Körper vor Schmerzen und meinen Geist vor der Panik, so kam ich rasch abwärts.

Amber war nirgendwo zu sehen.

Ich war fast so weit hinabgeklettert, um einen Sprung riskieren zu können, als die Sirenen zu plärren begannen. Hinter der anderen, lichtgeschützten Seite des Hochhauses wurde eine Leuchtrakete abgeschossen. Sie zischte über den Himmel, hinterließ einen grünen Streifen und verlor sich irgendwo im Blau. Für die Percents, die Dark Canopy bewachten, war das der Startschuss. Ebenso für mich. Ich hatte knappe zehn Minuten, bis der Himmel dunkel und mein Vorteil dahin war. Nicht zu vergessen, dass die Sirene jeden Percent auf die Straßen rief, der über einen Schutzanzug verfügte.

Ich sprang vom ersten Stock aus und jagte meinen Blick an der Fassade empor. Bislang war mir keiner von ihnen auf den Balkon, ins Licht, gefolgt. Alle, die Schutzanzüge trugen, kamen langsamer voran, doch sie würden kommen, so viel stand fest.

Immer noch konnte ich Amber nicht entdecken. Verdammt, wo war sie?

Es hätte ihr nicht geholfen, wenn sie mich erwischten. Womöglich war sie längst geflohen. Hoffentlich …

Ich rannte los, durchquerte ein verwahrlostes kleines Stück von Kastanien und Haselnusssträuchern gesäumter Wiese, das früher ein Park gewesen war, und tauchte zwischen den Bäumen unter. Da sie sich über ihre Comms absprechen würden, verabschiedete ich mich von dem Gedanken, den schnellsten Weg zum Stadtrand einzuschlagen. Statt mich in der verlogenen Sicherheit der Sonne zu halten – wo sie mich im Schatten der Häuser abfangen konnten –, suchte ich ein Versteck. Mein Fluchtinstinkt schrie dagegen an und wollte so weit wie möglich fort von diesem Ort, aber die Vernunft hielt dagegen. In der Nähe des Hotels würden sie mich nicht vermuten, und wenn erst ein paar Stunden verstrichen waren, konnte ich mich bestimmt unauffällig unter die Menschen mischen. Ich griff nach der metallenen Marke, die ich an einer Kette um den Hals trug.

27754/JORDAN/AYLEEN stand darauf.

Ayleen Jordan war seit einigen Jahren tot, doch da sie eine Stadtbewohnerin gewesen war, bot mir ihr kleines, aber kostbares Vermächtnis eine gewisse Sicherheit. Ich konnte mich damit als Städterin identifizieren. Selbstverständlich gab es Listen, in denen die Daten der Menschen katalogisiert waren. Ein Blick in jene Listen würde offenbaren, dass ich nichts mit Ayleen Jordan zu tun hatte, die inzwischen weit über vierzig wäre. Doch solange nur oberflächliche Stichproben auf den Straßen durchgeführt wurden, war diese Marke meine Lebensversicherung. Zumindest behaupteten dies die Älteren, auch wenn ich selbst über das Wort *Versicherung* nur lachen konnte. Der Schutz war äußerst dürftig, von *sicher* konnte kaum die Rede sein.

Aber man nimmt, was man kriegt. So ist es doch, oder? So war es immer.

Ich brauchte ein Versteck und entschied mich für die nahe gelegene alte Schule. Nachdem der hintere Trakt im Krieg von Bomben eingerissen worden war, hatte man sie nicht als Wohnhaus genutzt, sondern alles herausgeräumt, was von Nutzen war, und den Rest verfallen lassen. Durch diesen Umstand erhoffte ich mir gute Möglichkeiten, mich in dem Gemäuer vor den Percents zu verbergen. Aber vielleicht würden sie aus diesem Grund dort auch als Erstes suchen; und definitiv war der Weg zum Gebäude über den weitläufigen, schutzlos daliegenden Hof gefährlich. Doch ich hatte weder eine Wahl noch Zeit. Also musste ein hastiger Blick über den Hof ausreichen. Als ich niemanden entdeckte, rannte ich los.

Von vorne glich die alte Schule noch immer dem schiefergrauen Klotz, der sie einst gewesen war. Nur der hintere Teil war in sich zusammengebrochen. Von der Seite sah sie aus, als wäre ein Riese auf einen nassen Pappkarton getreten. Die Gemäuer besaßen kein einziges Fenster mehr, wodurch ich leicht durch die – ehemals gläserne – Eingangstür hineinkam. Vor zwei oder drei Jahren hatte ich selbst hier noch Glasreste gesammelt.

Im Inneren hinterließen meine Stiefel Abdrücke im Staub. Dunkelgrüner Linoleumboden kam darunter zum Vorschein. Nach wenigen Schritten wurde es so düster, dass ich meine eigene Fußspur nicht mehr erkennen konnte. Leider hatten die Percents bessere Augen.

Die langen Gänge und hohen Decken riefen ein Gefühl völliger Schutzlosigkeit wach. Von beiden Seiten starrten mich leer geräumte Klassenzimmer durch nackte Türstöcke an. Jenseits der Fensterrahmen war die Welt in ein bläuliches Dämmerlicht getaucht. Die Dunkelheit verdichtete sich, sie floss langsam, aber unaufhaltbar über das Land hinweg wie Wasser. Bildete ich es mir ein oder arbeitete Dark Canopy von Tag zu Tag schneller?

In einem der Klassenräume machte ich eine grüne Tafel aus, die man zur Hälfte von der Wand gebrochen hatte. Sie erinnerte mich an das Bruchstück, das im Clan dazu genutzt wurde, die Kinder zu unterrichten. Ob es aus dieser Schule stammte?

Ich beschleunigte meine Schritte, es zog mich in den verwüsteten Trakt. Bald musste ich über Geröll hinwegsteigen, die ersten Löcher im Gemäuer tauchten auf und beruhigten mich. Jedes dieser Löcher war ein möglicher Fluchtweg.

Außerdem zog der Wind zwischen ihnen umher, er verwischte meine Spuren im Schmutz. Das Treppenhaus war völlig zerstört, aber nach oben wollte ich ohnehin nicht. Stattdessen bahnte ich mir langsam, dafür nahezu lautlos, einen Weg in einen Raum, der so weit in sich zusammengebrochen schien und mit Schutt gefüllt war, dass ich mir ein sicheres und halbwegs bequemes Versteck versprach. Der Geruch von Asche, verschmortem Gummi und kaltem Qualm irritierte mich. Hatte es hier gebrannt? Der Gestank konnte auch von Pistolen oder Gewehren verursacht worden sein. Gar nicht gut.

Ich stieg mühsam über einen mannshohen Haufen Steine, die jemand hierhergeschafft haben musste, denn die Wände und Decken waren entgegen meiner ersten Vermutung größtenteils in Ordnung, was sich allerdings erst zeigte, nachdem ich bis in die Mitte des Raumes vorgedrungen war. Der hintere Teil des Zimmers war frei geräumt, ich erkannte sogleich, warum: Irgendwer schien diesen Ort als Versteck zu nutzen. In einer Ecke fand sich in Asche gebettetes, verkohltes Holz – die Überreste eines Feuers. Ein Fenster gab es nicht, aber oberhalb der Feuerstelle hatte man ein kleines Loch in die rußgeschwärzte Wand geschlagen, vermutlich damit der Rauch abziehen konnte. Helle Ascheflocken bedeckten den Boden um die behelfsmäßige Feuerstelle wie eine dünne Schicht Schnee, doch die danebenliegende Matratze war sauber, offenbar ausgeklopft. Ich fröstelte bei dem Gedanken, dass der Mensch, dem diese Lagerstätte gehörte, vielleicht nicht glücklich reagieren würde, wenn er mich hier fand. Gegen Percents zu kämpfen war die eine Sache; einen Menschen verletzen zu müssen eine völlig andere. Zusammenhalt und Loyalität waren etwas, das wir in den Clans als Erstes lernten. Die Städter sahen das nicht immer so.

Meine Überlegungen, mir einen anderen Platz zu suchen, wurden zunichtegemacht, als ich durch das kleine Loch in der Wand Rufe und das Klappern von Pferdehufen auf Asphalt vernahm. Jetzt ein Geräusch zu verursachen wäre definitiv dümmer gewesen, als im Verlauf des Tages einem Menschen zu begegnen, dessen Gesinnung ich nicht kannte.

An der gegenüberliegenden Seite zogen sich große metallene Schränke an der Wand entlang. Der Raum musste früher als Lager genutzt worden sein. Ich öffnete einen Schrank und schrak durch das Quietschen der Scharniere zusammen. Rost rieselte auf mich herab. Im Inneren hing ein großes, dickes Stoffstück sowie halb verbrannte oder zerfetzte Rollen aus einem dünnen gummiartigen Material, die an Haken aus Metall an einer Stange baumelten wie

Würste zum Trocknen. Ich hatte keine Zeit herauszufinden, worum es sich handelte. Die Geräusche von draußen näherten sich, also stieg ich hastig in den Schrank und zog die Tür millimeterweise hinter mir zu, darum betend, sie möge diesmal kein Geräusch von sich geben. Das Scharnier blieb still, dafür gab das morsche Holz des Schrankbodens unter mir nach. Mein Fuß brach bis zum Knöchel durch die Sperrholzplatte. Ich unterdrückte einen Fluch, kauerte mich zusammen, dachte an Amber und hoffte, dass auch sie ein Versteck gefunden hatte.

• • •

Mein stilles Bitten, nicht gefunden zu werden, wurde erhört. Obwohl ich draußen noch eine ganze Weile die Rufe der Percents vernahm, durchsuchten sie die alte Schule nicht gründlich, sondern konzentrierten sich auf die Spuren im nahe liegenden Waldstück. Ein paar Percents liefen durch die Schulflure, ich hörte, wie sie eine Mutantratte aufscheuchten und tottraten, doch niemand kam in den Raum, in dem ich mich versteckte. In meinem Kopf – leider nur dort – ging ich durch die Reihen der Percents wie ein Racheengel und schlitzte eine Kehle nach der anderen auf.

Schließlich verschwanden sie.

Erst nach vielen Minuten stillen Wartens wagte ich es, meinen eingebrochenen Fuß aus der Holzplatte zu ziehen. Es splitterte, als ich mein Bein mit der Kraft all meiner unterdrückten Wut herausriss. Der Saum meiner Hose hing in Fetzen und das Holz hatte mir die Wade zerkratzt. Etwas blieb an meiner Schuhsohle kleben. Ein Schnipsel Papier.

Aber hallo! Papier war schwer zu bekommen und nahezu unmöglich war es im Winter, wenn es jeder abfackelte. Ich bückte mich, tastete unter dem Holz nach weiteren Funden. Tatsächlich war da noch mehr Papier, zwei beschriebene und bemalte Bögen. Was darauf stand, konnte ich in der Dunkelheit nicht erkennen. Ich faltete die Blätter zusammen und steckte sie in den Hosenbund. Dann griff ich nach dem Stoffstück, das über mir hing, und erkannte zu meinem Überraschen, dass es ein simpel, aber sorgfältig genähtes Cape war. Es verfügte sogar über eine Kapuze und war aus einem dicken, wattierten Kunstfaserstoff, wie ich ihn von alten Schlafsäcken kannte. Ich beschloss, es an mich zu nehmen, und hinterließ stattdessen meine Lederjacke im Schrank. Die patrouillierenden Percents hatten meine Personenbeschreibung, doch junge Frauen mit braunen Haaren gab es einige. Mit einem dunkelblauen Cape statt einer braunen Jacke würden sie mich möglicherweise nicht einmal beachten. Sie waren nicht klug. Zumindest behauptete das Mars und in diesem Moment glaubte ich ihm. Ich wollte ihm das einfach glauben.

früher wollte ich bloß in ruhe leben. aber dann sagte joy, dass dies ein seltsamer wunsch für einen krieger sei. seitdem weiß ich nicht mehr, was ich will.

Matthial fuhr zusammen, als es hinter ihm im Unterholz knackte.

Zwei, drei Schläge nachdem sein Herz begonnen hatte, schneller zu trommeln, beruhigte er sich bereits wieder. Alles war in Ordnung. Es musste so sein, denn Rick stand entspannt neben ihm und wedelte träge mit dem struppigen Schwanz. Wer immer sich näherte, musste ein Freund sein.

Matthial eilte in die Richtung des Geräuschs. War Joy endlich zurückgekommen? Enttäuschung machte sich in ihm breit, denn es war sein Vater, der ihm nach draußen gefolgt war.

»Alles in Ordnung?«, fragte Mars.

Matthial nickte, auch wenn er nicht wusste, ob Mars den Waldabschnitt vor dem Clanhaus meinte oder Matthials Befinden. Die Stimme seines Vaters irritierte Matthial jedes Mal, wenn sie unter sich waren. Nur dann, wenn niemand in der Nähe war, hatte sie den Klang, den Matthial mit seiner Kindheit in Verbindung brachte. Mit den Abenden, an denen die Familie abseits des Clans zusammengesessen hatte. Der Klang, der ihn an die Märchen erinnerte, die Mars seinen Kindern voll Geduld und Ruhe erzählt hatte; Matthial hatte das vom Zaubertunnel, der unter dem Meer hindurch in ein fremdes Land führte, am liebsten gemocht. An warme Milch, mit Vanille gewürzt, und an seine Mutter, deren Hände nach ebendieser Vanille rochen und meist auch ein bisschen nach Bärlauch, Minze und Zwiebeln. An die Schlachtrufe, die der junge Clanführer gebrüllt und seine Anhänger mit einer einzigen Stimme wiederholt hatten: »Sie können uns Zeit stehlen. Aber nicht unser Land! Früher oder später holen wir uns unser Land zurück!« (Diese Rufe hatte Matthial seit Jahren nicht mehr gehört.) Und an Rick, der damals ein verspielter, wuscheliger Welpe gewesen war und nach dem Tod von Matthials Mutter von heute auf morgen den Übermut verloren hatte. Viel zu früh.

Matthial schüttelte die Gedanken ab. »Ich habe die Fallen kontrolliert, aber es war nur eine halb verhungerte, räudige Ratte drin.«

»Dieser Winter ist für alle hart«, erwiderte Mars. »Ich habe das Gefühl, es wird noch schlimmer werden. Es riecht nicht so, als wäre der Winter schon erwachsen, eher so, als würde er sich erst noch entwickeln. Er kann noch härter werden und bis zum April bei uns bleiben. Das macht mir Angst.«

Matthial sah nicht auf. Für ihn roch gefrorene Erde, vereistes Laub und Frost tief im Holz der Bäume immer gleich, egal wie alt der Winter war. Aber wenn Mars sich die Blöße gab, von Angst zu sprechen, dann sollte ihn das mehr sorgen als eine Wand aus Sturm- und Gewitterwolken, die auf ihn zujagte. Heute blieb es kühl in seinem Kopf. Er ängstigte sich bereits viel zu sehr um Joy, die längst wieder zurück sein sollte, als sich Gedanken um den Winter machen zu können.

»Vielleicht kommt der Frühling bald«, sagte er ausweichend, »das kann man auch nicht wissen, und wenn nicht, dann ändern wir doch nichts dran.«

»Das ist richtig, Matthial. Und das Wichtigste, was ein Clanführer lernen muss. Dinge zu akzeptieren, die man nicht ändern kann.«

»Manche sagen, man könne die Regentschaft der Percents auch nicht ändern.«

Mars lachte, ein tiefes, beinahe gemütliches Geräusch. »Sicherlich leichter als das Wetter.«

Das wäre eine Diskussion wert. Doch obwohl Matthial die Lehrstunden seines Vaters für gewöhnlich genoss – auch wenn er kein

Bestreben danach spürte, den von ihm angedachten Platz in absehbarer Zeit zu übernehmen –, war ihm heute nicht danach. Es war schwer, über die Entwicklung des Clans zu sprechen, wenn in seinem Kopf die Gedanken an seine Freundin hin und her schossen wie vom Angelhaken verwundete Fische in einem Eimer.

»Mars ... Vater, sei mir nicht böse, aber ich wäre lieber einen Moment allein. Joy ist noch nicht zurück.«

»Du willst sie suchen gehen?«

»Bei der Sonne!« Er stieß Luft durch die Nase, die ironische Variante eines Lachens. »Wenn sie mich erwischt, wie ich ihr nachschnüffle, weidet sie mich aus! Ich warte hier auf sie. Sie kommt, da bin ich mir sicher.« Joy konnte auf sich aufpassen, diesbezüglich hatte nie Grund zur Sorge bestanden. Dennoch bekam er seine Angst um sie nicht in den Griff.

Mars lächelte müde und tätschelte Rick den Kopf. »Ich verstehe. Ich lasse dich gleich allein. Es war mir bloß wichtig, nach dir zu sehen. Wenn etwas ist ...«

»Was sollte schon sein?«, fragte Matthial skeptisch. Wenn er jetzt anfing, sich böse Szenarien auszumalen, würde er Joy doch noch in die Stadt folgen.

Mars zuckte abrupt mit den Schultern. Er hatte immer noch die kräftige Statur des jungen Mannes, der er einmal gewesen war, aber sein Körper und seine Bewegungen wurden mit jeder Jahreszeit drahtiger, kantiger und auch härter. »Egal was. Du kannst zu mir kommen, Matthial, und unter vier Augen mit mir sprechen. Ich bin für dich da, ja? Immer. Das weißt du.«

Die letzte Aussage hatte den Nachklang einer Frage, also nickte Matthial. »Danke, Vater.«

»Nicht dafür.« Mars kniff verschmitzt die Augen zusammen, das alte, geheime Signal, das bedeutete: *Ich darf es dir vor dem Clan zwar nicht öffentlich zeigen, aber du bist etwas ganz Besonderes für mich.*

• • •

Joy kam, als das Himmelgrau vom Schwarz der Nacht vereinnahmt wurde und alle Schatten zu einem einzigen verschmolzen. Er hörte sie kommen, vernahm ihr Keuchen und das Krachen von Geäst, über das sie hinwegstürmte. Das war eigenartig. Normalerweise war Joy schnell und lautlos wie das Licht. Einen Moment lang glaubte Matthial sich zu irren. War es vielleicht Amber, die er hörte? Nein, er erkannte Joys Keuchen. Er sah sie erst, als sie direkt vor ihm stand; das Haar verklebt, die blasse Haut von etwas Schwarzem beschmiert, ihr Gesicht von Tränenstreifen durchzogen.

»Joy!« Vor Entsetzen bekam er nichts anderes heraus. Immer nur ihren Namen. »Joy … Joy!«

Sie tat etwas, das sie in all den Jahren noch nie getan hatte – noch nie! Sie warf sich in seine Arme, und hätte er sie nicht gehalten, wäre sie auf den gefrorenen Boden gefallen.

»Amber?« Ihre Stimme war ein atemloses Wimmern.

Er schüttelte den Kopf und sie wurde ohnmächtig.

4

nach hause zu kommen war anders als sonst.
nicht mehr echt.

Ich flüsterte mit Matthial, um die Gedanken der anderen nicht zu stören. »Ich habe Angst vor ihm. Kannst du das gar nicht verstehen?«

Er schürzte ironisch die Lippen. »Glaubst du, er frisst dich?«

Aber wenn jemand meine Angst vor Mars verstand, dann Matthial. Ein paar Sekunden lang widmete er seine Aufmerksamkeit dem jüngeren der beiden Matches-Brüder, der in einem Sessel hockte, welcher der Couch, auf der wir saßen, am nächsten stand, und auf einer Flöte ein trauriges Lied spielte. Ein Lied für Amber.

Wir wussten alle, was es bedeutete, dass Amber nicht zurückgekommen war, doch niemand sprach es aus. Auch ich nicht, dabei brannten die Worte in meiner Kehle.

Die Percents hatten sie erwischt.

»Es ist mir vollkommen klar«, fuhr Matthial mit sich verschärfendem Sarkasmus fort, »dass du furchtlos Percents niederkämpfst, aber dir beim Gedanken an meinen Vater in die Hose pisst.«

Ich biss die Zähne zusammen und zischte in seine Richtung zugleich wütende Drohung als auch die Aufforderung, still zu sein. Im Gegensatz zu mir war Matthial ein besonnener Mensch, aber Gefühle wie Angst oder Trauer riefen eine Aggression in ihm wach, die nicht zu ihm passte. Ich berührte ihn am Arm, seine Muskeln waren steinhart, so sehr stand er unter Anspannung.

Ihm hatte ich als Erstes erzählt, was geschehen war. Die Falle, meine Flucht, die Stunden, in denen ich mich versteckt hatte. Wie ich am frühen Abend aus der Stadt gekommen war, wusste ich selbst nicht mehr genau. Ich hatte so viel Angst, erwischt zu werden, dass ich meine ganze Konzentration darauf bündeln musste, mich unauffällig und ruhig zu verhalten, um zwischen den Städtern nicht aufzufallen. Fast bereute ich es, nicht schon im Treppenhaus, im Kampf gegen den Percent, gefallen zu sein. Dann hätten sie mich zumindest nicht mehr gefangen nehmen können. Morbide Logik, aber sie ergab Sinn.

Die Erinnerungen an meinen Weg durch die Stadt waren nur schemenhaft in meinem Kopf gespeichert. Ähnlich einem Traum, den man besser vergessen sollte. Ich wusste noch, dass ich eine Weile flach unter der verrosteten Karosse eines alten Automobils gelegen und gegen die Panik angekämpft hatte, während ich den schweren Stiefeln nachsah, die immer wieder vorbeigingen. Ob ich mich Minuten dort versteckt hatte oder Stunden, konnte ich nicht sagen. Später wunderte ich mich, denn meine Haut war ölverschmiert. Das musste ich instinktiv getan haben, damit sie mich nicht wittern konnten.

Den Weg vom Loch im Zaun bis zum Coca-Cola-Haus war ich gerannt, gerannt, gerannt. Irgendwann hatte ich versucht, das Luftholen einzustellen, weil mir der Atem in der Brust brannte. Ein paarmal war ich hingefallen, aufgestanden und wieder weitergelaufen. Kaum angekommen, hatte mein Körper kapituliert. In Matthials Armen hatte ich Ambers Namen gewispert, sein Kopfschütteln abgewartet und war ohnmächtig geworden.

Inzwischen hatte ich die ganze Geschichte ein Dutzend Mal erzählt. Penny hatte geweint, die Matches-Brüder hatten finster genickt und die Fäuste in die Handflächen geschlagen und Josh hatte immer wieder »Fuck, echt? Wow. Fuck!« gesagt. Dabei war er blass geworden. So blass wie noch nie.

Matthial hatte kaum Worte verloren, bis ich ihn bat, er möge Mars erzählen, was passiert war. Er hatte es abgelehnt, aber versprochen, mir den Rücken zu stärken. Was immer das auch heißen sollte. Ich vermutete, dass er vor den anderen nicht sprechen wollte. Allein war man im Clan selten (einsam dagegen vergleichsweise häufig). Der einzige Ort, an dem wir ungestört hätten reden können, war sein Zimmer, doch ich wollte nicht, dass die anderen vielleicht glaubten, wir würden uns darin vergnügen, während sie um Amber trauerten.

Trauerten? Ja. Sie trauerten tatsächlich, als wäre sie bereits tot und ihr Leichnam begraben.

• • •

Es war schon vollständig dunkel, als Mars sich zu uns gesellte. Wir hatten die meisten Kerzen gelöscht, damit man von draußen keinen Lichtschein sah, und saßen eng beisammen. Ich lehnte mit dem Rücken an Matthials Brust und konzentrierte mich auf seinen Herzschlag, während Penny Mars in knappen Worten erklärte, dass Amber verloren sei.

Verloren …

Ich grub die Fingernägel in meine Handflächen und das lag nicht allein daran, dass Mars sich nun dicht vor mir niederkniete. Unweigerlich rutschte ich ein Stück von Matthial fort. Das Gemurmel verstummte.

»Erzähl«, forderte er mich auf.

Ich begann stockend, doch meine Stimme wurde langsam fester, während mein Hass anschwoll und mir Kraft gab.

»Vielleicht lebt sie noch«, schloss ich meinen Bericht ab. »Ganz bestimmt lebt sie noch. Wir müssen sie da rausholen!«

Mars' Augen wurden schmal und ich bemerkte zu spät, dass ich mit meinem letzten Satz seine Position als Anführer infrage gestellt hatte. Ich hatte hier keine Befehle zu erteilen. Doch er schien mir nicht böse zu sein, er schüttelte einfach nur den Kopf. »Tut mir leid, Joy.«

Es tat ihm leid?

Er hatte Amber kaum gekannt. Er war nicht mit ihr aufgewachsen, hatte sie nicht getröstet, wenn sie Angst gehabt hatte. Er war es nicht gewesen, der matschige Brombeeren in der Faust versteckte, damit niemand anders sie bekam, sondern ganz allein Amber, weil sie Brombeeren lieber aß als alles andere auf der Welt.

Es. Tat. Ihm. Leid?

Er hatte nicht an ihrem Bett gesessen und ihr nasse, kalte Tücher um die Waden gewickelt, als sie Fieber hatte. Er hatte nicht geweint vor Erleichterung, als die Krankheit überstanden war.

»Es tut dir leid?«

Ich brauchte einen Moment, um zu begreifen, dass diese fassungslosen Worte aus meinem eigenen Mund gekommen waren. Mars besaß den Anstand, den Blick zu senken. Vielleicht ahnte er, wie taktlos er gesprochen hatte.

»Wir werden sie nicht einfach im Stich lassen«, stammelte ich. Zunächst wollte ich ein *Oder?* anfügen, doch dann entschied ich mich anders. »Du willst damit hoffentlich nicht sagen, dass du sie ihnen einfach überlassen willst. Mars!«

Die Leute um mich herum atmeten lauter oder ließen es ganz. Matthial rutschte näher an mich heran. Ich spürte ihn im Rücken, er war so angespannt wie sein Bogen, wenn er auf Beute anlegte. Mars' Miene gab keine Regung preis, aber ich schwöre, dass er unterschwellig eine solche Bedrohung versprühte, dass Matthial ihn wohl augenblicklich niedergeschlagen hätte, würde Mars auch nur zu schnell aufsehen. Er behauptete immer, Mars und er würden sich sehr schätzen, aber wenn sie das taten, dann verbargen sie es gut. Meine Hand zuckte in Richtung meines Messers.

Mars stand langsam auf und entfernte sich von mir. »Ich verstehe deinen Zorn«, sagte er und wandte sich ab, sodass ich sein Gesicht nicht mehr sehen konnte. Mit ein paar Schritten war er im Dunkeln verschwunden, zurück blieb nur seine Stimme. »Ich kann nicht erlauben, dass weitere von uns in Gefahr geraten, oder gar der ganze Clan.«

Mein Blick fiel auf die kleine Flora, ein zartes Ding von zwei Jahren, die im flackernden Licht einer Kerze mit einem abgerissenen Stromkabel spielte. Babys jüngste Tochter. Ein Waisenmädchen.

»Glaubst du denn«, sagte Mars, »Amber würde wollen, dass die Zukunft des Clans in Gefahr gerät, weil sie einen Fehler gemacht hat? Das kann ich nicht zulassen. Ich trage eine Verantwortung.«

»Gilt die nicht für Amber?« Es war Matthial, der laut und ruhig sprach und sich hinter mir erhob. »Endet deine Verantwortung, sobald es gefährlich wird, zu ihr zu stehen?«

»Matthial, es ist nicht an der Zeit, meine Entscheidungen anzuzweifeln.«

Matthial stieß ein trockenes Lachen aus. »Wenn es nach dir geht, wird diese Zeit auch nie kommen.«

Ein paar Leute begannen zu murmeln, ich dagegen reihte mich bei denen ein, die die Luft anhielten. Es war grotesk. Ich wollte Mars auf meine Seite bringen, egal wie. Stattdessen brachte ich ihn nicht nur gegen mich, sondern auch gegen Matthial auf. Matthial tat das allein für mich; aus freien Stücken hätte er sich doch nie gegen seinen Vater gestellt. Verdammt, das lief alles falsch!

Mars lachte bitter. »Du bist vielleicht mein Sohn«, höhnte er, »aber das macht dich nicht zu etwas Besserem. In meinen Augen bist du nichts anderes als jeder hier im Raum. Du aber glaubst, die Führung an dich nehmen zu können, ohne dich zuvor beweisen zu müssen. Wie arrogant bist du, Matthial?«

Im schwachen Licht sah ich Matthial das Kinn hochrecken. Wie gelassen er blieb. Wie konnte er es hinnehmen, von seinem Vater so bloßgestellt zu werden?

Er grinste fast, ein steinhartes Verziehen seiner Lippen. »Ich will dir deine dreckige Führung nicht streitig machen … Vater. Die Clanführung, die dir so wichtig ist – ich will sie gar nicht. Ich will, dass du es vernünftig machst.«

»Meine Entscheidung steht«, schnarrte Mars. »Keine Himmelfahrtskommandos, um jemanden zu retten, der nicht mehr zu retten ist.« Er trat näher an Matthial heran, sodass ich ihn wieder sehen konnte. Die beiden starrten sich an. Matthial voll unterdrückter Wut, Mars abfällig. Dann ließ Mars seinen Blick über die anderen schweifen, bedachte mich mit einem kaum wahrnehmbaren Blecken seiner Zähne. Ich erschauderte.

»Wenn ihr glaubt, dass mein Sohn mehr Sicherheit für eure Ärsche verspricht, dann folgt ihm ruhig. Allerdings müsst ihr eure Clangründung auf später verschieben. Matthial hat nämlich bereits etwas vor.« Er grinste freudlos. »Oder irre ich mich, mein Junge, wenn ich sage, dass du in diesem Augenblick eigentlich auf dem Dach Wache halten solltest? Wen lässt du gerade im Stich und verwehrst ihm seinen Feierabend? Oder ist der Clan schutzlos, weil du lieber über meine Verantwortung diskutierst, statt die deine zu übernehmen?«

An der Art, wie Matthial den Atem ausstieß, erkannte ich, dass Mars ihn an der Gurgel hatte. Verdammt! Alle Aussichten, Amber zu retten, schienen verloren. Matthial pfiff nach seinem Hund und verließ den Raum ohne ein weiteres Wort. Doch als ich ihm nachsah, legte er für einen Moment die Hand auf den Türrahmen und klopfte mit dem Mittelfinger gegen das Holz. Eins der etlichen geheimen Zeichen, die wir uns als Kinder ausgedacht hatten. Es bedeutete: *Folge mir.*

Ich blieb noch eine Weile sitzen, um nicht aufzufallen. Mars kam zu mir und in diesem Moment empfand ich erstmals mehr Wut als Angst. Ich verabscheute die Art, wie er Matthial behandelte. Das hatte er nicht verdient.

»Gib mir die Blätter, von denen du geredet hast, Joy. Das Papier.«

Ich hatte nicht die geringste Ahnung, woher ich jetzt noch den Mut nahm, aber ich sagte laut und deutlich: »Nein.« Nein, ein unerschütterliches Nein. Die Papiere gehörten mir, selbst nach seinen eigenen Gesetzen hatte Mars nicht das Recht, sie mir wegzunehmen. Außerdem interessierten mich diese Blätter, denn inzwischen wusste ich, dass das erste eine Landkarte war. Auf dem zweiten befanden sich eine Skizze von einem Wolfskopf und ein Text in einer Sprache, die ich nicht verstand. Ich wollte herausfinden, was diese Aufzeichnungen bedeuteten. Keinesfalls würde ich sie hergeben. Es blieb beim Nein.

»Hab dich nicht so«, fuhr Mars mich an. »Was willst du schon damit anfangen?«

Mit aller Kraft hielt ich seinem Blick stand. »Ich könnte mir den Hintern damit abwischen.«

Irgendjemand im Raum lachte verhalten. Ich bewunderte seinen Mut.

»Wie du willst«, sagte Mars, wandte sich ab und ging zu Brooke, die mit ihm sprechen wollte, weil das Pferd schon wieder lahmte.

Danach ließ Mars mich in Ruhe, warf mir aber immer wieder diese unangenehmen Blicke zu. Sie bedeuteten, dass es meine Schuld war, dass ich versagt hatte, und dass er es mir heimzahlen würde, ihn beleidigt zu haben. Ich gab vor, nichts zu bemerken, weil mir keine andere Wahl blieb.

Niemand redete mit mir. Vermutlich wollte nach der Auseinandersetzung von eben keiner mit mir gesehen werden und für alle, die auf meiner Seite standen – wenn denn jemand auf meiner Seite stand –, war dies auch das Vernünftigste. Der jüngere der Matches-

Brüder hatte sein Flötenspiel wieder aufgenommen und die Frauen und Kinder begannen leise zu singen. Die Männer schwiegen. Alle dachten ein letztes Mal an Amber, um sie danach aus ihren Gedanken zu streichen, als hätte es sie nie gegeben.

Nur ich nicht. Ich dachte an Matthial und daran, dass wir beide versuchen würden, sie zu retten.

War es nicht Ironie des Schicksals? Am Morgen hatte Amber mich noch überreden wollen, den Clan nicht zu verlassen und stattdessen an Matthials Seite zu bleiben. Ausgerechnet ihre Gefangennahme zwang mich nun dazu. Ich hätte sie am liebsten laut beschimpft und auf sie geflucht, war mir aber sicher, dass ich dann in Tränen ausbrechen würde. Also blieb ich still und trug ebenjene Stärke zur Schau, die ich gerne auch in mir drin gespürt hätte.

• • •

Als ich eine knappe Stunde später durch eins der Fenster im oberen Stockwerk aufs Flachdach kletterte, hatte es zu regnen begonnen. Einzelne matschige Schneeflocken mischten sich darunter, in der Nacht würden die Tropfen sicher gefrieren. Matthial bemerkte mich sofort, er raschelte mit der schwarzen Plastikplane, unter der er und Rick sich vor dem Wetter und dem Gesehenwerden verbargen. Geduckt huschte ich zu ihm an den Rand des Daches und legte mich an seiner freien Seite bäuchlings auf die Styroporplatte, die verhinderte, dass man am Boden festfror. Er breitete die Plane wie eine Decke über uns beide, trotzdem war es eisig kalt. Eine Weile lang sahen wir uns schweigend an, und während er in meinem Gesicht sicherlich Angst und Unsicherheit las, stand in seinen goldbraunen Augen reiner Kampfgeist. Seine rechte Hand lag dicht neben einer Armbrust, als könnte er es kaum erwarten, damit auf einen Feind zu zielen.

»Was glaubst du, wer uns helfen würde?«, fragte ich leise.

Er grinste schief. »Nachdem ich Mars die Möglichkeit, mich als dumm und verantwortungslos hinzustellen, quasi mit dem Silberlöffelchen in den Mund geschoben habe, sicher keiner mehr.«

Wie blöd, dass ich ihm nicht widersprechen konnte. »Was ist mit den Matches-Jungs?«

»Weiß nicht.« Er seufzte. »Sie kommen gerade aus der Stadt und haben keine Erfahrung im Kampf. Obwohl sie so alt sind wie wir, kommen sie mir wie Kinder vor. Sie sind so ahnungslos. Ich will sie nicht ins Verderben stürzen, Joy.«

Ich nickte halbherzig. Einerseits hatte er recht, andererseits war der Mut der beiden Brüder noch nicht von der Hoffnungslosigkeit in den Boden gestampft worden. Ich würde sie fragen, egal wie Matthial darüber dachte.

»Josh ist sicher auf unserer Seite«, überlegte er. »Auch wenn Mars ihn dann verdrischt. Aber im anderen Fall verdresche ich ihn eben.« Er lächelte versonnen. Ich wusste so gut wie er, dass er seinen jüngeren Bruder nie schlagen würde. Er war so anders als sein Vater.

»Du solltest auch Willie fragen, Joy.«

»Warum ich?«

»Er steht auf dich.« Matthial rückte näher an mich heran, bis seine Stirn meine Schläfe berührte. Er rieb seine Nase leicht über meine Wange und flüsterte: »Wenn du ihn fragst, wird er nicht widerstehen können.«

»Bist du deshalb auf meiner Seite?« Es war keine Frage, es war ein Vorwurf und er war ausgesprochen, ohne dass ich auch nur einen Moment über meine Worte nachgedacht hätte. »Du tust, was ich will, weil ich mit dir schlafe.«

Er wandte sich ab, schwieg bedrückend lange und meinte dann bitter: »Ja. Ja, genau, Joy. Nur deshalb.« Seine Worte troffen vor Ironie.

Ich hatte es übertrieben und plötzlich tat es mir leid. *Der Schock*, redete ich mir ein. *Es ist die Anstrengung und der Druck, unter dem wir alle stehen.* Ich war belastbar, wenn es darauf ankam, aber hinterher brach ich regelmäßig zusammen und biss um mich wie eine in die Enge getriebene Ratte. Blöderweise erwischte ich meist die, die mir am wenigsten getan hatten. »Matt, ich … es tut mir leid.«

»Weiß ich«, entgegnete er müde. Seine Stimme sagte etwas anderes.

5

alles hat seinen preis.
alles.

Natürlich fragte ich Willie. Willie war ein wenig älter als ich, aber er kam mir oft vor wie ein überdimensionales Kind, das immer auf der Suche nach einem schönen Spielzeug war. Ich fragte ihn in einem abgeschnittenen Hemd, das mir nur noch bis zum Nabel reichte, und die Hose hing so tief auf meinen Hüften, dass sie den Ansatz meiner Schamhaare erahnen ließ. Ein schönes Spielzeug.

»Du bist doch dabei, wenn wir es ihnen besorgen, hm?«

Er lächelte nervös. »Ihr wollt echt die Percents angreifen. Irre ist das. Irre.«

»Hast recht. Irre. Bist du irre genug für uns?«

Ganz bewusst hatte ich mich nicht gewaschen. Ich genoss den Trost, den mir Matthials Geruch auf meiner Haut schenkte. Er war wütend auf mich, die ganze Nacht lang hatte ich seinen unterschwelligen Frust in jeder seiner Bewegungen gespürt. Es war schön gewesen. Mir gefiel es, wenn sein Temperament mit ihm durchging, und ich mochte das wunde Gefühl zwischen meinen Beinen und die Kratzer, die ich auf Matthials Brust zurückgelassen hatte. Ich glaube, in Nächten wie dieser liebte ich ihn wirklich. Ich liebte es, mit welch abfälligem Ausdruck er mich bedacht hatte, als ich mich vor dem Frühstück aufmachte, um Willie zu finden. Der Ekel in seinen Augen spiegelte exakt das wider, was ich nun verspürte, während ich die Daumen in den Hosenbund hakte, die Lider hochschlug und die Hose noch einen Zentimeter weiter hinabzog. Matthial machte das sichtbar, was ich empfand, und das war Grund genug, ihn zu vergöttern und zu verachten.

Willies Mund stand leicht offen – das tat er immer, da er seit einem üblen Bruch nicht mehr durch die Nase atmen konnte. Er leckte sich über die Schneidezähne. »Joy, die Sache ist die …«

Ich boxte ihm freundschaftlich gegen die Brust, rieb meine Fingerknöchel an seinem Hemd. »Du hast Schiss. Mach dir keinen Kopf, das ist schon okay. Eigentlich sind wir auch genug, zu viele sollten ohnehin nicht mitmischen, eine große Gruppe fällt eher auf als eine kleine.«

»Viele?« Er stützte seine Hand neben meinem Kopf an der Wand ab. Von Weitem sah es sicherlich so aus, als würde er mich umarmen. »Wer ist denn noch alles dabei?«

Ich sah mein Gift in ihm arbeiten, schämte mich dafür und zuckte mit den Schultern. »Och, einige. Ein paar Leute aus Jamies Clan.« Gelogen. »Josh und Matthial, Janett, Mona, Tommie und Zacharias. Dieser Gerald aus der Stadt natürlich.« Ich kannte nicht mal einen Gerald, aber der Name gefiel mir. Er klang stark. »Die Matches-Brüder und …« Mehr musste ich nicht sagen.

Willie zog seine buschigen Brauen zusammen, sodass es aussah, als besäße er nur eine einzige. »Die kleinen Matches-Jungs mischen mit?«

»Ja.« Ich hatte ihn so was von an der Gurgel. Willie wog so viel wie die beiden Brüder zusammen und würde nie zulassen, dass diese Hänflinge mehr Mut bewiesen als er.

Ich unterdrückte ein Lächeln und ließ meinen Blick ganz langsam an seinem Körper hinabgleiten. Er rückte näher, als würde er mich jeden Moment gegen die Wand pressen wollen – seine breite Gestalt verbarg mich nun komplett. Wie sollte er auch ahnen, dass ich eine kleine, arglistige Spinne war und ihn längst im Netz hatte? Von irgendwoher hörte ich ein Räuspern und wusste, dass Matthial in der Nähe war. Ich fuhr mir mit der Zunge über die Unterlippe und kippte die Hüfte nach vorn. Willie legte seine Hand mit weit gespreizten Fingern auf meine Taille. Er hatte große Hände und immer saubere Nägel. Dass sein Daumen meine Brust berührte, war sicherlich reiner Zufall.

»Verdammt, Joy, dir kann man einfach nichts ausschlagen, wenn du so lieb bittest.«

»Mir geht es nur um Amber.« Glückwunsch. Ich hatte es tatsächlich geschafft, einen ganzen Satz lang nicht zu lügen.

»Klar. Um Amber.« Sein Daumen rieb über meine Brustwarze.

Ich fragte mich, wie weit ich gehen würde. Es ging um einen starken Kämpfer für unsere Sache. Einen Kämpfer für Amber. Unser aller Leben konnte von einem einzigen Mann abhängen, da war es ja wohl nicht zu viel verlangt, wenn ich ein bisschen nett zu ihm war, oder?

Er strich mir übers Gesicht und erstmals hatte ich Mühe, meine Abneigung zu verbergen.

»Joy, für *dich* würde ich alles tun.« Die Art, wie er das aussprach, trieb mir kalten Schweiß aus den Poren.

»Ich will niemanden drängen«, sagte ich eilig. »Es wird eine gefährliche Sache, vielleicht hat Mars recht und es ist aussichtslos. Um ehrlich zu sein, weiß ich auch noch gar nicht mit Gewissheit, ob Jamies Leute nun mit dabei sind oder nicht, und Zac hat auch noch nicht fest zugesagt. Bislang ist das alles bloß eine Idee, ich …«

Warum musste ich an diese Spinnenart denken, die sich gerne überfrisst und dann elendig an ihrer Maßlosigkeit zugrunde geht? Einen Moment stellte ich mir vor, Matthial würde kommen und Willie grob von mir wegreißen. Aber Matthial nahm mir nie Entscheidungen ab. Er war mein bester Freund, er ließ mich allein entscheiden.

Willies Unterleib drückte gegen meinen, seine Hand lag längst besitzergreifend über meiner Brust. Er beugte sich zu mir herab, berührte meine Wange mit geöffneten Lippen. Er war rasiert und sein Atem duftete nach Kräutern, als hätte er sich eben erst die Zähne geputzt und Petersilie und Minze gekaut. Ich war es, die gerade aus dem Bett gekommen war, nach Schlaf und einem anderen Mann roch.

Über Willies Schulter sah ich Matthial mit dem Rücken zu mir in einem Sessel sitzen. Ihm gegenüber hockte ein kleines Mädchen auf dem Sofa und starrte angestrengt in unsere Richtung. Ohne den Blick abzuwenden, bewegte sie die Lippen und mir war klar, dass Matthial sich erzählen ließ, was vor sich ging, weil er selbst nicht hinschauen wollte.

Ich grub die Finger in Willies Nacken und ließ meine Wut alle anderen Gefühle betäuben. Es war weniger Wut auf Willie, sondern mehr auf mich selbst. Ich wandte mich ihm zu, warf meinen Stolz weg und meine Karten offen auf den Tisch. »Eine einmalige Sache«, knurrte ich durch die Zähne. »Dafür kämpfst du auf unserer Seite.«

Er zögerte, zog sich ein kleines Stück von mir zurück, als müsse er den Deal überdenken. Das war klug von ihm. Mich zu vögeln war es beileibe nicht wert, dafür sein Leben zu riskieren. Aber wer braucht schon einen unentschlossenen Kämpfer? Unentschlossenheit bedeutet Schwäche. Ich leckte ihm über den Mund, schob meine Zunge dann tief zwischen seine Lippen. Damit waren wir uns einig.

• • •

Es gibt Dinge, über die man im Clan nur mit seinen besten Freunden redet. Sex ist so eine Sache. Jeder weiß, wer es mit wem treibt – es ist meist auch schwer zu übersehen. Trotzdem redet man nicht darüber, ebenso wenig wie man sich übers Atmen unterhält, und darüber, wie oft man aufs Klo geht und mit welchem Resultat.

Diesmal war es anders. Mein bester Freund ließ mich wissen, dass er kein Wort hören wollte. Er zeigte es mir mit einem eindeutigen Blick, der so dicht an mir vorbei ins Leere ging, als wäre ich nicht anwesend.

Dafür redeten die anderen. Meine Haut war noch warm von den Decken in Willies penibel reinlichem Bett, als ich schon das Gemurmel verstummen hörte, sobald ich einen Raum betrat. Die Blicke waren kalt, besonders die der anderen Mädchen. Einige davon hätten Willie selbst gern für sich gehabt. Ein paar anderen gefiel Matthial, den ich gerade unsagbar gekränkt hatte. Dass er mich ebenso kränkte, weil er mich nicht davon abhielt, die Besonderheit zwischen uns beiden zu verkaufen, interessierte niemanden außer mir. Vielleicht tat ich ihm damit unrecht. Ich hatte das Vertrauen in mein Rechts- und Unrechtsbewusstsein längst verloren, wenn ich überhaupt je über eins verfügt hatte.

So verbrachte ich den restlichen Vormittag damit, mich verletzt zu fühlen und infrage zu stellen, ob Grund dazu bestand.

Einig wurde ich mir nicht.

Ich mühte mich ab, gewissen Menschen aus dem Weg zu gehen. Dazu zählte vor allem Mars, aber auch meiner Schwester wollte ich nicht in die Augen sehen. Penny erwischte mich trotzdem. Sie zog mich an einen Küchentisch, ließ ein paar schwarze Rüben auf die Tischplatte purzeln und rammte ein kleines Messer ins Holz. Dann setzte sie sich neben mich und schlug einen zerfledderten Liebesroman auf, den sie sicher schon auswendig kannte. Es war unser einziger – viele Bücher gab es nicht mehr – und mir fiel ein, dass sie mir schon Hunderte Male gesagt hatte, ich solle ihn lesen, solange er noch lesbar sei. Ich hatte immer geantwortet: »Mach ich die Tage.«

Ich griff seufzend nach dem Messer, begann Rüben zu schälen und auf meine Predigt zu warten.

Erstaunlicherweise machte sie mir keinen Vorwurf. Stattdessen schwieg sie lange, blätterte geräuschvoll, schwieg weiter und sagte schließlich: »Du weißt, dass du nicht immer alle retten kannst, oder?«

Ich schnaubte spöttisch und hackte einer Rübe gewaltsam den Strunk ab. Wann hatte ich je jemanden gerettet?

»Dad hat das damals gesagt«, erklärte Penny, ohne von ihrem Buch aufzusehen. »Er hat dich im Arm gehalten, ich weiß noch genau, wie schrumpelig, verquollen und hässlich du kurz nach deiner Geburt ausgesehen hast. Wie ein Greis, dürr, blau und faltig. Damals wusste ich noch nicht, dass Babys immer so aussehen. Ich dachte, du wärst eine Missgeburt, und bekam Albträume von deinem Anblick. Aber Dad sagte nur: »Dieses kleine Mädchen wird uns noch alle retten.«

Um nicht heulen zu müssen, lachte ich. »Dad musste es ja wissen.«

Dad war fort. Nicht tot, das wäre immerhin eine Entschuldigung gewesen. Er war *zurückgegangen*. Hatte aufgegeben. Versagt. Doch in gewisser Weise hatte er recht behalten. Ich wurde am Blutsonnentag geboren, dem denkwürdigen Tag, an dem Dark Canopy den Himmel nicht verdunkelte. Es hieß, dass die Menschen zunächst misstrauisch gewesen wären, doch als die Sonne gegen Mittag hoch und golden am Himmel stand, wagten sich die ersten Mutigen nach draußen. Sie glaubten, die Maschine sei zerstört, und plötzlich loderte überall Hoffnung auf – bis zum Himmel. Viele feierten auf den Straßen. Andere schlossen sich zusammen, um in den Kampf gegen die Percents zu ziehen und sie ein für alle Mal zu vertreiben. Das Sonnenlicht gab ihnen Kraft und die Wärme ließ sie glauben, dass sie alles erreichen könnten.

Meine Familie gehörte zu den wenigen Menschen, die nicht auf der Straße gewesen waren, denn ich hatte beschlossen, zur Welt zu kommen. Sechs Wochen zu früh, wenn meine Mutter richtig gerechnet hatte. Vollkommen unerwartet hatten die Wehen eingesetzt. Nur darum waren meine Eltern im Haus geblieben. Meine Mutter hatte mich geboren, während vor den Fenstern die Menschen tanzten. Dad hatte mir später erzählt, dass ich ein Sorgenkind gewesen war. Es brauchte mehrere Klapse auf den Po und einen nassen Lappen im Gesicht, bis ich zu atmen begann, und erst Stunden nach meiner Geburt gelang es meiner Mutter, mich mit Tricks und Kniffen dazu zu bringen, an der Brust zu trinken. Etwa um die gleiche Zeit schwoll draußen das Geschrei an. Die Percents kamen mit Schutzanzügen bekleidet, in Autos und auf Pferden, schossen blindlings in die Menge. Sie töteten Männer, Frauen, Kinder, ja selbst Hunde; überfuhren so viele Menschen, wie sie erwischten, oder ritten sie nieder. Es hieß, sie waren außer sich gewesen. In Rage, mordlüstern, vollkommen ohne jede Hemmung. Leichenteile und Blut hatten noch in derselben Nacht Horden von Mutantratten in die Stadt gelockt, die zwischen den Fetzen der Gefallenen eine Fressorgie feierten.

Wir erfuhren nie, ob der Sonnentag eine Falle gewesen war oder ob Dark Canopy an diesem Tag wirklich nicht funktioniert hatte. Wie auch immer. Am Abend meines Geburtstags glühte das Licht der untergehenden Sonne auf den blutbesudelten Straßen. Es war der letzte Sonnenuntergang, an den man sich erinnerte.

• • •

Penny ließ ihr Buch sinken und sah mich an. »Darf ich dich um eines bitten, Kleines?«

Ihre Worte machten mich misstrauisch. »Um was?«

»Verhure dich für diese Sache, wenn du glaubst, dass es etwas bringt«, sagte sie in einem Tonfall, als spräche sie über das Schälen von schwarzen Rüben, »aber mach nicht mit. Lass die Männer das regeln. Wir brauchen dich hier. Geh nicht mit ihnen.«

Ich erwiderte ihren Blick, dachte aber nicht über ihre Bitte nach. Nein, ich fragte mich bloß, ob ich in wenigen Jahren dieselben Falten um die Lippen haben würde und den gleichen müden, glasigen Glanz in den Augen. Vielleicht kam es daher, dass Penny kaum schlief. Ihr Baby weckte sie nachts alle zwei Stunden. Wenn es Ruhe gab, verlangte Ennes nach ihr. Und wenn auch er einmal nichts von ihr wollte, dann las sie den dummen Roman aus den Zeiten vor dem Krieg, in dem es nur darum ging, ob der Held die Heldin am Ende heiratete und sie mit ihren Kindern glücklich lebten bis ans Ende aller Tage. Die Helden hatten ja nicht ahnen können, wie dieses Ende aussehen würde.

Wir steckten mittendrin, im Ende der Welt.

Penny war fünfundzwanzig und seit einer kleinen Ewigkeit hielt sie sich für meine Mutter. Ich liebte sie, ich liebte sie wirklich, aber nicht ansatzweise genug, um zu werden, wie sie mich haben wollte. So wie sie.

»Joy. Kleines, bitte.«

Joy war kein Kleines, war es nie gewesen. Joy war eine Kriegerin.

»Bitte mich um etwas anderes, Penny.«

• • •

Matthial ließ mich über Josh wissen, dass er fünf Leute auf unsere Seite gebracht hatte, während ich mich – Josh zitierte das wörtlich – »mit einem abgerackert« hatte. Daraufhin ging ich zu den Matches-Brüdern, die Matthial nicht dabeihaben wollte, weil er für sie keine Chance sah, den Angriff zu überstehen.

»Ein paar von uns werden Amber retten«, sagte ich mit vorgeschobener Unterlippe und erhobenem Kinn. »Vielleicht gelingt es uns, auch eure Schwester zu befreien. Seid ihr dabei?«

Danach stand es fünf zu drei und Matthial hasste mich. Ich spielte mit dem Gedanken, ihm zu erzählen, dass ich an ihn gedacht hatte, während ich bei Willie gewesen war. Ich hatte Willie nicht angesehen, um mir Matthial vorstellen zu können. Das war misslungen. Später hatte ich geweint und wollte ihm das sagen, wollte es so laut brüllen, dass es alle hörten.

Ich ließ es, als mir klar wurde, was ich damit erreichen wollte. Matthial und Willie sollten sich genauso benutzt fühlen wie ich. In meinem Kopf waren wir ein dreckiger, kleiner Dreierhaufen, in dem jeder jeden beschmutzte, beschämte und sich selbst am Elend der andern beiden aufgeilte. Es beschäftigte mich so sehr, dass ich Amber darüber fast vergaß. Das wiederum fiel mir erst auf, als ich Matthial im Hof sah, wie er mit einem Stock Karten von der Stadt in den Sand malte, Pläne schmiedete und immer wieder alles glatt strich, seine Ideen verwarf und neu überlegte. Zwei Stunden stand er da, grübelte und ließ immer wieder das Gesicht in die Handfläche sinken. Ich beobachtete ihn von einem mit Brettern zugenagelten Fenster aus durch einen schmalen Spalt und rief mir in Erinnerung, wie es klang, wenn er schnarchte, weil ich Willies Stöhnen nicht aus dem Kopf bekam.

Matthial verachtete mich nur halb so sehr, wie ich es selbst tat.

6

wer sich verstecken muss,
lernt im dunkeln zu sehen.

Die Sterne sowie ein paar graublaue Fäden im Nachthimmel, die erahnen ließen, dass es irgendwann auch wieder Tag werden würde, waren uns genug Licht, um den Weg zur Stadt zu finden. Jeder von uns, ein knappes Dutzend mutloser Angreifer, hätte ihn blind gefunden.

»Hey, du!« Ich hatte vergessen, wie der jüngere Matches-Bruder hieß.

Er reagierte nicht, sondern ging ungerührt weiter, die Augen halb geschlossen, die Flöte an den Lippen. Ich stieß ihm in die Seite und er verriss den Ton.

»Sollen die Percents von Weitem hören, dass wir kommen? Gib endlich Ruhe.«

Matthial griff nach meinem Handgelenk. »Nervös, Joy?«

Mehr als das. Ich schüttelte ihn ab. »Er geht mir auf die Nerven mit seinem Gedudel.«

Der Junge schloss die Finger um seine Flöte, als wäre sie eine Waffe, aber sein Blick klebte am Boden. Er wagte nicht, mir zu widersprechen, und für einen Moment fragte ich mich, warum. Sah ich so furchterregend aus? Merkte er nicht, dass ich es war, die sich fast in die Hosen machte vor Angst?

»Wir sind noch viel zu weit von der Stadt entfernt«, meinte der ältere Matches-Bruder, der einen guten Meter hinter uns ging. »Die hören uns nicht. Und wenn, dann schöpfen sie keinen Verdacht, wenn wir uns harmlos geben.«

Klar, dass er so dachte. Das war Städter-Logik. *Fall nicht auf und du bist sicher.* Was sie immer wieder vergaßen, war, dass außerhalb der Städte jeder Mensch gegen die Gesetze verstieß; egal was er plante, egal woher er kam, egal wohin er wollte. In den Städten galt des Nachts keine Ausgangssperre, aber außerhalb des Zauns war dies immer der Fall.

Ich entgegnete nichts, sah weiterhin seinen Bruder an. Er hatte etwas Vogelhaftes an sich mit seinem spitzen Gesicht, den runden Augen und dem fedrigen roten Haar. Immer noch mied er meinen Blick und ich wusste nicht, ob er mir leidtun sollte, weil er sich so fürchtete, oder ob ich ihn dafür verachtete, es so offen zu zeigen.

Letztlich entschied ich mich, dass es besser wäre, wir würden alle gemeinsam die Percents fürchten statt uns gegenseitig. Ich legte ihm eine Hand auf die Schulter – verdammt, war der Junge knochig – und wiederholte mein »Hey«, diesmal sehr ruhig, fast geflüstert. »Wir schaffen das schon.« Was übersetzt hieß: *Tut mir leid, dich angeschnauzt zu haben, Vögelchen.* Aber ich glaube nicht, dass er mich verstand.

»Nja, wir zeigen es ihnen«, erwiderte er.

Den nächsten halben Kilometer grübelte ich, ob ich ihn wirklich verstanden hatte und ob er eine Antwort von mir erwartete. Etwas wie: *Ja, ganz sicher, kleiner Matches-Bruder!*, oder: *Du wirst sie wegblasen, Vögelchen!* Etwas, das ihm Mut machen würde. Etwas, das ich ihm nicht versprechen konnte, doch selbst so gerne glauben wollte.

Zumindest spielte er weiter.

• • •

Die Planungen hatten fast eine Woche beansprucht. Abwechselnd waren wir in die Stadt vorgedrungen und hatten Verstecke rund um das Hotel ausspioniert, um jeden Krieger mit seiner Waffe bestmöglich zu platzieren. Wir hatten die Percents genau beobachtet, jeden ihrer Schritte aufgezeichnet, und kannten ihre Routinen, als wären es unsere. Wir wussten um die wenigen Schwachstellen, die das Hotel hatte. Das Problem war, dass wir nicht mit Gewissheit sagen konnten, ob Amber wirklich im Hotel gefangen gehalten wurde. Für mich bestand kein Zweifel. Amber war hübsch und wusste zu viel. Sie war wertvoll für die Missgeburten; so schrecklich wertvoll, dass es mir den Magen umdrehte. Die anderen mochten von ihr denken, was sie wollten, und über ihre Mutlosigkeit herziehen, aber verraten hatte sie uns nicht.

Im Coca-Cola-Haus blieb es friedlich, sah man von unserem Befreiungskommando ab, dem die anderen nur Ablehnung und Unverständnis entgegenbrachten.

Amber schwieg. Was bedeutete, dass sie stark war. Oder tot.

Ich schüttelte mich bei dem Gedanken und an meinem Rücken knisterte es. Ich hatte ein Stück quadratischen Stoff an drei Seiten auf die Innenseite meines Unterhemdes genäht, sodass eine Art flache Tasche entstanden war. Darin trug ich meine Papiere immer mit mir herum. Ich wollte Mars keine Möglichkeit bieten, sie mir wegzunehmen. Sie gehörten mir.

• • •

Matthial griff ein weiteres Mal nach meiner Hand, diesmal ließ ich es zu. Er streichelte mit dem Daumen über meine Knöchel und ich drückte seine Finger so stark, dass ich das Gefühl bekam, nur Knochen in der Hand zu halten. Auch ihn sollte mir niemand wegnehmen.

Als wir uns der Stadt näherten, verstummte das Vögelchen, unsere Schritte wurden leiser und die Wortwechsel auf ein Minimum reduziert oder in Zeichensprache abgehalten. Sobald der Zaun in

Sichtweite kam, wurden wir zu Geistern. Lautlos und beinahe unsichtbar. Wie abgesprochen, trennten wir uns und schnitten an zwei verborgen liegenden Stellen schmale Löcher in den Zaun.

Matthial führte meine Gruppe an. Willie, Liza, zwei weitere und ich folgten ihm. Unsere Blicke hasteten umher, als wir das Revier der Percents betraten, ihre Stadt durchmaßen, als wäre es unsere. Wenn Passanten uns entgegenkamen, brach uns der Schweiß aus, ehe wir erkennen konnten, ob es Menschen waren oder Percents. Angst begleitete uns. Wir standen unmittelbar vor dem Angriff auf das Hotel. Noch nie seit Beginn der neuen Zeitrechnung vor vierzig Jahren hatte es jemand gewagt, ihre Zentrale anzugreifen.

Der im Nachhinein betrachtet schlimmste Moment war der, als wir uns trennten. Allein waren wir unauffälliger und konnten die Lage breitflächiger sondieren. Meine Gruppe sollte an einem verfallenen Brunnen, der einst als Zierelement gedient hatte, wieder zusammentreffen. Von dort aus würden wir durch die Kellerfenster ins Hotel einbrechen, während die andere Gruppe vor dem Gebäude für reichlich Ablenkung sorgen sollte. Es würde brenzlig werden. Wir planten, die Front des Hotels in Flammen zu setzen.

Nach und nach verschwanden meine Freunde in der Nacht. Matthial verschmolz als Letzter mit der Dunkelheit. Einen Moment lang fühlte ich mich von der Einsamkeit gelähmt, sodass ich fürchtete, gar nicht bis zum Brunnen zu kommen.

Mein Weg führte mich halbkreisförmig um die ehemalige Marktstraße. Eine Straße, die von Menschen auch nachts häufig genutzt wurde, weil sie einen Bogen um die Häuser machte, wo es Bars gab, in denen die Percents ein und aus gingen.

Immer wieder erwischte ich mich dabei, wie ich meine Marke berührte, sie unter meine Kleidung steckte, wo ich sie an der Haut spürte, und rasch wieder herausholte, um sie sichtbar vor der Brust zu tragen. Die kleinen Metallmünzen waren unsere Maskierungen.

Dahinter versteckt, konnten wir vorgeben, in die Stadt zu gehören. Solange niemand zu genau hinsah. Jedes Mal kroch mir mit der Metallmarke auch die Kälte unter die Kleidung. Wie erleichternd es war, aus einem physischen Grund zu zittern statt aus Furcht.

Unbescholten erreichte ich den Brunnen und blieb zunächst im Schatten einer engen Gasse. Es stank nach Urin, aber ich hatte gelernt, jeden Vorteil zu nutzen. Der Gestank war wie eine Mauer, die mich vor dem Geruchssinn der Feinde verbarg.

Ein paar beleuchtete Fenster tauchten die Querstraße in gelbliches Licht. Ich entdeckte Willie, der sich an die Natursteinmauer lehnte, die den Brunnen umschloss, und mit den Füßen den Splitt hin und her schob. Die Ölbeutel, mit denen wir die Hotelfassade anzünden wollten, um für Chaos unter den Percents zu sorgen, das uns den Weg ebnen sollte, um Amber zu befreien, zogen seinen Gürtel nach unten. Liza kam eilig die Straße entlang und raunte ein paar Worte in Willies Richtung, ohne stehen zu bleiben. Sie verschwand und schien mich nicht bemerkt zu haben. Willie verharrte augenscheinlich ungerührt, doch seine Füße standen nun still.

Mein Herz pumpte einen Schwall Eiswasser durch meine Adern. Da war etwas passiert! Ich wusste es, als hätten die beiden es in meine Richtung gebrüllt.

Willie streckte die Arme, ich hörte seine Gelenke knacken. Er gab ein Gähnen vor – was hieß, dass die Luft rein war –, aber seine Augen blieben dabei geöffnet. Ich wollte zu ihm gehen, doch im gleichen Moment entdeckte ich einen patrouillierenden Percent in unsere Richtung kommen. Ich blieb in meinem Versteck und grub die Zähne in die Unterlippe, bis ich Blut schmeckte. Der Percent ging wenige Schritte neben Willie vorbei, ich sah seine Haut beben. Er witterte. Er konnte Adrenalin in der Luft riechen und trotz einer Tarnung aus Kräuterextrakt vielleicht auch das Öl, sollte der Beutel nicht fest verschlossen sein. Mir blieb nichts, als zu hoffen, dass

Willie sich im Griff hatte. Wurden die Schritte des Percents langsamer? Ich hätte beinahe laut aufgeatmet, als er Willie passiert hatte.

Sicherheitshalber blieb ich noch ein paar Minuten im Versteck und wartete. Wo steckten nur Matthial und die anderen? Ich vermutete, dass sie ebenfalls längst in der Nähe waren und die Situation beobachteten. Als alles ruhig blieb und Willie erneut begann, mit den Stiefeln im Splitt zu wühlen, trat ich aus den Schatten und näherte mich ihm. Sein Blick blieb gleichgültig. Das gefiel mir immer weniger.

Ich ging zu ihm, begrüßte ihn mit Handschlag. Wie zwei Bekannte, deren Wege sich zufällig kreuzten. Ganz normal, man wusste schließlich nie, ob und wo man beobachtet oder belauscht wurde.

»Hey William, lange nicht gesehen, wie geht's dir?« *Was ist hier los?*

»Wie man's nimmt.« *Es brennt!*

»Hm. Was macht Liza, alles in Ordnung mit ihr?«

»Nicht wirklich. Sie ist krank.« *Sie hat kalte Füße bekommen und ist getürmt.*

Ich musste schlucken. »Hat sie sich … irgendwo angesteckt?« *Ist jemand aufgeflogen?*

Willie rieb sich übers Gesicht. »Matt«, sagte er leise und meine Welt begann, zu schwanken und in Nebel zu verschwimmen, weil er Matthial – meinen Matthial – meinte. »Er hat sie angesteckt.«

In meinem Kopf rotierten die Gedanken zu schnell, als dass ich sie hätte greifen können. Was bedeutete das? War Matthial gefasst worden oder hatte er die Aktion abgebrochen? Der bescheuerte Code war so einfach und doch fiel mir die Lösung nicht mehr ein – verdammt!

Willie gab mir einen Klaps auf den Oberarm. »Hey! Es geht ihm gut, verstanden?«

Ich glaubte ihm nicht. Irgendetwas musste passiert sein.

Mit zusammengepressten Lippen sah Willie mich an. Dann räusperte er sich zweimal. »Hör mal … grüßt du die anderen von mir?« *Übernimmst du meine Stellung?*

Er wollte also ebenfalls aufgeben. Ich seufzte. »Klar, mach ich.«

»Danke. Man sieht sich.« Er wandte sich ab. »Viel Glü- Oh, Scheiße.«

Ich folgte seinem Blick und konnte ihm nur beipflichten. Eine Gruppe Percents näherte sich, und auch wenn ich nicht viel sehen konnte, erkannte ich deutlich die Schemen der gezogenen Waffen. Willie wandte sich um, ich hörte leises Ratschen, dann ein Platschen. Er hatte die Ölbeutel vom Gürtel geschnitten und in den Brunnen geworfen. Nun ging er.

Erneut verschob sich meine Wahrnehmung, doch diesmal war da kein Nebel. Stattdessen wurde die Welt klar, so klar, wie sie nur während eines Adrenalinstoßes aussieht. Kein Städter, erst recht keine Frau, wäre lässig stehen geblieben, wenn eine ganze Horde Percents auf sie zustapfte. Ich eilte an Willies Seite, ging zügig, aber ohne Hast.

»Verflucht«, zischte Willie. »Willst du sie auf uns aufmerksam machen?«

Halt die Klappe!, sagte mein Blick. Ich verwettete mein Messer, dass er mich verstand.

Wir bogen dicht nebeneinander in eine Seitenstraße ein, die auf die Ruine einer Kirche zuführte. Ihre Umrisse hoben sich wie ein zerfetzter Scherenschnitt von dem mit Sternen übersäten Himmel ab. Bedrohlich, zumal es die Percents gewesen waren, die die Kirche zerstört hatten. Aber in diesen Straßen lag nichts von Bedeutung, daher konnten wir ihnen hier aus dem Weg gehen.

Dachte ich.

Doch … warum folgten sie uns?

»Joy, lauf!«

Ich begriff weder, wo der Ruf herkam, noch, wessen Stimme es war, doch ich gehorchte unvermittelt. Willie brauchte einen Sekundenbruchteil länger und stürmte mir dann mit polternden Sohlen hinterher. Im nächsten Moment hörte ich, dass auch die Percents losliefen.

Versagt!, schoss es mir durchs Gehirn. Das Wort stach in meinen Schädel und brannte hinter meinen Schläfen. *Verzeih mir, Amber, wir haben versagt.*

Ich stürzte um eine Häuserecke, floh durch einen Vorgarten und sprang über eine Mauer; begleitet von hohl klingenden Laufschritten, die ich nicht zuordnen konnte. Willie blieb dicht hinter mir und brach damit die wichtigste Fluchtregel: nie zusammenbleiben.

Die Percents holten auf. Ein vibrierendes Sirren zerschnitt die Luft. Sie schossen auf uns! Wahrscheinlich mit einer Armbrust.

Unterschwellig spielte mein Hirn mir Szenarien vor, in denen Willie und ich das Ablenkungsmanöver waren. Dass die anderen derweil ins Hotel einbrachen und Amber retteten, war zumindest nicht völlig ausgeschlossen. Vielleicht suchte ich nach Absolution, nach einem Grund, der es wert war, sich jagen und erschießen zu lassen. Ich wollte nicht versagen, nicht unnötig und ohne etwas erreicht zu haben.

»Joy – die Hecke!« Die Stimme war ein Raunen und kam direkt aus dem Himmel.

Verwirrt sah ich nach oben. Hinter einem Dachfirst vernahm ich eine Bewegung, dann ein Zischen. Im Laufen warf ich einen Blick über die Schulter. Willie brach zusammen, den Blick fassungslos gen Dach gerichtet, von wo ein Fluch ertönte.

Und dann erneut mein Name. »Joy! Joy, schnell! Die Hecke!«

»Verdammter Mistkerl!«, brüllte Willie. »Ich bringe dich um, Matthial! Dich und deine Schlam- Aarrgh!« Die Beschimpfungen zerrissen zu einem schmerzerfüllten Schrei. Die Percents hatten ihn erreicht. Dumpfe Schläge hallten durch die Nacht. Am liebsten hätte ich mir die Ohren zugehalten und mich in einem Kellereingang versteckt.

Matthial.

Matthial hatte auf Willie geschossen.

Es gab keinen Zweifel, sosehr ich auch versuchte, mir einzureden, dass ich mich irrte. Der Bolzen war ihm von vorne und schräg oben ins Bein gedrungen, knapp oberhalb seines Knies hatte ich die Befiederung erkennen können. Nur aus Matthials Richtung war dieser Einschlagwinkel möglich. Er hatte auf ihn geschossen, um mir Zeit zu geben.

Er hatte ihn für mich geopfert.

Exakt in diesen Worten brannte sich die Tatsache in meinen Sinn und betäubte meine Gedanken. Ich warf mich auf die Knie, ohne etwas zu spüren, kämpfte mich geduckt durch die dornige Hecke und kam auf einem Gehweg wieder auf die Füße.

Auf einem der nahen Dächer sah ich Matthials Silhouette, er gab mir Handzeichen, wollte, dass ich weglief, und musste sich unter einem Bolzen hinwegducken, der von irgendwo auf ihn abgeschossen wurde. Dann drehte er sich um, verschwand und ließ mich mit Willies Schreien in den Ohren allein. Ich lief. Taumelte. Schmiss mich herum, weil ich die Orientierung verloren hatte.

»Reiß dich zusammen!«, rief ich mir selbst zu, rieb mir über die tränenden Augen und biss die Zähne aufeinander. Panik war tödlich, erinnerte ich mich und verbot sie mir. Ein tiefes Einatmen brachte die rettende Idee.

Der Kanal. Die Abwässer wurden durch den Kanal entsorgt, daher bot er einen gewissen Schutz vor dem Geruchssinn der Percents. Viele Rebellen waren der Stadt durch den Fluss entflohen, auch wenn genug andere den Versuch mit dem Leben bezahlt hatten. Meine Familie hatte überlebt. *Ich* hatte überlebt. Die Stromschnellen waren gefährlich, aber in dieser Nacht mein geringstes Problem. Ich hörte Sirenen aufheulen. Die Luft brannte, wir mussten wirklich verschwinden. Kurz lauschte ich nach Willie, doch seine Schreie waren verstummt.

»Verzeih mir, Will.« Ich verbannte ihn aus meinen Gedanken und drückte mich eng an einer Hauswand entlang Richtung Osten.

Und dann tauchten sie vor mir auf. Sie bogen beinahe gemächlich um die Ecke, schritten, wie einem unsichtbaren Portal entstiegen, auf mich zu. Umzudrehen und in die andere Richtung zu fliehen war nicht möglich, da eine zweite Gruppe sich den Weg durch die Hecke schlug. Einige brüllten mir etwas zu, ihre Stimmen kamen aus allen Richtungen. Ich verstand nur zwei von ihnen.

Von vorne kam: »Gib auf!«

»Es ist aus!«, rief einer hinter mir.

Okay. Fuck. Vorbei.

Ihre Waffen waren auf mich gerichtet, ich sollte wohl die Hände heben. Sie waren zu schwer. Nichts zu machen. Meine Knie gaben nach, Schmerz biss mir durch die Oberschenkel, als ich zusammensackte. Einen Moment spürte ich den rauen Asphalt kühlend an der Stirn und an den Händen, dann wurde ich an den Armen hochgerissen. Zwei von ihnen zerrten mich mit sich, ich hatte Mühe, die Füße zu bewegen, und stolperte. Sie stießen und schubsten mich zwischen sich her. Ein weiterer band mir die Hände auf dem Rücken zusammen. Ich bekam einen Strick um den Hals wie ein Hund und wurde abgeführt.

• • •

Die Stadt war mir fremd in dieser Nacht.

Hinter den Fenstern gafften leere Gesichter nach draußen. Ein paar Menschen riefen Gehässigkeiten. Sie meinten die Percents, doch sie beschimpften mich, da ich die Illusion von Frieden beschmutzt hatte, an die sie sich eben noch geschmiegt hatten.

Ich kannte die Wege, die ich gehen musste, doch noch nie waren sie mir so weit erschienen. Mit jedem Schritt schienen meine Füße am Asphalt zu kleben, als würde er in der Kälte schmelzen und mich verschlingen wie Morast. Das Geschwätz der Männer, die mich gefangen genommen hatten, kam aus weiter Ferne. Ich bemühte mich, Informationen herauszuziehen, aber ich hörte sie nur wie durch Wasser.

Dafür erinnerte ich mich klar daran, was man uns gelehrt hatte: Schockzustände betäuben den Körper, wie es sonst nur Drogen können. In Gefangenschaft ist der Schock eine Wohltat und hilft dir, stark zu bleiben.

Früher hatte ich daran geglaubt. Doch nun war von Stärke nichts mehr übrig. Sie hatte mich im Stich gelassen und nur Angst war geblieben. Angst von solcher Intensität, dass sie mich fast das Bewusstsein kostete. Die Percents verschwammen und ich mit ihnen. Details meiner Umgebung bestimmten das Bild. Eine vorbeihuschende Katze mit einem weißen Fleck auf der Stirn. Ein mit Schmutzwasser vollgesogenes Kleidungsstück im Rinnstein. Ein zerstörtes Fenster, nachtblaues Licht, das in den gezackten Scherben spielte.

Plötzlich hörte ich schrille Töne, die mich an etwas erinnerten und Entsetzen in mir hervorriefen. Ehe ich vollends verstand und lange bevor ich mich auf den Anblick gefasst machen konnte, erkannte ich einen Percent auf der Flöte des kleinen Matches-Bruder pfeifen. Unbeholfen pustete er hinein, verursachte grässlichen Lärm und erntete Applaus und Gelächter von seinen Kumpanen. Keine zwei Meter entfernt lag mein Vögelchen mit eingetretenem Brustkorb auf dem Gehweg. Die Augen standen weit offen und lagen tief in den Höhlen. Das Haar hing blutverklebt in der Stirn. Die Schädelrückseite war fort.

7

er durchschaute mich vom ersten augenblick an. und außerdem hasste er mich.

Ich kam zu mir, ohne ohnmächtig gewesen zu sein. Mit einem Stechen, als setzte jemand kalte Nadelspitzen an meiner Kopfhaut an und bohrte sie dann in aller Seelenruhe durch meinen Kopf, bis sie auf der anderen Seite wieder austraten, kehrte mein Bewusstsein zurück. Ich kniete auf einem feuchten, abgetretenen Teppich. Meine Hose hing in Fetzen um meine Beine. Wenn der Schmerz nicht übertrieb, sah die Haut darunter nicht viel besser aus. Ich begann zu zittern, als sich die Starre löste, und ich begriff, wo ich war.

Ich wollte es nicht begreifen – wollte verleugnen, wo ich war und wer ich war –, aber mein Verstand war noch nicht so weit, sich Lügen für mich auszudenken. Die Wahrheit entstieg der Dunkelheit, so wie Konturen in einem finsteren Raum, wenn sich die Augen langsam an das wenige Licht gewöhnen. Schräg neben mir hockte Liza. Ihr ehemals langes blondes Haar war an der linken Seite ungleichmäßig abgeschnitten, als hätte man ihr im Kampf einfach einen ihrer Zöpfe abgesäbelt. Sie wippte vor und zurück und starrte auf einen Klecks Erbrochenes vor ihr auf dem Teppich.

Ich blickte auf.

Sie standen im Kreis um uns herum. Percents. Es mussten zwei Dutzend sein, womöglich mehr. Ich sah nur die, die uns am nächsten waren, und allein das war zu viel für mich. Um nicht zu wimmern wie ein Kind, biss ich auf meine Wangeninnenseite.

Sie debattierten. Worte auszumachen war kaum möglich, so sehr redeten sie durcheinander. Schwer zu sagen, ob sie stritten oder sich amüsierten. Ihre Mienen waren immer hart, man konnte nicht aus ihnen lesen. Um ehrlich zu sein, wollte ich das auch nicht. Vielleicht machte es Liza ganz richtig. Sie wiegte sich und schien dabei in einer anderen Welt zu sein. In einer besseren, denn sie lächelte debil. Sie erinnerte mich an unser Pferd. Wenn wir es zu lange im Stall einsperrten, schwang es seinen Kopf hin und her. Wenn Menschen brachen, waren sie auch nur noch wie Tiere.

Auf irgendetwas schienen die Percents sich geeinigt zu haben, denn einer von ihnen trat vor und packte Liza am Handgelenk. Er zog sie auf die Füße. Sie wehrte sich nicht, hing schlaff in seinem Griff, als wäre ihre Haut ein leeres Kleidungsstück. Dass dem nicht so war, erkannte ich an ihrem Schritt. Es tropfte an ihren Beinen herab und roch nach Essig. Pisse stinkt widerlich, wenn man von Panik erfüllt ist. Mir kam Magensäure hoch.

»Name!«, bellte der Percent sie an. Er hätte ebenso gut verlangen können, sie möge für ihn tanzen. Er schüttelte sie, wiederholte das Wort. »Name. Name! Naaame!« Ich zerbiss meine Wut zwischen den Zähnen. Er redete, als sei sie schwachsinnig.

Schließlich erkannte er, dass es zwecklos war. »Wer will sie?«, rief er.

Plötzlich waren alle still. Manch einer trat von einem Bein aufs andere, die meisten aber standen unbeweglich da.

Der Percent, der Liza hielt, wurde ungeduldig, er ruckte an ihrem Arm. »Na los, na los. Wer will sie?« Er packte mit der freien Hand nach dem Saum ihres Pullovers, zerrte ihn hoch und zeigte den anderen ihre Brüste. Ich sah Liza nur von hinten, konnte aber erkennen, dass sie kein Hemdchen trug. Mehr Säure kam meinen Hals hoch, mein ganzer Mund war voll von bitterem Ekel. Liza regte sich nicht.

Der Percent, der schließlich vortrat, war alt. Man erkannte das bei ihnen nicht auf den ersten Blick. Ihr Haar wurde nicht grau und sie bekamen keine Falten, wenn sie älter wurden. Aber ihre Haut wurde zäher, wie Leder, das oft nass geworden und wieder getrocknet war. »Ich nehme sie.«

Lizas Schicksal war besiegelt. Der Alte nahm ein Stück Seil aus seiner Tasche und fesselte ihre Hände, wobei sie wieder auf die Knie fiel. Dann zog er seinen Ledergürtel aus. Zuerst fürchtete ich, er würde sie damit schlagen, doch er legte Liza den Riemen um den Hals und zog daran. Er wollte sie fortführen wie ein Pferd, doch Liza stand nicht auf, sondern wippte vor und zurück, vor und zurück, vor und zurück. Ich rutschte näher, griff nach ihrer eiskalten, schweißnassen Hand, bat sie im Flüsterton, doch aufzustehen, um es nicht noch schlimmer zu machen. In Wahrheit hielt ich mich an ihr fest.

Der alte Percent packte ihr ins Haar und zerrte und ich wimmerte: »Los, Liza, geh endlich!«, ohne ihre Hand loszulassen.

Sie stöhnte leise vor Schmerzen, dann befreite sie sich aus meinem Griff. Für einen Sekundenbruchteil sah sie mich so an, dass ich sie trotz des Schwachsinns in ihrem Gesicht erkannte. Dann ließ sie sich abführen. Obwohl ich den Hals reckte, sah ich wenige Sekunden später nur noch Percents. Es war, als wäre Liza zwischen ihnen untergegangen, verschluckt wie von Wellen im Meer.

Tränen verschleierten meine Sicht. Es war alles meine Schuld. Ich hatte sie zu der Rettungsaktion überredet. Für die Chance, Amber zu befreien, hatte ich sie geopfert, so wie Matthial Willie geopfert hatte, um mich zu retten. Wir waren alle klägliche Versager.

Der Percent, der hier offenbar den Marktschreier mimte, kam zu mir. Er stieß mich mit der Stiefelspitze an und wollte nach mir greifen, aber ich wich ihm aus, duckte mich unter seiner Hand hinweg und kam allein auf die Füße. Er machte einen Schritt auf mich zu, ich trat zurück. Zu meinem Erstaunen schien er zu akzeptieren, dass ich mich nicht von ihm berühren lassen wollte.

»Name«, sagte er und sah mir dabei in die Augen.

Ich straffte die Schultern. Die Sache war eindeutig. Ich würde sterben. Wenn sie mich nicht umbrachten, sondern mich zu ihrer Belustigung benutzen wollten, würde ich es sein, die mein Leben beendete. Gleich nachdem ich erfahren hatte, wie es Amber ging. Wir waren nicht im Hotel, aber wenn mich meine Orientierung nicht vollends täuschte, auch nicht weit davon entfernt. Sie musste hier irgendwo sein. Ich würde sie finden.

»Name!«, wiederholte er streng.

Ich dachte an meine Marke, die sie mir weggenommen hatten, und an die Strafen, die mir drohten, wenn herauskam, dass ich gelogen hatte. Doch wenn die einzige Möglichkeit, Stolz zu bewahren, lautet, stolz zu sterben, dann nimmt man, was man kriegen kann. Und daher sagte ich laut und klar und ohne jedes Zittern in der Stimme: »Joy Annlin Rissel.« Ich hob das Kinn, als sei der Name etwas Besonderes. Als sei ich etwas Besonderes, so wie ich es für die Rebellen gewesen war, weil ich am Blutsonnentag geboren wurde. Ein erbärmliches Omen, stand der Tag doch für nichts anderes als für zerschlagene Hoffnungen.

Doch irgendetwas an meinem Namen brachte die Stimmung unter den Percents zum Kippen. Unruhe kam auf, einige steckten die Köpfe zusammen und redeten leise. Zwei in der ersten Reihe machten Platz und ein Percent, der einen gewissen Sonderstatus innezuhaben schien, trat vor. Seine Augen lagen kalt, hart und schwer wie Steine auf mir. Unter diesem Blick wagte ich nicht einmal zu atmen. Er hatte etwas an sich, was meine Beherrschung zerstörte, was mir kalten Schweiß ausbrechen ließ und mich schwindelig machte.

»Sag deinen Namen noch einmal«, verlangte er ruhig.

Es gelang mir nicht, meine mutige Show erneut zu spielen. Ich fiepte die Antwort hervor.

Er nickte knapp. »Die«, sagte er und wandte sich dem anderen Percent zu, der ihn ehrfurchtsvoll ansah, »gehört mir.«

»Nein.« Meine Stimme kippte, aber es hörte mich ohnehin niemand, denn in die umstehenden Percents kam immer mehr Bewegung. Einer bahnte sich seinen Weg zwischen den anderen hindurch. Er unterschied sich von ihnen durch einen schwarzen Streifen, der wie Tusche sein Gesicht überzog, und reckte das Kinn, als bettelte er um Ärger.

»Wer hat das angeordnet? Vielleicht will ich sie auch!«

»Lass Cloud besser in Ruhe«, raunte ein anderer.

»Warum? Er hat schon eine Frau, was gibt ihm das Recht –«

»Halt den Mund, Hooke!«, zischte ein weiterer Percent.

Dieser Cloud, der mich durch seine bloße Anwesenheit so einschüchterte, lachte lautlos. Nein, was immer sie mit mir vorhatten, aber zu dem wollte ich nicht. Dann lieber zu Hooke, dem auffällig Geschminkten. Er sah nicht weniger grausam aus, aber dabei nicht ganz so entschlossen. Ich würde Zeit haben, bis er sich entschieden hatte, was er mit mir tun wollte. Ich würde verhandeln können – worum auch immer. An Cloud deutete jetzt schon alles darauf hin, dass er mein Schicksal bereits kannte und nicht warten würde, es zu besiegeln. Leider hatte meine Meinung hier nicht das geringste Gewicht. Ich schlang die Arme um meinen Oberkörper, um das Zittern einzudämmen, und beobachtete, wie sich die beiden Männer gemächlich umkreisten.

»Du hast schon eine Frau«, wiederholte Hooke.

Cloud zuckte mit einer Schulter, er ließ sich nicht zu einer Antwort herab.

»Was willst du mit einer weiteren?«

Von hinten rief jemand: »Eine ist nicht genug für Cloud.« Einige lachten.

Es war seltsam, sie lachen zu hören. Ihr Lachen zerstörte etwas in mir. Hoffnung – wenn überhaupt noch welche übrig war.

Die anderen Percents schlossen den Kreis nun enger. Ich wäre gern weiter zurückgewichen, aber sie standen auch in meinem Rücken. Die Streitenden waren einander so nah, dass ihre Nasen sich fast berührten.

»Wozu willst du noch eine?«, fragte Hooke. »Andere haben auch *Bedürfnisse.*«

Ich schluckte hart gegen den Drang zu würgen an, weil er das letzte Wort so eindeutig aussprach.

»Die da gehört mir.« Cloud sprach leiser, ruhiger. Er schien Aggressivität nicht nötig zu haben, um sich Respekt zu verschaffen. Der andere mied seinen Blick. »Sie ist nicht gut für deine Bedürfnisse, Hooke. Diese Frau ist Soldat.«

Hooke grinste und sah auf mich herab, zugleich abfällig wie lüstern. »Halbe Portion Soldat vielleicht. Sie ist gut genug für mich.«

Mein Verstand flüsterte mir zu, dass Cloud für mich womöglich doch das geringere Übel war, nichtsdestotrotz bekam ich meine Instinkte nicht gebändigt. Ich fürchtete mich weniger vor Hooke, egal was sie von sich gaben.

»Nein«, sagte Cloud. »Hol dir etwas anderes.«

Irgendetwas in seiner Stimme veranlasste Hooke dazu, ein letztes Mal zu schlucken und sich dann mit einem unwirschen Schnauben abzuwenden. Die anderen machten ihm Platz für seinen Abgang. Sie spotteten nicht über den Verlierer, sondern klopften ihm im Vorbeigehen auf die Schulter.

»Komm«, sagte Cloud. Es dauerte einen Moment, bis ich begriff, dass er mich meinte. Er drehte sich um, und obwohl ich den Kopf schüttelte und ein gewispertes »Nein« über meine Lippen kam, folgte ich ihm unverzüglich. Dass er mich nicht fesselte, war meine einzige Chance, ich durfte sie keinesfalls durch Feigheit gefährden.

Aufrecht ging ich hinter ihm her, zwischen den Percents hindurch, die ihren Kreis jetzt auflösten und sich anderen Dingen zuwandten. Erst jetzt erkannte ich, wie groß der Raum war, und entgegen meiner ersten Vermutung, er sei fensterlos, machte ich mannshohe Bogenfenster aus, die mit Farbe beschichtet waren, um kein Tageslicht hereinzulassen. Wir waren in einer großen Halle, in einem der Geschäfte, in denen die Menschen früher gegessen hatten.

Auf ein paar verbliebenen Tischen und auf dem Boden lagen Dinge, um die weitere Grüppchen von Percents standen und aushandelten, wer was bekam. Sie diskutierten um manche Gegenstände, handelten, stritten aber nie. Die Anweisungen einiger schienen mehr Gewicht zu haben als die Meinungen anderer. Es gab eine geordnete Hierarchie; etwas, worüber ich nie zuvor nachgedacht hatte. Ich erblickte Waffen, Kleidungsstücke, Schuhe und – es schnürte mir die Kehle zu – die Flöte des kleinen Matches-Bruders. Sie verteilten ihre Kriegsbeute untereinander wie wilde Hunde die nahrhaften Innereien der gerissenen Tiere. Alles, was kurze Zeit zuvor noch unser gewesen war, gehörte nun ihnen.

Ich bewegte die Schultern, konzentrierte mich darauf, mein Papier zu spüren. Es war noch da. Sie hatten es nicht gefunden. Vermutlich weichte es in meinem Schweiß bereits auf, aber das konnte mir egal sein. Sie zerstörten ohnehin alles, was sie nicht gebrauchen konnten. Besser, ich tat es selbst, bevor sie es vor meinen Augen zerrissen. Es war alles, was ich noch hatte.

Während ich Cloud durch den Saal folgte, hielt ich die Augen nach weiteren Dingen offen, die mir verraten konnten, wer noch geschnappt worden war. Die Stiefel, die ein Percent an den Schnürriemen über den Schultern trug, konnten Will gehört haben, aber sicher war ich mir nicht. Ihn hatten sie definitiv erwischt. Was mochten sie ihm angetan haben? Ich wusste nicht einmal, ob er noch am Leben war.

Wider Willen musste ich erneut an Matthial denken. An seine schwarze Silhouette vor dem Dunkelblau des Nachthimmels. An das Sirren, mit dem seine Bolzen die Luft durchschnitten hatten. An seine Lippen, weich und tröstend warm auf meiner Haut. *Bei der Sonne, Matthial, du musst in Sicherheit sein!*

»Beeilung!«, herrschte mich Cloud an. Ohne es zu bemerken, war ich zurückgeblieben.

Ich folgte ihm, blinzelte die Tränen fort und zog die Nase hoch. Es roch nach Schweiß, meinem eigenen und dem von Männern. Menschenmännern, denn Percents rochen anders. Vielleicht waren die männlichen Gefangenen schon verhökert worden. Ich verschloss meine Lippen und verbot mir jedes Wort. So viel hatte ich aus der Auseinandersetzung mit Hooke herausgehört: Cloud antwortete nicht auf Fragen. Was er von mir verlangte, würde ich früh genug erfahren, und wie es den anderen ergangen war, konnte ich nur selbst herausfinden.

Cloud ging in weit ausholenden Schritten vor mir her. Der Gedanke, ich könne versuchen zu flüchten, schien ihm wohl abwegig, denn er sah sich nicht um und wurde auch nicht langsamer, wenn ich ein wenig mehr Abstand zu ihm ließ. Ich fragte mich schon, ob ich einfach immer langsamer gehen konnte, bis er irgendwann ohne mich um eine Ecke biegen würde. Ich ging barfuß, er hörte allenfalls das Geräusch, mit dem meine schmutzig nassen Hosenbeine über die speckigen Teppiche schleiften. Würde er überhaupt bemerken, wenn ich plötzlich weg wäre? Bevor ich es ausprobieren konnte, erinnerte ich mich wieder an ihre olfaktorische Haut. Er roch mich. Dass ich stank wie ein herrenloser Hund, machte es ihm einfach. Lautlos seufzte ich und schloss dichter zu ihm auf.

Er führte mich zum Ausgang, wo eingerahmt in die Schwärze der Nacht ein Varlet auf ihn wartete. Ich fuhr zusammen, was nicht allein an der eisigen Luft lag, die hereindrang. Einen Moment lang hatte ich ein grässliches Déjà-vu, als hätte ich den jungen Percent schon einmal gesehen. Er sah aus wie … Nein! Das war nicht möglich. Der Varlet, der mich Jahre zuvor im Wald verschont hatte, musste inzwischen älter sein. Dieser hier sah ihm bloß sehr ähnlich. Kein Wunder – diese schrecklichen Kreaturen waren individuell wie die Masten der Straßenlaternen. Sie hatten ihre Kratzer und Beulen an unterschiedlichen Stellen, aber im Grunde waren sie alle identisch. Warum nur starrte der hier mich an, als wäre ich das Monster von uns beiden?

»Was ist das?«, fragte er. Vielleicht meinte er auch: »Was soll das?« Er nuschelte und die Worte verhedderten sich in seinem Mund.

Diesmal beantwortete Cloud die Frage. »Du wolltest einen Soldaten.«

»Kein Mädchen.«

»Sie ist so gut wie jeder andere.«

Der Varlet warf die Hände in die Luft, auch meine Arme schossen nach oben – ein Reflex, um meinen Kopf zu schützen, sollte er mich schlagen. Das tat er nicht. Stattdessen spuckte er mir vor die Füße.

»Wie kannst du nur?«, presste er durch die Zähne, und obwohl er mich dabei ansah, meinte er Cloud.

»Neél«, sagte Cloud schlicht, das Gesicht so unbeseelt wie schon die ganze Zeit. »Schluss damit.«

Was auch immer die Percents hier spielten, auch der, den Cloud Neél genannt hatte, hielt sich an die Regel, Cloud zu gehorchen. Er warf mir einen letzten geringschätzigen Blick zu. Ich schwieg, als hinge mein Leben und Wichtigeres an meinem Schweigen.

»Die Haube«, wies Cloud ihn an.

Neél zog einen dunklen Stoff aus seiner Umhängetasche. Für einen Moment stand er unentschlossen vor mir, dann drückte er Cloud den Stoff in die Hand. Es war ein Sack und ich schrie auf, als ich spürte, wie sich um meinen Hals etwas zusammenzog. Ich griff danach, bekam die Finger unter ein Seil, das sich eng um meinen Hals schmiegte und den Sack fest an seiner Stelle hielt. Ich zerrte daran, bekam Panik zu ersticken. Es war dunkel, der Stoff kratzte und stank. Die Luft schien so schwer, dass sie sich kaum atmen ließ. Nur peripher registrierte ich, dass man auch meine Hände zusammenband. Wenigstens erlaubten sie mir weiterhin, mit den Fingern etwas Platz zwischen dem Seil und meiner Kehle zu schaffen.

»Los!«, drang eine Stimme gedämpft durch den Stoff. Ich konnte nicht mehr ausmachen, wer das sagte. Jemand zupfte am Seil und ich stolperte aus dem Haus, folgte dem Zug.

Eisige Kälte des Asphalts fraß sich in meine nackten Sohlen. Nach wenigen Schritten spürte ich die Füße kaum noch. Mein Oberhemd war dünn und an mehreren Stellen zerrissen, das Unterhemd nass geschwitzt. Eisiger Wind griff nach mir. Ich zitterte und selbst unter der Haube schlugen meine Zähne aufeinander.

Zu Anfang versuchte ich, anhand der Richtung zu bestimmen, wo wir uns befanden, doch das Vorhaben war zum Scheitern verurteilt. Schnell verlor ich sämtliche Orientierung. Bloß bei dem Asphalt unter meinen Füßen konnte ich mir noch sicher sein. Einmal wurde es heller, Licht drang durch die groben Fasern. Doch dann versickerte die Helligkeit wieder. Vielleicht hatten wir den Lichtkegel einer Straßenlaterne gekreuzt.

»Wohin bringt ihr mich?«, fragte ich irgendwann, obwohl ich mir keine Antwort erhoffte. Es kam auch keine. Durch mein Zähneklappern und den Stoff über meinem Kopf hörte ich nicht einmal ihre Schritte. Es war, als wären die Percents fort und ich trottete allein meinem Verderben entgegen.

Das erste Wort, das ich nach schier endloser Zeit zu hören bekam, war: »Stufe.« Ich stieß mir trotzdem den Zeh und mir entwich vor Schmerz und Verzweiflung ein wimmernder Laut. Ich schämte mich für meine Schwäche, aber sie wurde immer stärker. Ich konnte kaum noch die Füße heben und mein Kopf schwang vor Müdigkeit hin und her. Ohne weitere Anweisungen zog man mich eine

Treppe hoch. Ich nahm eine Hand von dem Seil um meinen Hals, damit ich mich am Geländer festhalten konnte. Es war rund und aus Eisen und unter meinen Fingern blätterten Rost und Farbe ab. Es ging einen Gang entlang und anhand der hallenden Schritte vermutete ich, dass immer noch beide Percents bei mir waren. In einiger Entfernung hörte ich Stimmen und Türen zufallen. Einmal glaubte ich, Essen zu riechen, aber der Eindruck verschwand nach wenigen Schritten. Wieder eine Treppe. Wollte das denn gar kein Ende nehmen?

Meine Füße waren so schwer, dass ich sie kaum noch hochbekam. Die Haut an der Vorderseite meiner großen Zehen ratschte über den Boden, weil ich nur noch schlurfen konnte.

Noch ein Gang.

Stufen, diesmal nur drei, dafür abwärts.

Und erneut ein Gang.

»Stehen bleiben«, ertönte es und mir quollen vor Erleichterung Tränen aus den Augen.

Es musste jetzt vorbei sein. Ich würde keinen Meter mehr gehen können. Ich tastete um mich, fand eine Wand und lehnte die Schulter dagegen. Es klackerte, wahrscheinlich schloss jemand eine Tür auf.

»Weiter.«

Ich schluchzte, zwang meinen Körper hinter dem fordernden Seil her.

»Toller Soldat«, höhnte jemand hinter mir, vermutlich der Varlet. Sollte er doch in der Sonne schmoren! Ich konzentrierte mich darauf, ihn zu hassen, weil ich nur darüber den Schmerz in meinen Füßen verdrängen konnte.

Wir gingen weiter, diesmal nur ein paar Schritte, die mir viel zu viel waren. Noch eine Tür wurde geöffnet. Das ganze Haus musste ein Monster aus Gängen, Treppen, Tunneln und Türen sein. Und ich hockte inmitten seiner Eingeweide. Es würde mich erst ausscheißen, wenn es mit mir fertig war.

»Wir sind da.« Das Seil wurde gelockert, der Sack von meinem Kopf genommen. Gleißendes Licht ätzte sich in meine Augen. »Geh hinein.« Ehe ich mich umsehen konnte, stieß Cloud mich nach vorne und ich taumelte in einen Raum und stürzte. Die Tür fiel ins Schloss.

Ich konnte es kaum glauben. Ich war allein.

Tropfen zerplatzten auf dem Linoleum zwischen meinen Händen. Weinte ich? Ich versuchte, es einzudämmen – ich durfte jetzt nicht heulen! –, aber es war stärker als ich, wie an diesem Tag alles stärker als ich zu sein schien. Es schüttelte mich. Ich rollte mich zusammen, presste die Stirn auf den Boden und beide Fäuste vor den Mund, um die erbärmlichen Laute nicht nach draußen dringen zu lassen.

• • •

Der Schlaf tastete mit aufdringlichen Händen nach mir, aber ich schüttelte ihn ab. Wie lange ich auf dem Boden gelegen hatte, konnte ich nicht sagen. Haarsträhnen klebten mir an getrockneten Tränen im Gesicht fest. Meine Lider waren wund und die Lippen rissig. Erstmals sah ich mich um. Elektrisches Licht kam von einer länglichen Röhre an der Decke. Es gab ein Bett, keine Matratze am Boden, sondern ein richtiges, schmales, an die Wand montiertes Bett. Daneben stand eine Kunststoffkiste, den Deckel durchzog ein breiter Riss. Am anderen Ende des kleinen Zimmers gab es eine Nische, in der sich eine Toilette und ein Waschbecken eng aneinanderpressten. Ich starrte den Wasserhahn an, als wäre er bloß Illusion. Der Durst verdorrte meine Kehle – und hier gab es Wasser? Das Aufstehen kam einem Kraftakt gleich. Schmerz stach in jeden Muskel, aber ich ignorierte es und stakste zum Waschbecken. Die Keramik war rissig und von einer Kalkschicht bedeckt. Es war echt. Es war keine Illusion, es war alles echt. Ich atmete tief ein, schloss die Augen und drehte am Hahn.

Es rauschte.

Es rauschte!

Sofort schossen mir neue Tränen in die Augen, so erleichtert war ich. Das Wasser war sauber und schmeckte nach Eisen und Steinen. Ich trank, saugte es direkt aus der Leitung, bis ich mich verschluckte und mich fast übergeben hätte. Mein Bauch war prall vor Wasser und es rann noch immer aus der Leitung, als würde es nie versiegen. Ich spritzte es mir mit den Händen ins Gesicht, wusch mir Blut und Schweiß aus den Haaren, drehte den Hahn dann zu und ging zum Bett.

Erst jetzt entdeckte ich das Fenster. Es war ein richtiges Glasfenster und bis auf ein paar Sprünge und verschimmelte Fugen in gutem Zustand. Aber es war so hoch, dass ich mich auf die Zehenspitzen hätte stellen müssen, um einen Blick hinauszuwerfen, und das würden meine Füße nicht mehr durchstehen. Es war ohnehin zu dunkel draußen, um etwas zu erkennen. Öffnen konnte ich es auch nicht, jemand hatte den Griff entfernt. Aber es gab ein Fenster, und auch wenn es schmal war, würde ich vielleicht hindurchpassen, wenn ich es erst aufbekam. Morgen, sagte ich mir. Es war mir nichts mehr geblieben, weder Mut noch Kraft. Bis heute hatte ich nicht gewusst, wie erschöpft ein Mensch sein kann.

Ich ließ mich auf das Bett sinken, Federn quietschten und mein Gewicht presste einen säuerlichen Kupfergestank aus der Matratze. Altes Blut. Es war mir gleich. Durch den kaputten Deckel sah ich eine graue Filzdecke in der Kiste. Ich zerrte sie heraus, breitete sie über mir aus und stopfte die Ecken unter meinen Po und meine angezogenen Knie. Behaglich wurde es dadurch nicht, aber ich würde nicht erfrieren. Das Licht ließ ich an. Neben der Leuchtstoffröhre prangte ein Wasserfleck an der Decke, den ich anstarrte. Seine Umrisse erinnerten mich an die Stadtkarten, die Matthial immer in den Sand gemalt hatte. Als ich elf Jahre alt gewesen war, hatten wir anhand seiner Karten das erste Mal die gemeinsame Flucht geplant. Wir kamen nicht weit, aber als wir nass und frierend zurückkehrten und das Durchbrennen auf den Sommer verschoben, lag unser erster Kuss hinter uns.

Wo bist du nur, Matthial? Geht es dir gut?

Und Amber … Amber!

In Pennys altem Liebesroman spürten Seelenpartner, ob der andere in Gefahr war. Ich spürte rein gar nichts. Nur Leere. Als existierten meine Freunde überhaupt nicht; als hätten sie nie existiert.

Ich rollte mich zusammen, um mich an meinem eigenen Körper zu wärmen, und zog mir die Decke bis zum Kinn. Als ich die Augen schloss, schlief ich bereits.

Ich hörte die ganze Nacht lang stille Schreie. Will, Liza, Amber … und Matthial, über allen Matthial. Aber ich wachte nicht einmal auf.

8

die schuld ist wie eine mutantratte.
immer hungrig.

Mit dem Geruch von Verwesung in der Nase wurde ich wach. Ich war mir nicht sicher, ob ich noch dieselbe Person wie gestern Morgen war, ich fühlte mich völlig verändert. Vor Kurzem war ich noch bereit gewesen, Amber und Matthial für ein besseres Leben zu verlassen. Inzwischen hätte ich jedes Leben – selbst das bestmögliche – hergegeben, nur um zu erfahren, wie es ihnen ging. Ob sie noch lebten. Ob sie frei waren. Ich versuchte, die Schuld nicht an mich heranzulassen, denn Schuldgefühle nützten niemandem etwas, sie machten nur schwach. Aber das Gefühl hockte bereits in meinen Innereien, fraß von mir und vermehrte sich wie Fadenwürmer.

Ich hatte Amber im Stich gelassen.

Und ich hatte Matthial und die anderen zu einer aussichtslosen Rettungsaktion gedrängt.

Ich rieb mir den Schlaf aus den Augen und sah zum Fenster. Massive Eisenstangen (die ich in der Nacht übersehen hatte) trennten mich vom fahlen Halbdunkel draußen. Sie hatten Dark Canopy heute offenbar schon früh am Morgen in Betrieb genommen. Wenn Rebellen Ärger machten, straften sie die Menschen oft, indem sie ihnen die zwei lausigen Stunden Tageslicht nahmen, die sie ihnen an normalen Tagen gönnten. Hier in der Stadt war der Himmel stärker verdunkelt als außerhalb. Die chemisch erschaffenen Wolken wirkten massiv, als könnten sie herunterfallen und alles unter sich zerdrücken. Schwer vorstellbar, dass sie wirklich aus Gas sein sollten, wie Laurencio behauptete.

Der Gedanke an seine Schulstunden schmerzte, aber ich hielt

mich daran fest. Vor wenigen Wochen hatte Laurencio mich gefragt, ob ich mir vorstellen könne, seinen Platz einzunehmen. Kinder unterrichten – was für eine Vorstellung. Ich hatte nicht abgelehnt, aber auch nicht Ja gesagt. Es war eine zu große Verantwortung, Kindern das Lesen beizubringen, das Schreiben und das Rechnen, das so wichtig war, so existenziell in unserem Kampf, weil Strategie alles war und nur aus einem guten Rechner ein guter Stratege werden konnte. Ihnen die alten Geschichten zu erzählen, die Geschichten der Menschen.

Ich rief mir jede, die ich kannte, ins Gedächtnis. Und begriff, dass ich auch in dieser Hinsicht versagen würde, sollte ich sterben. So wenige kannten die Geschichten. So wenige erzählten sie weiter. Wenn ich starb, nahm ich einen Teil unserer Geschichte mit in den Tod, ohne sie zuvor weitererzählt zu haben.

• • •

Ich hörte Stimmen und glaubte, eine weibliche darunter zu erkennen. Rasch kam ich auf die Füße und huschte zur Tür. Sie hatte eine Luke in Augenhöhe, doch diese ließ sich nur von außen öffnen. Ich legte das Ohr an das Metall. Tatsächlich, da sprach eine Frau, und da es weibliche Percents nicht gab, musste sie ein Mensch sein.

»… wird sich schon das Richtige dabei gedacht haben«, verstand ich.

Ein Mann antwortete: »Er straft mich. Er will mich am Boden sehen, nur darum geht es.«

»Da kennst du ihn schlecht. Daran liegt ihm überhaupt nichts.«

»Willst du bestreiten, dass er wütend auf mich ist?«

»Nein, das nicht. Aber versuch doch, ihn zu verstehen. Er will dich beschäftigt wissen. Die neuen Varlets werden aufgeteilt. Cloud hat viel Arbeit. Er befürchtet, dass du die Situation ausnutzt und –«

»Lass gut sein, Mina.« Ein Seufzen. »Zu lamentieren hat ohnehin keinen Sinn. Wenn Cloud mich demütigen will, soll er das tun. Es ist sein Recht.«

»Und was hast du jetzt mit dem Mädchen vor?«, fragte die Frau zögerlich. Sie klang, als wollte sie es eigentlich gar nicht wissen. Ich aber *musste* es wissen!

»Sie muss sich erst mal waschen. Sie stinkt so sehr, dass ich es bis hierher riechen kann. Und dann darf ich ihr klarmachen, was sie erwartet. Ich habe ja auch nichts Besseres zu tun!«

Etwas knallte gegen die Tür – vermutlich seine Faust. Ich wich erschrocken zurück und konnte nicht mehr verstehen, was die Frau erwiderte. Wenig später klapperte ein Schlüssel im Schloss und die Tür wurde geöffnet. Ich machte noch einen weiteren Schritt zurück, bis ich mit dem Rücken gegen die Wand stieß. Mit aufeinandergepressten Zähnen sah ich ihm entgegen. Seine schlitzförmigen Pupillen verliehen ihm eine kalte, reptilienhafte Boshaftigkeit, obwohl er mich musterte, ohne eine Miene zu verziehen. Ich ließ mir keine Angst anmerken. Dass ich furchtlos aussehen konnte, wusste ich. Menschen gegenüber reichte das aus, um ihnen Angst zu machen. Ihn schien es herauszufordern.

Wir starrten uns an. Sein Blick war Frost auf grauem Stein. Er war groß, selbst für einen Percent, und seine Züge schienen ausgeprägter, die Linie seiner Schläfen schärfer. Weil die Unterschiede zwischen ihnen normalerweise winzig waren, fiel das besonders auf. Sein schwarzes Haar war streng zurückgekämmt und zu einem kurzen Zopf zusammengefasst. Meins klebte mir in verschwitzten Strähnen im Gesicht. Seine Gesichtshaut war ebenmäßig, wie aus Holz geschnitzt und dann poliert. Meine bleich, an anderen Stellen gerötet, besudelt von Dreckschlieren und Tränenspuren.

Je länger er mich anstierte, desto mehr Wut staute sich in mir auf. »Du willst mich zu Tode glotzen, he?«

Hatte ich das wirklich gesagt? Hatte ich gerade einen Percent provoziert, dem ich ausgeliefert war? Seine Kiefermuskeln traten hervor und ich erkannte, dass ich gar nicht so hilflos war. Ich konnte ihn reizen und das machte mir Mut. Er war nicht allem überlegen wie der schreckliche Cloud. Der Varlet vor mir zeigte Emotionen. Er trat vor, aber ich war fest entschlossen, mich nicht einschüchtern zu lassen.

»Was?«, setzte ich nach. »Hast du nichts Besseres zu tun, als hier rumzustehen und mich anzugaffen? Was immer du vorhast, mach es heute noch.«

Flatsch.

Die Backpfeife erwischte mich völlig unerwartet. Ich hatte nicht einmal gesehen, dass er sich bewegte. Mein Ohr klingelte, meine Wange brannte. Ich blieb aufrecht stehen. Mein Gesicht war zur Seite geschleudert worden, aber ich drehte es ihm wieder zu. Unvernünftig? Bestimmt. Ich hatte nicht die geringste Ahnung, warum ich ihn reizte. Vorteile würde mir das nicht verschaffen. Aber es nährte die kümmerlichen Reste meines Kampfgeistes. Und den brauchte ich mehr als alles andere.

»Du stinkst«, sagte er, ohne sich die Mühe zu machen, die Zähne auseinanderzubringen.

»Ich hoffe es.« Die Scham verdrängte ich. Sie konnten kaum Sauberkeit von mir erwarten, wenn sie mich auf einer verwesenden Matratze schlafen ließen.

»Ich bringe dich zu den Duschen. Komm mit.«

»Und dann?«, fragte ich, folgte ihm aber. »Was passiert dann mit mir?«

»Das«, zischte er über seine Schulter, »erfährst du früh genug.«

Ja, das fürchtete ich auch.

Ich trottete mit gesenktem Kopf hinter ihm her und behielt meine Umgebung aus dem Augenwinkel im Blick. Wir durchquerten einen Raum, der so ähnlich aussah wie der, in den sie mich gesperrt hatten. Dieser war bloß größer und sauberer. Die Frau war verschwunden. Dahinter tat sich ein Gang auf. Lang war er, mit vielen Türen, die meisten hatten eine kleine Luke. Das Licht kam aus flackernden Röhren und wusch die Farben von allem, von den Wänden, den Böden und sogar von dem Percent und mir. Albtraumhaft. Ich hatte das Gefühl, dieser Gang würde sich endlos durch das Gebäude fressen.

»Was ist das für ein Ort?« Ich flüsterte nur, aber meine Stimme klang schrecklich laut, weil es hier so still war.

»Es war mal ein Gefängnis.« Er sprach tatsächlich laut, was mich einschüchterte und fast zum Schweigen brachte. Fast.

Ein Gefängnis also. Natürlich! In einem von Matthials alten PSX-Spielen – *Resident Evil 11* – musste man sich durch ein Gefängnis voller Zombies kämpfen. Real sah alles etwas anders aus als auf dem Bildschirm.

»Sind hier noch mehr Menschen?«

Er kippte den Kopf, warf mir einen abschätzigen Blick zu. »So ähnliche.«

In meinem Gehirn ratterte es, ich senkte den Kopf noch weiter, damit er mich nicht denken sehen konnte. Ob Amber auch hier war?

»Frauen?«, wagte ich mich weiter vor. Ich hörte ihn ausatmen. Er hatte keine Geduld mehr und noch weniger Lust, meine Fragen zu beantworten. Ich war ihm lästig, offenbar wollte er mich loswerden. Schön, da waren wir schon zu zweit.

»Natürlich nicht«, sagte er. »Hier sind Soldaten.«

»Soldaten?« Das war verwirrend. Was waren denn überhaupt Soldaten? Natürlich kannte ich das Wort aus Geschichten. Aber seit die Percents die Macht hatten, gab es keine menschlichen Soldaten mehr. Die Triade erlaubte so was nicht.

Sein nächstes Ausatmen klang wie ein Seufzen. »Frag nicht.«

Vorerst gehorchte ich. Er ging weiter, den Kopf starr geradeaus. Kein Blick nach links, kein Blick nach rechts. Die Hände hielt er an den Oberschenkeln. Weder sagte er etwas noch gestikulierte er. Es ließ mich erschaudern, wie starr die Percents waren. So stark, so mächtig, aber dabei so wenig … lebendig.

Er schloss eine Tür auf und wir gingen durch einen gekachelten Gang. Vor einem Sichtschutz aus milchigem Kunststoff neben einem Regal, in dem unterschiedliche Stoffe lagen, blieben wir stehen.

»Geh dich waschen«, befahl er. »Gründlich.«

Ich schluckte, griff nach einem Stapel Stoff und trat hinter den Sichtschutz, wohl wissend, dass er meine Silhouette trotzdem sah. Nichts würde ihn aufhalten, mir zu folgen, wenn er das wollte …

Ich bemühte mich, meinen Atem unter Kontrolle zu halten. Angst nützt nichts, ermahnte ich mich. Im schlimmsten Fall ergötzte er sich daran.

In meinem Elternhaus hatte es eine Dusche gegeben. Zwar war dort kein Wasser mehr geflossen, aber ich erinnerte mich noch, wie sie aussah. Es war eine schmale Kabine gewesen und von der Wand hing ein Schlauch, an dessen Ende ein Metallknüppel mit vielen kleinen Löchern, aus denen das Wasser kam, befestigt war. Hier war das anders. Der Raum war gekachelt, aber groß wie ein Saal. Er war bis in die letzte Fuge sauber und alles roch leicht nach Seife und Essig. Acht Wasserhähne hingen in einer Höhe von etwa zwei Meter fünfzig an der Wand. Nur die Drehgriffe sahen so aus, wie ich sie kannte. Ich legte die Stoffe in eine Ecke und schälte mich unbehaglich aus meinen Kleidern. Die Hose klebte mir an den Beinen, als weigerte sie sich, von meiner Haut abgelöst zu werden. Ich zerbiss einen Fluch und zerrte an den Säumen, bis irgendwo eine Naht krachte. Der Stoff riss mir den Schorf von den Knien, mit dem er beim Trocknen verwachsen war. Ein dünnes Blutrinnsal lief mein Schienbein hinab und ich glaubte, den Varlet hinter dem Sichtschutz schaudern zu sehen.

Roch er mein Blut?

Ich musste mich beeilen. Schnell schlüpfte ich aus dem Hemd und nach einigem Zögern (das es mir nicht leichter machte) auch aus der Unterwäsche. Ich legte alle Kleidung auf einen Haufen, trat unter die erste Dusche und drehte beherzt am Knauf. Nur rasch das Blut abwaschen, ehe es ihn lockte. Eiskalt prasselte das Wasser auf mich nieder, stärker als ein Hagelschauer. Ich regulierte es ein wenig und griff nach einem Stück grober Seife, das in einer Halterung an der Wand lag. Seife hatte ich schon länger nicht mehr in der Hand gehabt. Im Winter gab es immer wichtigere Dinge einzutauschen und die Seifenstücke, die Penny aus Pottasche, Fetten und Kräutern selbst herstellte, waren allenfalls dazu geeignet, seinen Eigengeruch zu überdecken. Leider roch man dadurch selten besser.

Bei dem Gedanken an meine Schwester wurden meine Wangen trotz des kalten Wassers ganz heiß. Es dauerte ein paar Sekunden, ehe ich begriff, dass ich weinte. Ich musste an meinen Neffen denken, das kleine, plärrende Ding, das mir bisher immer so lästig erschienen war. Hier und jetzt hätte ich alles dafür gegeben, sein Geschrei zu hören statt meiner eigenen Jammerlaute.

Ich schäumte mir die Haut ein. Die Haare. Aber wichtiger war das Wasser. Vielleicht war es kalt genug, um mich so weit zu betäuben, dass ich für eine Weile nicht mehr merkte, hier zu sein. Wenn sich im Clan jemand verletzte und genäht werden musste, betäubten wir die Stellen immer mit Eiswasser. Wie viel kaltes Wasser würde es brauchen, um einen ganzen Körper zu betäuben? Den Verstand?

Es donnerte. Gewittergleich. Als sich der Laut wiederholte, begriff ich, dass der Varlet gegen den Sichtschutz schlug. Ich spülte den Seifenschaum aus meinen Haaren und drehte das Wasser ab.

Dann eilte ich zu meiner Kleidung und trocknete mich mit den Stofffetzen ab. Ich griff nach meinem Unterhemd.

»Du ziehst nichts davon wieder an!«, rief er. Seine Stimme hallte durch den Raum. Es klang, als käme der Befehl aus allen Richtungen. Ich versteifte mich unwillkürlich.

»Komm raus. Lass die Sachen dort liegen. Jemand wird sie später wegräumen.«

Jemand? Sicher, die Percents putzen bestimmt nicht selbst.

Ich zog ein großes Stoffstück um meinen Körper, sodass Brust und Po bedeckt waren. Knapp bedeckt.

»Mach schon!«

Es hatte keinen Sinn, zu widersprechen oder zu verhandeln. Ich hatte erlebt, wie sehr ihn meine dreckstarrenden Kleider anekelten, er würde nicht erlauben, dass ich sie wieder anzog. Verdammt! Ich drehte mich um, zwang meine Füße zum Gehen und ließ meine Kleidung zurück. Ich raffte den Stoff enger über meiner Brust zusammen. Nun hatte ich gar nichts mehr. Alles war fort. Mein Messer, meine Schutzmarke, meine Kleidung … Ich fuhr zusammen, als ich an mein Papier dachte. Diese bescheuerten zwei Bögen beschriftetes Papier. Heiße Wut brandete durch meinen frierenden Körper, für einen Moment wurde mir schwindelig.

Nein. Ich würde mir nicht alles nehmen lassen.

Nicht alles.

Ich lief zurück, geriet auf den nassen Fliesen ins Rutschen und klatschte auf den Hintern, aber das bemerkte ich kaum. Hastig riss ich mein Unterhemd an mich. Ich musste es behalten. *Denk nach, denk nach!*

Ich schnappte das Seifenstück, rieb damit über einen der kleineren Stofflappen und wickelte mein Unterhemd darin ein. Hoffentlich konnte ich seinen Geruchssinn damit überlisten. Dann nahm ich das letzte Stück Stoff und drehte es um meine Haare, das Knäuel aus Stoff und Unterhemd stopfte ich hinein. Mit etwas Glück fiel es ihm nicht auf – auch wenn es mir langsam lächerlich erschien, erneut auf Glück zu hoffen.

Sein Blick glitt an mir herab, als ich zu ihm trat. Seine Haut vibrierte, ich sah ihn mit jeder Pore schnüffeln. Er machte einen Viertelkreis um mich herum und ich konnte nicht zurückweichen, weil sich hinter mir die Kunststoffwand befand. In seinen Augen veränderte sich etwas. Die schlitzförmigen Pupillen breiteten sich aus wie Ölflecken auf glattem Grund. Seine Nasenlöcher blähten sich beim Einatmen, als würde er mehr Luft brauchen. Sein anormal scharfes Gehör war gar nicht nötig, um mein Herz poltern zu hören. Jeder Mensch im Raum hätte es gehört. Innerlich bettelte ich, dass schnell vorbei war, was auch immer jetzt passieren würde. Dass etwas passieren würde, schien unausweichlich.

Da flog die schwere Eisentür auf und knallte gegen die Wand.

Einen Sekundenbruchteil lang wollte ich jubilieren – gerettet! –, doch dann sah ich sie: Es waren drei Varlets, etwa so alt wie Neél, wenn ich die Länge ihrer Haare richtig einschätzte. Sie trugen bloß Hosen, weder Hemden noch Schuhe. Einem von ihnen hingen die Haare offen ins Gesicht. Ich starrte ihn an. Ich hatte nie zuvor einen Percent gesehen, der das Haar nicht streng zurückgebunden trug. Alle drei musterten mich erst erstaunt, dann sahen sie sich an und ihre Blicke kehrten von einer unangenehmen Freude erfüllt zu mir zurück.

So viel zu meinem Glück. Mit einem etwas schwärzeren Humor hätte man darüber lachen können.

»Was hast du da, Mann?«, fragte einer der drei und schob sich an Neél vorbei, bis er direkt vor mir stand. Ich versuchte, den Augenkontakt ebenso zu erwidern, wie ich es zuvor geschafft hatte, aber meine Kraft war am Ende. Mein Blick ging zu Boden, als wäre er zu schwer geworden. Meine Zehen krampften gegen die Fliesen.

Der Varlet hob meinen Kopf an. »Hübsch«, raunte er und rieb mit dem Daumen über die Narbe an meinem Kinn, als wollte er sie wegwischen. Ich presste die Lippen zusammen.

»Sie gehört mir.« Neél versuchte eindeutig, Clouds herrschaftliche Souveränität zu imitieren. Es misslang kläglich, der andere Varlet grinste nur.

Sollte ich mich geschmeichelt fühlen, weil Neél meinen Körper zumindest nicht teilen wollte? Es konnte mir egal sein, sie ignorierten ihn ohnehin.

»Ich meine es ernst, Giran«, beharrte er.

»Sagst es sonst Cloud, he?«, fragte einer und postierte sich an der Tür. »Dass wir dir dein Spielzeug weggenommen haben?«

»Ihr habt nicht das Recht –«

»Warum nicht?« Der Varlet, der vor mir stand, presste mir die Hand um die Kehle und zog meinen Kopf zu sich hoch. Er zog den Atem durch die Zähne ein, leckte sich danach über die Lippen, als hätte er meinen Geruch wie einen Geschmack im Mund. Er sah an mir herab, seine Augen wurden schmal, als er mein blutendes Knie entdeckte. »Mädchen sind Allgemeingut, solange niemand öffentlich Anspruch auf sie erhebt«, hauchte er mir ins Gesicht.

Seine Worte waren Prügel in meine Magengrube. Allgemeingut? Liza, Amber … und ich?

»Das gilt auch für dich, Neél«, meinte einer der beiden Varlets, die im Hintergrund blieben. »Brauchst nicht zu glauben, für dich würden andere Regeln gelten, nur weil du dich für was Besseres hältst.«

»Oder hast du Anspruch auf das Mädchen erhoben?«, mischte sich der mit den offenen Haaren ein. »Hast du, Neél? Ich glaub nämlich, du hast nicht.«

»Sie ist kein Mädchen«, erwiderte Neél und ich glaubte, einen niedergeschlagenen Unterton wahrzunehmen. »Sie ist Soldat. Mein Soldat.«

Einen Moment war es ganz still. Dann ließ der Varlet mich los und entfernte sich von mir. Er warf Neél skeptische Blicke zu.

Der zuckte mit den Schultern und sagte: »Ich habe es mir nicht ausgesucht.« Daraufhin begannen alle drei zu lachen. Neéls Haut wurde an Ohren, Schläfen und Wangen dunkler. Wenn es nicht so albern klänge, hätte ich gesagt, dass er rot wurde. Aber Percents konnten nicht erröten. Sie kannten keine Scham. Spotten konnten sie trotzdem erstaunlich gut.

»Soldat, ja?« Der Varlet mit den offenen Haaren wollte sich schier ausschütten. »Dann sehen wir uns ja bald, Soldat! Ich halte meine Augen nach dir offen.«

»Glückwunsch, Neél, einen guten Soldaten hast du da«, höhnte einer der beiden anderen und begann, sich vor meinen Augen auszuziehen. Ich heftete meinen Blick auf die Kacheln, als würde ich ihn nie wieder davon lösen können. Er beachtete mich nicht weiter.

Was immer es bedeutete, ein Soldat zu sein, es rettete meine Haut. Zumindest für diesen Moment.

Neél gab mir ein Zeichen und diesmal folgte ich ihm sofort. Als ich an den beiden Varlets vorbeimusste, stierten sie unverwandt auf die Stellen, die mein Stofffetzen nicht ausreichend bedeckte.

»Süßer Soldat«, kommentierte der erste und der zweite sagte: »Hoffentlich erweist der Soldat sich als gehorsam.«

Sie gafften und der mit den offenen Haaren lutschte sich vulgär über die Lippen. Aber sie fassten mich nicht an.

Ich war ein Soldat.

• • •

»Was bedeutet das alles?«, fragte ich, nachdem ich ihm schweigend durch ein paar Flure gefolgt war. Seine Schultern hingen etwas herab, zumindest drängte sich mir der Eindruck auf, dass er weniger aufrecht ging als vorher. Meine Füße waren sicher schon wieder schwarz vom Dreck am Boden.

»Stellst du immer so viele Fragen?«

Nein, normalerweise nicht. Aber bisher hatte mir auch niemand derart penetrant Antworten vorenthalten. »Dann stimmt es, was sie sagten? Du hältst dich für etwas Besseres?« Ich wollte ihn nicht provozieren, ich brauchte die Hoffnung, dass es stimmte. Wer glaubte, besser als andere zu sein, war zumindest eins: anders.

»Was bedeutet es denn überhaupt, ein Soldat zu sein?«, fragte ich. Er antwortete nicht. Brütete nur stur vor sich hin. »Und wohin gehen wir?«

Die verflixten Endlosgänge sahen alle gleich aus. Aber ohne zu wissen, wo wir eine andere Abzweigung genommen hatten, erkannte ich, dass wir uns nicht mehr auf dem Weg befanden, den wir gekommen waren. Nach einer Gittertreppe tat sich ein Korridor vor uns auf, dessen Türen alle offen standen. Wind pfiff durch den Gang, schmerzhaft kalt auf meiner feuchten Haut.

»Hier rein«, sagte Neél und blieb neben einer der Türen stehen. 276 stand daran.

Ich trat ein und verharrte erstaunt. Der Raum sah nicht viel anders aus als der, in dem ich übernachtet hatte, nur, dass er größer war und es zusätzlich Schränke gab, einen Schreibtisch sowie zwei Betten nebst Plastiktruhen. Aus einer zog eine Frau mit ausladendem Hinterteil eine Decke und breitete sie über der Matratze aus. Bekam ich eine Mitgefangene? Der Gedanke, nicht ganz allein zu sein, ließ mich etwas leichter atmen.

»Da ist sie ja!«, rief die Frau und zeigte ein mitfühlendes Lächeln. Ich glaubte, ihre Stimme wiederzuerkennen. »Neél, du hättest Kleidung für sie mitnehmen müssen, du Tölpel – das arme Ding ist ganz blau gefroren.«

Neél grunzte. Mein Zustand war ihm vollkommen egal, aber mich irritierte es, dass diese Menschenfrau ihn zurechtwies, als wäre sie seine Mutter.

»Cloud erwartet dich unten in der Halle«, sagte sie zu ihm und versetzte der Truhe einen Stoß mit dem Knie, woraufhin der Deckel zufiel. »Geh nur, ich komme hier klar.«

Neél warf mir einen misstrauischen Blick zu. »Ich schließe besser ab. Wenn du nichts dagegen hast, Mina.«

Er fragte sie um Erlaubnis? Wer zum Henker war diese Frau? Ich erinnerte mich an eine Verschwörungstheorie, über die ich mit Matthial gesprochen hatte. Es gab Rebellen, die nicht daran glaubten, dass die Percents die Weltherrschaft übernommen hatten. Ihren Überzeugungen zufolge waren immer noch ein paar ausgewählte Menschen die wahren Herrscher und die Percents nur deren Werkzeuge. Ich hatte das bisher für absurd gehalten – warum sollten Menschen ihrem eigenen Volk so etwas antun? –, aber angesichts dieser Frau und der Tatsache, dass der Varlet vor ihr kuschte, kam ich ins Zweifeln. Sie hatte pummelige Wangen und dicke, kurze Finger, was ihr etwas Freundliches, Mütterliches verlieh, aber ihre tief liegenden, kleinen Schweinsaugen schienen mir nicht ganz ehrlich.

»Los, los, zieh dir erst mal etwas an!«, rief die Frau und zog einen Stapel Kleidung aus einem der Metallspinde. »Das hat alles nicht die richtige Größe, aber vorerst wird es gehen, wenn du die Hose mit einer Kordel zusammenbindest, und morgen bringe ich dir Nadel und Faden, dann kannst du die Sachen ändern.«

Schweigend zog ich die Männerunterwäsche aus fadenscheiniger Baumwolle an – recycelte Bettwäsche, vermutete ich – und stieg in die Hose. Mina reichte mir die Kordel und ich ließ sie kurz durch die Finger gleiten. Ein Seil, sei es noch so kurz, war keine effektive Waffe, aber ein Anfang, und die Nadel, die sie mir bringen wollte, klang vielversprechend. Das grobe Leinenhemd reichte mir bis an die Knie, aber ich war dankbar für jeden Zentimeter Stoff. Halb unters Bett geschoben, erkannte ich Schuhe und erstaunt stellte ich fest, dass es meine eigenen waren. Sie waren ganz nass und rochen nach Seife und Fett.

»Gib mir das«, sagte Mina, als ich den Stoff aus meinen Haaren nahm. »Ich wasche es für dich aus.« Ich presste das Knäuel an meine Brust. Mein Papier! Inzwischen musste es nass sein und Seifenflecke haben, aber hergeben wollte ich es nicht.

»Was hast du da?« Sie sprach mit mir wie zu einem verängstigten Kind; ruhig, aber bestimmt. Ich zog mein Unterhemd zwischen dem braunen Stoff hervor.

»Ich möchte das behalten.«

Sie zuckte mit den Schultern und nahm den übrigen Stoff entgegen. »Kein Problem, behalte dein Hemdchen, dann hast du etwas zu wechseln. Wasch es nur gut aus, sie sind geruchsempfindlich. Seife liegt am Becken.«

So leicht? Ich biss mir auf die Unterlippe, spürte es erst, als der Schmerz einsetzte. »Ich habe Fragen. Vielleicht kannst du …?«

»Natürlich. Das muss alles sehr schwer für dich sein.« Sie lächelte mitfühlend und nahm am Schreibtisch Platz. Ich wusste nicht, wohin mit mir. Mina wies auf das Bett, aber ich wollte mich nicht setzen, auch wenn ich spürte, dass ich unhöflich zu ihr war. Konnte ich ihr vertrauen? Wenn sie einen Varlet befehligte, sollte ich sie vermutlich mehr fürchten als ihn. Mein Blick schweifte zum Fenster. Gitterstäbe, auch hier. Dahinter der stahlgraue Himmel.

Kordeln und Nadeln nützten mir nichts. Es gab kein Entkommen.

Ich hatte Mühe zu stehen und lehnte mich mit dem Rücken an die Wand. »Wo bin ich?«

»Im alten Gefängnis«, antwortete Mina. »Die Varlets leben hier in den letzten beiden Jahren, bevor sie in den Kriegerstatus übertreten.

Neél ist einer von ihnen. Es ist sein letztes Jahr vor der Kriegerweihe, die im Herbst stattfindet.«

»Nach dem Chivvy«, flüsterte ich.

»Dann hat er es dir schon gesagt?«

Ich sah auf. »Was meinst du?«

Sie schüttelte den Kopf und rieb mit der einen Hand über die Finger der anderen. Ihre Hände sahen weich aus, was mich misstrauisch machte. Die meisten Frauen hatten schwielige, raue Hände. Sie schien nicht viel zu arbeiten.

»Neél muss dir das erklären. Es ist seine Aufgabe, die darf ich ihm nicht abnehmen.«

»Aber du kannst mir sagen, warum ich hier bin.«

Sie seufzte. »Ich würde gerne. Aber du musst wirklich auf Neél warten.«

»Sie haben tatsächlich Namen?« Im gleichen Moment fand ich die Frage albern. Ich hatte ganz andere Probleme, aber nach diesen zu fragen hätte Antworten nach sich gezogen, für die ich mich nicht stark genug fühlte.

»Natürlich«, erwiderte sie. Sie lächelte noch, aber irgendetwas Bitteres lag in ihrer Stimme. »Die Zeiten, in der sie Nummern hatten statt Namen, sind lange her. Jedes neu geschaffene Kind bekommt einen Namen. Sie wählen diese Namen aus Büchern, die sie in den Bibliotheken finden, und nachdem sie ein Kind benannt haben, verbrennen sie das Buch, aus dem sein Name stammt.«

Ich runzelte die Stirn.

»Es ist ein Symbol«, fuhr Mina fort. »Ein Ritual, das für Einzigartigkeit steht.«

»Sie verbrennen unsere Geschichte, unser Wissen – für ein Ritual?«

Das Mitgefühl in Minas Gesicht blieb bestehen, aber die Freundlichkeit verschob sich in eine Richtung, die mir nicht behagte. »Geschichte ist Vergangenheit und die muss ruhen. Sterben und in Frieden ruhen.«

Ich sagte nichts, starrte nur auf meine Schuhe, deren Leder vor Nässe und Fett fast schwarz war. Zu widersprechen wäre ungeschickt. Mina war ein Mensch, eine Frau, und damit zumindest ein Hoffnungsschimmer. Auf meinen trockenen Lippen brannte die Frage, wer sie war. Aber ich bekam sie nicht raus. Mina war vielleicht etwas viel Schlimmeres, als ich mir vorstellen konnte. Nein. Lieber hielt ich mich an der unwahrscheinlichen Erklärung fest, sie wäre bloß eine Dienerin. Vielleicht eine Vorsteherin. Ja, das wäre möglich.

»Ich habe noch eine Frage«, wisperte ich und wartete ihr verständnisvolles Nicken ab, bevor ich weitersprach. »Komme ich hier wieder raus?«

»Oh ja, schon sehr bald«, sagte sie, aber es tröstete mich nicht im Geringsten. Ich hörte an ihrer Stimme, dass es nichts Gutes bedeutete.

9

»alles wird gut. matthial hat einen plan.«

Er hatte keinen Plan.

Die Dunkelheit war längst aus allen Ecken gekrochen und hatte das Land in Besitz genommen, als Matthial sich zum Clanhaus zurückwagte. Wahre Dunkelheit. Nacht.

Das Haus lag still und grau am Ende des Weges, jedes Fenster ein schwarzes Loch. Hoffentlich wartete niemand wach im Inneren. Die Vorstellung, irgendwer könnte genau jetzt ins Dunkel starren und Antworten verlangen, wenn Matthial sich hineinschlich, formte einen Kloß in seinem Hals, der sich nicht hinunterschlucken ließ.

Erschöpfung hemmte seine Bewegungen, machte ihn langsam und schmolz seine Aufmerksamkeit auf den winzigen Radius seiner unmittelbaren Nähe zusammen. Tranig krochen die Gedanken durch seinen Kopf. Alles war dumpf und betäubt. Selbst der Schmerz. Er schnitt nicht länger, er pochte, einem langsamen Hammer gleich, der mit jedem müden Schlag ein Stück mehr von ihm zerstörte.

Er hatte keinen Plan. Er hatte versagt. Und das war noch schmeichelhaft ausgedrückt.

Sein am Boden schleifender Bogen zog eine Linie hinter ihm her. Eine Spur. Er war sich des Fehlers bewusst, aber er hatte keine Energie mehr, etwas dagegen zu tun. Am Haus angekommen, fiel ihm seine Waffe aus der Hand. Er fluchte still über das klappernde Geräusch, schloss beide Hände um die Streben der Feuerleiter und ließ die Stirn gegen eine Sprosse fallen. Ein feines *Plonnnng* schnurrte durch das Eisen und hallte schier endlos nach. Er hörte das Pferd in seinem Verschlag schnauben sowie leises Scharren, das vermutlich von den Ziegen kam. Im Haus blieb es still. Matthial begann den Aufstieg. Die paar Sprossen, die er normalerweise in Sekundenschnelle hinaufschoss, kamen ihm endlos vor, als würde die Leiter immer länger werden, je rascher er zu klettern versuchte. Er blinzelte ins Dunkel und hatte das Gefühl von Sand in den Augen. Endlich erreichte er das Fenster, an dessen verschlossenem Laden eine winzige Ecke abgebrochen war. Er steckte seinen eistauben Finger hindurch und tastete nach der versteckten Verrieglung. Nur leise sein, nichts anderes zählte. Er war nicht fähig, jemandem Rechenschaft abzulegen. Ehrlich gesagt, fühlte er sich nicht so, als würde er je wieder in der Lage dazu sein.

Wie sollte er erklären, was Will geschehen war?

Wie sollte er erklären, dass es umsonst geschehen war?

Einen schönen Clanführer würde er abgeben. Sein Vater würde ihn mit Schimpf und Schande zum Teufel jagen. Galle stieß in seiner Kehle auf, und obwohl sein Magen seit dem Mittag nichts mehr hergab und er nur noch trocken würgte, fürchtete er, sich mit dem Geräusch zu verraten.

Der Riegel klemmte, Matthial rüttelte mit Zeige- und Mittelfinger. Irgendetwas machte den Metalldorn glitschig, sodass er immer wieder davon abrutschte. Als er die Strebe endlich davon überzeugen konnte, sich zur Seite schieben zu lassen, stand ihm vor Nervosität saurer Schweiß auf der Oberlippe. Er öffnete die Fensterläden ein winziges Stück, bis er mit einem Finger in die entstehende Ritze an der Außenseite zwischen Holz und Mauerwerk eindringen konnte. Auf halber Höhe fand er den dünnen Faden und löste ihn vom Häkchen. Die behelfsmäßige Alarmanlage hatte er selbst gebaut. Ein fremder Eindringling würde mittels des Fadens ein Tongefäß von einem Tisch reißen – das Geschepper dürfte den ganzen Clan wecken. Auch wenn die Konstruktion sein Plan gewesen war, fühlte er sich heute wie ein Eindringling. Er öffnete die Fensterläden und kletterte ins Innere. Ein Winseln kam ihm aus dem dunklen Gang entgegen, sein Hund hatte ihn sicher schon lange an seinen Geräuschen ausgemacht.

Schht, Rick, leise.

Nicht zum ersten Mal hatte er den Eindruck, der Hund würde seine Gedanken hören, denn der Rüde verstummte sofort. Nur noch das Klackern der Krallen auf dem Boden war zu vernehmen, als er zu ihm kam. Rick blieb still, aber sein Schwanz peitschte vor aufgeregter Freude hin und her.

Auch Matthial fühlte ein klein wenig Erleichterung, als der Hund seine Hände ableckte, wodurch wieder Gefühl in die tauben Finger gelangte. Mit dem Gefühl kam Schmerz. Er musste die Hand dicht vor seine Augen halten, um trotz der Dunkelheit etwas zu erkennen. Verdammt! Er hatte sich geschnitten. Sein Finger, der Fensterriegel, die Außenseite der Läden … überall erkannte er schemenhafte Blutschlieren.

Frisches Blut. Eine bessere Fährte konnte er den Percents kaum legen.

Und dennoch schloss er die Läden und schlurfte zu seinem Zimmer, den Hund dicht neben sich, Ricks Wärme an seinem Knie.

Wenn es das gibt, was sie Gott nennen, dachte Matthial, halb an sich, halb an den Hund gerichtet, *dann ist dies mein Opfer. Soll er mich holen lassen von den Teufeln der Nacht. Ich markiere meine Schwelle für ihn. Wenn er mich nicht holt, will ich es als Zeichen sehen, dass mein Tag noch nicht gekommen ist.* Er erinnerte sich nur vage an die Geschichte vom Blut am Türstock und vermutete, dass er einen Fehler machte, aber das tat nichts zur Sache.

In seinem Zimmer, in seinem Bett, seinen Kissen begann Joys Geruch sich schon zu verflüchtigen. Matthial ließ sich auf den Rücken fallen, starrte an die Decke und kämpfte gegen den Schlaf, obwohl er wusste, dass er verlieren würde. Die Erschöpfung trieb in wilder werdenden Wellen durch seinen Körper.

Der erste Traum würde das wiederbringen, was er so mühsam zu vergessen versuchte. Joys Blick, als sie erkannte, dass er Willie niederschoss, um ihr ein paar Sekunden mehr Zeit zu verschaffen. Ihre Schreie, als sie begriff, dass diese Sekunden nicht reichen würden. Und die Erleichterung, die ihn durchströmte, als sie ohnmächtig geworden war, bevor er den letzten Bolzen abgeschossen hatte.

Den, der sie hatte treffen sollen.

Er hatte sie knapp verfehlt.

Und nun gab es keinen Plan mehr.

10

»du bist zu langsam.«

Die Kälte der Gitterstäbe fraß sich durch meine Stirn und verursachte gleißenden Kopfschmerz. Draußen war es stockfinster. Auf dieser Seite des Gefängnisses gab es keine Lichter. Wenn ich mich auf die Zehenspitzen stellte und nach unten sah, erkannte ich einen schmalen Hof, bedrängt von der Mauer, die das Gelände einkreiste. Dahinter befand sich eine Straße. Mein Blick wanderte über kilometerweite Felder, die die Percents bewirtschaften ließen. Nach langem Starren gewöhnten sich meine Augen an die Dunkelheit und ich konnte sogar bis zum Zaun schauen, der die Stadt umringte. Dahinter lag der Wald. Bei Nacht sah er aus wie eine massive Wand. Substanz gewordene Finsternis. Tief in ihrer Mitte verbarg sich Jamies Clan, dessen Revier in diesem Wald lag.

Mit einem lautlosen Seufzen wandte ich mich ab und ließ mich auf die Pritsche fallen, die Mina mir zugewiesen hatte. Das andere Bett war leer. Ich wusste inzwischen, dass es Neél gehörte – wie das ganze Zimmer. Er war nicht zurückgekommen, und obwohl ich glücklich darüber war, zerrte die Gewissheit an meinen Nerven, *dass* er irgendwann zurückkommen würde. Der Gedanke, zu schlafen und hilflos zu sein, wenn er kam, war grässlich. Besser, ich blieb wach.

Der Tag hatte mich keinen Schritt weitergebracht. Bis auf die vagen Informationen, die Mina mir gegeben hatte, wusste ich nichts. Die Ahnungslosigkeit machte mich aggressiv und müde zugleich. Ich wollte toben und fand nicht die Kraft dazu. Gegen Mittag hatte Mina mir Essen gebracht. Gekochten Mais, Schinken, Brot in rauen

Mengen, Schmalz und Käse. Dazu Ziegenmilch und ein schwarzes Gebräu aus Getreide, das bitter schmeckte und irgendwie wie … gebraten. Konnte man ein Getränk braten? Außerdem hatte sie mir ein Elixier hingestellt, das angeblich gegen Parasiten wirken sollte. Mina meinte, Menschen von draußen hätten immer Parasiten und würden es aus Gewohnheit nicht merken. Ich kippte das Zeug runter, damit sie mich in Ruhe ließ.

Seit der Erntezeit im letzten Jahr hatte ich nicht mehr so viel gegessen; ich aß, bis ich nicht mehr konnte und mein Magen schmerzte. Besser fühlte ich mich dadurch nicht und doch stopfte ich noch die letzten Reste zwischen meine Zähne und schluckte trotz Brechreiz. Ich würde nichts wegwerfen, wenn meine Freunde irgendwo da draußen hungerten, und noch weniger würde ich es den Percents zurückgeben. Später war ich dankbar für die Toilette mit Wasserspülung. Vielleicht lag es aber auch an der Parasiten-Medizin.

• • •

Ich zog beide Decken über meine Beine, obwohl ich wusste, dass Wärme meinem Entschluss, wach zu bleiben, gefährlich werden würde.

Warme Decken. Essen im Überfluss. Fließendes Wasser, so sauber, wie ich es noch nie erlebt hatte. Dieses Gefängnis bot all die Dinge, nach denen ich mich so sehr gesehnt hatte, seitdem meine Familie die Stadt vor vielen Jahren mit mir verlassen hatte. Wie oft hatte ich wach gelegen und vor mich hin gegrübelt, über die Möglichkeit, die Rebellion Rebellion sein zu lassen und in die Stadt zurückzukehren. Nun hatte ich das alles; all das, wovon ich gedacht hatte, es zu brauchen.

Und war mir, genau in diesem Moment, satt und in eine warme Decke gehüllt, so sicher wie noch nie zuvor in meinem Leben, dass wir das Richtige taten, indem wir uns auflehnten. Nein, mir war klar, dass wir noch stärker werden mussten. Kämpferischer. Härter.

Denn klares Toilettenwasser hin, flohfreie Matratzen her – ich war gefangen. Es gab nichts, was sich schrecklicher anfühlte.

• • •

»Wach auf!«

Mir entwich ein Laut, den ich nur durch ein hartes Zusammenpressen der Lippen davon abhalten konnte, ein Schrei zu werden. Ich blinzelte, mein Kopf ruckte hin und her und ich begriff, quälend langsam, wo ich war.

»Genug geschlafen«, sagte Neél, wandte sich ab und zog Kleider aus einem Spind. »Dein Training beginnt.«

Ich versuchte zu schlucken, aber mein Mund war zu trocken und meine Zunge von einem pelzigen Belag bedeckt. Ich taumelte leicht, als ich zum Waschbecken ging. Dort lag ein Bürstchen mit Holzgriff zum Reinigen der Zähne für mich bereit. Neél wartete mit verschränkten Armen und finsterer Miene. Ein stechender Geruch umgab ihn, den ich aus meiner Kindheit in der Stadt kannte: Er roch, als hätte er am Abend zuvor jede Menge Alkohol getrunken. Ich beeilte mich, ohne dass er ein Wort sagen musste. Meine Schuhe waren von innen noch feucht und ich wagte es nicht, nach Strümpfen zu fragen. Mit einem Ruck zog ich die Schnürsenkel zusammen – ich war entschlossen, Stärke zu zeigen.

»Du hast vom Chivvy gehört?«, fragte er.

Die Menschenhetzjagd am Blutsonnentag im Herbst. Ich nickte.

»Wir treten nur noch gegen trainierte Soldaten an. Das macht es spannender.« Sein Reptilienblick durchbohrte mich. Ich spürte es, obwohl ich auf meine Schuhe sah. »Jeder Teilnehmer trainiert einen Soldaten. Ein Varlet, der einen Soldaten zur Strecke bringt, hat sich seinen Status als Krieger verdient. Der Varlet, welcher den Soldaten trainiert hat, der als Letzter fällt, wird Hauptmann. Die Reihenfolge, in der die Soldaten fallen, entscheidet über unseren Rang. Noch Fragen?«

Ja. Zum Beispiel, ob eine Jagd auf Menschen nicht schon pervers genug war. Offenbar nicht. Sie trieben es mit perfiden Regeln auf die Spitze. Wie Katzen, die das Spiel mit Mäusen bewusst planten.

»Ich bin einer dieser Soldaten«, sagte ich. Es war keine Frage.

»Du bist mein Soldat.«

»Das heißt, wenn ich als Erste wieder eingefangen werde, endest du als Stiefelknecht.« Ich verspürte keinen Drang zu lachen, aber ich hob mit aller Kraft einen Mundwinkel.

Er erwiderte das Grinsen nicht weniger lustlos. »Ich habe ein halbes Jahr Zeit, das zu verhindern. Gib mir deine Hand.«

Ich zögerte nur einen Moment.

Er packte nach mir, warf mich herum und drehte mir den Arm auf den Rücken. »Du gehorchst besser«, zischte er und schlang mir ein Seil aus dünnen, geflochtenen Lederbändern ums Handgelenk. Haut geriet dazwischen, als er die Schlinge festzog und mit einem Knoten sicherte, aber ich verkniff mir einen Schmerzlaut. Er ließ meinen Arm los, zupfte am Seil und führte mich ab.

Ich musste nicht fragen, wohin wir gingen. Offenbar stand mir ein Training bevor. Als er mich aus dem Gebäude zog und wir sogar die Mauer hinter uns ließen, wunderte ich mich dennoch. Kalter Wind strich über mein Gesicht. Er roch nach Schnee. Der harte Klumpen in meinem Bauch, der mal mein Magen gewesen war, lockerte sich. Hier draußen hatte ich die Möglichkeit zu entkommen. Ich warf einen Blick auf die Lederschlinge, die mir die Hand abschnürte. Na ja, theoretisch konnte ich entkommen. Das Problem war der Percent am anderen Ende des Seils. Ihn anzusehen, vermied ich.

Er führte mich verlassene Straßen entlang, und obwohl ich die Gegend nicht kannte, wusste ich, dass wir Richtung Stadtrand liefen. Bis auf das Geräusch seiner schweren Schritte war es fast still. Hier und da vernahm ich Menschen, die sich von Haustür zu Haustür etwas zuriefen, und ab und an das Bellen von Hunden.

Und dann … das Kreischen. Ein schrilles Kreischen, erfüllt von Panik. Man hörte, dass es aus weiter Ferne kam, aber es erreichte mich, als brüllte mir jemand unmittelbar ins Ohr. Es sandte mir die herausgebrüllte Angst durch Mark und Bein und ich wusste, dass es ein Todesschrei war, noch ehe das Schreien abrupt endete. Stille senkte sich herab. Mein Genick versteifte sich, ich zog die Arme an den Körper, um das Zittern einzudämmen, aber es gelang nicht.

Jemand war getötet worden. Ich hatte es gehört.

Und der Percent ging weiter, als wäre nichts gewesen.

• • •

Die Tore im Zaun kannte ich aus einer vagen Erinnerung. Die Percents, die dort Wache hielten, hatten das Recht, erst zu schießen und dann zu fragen, wenn man zu dicht herantrat. Ich war als Kind einmal beim Fangenspielen mit meiner Schwester in die Nähe einer solchen Kate gekommen und Penny hatte es unserem Vater gepetzt. Er war bleich geworden wie jemand, der schon viele Jahre krank ist, und ich bekam meine erste und einzige Ohrfeige von ihm. Daran erinnerte ich mich glasklar. Vermutlich hatte der Schlag die Bilder von dem Tor in meinem Kopf verwackelt, denn in meiner Erinnerung sah es anders aus, da war das Tor riesig und kaum zu verfehlen. In Wahrheit sah man es kaum. Wie der Zaun war es aus gerahmtem Maschendraht und wäre nicht aufgefallen, stünde nicht eine winzige Hütte neben dem Durchgang. Darin saßen die Wachen. Während wir näher gingen, fragte ich mich, ob sie darin Karten spielten oder alte Bücher lasen oder was man sonst so tut, wenn man nichts zu tun hat, außer für den Ernstfall anwesend zu sein.

Ich erfuhr es nicht, denn beide Percents traten uns entgegen und durchs Fenster konnte ich nichts erkennen, weil es im Inneren der Hütte dunkler war als draußen. Neél grüßte die Wachen mit einem Kopfnicken, das sie erwiderten.

»Passierschein«, forderte der eine, während der andere das Kinn hob wie jemand, der sein Gegenüber nervös machen will.

Ich hatte den Eindruck, dass es ihm gelang, denn Neél – der keine Geste mehr machte als unbedingt notwendig, als wären seine Bewegungen streng rationiert – klopfte seine Taschen ab und murmelte: »Moment bitte.« Unter dem steinernen Blick der Wachen zog er schließlich eine Karte hervor und reichte sie einem der Wachmänner.

Der kontrollierte sie, zog die Augenbrauen hoch und warf mir einen Blick zu, der beinahe erstaunt schien. Er zeigte seinem Kollegen die Karte, dann erhielt Neél sie zurück. »Du darfst passieren. Die Tore schließen bei Dämmerung, danach öffnet hier keiner mehr. Wer dann noch draußen ist, gilt als vogelfrei und wird erschossen. Verstanden?«

Neél schien nicht einmal erschrocken, er stimmte einsilbig zu.

Der zweite Wachmann, der bisher nichts gesagt hatte, öffnete zwei Schlösser, die das Tor in Knie- und Augenhöhe mittels Eisenketten sicherten. Er versetzte dem Rahmen einen leichten Tritt und Neél stieß mich vor sich her durch das Tor aus der Stadt hinaus.

Ich war draußen. Draußen!

»Viel Erfolg«, sagte der Wachmann und Neél stieß zur Antwort kurz den Atem durch die Nase aus, als wäre er beleidigt worden.

Ich sah sehnsuchtsvoll zum Wald, der sich in einem knappen halben Kilometer hinter brachliegenden Wiesen zu erkennen gab. Das war noch nicht unser Clanrevier, noch lange nicht. Möglicherweise zählte es zum Bereich, den Jamie und seine Leute ihr Eigen nannten. Wahrscheinlicher war es, dass es sich um Niemandsland handelte. Eindeutig gefährlich, das war Wald immer und Niemandsland ganz besonders, aber mich lockte er mit tausend Wisperstimmen zu sich, um mich schützend in seine Mitte zu nehmen. Im schlimmsten Fall würde ich in ihm umkommen. Das machte mir keine Angst.

Der Varlet führte mich allerdings nicht zum Wald. Wir gingen am Zaun entlang, über einen Hügel, bis wir die Wächterhütte nicht mehr sehen konnten. Zu meiner Rechten lag nun Bomberland; man erkannte noch die Überreste einiger Häuser, viel zu wenig, um sie Ruinen zu nennen. Steinleichenfetzen traf es eher. Links, hinter dem Zaun, befanden sich Wohnhäuser. Der Duft von Gerstensuppe wehte zu mir herüber und trug Erinnerungen mit sich. Ich konnte nicht anders, ich musste hinsehen. Die Häuser waren alt, teilweise verfallen und sahen aus wie schimmelnde, bröckelige Käsestücke. Graue Wäsche hing auf Leinen zwischen den Außenwänden. Eine Mutter zog ihr Kind ins Haus, als sie den Percent erblickte. All das erinnerte mich an die Zeit, in der ich selbst eine Städterin gewesen war, eine sehr kleine Städterin, und mit einer kaputten Wäscheklammer zum ersten Mal meinen Namen in den Sand schrieb. Damals hatte ich oft am Fenster gestanden und die gefährliche Welt aus der vermeintlichen Sicherheit unseres Schlafzimmers betrachtet, wo mir nichts und niemand etwas tun konnte. Dachte ich. Wie naiv ich gewesen war.

Ich versuchte, Augen hinter den schmutzigen Scheiben zu entdecken, aber ich sah nichts.

Der Percent blieb stehen und drehte sich zu mir um, die Miene hart. Ich fand, dass er steinern aussah, aber das war nicht treffend, wenn hinter uns Steine in Stücke brachen und zerfielen. Bei ihm zerfiel nichts. Er drückte mir das Ende des Seils in die freie Hand.

»Lauf.«

»Was?«

»Du sollst laufen.«

Ich stand ganz still. Das meinte er nicht ernst. Er ließ mich gehen? Mein Herz zögerte weniger lange als ich, es raste los, so stark, dass ich es bis in die Fingerspitzen spürte.

»Lauf!«

Und ich lief.

Ich rannte, so schnell ich konnte. Mein Pulsschlag trieb mich an und meine Sohlen prasselten nur so über den steinigen Untergrund. Ich sprang über Geröll, schlug Haken um größere Steinbrocken. Ein paar winzige Schneeflocken fielen vom Himmel und schmolzen auf meinem heißen Gesicht. Ich lief auf den Wald zu, auf den Ort, der mir allen Gefahren zum Trotz eine Chance geben würde. Bald keuchte ich, aber ich zog das Tempo noch an. Ich war schnell, die schnellste Läuferin im Clan. Meine Beine wurden schwer – aber das zeigte nur, dass sich die Muskeln verhärteten und stärker wurden.

Ich war frei! Ich rannte! Ich wusste, dass ich ewig rennen konnte.

Ich ahnte seine Gestalt mehr, als dass ich sie sah. Ein Schatten, ein kurzes Flackern am Rande meines Bewusstseins. Da warf er mich auch schon zu Boden. Ich stürzte. Meine Knochen klirrten. Ich sah Sterne. Schmerz explodierte mitten in meinem Gesicht.

Seine Hand in meinem Genick. Meine gebrochene Nase tief in harte Erde gegraben. Sein Knie zwischen meinen Schulterblättern. Mutantrattenscheiße dicht vor meinen Augen. Blut in meinem Mund.

»Du bist zu langsam.« Seine Stimme war eiskalt und ruhig. Aus seinem Gesicht war die Gleichgültigkeit verschwunden. Stattdessen spannten Abscheu und Ekel seine Augenlider und den Bereich um seinen Mund. »Noch mal.«

Was er mir damit sagen wollte, begriff ich nicht. Ich wollte es nicht glauben.

II

das nichts wiegt weniger als alles andere.

Ich rannte und wusste bei jedem Schritt, dass es vergebens war. Der Wald war so weit weg. Der Percent so schnell und so nah. Er warf mich ein weiteres Mal zu Boden und dann noch mal. Immer zerrte er mich danach wieder auf die Füße.

»Zu langsam! Noch mal!«

Jedes Mal fing er mich schneller. Der Schorf an meinen Knien hatte sich gelöst und Blut durchtränkte meine zerschlissene Hose. Meine Handflächen waren aufgescheuert und brannten. Meine Nase schien im Takt meines galoppierenden Herzens zu explodieren.

Ich fragte nicht, warum er mich hetzte, mich laufen ließ und wieder einfing und mich immer weiter zwang – ich verstand es, ohne nachzudenken. Es war wie das grausame Spiel, das wir gespielt hatten, als wir Kinder waren. Die Großen hatten verletzte Karnickel oder kleinere Ratten nicht gleich getötet, sondern laufen lassen, damit wir Kleinen mit Pfeil und Bogen an ihnen trainieren konnten. Damit wir lernten, selbst Beute zu erlegen. Ich hatte die Grausamkeit damals verdrängt – so ist es eben, das Leben – und genau so tat ich es heute.

Ich kämpfte mich einfach immer näher an den Wald heran, als würden Glocken läuten und Fanfaren jubilieren, sobald ich im Schatten der Bäume war. Als hätte ich es dann geschafft und der Percent wäre besiegt. Ich zog die Jacke aus und warf sie auf den Boden, auf dem der Schnee inzwischen nicht mehr schmolz, sondern in einer löchrigen Schicht liegen blieb. Außerdem wickelte ich das

Seil stramm um meine Hand, damit es nicht im Weg war. Und ich rannte erneut. Ich war dem Wald so nah, dass ich das scharfe Harz schon riechen konnte, das feuchte Holz und das vermodernde Laub. Mit jedem Keuchen kam ich ihm näher. Meine Sohlen rutschten über den schneegepuderten Boden, aber ich durfte nicht fallen. Nicht fallen, nur rennen, nur rennen, nur –

Ein weiteres Mal sah ich ihn kommen. Seine Hand schloss sich um den Kragen meines Hemdes, seine Finger verfingen sich in meinem Haar.

Nein! Er würde mich nicht mehr zu Boden werfen, nie wieder! Ich drehte mich und ließ mich fallen. Es schien in meinem ganzen Körper zu krachen, als ich auf dem Rücken aufschlug. Ich zog die Knie an den Körper, wartete eine Sekunde, bis der Percent so nah war, dass ich die winzigen, beweglichen Membranen seiner Haut erkennen konnte, und trat mit beiden Beinen zu. Er versuchte, sich auf mich zu stürzen, und ich erwischte ihn mit beiden Stiefelsohlen genau im Magen. Mein Tritt bestimmte die Richtung, der Schwung seines Körpers erledigte den Rest. Er stöhnte, ein kurzer, überraschter Laut. Dann flog er in hohem Bogen über mich hinweg.

Ich kämpfte mich auf die Füße und stolperte von ihm fort, so schnell meine zitternden Beine mich trugen. Er lag zwischen mir und dem schützenden Wald, also musste ich einen Umweg laufen. Der kurze Kampf hatte mir etwas Zeit verschafft, aber mehr nicht. Der Percent kam langsamer auf die Beine als ich. Er rieb sich das Kinn, an seiner Lippe klebte etwas Dunkelrotes. Vielleicht hatte er sich ernsthaft verletzt. Das war meine Chance. Ich biss die Zähne zusammen. Vor Anstrengung blubberte Blut in meiner Nase. Er stand auf und blieb in einer raubtierhaft geduckten Haltung stehen. Noch immer hetzte er mich. Er musste sich dazu nicht bewegen, er jagte mich allein mit seinen Augen. Ich versuchte, seinem Blick zu entkommen, aber kaum verengte er die Lider, zurrten sich meine

Muskeln zusammen und verweigerten mir die Mitarbeit. Seine Blicke waren mehr als einfach nur Blicke. Sie waren wie Strom, wie Magie. Eine böse Macht, die mich trotz der Entfernung berührte. Ich spürte das Knistern auf meiner Haut, ähnlich dem Gefühl, dass man manchmal vor einem Gewitter hat, wenn die elektrisch geladenen Wolken so tief hängen, dass man in sie hineingreifen könnte.

Ich war paralysiert.

Er kam nicht näher, verlagerte nur sein Gewicht. Seine Muskeln bewegten sich geschmeidig und seine Oberarme glänzten leicht von geschmolzenen Schneeflocken.

Wie lange wir reglos standen, ich fliehen wollte und er mich nicht ließ, weiß ich nicht. Aber plötzlich nickte er kaum wahrnehmbar und seine Lippen bewegten sich lautlos.

»Lauf.«

Ich schoss los. Er ebenso.

Er machte es schnell, was mir Atem sparte. Es dauerte keine fünf Sekunden, bis er mich seitlich aus zwei Metern Entfernung ansprang und durch die Wucht umriss. Wir gingen zu Boden, rollten ineinander verkeilt durch Schnee und Feuchtigkeit und Dreck. Ich krallte beide Hände in sein Gesicht, zerkratzte ihm die Nase. Meine Daumen suchten seine Augen, um sie in die Höhlen zu pressen, bis die Augäpfel platzen würden wie pralle Früchte. Ich knurrte Worte, die ich selbst nicht verstand.

Ich wollte doch bloß in den beschissenen Wald!

Meine Knie trafen ihn in die Eier, meine Finger rissen an seinen Haaren. Ich holte mit dem Kopf aus und donnerte ihm die Stirn ins Gesicht, erwischte aber nur seinen Kiefer statt der Nase. Ich wütete, erfüllt von Zorn und Hass und Verzweiflung, sodass nichts anderes mehr Platz in mir hatte.

Und doch überwältigte er mich. Ich spürte es gar nicht, registrierte nicht, wie er den Kampf entschied. Ich merkte nur, dass ich irgendwann auf dem Rücken lag. Schwarzer Schnee rieselte in mein Blickfeld und füllte es immer weiter aus. Meine Arme waren so schwer, dass beim Versuch, sie anzuheben, bloß meine Finger zuckten. Der Percent hockte auf mir, presste meine Schultern mit seinen Knien auf den Boden und drückte mir mit einer Hand die Kehle zu. Mit der anderen rieb er sich über die Stirn, kontrollierte, ob Blut dran haften blieb. Seine Mundwinkel zuckten, als er sah, dass ich ihm tiefe Striemen ins Gesicht gezogen hatte. Ich schloss die Augen, wartete darauf, dass er mich erwürgte, mir den Schädel einschlug oder was auch immer er vorhatte.

Stattdessen sagte er: »Sieh mich an.« Ich gehorchte. »Das war besser. Nicht gut, aber besser. Gehen wir.«

Und dann stand er auf, machte einen Schritt zurück und wartete, bis ich mich aufgerappelt hatte. »Das Seil«, verlangte er. Mit tauben Händen wickelte ich es ab und gab ihm das Ende. Er nickte, wandte sich ab und ich sah nur noch seinen Rücken.

Wir gingen den gleichen Weg zurück, den wir gekommen waren. Ich bemerkte die höhnischen Blicke der Torwächter, aber sie schienen dem Percent zu gelten, nicht mir. Dabei hatte er nur ein paar Schrammen. An meinem Körper gab es kaum eine Stelle, die nicht wehtat. Menschen, die uns sahen, schauten schnell weg, zogen den Kopf zwischen die Schultern und trollten sich. Immer noch tropfte Blut aus meiner Nase. Meine Seele lag in Trümmern. Ich fühlte keine Erniedrigung mehr, keine Scham und keine Angst.

Es war vorbei – das perverse Training und meine Hoffnung, entkommen zu können – und das erleichterte mich. Man fühlt sich unweigerlich erleichtert, wenn nur noch Leere zurückbleibt.

Naturgesetz. Das Nichts wiegt weniger als alles andere.

Er brachte mich zum Gefängnis zurück. PRIS N stand über dem breiten Haupteingang. Einer der geschmiedeten Buchstaben war abgefallen.

Ich zog eine Blutspur vom Eingang bis zu den Duschen, wo Neél wie am Tag zuvor vor dem Sichtschutz stehen blieb, während ich mich dahinter waschen musste. Es dauerte ewig, bis das Wasser, das an meinem Körper herabrann, nicht mehr braun oder rosa war, sondern klar blieb. Sein Blut, das in dunklen Halbmonden unter meinen Fingernägeln getrocknet war, trieb mich schier in den Wahnsinn. Ich kratzte mit allen Fingern an der Seife, aber es blieb hartnäckig an mir kleben und löste sich erst nach mehreren Versuchen. Als ich mich endlich sauber fühlte, wickelte ich mich in ein Tuch und schlurfte mit dem Percent zu meiner Zelle zurück. Er ließ mich ein, schlug die Tür zu und ich war allein. Der Schlüssel klapperte im Schloss.

Es gelang mir noch, trotz Erschöpfung, Kleidung aus dem Schrank zu nehmen und anzuziehen. Um meine Wunden zu schonen, setzte ich mich ganz vorsichtig auf meine Pritsche. Träge wie eine von Alter und Gicht geplagte Frau. Schon versanken meine Erinnerungen im Schlaf. Ich konnte mich später nicht mehr erinnern, den Kopf aufs Kissen gelegt zu haben.

12

matthial? der bin ich nicht länger.
will ich nicht länger sein.

Er war ein Gespenst. Der Tag lief an ihm vorbei oder er am Tag.

Im Clan ging jeder seinen Pflichten nach. Matthial wurde von den meisten ignoriert, von einigen beinahe behandelt, als sei alles wie immer, nur ein wenig verhaltener. Josh war lange vor ihm zurückgekommen und hatte längst Bericht erstattet. Niemand sprach mehr über das gescheiterte Rettungskommando. Aber alle schulterten die Konsequenzen. Es wurde zusammengepackt, was sich tragen ließ. Das Coca-Cola-Haus war nicht mehr sicher. Man hatte darauf vertrauen können, dass Amber den Clan nicht verriet, doch nun gab es zu viele Gefangene, das Risiko multiplizierte sich mit dem Faktor acht. Acht. Acht Menschen mehr in ihren Klauen. Niemand wusste, ob diese acht noch lebten, acht lebende Gefangene, das war der letzte Stand. Möglicherweise waren es inzwischen acht Leichen. Möglicherweise acht Verräter. Matthial erschien Ersteres als das Schlimmere, aber er wusste, dass sein Vater das anders empfand. Er ging Mars aus dem Weg. Niemand wusste, was er getan hatte – dass er Will, einen der acht, geopfert hatte, um Joy zu retten –, aber er fürchtete, Mars könnte es von seinen Augen ablesen.

Die anderen ließen ihn in Ruhe, fragten nicht und spielten ihm nichts vor. Die wenigen, die ihm im Stillen einen Vorwurf machten, verließen den Raum, wenn er eintrat. Er war ihnen dankbar für ihre Ehrlichkeit und ging zurück in seine Kammer. Jemand hatte seine Blutspuren vom Fenstersims gewaschen, stellte Matthial auf dem Weg fest. Jemand, der sich nicht zu erkennen gab.

Er erwischte sich dabei, wie er Kleidung in seinen Rucksack warf. Was machte er da? Was ließ ihn denken, er würde noch dazugehören, zum Clan, der sich berechtigterweise in Sicherheit brachte? Er kippte den Rucksack wieder aus. Unterhosen und Socken fielen auf die Matratze. Matthial setzte sich inmitten seines Krempels, kraulte seinen Hund unterm Kinn und schämte sich für sein Versagen, für seine Taten und am meisten für sein Elend. Er hatte kein Recht, sich schlecht zu fühlen. Eigentlich hatte er nicht einmal mehr das Recht, noch am Leben zu sein. In der Nacht hätte es nur einen Schritt gebraucht, um die Schuld zu tilgen. Einen Schritt nach vorn, vom Dach. Vielleicht hätte ihm der Sturz das Rückgrat gebrochen, vielleicht wäre auch er nun einer in den Reihen der Gefangenen. In jedem Fall wäre er nicht der, auf dem alle Schuld lastete. Fast hätte er den Schritt getan – er war so nah dran gewesen.

Aufgehalten hatte ihn ein einziger Gedanke: *Ich muss sie retten. Ich brauche einen Plan.*

Jetzt verhöhnte ihn dieser Gedanke. Es gab keine Pläne mehr. Der Teil von ihm, der Pläne gesponnen hatte, dieser feige Mistkerl, war scheinbar doch gesprungen.

• • •

Josh klopfte am Abend und steckte den Kopf durch die Tür. Rick, den Matthial zuvor hinausgelassen hatte, drückte sich durch den engen Spalt und rollte sich auf der Matratze zusammen.

»Hey.«

»Selber hey.« Matthial zwang sich zu einem Lächeln.

»Es ist Zeit, da rauszukommen. Du hast den ganzen Tag nichts gegessen, nichts getrunken, du warst nicht einmal auf dem Klo, oder?«

»Ich wollte noch warten.«

Josh schloss die Tür hinter sich. »Worauf?«

Matthial bemerkte, wie dunkel es in seiner Kammer geworden war. Das war ihm bisher nicht aufgefallen. »Bis ihr weg seid.«

Sein Bruder nickte langsam. »Dann kommst du wirklich nicht mit. Ich hatte es befürchtet.«

»Es geht nicht. Ich muss –«

»Das geht nicht«, unterbrach ihn Josh. Er nahm wohl an, Matthial hatte sagen wollen, er müsse Joy retten. Josh setzte eindeutig zu großes Vertrauen in ihn.

Sie schwiegen eine Weile.

»Mars will dich sprechen«, sagte Josh schließlich leise.

»Und das hatte ich befürchtet.«

»Tust du mir einen Gefallen? Tritt ihm nicht wie ein verrottender Lumpen vor die Augen. Zeig ein bisschen Stärke. Tu wenigstens so.«

»Was soll das bringen?«

Josh atmete tief durch, es war fast ein Seufzen. »Ich bin mit euch gegangen, oder nicht? Ich dachte, ich würde das Richtige tun. Nun, das denke ich immer noch. Ich will nicht, dass Mars … dass Vater denkt, ich folge einem Mann, der nicht stärker ist als ein nasser Lappen.«

Matthial sah auf. Schemenhaft erkannte er in der Dunkelheit Joshs Gesicht. »Das hast du aber getan.«

»Nein. Wir hatten bloß Pech. Der Plan war gut.«

»Ein Plan ist gut, wenn er aufgeht. Nur dann.«

»Mach einen neuen«, sagte Josh und erhob sich. Er öffnete die Tür, seine Umrisse erschienen vor einem Rechteck aus milchigem Licht. »Häng nicht durch. Ich bin nämlich noch hier. Bei dir. Ich bleibe.«

Damit ging er.

• • •

Matthial hatte geglaubt, sich zusammenzureißen, und Stärke vorzuspielen, die nicht existierte, würde ihm schwerfallen. Tatsächlich war es leichter als gedacht. Für Josh hielt er das Kinn hoch und den Rücken gerade. Sein Bruder lebte – wenn das kein Grund war, den Kopf aufrecht zu tragen.

Matthial hatte sich gewaschen, rasiert, Kleider angezogen, die beinahe sauber waren, und das nasse Haar mit einem Tuch zurückgebunden. Schließlich hatte er sogar Ricks Fell gebürstet und mit dem Reststück einer Speckschwarte abgerieben, damit es glänzte und der Hund aussah, als hätte er erst die Hälfte seiner Jahre auf dem Buckel. Ricks Rippen berührten auf dem Weg in Mars' Zimmer permanent Matthials Knie.

Mars erwartete ihn vermutlich nicht erst seit wenigen Minuten, aber er ließ ihn keine Ungeduld spüren. Zur Begrüßung nickte Matthial seinem Vater bedächtig zu. Er rang den Impuls nieder, sich zu auffällig im Raum umzusehen. Stuhl, Schreibtisch und das Bett waren noch da, alles andere hatte man hinausgetragen und auf den Reisekarren verstaut. Nichts Persönliches wies mehr darauf hin, dass dies das Zimmer des Clanführers war. Gewesen war.

Unter Mars' bohrendem Blick senkte Matthial wider Willen den Kopf. *Du wolltest mich sprechen*, dachte er. *Nun sprich auch.*

Der Streit lag bereits in der Luft. Wie Gas. Es fehlte noch ein Funke, dann würde alles in die Luft gehen. Seine Vergangenheit. Seine Zukunft. Der Rest seiner erbärmlichen Familie. Und jegliche Aussicht, Joy zu retten – wenn sie denn noch lebte.

Matthial musste schlucken, aber sein Hals war zu trocken. Ein Klumpen versteinerte dort, wo die Nasenhöhlen in den Rachen übergingen, und schnürte ihm die Luft ab.

»Du weißt, dass wir gehen müssen«, sagte Mars. Endlich.

»Ich weiß.«

»Es lässt sich nicht ändern. Ich habe lange nachgedacht. Es hat keinen Zweck, Matthial. Ich kann nichts tun.«

Matthial sah auf. Mars' Worte klangen weniger nach Anklage, als er erwartet hatte. Eher klangen sie wie … eine Entschuldigung?

»Es war mein Fehler«, gab Matthial zu und Mars erwiderte: »Dein erster und du musst aus ihm lernen, denn du bist so weit.« Matthial schüttelte den Kopf, weil er nicht verstand, und Mars sagte: »Du wirst nicht mit uns gehen.«

»Du hast recht, das werde ich nicht.«

»Nein«, erwiderte Mars, »du verstehst nicht. Es ist nicht deine Entscheidung, es ist meine.«

Und jetzt begriff Matthial. Er verließ den Clan nicht. Sein Vater … »Du wirfst mich raus.«

Es klackte in Mars' Kehle, so schwer schluckte er. »Ich … ich kann nicht anders.«

»Verstehe.«

»Das hoffe ich, Matthial, das hoffe ich.« Mars' Stimme wurde erst leiser, dann wieder laut, was ihn so durcheinander wirken ließ, wie Matthial ihn nie zuvor erlebt hatte. »Du teilst den Clan. Ich kann das nicht zulassen. Ich trage Verantwortung. Aber du unterwirfst dich mir nicht. Du bist wie ich und zugleich wie deine Mutter.«

»Und deshalb musst du mich rauswerfen.«

»Ja.«

»Ja.« Matthials Lächeln geriet müde, war aber von Herzen ehrlich. Es war alles so logisch. Wer sich nicht fügt, muss selbst Clanführer sein.

Ein Anflug von verletztem Stolz flüsterte Matthial zu, dass er sich nicht rauswerfen lassen musste, weil er selbst gegangen war. Aber immerhin war er nach dem gescheiterten Angriff zurückgekommen. Ein Einwand seinerseits würde nicht von Stolz, sondern von Patzigkeit zeugen. »Ich akzeptiere deine Anweisung, Vater.«

Mars rieb sich das Gesicht. Er bemühte sich sichtlich um Ruhe, aber Matthial entging weder das feine Zittern seiner Finger noch das kaum merkliche Zucken in seinen Mundwinkeln. Sein Vater litt, und sowenig er es wahrhaben wollte, konnte Matthial leugnen, dass ihn dies tröstete. Es war keine Häme, die er spürte. Eher Erleichterung. Er bedeutete Mars etwas, noch immer.

»Ich bin zuversichtlich«, sagte Mars, es klang gepresst. »Du bist eigenwillig – oh ja, so sehr der Sohn deiner Mutter. Aber ich habe dich alles gelehrt, was wichtig ist. Auch die Dinge«, er lachte kurz und trocken, »die du nicht wissen wolltest. Du wirst deinen Weg gehen. Ich wünsche dir –«

»Lass gut sein«, unterbrach Matthial ihn. Er hatte kein Anrecht auf die guten Wünsche seines Vaters. Mars ahnte ja nicht, dass sein Sohn in Wahrheit viel Schlimmeres getan hatte, als den Clan zu spalten und einen Plan zu schmieden, der nicht aufgegangen war. Er hatte einen Mann geopfert, der ihm vertrauensvoll gefolgt war, und das nicht, um den Clan zu retten – das hätte Mars verstanden –, sondern, um seine Liebe zu retten. Gute Wünsche wären Dämonen gewesen, aus Unwissenheit freigelassen.

»War es das?«, fragte Matthial.

»Das war es wohl.«

»Dann wünsche ich dir einen guten Weg, Vater. Vielleicht kreuzt er den meinen dann und wann in Frieden.«

Mars griff die Förmlichkeit auf, legte Matthial eine Hand auf die Schulter und reagierte auf die Clanfloskel mit einer anderen. »Möge dir und den deinen die Sonne scheinen.«

»So hell wie den deinen und dir.«

Als Matthial ging, rief Mars noch einmal seinen Namen. Ohne sich umzudrehen, blieb er stehen.

»Du wirst mir fehlen, Matthial.«

So sehr wie du mir. Matthial setzte seinen Weg schweigend fort und fragte sich, ob Mars wohl schon ahnte, dass er ihm bereits das erste Clanmitglied weggenommen hatte, ohne es zu wollen. Josh gehörte nun zu ihm. Erneut trug er Verantwortung. Sie wog schwerer als der Verlust seines Vaters. Sie wog das Gewicht seiner ganzen Welt.

• • •

Am späten Abend hatten die letzten Mitglieder von Mars' Clan die alte Fabrik verlassen. Die Geräusche, die geblieben waren, durchbrachen die alles beherrschende Stille nicht, sie untermalten sie.

Nordwind brannte eisig auf Matthials Wangen und fegte von hauchdünnem Reif überzogenes Laub durch den Hof. Er trat zu der windgeschützten Nische im Gemäuer, wo er immer seinen Gedanken nachging, solange Rick sich zum Kacken in die Holunderbüsche verzog. Ein dünner, langer Stecken lehnte an der rissigen Hausfassade, Matthial griff danach und malte wie in Trance Wellenlinien in die Erde zu seinen Füßen.

Josh schreckte ihn wenig später auf. Nur anhand der Kälte, die sich aus dem Gemäuer durch seine Jacke bis tief in seinen Rücken gefressen hatte, konnte Matthial abschätzen, dass einige Minuten vergangen sein mussten.

»Wir müssen über den Strom sprechen«, sagte Josh. Er schlug die behandschuhten Hände zusammen, um sie zu wärmen. »Sie haben den Generator mitgenommen.«

»Sie haben Frauen und Kinder. Sie brauchen den Generator dringender als wir.«

»Ja«, meinte Josh gedehnt. »Aber den elektrischen Herd haben sie dagelassen.«

Matthial musste lachen; es ließ sich nicht aufhalten. »Ironie des Schicksals«, gluckste er und registrierte erleichtert, dass auch sein Bruder grinste. »Wir bleiben ohnehin nicht hier«, sagte er dann. »Mars hat recht, das Risiko, dass uns jemand ungewollt verrät, ist zu groß. Wir verschwinden für eine Weile, vielleicht in den Untergrund.«

Joshs Gesicht verdüsterte sich. Matthial wusste, wie unbehaglich seinem Bruder in den uralten, unterirdischen Bahntunneln und in der Kanalisation zumute war. Joshs Albträume waren ihm so vertraut, als hätte er sie selbst geträumt. Im Schlaf fand sich sein jüngerer Bruder in diesen Tunneln wieder. Es war windstill und leise und er war allein. Bis das Wasser kam. Unmengen an Wasser, das in deckenhohen Fluten durch die Gänge strömte und Leichen vor sich hertrieb.

»Nur für eine kurze Zeit«, sagte Matthial schnell. »Vielleicht finden wir auch ein besseres Versteck. Wir kommen hierher zurück, wenn es ruhig bleibt.«

»Ist schon in Ordnung, Captain.« Josh senkte den Kopf, betrachtete seine Schuhspitze, die ein Steinchen hin und her schob, aber er grinste wieder. Dann wies er auf Matthials Kritzeleien im Sand. »Was machst du da?«

Matthial hielt inne. Ja, was machte er da?

Zu seinen Füßen war eine Liste mit Namen entstanden. Amber, Liza, Matches I., Matches II., Luke.

Mit steifer Hand zog er die Buchstaben W I L L I E darüber. Dann setzte er das Wort VERLOREN an den Kopf der Liste und unterstrich es.

»Weißt du, wie sie hießen, die Matches-Brüder?«

Josh schüttelte den Kopf. Er grinste nicht mehr, seit er die Liste entziffert hatte. »Ich weiß bloß, dass ihre Schwester Erin heißt.«

Matthial hatte gerade zu einem weiteren Namen angesetzt. J O …

Doch dann kniete er sich hin, stieß den Stock beiseite und verwischte die ganze Liste mit beiden Händen. Vom obersten Wort ließ er die erste Silbe stehen. VER…VERMISST schrieb er mit zwei Fingern, viel Druck und noch mehr Entschlossenheit in den Sand.

VERMISST
A M B E R
E R I N
L I Z A
J O Y !

wohin mag er an jedem abend gehen?

Die Tage glitten ineinander über. Da jeder war wie der vorherige, wusste ich bereits nach kurzer Zeit nicht mehr, ob ich fünf oder sechs Nächte in Gefangenschaft verbracht hatte; oder sieben oder acht? Alles war so gleich. Aussichtslos monoton.

Der Percent weckte mich jeden Morgen. Nach den beiden Sonnenstunden führte er mich am frühen Vormittag an dieser grässlichen Lederleine aus der Stadt, um mich der Folter zu unterziehen, die er Training nannte. Meine Hoffnungen, in den Wald zu entkommen, waren glitzernde Silberfische: Kaum totzukriegen, und wenn es doch gelang, tauchten wie aus dem Nichts neue auf. Sobald ich glaubte, beim nächsten Versuch zu kollabieren, brachte er mich zurück in die Stadt. Ich musste duschen und bekam in meiner Zelle zu essen (weniger als am ersten Tag, aber mehr, als ich brauchte, und genug, um etwas für den Abend und den nächsten Morgen zu verstecken). Später kam Mina und der Percent ging fort. Ich erfuhr nicht, wohin er verschwand, aber ich merkte, dass Mina sein Weggehen nicht behagte. Sie schimpfte und zeterte, weil sie in seiner Abwesenheit auf mich aufpassen musste, wozu sie angeblich weder Lust noch Zeit hatte. Da stimmte etwas nicht. Mina saß gerne mit mir zusammen, das spürte ich doch. Sie versorgte meine Wunden, die schneller heilten, als ich es glauben konnte.

Mina verfügte über ein kolossales Wissen an Heilpflanzen, zu denen sie auch jederzeit Zugriff zu haben schien. Ob es eine Apotheke im Haus gab? Es musste so sein, ich konnte mir nicht vorstellen, dass sie kommen und gehen durfte, wie es ihr beliebte.

Während wir nähten, Strümpfe stopften oder Wäsche im Waschbecken wuschen, unterhielten wir uns. Die Themen waren unpersönlich, geradewegs banal, und beide gaben wir unser Bestes, damit das so blieb. Doch die Stimmung war gelöst und ich hatte den Eindruck, dass Mina meine Gesellschaft genoss. Warum versuchte sie, die Situation zu verändern? Ich wurde nicht schlau aus ihr und stellte mich nur zögerlich dem Gedanken, unsere stillschweigend abgesteckten Grenzen überschreiten zu müssen, um mehr über sie zu erfahren. Was, wenn sie nicht wiederkam, sobald ich zu forsch wurde und sie vielleicht unabsichtlich verletzte?

Mina verließ mich immer gegen Abend und sperrte die Tür hinter sich ab. Jedes Mal beschloss ich, wach zu bleiben. Ich wusste, dass der Percent irgendwann spätnachts zurückkehrte, und zu wissen, dass er den Raum betrat, während ich hilflos schlief, verursachte mir Magenkrämpfe. Aber aufgrund des harten Trainings war ich so erschöpft, dass ich trotz der Angst einschlief und meist erst am Morgen erwachte.

Nur einmal war ich aufgewacht, als er tief in der Nacht zurückkam. Später wusste ich nicht mehr, in welcher Nacht es gewesen war. Ehrlich gesagt, fragte ich mich sogar, ob ich das Aufwachen vielleicht nur geträumt hatte. Die Müdigkeit war so überwältigend, dass ich nicht mehr unterscheiden konnte, was wahr war und was Traum. Der Percent schwankte, als er seine Schuhe auszog, stieß sich das Schienbein an der Kiste neben seinem Bett und fluchte mit zusammengebissenen Zähnen unverständliche Worte. Ich gab vor zu schlafen und umklammerte die Nadel, die ich am Nachmittag unbemerkt eingesteckt hatte. Der Percent zog sich aus – komplett, ich sah die flache Linie, in der sein Rücken in den Hintern überging, und stellte fest, dass seine Haut am ganzen Körper diesen weichbraunen Farbton hatte. Er wusch sein Gesicht, trank in tiefen Zügen Wasser aus der Leitung und setzte sich dann aufrecht auf sein Bett.

Ich hörte Papier rascheln und eine Feder kratzen und fragte mich, was er um diese Uhrzeit wohl aufschrieb. Vielleicht hätte ich nachgesehen, wenn es möglich gewesen wäre, aber er verstaute all sein Schreibzeug immer gewissenhaft in einer Ledertasche und nahm diese mit sich, wenn er ohne mich loszog. Im Dunkeln schmiedete ich Pläne, die von seinem Blut und meiner Nadel handelten.

Als er fertig war, sah er zu mir rüber. Ich presste die Lider zusammen, aber vermutlich hatte er das Weiße meiner Augen trotzdem registriert. Ich blickte vorsichtig wieder auf und sah, wie er ein Stofftaschentuch aß und sich dann hinlegte.

Moment … er aß ein Taschentuch?

Es waren viele Gerüchte über sie im Umlauf, aber das hatte ich noch nie gehört. Ich war aber sicher, es deutlich gesehen zu haben. Vielleicht träumte ich ja doch?

• • •

Am nächsten Tag bemerkte Mina, dass ich die Nadel genommen hatte. Ich musste sie zurückgeben und sie redete eine Weile kein Wort mehr mit mir.

• • •

Der heutige Tag unterschied sich von den anderen, das spürte ich schon beim Aufwachen. Es war heller als sonst, obwohl in den beiden Morgenstunden, in denen Dark Canopy abgeschaltet blieb, keine Sonne schien, da Wolken am Himmel hingen. Schnee lag wie ein Mantel über der Stadt und fiel in dichten Flocken, sodass man kaum über den Gefängnishof schauen konnte.

Es schneite noch heftiger, als wir später zum Training gingen. Die Schneedecke war so dicht, dass ich knöcheltief einsank. Meine Hose hatte sich bis zu den Knien vollgesogen, noch ehe wir die Straße erreichten, in der ich schon öfter diese schrecklichen Todesschreie gehört hatte. Doch heute bog der Percent in eine andere Richtung ab. Ich registrierte unbehaglich, dass es eine Sackgasse war; ein schmaler Streifen Weg zwischen massivem Mauerwerk, das auch den letzten Rest Licht schluckte. Nur hauchfein bedeckte der Schnee hier den Boden, als hätten selbst die Flocken Furcht im Dunkeln. Was mich am meisten schaudern ließ, war der Wind. Er hatte uns die ganze Zeit stürmisch Flocken ins Gesicht geweht und eisig in meinen Augen gebrannt. Nun war er fort, als wagte er sich nicht bis in die Gasse vor. Ich hörte ihn in der Ferne heulen und pfeifen. Es klang wie die geheimen Signale, mit denen sich meine Freunde und ich früher verständigt hatten. Diesmal verstand ich die Signale nicht und das schürte eine Angst in mir, die ich für versiegt gehalten hatte. Vielleicht waren sie tot, tot durch mein Versagen.

Ich fürchtete mich plötzlich wieder vor Gespenstern.

Der Percent hielt an einer Holztür, die so sorgsam poliert war, dass sie seine Umrisse trotz der Dunkelheit sacht widerspiegelte. Er sah mich eine Weile durchdringend an. Wie jemand, der Angst haben sollte, es aber verbergen kann. Er schluckte, dann bollerte er gegen die Tür. Eilige Schritte erklangen, die Tür wurde geöffnet und quietschte dabei. Erst als Neél an der Leine zog und mich damit näher an sich heranzwang, als ich ihm je kommen wollte, erkannte ich, wer aufgemacht hatte.

»Mina«, sagte ich verwundert und kassierte einen Ruck am Seil für meine Unhöflichkeit. Ich senkte den Blick, mehr um mein Augenrollen zu verbergen denn als respektvolle Geste. »Guten Tag, Mina.«

»Die Sterne mögen dir scheinen«, antwortete sie in freundlichem Ton. Sie klang beinahe verschmitzt, und dass sie den abgeänderten Rebellengruß *Die Sonne möge dir scheinen!* verwendet hatte, ließ mir heißes Blut in die Wangen steigen. Was wusste sie über mich? Und entscheidender: Was *wollte* sie von mir? Alles in mir straffte sich, als zöge eine höhere Macht meine Haut glatt wie ein Tischtuch. Konnte es sein, dass sie mir nun die Fragen stellen wollte, vor denen ich mich schon lange fürchtete?

Nein. Wenn sie glaubten, ich würde Verrat begehen, hatten sie sich geirrt. Niemals!

Mina wies mich an, ihr zu folgen, und der Percent versetzte mir einen Stoß, weil ich nicht sofort gehorchte. Angst hin oder her, aber er begann, mir auf die Nerven zu gehen. Ich verbiss mir einen Kommentar, funkelte ihn nur wütend an und ging ins Haus.

Wärme umfing mich schon nach den ersten Schritten. Wer auch immer hier wohnte – womöglich mit Mina zusammen? –, er heizte wohlig. Unweigerlich musste ich an den Tag denken, als wir in die Falle gelockt wurden und sie Amber gefangen nahmen. Auch die Schneiderfamilie – oh, wie wünschte ich ihnen die Pest an den Hals! – hatte es behaglich warm gehabt. Ich sah mich misstrauisch um. An einem Haken in der Wand hing ein UV-Schutzanzug. Demnach wohnte hier ein Percent. Ich musste achtsam bleiben.

Mina führte uns ins Wohnzimmer. Das Erste, was ich wahrnahm, waren die Gemälde, die weinende Menschen mit bunt bemalten Gesichtern zeigten. Ich hatte selten etwas Hässlicheres gesehen, aber das behielt ich für mich, denn wer wusste schon, was diese Fratzen darstellten und wem sie etwas bedeuteten. Und dann blieb mir plötzlich die Luft weg. Denn in einem Sessel unter einer geschmacklosen bunten Fratze saß aufrecht und mit kaltem Blick der furchterregende Percent Cloud.

Sein Anblick traf mich unerwartet und hart. Ich hatte natürlich damit rechnen müssen, ihn wiederzusehen, schließlich hatte er mich als Beute für sich beansprucht. Doch der Teil in mir, der beharrlich versuchte, mich davor zu bewahren, vor lauter Angst hysterisch zu werden, hatte ihn ausgeblendet und aus meinem Sinn getilgt. Bis jetzt.

Der Schnee schmolz und fiel in Klumpen von meiner Kleidung. Um meine Füße bildete sich eine Pfütze. Meine Hände schwitzten. Der Percent sah mich an. Ich fror.

»Du bist pünktlich«, sagte Cloud, ohne den Blick von mir zu nehmen.

Neél erwiderte kühl: »Das ist selbstverständlich, wenn du mich rufst.«

Das Seil rührte sich an meinem Arm, Neél ließ sich auf einem Stuhl nieder. Mina nahm auf dem zweiten Sessel Platz und sagte, ich solle mich ebenfalls setzen. Es gab keinen Stuhl mehr, den ich am Seil hätte erreichen können, aber Minas Blick machte ohnehin deutlich, dass für mich etwas anderes vorgesehen war. Ich kniete mich auf den Boden, mitten in das Schmelzwasser aus meinem Stiefelprofil, und achtete darauf, jederzeit aufspringen zu können.

Keiner sprach.

Neéls Miene war verschlossen, mehr noch als sonst, aber seine Hand lag halb geöffnet in seinem Schoß, das Ende des Seils locker zwischen seinen Fingern. Bis zur Tür war es nicht weit …

»Du weißt, warum du hier bist?«, fragte Cloud und sein Blick ließ endlich von mir ab, streifte Neél und richtete sich auf den Tisch. Dampf stieg aus einer Tasse, die dort stand.

Neél räusperte sich. »Die Ausbildung verläuft schleppend, um ehrlich zu sein. Ich glaube nicht, dass ich sie in einen tauglichen Zustand bekomme.«

Ah. Es ging um mich. Natürlich; das hatte ich befürchtet.

Vorzugeben, ich würde nicht bemerken, dass sie über mich sprachen wie über einen mechanischen Gegenstand, den es zu reparieren galt, fiel mir schwer, aber die Angst unterstützte mich. Ich starrte auf den Teppich und zählte die Schlaufen.

»Wo liegen die Probleme?«, wollte Cloud wissen. Ich spürte seinen Blick nun wieder auf mir. »Ungehorsam?«

Neél stieß den Atem aus und verlagerte sein Gewicht, sodass der Stuhl quietschte. »In gewisser Weise. Sie schont sich, bietet ein konstantes Level im Training und hält stur daran fest.«

Ich konnte kaum glauben, was er da erzählte. Ich riss mir den Arsch auf und er dachte, ich würde mich zurückhalten?

Cloud verschränkte die Finger. »Jemanden über eine Grenze zu treiben, ist eine wichtige Fähigkeit. Um das zu trainieren, hast du sie bekommen, Neél.«

»Ich habe aber keine Chance mit ihr!«, stieß Neél hervor und jetzt bröckelte seine Ruhe ernsthaft. Seine Finger zuckten, als verböte er sich, die Hände zu Fäusten zu ballen. »Sie ist nur ein Mädchen. Kein Training der Welt wird einen Mann aus ihr machen.«

»Was genau sind die Schwierigkeiten? Ich hörte, sie sei schnell.«

Neél knurrte unwirsch. »Für eine Menschenfrau, ja. Aber das reicht nicht.«

»Das reicht nicht?«, wiederholte Cloud. Es klang unheilvoll und an Neéls Stelle hätte ich es dabei belassen.

»Nein«, erwiderte Neél. »Sie werden sie schneller fangen als ein Rebhuhn. Sie wird mich lächerlich machen.«

»Nun gut, nehmen wir an, du hast recht.« Cloud griff neben sich in einen Lederbeutel.

Mina nahm ihre Tasse zwischen beide Hände und blies vorsichtig hinein. Ich konnte den herben Kräutertee riechen, glaubte, selbst die Hitze auf der Haut fühlen zu können. Ich war durstig und durchgefroren. In meinem Magen lag ein Klumpen Eis, der sich rasant ausdehnte, als ich sah, was Cloud in der Hand hielt.

Ein Messer. *Mein* Messer.

Konnte das möglich sein? War das tatsächlich die Klinge, die mir vor vielen Jahren der Varlet weggenommen hatte?

»Joy Annlin Rissel«, las Cloud vom Griff ab und mir wurde einen Moment dunkel vor Augen.

Als ich wieder klar sehen konnte, stellte ich fest, dass Neél weniger wusste als ich. Er schüttelte nur ahnungslos den Kopf. Cloud wandte mir das Gesicht zu.

»War das dein Messer?«

Sein Blick hatte etwas Stechendes, er brannte damit Löcher in meinen Verstand. Löcher, in denen ein Vakuum zurückblieb, was ein schmerzendes Ziehen im ganzen Körper zur Folge hatte. Ich fühlte mich angegriffen, was das Bedürfnis in mir wachrief, mich zu verteidigen. Irgendwie. Und darum sagte ich: »Nach allem, was ich gelernt habe, ist es immer noch mein Messer.«

Ich bemerkte den vielsagenden Blick, den Mina Cloud zuschoss. Er sah nach *Ich habe es dir doch gesagt* aus.

»Willst du es wiederhaben?«

»Wenn ich es benutzen darf. Ja.«

Ein Mensch hätte nun geschmunzelt, hätte wenigstens so getan. Es gab gewisse Mechanismen, nach denen alle Menschen funktionierten. Cloud sah mich nur an.

Schließlich fragte er: »Würdest du diesmal jemanden damit töten?«

Er wusste es. Er wusste von dem Tag, an dem ich es verloren hatte, er kannte die ganze, demütigende Geschichte. Ich schluckte Spucke runter, die nach Magensaft schmeckte. »Ja.«

Cloud nickte. »Gut.« Dann warf er das Messer in hohem Bogen zu Neél. Der fing es am Griff auf.

»Du sagtest also, sie wäre nicht gut genug«, wiederholte Cloud, als sei der Zwischenfall mit meinem Messer nicht geschehen. »Da du ihr Trainer bist, bringt mich das zu dem Schluss, dass vielleicht *du* nicht gut genug bist.«

»Cloud, bei allem Respekt. Warum beschämst du mich?«

»Hast du einen besseren Soldaten verdient? Denkst du das wirklich?«

Neél regte sich nicht, aber in seinem Gesicht veränderte sich etwas. Ich konnte es nicht benennen, aber er sah mit einem Mal unmenschlicher aus. Kälter.

»Antworte, wenn ich dich etwas frage.« Clouds Stimme wurde laut, rollte wie eine Steinlawine durch den Raum.

»Ich verdiene eine Chance, auch wenn ich dir Ärger bereitet habe, Cloud.«

»Dann nutze sie.«

Ich wusste nicht, ob er die Chance oder mich meinte. Obwohl ich mich für gewöhnlich zu ganzer Größe aufrichtete, wenn mir unbehaglich war, wäre ich heute am liebsten zwischen den Teppichschlingen verschwunden. Dennoch hätte ich gern erfahren, inwiefern Neél Cloud verärgert hatte, doch sie hatten das Thema bereits wieder fallen gelassen.

»Wie oft trainierst du sie?«, fragte Cloud.

Mina sah auf, touchierte Neél für einen Sekundenbruchteil mit ihrem Blick. Er hatte es vermutlich nicht mitbekommen. Ich schon. Cloud wusste längst, wie oft wir diese Folter betrieben, die sie Training nannten.

»Ausreichend«, murmelte Neél. Er ahnte vermutlich schon, dass Cloud nicht einverstanden war.

»Ist das so? Du trainierst sie dreimal täglich?«

Schweigen. Schweigen. Schweigen.

Dann ein leises »Nein«.

»Sondern?«

»Einmal. Ich dachte, ich würde sie sonst überfordern. Sie ist schwäch–«

»Das reicht nicht.« Um Clouds Mundwinkel spielte ein böses Lächeln. Er hatte Neél gerade vernichtend geschlagen. Auch wenn ich die Regeln dieses Spiels nicht verstand, so spürte ich den Triumph in der Luft singen wie ein schnell geschleudertes Seil.

»Damit kennst du das Problem«, sagte Cloud. »Du darfst gehen.«

Neél erhob sich schwerfällig und wartete, bis ich mich aufgerichtet hatte, statt am Seil zu zerren. Er nickte Cloud zum Abschied knapp zu. In Minas Richtung hätte man das Nicken fast eine Verbeugung nennen können. Da ich nicht wusste, was man von mir verlangte, hielt ich den Mund und bemühte mich, nicht auf mein Messer zu starren, das Neél an einem Halteriemen im Innenfutter seiner Jacke verstaute.

Die vielen Fragen machten meinen Kopf ganz eng. Was bedeutete das alles? Woher hatte Cloud mein Messer? Und warum frustrierte es Neél so sehr, mich häufiger trainieren zu müssen? Nicht dass ich da anderer Meinung war! Die Vorstellung, diese Tortur mehrmals täglich über mich ergehen zu lassen, war zu viel für mein Hirn, daher stellte es auf stur und wollte mir weismachen, dass sich ab sofort nicht die Tortur, sondern meine Fluchtchancen verdreifachen würden.

Neél allerdings schien derart niedergeschlagen, als hätte er etwas sehr Wichtiges verloren. *Vielleicht*, grübelte ich, während wir das Haus verließen und ins frostklirrende Halbdunkel traten, *weil er nun die abendlichen Ausflüge, wohin auch immer sie ihn führen, vergessen kann.*

14

wenn ich mir meinen tod aussuchen dürfte,
würde ich erfrieren wollen.

Schnee knirschte unter unseren Sohlen und der Percent knirschte sogar mit den Zähnen. Wir verließen die Stadt und ich versuchte, meine Lage einzuschätzen. Das Resultat war ernüchternd. Er war verdammt schlecht gelaunt, und dass ich ohne jede Schuld die Ursache dafür war, machte meine Situation nicht besser. Er wollte mich loswerden, womit ich einverstanden gewesen wäre, wenn ich nicht annehmen müsste, dass es bei seinen Planungen weniger um meine Freilassung als mehr um mein verfrühtes Ableben ging. Er dachte gewiss darüber nach, während er schweigsam seines Weges stapfte.

»Woher hat er es?«

Er blickte sich zu mir um und sah mich an, als wundere er sich, wo ich plötzlich herkam. »Was?«

»Mein Messer. Woher hat er mein Messer?«

Neél antwortete nicht gleich, er richtete den Blick wieder nach vorne. Aber er verbot mir auch nicht den Mund und das war mehr, als ich sonst erwarten konnte.

»Ein Varlet hat es mir weggenommen, vor mehr als drei Jahren, im Wald, einen Stundenmarsch von hier entfernt. Er hätte mich damals töten können. Oder gefangen nehmen. Hat er aber nicht. Er hat mir nur das Messer weggenommen. Und nun hat Cloud es. Warum?«

»Er hieß Jones«, sagte Neél.

»Wer? Der Varlet?«

»Nein, der Vogel, der ihm auf den Kopf geschissen hat«, fuhr er mich genervt an. »Natürlich der Varlet, wer sonst. Cloud war sein Ausbilder.«

»Kennst du ihn?« Ich wusste nicht recht, warum ich ihn das fragte. Aber ich hatte mir die letzten Jahre immer wieder heimlich Gedanken über den Varlet gemacht. Nun etwas über ihn zu erfahren fühlte sich eigenartig an. Bedrückend, aber gleichzeitig auch nicht. Es war, als würde ich jemanden wiedersehen, den ich zwar nicht mochte, aber erleichtert war, weil er noch lebte. Tat er das? Neél hatte in der Vergangenheit von ihm gesprochen. Aber vielleicht hatten sie keinen Kontakt mehr.

»Flüchtig«, brummte er. »Ich war noch jünger damals und lebte bei Cloud. Wir verbringen unsere Kindheit in der Familie unserer Ausbilder. Jones lebte bereits im Gefängnis. Dort gehen alle Varlets hin, wenn sie bei den Familien rausmüssen, aber noch kein eigenes Haus beziehen dürfen.«

Ich erinnerte mich. Mina hatte mir davon erzählt.

Neél berichtete, dass er mal mit Jones zusammen trainiert hatte, aber das sei schon alles gewesen.

Ich bemühte mich, ihn meine Irritation nicht spüren zu lassen. So viel hatte er noch nie mit mir gesprochen. Für einen Moment atmete ich leichter, aber dann gewann mein Misstrauen die Oberhand. Es war auszuschließen, dass er sich nach dem frustrierenden Zusammentreffen mit Cloud nun mit mir verbrüdern wollte. Womöglich gab es die Redewendung *Der Feind meines Feindes ist mein Freund* auch bei den Percents, doch in unserem Fall galt das definitiv nicht. Ich war kein Feind, auch wenn ich es wahrhaft gern gewesen wäre. Aber so viel Wert hatte ich nicht. Ich war nur eine Gefangene.

• • •

Als wir den üblichen Platz außerhalb des Stadtzauns erreicht hatten, wurde mir mein Status mit Deutlichkeit vor Augen geführt. Das sogenannte »Training« war nicht so effektiv, wie Neél erwartete, aber das bewirkte nicht, dass er etwas an seiner Vorgehensweise änderte.

Er knotete den schrecklichen Strick von meinem Handgelenk, gab mir ein paar Atemzüge Vorsprung und fing mich wieder ein, ehe ich den Wald erreicht hatte.

Wie jeden Tag. Immer wieder. Und wieder. Und wieder.

Es war ermüdend.

Der Zeitpunkt war gekommen, an dem mein Puls kaum mehr schneller schlug als bei einem der Ausdauerlauftrainings, die ich früher mit Amber gemacht hatte. Die Hoffnung, entkommen zu können, war gestorben. Die Angst allerdings ebenso.

»Lauf«, forderte Neél, nachdem er mich eingefangen und an den Schultern wieder in die Vertikale gezerrt hatte. Er gab mir einen halbherzigen Schlag gegen den Oberarm, um mich anzutreiben.

Ich war nur noch genervt.

Mein Seufzen klang patzig in meinen eigenen Ohren, ich stapfte drei Schritte von ihm weg, wandte mich dann zu ihm um. »Was soll das hier eigentlich bringen?«

»Lauf!«

»Warum?« Ich trat gegen einen Stein, Schnee stob auf und ich musste daran denken, dass Amber als Kind ein sehr außergewöhnliches Spielzeug gehabt hatte: Es war eine Glaskugel mit Flüssigkeit und künstlichem Schnee darin. Man schüttelte sie und die Flocken flogen um ein kleines Holzhaus, eins mit Zäunchen drum herum und Gardinen hinter den Fenstern, sodass man nicht hineinschauen konnte.

»Lauf endlich!«

Aber warum? Ich fühlte mich wie in einer Schneekugel gefangen, die der Percent nach Belieben schüttelte, um mich dann zu beobachten. Nur dass es in meiner Schneekugel keine Wände aus Holz gab, kein Zäunchen, keine Fenster und keine Gardinen. Ich war nackt hinter dem Glas.

»Verdammt, tu endlich, was ich sage!« Er brüllte inzwischen, stand aber unbeweglich da. Schnee fing sich in seinem Haar und seinen Augenbrauen. Das weiße Licht meißelte seine Züge schärfer, als sie ohnehin waren, bis es schien, als wäre er aus Sandstein statt aus Fleisch und Blut.

Ich wurde ganz leise. »Nein.« Ich hob eine Handvoll Schnee auf, spürte, wie er in sich zusammenschmolz und meine Hand taub werden ließ.

Aus dem Augenwinkel bemerkte ich, wie der Percent den Kopf senkte und den Mund öffnete. Vermutlich fletschte er die Zähne, aber es sah aus, als würde er grinsen. »Damit wir uns nicht falsch verstehen. Ich bitte dich nicht. Ich gebe Befehle.«

»Damit wir uns nicht falsch verstehen«, flüsterte ich so leise, dass er es vielleicht ahnen, sicher aber nicht hören konnte. »Das geht mir am Arsch vorbei.«

In der nächsten Sekunde wurde mir klar, dass er es doch gehört haben musste. Er rührte sich nicht, aber von einem auf den anderen Moment schlug die Stimmung um. Mir wurde schlagartig wieder bewusst, dass ich für den Percent nichts als ein Problem darstellte, das es loszuwerden galt.

Es war so ruhig. Mir war, als hätte ich einzelne Schneeflocken auf dem Boden zerbrechen hören müssen. Ein Windstoß riss an meinem Haar. Die Kälte kroch mir unter die Kleider. In einiger Entfernung, aus Richtung des Waldes, schrie ein Raubvogel; sein pfeifender Klagelaut brach durch die Stille. Trotzdem blieb es ruhig.

Ich drehte den Kopf, um nach dem Vogel zu sehen, und plötzlich glaubte ich, wahnsinnig zu werden oder zumindest die Nerven zu verlieren. Am Waldrand tastete sich ein Lichtfinger, der sich irgendwie durch die künstliche Verdunklungswolke gebohrt haben musste, bis auf die Erde. Ich sah es genau: Silbrige Flocken, glitzernd wie jene in Ambers Schneekugel, tanzten in seinem Licht. Der Sonnenstrahl war schwach und schmal. Seine Streifen mattgelb statt golden. Aber er war da, er traf die Erde. Er war gegen Dark Canopy angetreten und hatte gesiegt. Ganz selten erlebten wir derartige Wunder.

Mein Vater hatte einmal zu Penny und mir gesagt, wer so etwas erlebte, dürfe sich etwas wünschen und es ging in Erfüllung. »Ist das wahr?«, hatte ich gefragt, während Penny nur zweifelnd die Nase krauszog, und Papa hatte geantwortet: »Aber ja. Das weiß ich ganz genau, denn das hat mir der Engel verraten, den ich herbeiwünschte, als ich zum letzten Mal ein Rebellenlicht sah.«

Rebellenlicht, so hatte er es genannt. Ein Stückchen Sonnenschein, das stärker war als die Percents, stärker als Dark Canopy. Wie wir.

Ich kann nur Sekunden abgelenkt gewesen sein, doch für den Percent war das mehr als genug. Ich sah ihn kaum kommen, registrierte den Angriff erst, als er mich von hinten ansprang, zu Boden warf und meinen Kopf in den Schnee drückte. Ich gab dem Impuls, mich kräftig zu wehren, nicht nach. Dieses Katz-und-Maus-Spiel konnte nicht ewig so weitergehen, doch das würde es, solange ich mitspielte. Ich war die sinnlosen Kämpfe so satt. Also ließ ich meine Muskeln locker und blieb liegen. Sollte er sich doch mit einer anderen Maus vergnügen. Ich biss mir auf mein Wangeninneres, als er mir den Arm auf dem Rücken verdrehte, wandte das Gesicht ab, so weit ich konnte, und presste es in den Schnee, als er sich über mich beugte und sein heißer Atem mein Gesicht berührte. Er zerrte an meinem Haar und zwang mich, ihn anzusehen.

»So«, fauchte er mich an. »Du hast es also nicht nötig, meine Anweisungen zu befolgen und deine Arbeit zu erledigen.«

»Ich wollte diese Arbeit nie!«

Er zog meinen Arm weiter, ich spürte, wie das Schultergelenk an seine Grenzen stieß. Vor Schmerz schossen mir Tränen in die Augen.

»Du hast nicht das Recht auf Wünsche. Wenn hier Wünsche erfüllt werden, dann bist du die Letzte in der langen Schlange von Leuten, die ihre nennen wollen. Du stehst noch hinter mir, und lass mich gleich klarstellen, dass das schon verdammt übel für dich ist. Du bist Kriegsbeute, was meinst du, was das bedeutet?«

Ich schrie auf, als ein reißender Schmerz durch meinen Arm jagte.

»Was bedeutet das?«, brüllte der Percent. Speicheltröpfchen trafen meine Wangen und Lippen.

Ich wusste, was er hören wollte. Ich sollte ihm sagen, dass er die Befehle gab und ich parierte. Ich rang mit den Worten. Der Teil von mir, der sich etwas aus körperlicher Unversehrtheit machte, hätte ihn auch mit einem der vergessenen Adelstitel angeredet, um freizukommen. Mein Arm tat so weh, dass ich hinter zusammengepressten Lippen wimmerte. Aber völlig vergessen und verdrängen ließ mein Stolz sich nicht. Ich hatte das Licht gesehen. Ein Rebellenlicht.

»Du willst also schweigen.« Sein ruhiger, fast resignierter Tonfall beunruhigte mich. »Dann schweig. Schweig doch für immer.«

Und dann begann er, mit der freien Hand Schnee über mein Gesicht und meinen Kopf zu schaufeln und festzudrücken. Einen Augenblick war ich perplex, fühlte mich daran erinnert, wie wir uns früher bei wilden Spielen gegenseitig mit Schnee gewaschen hatten. Wie ernst es war, begriff ich erst, als beim Einatmen Feuchtigkeit in meine Atemwege drang. Ich versuchte zu husten, doch es ging nicht. Versuchte, den Kopf hochzuziehen, aber er ließ es nicht zu. Der Percent hielt meine Hand fest und drückte mein Gesicht in den

Schnee, indem er mir ein Knie auf den Hinterkopf setzte. Sein Gewicht schien mir alle verbliebene Luft aus der Lunge zu quetschen und verhinderte jede Bewegung. Nutzlos strampelte ich mit den Beinen, zappelte und zuckte. Er war zu stark.

Ich schrie. Der festgedrückte Schnee dämpfte meine Stimme wie ein frosthartes Kissen. Bei jedem Blinzeln schnitten gleißende Eiskristalle in meine Augen und mir wurde klar, dass er mich töten würde.

Ich hatte es ihm denkbar leicht gemacht, dachte ich, während meine Gliedmaßen zu schwer wurden, um sie noch zu heben. Meine Lunge schien sich auf die Größe von Kieseln zusammenzuziehen, beim Versuch, das letzte bisschen Sauerstoff zu bekommen. In meinen Schläfen pochte es heiß gegen den schmerzhaft harten Schnee an, der hinter meinen geschlossenen Lidern seltsame Spiralen zog. Ich sah Muster ohne Zusammenhang und begriff, dass ich das Bewusstsein verlor. Platz zum Denken war nicht mehr in meinem schneegefüllten Kopf. Nur noch Schmerz und Angst und Gewissheit.

Ich wollte nicht sterben.

Und konnte es ihm nicht mehr sagen. Es wurde dunkel.

15

ich hatte geglaubt, in der schneekugel müsse man ersticken. aber es war nicht immer alles so einfach.

Ich blickte in aufgewühlten Schnee, den rote Schlieren durchzogen.

Mühsam richtete ich mich auf, schüttelte das taube Gefühl aus meinem Kopf und kämpfte mit der Erinnerung. Das da im Schnee waren Blutspritzer. Von wem? Ich tastete über meine Lider und Wangen. Die Kälte nahm mir jedes Gefühl, aber an meinen blau gefrorenen Fingern haftete Blut. Hatte meine Nase wieder geblutet?

Der Percent saß mit ausdrucksloser Miene einen Meter von mir entfernt auf einem Stein und beobachtete mich. Die Erinnerung kam mit dem Schmerz zurück, der in mein Schultergelenk biss, als ich mich auf den Arm stützte. Er hatte versucht, mich im Schnee zu ersticken. In meinen Ohren schwirrte das Echo meines Namens und die Gewissheit, dass er mich um ein Haar getötet hätte. Etwas war nicht richtig, mein Körper funktionierte nicht so, wie er sollte. Ich musste überlegen und meine Hände beobachten, bis ich begriff, dass ich am ganzen Körper zitterte.

»Bist du so weit?«, fragte der Percent.

Ich nickte, weil ich einfach nur noch hier fortwollte. Egal wohin, von mir aus ins Gefängnis, wo ich mit der Gewissheit schlief, dass er mich jederzeit im Schlaf töten konnte. Ich wischte mir geschmolzenen Schnee aus den Wimpern, strich mir das verknotete Haar zurück und zog den Kragen meiner Jacke höher. Mich hinzustellen war nicht so einfach, ich taumelte ein wenig und musste tief durchatmen, bis ich festen Stand fand.

Der Percent nickte knapp. »Dann lauf.«

Beinahe hätte mich sein Befehl wieder in die Knie gezwungen. Ich grub die Hände in meine Jacke, weil ich Halt brauchte. »Was? Du willst, dass ich –«

»Ich will das Training fortsetzen«, sagte er leichthin und dann wurde seine Stimme leise und bösartig wie träge von seinen Lippen tropfendes Gift. »Heute noch! Glaubst du, ich schenke dir dein wertloses Leben umsonst? Lauf. Vielleicht entkommst du mir ja, jetzt, da du weißt, was dir blüht, wenn du es nicht tust.«

Ich lief nicht. Ich tat etwas anderes und bemerkte erst, was ich vorhatte, als es zu spät zum Umkehren war.

Mit verengten Augen hielt ich seinem Blick stand, bückte mich und hob einen Stein aus dem Schnee, dick wie eine Faust und mit einer scharfen Bruchkante an einer Seite. Er lag in meiner Hand, als hätte ihn die Zeit für mich und diesen Augenblick geschliffen.

Über das Gesicht des Percents flog ein Hauch Erstaunen, dann Belustigung. Er hob eine Braue ein winziges Stück an.

Ich nickte in Gedanken – *Ja, du hast mich richtig verstanden, ich fordere dich heraus* – und blinzelte, um ihm zu verstehen zu geben, dass er mit seiner Vermutung richtiglag. Sein Mundwinkel zuckte und wie eine selbstverständliche Reaktion darauf kribbelte mein Magen. Ich kannte diese Art von Flirt, der nichts mit Gefühlen zu tun hatte, bis auf ein einziges: Kampflust.

Es war mehr als das, es war ein wildes Verlangen. Ungezügelter Hass. Er hatte es zu weit getrieben, mich über meine Angst hinweggejagt und stand nun einer Frau gegenüber, die er würde töten müssen, wenn er nicht selbst sterben wollte.

Ich biss die Zähne zusammen und zog die Lippen zu einem grimmigen Lächeln zurück, als er sich mit einer Vierteldrehung von dem Steinbrocken erhob, auf dem er saß.

»Ach so ist das«, flüsterte er.

Und ich sagte: »Ja. Es ist genug.«

Er griff in seine Jacke, und obwohl er das Messer herauszog –

mein Messer –, wusste ich, dass er es nicht gegen mich einsetzen würde. Ich war es, die diesen Kampf brauchte, aber er wollte ihn ebenso. Vielleicht bloß aus Neugier. Er legte das Messer auf den Stein, wo wir es beide erreichen konnten. Dann nahm er die Hände locker neben den Körper und zuckte bedächtig mit den Schultern. Ein nachlässiges: *Ich bin so weit.*

Dass er stehen blieb, brachte mich in eine nachteilige Situation, denn dadurch musste ich auf ihn zugehen. Ich näherte mich ihm in einem Bogen, achtete auf jede seiner Regungen, auf festen, nicht zu rutschigen Boden unter den Füßen und selbst darauf, dass der Wind so stand, dass er mir das Haar aus dem Gesicht blies. So konnte der Percent mich nicht riechen, was es ihm erschwerte, meinen Zustand einzuschätzen. Er sollte nicht durch das Adrenalin in meinem Schweiß erfahren, wie viel Angst ich tatsächlich hatte. Ich war so betäubt von meinem Zorn, dass ich es selbst nicht wusste.

Während ich halb um ihn herumging, bewegte er sich kaum, neigte bloß den Kopf ein wenig in meine Richtung. Ich hatte nur einen Versuch, ihn durch Geschwindigkeit zu überrumpeln, und musste ihn bei diesem ersten Vorstoß verletzen, ansonsten wären meine Chancen nicht erwähnenswert. Was bloße Kraft betraf, war er mir weit überlegen. Drei Schritte noch und ich war genau hinter ihm. Zwei, einen …

Mit aller Kraft trat ich ihm in die Kniekehlen. Er stürzte tatsächlich und der Stein in meiner Hand raste auf seinen Kopf zu. Doch noch im Fallen drehte er sich um und bekam mich zu packen, ehe meine Waffe ihr Ziel erreicht hatte. Der Stein streifte seinen Kopf, verfing sich in seinem Haar, verletzte ihn aber nur leicht. Wir stürzten zu Boden. Ich stieß mich ab und warf mich auf ihn. Hielt meinen Stein umklammert, weil mein Leben daran hing. Der zweite Versuch, ihn am Kopf zu treffen, gelang. Es krachte, ein widerliches Geräusch von reißender Haut. Blut spritzte von seiner Stirn bis an meine Lippen. Ich setzte nach, aber diesmal konnte er meinen Arm abfangen. Er verdrehte mein Handgelenk, sodass meine Finger auseinanderschnappten wie die Schalen aufgebrochener Muscheln. Ich stöhnte durch aufeinandergebissene Zähne. Knurrte. Laute, wie wilde Hunde sie im Kampf von sich gaben. Ich zog ihm die Fingernägel quer durchs Gesicht, um den anderen Arm frei zu bekommen, aber er stieß bloß ein Geräusch aus, das wie ein höhnisches Lachen klang. Alles Weitere geschah, als bestimme eine fremde Macht über meinen Körper. Was jetzt folgte, lief wie in Zeitlupe ab: Ich fletschte die Zähne, stieß vor und biss nach ihm, nach dem ersten Körperteil, das ich erwischte. Ich grub die Zähne in sein Gesicht, traf ihn dort, wo Kinn und Kiefer ineinander übergehen, kurz unterhalb des Ohres. Der Percent grollte, bäumte sich unter mir auf und schleuderte mich zur Seite. Ich rollte mich ab, damit er sich nicht auf mich stürzen konnte, und sprang auf die Füße.

Das Messer!

Aber danach zu greifen hätte mich Zeit gekostet. Mein Messer war eine Falle, die er mir gestellt hatte. Ich verbot mir einen Blick auf die Waffe und rannte los. Wenn der Himmel gnädig war, hatte ich den Percent hinreichend verletzt, um ihm zu entkommen.

Schnee flog in die Luft, als ich ihn durchpflügte. Nie war mir der Wald so nah erschienen. Beim Laufen spuckte ich das Blut des Percents aus. Keuchte vor Anstrengung, Panik, Ekel … und Euphorie. Sein Blut zwischen meinen Zähnen, auf meinen Händen und auf meiner Jacke war Beweis, dass er verletzt war. Ich war es nicht, zumindest nicht schwer. Das Adrenalin dämpfte jeden Schmerz, ich spürte meine Muskeln nur als Hitzestränge, die bei jedem Schritt aufloderten. Die Bäume kamen näher, so nah, dass ich die Hände ausstreckte, um sie schneller erreichen zu können. Fernab hörte ich einen Ruf. Ein Pferd wieherte. Ich sah mich um. Der Percent war noch weiter zurückgeblieben, als ich mir erhofft hatte. Er hob beide

Hände, gestikulierte. Ich verstand nicht, blickte wieder nach vorn und ein paar Fuß weiter noch einmal über meine Schulter. Er war stehen geblieben.

Und dann erreichte ich den Wald.

Ich brach an der Stelle durch brüchig gefrorenes Unterholz, wo ich zuvor den Lichtfinger gesehen hatte. Schon nach den ersten Schritten wurde es dunkler, denn auch winterkahl bildeten die Baumkronen ein dichtes Dach. Nach wenigen Metern war der Boden frei von Schnee und ich konnte noch schneller laufen. Ich sah mich um. Der Percent war nicht mehr zu sehen. Mein Herz schlug wie eine wilde Trommel, die ohne ein Lied vom Sieg erzählte. In meinem Kopf schien es zu glühen. Vor Freude schrie ich laut auf.

Vielleicht war es der Schrei, der mir zum Verhängnis wurde. Denn als ich wenige Augenblicke später langsamer wurde, hörte ich ein weiteres Trommeln. Ein Keuchen, das nicht von mir kam. Schnauben.

Und dann donnerte zwanzig Schritt von mir entfernt das Pferd durchs Geäst. Im Sattel saß ein Percent. Nicht Neél, sondern einer, den ich im ersten Moment nicht zuordnen konnte. Sie sahen doch alle gleich aus. Aber sein selbstzufriedenes Grinsen kam mir dennoch bekannt vor.

Ich hatte keine Zeit zum Überlegen. Meine Flucht durfte nicht umsonst gewesen sein.

»Nein!« Ich versuchte zu schreien, um mir selbst zu glauben, aber mir gelang nur ein heiseres Krächzen.

Wieder rannte ich. Diesmal fühlten sich meine Beine schwer und meine Füße wund an. Die eisige Luft brannte sich durch meine Atemwege und schien doch nicht genug Sauerstoff zu liefern. Ich japste bei jedem Atemzug, während ich weiterstolperte. Gegen das Pferd hatte ich keine Chance. Ich stürzte ins Unterholz, wo ihm seine ausgreifenden Galoppsprünge nichts nützten, doch auch ich kam im Gestrüpp nur langsam voran. Dornige Zweige schlangen sich um meine Knöchel, rissen an meiner Hose und der Haut darunter und verbissen sich in meine Hände. Der Wald verbarg mich nicht, eher schien er sich gegen mich verschworen zu haben. Der Percent trieb das Pferd ungerührt hinter mir her und schon ragte es dicht hinter mir auf. Schaum flog von der Kandare auf meine Jacke, als es nervös den Kopf hochriss. Seine Augen rollten, ich sah fast nur noch das Weiße. Das Tier dampfte vor Schweiß.

Sein Reiter zeigte keinerlei Schwäche. »Bleib stehen, Soldat!«, rief er mir zu. Die Stimme troff vor Spott.

Ich dachte nicht daran. Ich war Neél entkommen – es war mein Recht, zu fliehen. Es durfte nicht umsonst gewesen sein.

Matthial ... sein Name streifte durch meine Gedanken. Ich musste ihn wiedersehen. Unbedingt.

Zwischen einem weiteren Dornengestrüpp und einem vermoderten Baumstumpf entdeckte ich einen armdicken Knüppel auf dem Boden. Beim Versuch, ihn im Lauf aufzuheben, riss es mich von den Füßen, denn das Holz hing an Flechten und Wurzeln. Sie gaben erst nach schier endlosem Zerren nach. Mit letzter Kraft schleuderte ich den Knüppel, sodass er dem Pferd vor die Brust flog. Es wieherte schrill und bäumte sich auf. Der Percent im Sattel stieß einen Fluch aus. Doch im nächsten Augenblick hatte er das Pferd wieder unter Kontrolle. Er trat ihm die Fersen in die Flanken und zwei Sprünge später – mir blieb keine Zeit mehr, um auf die Beine zu kommen – war es neben mir.

Ich kniete am Boden und schaute in den Lauf einer Pistole. Es war vorbei. Gegen den Percent hätte ich kämpfen können, selbst gegen das Pferd hätte ich kämpfen können. Nicht aber gegen die Pistole. Ich glaubte, die Kugel am Ende des Laufs glitzern zu sehen wie eine schwarze Schneeflocke.

Resigniert senkte ich den Kopf. Das Pferd trat unruhig von einem

Huf auf den anderen. Die Dornen hatten das Fell und die Haut an seinen Fesseln aufgerissen. Blut rann seine Hufe hinab. Ich heftete den Blick darauf, sah nicht auf, als der Percent absaß, auch nicht, als er mir die Hände fesselte und einen Strick um den Hals legte. Er beugte sich zu mir, bis sein Mund fast mein Ohr berührte. Ich schloss die Augen.

»So leicht mache ich es euch nicht«, wisperte er. »Ich beobachte dich, Soldat. Versucht das nie wieder.«

Dann erhob er sich und brüllte: »Steh auf!« Ich gehorchte sofort – das heißt: so schnell ich eben konnte. Meine Glieder waren so schwer. Statt Blut floss zäher Schlamm durch meine Adern.

Der Percent stieg in den Sattel, wendete das Pferd und ich musste hinter ihm herlaufen, wenn ich nicht mitgeschleift und stranguliert werden wollte. Mein Kopf fühlte sich an wie eine einzige heiße, pulsierende Wunde, sodass es mir nicht gelang, einen Sinn in die Worte zu weben, die er mir hingeworfen hatte wie zusammenhanglose Fäden. Es fiel mir schwer genug, einen Fuß vor den anderen zu setzen. Ich musste meinen Körper zu jeder Bewegung zwingen. Linkes Bein, rechtes Bein, linkes, rechtes, weiter … einen Meter noch … nur noch einen … gleich ist es geschafft. Gleich ist alles geschafft.

Ich belog mich selbst. Die Wahrheit war zu schwer zu tragen. Mein Puls donnerte gegen das Seil an, das meinen Hals umschlang, es blockierte den Blutstrom in meinem Kopf. Mir schwindelte. Ich konnte nicht mehr schlucken. Mein Mund wurde trocken und trotzdem lief mir Speichel über die Lippen. Ich spürte meine Hände nicht mehr und das Laufen fühlte sich an, als trottete ich auf rohem Fleisch voran.

Wir verließen den Wald. Der Schnee auf freiem Feld machte mich langsamer. Über uns spannte sich der bleigraue Himmel, den Dark Canopy geschaffen hatte. Ich hatte ihn nie so finster erlebt, nie so tief hängend gesehen. Er drückte auf mich nieder und zerquetschte unter sich alles, was mich ausmachte.

Ich fiel.

Wie sehr meine zerkratzten Wangen gebrannt hatten, spürte ich erst, als sie in den Schnee sanken. Für die Dauer eines Gedankens linderte die Kälte den Schmerz. Dann hörte ich Stimmen, die von überall zu kommen schienen. Es mussten Hunderte sein, aus allen Richtungen drangen sie auf mich ein. Wütend klangen sie, zynisch, verärgert. Ich verstand keine einzige. Der Schnee dämpfte alle Geräusche, Bilder und Empfindungen, wie kurz zuvor, als ich fast in ihm erstickt wäre.

• • •

»Joy. Joy!«

Es war eine Ewigkeit her, seit mich jemand bei meinem Namen gerufen hatte. Ich schlug die Augen auf und erwartete, meinen Vater zu sehen. Oder Matthial. Meinetwegen auch Mars. Stattdessen sah ich in die schräg stehenden Schlangenaugen eines Percents. Enttäuscht ließ ich den Kopf zur Seite fallen, doch dann erklang mein Name wieder.

»Joy!«

Mühsam kämpfte ich die wunden Lider wieder hoch und sah mich um. Doch hier war niemand, der meinen Namen sagte. Nur Steine, Schnee, Neél und ich. Entweder ich halluzinierte oder er war es, der meinen Namen gerufen hatte. Warum sollte er das tun? Das hatte er noch nie gemacht. Aber es bestand kein Zweifel, er war es, der neben mir hockte, beide Knie eine Handbreit im Schnee versunken. Mein Kopf lag auf warmem Leder. War das eine Jacke? Seine Jacke? In meiner Nase nistete ein eigenartiger Geruch, aber ich erkannte ihn nicht. Das Atmen fiel noch immer schwer. Mit geschwollenen, tauben Fingern tastete ich an meinen Hals, um das Seil zu lockern, aber ich konnte es nicht finden.

»Bekommst du Luft?«, fragte er. »Joy?«

»Ich habe es nicht geschafft«, flüsterte ich heiser.

Er gab ein Geräusch von sich, das wie ein Seufzen klang. »Nein, das hast du nicht. Du hattest Pech, dass Giran in der Nähe war. Er hat unseren Kampf beobachtet.«

Ich nickte schwach, was in der Kehle schmerzte. Es war also Giran gewesen. Der Varlet, den ich an meinem ersten Tag im Gefängnis in der Dusche kennengelernt hatte. Zu meinem größten Bedauern.

»Steh auf«, sagte Neél.

Ich war mir sicher, dass mir das nie im Leben gelingen würde. War irgendeiner meiner Knochen nicht zu Brei geschlagen? Aber Neél nahm mich unter den Achseln und stellte mich ungerührt auf die Füße. Meine Knie waren weich wie Schwämme, ich knickte ein und fiel gegen ihn. Für einen Moment musste er mich festhalten. Eine bessere Motivation, mich zusammenzureißen, konnte er mir kaum geben.

»Es geht schon«, krächzte ich und drückte mich von ihm ab. »Es geht. Lass los, ich kann stehen.«

Neél machte einen Schritt zurück und hob seine Jacke vom Boden auf. Darunter lagen die Stricke, mit denen Giran mich gefesselt hatte. Sie sahen aus wie zwei zertretene Schlangen. Harmlos. Wie Würmer.

Giran war verschwunden. Hätten nicht die Hufabdrücke seines Pferdes den Schnee aufgewühlt, hätte ich annehmen müssen, ihn mir nur eingebildet zu haben.

Ich rieb mir den Hals und bewegte die Beine. Die Hosensäume schlackerten in Fetzen an meinen zerkratzten Waden hin und her. Um die Hose zu retten, würde ich die ganze Nacht nähen müssen. Der Gedanke war skurril – mit meinen geschundenen Händen würde ich sicher tagelang nichts nähen können.

Neél klopfte den Schnee von seiner Jacke ab und zog sie über, ohne den Blick auch nur eine Sekunde von mir abzuwenden.

»Keine Angst«, meinte ich zynisch und grub die Fäuste in die Taschen. »Ich denke nicht, dass ich heute noch einen Fluchtversuch wagen werde. Glaube kaum, dass ich weit käme.«

Er lachte – der Dreckskerl lachte über mich! Dabei drehte er den Kopf und ich konnte die Bissverletzung an seinem Kiefer sehen. Sie war tief, und auch wenn er sie oberflächlich gesäubert hatte, trat immer noch ein wenig Blut aus. Die erwartete Genugtuung stellte sich nicht ein, stattdessen schämte ich mich, ihn wie ein Tier gebissen zu haben. Es war vergebens gewesen – das war das Schlimmste.

»Unter fairen Bedingungen hätte Giran mich nicht erwischt.« Ich wollte mich für mein Versagen rechtfertigen und hob trotzig das Kinn.

Neél hielt meinem Blick stand. »Gewöhn dich dran. Pferde sind auch im Chivvy erlaubt. Uns – nicht dir.«

»Pistolen nicht!«

»Theoretisch nicht«, verbesserte er mich.

Was dies in der Praxis bedeutete, war mir klar. Sobald keiner hinsah, würde geschossen werden. Ich drängte die anschwellende Verzweiflung zurück. Im fairen Kampf Mensch gegen Percent wäre ich heute als Siegerin hervorgegangen. Leider würde Neél kein zweites Mal solche Fehler machen. Das Chivvy allerdings sollte andere Voraussetzungen schaffen. Viele Percents gegen viele Menschen. Im Chaos, das zweifelsfrei entstehen würde, hatte ich vielleicht eine Chance. Vielleicht war mein Fluchtversuch doch nicht vergebens gewesen, denn jetzt wusste ich, woran ich war.

»Können wir gehen?«, fragte Neél. »Für heute ist es genug.« Er wandte sich ab und ging; erwartete, dass ich ihm folgte. Die lederne Leine hing aufgerollt an seinem Gürtel. Da fiel mir wieder ein, was Giran gesagt hatte.

So leicht mache ich es euch nicht.

Euch …

Mein Blick haftete auf Neéls Nacken. Er ging langsam, sodass ich ihm trotz meiner Verletzungen ohne Probleme nachtrotten konnte. Ich erinnerte mich an seine Geste, als ich weggerannt war. Konnte es denkbar sein, dass er mich hatte laufen lassen wollen?

Aber warum erst nach dem Kampf? Wenn er mich loswerden wollte – und danach sah alles aus –, konnte er das einfacher haben. Und warum sollte Giran es verhindern wollen? Ich grübelte den ganzen Weg bis zum Stadttor, aber es ergab keinen Sinn.

»Joy?«, murmelte Neél, kurz bevor wir in Hörweite der Wachmänner kamen. Ich wusste nicht recht, was ich davon halten sollte, dass er mich jetzt bei meinem Namen nannte.

»Hm«, erwiderte ich möglichst unverbindlich.

Er sah mich nicht an, sondern klappte den Kragen seiner Jacke bis übers Kinn hoch. Man sah die Bisswunde nun nicht mehr. Seine Stimme klang gedämpft, aber ich verstand ihn dennoch. »Du warst gut heute.«

16

»das schwöre ich dir gern, matthial.«

Es war Josh, der das am Leben hielt, was Matthial nun seinen Clan nannte. Ein Clan bestehend aus zwei Brüdern.

Josh beharrte auf seinem Motto: Lass uns warten, was der nächste Tag uns bringt. Er wiederholte die alten Geschichten, die Laurencio ihnen beigebracht hatte, auf ihre Quintessenz herunterreduziert wie Gebete. Legenden, in denen Betteljungen zu Königen wurden und unter wilden Tieren aufgewachsene Waisen zu imperialen Herrschern. Sagen, in denen ein Einzelner gegen eine feindliche Übermacht bestand und siegte und ein anderer übers Wasser lief und aus einem Brot viele machte. Mit jedem Tag, der verrann, ging etwas von den Geschichten verloren, bis Josh bloß noch mit dünner Stimme die Enden vor sich hin brabbelte.

Für Matthial waren es nichts als Märchen. Er ließ sie seinen Bruder erzählen, um keinen Streit heraufzubeschwören und weil Josh mit ihnen die Angst zu regulieren versuchte, die ihn in den vergessenen Kanalisationstunneln verfolgte wie der allgegenwärtige Geruch nach Fäulnis. Er brauchte Josh und vor allem brauchte er dessen ewige Hoffnung, dass sich neue Wege auftun würden. Matthial suchte wie besessen nach solchen Wegen. Das Nichtstun zehrte an ihm. Seit Tagen schlief er kaum noch und das lag nicht allein daran, dass der Versorgungsraum, in dem sie Unterschlupf gefunden hatten, so kalt und feucht war, dass sogar der Hund Husten bekam.

Bis spät in die Nacht zeichnete Matthial im Licht einzelner Kerzen aussichtslose Schlachtpläne mit Kreidesteinen an die Tunnelwände, um sie wenig später mit schleimigem Wasser wieder abzuwaschen.

Sie waren seit der Spaltung des Clans keiner Menschenseele begegnet. Ein eigenartiges Gefühl ... fast als gäbe es keine Menschen mehr. Sollten die Percents die Städter über Nacht auslöschen, würden sie es hier unten nie erfahren. Vielleicht würden sie irgendwann nach draußen gehen und feststellen, dass die Erde nicht länger existierte, dass es nur noch Bomberland gab und nichts anderes mehr, so weit ein Mann gehen konnte.

Nein, so konnten sie nicht überleben. Auf Dauer brauchten sie Kontakt zu anderen Menschen. Dennoch wollte keiner von ihnen Spuren hinterlassen, denen die Falschen folgen könnten.

Nur eine Zeichnung ließ Matthial bestehen: ein Kartensystem der Kanalisation, festgehalten an der Wand über der Matratze, auf der er sich ausruhte. Jeden Tag lief er die Gänge weiter ab und zeichnete neue Abzweigungen, die in Schwärze führten. Inzwischen war die Karte bereits so verästelt wie die Krone eines Baumes. Der eine oder andere Ausgang war markiert und an wenigen Stellen konnte Matthial bereits Ruinen skizzieren, die im Bomberland oberhalb der finsteren Schächte lagen. Es gelang ihm noch nicht zu hoffen, aber er wagte sich zu wünschen, dass einige der passierbaren Tunnel noch bis in die Stadt führten.

Joy und ihr Vater halfen ihm bei seinen Planungen, ohne es zu wissen. Joys Vater war vor seiner Flucht zu den Rebellen Kanalarbeiter gewesen. Keiner von den armen Teufeln, die die Hinterlassenschaften von Menschen und Percents aus der Stadt befördern mussten, um den Unrat in Kanäle oder Flüsse zu kippen, wo die Percents von dem Gestank nicht belästigt wurden, sondern einer derer, die die Kanalisation Stück für Stück zumauerten.

Denn die geruchsempfindlichen Percents waren sich bewusst, dass in dieser Kanalisation, die sie des Gestanks wegen niemals betreten würden, die Menschen klar im Vorteil waren. Daher ließen sie die Schächte unter der Stadt zumauern oder einreißen, um das

Labyrinth unpassierbar zu machen. Matthial wusste allerdings von Joys Vater, dass nicht alle diese Mauern stabil waren.

Während Matthial Tag für Tag die zumeist ausgetrockneten Schächte tief unter den Ruinen kleinerer, zerstörter Ortschaften erkundete und sich dabei immer weiter in Richtung Stadt vorarbeitete, konzentrierte sich Josh auf die Pfade unter dem Niemandsland. Er erwartete Funde, die alles verändern würden, hinter jeder Ecke erwartete er ein neues, besseres Leben. Doch alles, was er fand, waren Spuren von Flucht und Resignation. In einer mit Brettern vernagelten Nische stieß er auf die von Ungeziefer säuberlich abgenagten Reste eines vor langer Zeit verstorbenen Menschen. »So wie der Knochenmann da an der Wand gelehnt hat, muss er sich eingeschlossen, aufgegeben und auf den Tod gewartet haben«, berichtete Josh Matthial später. Rostige Waffen lagen einen Meter entfernt in einem Ledersack – der Tote war ein Rebell. Zwischen den Knochenfingern des armen Teufels fand er Fasern. Vielleicht hatte der Mann im Sterben ein aus Stoff genähtes Püppchen gehalten oder ein Kleidungsstück einer geliebten Person, das damals noch nach Erinnerungen roch. Inzwischen polsterte es vermutlich das Nest von Ratten.

»Er wird doch nichts dagegen haben, dass wir seinen Kram genommen haben?«, fragte Josh am Abend. »Matthial? Glaubst du, es ist okay?«

»Er braucht's nicht mehr.«

»Aber glaubst du, er wäre damit einverstanden, dass wir an seiner Stelle weiterkämpfen?«

Matthial zuckte mit den Schultern, was seinen vom Kerzenlicht zitternden Schatten an der Wand aussehen ließ, als würde er von einem epileptischen Krampf durchgeschüttelt. Oder unter Tränen beben. »Es macht keinen Unterschied«, sagte er, weil er nicht über die Wünsche der Toten nachdenken wollte. Tote durften keine Wünsche haben.

Josh zog einen Schleifstein über die ganze Länge des gefundenen Buschmessers. Rostpartikel rieselten in seinen Schoß. Er vermied den ganzen Abend, Matthial anzusehen. Aber Matthial kannte seinen Bruder zu gut, um dessen Angst nicht wahrzunehmen. Gestank und Dunkelheit fraßen sich langsam durch den dicken Schutzwall aus Hoffnung, den Josh um sich errichtet hatte. Funde wie der Leichnam des Rebellen rissen Scharten hinein. Matthial war sich seiner Verantwortung bewusst. Er durfte nicht nur an Joy denken, die, wenn er ihr Temperament und ihren Starrsinn richtig einschätzte, womöglich schon tot war. Und so beschloss Matthial, den Vorstoß Richtung Stadt hintanzustellen, sosehr es ihn auch dorthin zog. Am nächsten Morgen würde er sich zum alten Clanhaus begeben und nach Spuren suchen. Vielleicht war es bereits sicher genug, um zurückzukehren. Falls nicht, sollten sie sich weiter ins Niemandsland zurückziehen und die Stadt vergessen. Matthial wusste, dass er das tun musste, wenn er Josh nicht verlieren wollte. Leider wusste er ebenso gut, dass es dann Joy war, die er aufgab. Jede der beiden Möglichkeiten würde einen Teil von ihm selbst zerstören, ohne den er nicht weiterleben wollte. Und doch musste er sich entscheiden. Gab es denn keinen Kompromiss?

»Himmelgraue Scheiße, wir sterben, Josh«, sagte er, als sie spät in der Nacht beide an die Decke ihres Verstecks starrten. »Aber nicht hier unten und nicht im Dunkeln, das schwöre ich dir. Wir gehen ins Coca-Cola-Haus zurück.«

Joshs Decken raschelten unter einer Bewegung und Matthial spürte den Blick seines Bruders trotz der Finsternis auf sich ruhen. »Dann hältst du es für sicher genug?«

»Nein.« Matthial seufzte. »Aber ich will lieber dort auf das Ende warten als hier unten. Lass uns etwas schwören, Joshie. Schwör es mir: Das Letzte, was wir beide sehen werden, wird die Sonne sein.«

17

ich bin joy. soldat.

Am nächsten und übernächsten Tag ließ Neél mich in Ruhe. Am frühen Morgen verließ er die Zelle, bei Nacht kehrte er zurück. Er sprach kein Wort zu mir und auch ich schwieg. Meine Muskeln pochten dumpf bei jedem Pulsschlag. Auf der Pritsche hockend, machte mich das fast verrückt. Nach einer Überanstrengung hat man das Gefühl, beim Stillsitzen zu spüren, wie die Gelenke zu rosten beginnen und die Sehnen verhärten. Ich brauchte Bewegung, aber mehr als ein paar Dehnungsübungen und Liegestütze waren in der engen Kammer nicht möglich. Ich stellte eine Kerze auf und boxte gegen den Schatten, den sie mir zur Seite stellte.

Mina kam, brachte mir Essen sowie einen herb riechenden Aufguss aus getrockneten Ringelblumen, mit dem ich meine Wunden abtupfen sollte. Sie half mir beim Waschen und Nähen meiner Kleidung. Meine Fragen blieben unbeantwortet, bis auf eine.

»Bist du Clouds Dienerin?«, fragte ich unbehaglich, den Blick auf mein Nähzeug gerichtet. Sensible Gespräche waren nie meine Stärke gewesen, weniger noch als korrekt vernähte Säume. Ich fürchtete, Mina zu verletzen; Wunden aufzureißen, die sie vor mir verstecken wollte. Trotzdem musste ich wissen, ob der Percent sie in sein Bett zwang, und sei es nur der Hoffnung wegen, sie könnte lachend verneinen. »Oder ist es …?«

Sie berührte ihr Dekolleté, strich über irgendetwas, das sie unter ihrer Kleidung versteckte, dort, wo ich die Metallmarke getragen hatte. Dann sagte sie in einem Tonfall, als wäre es selbstverständlich: »Wir haben Anspruch aufeinander erhoben.«

Ich nickte, ohne den Blick zu heben. Der Saum am Ende des Hosenbeins musste fest vernäht werden, sonst würde ich ihn gleich wieder aufreißen. Ich konzentrierte mich mit aller Kraft auf die richtigen Stiche, um nicht begreifen zu müssen, was Mina gesagt hatte.

• • •

Am Abend, als ich unter meiner Decke im Bett lag und um mich herum nichts als Kälte, Stille und Vollmondschatten herrschten, gingen mir ihre Worte ungefiltert durch den Kopf. Er hatte Anspruch auf sie erhoben. Das beantwortete meine Frage, in welchem Bett sie schlafen musste. Doch wenn ich die sozialen Strukturen der Percents richtig einschätzte, bedeutete dies auch, dass sie kein Allgemeingut mehr war, wie Giran es genannt hatte. Es erklärte auch, warum Neél vor ihr kuschte. Dass sie ein Mensch war, verlor an Bedeutung; sie war *Clouds Mensch*, was ihr einen hohen Rang zusicherte. Ich hätte nicht gedacht, dass so etwas tatsächlich möglich war. Wie hatte sie gesagt? *Wir haben Anspruch* aufeinander *erhoben.*

Ich ließ den Gedanken zu, beim Chivvy nicht entkommen zu können und dennoch zu überleben. Würde jemand Anspruch auf mich erheben? Ober sollte ich, wenn ich kein Soldat mehr war, Allgemeingut werden? Mein Blick schweifte von einer Schattenecke in die andere. In jeder hockten schwarze Zukunftsszenarien wie lauernde Tiere. Pest oder Cholera – so hatte unser alter Laurencio derartige Perspektiven genannt. Armut oder Elend.

Schaudernd rollte ich mich enger in die kratzige Wolldecke, zog sie bis zu meiner Nasenspitze hoch. Ich musste härter trainieren. Noch heute Nacht würde ich Neél Bescheid geben, dass ich genesen war. Meine Schläfe schillerte in Blau- und Violetttönen und um meinen Hals lag ein Ring aus roter, aufgescheuerter Haut. In meiner Schulter hatte sich ein dumpfer Schmerz eingenistet. Aber das waren nur Kleinigkeiten. Ich war kampfbereit und musste zurück ins Training. Das Herumsitzen in der Zelle ließ meinen Verstand gegen die Schädelknochen tosen wie Wellen gegen ein Kliff. Und ich war nicht aus Stein. Ich würde verrückt werden, wenn ich nicht wenigstens kurzfristig hier rauskam, was die Gedanken zum Schweigen bringen würde.

Die Tür wurde aufgestoßen, doch Neéls Name blieb mir im Hals stecken, als er hereinkam. Ich hatte dringend mit ihm sprechen wollen, doch er brachte eine solche Aggression mit sich, dass ich mich schlafend stellte. In fahrigen Bewegungen streifte er Jacke und Hemd ab. Von ihm ging ein irritierender Geruch aus. Scharf wie vom Schmauch vieler Pistolen und darunter metallen und süßlich. Trocknendes Blut. Es war der Geruch von Krieg und Tod, aber das war nicht das Schlimmste. Zorn umgab ihn, Wut … Mordlust. Neél schleifte Hass hinter sich her wie rasselnde Ketten. Ich spürte ihn und hätte gern den Atem angehalten, so bitter wurde die Luft davon. Unter jeder seiner Bewegungen zuckte ich beinahe zusammen.

Es hatte einen Kampf gegeben. Verletzte, vermutlich Tote.

Ich konnte bloß an eine Person denken. Matthial.

Ich zwang mich, ruhig zu atmen, und öffnete die Augen nur einen Spalt, sobald er mir den Rücken zuwandte. Vollmondlicht fiel durch das Fenster und beleuchtete dunkelrote Flecken auf Neéls Händen und schwarze auf seiner Kleidung. Zum ersten Mal in meinem Leben wünschte ich, Dark Canopy würde auch den Mond verdunkeln. Das war Menschenblut. Ich wollte es nicht sehen.

Er trat zum Waschbecken und wusch sich Gesicht und Oberkörper. Wasserrinnsale flossen auf den Boden. Er machte sich nicht die Mühe, sich abzutrocknen, sondern stapfte zu seiner Pritsche, schoss mir einen vernichtenden Blick zu und warf sich ins Bett. Normalerweise schlief er gerade ausgestreckt, das Gesicht zur Decke gerichtet, so wie Leichen zum Abschiednehmen auf Tischen aufgebahrt werden, ehe man sie in Tanks bettet und verbrennt. Heute drehte er mir den gekrümmten Rücken zu.

Wen hatte er getötet?

Die Frage lag mir noch Stunden auf der Zunge, aber ich stellte sie nicht, weil ich fürchtete, die Antwort nicht zu ertragen.

* * *

Ich musste nichts sagen. Neél nahm mein Training am nächsten Tag wieder auf.

»Erspar uns unnötige Kämpfe«, sagte er zu mir. »Lauf.«

War ich schnell genug, um ihn zufriedenzustellen, schlug er mich lediglich an der Schulter ab, statt mich in den getauten und wieder gefrorenen Schnee zu werfen. War ich langsam, flog ich gegen die scharfkantigen Eiskrusten.

Von nun an tat Neél, wie man ihm befohlen hatte, und nahm mich in den folgenden zwei Wochen dreimal täglich mit nach draußen. Auf unser übliches Fluchttraining am Stadtrand folgte am Nachmittag ein Ausdauermarsch durch den Wald. Er sprach dabei nicht, erlaubte mir aber, mich ein paar Meter zu entfernen, um die Gegend zu erkunden. Am Abend, kurz nach dem Essen, trabte er mit mir durch die Stadt.

Ich fragte Neél, was er sich davon versprach – Lauf- und Ausdauertraining bekam ich wahrlich schon genug –, aber er meinte nur, ich würde es bald verstehen. Ich lief, bis meine Füße erst Schwielen und Blasen bekamen, dann aus rohem Fleisch zu bestehen schienen und schließlich verhornten.

Und dann sah ich während einem dieser Stadtläufe durch den

Regen jemanden, den ich in der Erschöpfung der letzten Wochen zu oft vergessen hatte.

Amber.

Zuerst bemerkte ich nur sie, ihre geröteten Wangen, die tiefen Ringe unter ihren Augen, ihr strähniges Haar, die schmutzbesudelten Kleider. Amber lebte! Sie trug einen Weidenkorb, der so schwer schien, dass ihr Körper sich zur Seite neigte. War sie eine Städterin geworden?

Bevor ich ihren Namen rufen konnte, fiel mein Blick auf den Percent, der zwei Meter vor ihr ging und sich nun umwandte, um ihr etwas zuzublaffen. Da begriff ich. Sie war seine Dienerin. Ohne es zu merken, war ich stehen geblieben. Neél sagte auffordernd meinen Namen, dann folgte er meinem Blick.

»Widden!«, rief er dem anderen Percent zu, packte mich an der Schulter und zog mich über die Straße, nachdem ein Fuhrwerk vorbeigerattert war. Er begrüßte den anderen mit einem spielerischen Schlag gegen die Schulter. »Widden, gut, dich zu sehen, Mann.«

»Ganz meinerseits, Neél. Wie geht es dir, warum lässt du dich kaum noch bei den Nachtjagden sehen?«

Offensichtlich freuten beide sich über das zufällige Zusammentreffen, sie drehten uns die Rücken zu und begannen eine Unterhaltung, von der ich kaum ein Wort verstand. Der Regen rauschte zu laut und in meinen Ohren rauschte das Blut, so aufgeregt war ich, Amber zu sehen.

»Du lebst«, flüsterte ich.

Sie starrte auf meine Schuhe, bewegte nur zaghaft den Kopf, ohne den Blick zu heben, als erwartete sie eine Strafe, sobald sie jemanden ansah. Ihre knochigen Schultern bebten, so schwer war der Korb, aber sie stellte ihn nicht auf dem nassen Asphalt ab.

»Es ist nicht wegen mir, oder?«, fragte sie. Ich hörte ihre Stimme kaum, so leise sprach sie.

Sie so zu sehen zerriss mir das Herz und meine Euphorie stürzte in sich zusammen. »Was soll wegen dir sein? Was meinst du?«

Ich hätte meine linke Hand gegeben, um sie zu umarmen, aber ich wagte nicht, die Percents sehen zu lassen, wie nah wir uns standen.

»Ist es meine Schuld, dass sie dich gefangen genommen haben? Ich habe Gerüchte gehört. Sind sie wahr? Habt ihr versucht, mich zu retten?«

»Nein«, log ich, weil ich die Tränen in jedem Wort hörte.

Sie ignorierte mich. »Sag schon, Joy, ist es wahr, dass ich den Clan zerschlagen habe?«

»Was?« Kälte schoss mir ins Blut und schuldgetränkte Frustration. In einem früheren Leben hätte ich sie nun geschüttelt, damit sie endlich mit dem herausrückte, was sie zu wissen glaubte. »Was stammelst du dir da für einen Mist zusammen? Der Clan zerschlagen? Dass ich nicht lache!«

»Es ist wahr«, wisperte sie. Sie sah mich noch immer nicht an. Vielleicht waren ihre wunden Augen zu müde, um aufzusehen. »Das Clanhaus ist verlassen. Master Widden«, ein flüchtiger Blick zu den Percents, »war Kommandant der Gruppe, die es untersucht hat. Der Clan existiert nicht mehr.«

»Sie haben sich versteckt«, erwiderte ich trotzig, aber Amber hatte meine Lügen schon durchschaut, als wir noch Milchzähne gehabt hatten.

»Du weißt noch weniger als ich, Joy. Sag mir nur eins: Ist es meine Schuld?«

Nein, meine, antwortete ich in Gedanken.

Amber berührte meinen Arm, selbst durch ihre Handschuhe und meine Lederjacke glaubte ich zu spüren, dass es ihr unangenehm war, mich anzufassen. Was hatten diese Tiere mit ihr gemacht?

»Bist du in Ordnung?«, fragte ich. Hohle Worte, das wussten wir beide. Sie grinste freudlos meine Schuhe an.

»Und du? Ich hatte nicht gewusst, dass Varlets Diener haben dürfen. Er ist doch ein Varlet, oder?«

»Neél?« Ich nickte gedankenverloren.

Amber runzelte die Stirn.

»Ich bin nicht seine Dienerin. Er trainiert mich für das Chivvy.«

Erstmals sah Amber mich an. Etwas Fremdes loderte in ihrem Blick auf, sie zwinkerte es fort, ehe ich es einschätzen konnte. Sie schluckte. »Das ... ich weiß nicht, was ich sagen soll, Joy.«

»Wie wär's mit: Viel Glück«, erwiderte ich mit sanftem Spott.

Sie nickte hektisch. »Ja. Ja, viel Glück. Du kommst hier raus. Wenn es jemand schaffen kann, dann du.«

Ich biss mir auf die Zunge, als ich verstand, was sie zu verheimlichen versuchte. Sie neidete mir die Möglichkeit, meine Gefangenschaft zu beenden. Für sie gab es keinen solchen Ausweg. Ich konnte es ihr nicht verdenken – sie sah furchtbar aus. Wenn man einer so zähen, starken Frau wie Amber ihr Leid ansah, dann musste es größer sein als das, was ich hätte ertragen können. Ich wollte es nicht, aber plötzlich sah ich Amber ohne diese schmutzigen Lumpen am Leib vor mir. Nackt, knochig und voller Spuren auf der Haut, wie sie sich Schutz suchend zusammenrollte.

Aus dem Augenwinkel bemerkte ich, wie die Percents ihre Fäuste gegeneinanderstießen. Uns blieb nicht mehr viel Zeit.

»Amber, hör mir zu«, wisperte ich und spürte, wie ich mich schon bei den ersten Worten der gesponnenen Geschichte verhedderte. Ich durfte sie jetzt nicht gehen lassen. Nicht ohne jede Hoffnung. »Du hattest recht, wir haben dich nicht aufgegeben. Aber es ist anders, als du denkst. Ich bin nicht als Gefangene hier.«

Skepsis zog eine Furche in ihre Stirn. »Sondern?«

»Als Spion«, log ich.

Die Percents wandten sich um.

»Es ist alles geplant. Du kennst Matthials Pläne, sie funktionieren immer.«

»Sie kommen«, formten Ambers Lippen stumm, zum Zeichen, dass ich schweigen sollte.

»Vertrau uns, Amber. Und halte immer deine Augen offen. Wir sind bei dir. Immer!«

Sie antwortete nicht mehr, denn der Percent, den sie Master Widden genannt hatte, gestikulierte ihr und sie beeilte sich, seiner Anweisung zu folgen. Neél starrte ihnen nach, als sie die Straße zum Hotel runtergingen. Ich trat zu ihm.

»Kennst du ihn näher, diesen Widden?«

Neél sah mich mit einer hochgezogenen Augenbraue an. »Sagt dir der Begriff *Nachtjagd* etwas?«, fragte er, statt mir zu antworten.

Ich schüttelte den Kopf. »Was jagt man bei Nacht?«

»Alles, was wegläuft. Willst du es sehen?«

Nein, das wollte ich überhaupt nicht. Ich hatte meine Zweifel, dass er von Karnickeln sprach, eher war anzunehmen, dass mal wieder ich Karnickel spielen musste.

»Gut«, sagte er und schien einen Augenblick zufrieden, durch Widden an ein neues Druckmittel erinnert worden zu sein.

• • •

Mina suchte mich am gleichen Abend auf und ließ mich wissen, dass sich die Percents von mir – einer Frau – mehr erwarteten als von den anderen Soldaten. Ich sollte im Gefängnis beim Putzen helfen. Ich freute mich regelrecht – jede Minute, die ich untätig im Zimmer sitzen musste, zerrte an meinen Nerven.

Mina erzählte mir außerdem, dass Neél und Widden jahrelang gute Freunde gewesen waren. Ich schmunzelte über ihre Formulierung. Wenn man sie reden hörte, konnte man meinen, die Percents seien wie Menschen. Ich widersprach ihr nicht mehr. Sie reagierte schnell beleidigt, zog sich zurück und dann hatte ich niemanden mehr zum Reden. Sie meinte, ich solle mich nicht um Amber sorgen, erzählte, dass Widden niemand sei, der grundlose Grausamkeiten tolerierte, und ich musste hart schlucken, damit mir nicht die Galle hochkam. Die ganze verdammte Stadt war eine grundlose Grausamkeit! Und ich hatte Ambers Gesicht gesehen.

»Treffen sie sich nun nicht mehr?«, fragte ich. Neél schleppte mich inzwischen nahezu überall mit hin, und wenn er Widden noch regelmäßig sah, hätte ich die Möglichkeit, häufiger mit Amber zu sprechen.

Mina schnalzte mit der Zunge. »Nur noch zufällig. Es gab Auseinandersetzungen zwischen ihnen. Aber was das betrifft –«

»Muss ich Neél schon selbst fragen, ich weiß.«

Eher würde ich ein Stück Seife fressen. Ihm Fragen zu stellen war schon beim letzten Versuch gründlich in die Hose gegangen. Ich hatte etwas über Giran erfahren wollen, den Varlet, der mich eingefangen hatte, als ich Neél entwischt war. Einen Atemzug nach der Frage hatte Neél das Messer – mein Messer – auf mich gerichtet und mich angefaucht, ich möge ihn noch einmal auf Giran ansprechen und er würde dafür sorgen, dass es das letzte Mal war.

Aber hallo. Es war abzusehen: Wir würden noch echte Freunde werden.

* * *

Ich sah Amber in den folgenden beiden Wochen ein paarmal auf der Straße, aber wir fanden keine Gelegenheit zum Reden. Es regnete von Dark Canopy grau gefärbte Fäden und den Percents war es zu unbehaglich, für ein Gespräch stehen zu bleiben, daher konnten wir nur Blicke im Vorbeilaufen tauschen. Ich versuchte, aufmunternde Zeichen zu machen, ihr verschwörerisch zuzuzwinkern, aber ihr Lächeln geriet bei jedem Mal gezwungener.

Die Temperaturen wurden ganz plötzlich milder und nicht enden wollende Massen aus Wasser und Hagel spülten den Winter davon. Die Straßen, die ich von den vergitterten Fenstern aus sehen konnte, wurden über Nacht zu Flüssen, in denen eine rostbraune Brühe trieb. Zwei Tage lang verließ niemand das Gefängnis, wodurch die Stimmung unter den Varlets gereizt wurde und Neél viele von ihnen in ihre Schranken weisen musste, wenn sie mir zu nahe rückten.

Nur ein einziges Mal sprachen wir darüber. Es war, nachdem er einen jüngeren Varlet verjagt hatte, der mir nach dem Putzen in die Besenkammer nachschlich und stur darauf beharrte, ich hätte zwar zu wenig Busen, aber genug, um ihn mit ihm zu teilen. Er riss an meinem Hemdkragen, zwei Knöpfe sprangen ab. Für den Moment war ich zu perplex, um zu reagieren. Dann war es bereits zu spät. Neél betrat die Kammer wortlos, fasste ihn im Nacken und führte ihn ruhig, aber bestimmt vor die Tür, wo die Stirn des jungen Varlets intensiven Kontakt zum Holzrahmen aufnahm. Der Knabe hatte genug Stolz, um sich ohne Gejammer, aber mit einer immensen Platzwunde über der Augenbraue zu trollen.

»Danke«, murmelte ich und wünschte ihn gleichzeitig zur Hölle. Mit dem Halbwüchsigen wäre ich auch allein fertiggeworden. Neéls Einmischen fühlte sich falsch an und noch schlimmer war es, ihm dafür danken zu müssen. Lieber hätte ich auch seinen Kopf gegen den Türrahmen gedonnert. Unbehaglich zupfte ich mein Hemd zurecht und kniete mich hin, um die Knöpfe aufzuheben. Dabei sah ich, wie Neéls Oberschenkel zitterten.

»Bedank dich nicht.« Er spuckte mir die Worte fast entgegen und sah auf mich nieder, als würde er am liebsten nach mir treten. »Ich erfülle Clouds Auftrag. Sonst nichts. Sonst. Nichts! Hast du mich verstanden?«

»Na…türlich.« Ich stand auf und trotz nervösem, saurem Speichel im Mund vermied ich das Schlucken, bis er sich in einer ruckenden Drehung von mir abwandte. Er warf die Tür mit einem Knall zu und ich stand im Dunkeln.

»Hoffentlich kannst du mir meine Anwesenheit je verzeihen«, knurrte ich sarkastisch. Es sollte mich nicht irritieren, dass ich ihn ebenso sehr ankotzte wie er mich. Aber seine ständige Aggression, die Sorge um Amber, das Unwissen, wie es Matthial und den anderen ging, und die Gefangenschaft fraßen an meinen Nerven. Ich schämte mich dafür, konnte aber vor mir selbst nicht verleugnen, dass ich nach ein klein wenig Freundlichkeit hungerte. Stattdessen setzte es verbale Backpfeifen. Toll! Vielen Dank, Mister Percent.

Frustriert verließ ich die Besenkammer. Der Percent lehnte im Korridor an der Wand und ritzte mit einem Messer an einem Stück Holz herum. Mit *meinem* Messer, das war ja klar. Ich hatte gehofft, er hätte es nach unserem Kampf verloren, und mich an dem Gedanken gelabt, ein Mensch würde es finden, vielleicht ein Rebell. Dass er es noch hatte, ärgerte mich. Ich stapfte an ihm vorbei, ohne ihn eines Blickes zu würdigen, und ging zurück an meine Arbeit.

• • •

Am nächsten Tag ging das Wasser zurück. Die Varlets erhielten den Auftrag, die angeschwemmten Schlammmassen aus den Hauseingängen und von den Straßen zu schaffen. Wir machten uns alle gemeinsam ans Werk und zum ersten Mal bekam ich die Möglichkeit, mit den anderen Soldaten zu sprechen. Wir waren zu fünft, drei weitere würden aus der Stadt dazustoßen, da die Varlets, die sie trainierten, nicht im Gefängnis lebten. »Die *Besseren*«, nannte Neél sie abschätzig. Ein weiterer Varlet würde seinen Soldaten erst noch bekommen.

Ich beobachtete meine Kameraden unauffällig aus den Augenwinkeln, wenn sie gerade nicht zu mir hinstarrten. Was schwierig war, denn ich schien etwas immens Anstarrenswürdiges an mir zu haben. Zwei Männer Anfang dreißig näherten sich mir, als ich gerade einen Gully von Schlick befreite, damit der Regen besser abfließen konnte. Während die Varlets Schaufeln benutzten, mussten wir mit bloßen Händen arbeiten. Sie dachten wohl, wir würden jemanden erschlagen, wenn man uns etwas gab, das man dazu verwenden konnte. Was mich betraf, lagen sie gar nicht so falsch. Ich fluchte während meiner Arbeit in mich hinein. Meine Hände wurden blau vor Kälte und Muschelscherben schnitten mir in die Haut. Die Flüsse mussten über die Ufer getreten sein. Vielleicht gar das Meer. Ich sah zum Himmel und sehnte mich danach, etwas zu entdecken, was daran denken ließ, dass die Überschwemmungen Dark Canopy beschädigt hatten. Doch die künstliche Wolkenschicht lag düster und bleiern wie eh und je über dem Land. In der Ferne sah ich ein Wetterleuchten matt durch das Grau scheinen. Es würde ein weiteres Gewitter geben.

»Ist es wahr, was sie sagen?«, sprach mich einer der Soldaten von schräg hinten an.

Ich arbeitete weiter. »Kommt drauf an.«

»Worauf?« Das war ein anderer. Er machte einen Schritt zur Seite. Es klirrte. Ich warf einen Blick über die Schulter und musste feststellen, dass die beiden Fußfesseln trugen.

»Darauf, was sie sagen«, erwiderte ich und konzentrierte mich wieder aufs Graben. Ich spürte Neéls Blicke. Auf Ärger und seine Zurechtweisungen konnte ich verzichten. Vermutlich ließ er es eher zu, dass ich mich unterhielt, wenn ich dabei meine Arbeit nicht unterbrach.

»Die Percs sagen, du gehst zum Chivvy«, meinte der erste Soldat. Er hatte eine weiche, angenehme Stimme. In unserem Clan wäre er sicher der geworden, der abends, wenn alle beisammensaßen, im Kerzenlicht alte Geschichten erzählte.

Ich nickte. »Die werden es wohl wissen.«

Der Zweite, ein Mann, dessen Haar sandblond war und mich an Matthial erinnerte, lachte. »Redest wohl nicht gerne, was?«

Ich lächelte ihm zu, nur ganz kurz. Ich wollte nicht abweisend erscheinen, aber im Umgang mit Fremden hatte ich so meine Schwierigkeiten. Sobald ich versuchte, nett zu sein, wurde es irgendwie krampfig, weil ich fürchtete, etwas Falsches zu sagen, und mein Gegenüber schlussfolgerte daraus, dass ich wohl lieber allein bleiben wollte. Um ehrlich zu sein, hätte ich gerne so etwas wie Leidensgenossen gehabt. Jemanden zum Reden. Aber ich konnte nicht aus meiner engen Haut. Ich biss mir auf die Lippe und grub die Finger tiefer in den Schlamm.

»Sie mögen es nicht, wenn wir nur rumstehen und quatschen«, sagte ich und wusste gleich, dass ich einen Fehler gemacht hatte. Ich wollte ihnen einen guten Tipp geben, aber mein Tonfall sagte wider meinem Willen etwas anderes: Lasst mich in Ruhe.

Der Blonde grunzte und begann, Treibholz aufzusammeln, das auf der Straße lag und die Fahrzeuge und Fuhrwerke behinderte. Aber der mit der samtigen Stimme ließ sich nicht so schnell vertreiben. Er hockte sich neben mich und half mir. Dabei war er nur halb so effektiv wie ich, da er sich nicht in den Schlamm kniete, sondern bloß in die Hocke ging, wodurch er keine stabile Position bekam. Selbst die Windstöße ließen ihn schwanken. Ich seufzte.

»Es guckt gerade keiner«, meinte er und nahm das zum Anlass, erneut die Arbeit zu unterbrechen und mir zuzusehen.

»Da irrst du dich.« Ich hatte den Abfluss fast freigelegt. Zwar war auch im Innern hinter dem Eisengitter Schlamm, aber nicht so viel, dass das Wasser nicht daran vorbeifließen konnte und den Schlamm damit nach und nach abtragen würde. Ich kam gut voran. »Er sieht immer her.«

Ich meinte Neél. Ich spürte das, ohne hinzusehen, und so stark, wie ich das bisschen Elektrizität in der Luft wahrnahm, das mir verriet, wie nah das Gewitter war.

Der Soldat sah sich flüchtig in die falsche Richtung um und schüttelte den Kopf. »Ich bin Brad.«

»Joy.«

»Freut mich sehr.«

Mich würde es freuen, wenn er arbeiten würde, statt mich dabei anzustarren, wie ich alles allein machte. »Und du gehst tatsächlich ins Chivvy, ja?«

»Du doch auch«, erwiderte ich gereizt und schämte mich im gleichen Moment dafür. »Entschuldige. Aber was ist so besonders daran?«

Er rieb die Lippen gegeneinander. »Hast du schon mal ein Chivvy gesehen?«

»Ich bin nicht aus der Stadt, nein«, antwortete ich. Der Stolz schlich dabei ungewollt in meine Stimme. Tatsächlich hob Brad erstaunt die Brauen. Eine Rebellin hatte er offenbar nicht erwartet.

»Während des Chivvys bin ich meist mit etwas anderem beschäftigt«, fügte ich hinzu. Ich feierte dann meinen Geburtstag, der zwanzigste würde es diesmal sein.

Brad ging nicht darauf ein. »Es treten für gewöhnlich keine Frauen an«, meinte er vorsichtig. »Wir fragen uns alle …«

Na, fantastisch. Ich war zum Gesprächsstoff unter meinen eigenen Kameraden und Mitgefangenen geworden. Gab es irgendwo eine Gruppe von Menschen auf der Welt, für die ich nicht etwas Seltsames, Skurriles darstellte? Gab es irgendeinen Ort, an dem ich einfach nur ein normaler Teil der Gemeinschaft war?

»Was fragt ihr euch?« Ich blinzelte, bis meine Augen nicht mehr brannten.

»Na ja.« Es donnerte. Irgendwo klirrten Glasscheiben durch die Vibrationen. Oberhalb des grauen Himmels leuchtete ein Blitz. »Warum sie dich im Chivvy riskieren«, fuhr Brad fort, »und nicht, wie die anderen Frauen, im Optimierungsprogramm einsetzen.«

»Weißt du, was ich mich frage? Warum du nicht arbeitest. Vielleicht bist du scharf auf Stress mit den Percents? Du machst sie wütend.« Ich schoss ihm einen knappen Blick zu und sah ihn spöttisch grinsen.

»Haben die denn je gute Laune?«

»Selten.« Wider Willen musste ich schmunzeln. Ich hatte keine Ahnung, was dieses Optimierungsprogramm war, von dem er gesprochen hatte. Er schien sehr viel mehr zu wissen als ich. Ich wollte ihn gerade fragen, als sich sein Gesicht veränderte und vollkommen ausdruckslos wurde. Er kippte auf die Knie und wühlte mit den Händen im Matsch, so uneffektiv wie ein spielendes Kind. Ich sah auf und erkannte den Grund. Neél, über und über mit schwarzem Schlamm bedeckt, durchbohrte Brad mit seinem Blick. Im täglichen Umgang mit ihm hatte ich fast vergessen, wie einschüchternd er aussehen konnte.

»Alles in Ordnung hier?«

Brad stammelte ein dreifaches Ja, aber Neél meinte nicht ihn. Ich nickte bloß.

»Wir haben den Gully freigelegt«, beeilte sich Brad zu sagen und klimperte mit den Lidern wie ein Hund, der sich ein Leckerli erhofft. Von seinem Spott war nichts mehr übrig, er wurde vor Panik ganz blass um die Nase.

Neél beachtete ihn nicht. Sein Blick ruhte auf mir. Er seufzte lautlos. Dann sagte er: »Komm, Joy. *Du* hast hier genug getan.«

Interessant. Es passte ihm offenbar nicht, dass ich mich mit den anderen Soldaten unterhielt. Das war ärgerlich, aber es machte mich auch neugierig. Was störte ihn daran schon wieder? Warum durften die anderen Soldaten offenbar Zeit miteinander verbringen, ich mich ihnen aber nicht anschließen? Ich lächelte Brad zu, folgte Neél aber ohne Widerspruch. Zunächst.

Für den restlichen Tag teilte er mich im Innenhof des Gefängnisses ein. Dort gab es nicht viel zu tun, nur etwas Treibgut musste aufgesammelt und sortiert werden. Das Holz in einen Heizungsraum, in dem es trocknen und zu Brennstoff verarbeitet werden konnte. Metalle und Eisen in eine Tonne, Glas in eine zweite, andere Nützlichkeiten in die dritte und der weitaus größte Rest auf einen Haufen, der irgendwann verbrannt oder in den Kanal gekippt werden würde. Die Arbeit war anspruchslos und langweilig, außerdem war ich allein. Vermutlich hätte ich stundenlang nur gegrübelt, doch dann lenkte mich ein Fund ab, der von einer auf die andere Sekunde meine Welt auf den Kopf stellte.

18

die welt ist größer, als wir denken -
weit draußen und tief in uns drin.
was mag alles möglich sein?

Mein erster Eindruck war, dass es sich um Papier handelte. Doch Papier zerfiel im Wasser, dieses war unbeschädigt. Es war rechteckig und so groß, dass es in meine Hand passte. Ich hob es auf und stellte fest, dass es durchaus Papier oder Pappe sein konnte, allerdings von beiden Seiten mit Plastik überzogen, welches das Wasser abwies. Ich hatte so etwas bereits gesehen, erinnerte mich aber nicht mehr, wie man es nannte. Auf der einen Seite standen viele Zahlen, vielleicht eine Identifizierungsnummer, weiterhin ein Datum (12.04.2015 – das war in fast zweitausend Jahren!) und ein einzelner Name, der mir nichts sagte. Kein Vor- und Zuname, also vermutlich der eines Percents. Die Rückseite war mit Buchstaben beschriftet, die ich zwar kannte, die in dieser Kombination aber keinen Sinn ergaben. Eine fremde Sprache.

Mein Herz schlug schneller. Diese Sprache kam mir bekannt vor! In meiner Matratze befand sich ein Bogen Papier, der mit ähnlich absurden Buchstabenkombinationen bedruckt war. Doch während mein Papierbogen verblasst und womöglich uralt war, sah dieses Ding so aus, als wäre es gestern erst angefertigt worden. Vielleicht verschätzte ich mich auch, es war denkbar, dass die Plastikschicht es so sehr schützte, dass man ihm kein Altern anmerkte. Ich kratzte mit dem Fingernagel darüber. Eine einzelne dünne Rille blieb zurück. Nein, kein Zweifel. Dieses Dokument war noch nicht alt, sonst hätte es weitere Risse und Kratzer. Ich kaute auf der Innenseite meiner Wange, bis ich Blut schmeckte, während ich überlegte, was das zu bedeuten hatte. Es bewies, dass es auch in anderen, fernen Ländern Percents gab, aber das hatte ich nie in Zweifel gestellt. Aber es bewies auch, dass einer dieser Percents hier sein musste. Ich war überzeugt, dass das Wasser dieses Dokument nicht sehr lange mit sich geführt hatte, dazu war es viel zu gut erhalten. Nein, dieser fremdsprachige Percent war ganz in der Nähe und mit ihm Antworten auf Fragen, die ich mir stellte, seitdem ich denken konnte. Wie war das Leben in anderen Ländern? Gab es dort auch Städte, Chivvys … und Dark Canopy?

Ich drehte das Dokument zwischen meinen Fingern. Konnte es vielleicht so etwas sein wie hierzulande die metallenen Marken der Städter? Mussten sich im Land der fremden Sprache die Percents vor den menschlichen Kontrolleuren identifizieren? Herrschten die Menschen über sie? War er deshalb hergekommen? Konnte es sich um einen Flüchtling handeln, der unser Land für frei hielt, weil in seinem die Macht anders verteilt war?

Meine Fantasien von einer freien Welt im Sonnenlicht nahmen mich derart gefangen, dass ich die nahenden Percents erst hörte, als sie eine Tür zum Innenhof aufstießen. Hastig zerrte ich das Dokument in den Ärmel meiner Jacke.

Zu meinem Pech waren es Giran und seine Kumpanen und er musste gesehen haben, dass ich etwas verbarg, denn er kam mit eisiger Miene auf mich zu.

»Was hast du da?«, schnarrte er mich an. »Beklaust du uns? All das ist unser Eigentum!« Er wies über den Hof und äußerte damit seinen Anspruch auf tote Fische, einzelne Schuhe und Müll.

»Mal ehrlich«, wagte ich mich kühn vor. »Sieht hier irgendetwas aus, als ob ich es haben wollte?« Vielleicht war es dumm, ihn zu provozieren. Aber ich war es leid, vor ihm zu kuschen. Es machte mich fertig, viel mehr noch als das harte Training und die Kämpfe.

Mina hatte mir erzählt, dass es von Fluchtversuchen abgesehen streng verboten war, Soldaten zu verletzen; es galt als Unsportlichkeit, weil man damit die Arbeit und die Chancen seines Gegners untergrub, und das hatte den Ausschluss vom Chivvy zur Folge. Das wiederum bedeutete ein weiteres Jahr als Varlet am Ende der hierarchischen Kette. Damit hatte ich tatsächlich ein Percent-Gesetz gefunden, das mir gefiel. Ich verzog einen Mundwinkel zu einem schiefen Grinsen.

»Wir haben alle gesehen, dass du etwas versteckt hast.« Giran machte Anstalten, mich am Arm zu fassen, ich entzog mich ihm. Seine beiden Freunde warfen sich unschlüssige Blicke zu, nickten dann aber.

»Stimmt.«

»Wir haben es gesehen.«

Verdammt. Wenn sie mich durchsuchten, fiel ihnen das Dokument in die Hände. Ich würde ihnen kaum weismachen können, es für Abfall gehalten zu haben. Ich zeigte ihnen meine leeren Handflächen, aber sie waren nicht so blöd, nicht davon auszugehen, dass ich meinen Fund verbarg.

»Rück es raus«, sagte Giran leise und gedehnt.

»Sonst?«

Giran erwiderte meinen Blick und leckte sich die Lippen. »Sonst zeige ich einen Diebstahl an. Dann wirst du gefilzt.« Sein schmutziges Grinsen ließ mich ahnen, dass das nichts Gutes bedeutete.

»Nicht von dir, Giran«, hörte ich jemanden vom anderen Ende des Hofes rufen. Neél. Er kam durch die Stahltür, die durch die Mauer nach draußen führte.

Zum ersten Mal war ich erleichtert, seine Stimme zu hören. Nie zuvor war mir seine Kraft als Vorteil erschienen.

»Was ist hier los?« Natürlich bekam ich den Anpfiff, in Form eines bösen Blickes, nicht die drei Varlets, die mir gegenüberstanden und schadenfroh grinsten.

Giran erzählte, er hätte gesehen, wie ich etwas unter meine Kleidung steckte. Seine beiden Schatten scharrten mit den Füßen, spuckten auf die Erde und nickten.

»Sicher war es eine Waffe!«, rief Giran wichtigtuerisch, aber daraufhin lächelte Neél nur frostig.

»Wohl kaum. Wenn sie eine Waffe hätte, wärst du schon tot, Mann.«

Ein eigenartiges Kompliment, und vermutlich diente es nur Neéls Selbstdarstellung, schließlich war er mein Trainer, aber mir gefiel die Art, wie er es sagte. Er glaubte es selbst. Und mir entging nicht, dass er Abstand zu mir hielt. Vielleicht schloss er nicht aus, dass wirklich eine Waffe in meinem Ärmel steckte. Ein guter Gedanke, der mich den Rücken straffen ließ.

»Ich kümmere mich darum«, meinte Neél leichthin und wollte sich bereits abwenden, aber Giran antwortete mit einem lauten »Nein!«.

»Nein?« Neél hob eine Braue.

Giran hielt seinem Blick nicht stand, stattdessen sah er mich an. Seine Zunge, die sich immer wieder zwischen den Lippen und in seinen Mundwinkeln zeigte, machte mich nervös. »Ich zeige einen Diebstahl an, wenn sie nicht augenblicklich rausrückt, was sie eingesteckt hat.«

Ich hatte nicht den geringsten Schimmer, was mir blühen würde, wenn er seine Drohung wahr machte. Es klang nicht gut und ich überlegte ernsthaft, das Dokument einfach abzugeben. Was wollte ich überhaupt damit?

Doch Neél reagierte schneller als ich. »Tu, was du nicht lassen kannst«, sagte er mit einem abfälligen Kopfschütteln. Er pfiff leise durch die Zähne und bedeutete mir damit, mit ihm zu kommen, als sei ich ein Hund.

»Schönen Tag noch«, wünschte ich Giran und folgte Neél, wobei ich so dicht an den anderen beiden Varlets vorbeiging, dass ich den einen mit der Schulter streifte. Ich musste dabei an einen gefrorenen Wasserfall denken und versuchte, mich ebenso kalt und hart zu fühlen.

Erst im Inneren des Gefängnisses, als die schwere Tür hinter uns zugefallen war und meine Augen sich an das schummrige Licht der wenigen Lampen gewöhnt hatten, atmete ich durch.

»Wenn das hier vorbei ist, erwarte ich, dich nie wieder aus Schwierigkeiten herausholen zu müssen.« Neéls Stimme klang in den steinernen Korridoren seltsam hohl und als würde er aus allen Richtungen zu mir sprechen.

Ich wollte erwidern, ihn nicht darum gebeten zu haben, verkniff mir den Kommentar aber rechtzeitig. Er war wütend genug. Stattdessen fragte ich: »Wenn *was* vorbei ist?« Es kribbelte unangenehm in meinem Nacken, als ich mir bewusst wurde, dass wir einem Weg folgten, den ich in all den Wochen noch nie gegangen war.

»Giran wird Ernst machen«, antwortete er verhalten, da uns zwei Percents entgegenkamen. Er wartete, bis wir sie passiert hatten und ihre Schritte verklungen waren. »Er wird melden, dass du versucht hast, etwas zu stehlen. Keine große Sache. Aber auch keine schöne. Und sollte er etwas finden …« Er sog die Luft durch die Zähne ein.

»Oh«, gab ich zurück. Sehr geistreich. »Aber du hast eine Idee, oder?«

»Ja.« Er ließ das Wort schwingen und warf mir einen Blick zu, aus dem ich nicht schlau wurde. »Ich melde den Diebstahl selbst.«

Fünf Meter lang fragte ich mich, was das bedeuten sollte.

Dann fragte ich ihn.

Er blieb an einer Tür mit Glasfenster stehen. Im Inneren saß ein älterer Percent an einem Schreibtisch und spielte allein ein Kartenspiel. Er musste unsere Silhouetten bemerkt haben, sah aber nicht auf.

»Wir haben keine Zeit, um es auszudiskutieren. Wenn Giran die Sache meldet, hat er das Recht, meinen Raum durchsuchen zu lassen.«

Ich biss mir auf die Lippe. Die Papiere in meiner Matratze! Wenn er sie fand, war ich geliefert!

Neél straffte die Schultern. Ohne dass ich reagieren konnte, schlang er mir das grässliche, allzu vertraute Lederseil ums Handgelenk. »Was jetzt passiert, habe ich nicht gewollt. Vergiss das nicht. Aber ich lasse nicht zu, dass jemand mein Zimmer durchwühlt, nur weil du dich ungeschickt verhältst. Verstanden?«

Er wartete keine Antwort ab, sondern klopfte hart gegen die Tür. Angebunden trottete ich ihm nach und er bedeutete mir, mitten im Raum stehen zu bleiben und zu schweigen. Er setzte sich dem älteren Percent, der eine Art Schriftführer sein musste, gegenüber an den Schreibtisch, erklärte den Grund seines Kommens und diktierte eine Meldung. Mein Blick glitt die Regale entlang, in denen sich Millionen und Abermillionen zusammengebundener Blätter stapelten. Vermutlich würde auch mein Diebstahl bald ein Blatt Papier in einem dieser Bündel sein. Mit welchem Ergebnis?

Neél gab zu Protokoll, er hätte von der Tür der Außenmauer beobachtet, wie ich beim Aufräumen etwas an mich genommen und eingesteckt hatte. Er log. Die Frage war nur, warum? Ich konnte mit Gewissheit sagen, dass er nicht an der Tür gewesen war, während ich das Dokument in meinen Ärmel gesteckt hatte. Ich wusste es genau, weil ich es spürte, wenn er mich ansah. Ich spürte seinen toxischen Reptilienblick. Er machte etwas mit mir, in meinem Magen und in meinem Kopf. Immer.

Aus meiner nassen Hose tropfte eine bräunliche Schlammbrühe und machte den Boden schlüpfrig. »Ich habe nichts genommen«, sagte ich leise und trat von einem Bein aufs andere.

»Du schweigst!«, sagte der Schriftführer. Ich brauchte wohl nicht darauf hoffen, dass er meine Bemerkung in die Akte aufnehmen würde.

Neél seufzte. »Wir werden es gleich erfahren.« Er wandte sich an den anderen Percent. »Zelle eins?«

Wie bitte? Zelle?

Auch der Schriftführer schien verwundert. »Mach es hier, sie ist bloß ein –«

»Soldat«, unterbrach Neél ihn barsch. Er räusperte sich rasch, aber auch dem Schriftführer war sein schroffer Ton nicht entgangen. »Sie ist Soldat und ich habe meine Anweisungen«, erklärte er ihm gemäßigt. »Wenn ich diese missachte, gefährde ich mein Chivvy.«

Der andere Percent schmunzelte. »Also macht ihr jungen Kerle euch immer noch gegenseitig das Leben zur Hölle und dezimiert eure Konkurrenz schon vor dem Spiel, ja?«

»Jeder muss sehen, wo er bleibt«, gab Neél süffisant zurück, dann drehte er sich auf dem Stuhl in meine Richtung, warf mir das Ende der Lederschnur zu und wies mit dem Kinn auf eine Holztür. »Das da ist Zelle eins. Geh schon vor.«

Es wäre gelogen zu behaupten, dass ich ihm vertraute. Um ehrlich zu sein, überlegte ich bereits, ob es noch eine andere Möglichkeit gab, um der Situation zu entkommen. Aber dann bemerkte ich die Bewegung hinter der Scheibe, erkannte Girans Gesicht und den Ausdruck in seinen Augen. Er war auf absolut unangenehme Weise überrascht, mich hier zu sehen. Und er war sauer. Was immer Neél also vorhatte, wenn es Giran ärgerte, konnte es so schlecht nicht sein.

Ich ging in die Zelle, die nichts anderes als diesen Namen verdiente: vier Wände, eine Tür, nackter Boden und eine Leuchtstoffröhre an der Decke. Das war es. Neél folgte mir und schloss die Tür.

»Du wirst dich ausziehen«, sagte er mit seiner üblichen Stimme, als wäre ihm alles völlig egal. Aber er sah mir nicht in die Augen, sondern auf einen Punkt über meiner Stirn. Sein Gesicht schien blasser als sonst, was auch an der grellen Beleuchtung und der grauen Wandfarbe liegen konnte. »Ich gebe deine Sachen nach draußen, wo sie durchsucht werden.« Er zögerte, schluckte und sprach dann doch weiter: »Für die Leibesuntersuchung bin ich zuständig.«

Ich hatte den Eindruck, mein nächster Herzschlag ließ überdurchschnittlich lang auf sich warten. Darum hatte er mich hergeschleift und den Diebstahl gemeldet? Wegen der … »Leibesuntersuchung«?

»Selbst schuld!«, blaffte er mich an.

Mir schoss das Blut in den Kopf, gleichzeitig brach mir eisiger Schweiß aus. Mit aufeinandergepressten Lippen versuchte ich, meine Panik in den Griff zu bekommen. Ich hatte andere Probleme als meine Scham. Ein verstecktes Dokument im Ärmel zum Beispiel. Zum dritten Mal in wenigen Augenblicken musste ich mir die feuchten Handflächen an der Hose abwischen.

»Kannst du … dich umdrehen?« Meine Stimme war mir fremd. Viel höher, als ich sie kannte.

Neél verdrehte die Augen und gab ein Geräusch von sich, das sich nicht zwischen Knurren, Grunzen und Seufzen entscheiden konnte. Aber er tat mir den Gefallen und wandte sich ab. Er streckte den Arm nach hinten aus und ich reichte ihm zunächst meine Jacke. Das Dokument steckte im Ärmel meines Hemdes. Ich hielt mich an jedem einzelnen Knopf auf. Trotz der Kühle rann mir ein Schweißtropfen die Wirbelsäule herab. Sicher roch er meine Angst.

»Er wird nichts finden«, sagte Neél tonlos. Es klang wie eine Instruktion.

Der letzte Knopf ging verräterisch schnell auf. Verdammt, ich musste mir etwas einfallen lassen. Ich brauchte mehr Zeit. Die Lederschnur war mir im Weg, ich wickelte sie mir straff um den Unterarm. Meine Finger zitterten und ich brauchte unnötig lange, um meine Hose zu öffnen. Doch kaum hatte ich die Kordel, die ich statt eines Gürtels trug, gelöst, fiel das Leinen mit einem feuchten Geräusch zu Boden. Ich hob sie auf und reichte sie Neél. Er schüttelte sie aus, etwas löste sich und wehte zu Boden. Er bückte sich danach. Schnell zog ich den Arm aus dem Hemd, griff dabei nach dem Dokument und schob es vorne unter das ausgeleierte Gummi meiner Unterhose. Ein besseres Versteck hatte ich nicht.

Das, was an meinem Hosenbein geklebt hatte, stellte sich als dreckstarrendes Laubblatt heraus.

Neél räusperte sich. »Dein Hemd.« Ich reichte es ihm, danach meine Strümpfe. »Das reicht«, sagte er schließlich und mir entfuhr ein erleichtertes Ausatmen, weil ich Unterhemd und -hose anbehalten durfte. Es war nicht viel Stoff, der mich jetzt noch verbarg, ich war mir bewusst, wie wenig Schutz er bot. Aber ich zwang mich, es als Zeichen zu betrachten. Wenn er mich demütigen wollte, hätte er mich gezwungen, ihm nackt gegenüberzustehen.

»Wir werden deine Kleidung jetzt durchsuchen, danach folgt die Leibesuntersuchung. Ich werde nichts finden. Aber es ist Vorschrift. Ich muss nachsehen, Soldat.« Seine Stimme klang auf bedrängende Art zwingend. Und in diesem Moment gab es keinen Zweifel mehr. Er ahnte es. Nein, er wusste, dass da etwas war – und wollte, dass ich es besser versteckte.

Er verließ den Raum.

Ein kaltes Zittern übergoss meinen Körper. Meine Finger kribbelten, ich hatte das Lederband zu fest gewickelt. Ich verschränkte die Arme vor der Brust und ging unruhig im Raum auf und ab. Ich spürte das Dokument in meiner Hose, es klebte an meinem feucht geschwitzten Unterleib. Da konnte es nicht bleiben, Neél würde mir unter die Wäsche schauen. Oh, bei der Sonne, verdammt, er würde mir … Ich zog heftig die Nase hoch. Nur nicht daran denken. Nein, ich musste einen kühlen Kopf bewahren und das Dokument loswerden. Konnte ich es hier irgendwo verstecken? Nein, das war aussichtslos, es gab nichts: keine lose Teppichecke, keine Dielen, zwischen die man es hätte schieben können, bloß nackte Wände. Verdammt!

Ein Stück normales Papier hätte ich zerkaut und runtergeschluckt, aber die dünne Plastikschicht machte dies unmöglich. Ich könnte es in mein Haar stecken, aber so leicht würde Neél es mir nicht machen – dort würde er gewiss nachschauen. Meine Schritte wurden eiliger. Die Wände schienen näher zu kommen. Zum Durchatmen lehnte ich den Kopf gegen die Mauer. Vor Nervosität schwitzten selbst meine Füße und hinterließen dunkle Flecken auf dem Boden. Staub aus mehreren Jahren klebte mir unter den nackten Sohlen. Mir entwich ein Schluchzen, als ich endlich die rettende Idee hatte.

Keinen Moment zu früh stand ich wieder mittig im Raum. Neél trat ein, diesmal ließ er die Tür offen. Ich biss die Zähne zusammen, als er auf mich zukam.

»Öffne deine Haare«, wies er mich tonlos an und umkreiste mich.

Ich gehorchte und zog das Band aus dem Zopf. Mein Haar kringelte sich vor Feuchtigkeit und war verklebt von Schmutz. Ich musste heftig an den geflochtenen Strähnen reißen, um sie zu lockern. Dabei presste ich die Oberarme gegen die Brust; weniger, um mich vor Neéls Blicken zu schützen, sondern, damit er mein Zittern nicht bemerkte. Er blieb hinter mir stehen, fasste mir ins Haar und tastete bis in meinen Nacken. Ich erschauderte und grub die Zähne in die Unterlippe.

Stell dich nicht so an!, sagte ich mir. Ich schlief jede Nacht mit ihm im gleichen Raum, zog mich sogar in seiner Anwesenheit um. Aber das hier war etwas anderes.

»B...breite die Arme aus«, sagte er leise. Seine Stimme stockte, nur ganz minimal, wie ein Haarriss. Eine Scharte in der geschärften Klinge, ein Sandkorn im Auge.

Ein ungewolltes, hohes Geräusch drang aus meiner Kehle, als er mich abtastete. Hüfte, Bauch, Rippen ... höher. Tränen brannten heiß unter meinen Lidern.

»Macht's dir wenigstens Spaß?«, fauchte ich ihn an, weil Schweigen mich zum Weinen gebracht hätte und das nicht infrage kam.

»Halt den Mund.« Er schoss einen Blick voller Verachtung auf mich ab und lehnte sich so nah zu mir, dass ich seinen Atem spüren konnte, als er sagte: »Ich würde lieber glühende Kohlen anfassen als dich.«

»Tu dir nur keinen Zwang an.«

Er schenkte mir keinen Zentimeter Abstand, blieb so dicht bei mir, dass ich das Verengen seiner Pupillen wahrnahm. Ich konnte nicht zurückweichen. Unter meinem linken Fuß lag das Dokument und eine falsche Bewegung würde das Versteck verraten. Also regte ich keinen Muskel und stierte durch ihn hindurch.

»Gut«, sagte er schließlich und drehte sich so schnell weg, dass ich den Luftzug auf der Haut spürte.

»Schon zufrieden?« Es war so blöd, ihn zu provozieren. So blöd und doch nicht zu verhindern.

»Reicht es dir nicht?«, spottete er. »Ich muss dich enttäuschen, Soldat, aber Weiber zu schänden ist nicht nach meinem Geschmack.«

»Das hast du zweifellos schon ausprobiert«, zwängte sich mein Zorn an meiner Vernunft vorbei.

»Oft genug gesehen.« Er verließ den Raum so schnell, als würde unerträglicher Gestank ihn treiben. Die Tür knallte.

Ich versuchte, seine Antwort einzuschätzen, aber mein Schlottern raubte mir die Konzentration. Wenige Sekunden später kam er schon zurück und warf mir meine Kleider und Schuhe vor die Füße.

»Zieh dich an, wir gehen.«

Noch einmal wurde es kritisch, denn ich musste es schaffen, das Dokument in meine Kleidung zu bekommen, ohne dass er es bemerkte. Zum Glück warf er einen finsteren Blick aus der Zelle hinaus, sodass ich es rasch in meine Socke schieben konnte. Erleichtert, es überstanden zu haben, schlüpfte ich in Hemd, Hose und Schuhe und warf mir die Jacke über. Anschließend musste ich noch einmal ins Vorzimmer. Zu meinem Erstaunen saß Giran am Schreibtisch und unterhielt sich leise mit dem Schriftführer. Dieser zuckte mit den Schultern und machte ein bedauerndes Gesicht, als ich eintrat.

Er zog ein beiseitegelegtes Schriftstück heran, offenbar das Protokoll meiner Durchsuchung, und reichte es Neél, der sich dicht neben Giran über den Tisch beugte, nach einem Stift griff und es unterzeichnete.

»Ich muss mich für die Umstände entschuldigen«, sagte er an den Schriftführer gewandt, dann blickte er Giran an. »Offenbar habe ich mich geirrt. Es fehlt nichts und die Untersuchung ergab, dass der Soldat nichts Unerlaubtes bei sich trägt.« Er sagte das in seinem üblichen neutralen Ton, doch ich glaubte, ein wenig Selbstgefälligkeit in seiner Miene zu erkennen.

Giran kniff den Mund zusammen. Neél konnte es aus seiner Perspektive nicht sehen, aber Giran ballte unter dem Tisch beide Fäuste.

»Tja, tut mir leid, Giran. Komm das nächste Mal rechtzeitig.« Der Schriftführer grinste schmierig, wobei ein verfaulter Schneidezahn sichtbar wurde. Ob sie ihn hier zwischen die Akten setzten, weil er nicht zur Homogenität der anderen Percents passte? Weil er nicht perfekt aussah, sondern fast so wie … ein Mensch?

Ich dachte über seine Worte nach, während ich mit Neél in unseren Wohnbereich zurückkehrte. Auch er schien in Gedanken, sodass ich mich nicht wagte, unbedarfte Fragen zu stellen. Immer noch war ich mir sicher, dass er ahnte, wenn nicht gar wusste, dass ich sehr wohl etwas durch die Kontrolle geschmuggelt hatte. Aber wie sollte ich ihn das erfahren lassen, ohne mächtige Probleme zu riskieren, falls ich mich irrte?

Zu meinem Erstaunen war es Neél, der das Schweigen brach, nachdem er die Tür zu unserem Raum hinter uns geschlossen und verriegelt hatte.

»Du solltest dich besser vor Giran in Acht nehmen«, sagte er, setzte sich auf sein Bett und legte einen Unterschenkel quer über sein anderes Knie. Die Ellbogen stützte er auf die Oberschenkel, die Unterarme verschränkt. In so einer lässigen Pose sah man ihn selten.

Ich blickte aus dem Fenster. Der Regen hatte wieder eingesetzt und rann in Linien, die an Adern erinnerten, die Scheiben herab. »Hat Giran ein Problem damit, dass ich hier bin?«

»Hat irgendjemand – einschließlich dir – kein Problem damit, Soldat?«

Meine Mundwinkel zuckten reflexartig. »Aber Giran hat im Gegensatz zu mir keinen Grund dazu.«

Ich hörte die Decken rascheln, als Neél sein Gewicht verlagerte. »Er will gewinnen.«

Was wollte er mir damit sagen? Dass Giran glaubte, ich hätte bessere Chancen, nicht gefangen genommen zu werden, als sein eigener Soldat? Dachte Neél das auch? Nein, eher nicht. Es war nicht lange her, dass er vor Cloud behauptet hatte, mit mir keine Chance zu haben.

»Brad ist Girans Soldat«, sagte Neél. »Hast du das gewusst?«

Ich schüttelte den Kopf und drehte mich zu ihm um, er lag auf die Ellbogen gelehnt auf seinem Bett. »Hast du mich deshalb in den Hof abkommandiert?«

»Unter anderem«, sagte er und ich verstand. Brad redete gern. Die anderen Varlets glaubten, ich hätte eine Chance, und Neél wollte sie in diesem Glauben lassen. Vor allem Giran, den er so hasste. Also hielt er mich von den Soldaten fern, damit sie möglichst wenig über die wahre Joy erfuhren und nichts weitererzählen konnten. Ich ärgerte mich nur ein wenig über die Situation. Es fühlte sich seltsam an, niemandem vertrauen zu können, weil ich für sie alle ein Konkurrent war, den es auszuspionieren galt. Auf nie gekannte Art fühlte ich mich dadurch stärker. Ich würde sie nicht enttäuschen ...

»Was kosten deine Gedanken?«, murmelte Neél. Ich stutzte. Wie kam er auf solche altmodischen Ausdrücke? Ich kannte den Satz von Penny, er kam in diesem Buch vor, das sie ständig mit sich herumtrug.

»Ich dachte gerade, dass sie sich viel von mir erwarten. Und ich plane, diese Erwartungen zu erfüllen.« Ich lehnte mich an die Wand und ließ meine Fingerknöchel knacken.

Er fand meine Aussage wohl witzig, denn er grinste spöttisch. »Das soll mir recht sein.« Für einen Moment schwieg er, ich hielt unser kurzes Gespräch schon für beendet und setzte mich auf meine Pritsche, um die klammen Schuhe auszuziehen.

Da sah er, völlig ernst, zu mir rüber und fragte: »Wo hast du den Pass versteckt?«

Mir stockte der Atem. Natürlich – mein gefundenes Dokument war ein Pass! Der alte Laurencio hatte uns in den Geschichtsstunden erzählt, dass früher jeder Mensch einen gehabt hatte. Warum war ich nicht selbst darauf gekommen? Noch viel entscheidender war die Frage: Woher wusste Neél davon?

»Wovon sprichst du?«, gab ich zurück, aber mein gereizter Ton verriet mich.

»Wenn du lügen musst, dann lüg besser. Wo ist er? Hast du ihn in deine Unterhose gesteckt. Oder gar –«

»Er ist in meiner Socke!«, rief ich, ehe er irgendwelche vulgäre Dinge von sich geben konnte. »Während der Kontrolle stand ich mit dem Fuß drauf.«

Er nickte, offenbar war er zufrieden.

»Woher weißt du von dem Pass?«

Nun grinste er. »Ich habe ihn selbst in den Hof geworfen.«

»Du hast …« Mir schossen heißes Blut und Zorn in die Stirn. Meine Finger zuckten, ich wurde mir plötzlich des Strickes gewahr, der mir immer noch das Blut abschnürte. »Du hast das alles inszeniert?«

»So ist es«, gab er selbstgefällig zurück. »Mein Fehler war, zu vergessen, dass du den Ärger anziehst wie ein verwesender Hund die Fliegen.«

Einen Moment lang starrte ich ihn an, ohne etwas zu sehen. Ich fummelte an dem Lederstrick, während sich in meinem Kopf Knoten lösten. Er hatte das inszeniert, um den Diebstahl zu melden und mich zu demütigen.

Und dann geschah es.

Es war eine dieser Kurzschlusshandlungen, für die ich mich im Nachhinein immer selbst ohrfeigen will. Aufhalten konnte ich mich nicht.

Die Wut riss die Kontrolle an sich, schoss meinen Körper ab wie ein Katapult einen Stein. Ich sprang auf, war im nächsten Augenblick hinter Neél und zog das Lederseil um seine Kehle straff. Im Reflex griff er nach dem Seil, was mein Vorteil war, denn es klemmte seine Finger ein und seine Hände klebten nutzlos an seinem Hals. Er wand sich, zappelte und schlug mit dem Kopf um sich. Es nützte ihm rein gar nichts. Ich kniete auf seiner Liege hinter ihm und presste seinen Hinterkopf gegen meine Brust. Er konnte mir nicht gefährlich werden. Nun nicht mehr.

»So, Arschloch«, hauchte ich ihm ins Ohr. »Zeit, dass wir uns kennenlernen!«

19

Falsch bleibt falsch.

Sein Puls ließ das Seil vibrieren. Ich zog es zu und wickelte das eine Ende mehrmals um meinen Unterarm, sodass ich es nicht mehr festhalten musste. Das andere Ende war immer noch mit einer unlösbaren Schlinge um mein rechtes Handgelenk gewunden. Er selbst hatte sie zugezogen.

»Hör auf!«, keuchte er und trat ebenso wütend wie hilflos mit den Beinen.

»Ich denke nicht daran.«

»Du … bringst mich um!«

»Gute Idee.«

Die Adern an seinen Schläfen schwollen an. Die Zunge hing ihm zwischen den Zähnen und seine Haut wurde erst rot und bekam dann einen interessanten Blaustich. Seine Bewegungen wurden hastiger und kürzer. Ich spürte sein Herz poltern. *Oh ja. Jetzt bekommt er Angst.*

»Muss dir … sagen … erklären …«, japste er. Seine Augen rollten nach innen und ich fragte mich, ob ein Percent wohl tatsächlich ohnmächtig werden konnte wie ein Mensch. Es sah ganz danach aus. Er krächzte etwas. Es klang wie mein Name, wenn man ihn mit den Fingernägeln auf ein Stück Tafel schrieb.

»Du willst mir etwas sagen?«, fragte ich schmeichelnd. Es war so leicht, ich musste mich gar nicht anstrengen, ihn zu strangulieren. Es war zu leicht. Denn gleichzeitig wurde mir klar, dass ich die Dummheit meines Lebens beging. Ich konnte ihn töten – nun wusste ich ganz sicher, dass ich dazu in der Lage war –, aber die

Türen blieben verschlossen und die Tore bewacht. Ich würde hier nicht rauskommen.

Er nickte, soweit er konnte, würgte ein Ja hervor.

»Ich weiß nicht, ob ich es hören will. Neél.«

Seine Fingerspitzen, die unter dem Seil hervorlugten, waren inzwischen lila. Ich konnte ihm aus meiner Position nicht in die Augen sehen, dabei hätte es mich interessiert, ob sie wohl hervorquollen. Ob die winzigen Adern rissen. Ob sie den Glanz verloren wie bei einem erlegten Tier, wenn es stirbt.

Meine Grausamkeit schockierte mich. Hastig rollte ich das Seil von meinem Unterarm, um es zu lockern. Das ausgedörrte Leder hatte mir in die Haut geschnitten. Ich hatte es nicht gemerkt.

Im nächsten Moment bekam er die Hände frei und versetzte mir einen Stoß, der mich aus dem Bett katapultierte. Ich hob den Arm, um mich vor einem Schlag oder Tritt zu schützen, der nicht erfolgte. Er blieb auf seiner Bettkante sitzen, lehnte sich weit nach vorne, rang nach Luft, hustete und spuckte auf den Boden.

Ich sprang auf die Füße, sah auf ihn herab und beschwor jeden meiner Nerven, mich jetzt nicht im Stich zu lassen. Ich hatte ihn nicht getötet. Wie ich Jones nicht getötet hatte, damals im Wald. Wenn für Percents ein Ehrgefühl existierte und dies nicht bloß mein Wunschdenken war, dann wurden unsere Karten in dieser Sekunde neu gemischt.

Ich hob das Kinn. Dann drehte ich mich langsam zum Fenster und wandte ihm ganz bewusst den Rücken zu. »Was wolltest du mir eben sagen, Neél?«, fragte ich kühl und ließ seinen Namen schwingen – »Niejell«. Mein Atem beschlug die Scheibe und die Welt da draußen verlor sich im Nebel.

Er hustete. »Dass ich … dass ich keine Luft bekomme.«

Jetzt stand es unentschieden – so sah ich das zumindest. Und Neél schien mir zuzustimmen, denn die befürchtete Rache blieb aus.

Aber wer wusste schon, was in seinem Kopf vorging? Für ihn war es vielleicht nichts weiter als ein verlorener Punkt in einem Spiel, das er so sicher gewinnen würde, wie nach jedem Sommer wieder Herbst und Winter kamen.

»Du bist wütend«, sagte er. Ich genoss es, dass seine Stimme rauer klang als sonst.

»Ach, wirklich?« Immer noch wandte ich ihm den Rücken zu. Ich wollte nicht, dass er mein Gesicht sah. Ich wollte nicht, dass er mich für feige hielt. Ich wollte ... ach, verdammt, ich wollte nicht, dass er sah, wie ich gegen Tränen kämpfte, die ich selbst nicht verstand.

»Ich dachte, du möchtest wissen, warum ich den Pass in den Hof geworfen habe.«

Es war typisch für ihn, dass er es mir nicht einfach sagte. Nein, ich musste ihn fragen. Ihn bitten. Selbst jetzt, nachdem ich ihn fast erdrosselt hatte, besaß er noch die Ruhe, mir seine Macht zu demonstrieren.

»Sag es mir«, verlangte ich leise, nachdem er auf mein Schweigen wie erwartet nicht reagierte.

»Ich wollte wissen, ob du ehrlich bist. Ob ich mich auf dich verlassen kann.«

Ich lachte, bitter und zynisch. Sein Plan war ja toll aufgegangen. »Jetzt weißt du, worauf du dich bei mir verlassen kannst.«

»Ich habe nicht damit gerechnet, dass Giran dich erwischen würde. Das war nicht geplant.«

Was sollte das werden? Es klang fast ... wie eine Entschuldigung.

»Dir ist klar, warum ich den Diebstahl gemeldet habe, oder?«, fuhr er fort. »Warum ich es musste.«

Ich drehte mich zu ihm um und verschränkte die Arme vor der Brust. »Um mich zu demütigen? Um mir an die Wäsche zu gehen? Um mir zu zeigen, dass du –«

»Um Giran zuvorzukommen.«

Ich biss mir auf die Lippe. Verstand nicht, was seine Worte bedeuteten, und verstand es doch.

Er schien meine Gedanken zu lesen und nickte leicht. »So ist es, Soldat. Wer den Diebstahl meldet, hat das Recht, den Beschuldigten zu durchsuchen. Giran hätte behauptet, du stiehlst, um dich ungestraft in diese Zelle zu zerren und dich bis auf die Haut und noch darunter auseinandernehmen zu dürfen.«

Mir kam beinahe mein Mageninhalt hoch. »Warum sollte er das tun?«, fragte ich lahm. Ich schlurfte zu meiner Pritsche und ließ mich darauffallen, denn plötzlich war mein Körper zu schwer, um den Rücken gerade zu halten.

Er seufzte. »Um mich zu beleidigen. Vermute ich. Zusammenhalt ist unter unseresgleichen das höchste Gut, auch wenn du das als Mensch sicher nicht verstehst. Ich habe mich vor einiger Zeit von ihm abgewandt und ihm meine Loyalität versagt. Das nimmt er mir übel.«

Das war denkbar, auch wenn ich schwer nachvollziehen konnte, dass ein Percent von moralischen Werten sprach. »Was sollte ich mit dem Pass?«, murmelte ich.

Er sah mich an, ganz kurz nur, aber ich erkannte genug. Er hatte meine Loyalität testen wollen, meinen Gehorsam ihm gegenüber. Und ich hatte nicht bestanden.

Ich verspürte das Bedürfnis, auf den Boden zu spucken, so gallig schmeckte der Gedanke, ihm zu gehorchen.

»Du kommst von außerhalb der Stadt«, meinte er, aber ich merkte, dass alles, was er sagte, nur dazu diente, mir auszuweichen. »Ich dachte, du könntest den Mann, dem der Pass gehörte, womöglich kennen.«

Ich horchte auf. »Er ist ein Mensch?«

»Nein. Ein Percent. Aber er kam nicht aus der Stadt.«

Natürlich nicht, die Schrift war ja fremd. Er musste von weit her kommen. Von jenseits des Ozeans. Aber vielleicht ahnte Neél nicht, dass ich das wusste. Die Städter konnten selten lesen und schreiben, jede Schrift sah für sie gleich aus: Striche, Linien und Kringel, aus denen sie nicht schlau wurden. Neél konnte lesen und schreiben, aber er hatte keine Ahnung, dass ich es auch konnte. Er musste also wissen, dass der Percent, dem der Pass gehörte, nicht von außerhalb der Stadt war, sondern von außerhalb des Landes. Aus einer Welt, die – möglicherweise – anders war.

Meine Finger zitterten ein bisschen, ich grub sie in die Bettwäsche. »Kennst du ihn? Hast du mit ihm gesprochen?«

Er schüttelte den Kopf, rieb sich die Kehle. »Ich dachte, du wüsstest vielleicht etwas darüber, schließlich kommst du von den Rebellen.«

»Tut mir leid.«

Der Pass kratzte an meinem Knöchel. Ob er ihn mir wegnehmen würde? Ohne zu wissen, warum, verfestigte sich mein Wunsch, ihn zu behalten. Wenn man nichts hat, können aus den wertlosesten Dingen Schätze werden.

• • •

In dieser Nacht hörte ich Neél im Schlaf atmen.

Vielleicht lag es daran, dass ich ihn gewürgt hatte. Vielleicht achtete ich auch nur bewusster darauf. Solange er ruhig atmete, war ich sicher. Ich schloss nicht aus, dass er mir den Angriff mit dem Seil doch noch übelnehmen und mich strafen würde. Andererseits … nach dem letzten Angriff, am Waldrand im Schnee, schien er zufrieden mit mir gewesen zu sein. Und auch diesmal hatte er kein Wort darüber verloren, dass ich ihn fast erdrosselt hätte. Er nahm es mit der gleichen Selbstverständlichkeit hin, wie er mich geschlagen und fast umgebracht hätte. Vielleicht bewirkte diese Welt, in der man Gehorsam mit Zusammenhalt verwechselte, dass auch jene die Brutalität zu schätzen lernten, die in Wahrheit an ihr zweifelten?

Den Pass hatte er mir gelassen. Ebenso meine erste Waffe. Das Lederseil. Und nun schlief er, während ich wach war.

• • •

Ich träumte in dieser Nacht.

Ungewöhnlich, ich träumte selten, aber nun tat ich es. Ich träumte davon, dass ich Neél mit meinem Lederstrick würgte. Er schrie. Sein Schreien irritierte mich, es regte mich auf, machte mich fertig. Er sollte still sein! Ich zog das Seil fester zu, immer fester, bis es durch seine Haut schnitt, seine Kehle durchtrennte und schließlich seine Wirbelsäule. Er schrie noch immer. Er hörte einfach nicht auf. Sein Kopf fiel auf den Boden. Ich versuchte, ihn an den Haaren zu packen, griff aber ins Leere, und der Kopf kullerte davon, während er noch immer schrie. Ich träumte, ich sähe ihm nach, während ich den Rest von Neél an den Schultern hielt, damit er nicht umfiel. Panik überkam mich. Neél würde nie zu schreien aufhören. Sein Kopf würde durch das ganze Land kullern und schreien, ich konnte ihn nicht aufhalten, er würde schreien, schreien, schrei–

Ich schrak hoch, rieb mir hastig die Augen, zog an meinen Ohren und raufte mir mein Haar. Der Traum ging nicht weg – er haftete an mir wie Pech. Immer noch hörte ich Neél schreien. Von weit weg jetzt, aber das nahm dem Geräusch nichts von seinem Grauen.

Das Licht fiel fahl und grau durchs Fenster. Frühe-Regenmorgen-Farbe.

Ein Knurren überlagerte das Schreien. Ich warf den Kopf herum. Neél lag in seinem Bett, er drehte sich gerade um, brummte eine harmlose Beschimpfung und boxte gegen die Wand.

Es brauchte einen Moment, bis ich den Schlaf hinreichend abgeschüttelt hatte, um zu begreifen, dass es nicht Neél war, der schrie.

»Was ist das?«, fragte ich, als er sich träge aufrichtete.

Neél strich sich übers Haar, kontrollierte, ob es glatt lag. »Da schreit einer.«

»Ach, sag bloß. Warum?«

Er sah mich finster an, was morgens immer besonders beängstigend war, denn vor dem Frühstück war seine Laune mieser als die eines Hundes, der nach einer großen Portion Knochen unter Verstopfung leidet.

»Folter, Soldat.« Vollkommen ungerührt stemmte er sich aus dem Bett und zog sich um, wobei er mir wie immer den Rücken zuwandte.

Ich machte es ebenso und unterdrückte den Impuls, mir die Ohren zuzuhalten. Das Geschrei war zu einem Wimmern abgeklungen und verlor sich dann. Ich wusste, dass Folter bei den Percents üblich war. Aber ich war noch nie Zeuge geworden. Ohne zu wissen, was der Gefolterte getan hatte oder wer er war, fühlte ich mit ihm. Sie hatten kein Recht, so mit ihm umzugehen. *Und wenn es der widerliche Giran ist?*, fragte ein zynisches Stimmchen irgendwo hinter meiner Stirn.

Auch dann nicht. Ich straffte die Schultern. Persönliche Differenzen durften nie mächtiger werden als Grundsätze. Falsch blieb falsch, auch wenn meine Gefühle anderes flüsterten.

In dem Augenblick, als ich den Gedanken dachte, zuckte ich zusammen wie von einem giftigen Tier in den Nacken gestochen. Ich hatte erlebt, wohin es führte, wenn man sich von Gefühlen leiten ließ. Es waren nicht Neéls Schreie, die ich im Traum gehört hatte.

Es waren Willies. Denn ihn hatte ich umgebracht.

20

ich bin hier.
aber wo mag ich hingehören?

An diesem Tag war alles anders als sonst. Neél brachte mich in einen Gemeinschaftsraum, in dem die anderen Soldaten an zwei langen Tischen saßen und Brot aßen, dazu Käse, von dem sie mit den Händen Stücke abbrachen. Niemand hier besaß ein Messer.

»Denk daran, was ich dir gesagt habe«, murmelte Neél mir zu, dann wandte er sich ab und ging. Es klang weniger nach einer Anweisung als nach einer Warnung.

Ich ließ den Blick über die Männer schweifen, fing ein erfreutes Lächeln von Brad auf, erwiderte es und setzte mich zu ihm. Es war mir egal, wie Neél darüber dachte. Vermutlich hasste Brad Giran noch mehr, als ich es tat. Wie kam ich auf die Idee, er könne loyal zu ihm stehen?

Er erkundigte sich, wie es mir ging und ob ich Kontakt nach draußen hatte. Ich berichtete von Amber: Es tat gut, über sie zu sprechen. Und er erzählte von seiner Frau, die er seit Monaten nicht gesehen hatte, obwohl sie in der Stadt lebte. Leider hatte er seine Mahlzeit beendet und musste mich allein lassen, ehe ich mich traute, ihn nach diesem Optimierungsprogramm zu fragen.

Ich wechselte nur ein paar Worte mit den anderen Soldaten. Sie alle würden meine Gegner werden. Wenn es zum Chivvy kam, dann mussten sie gefangen werden, um mir die Zeit zu verschaffen, die ich brauchte, um zu verschwinden. Meine Chance war meine Schnelligkeit und mein Talent, mich flink im Wald zu verstecken. Dazu musste ich allein sein. Besser, ich gewöhnte mich nicht an Kameraden.

Ich versuchte, ihre Gespräche zu belauschen, doch ich war es nicht mehr gewohnt, dass Menschen durcheinanderredeten. Ihre Stimmen waren eintönig und klangen alle gleich. Ich konnte sie nicht unterscheiden und vernahm nur ein auf- und abschwellendes Rauschen, durch das einzelne Worte durchschimmerten, die zusammen keinen Sinn ergaben. Ihnen zuzuhören war, wie in einen Schneesturm zu schauen, mit dem aussichtslosen Versuch, sich auf eine einzige Flocke zu konzentrieren.

Ich fühlte mich fremd.

Zur Ablenkung hielt ich mich daran, so viel Brot zu essen, wie ich nur konnte, auch wenn es fad schmeckte. Es gab immer genug zu essen im Gefängnis, aber nur selten Brot. Gutes, so wie Penny es backte, hatte ich schon ewig nicht mehr gegessen. Dieses hier war besser als keins, und solange ich kaute, erwartete niemand von mir, dass ich sprach.

Nach und nach verließen die Soldaten den Raum. Einige wurden von Percents abgeholt, andere durften sich scheinbar frei bewegen, denn sie gingen allein. Alle stellten ihre Blechteller auf einen Wagen, der von einer alten Frau mit grauer Haut und beinahe weißem Haar fortgeschoben wurde. Mein Teller blieb zwischen meinen Händen auf dem Tisch.

Ich wusste nicht, was ich tun sollte. Den Weg in meine Kammer würde ich sicher wiederfinden. Zwar durfte ich längst nicht alle Gänge betreten und die meisten hatte ich bis heute nie zu Gesicht bekommen, aber ich hatte Matthials Tipps zur besseren Orientierung angewandt: Wann immer ich konnte, zeichnete ich Grundrisse und Karten vom Gefängnis. In den Staub, in Sand, in Kies, in Schnee oder mit dem Zeh ins verrinnende Wasser, wenn ich duschte. So festigte sich das Bild in meinem Kopf; ich sah anhand der sich wiederholenden Muster, wo vermutlich weitere Gänge lagen, und konnte abschätzen, wohin sie führten.

Aber ich wusste nicht, ob ich zurückkehren durfte, das war das Problem. Mir schien, als ob Neél mich in den Speiseraum gebracht hatte, weil er allein sein wollte. Ich hatte keinerlei Schwierigkeiten damit, ihn zu verärgern, das war es nicht. Doch ich erkannte die Momente, in denen es klüger war, es nicht zu tun. Manchmal musste man Gehorsam vorspielen, um sich durchzusetzen. Mein Vater hatte versucht, mir das beizubringen, aber gelernt hatte ich es letzten Endes von Mars.

Als mir das sinnlose Warten zu dumm wurde, verließ ich den großen Saal und schlenderte mit meinem Blechteller in der Hand einen Gang entlang, der in einem Grau getüncht war, das sicherlich einmal Lindgrün gewesen war. Aus dem nächsten Raum erklang Geklapper. Die Tür stand offen, also lugte ich hinein. Die graue Frau stand an einem gewaltigen Wasserbottich, in dem ein Mann hätte lang ausgestreckt liegen können. Dampf stieg daraus auf und bildete silberne Perlen auf ihrer Stirn.

»Ich helfe dir«, sagte ich, als ich sah, dass sie die Teller spülte, wie ich einen in den Händen hielt. »Wenn du erlaubst? Ich habe gerade Zeit.«

Ein fragendes »Hm?« antwortete mir, aber es klang nicht abweisend, und obwohl sie nicht zu mir aufsah, rückte die Frau ein Stück zur Seite, sodass ich neben sie an den Bottich treten konnte. Das Wasser war schmierig von zu viel Seife und schrecklich heiß, aber ich versuchte, mir nichts anmerken zu lassen, wusch Teller ab und stellte sie auf ein Gitter, wo sie abtropften. Es waren Dutzende Teller und Schalen, an vielen klebten getrocknete Essensreste von Speisen, die es vier Tage zuvor gegeben hatte.

Die graue Frau spülte ein Teil nach dem anderen und summte dabei mit leisem »Hm, hm, hmm« Melodien, die keine waren. Ihre Hände waren rot und rissig und vollkommen asymmetrisch. Die linke, die meist wie zu einer Klaue gebeugt war, hatte keinen kleinen

Finger und an der rechten fehlte dem Mittelfinger das oberste Fingerglied; Ringfinger und kleiner Finger waren steif. Vielleicht hatte sie auch kein Gefühl mehr in den Händen, denn sie schien die Hitze des Wassers kaum zu spüren. Mir zog es die Haut über den Knochen zusammen, in die Seifenlauge zu greifen. Ich musste die Zähne zusammenbeißen, aber ich tat es gern. Die Alte war Gesellschaft, wie ich sie gerade dringend brauchte: wortlos freundlich, ohne aufgesetzte Höflichkeit. Außerdem – das konnte ich mir ruhig eingestehen – machte sie mich neugierig. Wer war sie, wie war sie hierhergekommen und wohin würde sie gehen, wenn alle Teller gespült waren?

Ich fragte sie nicht, so wie sie mich nicht fragte, und das lag nicht an Beklemmungen, sondern daran, dass wir uns noch nicht genug kannten, um etwas Intimes wie ehrliche Worte auszutauschen. Wir beobachteten uns aus den Augenwinkeln und lächelten ertappt, wenn sich unsere Blicke trafen.

Nachdem alles gespült war, begannen wir, mit Stoffresten abzutrocknen. Währenddessen schloss das Grau uns ein: Die Stunden, in denen der Himmel freilag, waren vorüber, sie nahmen Dark Canopy in Betrieb. Der Raum hatte kein Fenster, aber ich bemerkte auch so, wie alles langsam seine Farben verlor und grau wurde wie die alte Frau. Selbst ihre Hände schienen nun bleigrau, ihre Nägel gelblich und das Fleisch darunter violett. Ich rieb den letzten Becher trocken und stellte ihn auf den Wagen.

Was nun?

Ein Schatten beantwortete meine Gedanken. Neél stand in der Tür. »Bist du fertig?«

Ich warf der grauen Frau einen Blick zu, sie gab ihr unverbindliches »Hm, hmm« von sich und ich beschloss, dies als Ja zu verstehen.

Ich lächelte ihr zu. »Bis bald.«

»Hmm.« Sie lächelte auch, erstmals mit geöffneten Lippen. Ihre Schneidezähne waren abgebrochen. Jeder einzelne.

Neél und ich begaben uns nach draußen, gingen durch das bewachte Tor, nahmen diesmal aber nicht den üblichen Weg zum Stadtrand. Stattdessen führte er mich ins Zentrum. Über den Dächern erkannte ich schon die Schemen des Hotels, das wie ein Turm über allen anderen Gebäuden wachte. Es hieß, vor der Übernahme hatte es viele solcher riesigen Gebäude gegeben. Die Percents hatten sie alle abgerissen, um ihre Kommandozentrale an den höchsten Punkt der Stadt zu setzen, ins oberste Stockwerk des Hotels.

Neél hatte ein anderes Ziel. An der großen Kreuzung bog er nicht auf die Straße ein, an der die Häuser mehrere Hundert Jahre alt waren, die Fenster bogenförmig und so hoch, dass ein Mann darin hätte stehen können, und die Fassaden verziert mit Fresken und Reliefs. Dieser Weg führte zum Hotel. Neél aber ging nach links durch das Viertel, in dem überwiegend Lebensmittel gelagert und getauscht wurden. Die Händler saßen hinter geöffneten Erdgeschossfenstern und reichten ihre Waren hinaus. Wer weniger Angst vor Dieben hatte, handelte an der offenen Tür oder stellte einen Wagen vors Haus. Wenn wir sie passierten, diese Menschen, dann senkten sie den Blick. Vorsichtigere machten das Zeichen für Respekt. Vor Neél. Und manche auch vor mir (was mir unangenehm war).

Neél ignorierte alle. Hin und wieder griff er in einen Wagen oder einen Korb, nahm etwas heraus, eine Kartoffel, einen Apfel oder eine Nuss. Er steckte alles in die Tasche oder gab es mir. Ich war immer noch pappsatt, aber ich hätte es selbst bei Hunger nicht gegessen.

»Warum tust du das?«, fragte ich, als wir an ein paar Häusern vorbeigingen, deren Fenster und Türen verschlossen waren. »Diese Leute haben selbst nicht genug nach dem langen Winter. Du kannst ihnen das wenige, was sie haben, nicht wegnehmen, ohne dafür zu bezahlen.«

Er verzog die Lippen zu diesem sanften, aber falschen Lächeln, das so viel Zynismus in den Mundwinkeln versteckte. Wann hatte ich gelernt, die Feinheiten seiner Mimik zu erkennen?

»Ich könnte ihnen alles nehmen. Alles. Daran erinnere ich sie.«

»Warum?«

»Als Zeichen. Damit sie zufrieden sind und glücklich, wenn ich es nicht tue.«

Ich stieß die Luft aus und schüttelte den Kopf. »Das ist unnötige Grausamkeit«, sagte ich, aber ich senkte die Stimme, denn der nächste Mensch, ein kantiger Mann, der sein struppiges Haar mit einem schmalen Tuch aus dem Gesicht band, kam in Hörweite.

Neél schmunzelte. Er nahm eine Haselnuss, die er vorhin gestohlen hatte, aus der Tasche und knackte sie zwischen den Zähnen. Die Bruchstücke ließ er mir in die Hand fallen.

Verfault.

»Alles, was wir tun, sind Zeichen«, sagte er.

Der struppige Straßenhändler ballte eine Faust, berührte mit ihr Brust, Stirn, Mund und die Innenseite der anderen Hand. Das Zeichen für Respekt.

Neél nahm im Vorbeigehen eine Rübe aus seinem Wagen, ohne hinzusehen. Dann sprach er weiter: »Dies ist meins. Wer hinschaut, erkennt es.«

Er warf mir die Rübe zu. Ich fing sie auf und sah, dass sie an der Unterseite vollkommen verschimmelt war. Ein rascher Blick über die Schulter – der Händler neigte den Kopf. Dankbar. Ich staunte und betrachtete Neéls scharfes Profil nach dem nächsten Blinzeln mit anderen Augen. Auf gewisse Weise ärgerte mich das alles. Neél spielte den grausamen Percent, der sich alles nehmen konnte, um mich herauszufordern und mir zu beweisen, dass ich irrte. Und der verdammte Mensch begriff auf Anhieb, was mir verborgen blieb!

Das Gefühl, überall fremd zu sein, kehrte zurück. Gab es noch einen Menschen auf der Welt, der mich verstand? Und den ich verstand? Oder würde ich wie die graue Frau werden, zum Schweigen verdammt, damit meine Worte keine Gräben schufen, die ich nicht mehr überwinden konnte? Wenn es mir nicht gelang, die Stadt zu verlassen, bestimmt. Ich rieb mir das Gesicht, versuchte die Gedanken abzureiben. Sie hatten Widerhaken und ließen nicht von mir ab.

* * *

Ich trottete mit gesenktem Kopf hinter Neél her über einen großen Platz. Der Frühling ließ sich nicht mehr leugnen. Durch Risse im Asphalt brach das erste Unkraut. Wir bewegten uns auf ein flaches Gebäude zu, auf dem die schiefen Buchstaben TESCO thronten, die wohl ursprünglich rot gewesen waren. Das S hing auf dem Kopf. Die Ladenfront war offen, vermutlich hatte sie mal aus Glas bestanden. Trotzdem war es im weitreichenden Inneren finster wie in einer Höhle. Ein Wiehern erklang in der Düsternis und schallte von den Wänden wider.

Eine Pferdeanlage? Was wollte Neél hier?

Wir blieben im Eingangsbereich stehen. Ich roch die Tiere, ihr herb duftendes Fell, ihre Haufen, die bei Pferden seltsamerweise kaum stinken, und faulendes Stroh. Ein Percent, alt und rau wie die Rinde eines Mammutbaumes und ebenso groß und breit wie dessen Stamm, trat zu uns und berührte Neél mit der Faust an der Schulter.

»Guter Tag für einen Ritt«, sagte er, wobei er mich abschätzend musterte. »Endlich kein Regen mehr. Die Tiere standen durch das Wetter lange im Verschlag. Musst etwas aufpassen, klar?«

Neél wiederholte die Begrüßungsgeste als Antwort.

Der Baumstammmann drehte sich um und ging zu den Pferden. Ich folgte ihm mit meinem Blick. Nachdem meine Augen sich an das trübe Licht und den fliegenden Staub gewöhnt hatten, sah ich die Tiere in ihren Verschlägen aus Paletten und Pressholzplatten stehen. Sie kauten Heu, schlugen mit den Schweifen oder scharrten mit ihren Hufen, wobei ihre Köpfe hin und her schwangen. Ein Pferd bollerte mehrmals gegen die Wand und schrak jedes Mal vor dem Knall zurück.

Der Baumstammmann brachte uns zwei Stuten, die bereits irgendwer aufgezäumt und gesattelt hatte.

Neél hielt mir die offene Hand hin. »Dein Seil.«

Er wusste, dass ich es bei mir trug, das ärgerte mich. Ich zog ruckartig den Ärmel hoch und wickelte es von meinem Unterarm. Neél nahm es an sich und band die Trensen der Pferde am Gebiss zusammen, sodass sie nicht mehr als einen guten Meter Abstand zueinander halten konnten.

»Ich kann reiten«, sagte ich. »Du musst nicht –«

Er unterbrach mich mit einem trockenen »Deshalb ja«.

Das hätte mich nicht überraschen sollen. Nicht nur ihm war die Idee gekommen, dass eine Flucht zu Pferd sehr viel aussichtsreicher war.

Den Tieren behagte die aufgezwungene Nähe nicht. Der Baumstammmann versuchte vergebens, sie zu beruhigen. Auch ihm missfiel die Sicherheitsleine, das las ich aus seinen kritischen Blicken, doch offenbar wagte er nicht, Neéls Anordnung infrage zu stellen. Die Pferde taten es sehr wohl. Die Fuchsstute schlug mit dem Kopf und rollte die Augen. Die Braune biss in Richtung der anderen, doch die wich aus und ihre mächtigen Zähne schlugen aufeinander. Neél zog den Sattelgurt fester, da schnappte sie nach ihm und erwischte seinen Arm. Er knurrte und schlug ihr auf die Nase. Ich versteckte mein Grinsen, indem ich den Kopf senkte, und griff nach den Zügeln der zickigen Braunen, wobei ich unauffällig ihren Hals streichelte. Das Pferd war sicher nicht das gehorsamste, aber überaus sympathisch.

Wenig später ritten wir im Schritt zurück zum Stadtzentrum. Es war lange her, seit ich zuletzt auf einem Pferd gesessen hatte, und daran, beim Reiten je an einer Leine geführt zu werden, konnte ich mich nicht erinnern. Es war so entwürdigend, dass ich es vermutlich nicht einmal als Vierjährige zugelassen hatte. Meine schwarzbraune Stute schien sich ihrem Schicksal ergeben zu haben. Die Verräterin trottete treu wie ein alter Esel neben Neéls Fuchs und legte allenfalls die Ohren eng an den Kopf, als passives Zeichen ihrer Unzufriedenheit. Da sie an Neéls Stute festgebunden war, konnte ich nur im Sattel sitzen und mich tragen lassen. Bloß meine Gedanken galoppierten. Der Percent erwähnte mit keinem Wort, was dieser Ausflug zu bedeuten hatte. Ich war es so satt, ihn ständig zu fragen.

Wir ritten die Handelsstraße entlang. Ich spürte die Blicke der Menschen im Rücken und fühlte mich vorgeführt. An der großen Kreuzung lenkte Neél die Pferde geradeaus. Nun ging es also doch noch zum Hotel. Eine kleine Gruppe älterer Percents beobachtete uns vom Straßenrand aus. Ich verstand nicht, was sie sich zuraunten, aber ich sah Missgunst in ihren Gesichtern. Sie gaben sich keine Mühe, sie zu verbergen; einer spuckte in unsere Richtung. In ihren Augen hatte ich keine Berechtigung, auf einem Pferd zu thronen, während sie laufen mussten. Sie konnten nicht ahnen, dass ich liebend gern getauscht hätte. Ich seufzte.

Neél lehnte sich ein wenig zu mir rüber. »Kann ich mich darauf verlassen, dass du vor dem Hotel wartest, ohne Schwierigkeiten zu machen?«

Ich lächelte schief und aufgesetzt. »Worauf du dich verlässt, überlasse ich ganz dir.«

Er zuckte mit einer Schulter. »Wie du willst.«

Ich verstand, was er meinte, als wir beim Hotel ankamen. Wie ein Turm ragte es über uns in den grauen Himmel. Als ich ganz klein gewesen war, hatte ich hin und wieder überlegt, ob die falsche Wolkendecke auf uns niederfallen und uns erdrücken würde, wenn das Hotel einstürzte. Später, als Rebellin, begriff ich, dass meine Gedanken keinesfalls kindische Spinnereien gewesen waren. Das Hotel war Kopf und Herz der Percents. Ihre wichtigsten Männer lebten oder arbeiteten hier. Wenn man es vernichtete, würde der Blutstrom ihrer Gesellschaft möglicherweise versiegen und damit auch Dark Canopy. Leider ahnten die Percents das auch. Sie schützten es gut.

Wie gut, wurde mir klar, als Neél einem der Wachmänner am Eingang ein Zeichen gab. Daraufhin spannte dieser seine große Armbrust mit dem Fuß und legte auf mich und mein Pferd an.

»Das war deine Entscheidung«, sagte Neél und stieg ab. »Warte hier.«

»Worauf?« Ich nahm die Zügel kürzer, denn es kam Unruhe in die Tiere. *Seid doch brav, bitte*, beschwor ich sie still.

»Auf mich. Ich muss die erweiterten Passierscheine für uns abholen. Wünsch mir Glück, dass das Büro des Schreibers frei ist.«

Damit ließ er mich mit den nervösen Pferden im Fadenkreuz einer Waffe stehen, die lederbezogene Holzschilde zum Bersten brachte. Die Tiere traten mit den Hufen von links nach rechts und vor und zurück. Sie schlugen mit den Köpfen und schielten die Straße hinunter, als sondierten sie den schnellsten Weg in ihre düsteren Stallungen zurück. Ich stieg ab und hielt dabei den Armbrustschützen im Blick, versuchte ihm Harmlosigkeit zu signalisieren. Er glotzte durch mich hindurch. Aber die Waffe blieb starr auf mich gerichtet. Der Typ konnte bestimmt Stunden so stehen, ohne sich einmal zu rühren. Die Stuten tanzten auf der Stelle und bewegten die Hinterteile in Halbkreisen um mich herum. Auf meiner Stirn und in meinen Handflächen bildete sich Schweiß, die Zügel wurden glitschig und in meinem Kopf bollerte Panik. *Wenn sie sich losreißen, schießt der Wachtyp uns alle tot.*

Ich war so damit beschäftigt, die lebensmüden Pferde in Schach zu halten – mit jeder Hand umklammerte ich einen metallenen Gebissring –, dass ich kaum merkte, wie sich jemand an mich heranpirschte. Ich sah ihn nur aus dem Augenwinkel, doch schnell war klar: Er beobachtete mich. Offenbar hatte er ziemliches Interesse an mir … oder den Pferden. Ob der Wachmann wohl auch potenzielle Pferdediebe erschoss?

»Was willst du?«, rief ich, als der fremde Percent auf zwei Meter herangekommen war.

Etwas an ihm irritierte mich, auch wenn ich nicht gleich erkannte, was es war. Er mochte Mitte zwanzig sein und trug einen Pullover aus Schurwolle. Percents trugen für gewöhnlich keine Wollpullover. Aber auffälliger war seine Frisur. Aus seinem bis in den Nacken reichenden Zopf hing links und rechts von seinem Gesicht jeweils eine Strähne, als hätte der Wind sie aus dem Gummiband gelöst und an seine Schläfen geschmiegt. Doch dafür war sein Haar viel zu glatt. Ob er sich der einheitlichen Frisur mit Absicht verwehrte?

»Musst du mir hier die Gäule verrückt machen, Percent?«

Er lachte leise, es klang wie das gutmütige Blubberwiehern von einem der Pferde. »Bisschen spät dafür. Das hast du schon allein geschafft.« Zwar trat er näher und klopfte der Fuchsstute den Hals, aber Anstalten, mir behilflich zu sein, machte er nicht. Dafür musterte er mich, als wäre ich selbst ein zum Verkauf stehendes Pferd. Sein Blick tastete meine Oberschenkel und Waden ab, in seinen Mundwinkeln spielte Zufriedenheit mit Überraschung.

Ich unterdrückte den Wunsch, wie die Pferde mit dem Fuß aufzustampfen. »Haben wir Markttag? Oder was glotzt du so?«

Kurz biss er die Zähne zusammen – es sah aus, als würde ihm sonst der Unterkiefer runterklappen. Dann lachte er. Ein ehrliches, lautes, offenes Lachen, wie ich es eine gefühlte Ewigkeit nicht mehr gehört hatte. Es erstaunte mich und selbst die Pferde standen einen Moment still.

»Jawohl, du musst Neéls Mädchen sein!«, rief der Percent. Er sah aus, als würde er gleich meinen Arm anstupsen oder sich selbst auf die Schenkel hauen vor Erheiterung.

»Soldat«, berichtigte ich. *Neéls* Soldat – aber ich würde eher meine Stiefel fressen, ehe ich das aussprach. »Aber wie kommst du darauf?« Zwar war ich der einzige weibliche Soldat, aber es gab schließlich jede Menge Dienerinnen oder Städterinnen.

»Das Mundwerk.« Er zeigte auf mein Gesicht. »Jeder andere hätte dir längst die Lippen zusammengetackert. Dein Glück, dass der alte Neél selbst so geschwätzig ist.«

Ich schnaubte. Geschwätzig hätte ich anders definiert.

Der Percent wies zum Eingang. »Da kommt er ja. Entschuldige mich.«

Verwirrt sah ich ihm nach. Seine Höflichkeit schien mir besorgniserregend.

Neél, der mit dem Blick auf Papiere in seinen Händen nach draußen getreten war, sah auf und zog die Brauen zusammen. So als erschreckte ihn der Anblick des anderen Percents. Die beiden entfernten sich gemeinsam ein wenig vom Eingang und den Wachen, wobei sie näher zu mir kamen. Sie redeten miteinander. Der Fremde lachte nicht mehr, sondern wirkte überaus ernst.

»Schhht«, machte ich zu den Pferden und versuchte, trotz ihres Schnaubens und des Getrappels zu verstehen, was die Percents besprachen.

»Wir können nicht ewig warten«, sagte der Fremde. »Du hast ein Versprechen abgegeben, Neél.«

»Ich weiß.« Nein, geschwätzig war Neél heute definitiv nicht. Eher niedergeschlagen. Er sah neben dem Fremden in seinem dicken Pullover viel schmaler aus als sonst.

»Du hast keine Ahnung. Wir haben wieder einen gefunden …«

Was der Percent noch sagte und was Neél erwiderte, nachdem er erschreckt aufsah, verstand ich nicht, da ein Reiter die Straße entlangkam und die Fuchsstute seinem Pferd hell und mit aufgestelltem Schweif nachwieherte. Nur durch beherztes Rucken am Zügel konnte ich sie zur Raison bringen, auch wenn mir meine Grobheit gleich leidtat. Ich klopfte ihren Hals. »Du kannst flirten, wenn ich verstanden habe, was die da reden«, flüsterte ich ihr zu. Sie rieb ihre Nase an meinem Oberarm und gab vorerst Ruhe, sodass ich mich wieder auf die Stimmen der Percents konzentrieren konnte.

»Ich brauche noch etwas Zeit«, sagte Neél.

Der andere stieß entnervt Luft durch die Nase. »Das sagst du seit Wochen.«

»Sie ist noch nicht so weit.«

»Das denkst du.«

Neél rollte seinen Papierbogen eng zusammen und klopfte sich damit gegen den Oberschenkel. »Und du denkst, dass du das beurteilen kannst, ja? Verdammt, Graves, du weißt, was davon abhängt.«

Der andere – Graves – nickte bedächtig. »Ich sehe es jeden Tag. Und an jedem dieser Tage sehe ich, dass du uns fehlst, mein Freund.« Er legte Neél die Hand auf die Schulter und sagte noch etwas, sehr leise diesmal. »Lass sie nicht …« Nein, nichts zu machen. Ich musste die erste Hälfte des Satzes erraten und verstand die zweite überhaupt nicht mehr.

Die beiden machten das Zeichen für Respekt, dann kam Neél zu mir und Graves zog seiner Wege. Ich fummelte an der Trense der

Braunen. Neél musste mir nicht anmerken, dass ich gelauscht hatte. Leider brachte mich meine Neugier fast um.

Sie ist noch nicht so weit … Wer? Konnte er mich meinen? Wozu bereit?

Es hatte keinen Sinn, ins Blaue zu spekulieren. In die paar Sätze ließ sich alles Mögliche hineininterpretieren. Wenn ich wissen wollte, worum es ging, blieb mir nur ein Weg. Ein verhasster Weg, aber es half alles nichts.

»Worüber habt ihr gesprochen?«, fragte ich und sah über meinen Stolz hinweg.

Neél hielt das gerollte Papier hoch. »Über die Passierscheine.«

Seine Masche war nicht dumm, aber ich durchschaute ihn: Er glaubte, wenn er mir eine Information gab, die weitere Fragen aufkommen ließ, käme er darum herum, mir die Antwort zu geben, die ich wirklich wollte.

»Das meine ich nicht. Ihr habt noch über etwas anderes gesprochen. Du und Graves.« Ich betonte den letzten Satz, damit ihm nicht entging, dass ich sogar den Namen des anderen Percent verstanden hatte.

»Über ein Pferd«, sagte Neél. »Graves ist ein hervorragender Pferdekenner. Steig jetzt auf, ich will los.«

Ich gehorchte, doch als ich im Sattel saß, schüttelte ich langsam den Kopf. »Das glaube ich nicht.«

»Dass ich loswill?«

Ich hielt seinem Blick stand. »Dass es um ein Pferd ging.« Graves mochte ein kluger Kopf sein, etwas in seinen Zügen verriet, dass er Dinge sah und wusste, die anderen verborgen blieben, aber er hatte keine Ahnung von Pferden, das war selbst mir aufgefallen.

Neéls Augen wurden schmal. Es war jedes Mal wieder ein unheimlicher Anblick, wenn sich seine Lider langsam um die bleigraue Iris mit der schlitzförmigen Pupille darin verspannten, wie von Kälte zusammengezogen. »Hilf mir mal, Soldat«, sagte er gefährlich leise. »Seit wann bin ich dir zur Rechenschaft verpflichtet, wenn ich mit meinen Freunden rede?«

Ein paar Sekunden suchte ich nach einer Antwort, die es nicht gab. *Es ging um mich*, wollte ich rufen. *Ich habe jedes Recht, es zu erfahren, denn es ging um mich!* Doch das hätte er mit einem überlegenen Nein abwiegeln können und was blieb mir dann noch? Ich hatte nichts in der Hand – und selbst wenn ich einen Beweis gehabt hätte, war ich immer noch seiner Willkür unterworfen. Ich seufzte und Neél trieb die Pferde an.

Er lenkte unsere Tiere durch das Viertel, in dem der Park und die alte Schule standen. Ich ließ meinen Blick über das Gebäude schweifen und kurz flatterten meine Gedanken zu dem Menschen, dessen Umhang ich damals mitgenommen hatte, im Tausch gegen meine Jacke. Es war der Tag gewesen, an dem sie Amber gefangen genommen hatten. Der Tag, an dem mein Leben in Scherben geschlagen worden war, die sich einfach nicht mehr zusammenfügen ließen. Alles war durcheinander, seit ich meinen Körper, allen Mut, meine Liebe und höchstwahrscheinlich auch meine Seele hergegeben hatte, um die Schuld wiedergutzumachen.

Als wir in der Nähe des Hauses vorbeiritten, in dem Amber und ich den Percents in die Falle gegangen waren, wurde es mir nach langem Verdrängen und Vergessen erst wieder bewusst: *Ich* hatte darauf bestanden, die lausigen Felle für einen Bruchteil mehr Ertrag direkt zu diesem Schneider zu bringen statt zu den Händlern, wo es sicherer gewesen wäre.

Nur ich.

»Ich möchte dir die Gegend zeigen, in der wir das Chivvy in diesem Jahr abhalten«, sagte Neél irgendwann und riss mich damit aus meinen Gedanken. Ich war überrascht und ein Lächeln mogelte sich in mein Gesicht.

»Warum lachst du?«

»Ich habe überlegt, ob du mir das auch gesagt hättest, wenn ich dich gefragt hätte.«

Auch er lachte, zumindest ein winziges bisschen. »Ich mag es eben nicht, ausgefragt zu werden. Nicht wenn ich die Antwort selbst nicht kenne.«

Ich hatte schon festgestellt, dass die Chancen, Informationen zu bekommen, bei Neél größer waren, wenn man ihn nicht fragte. Nun grübelte ich darüber nach, was ich sagen konnte, um ihn unauffällig dazu zu bringen, mir mehr zu erzählen. Als ich zu ihm sah, fiel mir auf, dass ein Rest des Lachens noch immer in seinen Mundwinkeln gefangen war.

»Was willst du wissen?«, fragte er.

»Graves.« Das Wort kam von allein über meine Lippen. Es erstaunte mich selbst. »Wer ist er?«

Neél kratzte sich an der Wange und lenkte die Pferde über rostige Gleise, zwischen denen Flechten wuchsen. Wir folgten der alten Bahnlinie.

Irgendwann, als ich schon glaubte, er würde nichts mehr sagen, räusperte er sich. »Ein Freund.«

»Sein Name ist morbide, findest du nicht? Graves …« Ich imitierte ein Schaudern.

»Irgendwer hat wohl mal ein Buch über einen Mann geschrieben, der Graves hieß. Vielleicht hat dieser Graves auch selbst ein Buch geschrieben. In jedem Fall lag es in der Bibliothek des Krankenhauses, in dem unser Graves geboren wurde. Es war zufällig an der Reihe, als es Zeit für ihn wurde, einen Namen zu bekommen. Sie vergeben den Namen, dann wird das Buch verbrannt.«

Ich nickte düster. »Ich habe davon gehört. Es ist …«, ich suchte nach den Worten, die der alte Laurencio für Leute, die Bücher zerstörten, verwendet hatte. »Verroht. Barbarisch. Unzivilisiert.«

»Nee, es ist scheiße.«

»Das auch.« Ich musterte ihn. Er schien mich nicht zu verspotten, nein, er meinte das ernst, daher wagte ich mich vor. »Interessierst du dich dafür? Das ist immerhin menschliche Geschichte.«

Wieder schwieg er eine Weile, wieder kratzte er sich an der Wange. Beides tat er häufig, wenn er sich unsicher war, aber nie vor anderen Percents.

»Es ist einfach nicht gut, überhaupt nicht zu wissen, wo man herkommt. Wenn man sich das erst mal fragt … Schwer zu sagen, wie das ist. Es schmeckt wie Fisch, wenn er verdorben ist. Wenn man einmal reingebissen hat, reicht Ausspucken nicht, der Geschmack bleibt.«

Ich musste an meine Eltern denken. Meine Mutter war so früh gestorben und doch hatte ich Tausende von winzigen Erinnerungen an sie tief in mir drin. An meinen Vater besaß ich noch mehr. Ich öffnete sie nicht oft, die Tür zu diesen Gedanken, sie waren wie etwas, das man irgendwo versteckt aufbewahrt, obwohl man es nie benutzt. Aber ich wusste in jedem Moment, den ich atmete, dass ich sie jederzeit hervorholen konnte. Ich hatte Wurzeln. Ich musste sie nur ausgraben, die Erde war locker.

»Ein Buch hilft dir da nichts«, sagte ich kühl. »Die Familie ist mehr als geschriebene Worte. Und nur weil du seinen Namen bekommst, verbindet dich das nicht mit einem Menschen, den du nie gesehen hast und der dich nie gesehen hat – der vielleicht nur erfunden ist. Du hast nichts mit dem zu tun, der einmal Neél hieß.«

»Es wäre besser als nichts. Ich könnte so tun als ob.«

»Warum solltest du?«, fragte ich. »Vielleicht war er ein Rebell. Vielleicht hätte er dich verachtet.«

Darauf antwortete er nichts.

Zwischen uns und den Gleisen breitete sich eine lang gezogene Hecke aus ineinander verschlungenen Hundsrosensträuchern aus.

Die ersten dunklen Triebe, mehr grau als grün, erkämpften sich ihren Platz. Sie sahen aus wie Knoten in den nackten Dornenästchen. Amseln hüpften durch die verschlungenen Büsche und beobachteten uns und Meisen schimpften schnatternd, wenn wir vorüberritten. Ein brauner Käfer von der Größe meines Daumennagels landete auf der Mähne meines Pferdes. Ich beobachtete ihn eine Weile, bevor ich ihn wegschnippte. Das alles sprach eine deutliche Sprache in leisen Worten. Der Frühling kam.

Ich erkannte das Tor erst, als es unmittelbar vor uns auftauchte, denn Büsche und Hecken säumten den Pfad, den wir nahmen. Neél hatte uns auf einem mir fremden Nebenweg zum Großen Nordtor gebracht. Eigentlich lag es im Nordwesten der Stadt, aber da es auch das Große Südtor gab, hatte man wohl beschlossen, es der Gleichheit wegen einfach Großes Nordtor zu nennen.

In jedem Fall war es stark bewacht, ich zählte ein halbes Dutzend Percents. Seltsam. Es befand sich so weit abseits der Innenstadt, warum bewachte man es besser als die zentral liegenden, kleineren Tore? Nur weil hier einmal im Jahr das Chivvy stattfand?

»Sei ganz still«, flüsterte Neél und lenkte sein Pferd dicht an einen der beiden Wachmänner heran, die uns forsch entgegentraten.

»Wer bist du, Varlet?«, rief einer der anderen vom Unterstand aus. Es klang misstrauisch, und dass Neél unter der Bezeichnung *Varlet* nicht zusammenzuckte, zeugte von seiner Stärke. Der Wachmann hätte ihn auch *Kind* rufen können.

»Neél ist mein Name, ich unterstehe Cloud. Ich habe Passierscheine für mich und meinen Soldaten. Wenn ihr erlaubt?«

Die Männer nickten und Neél griff unter seine Weste und zog das Papier heraus. Sie prüften es, sie prüften es lange und intensiv und gingen Neél damit schrecklich auf die Nerven. Ich sah seine Anspannung. Nervosität. Die Haut an seinen Oberarmen vibrierte. Ich hätte ihn gern gefragt, ob alles in Ordnung war, aber ich wagte nicht einmal, die Frage stumm mit den Lippen zu formen. Vier Augenpaare ruhten auf uns, während zwei die Zeilen auf dem Papier nachfuhren, wieder und wieder.

»Zu Trainingszwecken wollt ihr raus, ja?«, fragte schließlich einer und rollte das Papier wieder zusammen.

Neél holte tief Atem. »Das steht dort in den Passierscheinen. Lies sie ruhig noch einmal.«

Der Mann verschränkte die Arme und zerknickte die Dokumente dabei in seiner Faust.

»Ja«, sagte Neél daraufhin resigniert. »Zu Trainingszwecken.«

Die Wachen warfen einander noch knappe Blicke zu, dann wurde das Tor geöffnet.

»Sei vor Wachwechsel zurück«, verlangte der Wachmann, während er Neél die Papiere zurückgab. Die Anweisung klang wie eine Drohung.

Ein böser Druck löste sich von meinem Brustkorb, als wir das Tor passiert hatten und der mit Stacheldrahtrollen überzogene Zaun endlich hinter uns lag. Neél schien es ähnlich zu gehen. Er ließ die Pferde antraben und lenkte sie von den offenen Feldern zu unserer Rechten weg, direkt in den Wald. Eine Weile war ich damit beschäftigt, meinen Rhythmus zu finden. Die braune Stute hatte einen harten, taktlosen Trab und mein regelmäßiges Aufstehen im Sattel, das ihren Rücken entlasten sollte, war ein stotterndes Zappeln. So konnte ich weder viel Aufmerksamkeit für die Umgebung aufbringen noch Neél die Fragen stellen, die sich in meinem Kopf schon wieder vermehrt hatten wie Mücken nach dem ersten Juliregen. Wenn ich zu ihm rübersah, fiel mir auf, wie energisch und beinahe grob seine Bewegungen waren.

Erst als wir das Tor weit hinter uns gelassen hatten, zügelte er die Pferde, aber aufgebracht war er noch immer.

»Du bist wütend«, sagte ich schlicht. Es war nicht zu übersehen.

»Es ist unglaublich«, regte er sich auf. »Da rennt man stundenlang von einem zum anderen, nur um diese verdammten Passierscheine zu bekommen, und am Tor tun sie dann so, als plane man ein Attentat.«

»Bei euch gelten strenge Regeln.«

»Es ist, als sei man ein Gefangener.« Er warf mir einen Blick zu und sah für einen Moment aus, als hätte er sich am liebsten die Hand vor den Mund geschlagen. »Ich meine …«

»Ja«, sagte ich leise. »Willkommen in meiner Welt.«

Ich erwartete sein schon vertrautes Schweigen, aber er sprach sofort weiter. »Es ist auch meine Welt. Ich würde sie ändern, wenn ich könnte.«

Beinahe hätte ich etwas Abfälliges erwidert, allein aus Gewohnheit. Doch dann musste ich erstaunt feststellen, dass mir kein Wort einfiel, mit dem ich hätte widersprechen können. Ich glaubte ihm. Es gab für ihn doch keinen Grund, mich zu belügen, oder? Er konnte ebenso wenig aus seiner Haut wie ich, ob er wollte oder nicht.

Der Gedanke, der mir plötzlich durch den Kopf schoss, machte meinen Atem lauter, ich musste mich konzentrieren, um ihn ruhig zu halten, so sehr, dass mir ein wenig schwindelig wurde. »Neél«, flüsterte ich dann. »Warum sind wir hier?«

Bestürzung zog grobe Linien in sein Gesicht, als er den Grund meiner Frage verstand. »Nein, Joy. Das kann ich nicht. Ich kann dich nicht laufen lassen.«

»Ich versteh schon.« Mitnichten. »Das Chivvy …«

»Mein Kopf«, korrigierte er mich, er klang bitter. »Und nicht bloß der. Die Triade würde mich bestrafen und es nicht bei mir belassen. Oder sagen wir so: Ich wäre der Letzte, den sie bestrafen würden.«

Ich hatte bis heute nicht gewusst, dass es Percents gab, die ihm nahestanden. Offensichtlich – und ich gestand es mir nur ungern ein – war er anders als die anderen. Ich hatte mir in den letzten Jahren eingeredet, dass der Varlet, der mich im Wald verschont hatte, der einzige *andere* Percent war. Etwas Besonderes. Aber auch Neél war anders. Besonders. Und Graves. Vielleicht waren auch noch andere anders. Die Idee, dass es Percents gab, die in ihrem eigenen System, in den Ketten ihrer eigenen Vorschriften gefangen waren wie wir Menschen, rüttelte einerseits an allem, was ich zu wissen geglaubt hatte, und war andererseits – seit ich einen Einblick in Neéls Welt bekommen hatte – schrecklich leicht vorstellbar.

»Du willst mich also nicht heimlich retten?« Ich vergewisserte mich mit einem Blick, dass mein Spott so freundlich ankam, wie er gemeint war. »Warum sind wir dann hier?«

»Ich kann dich nicht laufen lassen«, wiederholte er und grinste zaghaft, »aber ich will, dass du beim Chivvy läufst.«

»Natürlich, ich soll ja auch um deine Karriere rennen.«

»Spar dir den Sarkasmus, Soldat.« Er sprach das Wort weich aus und irgendetwas an dem Klang gefiel mir.

»Ich meine das ernst. Hier wird das Chivvy stattfinden. Schau dich genau um. Wir werden uns diese Gegend ansehen und einprägen, bis du mit verbundenen Augen durch den Wald laufen kannst und am Knacken der Äste unter den Füßen hörst, wo du bist. Wir werden herkommen, bis alle Vögel, jede Ratte und auch die letzte Eichkatze dich für ein Tier halten, das sie nicht durch ihr Verhalten verraten. Ich will, dass du beim Chivvy läufst und keiner dich kriegt. Keiner.« Er sah mich nicht an, sondern blickte in die Baumkronen. Mein erregtes Zittern entging ihm. »Beim Chivvy wirst du fortlaufen, dich verstecken, bis es sicher für dich ist, und dann nach Hause gehen, Soldat.«

»Wirklich?« Meine Stimme wurde ganz klein.

»Wirklich.« Seine war groß. Und irgendwie … warm. Das Wort verlor jeden Zweifel, wenn er es aussprach, und wurde zu reiner Zuversicht.

Wir ritten durch eine lang gezogene Senke. Laub raschelte unter den Hufen der Pferde, ansonsten war es still. Der süßlich herbe, leicht modrige Waldgeruch beruhigte mich. Hin und wieder schloss ich für ein paar Meter die Augen und gab mich dem Glauben hin, von ganz weit fort unerreichbare Erinnerungen zu hören. Matthials Lachen, wenn wir Fangen spielten. Pennys Mahnungen, wir sollten vorsichtiger sein. Joshs Protest, wenn er ein Spiel verlor. Ambers nervöse Rufe, wenn der Wald düsterer wurde, als es ihr geheuer war.

Würde ich wirklich wieder frei sein? Wirklich?

Es schien unmöglich. Sie alle waren zu Geistern geworden, denn sobald ich die Augen öffnete, um sie zwischen den Bäumen zu suchen, verschwanden sie, so wie ich aus ihrem Leben verschwunden war. Hineingestoßen in ein neues, das ich nicht wollte. Aber wer von uns wollte schon das, was er bekam? Ich linste unauffällig zu Neél – er saß kerzengerade im Sattel, die Schultern gestrafft, den Blick aufmerksam überall – und dachte: *Nicht mal er.*

21

»es kommt der tag, an dem der richtige weg
ins dunkel führt statt ins licht, matthial.«

»Ich wusste, dass sie zurückkommen würden! Zac und Kendra sind nur der Anfang, wirst schon sehen, Matt! Bald kommen mehr.«

Josh strahlte, als bedeutete die Rückkehr zweier Clanmitglieder den Sieg über eine feindliche Welt. Nur langsam konnte auch Matthial sich freuen. Der Schock legte sich. Die plötzliche Verantwortung für zwei weitere Menschen hatte ihn zunächst fast von den Füßen gerissen. Und die Enttäuschung. Denn als Rick unruhig gebellt hatte und Matthial und Josh an die Fenster stürzten und die schlurfenden Schatten bemerkten, da lautete der erste von Hoffnung geflüsterte Name in Matthials Gedanken: Joy.

Doch es war nicht Joy. Es waren Kendra und Zacharias. Sie schwankten, starrten vor Dreck und brauchten jemanden, der sie stützte. Zu schwer für ihn – das war sein erster Gedanke gewesen. Doch er war immer noch Mars' ältester Sohn, nach den Regeln seines Vaters, der seine ganze ihm bekannte Familiengeschichte war, geboren mit dem Recht und der Pflicht, einen Clan zu führen. Natürlich hatte er sie willkommen geheißen – willkommen zu Hause! – und sich seine Zerrissenheit nicht anmerken lassen.

Nun saßen sie beisammen im Wohnraum. Josh hatte eine unvernünftige Menge der kargen Vorräte auf die Tische gestellt und lief nervös umher, löschte eine Kerze, die zu nah am Fenster stand und im Windzug zitterte, entzündete eine andere, verschob Tassen auf dem Tisch, suchte nach Salz und streichelte immer wieder den Hund; wohl, um sich selbst zu beruhigen.

Was für ein Abenteuer das alles noch immer für seinen kleinen

Bruder darstellte. Musste man erst töten, ehe man aufwachte und verstand, dass all das in Wahrheit schrecklich war?

Kendra und Zac konnten vor Müdigkeit nach der langen Reise kaum noch aufrecht sitzen, geschweige denn etwas essen. Sie hingen auf dem zerfetzten Sofa und blinzelten ins Halbdunkel. In zwei Rucksäcken befand sich alles, was sie besaßen; es waren gewaltige Rucksäcke.

»Wir sind drei Tage lang gelaufen«, sagte Zac und schien die wasserblauen Augen nicht von den Lederriemen lösen zu wollen, die ihm so lange in die Schultern geschnitten hatten. Kendras Blick huschte wie eine nervöse Maus im Käfig von einer in die nächste Ecke. Nur Matthial streifte er nicht ein einziges Mal. Hatten die Clanmitglieder damals ebenso große Scheu gehabt, Mars in die Augen zu sehen? Matthial konnte sich nicht erinnern.

Drei Tage Marsch war sein Vater also entfernt. Gar nicht so weit fort, bloß ein Tagesritt, wenn man ein Pferd besaß. Mars besaß ein Pferd.

»Mit dem Motorrad wäre man in wenigen Stunden da«, überlegte Josh laut und setzte sich auf einen knirschenden Stuhl. Endlich, sein Herumrennen war kaum auszuhalten gewesen.

Matthial musste schmunzeln, weil sein Bruder denselben Gedanken gehabt hatte. »Deins hinzutragen würde mindestens eine Woche dauern.«

»Spotte ruhig, Captain. Irgendwann wird es fahren, du wirst dich noch wundern.«

Matthial bezweifelte das. Josh hatte das alte Motorrad auf ihrem Rückweg ins Coca-Cola-Haus gefunden. Sie hatten es tatsächlich tragen müssen, so verzogen war das Metall. Aber Josh arbeitete jeden Tag daran, und auch wenn er kaum wusste, was er da eigentlich tat, ließ sich die Maschine inzwischen schon wieder schieben. Den Motor instand zu setzen, war zwar etwas anderes, als Unmengen von überflüssigem Plastik abzureißen und verbogene Schutzbleche und Speichen notdürftig zu richten, doch Josh tat die Arbeit gut, daher ließ Matthial ihn und half, wo er nur konnte. Es war gut, ein Ziel zu haben, egal wie aussichtslos es schien.

»Wie geht es ihnen«, fragte er leise an Kendra gewandt. »Dem alten Clan, meine ich. Allen.«

Sie leckte sich die schmalen, von Fieberbläschen übersäten Lippen und sah Zac Hilfe suchend an. Der sprang sofort ein, wie er es seit ihrer Kindheit für sie tat.

»Der Clan ist in den letzten Wochen kleiner geworden, viel kleiner«, erzählte er mit seiner spröden Stimme, die immer dieselbe war, was auch geschah. Er erzählte zu viel von dem, was Matthial nie hatte erfahren wollen:

Zwei Männer in Mars' Alter – Männer, die Matthial so nahestanden wie leibliche Verwandte, wie Onkel – waren getötet worden, als sie den Weg erkundeten, dem der Clan folgen wollte. Kaum am Zielort und in vorläufiger Sicherheit angekommen, waren zwei von Babys Waisen an Durchfall gestorben. Kleine Kinder, die noch nicht mal ihre Milchzähne verloren hatten und nach dem Tod ihrer Mutter von allen Frauen des Clans aufgezogen und gehätschelt worden waren, als wären es die eigenen. Eine dieser Frauen hatte danach beschlossen, ihre eigenen Söhne zu nehmen und in die Stadt zurückzugehen.

Kendra schluchzte laut, während Zac erzählte. Er rieb ihr die Tränen mit dem Ärmel seines Hemdes von den Wangen, aber an seiner Tonlage änderte sich nichts.

Ein paar Mitglieder verschwanden. Keiner wusste, wohin und ob sie gefangen genommen worden waren oder freiwillig ihre Freiheit aufgaben und sich in den Städten unterordneten. Der Clan schrumpfte, wurde hart und spröde und zog sich immer mehr um Mars zusammen.

Wie ein in die Sonne geworfener Seestern, dachte Matthial. *Bloß noch Krusten um ein verdorrendes Herz.*

»Und mein Vater? Wie geht es ihm damit?«

Josh schluckte, die Frage hatte ihm vermutlich auch im Mund gebrannt, aber er wusste, dass es Matthials Aufgabe war, sie zu stellen. Wie loyal er geworden war.

»Er is' stark«, sagte Zac, aber dann unterbrach Kendra ihn energisch.

»Er ist zusammengebrochen, als wir ihm gesagt haben, dass wir zurückgehen würden. Er … er hat geweint.«

Josh hustete und rieb sich erst die Nase, dann die Augen. »Scheiß Staub«, murmelte er, »entschuldigt, dieser Dreck … Fuck!«

Matthial spürte, wie sich Schleim in seiner Kehle sammelte.

»Er hat sich aber wieder gefangen«, fügte Zac mit einem strengen Seitenblick zu seiner Freundin hinzu. »Und es akzeptiert. Er sagte, er könnt's verstehen. Er hat die Flucht gewählt, um alle in Sicherheit zu bringen, aber keine Sicherheit gefunden. Es gab keine. Vielleicht gibt's sie nirgendwo. Er meinte, es wäre nur verständlich, dass manche nicht länger fliehen, sondern kämpfen wollen.«

»Wollen wir das?«, fragte Matthial. Mit dem Daumennagel zog er Linien in den Polsterflor seines Sessels. Grenzlinien vom Niemandsland, den Clangebieten … und der Stadt. Wie ein verfettetes Herz hockte sie in ihrer Mitte und pumpte unaufhörlich Gift ins Land.

Zac blickte ihm fest in die Augen. »Sag du's uns.«

Matthial schwieg. Nicht weil er die Antwort nicht wusste, sondern weil es keine gab.

»Wir sind nicht mehr allein, sondern ein kleiner Clan«, warf Josh ein. »Jetzt ist es zumindest nicht mehr aussichtslos. Wir überlegen uns was.«

Matthial seufzte und verkniff sich eine Erwiderung. Er konnte nur darauf hoffen, dass sich ein Weg finden würde. Vielleicht waren zwei Menschen mehr genau das, was er brauchte, um einen Pfad anzulegen. Zu einer Lösung, auch wenn er bezweifelte, dass es irgendwo eine gab.

Er räusperte sich und sagte: »Ich habe keinen Plan. Zumindest *noch* nicht. Und ich weiß, dass euch das enttäuscht.«

Kendra biss sich auf die verkrustete Lippe.

Zac lächelte müde, als würde er in sehr alten Erinnerungen treiben. »Du warst immer der, der Pläne hatte.«

»Diesmal nicht. Ich ...« Er verkniff sich eine Entschuldigung. Clanführer entschuldigten sich nicht. Das hatte er von seinem Vater gelernt, dem er eigentlich nicht hatte nacheifern wollen. Doch das war gewesen, bevor er selbst Clanführer geworden war. Er verstand Mars' Motive von Tag zu Tag besser. »Ich arbeite dran.«

»Das reicht, solange du uns auf'm Laufenden hältst und ehrlich zu uns bist«, sagte Zac und griff nach seinem verbeulten Becher, um ihn Kendra zwischen die knochigen Hände zu schieben.

Matthial nickte und wartete, bis beide getrunken hatten. »Was habt ihr auf eurem Weg gesehen?«, fragte er dann.

Josh lehnte sich aufmerksam vor. Er war nie weiter als einen Tagesmarsch vom Clanhaus fortgekommen und konnte seine Neugier kaum verbergen. »Uns kann alles von Nutzen sein, Zacie«, sagte er. »Clans, Clanfreie, Siedlungen, Städte. Alles!«

Zac bettete Kendra in seiner Armbeuge, strich ihr durch das stachelige rote Haar und zupfte Kletten heraus. »Ruinen, vor allem viele Ruinen. Tote Städte, die daliegen wie zertreten. Auf dem Marsch mit dem Clan sind wir allem aus'm Weg gegangen, was nur entfernt nach Schwierigkeiten roch. Wir hatten ja die Kinder dabei und schweres Gepäck, drum haben wir Umwege genommen, wenn wir gemerkt haben, dass wir nicht die Einzigen in der Gegend waren.«

Matthial nickte verständnisvoll. »Was ist euch aufgefallen?«

»Eineinhalb Tagesmärsche nördlich von hier ist eine Siedlung. Bloß ein paar Percents und Menschen, die auf Feldern arbeiten. Weizen, Roggen, Mais. So Höfe halt, hab keine Ahnung. Kurz vor dieser Siedlung wird die Wolke schwächer.«

»Die Wolke?«, fragte Josh. »Meinst du das, was Dark Canopy macht?«

»Ja.«

Kendra sah an die Decke und flüsterte: »Man kann den Himmel sehen. Am Nachmittag. Die Wolke ist da, aber so schwach, dass man das Blaue durchsehen kann.«

»Vielleicht eine Fehlfunktion«, überlegte Josh, aber Kendra und Zacharias schüttelten beide die Köpfe; sie schwach, er energisch.

»Nee, keine Fehlfunktion. Dachten wir aber auch zuerst. Wir haben's an mehreren Tagen beobachtet. Erst die Späher, dann die Gruppe, dann die Nachhut. Mars hat gesagt, dass Windströmungen die Wolke da stärker aufwirbeln. Es lag auch kaum Staub am Boden, dabei hatte es geregnet. Alles müsste voll davon gewesen sein. War aber nicht so.«

Auf der Sessellehne malte Matthial Linien, die keine sichtbaren Spuren hinterließen, ihm aber halfen, sich ein besseres Bild im Kopf zu machen, nur weil er sie zeichnete. »Ihr seid weitergegangen und die Wolke wurde wieder dichter, ja?«

»Ja genau.«

»Habt ihr abgedreht?«

Zac runzelte die Stirn. »Ja, ich glaube schon. Zuerst sind wir nur Richtung Norden gegangen und dann irgendwann nicht mehr. Ich hab's nicht gemerkt, ich hab nur mitgekriegt, dass Janett Mars drauf angesprochen hat.«

Matthial zuckte zusammen, als er den Namen seiner Schwester hörte, und auch durch Joshs Schultern ging ein sichtbarer Ruck.

»Wie geht es Janett?«, fragte Josh.

Kendra hob ihre dürre Hand, beugte sich über den Tisch und berührte flüchtig seine Finger. »Es geht ihr gut, Josh. Sie ist bei eurem Vater geblieben.«

Matthial wischte die Gedanken an seine Schwester beiseite und konzentrierte sich auf die neuen Informationen. »Wärt ihr weiter nach Norden gegangen, hättet ihr wahrscheinlich die nächste Stadt erreicht«, sagte er. »Deshalb ist die Wolke wieder dichter geworden. Dort steht ebenfalls eine Maschine.«

Josh stieß den Atem aus, als würde diese Nachricht ihn deprimieren. Aus Erzählungen von Reisenden und aufgrund der Späher des Clans war ihnen bekannt, dass jede Stadt, die noch als solche existierte, eine Maschine hatte. Seltsam war nur, dass sein Vater den anderen nichts von dieser Stadt gesagt hatte, die dort wie ein lauerndes Raubtier vor ihnen im Nichts verborgen lag. Mars wusste bestimmt, dass sie existierte. Und falls er nicht schon einmal dort gewesen war – wovon Matthial ausging, denn sein Vater war weit gereist –, dann hatte es ihm die Wolke mit Sicherheit verraten. Warum hatte er es den anderen nicht gesagt? Warum lehrte er seine Clanleute nicht, die Wolke zu lesen, so wie er es Matthial gelehrt hatte?

»Matthial, wenn wir nun vielleicht auf unser Zimmer gehen könnten …«, murmelte Zac beklommen. »Der Tag war hart, Kendra fallen schon die Augen zu.« Ein müdes, aber liebevolles Lächeln flog zwischen den beiden hin und her und versetzte Matthial einen kleinen Stich.

»Entschuldigt. Das hätte ich sehen müssen. Wir können später reden.«

»Ich helfe euch beim Tragen.« Josh sprang auf. Man sah ihm an, wie wohl es ihm tat, endlich wieder etwas tun zu können. »Euer Zimmer ist noch genauso wie immer. Na gut, vielleicht müssen wir ein paar Mäuse verscheuchen und Taubendreck wegmachen.

Aber mit etwas Glück fangen wir dabei gleich was zum Abendessen.«

Josh ging voran, Kendra folgte ihm. Bevor auch Zacharias den Wohnraum verließ, fiel Matthial noch eine letzte Frage ein.

»Wart mal, Zac.«

Zacharias blieb stehen, ohne sich umzudrehen.

»Woher wusstet ihr überhaupt, dass Josh und ich hier sind? Hier im Clanhaus.«

»Wir … haben's drauf ankommen lassen. Wohin hätten wir sonst gehen sollen, he?«

»Das war riskant. Wir sind selbst erst vor Kurzem wieder hergekommen. Zeitweise war es zu gefährlich.«

Zacharias sah flüchtig über die Schulter. »Da haben wir wohl Glück gehabt, was?«

»Wir alle haben Glück gehabt. Geh jetzt, geh dich ausruhen.«

Kaum war der Freund zur Tür hinaus, raufte Matthial sich erst das Haar und ließ das Gesicht dann in die Handflächen sinken. Er zog die Beine an und lehnte den dröhnenden Kopf gegen die Knie.

Das waren zu viele Informationen von der Sorte, die man zwar erfragte, aber eigentlich nicht hören wollte. So viele Verluste im Clan. Kleine, unschuldige Kinder!

Nun scharten sein Vater und seine Schwester nur noch den engsten Kreis um sich. Und Matthial trug die Schuld. Sein Starrsinn war an allem schuld und seine Dummheit, ständig Hoffnung zu sehen, wo es keine gab. Hätte er damals eingesehen, dass Amber verloren war, würden sie alle noch leben. Der Clan wäre vereint. Joy an seiner Seite.

Und er wäre kein Mörder.

Rick bellte, ein kurzer, mahnender Laut.

»Ist schon gut«, murmelte Matthial, streckte die Hand aus, damit sein Schäferhund näher zu ihm kam, und kraulte ihn hinter den

Ohren. »Kein Selbstmitleid mehr, ich hab's verstanden. Ich reiß mich zusammen.«

Mars würde zurechtkommen. Er war zäh, fand immer einen Weg. Janett war es, die Matthial Sorgen bereitete. Sie hatte sich der Amber-Rettungsaktion damals anschließen wollen, wie sie sich ihren Brüdern immer und überall anschloss, war aber nicht am Treffpunkt erschienen. Danach hatte er kaum ein Wort mit ihr gewechselt. Nicht weil er sich von ihr verraten fühlte, sondern eher, weil er so erleichtert gewesen war, dass sie klüger gehandelt und sich aus den Kämpfen herausgehalten hatte. Er war nicht in der Lage gewesen, ihr in die Augen zu sehen. Es hatte keinen Abschied gegeben.

Nun, da er wusste, wie es um Mars' Clan stand, keimte der Impuls, seine kleine Schwester beschützen zu müssen, wieder in ihm auf. Janett war so hilflos. Sie war ganz anders als Joy, die wenig redete, aber keinen Moment zögerte, wenn es darauf ankam zu handeln. Janett diskutierte immer und besprach ihre Pläne bis ins kleinste Detail. Wenn es ernst wurde, reichte aber meist ein »Buh!« und sie versteckte sich schreiend hinter dem Rücken ihrer Brüder. Er musste lächeln, als er daran dachte, wie oft Josh und er von Mars Prügel bezogen hatten, die eigentlich Janett verdient hätte.

Es mochte seinem Vater gegenüber ungerecht und hart sein, aber Matthial kam nicht um das Gefühl herum: Es war falsch, dass seine Schwester nicht hier war.

Rick leckte das Salz von seinen nervös verschwitzten Fingern.

»Jetzt sind wir also wieder ein richtiger, kleiner Clan. Was mögen die anderen wohl von mir erwarten, Rick? Menschen erwarten immer so viel, jeder tut das. Bloß ... niemand kann all die Erwartungen erfüllen, die die anderen in ihn setzen. Jeder enttäuscht jeden. Das ist unser Problem, weißt du?«

Der Hund klopfte matt mit dem Schwanz auf den Boden. Vielleicht ein Code. Wenn, dann hatte ihn Matthial während der acht

Jahre, die Rick nun an seiner Seite war, nie zu entschlüsseln gelernt.

»Kannst du nicht verstehen, was? Du bist ein Hund, für dich ist alles gut so, wie es ist, wenn du ein bisschen was zu fressen bekommst, an Bäume pinkeln und deinen Arsch ablecken kannst und hin und wieder einer kommt, um dich hinter deinem linken Ohr zu kraulen. Bei uns Menschen ist das nicht so einfach.« Matthial sah aus dem Fenster. Die Blutkastanien draußen hatten noch keine Blätter, sodass er den Himmel sehen konnte, der grau und schlierig über der Welt hing. »Wir denken immer. Vor allem denken wir, dass da noch mehr sein muss. Irgendwo. Aber wer weiß, ob das stimmt. Wir denken eben auch viel Blödsinn.«

22

im augenblick der angst ist kein platz mehr
für freundschaft oder feindschaft.
da will man bloß nicht länger allein sein.

Neél suchte eine Stelle, an der der Fluss breiter wurde und von oben aussah wie eine glitzernde Schlange, der ein fettes Beutetier den Leib auswölbte. Hier floss das Wasser ruhiger. Dort, wo die Pferde mit den Vorderhufen hineintraten, um zu trinken, stand es fast still, während in der Flussmitte eine zügige Strömung zu erkennen war. Der Fluss riss Blätter und kleine Zweige mit sich.

»Der Kanal ist hier nicht tief, das kann dir helfen, wenn du –«

Ich unterbrach ihn. »Das ist nicht der Kanal.«

Überrascht sah er mich an. Es gefiel mir, endlich einmal mehr zu wissen, als er mir zutraute. »Der Kanal fließt nicht nordwestlich der Stadt«, erklärte ich. »Das hier ist ein ganz anderer Fluss.«

»Die Karten behaupten etwas anderes.«

»Papier kann lügen. Es *muss* sogar lügen, wenn ein Lügner es bemalt hat. Ihr behauptet, der Kanal wäre der Zustrom für alle Flüsse in der Gegend und sie alle wären seine Seitenarme und würden aus ihm entspringen. Das stimmt aber nicht. Bei uns wissen das schon die Kinder.« Nicht alle Kinder natürlich und nur wenige Erwachsene, aber das brauchte er nicht zu wissen.

Neél legte den Kopf ein Stückchen in den Nacken, als würde er sich an eine Wand lehnen. Eine selbstgefällige Pose, die mich herausforderte. Ich hob das Kinn.

»Deine Karten erzählen Lügen.«

»Warum sollten wir falsche Karten zeichnen?«, fragte er schlicht.

Meine Stute biss nach seiner und lenkte mich von einer klugen

Antwort ab. Ärgerlich zog ich am Zügel und nahm sie ganz kurz. Ich hatte dieses blöde Tier überhaupt nicht im Griff. Neél grinste, als hätte er die Auseinandersetzung gewonnen. Wenn ich das Pferd nicht selbst ausgesucht hätte, hätte ich angenommen, dass er mir mit voller Absicht dieses böse Biest zugeteilt hatte.

»Wegen dem Gift!«, blaffte ich und ärgerte mich gleich noch mehr. »Weil ihr so den Menschen drohen könnt, den Kanal zu vergiften und damit alles Wasser. Aber wir kennen die Flüsse. Wir wissen, wohin euer Gift fließt und wohin nicht.«

Die Schadenfreude in seinem Gesicht verblasste. »Davon wusste ich nichts.«

»Wovon? Dass ihr Druck auf uns ausübt und uns bedroht?« Wieder musste ich am Zügel ziehen, um die bissige Stute zu halten. Diesmal ließ ich mich nicht ablenken. »Liege ich da so falsch, Neél? Ich erinnere mich da an einen Armbrustschützen, der auf deinen Befehl hin auf mich angelegt hat. Wie lange ist das her? Zwei Stunden? Und was ist das da zwischen den Mäulern unserer Pferde? Ein Strick? Bin ich etwa freiwillig hier, mit dir im Wa–?«

»Hör auf!« Er sagte das ganz leise, aber es traf mich trotzdem hart. Ich schwieg. »Ich weiß das alles«, fuhr er fort, »und es gefällt mir nicht. Aber das mit dem vergifteten Wasser wusste ich nicht.«

»Vergiss es einfach«, sagte ich. Er konnte nichts dafür, er glaubte den Lügen ja selbst.

Neél sah eine Weile aufs Wasser. Dann zuckte er mit den Schultern. »Lass uns den Fluss abreiten. Du musst dir die Stellen einprägen, an denen du ihn überqueren kannst.«

Er lenkte die Pferde flussaufwärts und die Geräusche des Wassers und des Windes waren für eine Weile unsere einzigen Begleiter. Ich lauschte ihnen. Sie waren wie tausend Stimmen. Manche schwatzten ohne Punkt und Komma. *Blablabla*. Andere flüsterten, hauchten, wisperten. Womöglich sagten sie etwas Wichtiges. Aber alle sprachen so durcheinander, dass ich nichts richtig verstand. Die einzelnen Stimmen gingen unter in der Masse. Ob ich das auch tun konnte, wenn ich erst frei war? Einfach wieder abtauchen in einer Masse Menschen?

»Sind Menschen einander ähnlich?«, fragte ich, ohne Neél anzusehen. »In deinen Augen, meine ich? Kannst du ein Mädchen mit braunem Haar von einem anderen unterscheiden?«

»Du stellst sehr eigenartige Fragen.« Er lachte ein bisschen. »Aber ja, ich könnte das, wenn es sich nicht um Geschwister mit identischem Erbmaterial handelt.«

»Die nennt man eineiige Zwillinge.«

»Zwillinge, ach so. Alles außer Zwillingen kann ich gut unterscheiden, ja.«

»Woran?«, fragte ich und musterte ihn, wie er die Zügel führte. Er gab dem Pferd nicht viel Freiheit, ließ es seinen Weg nicht selbst suchen, sondern verlangte Gehorsam. Aber solange seine Fuchsstute brav war, bewegte er die Hände sehr sanft und lenkte sie nur durch das Anspannen und Lockern der Finger. Reiten konnte er definitiv besser als ich. Ich versuchte prompt, meine Zügel weniger plump zu halten, aber meine Stute schlug trotzdem mit dem Kopf.

»Menschen sind ein bisschen wie Bäume«, sagte Neél. »Sie sind alle aus Holz, aber das Holz ist anders. Die Zweige wachsen anders, die Stämme sind unterschiedlich, die Borke auch. Und die Blätter und Blüten. Wusstest du, dass jedes Blatt an jedem Baum eine einzigartige Struktur hat?«

Ja, das wusste ich. Als Kinder hatten Amber und ich uns ein Spiel ausgedacht, bei dem es darum ging, zwei Blätter zu finden, die völlig gleich waren. Wir hatten immer verloren.

»Wenn wir wie Bäume sind, was seid ihr Percents dann?«, fragte ich und zog eine Augenbraue spöttisch in die Höhe.

»Andere Bäume?«

Ich lachte. »Nee. Ihr seid euch zu ähnlich, um Bäume zu sein.«

»Wie meinst du das?« Plötzlich schien er skeptisch.

»Na ja, Menschen sind tatsächlich alle sehr unterschiedlich. Ihr seht alle gleich aus. Vielleicht jünger oder älter, mit glattem oder vernarbtem Gesicht, in Standardkleidung oder im Wollpullover – aber eigentlich alle gleich. Ihr seid wie die eineiigen Zwillinge … Wie hast du das eben genannt? Mit identischem Erbmaterial.«

Er murmelte etwas, das ich nicht verstand. An mich gewandt, sagte er nachdrücklich: »Das sehe ich nicht so.«

Ich zuckte mit den Schultern. »Es ist doch nun mal so.«

Neél atmete durch und nahm die Zügel straffer. »Du solltest weniger unnützes Zeug reden und mehr auf die Umgebung achten.« Mit einem Mal wirkte er ruppig. »Meinst du, ich reite zum Spaß mit dir durch die Gegend? Wir zockeln hier seit zehn Minuten am Fluss entlang und du weißt noch immer nicht, wo du ihn überqueren kannst.«

Ich hatte überhaupt keine Lust, mich wieder von ihm kritisieren zu lassen. Mein Trotz schnappte über mir zusammen und schloss mich in sich ein wie in einer schützenden Austernschale. Neél konnte mir überhaupt nichts. Zumal er unrecht hatte. Ich war sehr wohl aufmerksam gewesen.

»Ich habe einen verkrüppelten Ahorn gesehen«, erwiderte ich. »Mit einem Seil erreiche ich die unteren Äste, sie reichen so weit über den Fluss, dass man den Rest springen kann. Und hundert Meter zuvor sieht man an der Farbe und der Bewegung des Wassers, dass es dort nicht tief ist. Vermutlich liegen Steine auf dem Grund und bestimmt kann man den Fluss an der Stelle überqueren. Im Übrigen kann ich schwimmen.«

»Sonst noch etwas?«

»Durchaus.« Ich hatte Mühe, ruhig zu klingen. Lieber hätte ich ihn angefaucht. »Ich habe Pilze unter dem Laub gesehen. Kleine, bittere Pilze, die bis zum Herbst aufschwemmen, dann verwesen und stinken wie verfaulter Fisch. Damit können wir euren Geruchssinn verwirren. An der Haut pappender Lehm funktioniert fast genauso gut.« Ich deutete mit dem Kinn ans Ufer. »Den findet man hier überall, wo das Wasser gern über das Flussbett tritt.«

Neél nickte mit verzogenem Mund. »Nicht schlecht.«

»Natürlich nicht«, gab ich zurück. »Ich bin Rebellin, keins der verweichlichten, verschreckten, armen Mädchen aus der Stadt, die sich eure Spielchen antun.«

Er sah mich missbilligend an. »Genau deshalb«, sagte er sehr leise und sehr kalt, »spielen wir diese Spielchen auch mit dir statt mit den armen Stadtmädchen.«

Er hat dich in der Hand, schon vergessen? Und er genoss es.

Ich hatte ihm zu viel gesagt. Ich hatte ihm Dinge verraten, die meine Chancen gefährden würden, wenn er sie an die anderen Percents weitergab. Wie konnte ich nur glauben, dass er meine Flucht plante? Wie konnte ich ihm vertrauen? Deutlicher hätte er es nicht sagen können – ich war nur ein Spielzeug.

Wir fanden eine Brücke, die noch ausreichend instand schien, sodass wir es wagten, die Pferde darüberzuführen, und ritten auf der anderen Seite weiter.

Die Gedanken über den dummen Fehler nahmen mich so sehr gefangen, dass meine Aufmerksamkeit nachließ und ich kaum noch auf die lebensrettenden Details der Umgebung achtete.

Das Flussufer wurde unpassierbar, als sich dornige Büsche vor uns breitmachten. Wir ließen uns von einem Trampelpfad leiten und erreichten das Ende des Waldes. Brachliegende Felder erstreckten sich über ein paar seichte Hügel. Wir überquerten sie im Trab und kamen zu den von Unkraut durchbrochenen Resten einer Straße. Brennnesseln, Heidebüsche und Brombeersträucher hatten sich schon darangemacht, den Asphalt unter sich zu begraben, aber man erkannte doch, dass die Straße einmal breit gewesen sein musste. In ihrer Mitte zeigten sich an manchen Stellen noch die Schatten heller Streifen, als hätte jemand eine weiße Linie gezogen, um wieder heimzufinden.

»Folgen wir ihr ein Stück«, entschied Neél. Mit zusammengekniffenen Augen blickte er die Straße entlang. Ich ahnte, dass er dort etwas sah, und ärgerte mich, weil seine Augen besser waren als meine. Ich erkannte nur Schemen. Vielleicht Bäume, vielleicht Wolken, vielleicht Häuser.

Wir ritten parallel zur Straße über die Felder, wo wir die Pferde galoppieren lassen konnten. Neél achtete sehr aufmerksam auf das, was vor uns lag. Er vermutete womöglich, dass sich dort Menschen befanden. Aber er wusste nicht, dass er dafür in die falsche Richtung blickte. Ich wusste besser, wohin man schauen musste: auf die Felder und die kleinen Triebe, die dort wuchsen. Natürlich trieb auch auf einem vergessenen Feld, zusammen mit etlichen nutzlosen Pflanzen, immer noch etwas Saat aus. Allerdings selten nach Sorte getrennt und in ordentlich ausgesäten Rechtecken. Und woher kamen wohl Strohreste, wenn nicht von Menschen, die versuchten, ihre Saat damit vor spätem Frost zu schützen? Der Percent hatte sicher noch nie auf einem Acker gearbeitet, er nahm die kaum erkennbaren Anzeichen von menschlichem Leben nicht wahr. Ich dagegen hätte sie selbst im Dunkeln gefunden. Allerdings wusste ich nicht, wer diese Menschen waren. Rebellen, ganz klar. Aber ich hatte nicht die geringste Ahnung, ob ein Clan auf diese Gegend Anspruch erhob; geschweige denn, welcher. Womöglich ein mir feindlich gesinnter? Vielleicht würde ich es noch erfahren. So diskret, wie Rebellen Spuren ihres Lebens hinterließen, so fein markierten sie auch ihre Grenzen. Wenn man wusste, worauf man achten musste, fand man Hinweise, die so deutlich wie persönliche Signaturen waren. Menschen, die nicht in Clans lebten, konnten noch gefährlicher sein, denn viele von ihnen hassten die Clanleute, weil sie von ihnen abgewiesen oder verstoßen worden waren.

Mein Herz schlug kräftiger. Zu wissen, wer in der Nähe war und wie ich den- oder diejenigen fand, konnte sich bei der Flucht wie ein Zünglein an der Waage auswirken.

Die Schemen lösten sich weiter aus dem Grau, je näher wir kamen, und gaben sich als knapp zwei Dutzend Häuser zu erkennen. Die kleine Siedlung lag im Schatten eines bewaldeten Hügels, der die Häuser von Weitem fast unsichtbar machte. Ein Graben trennte uns von ihnen. Zwar wuchs Unkraut darin, aber zum Hindurchgehen war er trotzdem zu tief und zum Überspringen zu breit. Die bislang schnurgerade Straße machte einen Bogen um die Siedlung, nur sanft, aber mit reichlich Abstand. Vielleicht waren die Leute in diesem Dorf dafür bekannt gewesen, lieber unter sich zu bleiben.

Dann sollen sie es auch bleiben, dachte ich. *Lassen wir sie und ihre Geister besser in Ruhe.*

Doch Neél hielt schon auf eine von Wetter und Staub schwarz gewordene Holzbrücke zu, und da unsere Pferde noch immer aneinander festgebunden waren, blieb mir nichts anderes übrig, als ihm zu folgen.

Der Wind war seltsam an diesem Ort – verflucht, merkte Neél das denn nicht? Er wehte kühl von hinten, ließ kurz nach und hauchte uns dann Modergeruch ins Gesicht. Mich schauderte. Die Siedlung atmete Sauerstoff ein und Einsamkeit aus.

Neél sprang vom Pferd, ging zur Brücke und trat beherzt auf die ersten Planken. Das Geräusch klang wie Donner, wenn das Gewitter noch hinter dem Wald lauerte und bloß der armen Amber Angst machen wollte. Diesmal zuckte ich zusammen. Das Holz ächzte. Merkte der dumme Percent das nicht?

»Es wird gehen«, sagte er und ich kämpfte mit mir, ihn anzubetteln, die Siedlung nicht zu betreten. Ich hatte keine Argumente, nur dieses Gefühl … Und nicht einmal darauf war Verlass. Amber hatte Gefahren immer wittern können. Ich war nicht wie Amber, ich war kein bisschen wie sie. Vermutlich bildete ich mir das alles nur ein.

Neél machte sich an der Trense seiner Stute zu schaffen und löste das Seil, das vom Pferdespeichel nass und hart geworden war. »Die Brücke scheint stabil, aber wir führen sie einzeln rüber. Ich will kein Risiko eingehen.«

»Dann lass uns hier verschwinden«, flüsterte ich in den trudelnden Wind. Er trug meine Worte weg, vielleicht wollte Neél sie auch gar nicht hören. Ich wusste nicht, was da in seinen unmenschlichen Augen funkelte, aber wenn ich raten müsste, so wäre mein Tipp *Neugier*.

Er ging voran, die Hufe seines Pferdes polterten dumpf über die Bohlen. »Komm schon, Soldat! Nicht so ängstlich.« Er lachte in sich hinein; ein leises, dunkles Geräusch, das durch seine Brust rollte. Ohne auf mich zu warten, wandte er sich um. Offenbar interessierten ihn die verfallenden Häuser mehr als die Fragen, ob und wie ich mein Pferd auf die andere Seite bekam.

Meine Stute tat das, was sie am besten konnte. Sie stellte sich stur. Ich versuchte, sie auf die Brücke zu reiten, aber sie trat nur auf der Stelle, schnaubte und warf den Kopf hoch. So wurde das nichts. Ich sprang ab und führte sie am Zügel, zerrte sie regelrecht. Sie schnappte nach mir. Ihre Zähne und das Metall der Trense verursachten widerliche Knirschlaute. Schaum tropfte von ihrem Maul. Ich betrat die Brücke, zog und ruckte, damit sie mir folgte, und kämpfte gegen mein schlechtes Gewissen. *Tut mir leid. Du willst genauso von hier weg wie ich.*

Für mehr als einen Moment ließ ich den Gedanken zu, auf ihr zu fliehen. Wenn der Abstand zu Neél ein wenig größer gewesen wäre, hätte ich es versucht. Aber er war nur wenige Schritte entfernt und während des Galopps über die Felder hatte ich gemerkt, dass sein

Pferd sehr viel schneller hatte laufen wollen, während meins sich bereits anstrengen musste. Vielleicht hätte ich bei der Wahl des Pferdes eher auf kräftige Beine achten sollen statt darauf, welches nach Neél biss und damit Sympathiepunkte bei mir sammelte.

»Reiß dich zusammen«, murmelte ich. »Über die andere Brücke bist du auch ohne Probleme gegangen.« Dabei ahnte ich, dass es weniger die Brücke war, sondern mehr, was dahinterlag. Ich roch die Exkremente wilder Hunde. Wenn sich ein Rudel von ihnen in den Ruinen verbarg, würde es gefährlich werden. Allerdings war Neél bewaffnet.

Zentimeter für Zentimeter zog ich die Stute vorwärts. Sie rollte mit den Augen, als ihre Hufe hohl auf dem Holz polterten. Und dann schoss sie plötzlich los, donnerte über die Brücke und hätte mich um ein Haar umgerannt. Alles schwankte und im nächsten Moment riss sie mich mit. Die Zügel schürften mir die Hände auf, aber ich hielt sie fest und die Stute schleifte mich ein paar Meter an Neél vorbei. Dann blieb sie stehen und atmete schwer durch ihre geblähten Nüstern. Ich löste die verkrampften Finger vom Leder und strich ihr über den Hals, um uns beide zu beruhigen. Mein Puls raste nicht weniger als ihrer.

Neél verdrehte die Augen, sagte aber nichts. Ich folgte ihm in Richtung der Häuser und atmete, so langsam ich konnte, allerdings ließ sich mein Herz nicht dazu bringen, ruhiger zu schlagen. Meine Stute schwitzte und auch ich musste mir ständig die brennenden Handflächen an der Hose abwischen.

»Reiß dich zusammen«, flüsterte ich noch einmal, aber diesmal meinte ich mehr mich selbst als das Pferd. Ich war in etlichen alten Häusern gewesen. Südwestlich der Stadt, wo unser Clangebiet lag, gab es keine Ruine, die ich nicht erkundet hatte. Selbst in alte Brunnenschächte hatten Matthial, Josh und ich uns abgeseilt, um zwischen den Skeletten von Katzen und anderem Unrat die Schätze zu finden, die die Menschen im Krieg vor den Percents gerettet hatten. Warum also machte mich diese alte Siedlung so nervös?

Der Wind eilte zwischen den Ruinen umher. Als würde er ruhelos nach etwas suchen.

Es sah ein wenig so aus wie in der Stadt. Straßen, schmale Gehsteige, Gullys, aus denen Flechten und Pilze hervorwuchsen. Vor den Häusern fanden sich Reste von Zäunen, wuchernde Hecken und vor einem stand sogar noch die ausgeschlachtete, rostige Karosse eines Automobils. Eine Ratte huschte darunter, zum Glück nur eine kleine. Fensterscheiben gab es nicht mehr. Jedes Gebäude starrte uns aus schwarzen, blinden Augen entgegen. Viele Mauern waren stark beschädigt. Ein Gebäude, das einmal ein Wohnhaus gewesen sein musste, reichte mir nur noch bis ans Knie. Ich sah auf Anhieb, dass hier keine Bomben gefallen waren. Nein, diese Häuser hatte man abgerissen und die Steine fortgetragen, um anderswo etwas auszubessern oder neu zu bauen. Die Percents – so hieß es in den Geschichten – hatten nach dem Krieg Hunderte von Häusern in Stücke schlagen lassen und die Menschen gezwungen, ihnen aus den Bruchstücken neue zu bauen. Percent-Häuser, mit dem Ziel, uns zu demonstrieren, was wir oder unser Eigentum ihnen wert waren.

Ich musste an unsere Bücher denken, die sie verbrannten. An unsere Namen, die sie vernichteten, um sie für sich selbst zu beanspruchen. Ich biss mir auf die Lippe. Je länger ich das zerstörte Haus ansah, desto stärker wurde das Brennen in meinen Augen.

»Solche Sachen tun mir leid.«

Im ersten Moment wusste ich nicht, wo die leise Stimme herkam. »Was?«, fragte ich verwirrt und blickte zur Seite.

Neél hatte sich die Zügelschlaufe um den Unterarm gehängt und die Arme vor der Brust verschränkt. Seine Stute zupfte ein paar Pflanzen.

Er deutete mit dem Kinn auf das, was einmal ein Zuhause gewesen war. »Wir reißen keine Häuser mehr ab.«

»Aber ihr zwingt uns, in die Stadt zu kommen und unsere Häuser draußen verfallen zu lassen.«

»Joy –«

»Nein, red nicht so. Sag nicht, es täte dir leid.« Ich musste blinzeln. »Du weißt gar nicht, wie das ist.« Ich drehte mich fort, bevor er etwas erwidern konnte, und zog mein Pferd zum nächsten Haus. Er folgte mir nicht.

Ich hatte Besseres zu tun, als mir den Schwachsinn anzuhören, den der Percent von sich gab. Es war alles ihre Schuld, das durfte er nicht infrage stellen. Nein, nur nicht darüber nachdenken. Es gab Wichtigeres. Irgendwo musste ein Hinweis auf Menschen sein, den ich finden sollte, bevor der Percent es tat. Ich hatte Taubendreck auf einer Türschwelle und die Ratte gesehen. Wo diese Tiere sich tummelten, waren Menschen nicht weit. Sie konnten nicht alle weg sein. Sie durften nicht!

Der Wind frischte auf und aus dem Gebäude auf der gegenüberliegenden Straßenseite drang ein pfeifendes Geräusch. Ich trat näher. Ungern, aber entschlossen. Von ein bisschen Furcht durfte ich mir meine Chancen nicht zunichtemachen lassen. Es war schlimm, wie schreckhaft ich in den letzten Wochen geworden war. Damit musste Schluss sein!

Das Haus wirkte wie ein Toter mit tiefen Wunden im Gesicht. Das Dach war fort, nur ein paar Schindelscherben im Unkraut erinnerten an seine frühere Existenz. Die Tür fehlte, ebenso die Fensterläden und -scheiben. Selbst die Scharniere waren aus den Mauern gerissen worden; man sah noch die Stellen, an denen das Brecheisen angesetzt worden war. An der Fassade mussten einmal Reliefs gewesen sein, aber man hatte sie herausgeschlagen. Stattdessen wuchsen nun Schimmelmuster die Fassade empor.

Ich wollte durch die schmale Gasse gehen, die zwischen wilden Hundsrosen und toten Haselsträuchern auf das Haus zuführte, aber wieder sträubte sich meine Stute. Ich schlang die Zügel um einen metallenen Pfeiler, der mal ein Gartentor gehalten hatte und nun sinnlos und vergessen in der Gegend herumstand. Rost rieselte, als ich das Leder festzog, und gleichzeitig rieselte es mir eiskalt den Rücken herunter. Aus den Wunden, die in dieses alte Haus geschlagen worden waren, rann Dunkelheit und irgendetwas Böses … wie Blut. Aber … aus Leichen rinnt kein Blut. Tote bluten nicht. Irgendetwas musste in diesen alten Mauern leben …

Für eine Sekunde spielte ich mit dem Gedanken, umzudrehen und vorbeizugehen, und tat es nur deshalb nicht, weil ich diesem Haus nicht den Rücken zukehren wollte. Also trat ich darauf zu, so wie man sich einem wilden Tier nähert. Schritt für Schritt. Langsam und so leise wie möglich. Trotzdem knirschten Steinchen unter meinen Sohlen. Hinter mir wieherte die braune Stute.

Ich ging weiter, schlich geduckt durch den Türrahmen und das Zwielicht verlor an Farbe. Ich bedauerte es, keine zusätzlichen Augen an den Ohren und am Hinterkopf zu haben. Meine Blicke schossen hin und her, aber das Gefühl, etwas Entscheidendes zu übersehen, blieb.

Der Flur war schmal und dunkel. Tapetenreste klebten an den Wänden, an vielen Stellen hatten Vögel und Nagetiere daran geknabbert. Mehrere Räume zweigten ab. Alle waren leer. Mit den nackten Fenstern und den hellgrauen Wänden wirkten die Räume wie skelettierte Schädel von innen. Von oben kam ein Geräusch, als würde jemand mit der Handfläche in schnellen Bewegungen eine Wand tätscheln.

Ich hätte wieder nach draußen gehen können. In diesem Haus war nichts. Nichts, außer einem Geruch, der mir nicht gefiel.

Es roch zu wenig nach Staub. Das machte mich neugierig.

Ich schlich weiter und kam zum Fuß einer Treppe, die erstaunlich gut erhalten war. Das Geländer war abgerissen und Klebstoffreste und Verfärbungen auf den Stufen deuteten darauf hin, dass auf dem Stein früher etwas gelegen hatte. Ich wagte nicht daraufzutreten, aus Angst, daran festzukleben. Eng an die Wand gepresst ging ich nach oben und achtete sorgsam auf jeden meiner Schritte. Die Treppe beschrieb einen Halbkreis. In der oberen Etage gab es drei Zimmer. Ich sah in das erste – in einer Ecke lag etwas, das wie Stoff aussah. Im gleichen Moment hörte ich wieder diese tätschelnden Laute, diesmal viel lauter. Ich fuhr herum. Das Geräusch kam aus dem Nebenzimmer. Ich lehnte mich an die Wand und lugte um den Türstock.

Ein Gurren erklang und ich erkannte zwei Tauben, die auf einem Eisenrohr nisteten. Man hatte in der hinteren Ecke des Raumes vergeblich versucht, ein Heizungsrohr aus der Wand zu reißen, wodurch ein Winkel und ein Loch in der Wand entstanden waren, in dem die Tauben ihr Nest gebaut hatten. Sie stoben auf, als ich näher kam, und ich erkannte das Geräusch wieder. Die Tauben verursachten dieses Tätscheln, wenn ihre Flügel an die Wand stießen. Ich ging zum Nest. Die beiden Vögel flatterten ein paar Runden im Raum herum und flohen dann durch das Fenster. Ich reckte mich, tastete das Nest ab und fand zwei kleine Eier. Es war reine Gewohnheit, die mich dazu brachte, sie in mein Tuch einzuwickeln und in die Jackentasche zu stecken. Hoffentlich waren sie noch nicht lange angebrütet. Im Clan war es undenkbar gewesen, etwas potenziell Essbares liegen zu lassen – ich dachte überhaupt nicht daran, dass die Percents genug Nahrungsmittel hatten, selbst für mich. Ich war zu sehr in Gedanken. Irgendetwas stimmte hier nicht.

Als ich das Zimmer verließ und gerade wieder nach unten gehen wollte, hauchte der Wind mit einem Seufzen durch die Mauern. Aus dem dritten Raum brachte er schwarzgrauen Staub und Ascheflöckchen mit, sie flogen leicht wie schwarzer Schnee. In meinem Kopf griffen in diesem Moment drei Räder ineinander: Spuren von Feuer. Stoffreste. Ein Taubennest, aber nur wenig Kot darunter.

Hier lebte jemand!

Ich kam nicht dazu, in den dritten Raum zu sehen. Als ich mich dem Türstock näherte, schoss etwas daraus hervor. Etwas Hüfthohes. Mit zwei Beinen. Es rannte gebeugt. Nackte Füße mit Krallen. Das Wesen fiel mich an, bevor ich wusste, wie mir geschah. Plötzlich hing es an mir. Ich spürte etwas Scharfes, dort, wo mein Hals in die Schulter überging. Ich versuchte, es wegzudrücken, packte in verfilztes Fell, wo bei Menschen Haare sind. Es heulte, fauchte, ein schrilles Lärmen, und biss mich in die Hand. Der Schmerz schaffte das, was dem Schreck nicht gelungen war. Ich schrie auf. Im nächsten Augenblick ließ das Wesen von mir ab. Es sprang gegen die Wand, stieß sich daran ab wie ein Eichhörnchen und verschwand im Taubenzimmer. Für einen Sekundenbruchteil war ich wie paralysiert und starrte auf meine Handkante. Blut und Wundwasser traten aus. Bei der Sonne – was hatte mich da gebissen? Was war das für ein Geschöpf? In meinen Ohren rauschte es.

Ich schwankte ein wenig, stolperte der Kreatur hinterher und sah noch, wie sie durchs Fenster nach draußen sprang. Direkt auf mein Pferd zu!

Ich schrie ein zweites Mal auf, warf mich herum und prallte auf dem Treppenabsatz hart mit Neél zusammen, der nach oben gepoltert kam.

Er packte mich an den Schultern. »Was ist passiert?«

»Runter!«

»Bist du verle–?«

»Die Pferde!«

»Joy!«

Ich riss mich von ihm los, um nach unten zu stürmen. Er blieb dicht hinter mir und fluchte, als wir aus dem Haus rannten. Meine Stute war in Panik geraten, sie wieherte, zerrte an den Zügeln und riss beinahe den Torpfosten aus der Erde. Von Neéls Fuchs sahen wir nur noch das runde Hinterteil, wie es in einer Staubwolke am Ende der Straße verschwand.

Was auch immer mich da angefallen hatte – es war fort.

Ich lief zu meinem Pferd, klopfte ihm den Hals und redete mit brüchiger Stimme auf es ein. Nur langsam beruhigte es sich. Meine Finger zitterten, ich schaffte es nicht, die Zügel vom Zaun zu lösen, weil sich der Knoten festgezogen hatte. Die Nervosität türmte sich in mir auf wie eine Welle, kurz bevor sie bricht. Ich musste etliche Male die Nase hochziehen.

»Joy!« Neéls Stimme war laut und energisch und erst jetzt registrierte ich, dass er die ganze Zeit versucht hatte, mit mir zu sprechen. Er löste meine Finger mit sanfter Gewalt und entknotete die Zügel selbst. Dann sah er mich an. »Bist du verletzt?«

Ich starrte auf meine rechte Hand. »Es hat mich gebissen. Nicht doll.« Aber ich wusste, wie gefährlich Tierbisse sein konnten, wenn das Tier krank war. Und das war noch nicht mal ein Tier gewesen.

»Was war es?«, fragten wir wie aus einem Mund. Für einen Moment starrten wir uns ratlos an. Ich hatte angenommen, er würde es wissen, und in seinen Augen stand, dass er dasselbe von mir dachte.

Ich räusperte mich und sah mich um. »Wo ist es hingelaufen? Es kann nicht weit sein. Wir müssen –«

»Schon gut«, sagte er. Seine linke Hand lag plötzlich auf meinem Oberarm. Er drückte mir die Zügel in die gesunde Hand und nahm die verletzte in seine. »Lass mich das erst ansehen.«

Gemeinsam starrten wir auf meine dreckverschmierte Hand. Er rieb mit dem Daumen über die Wunde, was bestialisch brannte. Ich zuckte zurück.

»Schhht«, machte Neél.

Ich fragte: »Was machst du?«, aber er schüttelte nur den Kopf, hielt meine Finger fest und wartete auf irgendetwas.

Vielleicht war es der abebbende Schreck, der den Boden ein wenig schwanken ließ. Noch immer raste mein Herz wie verrückt. Neél hatte die Lider gesenkt und ich sah, wie seine Wimpern hauchfein zitterten, als striche der Wind hindurch.

»Was …?«, begann ich, ohne zu wissen, was ich fragen sollte.

Noch einmal machte er »Schhht«, wobei sein Atem die Wunde streifte.

Warum war meine Hand auf einmal auf Höhe seines Gesichts? Ich musste schwer schlucken und konnte es doch nicht. In meinem Kopf trudelten die Erinnerungen an tausend Worte, die man über sie erzählte. Über die Percents und damit auch über Neél. *Bluttrinker. Menschenfresser. Sie töten dich nicht. Nicht gleich – damit dein Fleisch länger frisch bleibt.*

Er roch an meiner Verletzung. Das war es, was er tat. Zuerst hatte er den Geruch über die Haut eingesogen, nun mit der Nase. Seine Haut war warm und ich glaube, meine Hand war nicht die einzige, die zitterte. Er leckte mit der Zungenspitze über die Bisswunde. Als er den Mund wieder schloss, bebte seine Unterlippe. Und ich hatte jede Menge schauerliche Dinge im Kopf und glaubte ach so viel zu wissen, was mich panisch machen sollte. Nur Angst, die hatte ich nicht. Kein bisschen. Stattdessen beruhigte sich mein Puls und mein Magen zitterte zwar noch, aber beinahe ein wenig wohlig. Meine Nackenhärchen tanzten.

»Ich bin mir ganz und gar nicht sicher«, sagte er – und ich fühlte mich ehrlich gesagt recht ähnlich –, »aber ich glaube, das war ein Mensch.«

»Was?« Ich brauchte einen Moment, um zu begreifen, wovon er überhaupt sprach. Meinte er mich? Oder dieses Wesen? »Das, was mich gebissen hat? Das soll ein Mensch gewesen sein?«

Er zuckte mit einer Schulter. Sein Gesicht sagte Ja.

»Es sah nicht sehr menschlich aus«, gab ich zu bedenken und entwand ihm vorsichtig meine Hand. Ich drückte auf die roten Wundränder, die bereits anschwollen. »Und es klang auch nicht wie ein Mensch. Außerdem beißen Menschen nicht.«

Neél zog eine Braue hoch. »Was also bist du?«

Das Blut schoss mir ins Gesicht. Eine kleine, bleiche Narbe an seinem Kiefer war als Andenken zurückgeblieben. »Das war etwas anderes!«

»Natürlich«, sagte er und schmunzelte, aber das Grinsen verging ihm schnell wieder. »Wenn es ein Mensch war, dann war es in jedem Fall ein sehr schmutziger. Wir sollten die Wunde auswaschen.«

Das klang vernünftig. »Und dein Pferd einfangen.«

»Das läuft nicht weit.« Neél blickte hinauf zu den Fenstern. Sie sahen aus wie aufgerissene Mäuler und ich wollte nur noch fort hier.

»Willst du dem … Ding folgen?«, fragte ich.

Er schüttelte den Kopf. »Bei dem Tempo, mit dem es verschwunden ist, hätte das ohne Verstärkung keinen Sinn. Vermutlich kennt es sich hier besser aus als wir.« Er warf einen Blick auf meine Hand, öffnete den Mund, um etwas zu sagen, und verkniff es sich dann doch. Er räusperte sich und setzte erneut an. »War dort oben noch etwas oder können wir gehen?«

Ich senkte den Kopf und wandte mich ab. »Nichts.«

Es schmeckte bitter, ihn anzulügen, und vermutlich war es falsch. Die Stofffetzen dort oben würden uns gewiss verraten, ob es tatsächlich ein Mensch gewesen war, der mich gebissen hatte. Aber wenn es einer war, dann musste es ein sehr kleiner Mensch sein und noch dazu ein Rebell – ein zu Tode verschrecktes Rebellenkind. Das war immerhin möglich. Das Fell auf dem Kopf hätte verfilztes Haar sein können und die Krallen schmutzige, lange Nägel. Und wer war ich denn, dass ich ein Rebellenkind an einen Percent verriet?

Ich grub die Hände in die Jackentaschen und griff in etwas, das ich fast vergessen hatte. »Ist es wahr«, neckte ich Neél, »dass ihr Percents euer Fleisch roh verzehrt?«

»Am liebsten lebendig«, gab er staubtrocken zurück.

Ich grinste und zog die glibbrige, schleimige Masse zweier zerdrückter Taubeneier aus der Tasche. »Falls du Hunger hast … das schmeckt sicher auch nicht schlechter als mein Blut.«

Das sah er anders, denn er verzog das Gesicht und ich sah zum ersten Mal in meinem Leben einen Percent, der sich ekelte.

• • •

In dieser Nacht fand ich trotz Erschöpfung keinen Schlaf. Meine Hand pochte. Schmerzhafter als die Bisse waren die Verbrennungen. Neél hatte die Wunde mit heißem Wasser ausgewaschen. Es hatte eine gute Temperatur gehabt, um Percenthaut zu säubern, für Menschenhaut war es allerdings deutlich zu heiß gewesen. Aber ich hatte die Zähne zusammengebissen, weil ich nicht jammern wollte. Seit wann verhielt ich mich derart blöd, nur um mir vor einem Percent keine Blöße zu geben? Ich hatte es verdient, dass mir nun die Hand mehr wehtat als vorher.

Neél hatte mit niemandem über den Zwischenfall gesprochen, doch ich wagte nicht zu hoffen, dass er es dabei belassen würde. Er war und blieb ein Percent und es war bloß eine Frage der Zeit, bis er mit einer Gruppe anderer zur Siedlung reiten und das Kind einfangen würde. Jeder freie Mensch war ihnen ein Dorn im Fuß, den es zu entfernen galt. Ich konnte nur hoffen, dass das kleine Biest schlau war und sich ein neues Versteck suchte.

Neéls Decken raschelten. »Joy? Alles in Ordnung?«

»Sicher.«

»Sicher? Du starrst Löcher in die Luft. Ich kann nicht schlafen, wenn du das tust.«

Mit einem Lächeln im Gesicht grübelte ich über eine schlaue Antwort, aber bevor mir etwas einfiel, drehte er sich um. Ich hätte schwören können, sein leises Lachen zu hören.

23

er hat gesagt, alles sind zeichen.

Am nächsten Morgen brachte Neél mich erneut zu dem Speiseraum, in dem die anderen Soldaten frühstückten. Auf dem Weg kam uns ein Percent entgegen, der vermutlich etwas jünger war als Neél. Sie begrüßten sich mit freundschaftlichen Schlägen auf die Schultern.

»Wie ich sehe, geht es dir schon wieder viel zu gut, du Vogel!«, rief Neél mit freundlichem Spott in der Stimme. »Los, zeig her! Wo haben sie dich gestern gefoltert?« Er warf mir einen knappen Blick zu, als wollte er mir irgendetwas sagen. Ich sah zu Boden. Ich hatte kein Interesse, einen wund gepeitschten Rücken anzusehen oder was Percents sonst so unter Folter verstanden.

Aber weder lupfte der Jüngere sein ärmelloses Hemd noch drehte er sich um. Neugierig blickte ich auf und sah ihn grinsen. Sehr breit – mit einer enormen Zahnlücke dort, wo eigentlich die Schneidezähne hingehörten.

»Verdammt!«, stieß Neél bewundernd hervor. »Mann, kein Wunder, dass du das ganze Haus zusammengebrüllt hast. Hätten sie dich nicht bewusstlos schlagen können?«

»Hab Gebrannten bekommen«, erwiderte der andere. Es klang, als würden ihm noch immer die Zunge und alle Zähne wehtun. »Mir dröhnt der Kopf, als wäre eine Kuh draufgetreten. Nie wieder Gebrannten.«

»Und nie wieder Karamell, was?«

»Du sagst es, Neél, du sagst es.«

Die beiden klopften sich ein weiteres Mal auf die Schultern und wir gingen weiter, passierten die nächste Gittertür.

»So, so«, sagte ich, als wir im nächsten Korridor waren. »Folter, ja?«

»Joy, hattest du je Zahnschmerzen?«

»Nicht dass ich wüsste.«

Neél nickte bedächtig. »Wie kannst du dann anzweifeln, dass so was die reinste Folter ist?«

Ich seufzte affektiert, aber unter meinem gespielten Kummer saß ein wenig echter. »Du hast mir mit Absicht Angst gemacht.«

Ein paar Sekunden lang hörte man nur unsere Schritte auf dem Boden und ihren Hall, der von den Wänden zurückgeworfen wurde.

»Ja«, sagte er dann. »Denkst du eigentlich manchmal an die Schreie, die wir hören, wenn wir zum kleinen Stadttor gehen?«

Ich schauderte. Die Todesschreie. Ja. Ich dachte daran. »Ständig.« Meine Stimme klang sehr klein.

Neél blieb stehen, fasste mich an den Schultern und zog mich einen Schritt näher zu sich, wie gestern in der Siedlung. »Dort lebt der Schlachter.« Er sah mich ernst an.

Ich blinzelte und verstand nicht gleich. »Schlachter? Wen schlachtete er denn?«

»Schweine!« Er rief es fast. »Schweine, Hühner und hin und wieder eine Kuh. Das, was du hörst, sind die Schweine.«

Ich atmete laut aus, einen Moment lang war ich bloß erleichtert. Ich kippte sogar ein kleines Stück nach vorne und hätte mich beinahe bei ihm angelehnt. »Warum hast du das nie gesagt?«

»Du hast nicht gefragt.«

Ich schnaubte. »Hast du eine Ahnung, wie widerlich es sich anfühlt, jede Kleinigkeit erfragen zu müssen?«

»Jetzt, da du es sagst«, meinte er und sah mich hilflos an, »eine vage. Aber warum?«

»Warum? Fühlst du dich nicht lächerlich, wenn du nichts weißt und alles lernen musst wie ein Kind?« Natürlich nicht. Wieder hatte ich vergessen, dass er ein Percent war – wenn auch ein besonderer. Die Erkenntnis kam mir, wie so häufig, zu spät.

Seine Antwort überraschte mich. »Ehrlich gesagt, gefällt es mir sogar sehr gut, Neues zu erfahren. Ich habe wohl vergessen, dass die Situation für dich eine ganz andere war. Oder … ist.«

Ich schüttelte den Kopf. »Was meinst du damit, Neues zu erfahren? Was lernst du denn schon Neues?«

Für einen winzigen Sekundenbruchteil sah ich etwas, das *mich* Neues lehrte: Ich sah Schmerz in seinen Augen. Mein abfälliger Satz hatte ihn verletzt. Er ließ mich so abrupt los, dass ich beinahe das Gleichgewicht verloren hätte. In einer fließenden Bewegung drehte er sich um und ging weiter den Flur entlang.

Ich folgte ihm, wollte sogar seinen Namen rufen, doch bevor ich das konnte, drehte er mir den Kopf zu und in seiner Miene war nicht der erwartete Trotz zu erkennen, sondern ein zaghaftes Grinsen.

»Dass unsere Karten lügen und nicht alle Flüsse mit dem Kanal verbunden sind, das wusste ich nicht. Dass ein menschliches Mädchen der beste Soldat von allen sein kann, das wusste ich nicht. Dass dein Blut … wie meins schmeckt. Auch das wusste ich nicht.« Er wandte sich ab und ging weiter.

Ich wusste nicht, was ich antworten sollte. Aber er ahnte sicher, wie sehr er mich verwirrt hatte.

Er hielt mir die schwere Eisentür auf, die in den Speiseraum führte, und ich fand mich im Fokus aller Blicke wieder. Ihnen lag etwas Eigenartiges inne. Eine stille, gefährliche Aggression. Ich sah zu Brad, er warf mir einen warnenden Blick zu.

»Dass wir uns so ähnlich sind«, flüsterte Neél, »und dass ich dich retten will. Das wusste ich alles nicht.« Dann erst schien er meinen erschrockenen Blick zu bemerken. Er sah sich hastig im Raum um und sein Mund wurde hart. »Willst du mit ihnen essen?«

»Habe ich eine Alternative?«, hauchte ich zurück.

»Iss mit mir. Sie werden dich hassen, aber –«

»Zu spät.« Ich trat zurück und die Tür fiel mit einem Krachen hinter uns ins Schloss. Ich starrte Neél entgeistert an. »Was ist da los? Was haben die plötzlich gegen mich? Oder bin ich verrückt geworden und sehe Gespenster?«

»Wenn, dann sehe ich sie auch. Findest du von hier aus allein zu unserem Zimmer?«

»Neél! Wir sind den Weg gerade erst gegangen. Und nicht zum ersten Mal.«

Er lachte. »Ich wollte doch nur fragen. Dann los. Ich komme nach, sobald ich weiß, was vor sich geht.« Sein Gesicht verdüsterte sich. »Ich ahne es schon.« Er eilte davon.

• • •

Keine zehn Minuten später saßen wir nebeneinander an seinem Schreibtisch, Neél auf der schmalen Seite meiner Bettkante, ich auf dem Stuhl. Ich fuhr mit dem Fingernagel einen Kratzer im Holz nach, während er in Leinen eingeschlagenes Brot, ein Fässchen Butter und ein zugeschraubtes Glas auspackte. Weiter unten in seinem Bündel hatte er ein Holzbrett und darunter ein Messer, eher gesagt einen Dolch, mit dem er das Brot in dicke Scheiben schnitt. Es war weich und hell im Inneren, mit ganzen Maiskörnern. Er ließ sich Zeit mit dem Aufschneiden, und als er fertig war, strich er eine unanständig großzügige Menge Butter auf eine Scheibe.

»Sie haben das mit den Pferden herausgekriegt«, sagte er und sah mich an.

»Aber hallo. Ich vermute, sie fühlen sich benachteiligt?«

»So könnte man es wohl nennen.« Er deutete auf das Brot.

Mir war nicht nach Essen zumute, aber um nicht unhöflich zu

sein, nahm ich mir eine Scheibe und dachte laut, während ich Butter daraufstrich. »Stehen den anderen Soldaten denn keine Pferde zur Verfügung?«

»Die Pferde sind nicht das Problem. Nimm Salz, da muss unbedingt Salz drauf!«

Ich beobachtete verwirrt, wie er ins Salzglas griff und mir etwas auf meine Brotscheibe streute. »Was ist dann das Problem?«

»Es schmeckt nicht ohne Salz.«

Ich konnte mir nicht helfen, aber er brachte mich damit zum Lachen.

Neél kratzte sich an der Wange, dann fuhr er fort: »Die Passierscheine nach draußen sind nicht so leicht zu bekommen wie die Pferde. Ganz zu schweigen von den Waffen.«

Mein Herz schlug nicht schneller, aber härter. »Waffen?«

Er senkte den Blick und lächelte sein Brot mit solcher Versonnenheit an, als hätte er sich gerade in das Mischprodukt aus Maismehl, Mais, Wasser und Salz verliebt. »Ich habe welche besorgt. Es hat Vorteile, mit Graves befreundet zu sein. Du hättest schon früh genug davon erfahren. Früh genug, um ausreichend damit zu trainieren.«

»Dir ist das wirklich ernst!«, entfuhr es mir. Dieser verrückte Percent wollte mich tatsächlich retten! Bisher hatte ich mir größte Mühe gegeben, jedes seiner Worte in diese Richtung anzuzweifeln, aber inzwischen misslang das auf ganzer Linie. Ich glaubte ihm.

Er biss in sein Brot und sagte mit vollem Mund: »Wirklich. Du solltest dein Brot essen.«

Ich tat es, um Zeit zu schinden, weil ich nicht wusste, was ich erwidern sollte. Man kann lesen und schreiben lernen, man kann lernen zu reiten und zu kämpfen und Pläne zu machen. Was man nicht lernen kann, ist, richtig auf jemanden zu reagieren, der das eigene Weltbild ins Schwanken bringt.

»Das ist völliger Wahnsinn«, sagte ich schließlich.

Er nickte fast begeistert. »Nicht wahr? Es gibt nichts, das besser schmeckt.«

»Nicht das Brot, du Irrer!« Wobei ich zugeben musste, in meinem ganzen Leben noch nie etwas so Gutes gegessen zu haben. Es war buttrig, süß vom Mais, herzhaft vom Salz, fettig und absolut köstlich. Ich konnte es trotzdem nicht recht genießen. »Waffen«, flüsterte ich ehrfürchtig. »Heißt das, du schmuggelst damit?«

Er schob Krümel mit den Fingern auf dem Tisch hin und her. »Wenn du es so nennen willst.«

»Warum tust du das?«

»Ich habe etwas gehört«, sagte er, ohne aufzuschauen. »Was die Soldaten nach dem Chivvy betrifft. Vor allem die Mädchen …«

»Mich.« Natürlich, denn außer mir traten keine Mädchen an.

»Dich und die, die möglicherweise nach dir kommen.« Neél machte eine Pause, offenbar wusste er, was er mir sagen wollte, fand aber nicht die richtigen Worte. »Ich werde es dir zeigen. Es gibt noch mehr, das ich dir zeigen muss, aber nicht hier. Hab etwas Geduld.«

Ich nickte, wenn auch widerwillig, und griff nach einer zweiten Scheibe Brot. »Wie bist du denn überhaupt an die Passierscheine gekommen, wenn das nicht so einfach ist?«

Er grinste, es sah durch und durch böse aus. »Cloud hat ein paar Privilegien. Was denkst du, warum ich so ein Theater veranstaltet habe, weil du ›nur‹ ein Mädchen bist.«

»Frau«, korrigierte ich und hob das Kinn.

»Dafür bist du viel zu knochig.«

Ich schnaubte, beließ es aber dabei, weil er grinste. »Es lag also nicht daran, dass ich nicht zum Soldaten taugte?«

»Lass mich das klarstellen: Du warst erbärmlich zu Anfang. Aber das Potenzial war zu erkennen. Ich habe das verschwiegen, um bessere Bedingungen rauszuschlagen.«

Nun war ich es, die fies grinste. »Wenn ich Cloud das erfahren lasse, dann wird er dich in Stücke schneiden und roh verspeisen.«

Neél sah mich an. Seine Pupillen waren riesig und fast rund. »Das glaube ich kaum. Er isst seit dreißig Jahren kein Fleisch mehr.«

Diese Percents schafften es immer wieder, mich zu überraschen. »Gar keins?«

Er schüttelte langsam den Kopf. »Wehe, du lässt ihn jemals wissen, dass ich dir das erzählt habe. Kurz nach der Übernahme, als die Kämpfe vorbei waren, hat er eine Weile in der Nähe des Schlachthofs gelebt. Er war noch jung damals, ein Kind, hatte aber schon Hunderte Krieger fallen sehen, Menschen wie Percents. Das war sein Alltag, er war ja im Krieg geboren. Als er damals die Tiere schreien hörte, folgte er den Geräuschen und schlich sich in den Schlachthof. Was er dort sah, hat er mir nie erzählt. Aber von da an, behauptet er, hat er nie wieder ein Stück Fleisch gegessen.«

Ich legte mein angebissenes Brot auf die Tischplatte. Mein Magen war wie zugeschnürt, ich schluckte gegen die Übelkeit an. »Dann kennt ihr das, was wir Mitgefühl nennen?«, fragte ich ganz leise.

Neéls Lächeln verschwand. »Kein Gefühl, das ihr kennt, ist uns fremd.«

»Und trotzdem behandelt ihr uns so?«

Die Frustration füllte meinen Kopf und erschwerte mir das Denken. Sie war wie ein Stoffknebel im Mund, der die Zunge austrocknet und verhindert, dass man spricht. Wenn es wahr war, dass sie fühlten, dann gab es keine Erklärung und keine Entschuldigung. Weder für das Leben, das wir Menschen unter ihrer Herrschaft führten, noch für das, was Neél mir angetan hatte. Betroffen starrte ich die Tischplatte an.

»Wir sind nicht alle gleich«, sagte Neél. Er streckte die Hand aus und berührte meine Finger, so flüchtig, dass ich mir nicht sicher war, ob ich es mir vielleicht bloß eingebildet hatte.

Ich zog meine Hand zurück. »Gestern noch hat jemand auf deinen Befehl hin eine Waffe auf mich gerichtet.«

»Gestern musste ich befürchten, dass du wegläufst. Ohne meinen Befehl hätten die Wachleute dich in dem Fall erschossen.«

Ich verstand nicht. »Aber du hast –«

»Den Befehl gegeben, im Ernstfall auf das Pferd zu schießen. Ja.«

»Wirklich?«

»Wirklich.« Er schluckte, es knackte in seiner Kehle. Vielleicht, weil auch sein Mund trocken war. »Jeder tut das, was er für richtig hält. Ich zeige dir heute, was ich meine, vielleicht verstehst du es dann.«

»In Ordnung«, sagte ich. Im Stillen grübelte ich über seine Worte nach, während er aufstand und in der Kiste neben seinem Bett herumwühlte. Wenn jeder tat, was er für richtig hielt – was tat ich dann?

Mit wachsendem Entsetzen registrierte ich, dass mein Leben sich darauf beschränkte, das Chivvy zu überleben und freizukommen. Das sollte es schon gewesen sein? War das das Richtige? Ich dachte an meine Freunde. Rief mir Ambers verstörtes Gesicht vor Augen; versuchte, Matthial vor mir zu sehen. Sein Gesicht hatte kaum noch Konturen, sie verloren Tag für Tag an Schärfe, wie Tintenstriche, die im Wasser verlaufen. Auch an das Rebellenkind, das mich angefallen hatte, musste ich denken. Vielleicht war das ja meine Chance, etwas Richtiges zu tun?

»Neél?«, fragte ich leise und merkte im gleichen Moment, dass er das Messer, mit dem er das Brot geschnitten hatte, direkt neben mir liegen gelassen hatte. In den Brotkrümeln auf dem Tisch standen Buchstaben, er hatte sie mit den Fingern hineingezogen.

DEINS

Ich berührte die Klinge mit den Fingerspitzen. »Neél, dieses Wesen, das mich gestern gebissen hat … werdet ihr es jagen?«

Er drehte sich zu mir um, sah mir erst ins Gesicht und dann auf meine Hand. Ich hatte einen Stoffstreifen um die Wunde gewickelt. Er zuckte mit den Schultern. »Vielleicht. Vielleicht nicht.«

»Das ist eine blöde Antwort.« Ich nahm den Dolch und war mir bewusst, dass Neél mich dabei beobachtete. Mit der freien Hand verwischte ich die Krümel. Dann verbarg ich das Messer zwischen meinem Hosenbund und dem hineingesteckten Hemd. Ich musste an ein Wort denken, mit dem man uns als Kindern Angst gemacht hatte, vor allem, nachdem meine Mutter gestorben war. *Städtisches Waisenhaus.*

»Wirst du es verraten, Neél? Werden sie es jagen, fangen und einsperren?« *So wie mich?*

Seine Brust hob sich unter einem lautlosen Seufzen. »Sag du mir, was zu tun ist. Ich weiß es nicht. Kann es da draußen überleben? Oder verurteilen wir es zum Tod, wenn wir schweigen?«

»Es ist stark!« Meine Antwort kam zu schnell. Ich hatte überhaupt nicht darüber nachgedacht und Neél wusste das. Glaubte ich wirklich, dass es so einfach war? Konnte dieses verwahrloste Kind allein überleben? Oder würde es sterben für den Preis der Freiheit, den ich vorgab?

»Ich bin nicht sicher«, erwiderte Neél. »Lass uns darüber nachdenken. Jetzt ist Frühling, da kommt es bestimmt zurecht. Vor Herbst und Winter muss sicher nichts geschehen, wenn der Sommer nicht zu trocken wird. Vielleicht ist es bis dahin ja auch längst verschwunden.«

Ich hätte ihm dankbar sein müssen, weil er mir Zeit zum Nachdenken gab, ohne meine Antwort schlechtzureden. Aber ich war es nicht, weil ich mir eine andere Antwort erhofft hatte.

• • •

Als Dark Canopy die Stadt in Finsternis gehüllt hatte, gingen wir los. Wir hielten uns rechts vom Gefängnis, wanderten eine lange, sacht ansteigende Straße hoch und erreichten die Gegend, in der die Schule lag, in der ich mich an jenem schicksalhaften Tag versteckt hatte, als Amber gefangen genommen wurde. Nach der Schule passierten wir einen kleinen Park, in dem Bäume standen. In ihrem Schutz lag ein See, seine Oberfläche schimmerte durch die noch kahlen Äste wie eine Pfütze aus schwarzem Öl. Zwei Schwäne zogen darauf ihre Bahnen. Sie waren weiß wie Gespenster. In der Nähe standen Mirabellenbäume, sie begannen schon zu blühen, grau wie Weidenkätzchen, aber nicht pelzig. Der alte Laurencio hatte erzählt, dass diese Blüten vor der Übernahme weiß gewesen waren. Weiß wie die Schwäne. Und einmal hatte er gesagt, dass sich nach seinem Tod wohl keiner mehr daran erinnern würde, dass es weiße Blüten gab. Ich hatte ihm geantwortet, es nie zu vergessen, aber er meinte: »Joy, etwas zu wissen ist etwas anderes, als es gesehen zu haben.« Wie alt der alte Laurencio wohl war. Wie alt mochte er noch werden? Lebte er überhaupt noch? Würde ich es je erfahren?

Über mir, in einem knorrigen Gestrick aus Zweigen, trällerte ein Rotkehlchen und riss mich aus meinen Gedanken. Das erste Rotkehlchen des Jahres.

In jedem Frühling war es ein frustrierender Anblick und meist verbrannten wir feierlich einen Kranz aus immergrünen Zweigen, ein paar getrockneten Früchten und Federn als Zeichen für unsere zerstörte Hoffnung, wenn wir es sahen. Dieses Jahr war ich allein mit Neél, da lag es nahe, den Moment mit ihm zu teilen.

Ich deutete nach oben. »Die Rotkehlchen und manche anderen Vögel ziehen, bevor die Winterkälte kommt, in ferne Länder, wo sie besser überwintern können, wusstest du das?«

»Tatsächlich? Ich hatte mich schon gewundert, wohin sie jedes

Jahr verschwinden. Ich dachte, sie würden sterben, aber woher sollten dann im Frühjahr die neuen kommen?«

»Lernt ihr so was nicht bei euren Lehrern?«

»Bei wem?«

»Die, die euch Lesen und Schreiben beibringen.«

»Nein. Ist es denn wichtig?« Er zuckte mit den Schultern, befand es dann aber offenbar sehr wohl für wichtig, denn er fragte: »Warum kommen sie zurück?«

»Das fragen sich alle und keiner weiß es.« Ich warf dem Rotkehlchen noch einen letzten Blick über die Schulter zu. »Vielleicht ist es da, wohin sie fliegen, im Sommer zu heiß. In jedem Fall beweist ihre Rückkehr eins: Wo auch immer sie im Winter bleiben – es gibt Dark Canopy auch dort. Denn Vögel lieben die Sonne und das Licht. Wenn es an einem Ort der Erde, an dem sie vorbeikommen, länger hell und sonnig wäre als hier, dann würden sie dortbleiben.«

Neél antwortete nicht. Er ging weiter, so gleichmäßig, als würde er seine Schritte zählen.

»Weißt du nichts darüber?«, fragte ich in die Stille.

Er murmelte etwas, das ich nicht verstand, und als er es auf meine Nachfrage hin wiederholte, hörte ich nur: »... wir werden sehen.«

Wenig später blieb er vor einem Haus stehen, das dieselbe Farbe hatte wie eins meiner verwaschenen Hemden, das einmal rosa gewesen war. Über jedem Fenster befand sich eine bogenförmige Freske, aber die Motive waren herausgeschlagen. Es gab sogar einen Balkon mit Brüstung aus eleganten Steinsäulen, darüber konnte man noch die Reste von Verzierungen erahnen.

Neél hob ein Steinchen auf und warf es in ein offen stehendes Fenster im zweiten Stock. Ich hörte kein Klackern, ich hörte überhaupt nichts. Was immer da oben war – nackter Steinboden klang anders.

Ich wollte Neél gerade fragen, was für ein Anwesen das war, da wurde die Haustür geöffnet und ein Percent lugte heraus. Es war Graves, ich erkannte ihn am Wollpullover. Auch sein Haar war unordentlich wie am Tag zuvor. Er gab Neél ein Handzeichen. Es erinnerte mich schmerzlich an die geheimen Gesten, mit denen Matthial und ich uns verständigt hatten.

»Wir können reingehen«, sagte Neél und wir stiegen die Stufen zur Tür hoch.

Dicht über dem Boden abgebrochene Marmorsockel, auf denen vielleicht einmal Statuen den Eingang flankiert hatten, erinnerten an den Glanz, in dem das Haus früher erstrahlt haben musste. Heute trug dieser Glanz Schleier aus Staub und Spinnweben. Doch ein bisschen der verblichenen Schönheit war noch da.

»Sie ist also doch schon so weit?«, fragte Graves Neél mit freundlichem Spott und begrüßte erst ihn und dann mich mit einem sanften Schlag auf die Schulter.

Neél atmete tief aus. »Ich hoffe es.«

»Wovon redet ihr?« Ich stellte erstaunt fest, dass trotz der kryptischen Andeutungen keine Furcht in mir aufkam. Eher war ich neugierig.

Graves trat neben mich, während Neél ein paar Schritte vorging und uns durch einen hallenartigen Raum zu einer breiten Treppe führte, die in einem Halbkreis auf eine Galerie im ersten Stock zulief.

»Was du nun sehen und hören wirst, muss unbedingt unter uns bleiben«, begann Graves. Wieder berührte er mich kurz an der Schulter, als wären wir Vertraute. Mir war nicht ganz klar, ob mir das unangenehm war. Es *sollte* mir unangenehm sein. »Du wirst Dinge erfahren, die du vermutlich nicht für möglich gehalten hättest, und du bist nur deshalb hier, weil wir denken, auf deine Verschwiegenheit zählen zu können.« Ich antwortete nicht, aber das schien er auch nicht zu erwarten, denn er machte keine Pause. »Das, was in diesen Mauern passiert, kann das Land verändern und für die Menschen und Percents, die hier leben, die ganze Welt, die sie kennen. Aber wir dürfen nichts überstürzen. Wir werden beobachtet. Von höchster Stelle – der Triade. Also versprich uns drei Dinge: Kein Wort – zu niemandem. Keine falschen Schlüsse. Keine voreiligen Aktionen. Hast du mich verstanden?« Ich konnte nur nicken.

Von der Galerie aus führte eine weitere Treppe in den zweiten Stock. Ich blickte nach oben und erstarrte fast in Ehrfurcht. Das Dach bestand aus einer Glaskuppel. Sie war unbeschädigt. Perfekt, nur ein bisschen Laub klebte an den Scheiben. Mit etwas Fantasie konnte man sich vorstellen, dass mittags, wenn die Sonne hoch am Himmel stand, die Strahlen bis auf den Boden reichten. Dann wäre das Haus vermutlich durchflutet von Licht. Zumindest wenn es Dark Canopy nicht gäbe …

Wir erreichten eine Tür. Jemand hatte Buchstaben in das Holz geritzt und mit Kohle sorgfältig ausgemalt.

FLAGG'S BOULDER

Ich deutete darauf und sah Neél fragend an. »Was soll das heißen?«

Doch es war Graves, der mit einem langen Schritt an meine andere Seite trat und antwortete. »Dieser Ort heißt so, wir haben ihn so genannt. Der Name stammt aus einem Buch. Einem alten Buch aus einer Zeit lange vor dem Krieg.«

»Ihr habt Bücher?«

Entschuldigend hob er beide Hände. »Nicht viele. Du magst Bücher?« In seiner Stimme schwang eine solche Begeisterung mit, dass ich ein Nein nicht übers Herz brachte.

»Meine Schwester liebt Bücher«, sagte ich ausweichend. »Sie liest ganze Nächte lang und hat schon ganz schlechte Augen davon.«

»Wirklich?« Graves lächelte nicht, er strahlte. Nie hatte ich einen Percent so glücklich gesehen. »Wie viele Bücher hat sie denn?«

Ich fürchtete mich regelrecht davor, ihn zu enttäuschen. »Leider nur eins. Aber sie hat es Hunderte Male gelesen.«

»Das kenne ich. Ich hatte auch lange Zeit nur dieses eine. Vielleicht kannst du mich deiner Schwester mal vorstellen. Dann könnten wir uns gegenseitig unsere Bücher ausleihen.«

Die Antwort fiel mir schwer. Sollte mir die Flucht gelingen – und nur dann sah ich Penny wieder –, würde ich weder Neél noch Graves oder einem anderen Percent jemals erneut über den Weg laufen wollen.

»Nur vorübergehend natürlich«, sagte Graves, der mein Schweigen wohl missverstand. »Sie bekäme es zurück. Mein Wort darauf.«

»Ich sag es ihr, wenn ich sie sehe.«

»Toll!«

Neél räusperte sich. Er wirkte ein wenig unruhig, um die Schläfen herum war er blass und seine Lippen waren fast farblos. »Können wir endlich reingehen?«

Er klopfte einen komplizierten Rhythmus an die Tür, öffnete und Graves sagte beinahe feierlich, ganz allein an mich gewandt: »Willkommen, Joy.«

Drei Percents und eine Frau saßen auf Teppichen und schauten uns teils neugierig, teils angespannt entgegen. Erstaunlicherweise traf ich nur auf einen feindseligen Blick und ausgerechnet diesen schoss die Frau auf mich ab. Sie rückte an den älteren Percent heran, der ihr am nächsten war.

Neél stellte mich als seinen Soldaten vor und nannte mich im gleichen Atemzug vertrauenswürdig. Er sagte mir die Namen der anderen, die ich fast im gleichen Augenblick wieder vergaß, bis auf den der Frau. Alex hieß sie, sie war zwanzig, vielleicht fünfundzwanzig Jahre alt und hatte blondes, feines Haar. Ihr Körper sah so weich und sanft aus, wie ihr Blick schneidend war. Als ich mich zwischen Neél und Graves auf den Boden setzte, stand sie auf und trat zu einem Erker, der nach hinten rausging. Ihre Silhouette zeichnete sich scharf vor dem grauen Tageslicht ab, das sie von drei Seiten umschmeichelte und ihr Haar silbern erscheinen ließ. Der Erker raubte mir den Atem. Auch hier waren die Fenster makellos und noch dazu spiegelblank poliert. In diesem Haus musste es mehr unbeschädigtes Glas geben als in der ganzen Stadt. Durch die Scheiben konnte man bis zum Wald sehen, in dem Neél und ich trainiert hatten. Ich hätte mich gern neben Alex gestellt, bloß um zu schauen, wie weit ich würde sehen können, aber ich wagte es ebenso wenig, wie eine Frage zu stellen.

»Es ist gut, dass du zurück bist, Neél«, sagte der älteste Percent, in dessen schwarzem Haar man bei genauem Hinsehen dunkelgraue Strähnen schimmern sah. »Was deinen Soldaten betrifft, wird Graves dir erzählt haben, wie uneinig wir uns waren.«

Der knappe Blick, den Neél Graves zuwarf, machte mir klar, dass Graves kein Wort davon erwähnt hatte.

»Jedoch«, fuhr der Alte fort, »hat sich die Mehrheit auch nicht dagegen ausgesprochen, sie mit einzubeziehen.«

»Allerdings auch nicht dafür.« Das war Alex. Ihre Stimme klang schwingend, weil sie vom Glas des Erkers hin und her geworfen wurde.

Angriff war gemeinhin die beste Verteidigung. Ich hob den Kopf und straffte die Schultern. »Ich habe nicht vor, jemanden zu verraten. Ihr braucht euch meinetwegen nicht zu sorgen.«

»Wir werden sehen«, erwiderte Alex. »Das werden wir noch sehen.«

Graves seufzte und strich die Ärmel seines Pullovers hoch. Etwas stimmte mit seiner Haut nicht. An der Oberseite seiner Unterarme konnte ich ein seltsames Muster ausmachen; ganz anders als das lamellenartige, das ich von Neél oder den anderen kannte. Eher … kreisförmig. Wie winzige Kringel.

Er sagte: »Ich vertraue ihr.«

Neél bestätigte Graves' Äußerung mit einem leisen, aber klaren »Ebenso« und damit schien das Thema erledigt, denn im nächsten Augenblick wurde es gewechselt.

»Graves wird es dir gesagt haben«, sagte ein Percent mit offenen Haaren zu Neél. »Wir haben wieder einen gefunden.«

Neél senkte den Kopf. »Verdammt. Wer? Du, Newton?«

Der Percent mit den offenen Haaren nickte.

»Hatte er etwas bei sich?«

Plötzlich bemerkte ich, dass auch Neél, zum ersten Mal seitdem ich ihn kannte, eine breite Strähne aus dem Zopf hing. Wie bei allen, die sich hier versammelten. Was war das – ein Geheimbund mit Erkennungszeichen? Die Antwort des Percents lenkte mich von meinen Überlegungen ab.

»Wieder einen Pass und Kleinkram.«

Ich hielt die Luft an und sah zu Neél. Er nickte kaum merklich und ich ahnte, dass ich vielleicht nichts über den Pass sagen sollte, den ich in meiner Matratze versteckt hielt.

»Damit wäre wohl jeder Zweifel ausgeräumt«, sagte Newton. »Das kann kein Zufall mehr sein. Sie töten sie. Systematisch.«

»Hast du Beweise?«, entgegnete Neél. »Die anderen könnten angegriffen haben. Sie könnten feindliche Spione sein.«

»Das ist nicht hilfreich, Neél«, grummelte der älteste der Percents.

»Doch, das ist es.« Alex drehte sich nicht zu uns um, während sie sprach.

Neél sagte: »Ich will nur die Argumente und Ausreden der Triade genannt haben –«

»Damit wir hinterher nicht wie die letzten Idioten dastehen, wenn sie uns damit vorführen, schon klar«, ergänzte Alex. Neél lächelte kurz in ihre Richtung – und das gefiel mir nicht. Sie hielt es noch nicht einmal für nötig, sich umzudrehen, und er lächelte sie an!

Neél und der alte Percent sprachen weiter, von Alex hin und wieder unterbrochen.

Ich beugte mich zu Graves. »Wovon sprecht ihr hier überhaupt? Was sollen das für Leute sein, die ihr … findet?«

Graves räusperte sich und die anderen unterbrachen ihre Gespräche, um ihm zuzuhören. Ich hatte gehofft, er würde mich still und unauffällig aufklären, aber den Gefallen tat er mir nicht.

»Joy hat recht«, sagte er und ich hörte, wie Alex lautlos seufzte. »Wir sollten sie informieren, wenn wir sie schon in Flagg's Boulder dulden.«

Na wunderbar, und schon starrten mich alle an. Wie sehr ich so was hasste! »Flagg's Boulder …«, überlegte ich laut, um meine Beklemmung zu überspielen. »Das stammt aus einem deiner Bücher, hast du gesagt. Aber was bedeutet es?«

Graves grinste, als hätte ich etwas sehr, sehr Kluges gesagt. »Das Mädchen stellt die richtigen Fragen.« Neél verdrehte die Augen, aber Graves ließ sich nicht irritieren. »Der Begriff kommt aus einem Roman aus der Zeit vor dem Krieg. Flagg war der Böse und Boulder der Ort, an dem sich die Guten versammelten.«

»Verstehe. Und wer seid ihr nun? Die Guten oder die Bösen?«

»Das kommt auf den Standpunkt an. Im Zweifel die, die hinterher gewinnen.« Graves lachte, aber keiner fiel ein. »Das Buch gehörte dem Mann, der diese Gruppe ins Leben rief. Er meinte, der Name würde zu uns passen, und nachdem ich das Buch gelesen hatte, konnte ich ihm nur zustimmen. Du kannst es auch lesen, wenn du willst, aber du musst vorsichtig sein, die Seiten sind teilweise schon lose, und du musst schwören, niemandem den Namen des Autors zu verraten und das Buch zu verstecken und –«

»Graves!«, mahnten Newton und Neél wie aus einem Mund.

»Verzeihung. Bin ich vom Thema abgekommen? Kommen wir besser zum Punkt, bevor es dunkel wird.« Graves lachte still, Neél schmunzelte. Alex zog scharf die Luft ein. Seltsam. Sie benahm sich, als hätte Graves es mit dem schwarzen Humor übertrieben, offenbar hatte ich den Witz nicht verstanden. »Mein Mentor Flynn hat diese Gruppe gegründet, nachdem er bei seiner täglichen Arbeit über eine … nennen wir es Unregelmäßigkeit gestolpert ist. Flynn arbeitete damals für die Triade. Er hatte das Amt des Korrespondenzverantwortlichen inne und damit unmittelbaren Kontakt zu den drei Präsidenten.«

Ich versuchte, das fremde Wort zu wiederholen. »Kor-res-pon-was, bitte?«

»Korrespondenz. Informationsaustausch mit anderen Ländern.«

»Du meinst, andere Städte«, verbesserte ich ihn.

»Nein, ich meine, was ich sage, und ich sage, was ich meine. Andere Länder.«

Mein Herz schlug härter. Ich starrte Graves an, ein stummes *Sprich weiter!* auf den Lippen.

In seinem Gesicht spielte Zufriedenheit. »Ja, du hast richtig gehört. Die Präsidenten stehen in regelmäßigem Kontakt mit Percents aus anderen Nationen.«

»Nicht ganz«, fuhr Neél dazwischen, »sie *standen.*«

Graves nickte nachdenklich. »Oh ja, mein Freund hat recht. Sie standen. Mein Mentor hatte gelernt, die fremden Sprachen zu verstehen, und übersetzte die Texte, die sie uns zukommen ließen. Doch von einem auf den anderen Tag konnte die Triade Flynn nicht mehr gebrauchen und sie versetzten ihn an eine Stadtgrenze in den Wachdienst.«

»Vielleicht gab es Streit mit den fremden Ländern?« Ich konnte bloß raten. »Was stand denn in den Texten?«

»Die Antwort wird in den letzten Briefen zu finden sein«, mischte sich Alex ins Gespräch ein.

»Davon ist auszugehen«, stimmte Graves ihr zu. » Aber wir werden es nicht erfahren, denn die letzten Briefe kennt nur Flynn. Und der ist zwei Stunden nach seiner Versetzung von Rebellen getötet worden.«

Warum bezweifelte ich das? »Es passiert relativ selten, dass Rebellen Grenzposten angreifen«, sagte ich vorsichtig.

Neél lachte mit einem bitteren Unterton. »Das musst du uns nicht sagen. Wir sind nicht so naiv, wie du denkst. Es gibt für Rebellen – die um jeden Preis unerkannt bleiben wollen – keinen Grund, ein Stadttor anzugreifen.«

Demnach hatte jemand anders diesen Percent getötet. Jemand aus der Stadt, vermutlich im Auftrag der Triade.

»Was könnte er herausgefunden haben, das ihn so gefährlich machte, dass sie ihn umgebracht haben?«

»Wir haben dafür keine Beweise«, wiederholte Neél statt einer Antwort.

Alex wandte sich um und starrte durch ihn hindurch. »Aber wir haben einen guten Grund.«

»Wir eigentlich weniger«, sagte Graves leichthin. »Aber *die*.«

Die Triade tötete ihre eigenen Leute? Der Percent, der bisher geschwiegen hatte, beugte sich vor und stützte die Ellbogen auf die angewinkelten Knie. Dann sagte er bedächtig: »Der Informationsaustausch erfolgte viele Jahre lang ohne besondere Vorkommnisse, aber ausnahmslos im Geheimen. Flynn hatte immer ein seltsames Gefühl dabei. Er fand es verdächtig, dass nie jemand von den Beziehungen zu anderen Ländern erfahren durfte, schließlich war das alles völlig harmlos, wie er sagte. Es ging um Wetter, Windrichtungen, Anbau von Nahrungsmitteln und den Tausch ebendieser. Ich vermute, dass irgendetwas in den letzten Briefen stand, das nicht mehr so harmlos war. Irgendetwas ist da draußen passiert. Irgendetwas, das dazu führte, dass alle Korrespondenz mit sofortiger Wirkung eingestellt und der Einzige, der außer den Präsidenten noch davon wusste, zum Schweigen gebracht wurde.«

»Und seitdem gibt es keinen Kontakt mehr?«, fragte ich. »Bei uns wäre das undenkbar. Obwohl es uns verboten ist, bewegen wir uns zwischen den Clans hin und her und kommen selbst in die Stadt, wenn wir das wollen. Wie sollte die Triade den Kontakt vollkommen unterbinden?«

Graves musterte mich, er hatte den Anflug von Stolz in meiner Stimme wohl wahrgenommen. »Kurz nach dieser Sache haben Fischer beobachtet, wie fremde Schiffe abgeschossen und versenkt wurden.«

Mir schwirrte der Kopf. Fremde Schiffe? Ich hatte nicht gewusst, dass es so etwas gab. Die Küsten durften selbst von Städtern nur mit speziellen Passierscheinen betreten werden.

»Das aus ihnen herauszubekommen«, fuhr Graves fort, »war allerdings nicht ganz einfach. Der Schiffsverkehr unterliegt strengster Geheimhaltung. Es ist eine echte Herausforderung, einen Fischer dazu zu bewegen, diese Regel zu brechen.«

Newton grinste unglücklich. »Sobald man eine Frau als Druckmittel hat, wird es leichter.«

Ich saß also in einem Kreise von Percent-Rebellen – was ein Widerspruch in sich war –, die mit Erpressung, Entführung und weiß der Teufel noch was arbeiteten. Großartig, das nannte man wohl vom Regen in die Traufe kommen.

»Damit fing es an«, sagte Neél. Für einen Moment wusste ich nicht, ob ich wollte, dass er weitersprach. Wenn es so angefangen hatte – was kam dann als Nächstes?

»Dann«, sprach Graves weiter, »kamen die Toten.«

Ich zog beide Augenbrauen so hoch ich konnte. »Die Toten?«

»Die Toten«, bestätigte Neél. »Wobei wir bezweifeln, dass sie tot hier ankamen. Aber lange überlebt haben sie nicht.«

Neél und Graves erzählten abwechselnd, bloß von kurzen Einwürfen Newtons unterbrochen, was geschehen war: Nach dem Einstellen jeglicher Kommunikation hatte man in geringer werdenden Abständen weitere Schiffe gesichtet. Fast zeitgleich waren tote Percents und Leichenteile gefunden worden, die sich nicht zuordnen ließen, da es keine Vermissten gab, auf die die Beschreibungen gepasst hätten. Das Seltsamste dabei waren die Schriftstücke, die die Toten bei sich hatten oder die in ihrer Nähe aufgefunden worden waren: fremdsprachige Papiere. Briefe. Pässe.

»Es finden sich immer weniger Dokumente«, sagte Graves bedauernd. »Zu Anfang hatten die Toten die Taschen damit voll. Inzwischen sind nicht nur die Leichen besser versteckt und oft bis zur Unkenntlichkeit zerstückelt oder verbrannt –«

»Oder beides«, fiel Neél ihm ins Wort.

»Es finden sich auch keine Dokumente mehr in ihrer Nähe.«

»Und ihr glaubt nicht, dass es sich um Spione handelt.« Ich fragte nicht, ich war mir sicher.

Neél sah mich mit einem Blick an, der mich erröten ließ, so tief ging er. *Du ahnst längst mehr, als du zugibst*, hieß das und vielleicht auch: *Du weißt mehr über mich, als du zugibst.* »Es sieht nicht danach aus, oder?«

Das tat es tatsächlich nicht. Ganz und gar nicht. Ich senkte den Kopf, um seinem Blick nicht weiter ausgeliefert zu sein. Aber ich spürte ihn.

»Das größte Problem ist die Sprache«, erklärte mir Graves. »Wir haben ein paar dieser Pässe und ein paar Papiere. Einige Worte können wir zuordnen –«

»Vor allem *der, die, das* sowie das ausgesprochen bedeutungsschwere Wörtchen *und*«, fuhr Neél sarkastisch dazwischen, aber Graves ließ sich auch diesmal nicht aus dem Konzept bringen.

»– aber bei den meisten Texten tappen wir im Dunkeln. Es würde uns weiterhelfen, wenn wir wüssten, was die anderen Länder uns sagen und die Triade verschweigen will.«

Der fünfte Percent in der Runde, der bis jetzt kein einziges Wort von sich gegeben hatte, und Newton wechselten einen Blick.

»Dazu müssten wir einen der Fremden vor seinem Ableben finden«, sagte Newton.

Graves schnalzte mit der Zunge. »Und selbst als Nächstes abdanken? Nein danke.«

Offenbar war sich die Gruppe, was das Vorgehen anging, nicht einig. Ich beobachtete alle ganz genau, weil ich wissen wollte, wer in dieser Hierarchie ganz oben stand. Niemand verriet sich.

Alex meinte: »Wenn sie von den Rebellen kommt, dann weiß sie sicher etwas.«

Ich lächelte giftig in ihre Richtung. »*Sie* kommt von den Rebellen, aber *sie* weiß von nichts.«

»Wir haben die Leichen außerhalb der Stadtgrenzen gefunden«, sagte Graves beschwichtigend. »Das macht es den Präsidenten leicht, ihren Tod Rebellen in die Schuhe zu schieben. Aber wenn man sich mit Todesursachen auch nur rudimentär auskennt, kommen daran schnell Zweifel auf.«

»Wir fanden die Leichen mit großen Verletzungen wie von Armbrustbolzen oder Pistolenkugeln. Was wir am Fundort aber nicht fanden, waren Blutspuren«, erklärte Neél. »Sie wurden also irgendwo anders getötet. Und die Waffenwahl lässt auf Percents schließen.«

Da musste ich ihm zustimmen. Bei den Rebellen gab es die eine oder andere Armbrust, aber ich kannte niemanden, der eine Pistole besaß. Das hätte sich bestimmt rumgesprochen.

»Sie schieben es uns in die Schuhe«, sagte ich und sah Alex scharf an. Sie reagierte nicht, ihr Blick blieb auf eine der Wände gerichtet.

Die Percents nickten. Ich erzählte ihnen nichts Neues.

In meiner Matratze steckten zwei weitere Papiere, die möglicherweise damit zu tun hatten. Ein beschriebenes Blatt mit einer Zeichnung sowie eine Karte. Ich konnte mich nicht überwinden, ihnen davon zu erzählen. Ich vertraute ihnen nicht genug, um ihnen meinen einzigen Besitz zu opfern.

Was mir für den Augenblick aber wichtiger erschien, war die Frage ... »Warum tut ihr das? Warum wollt ihr das alles aufklären, wieso interessiert es euch so sehr, dass ihr solche Risiken auf euch nehmt?«

Mit der Antwort waren sich alle einig. Jeder im Raum sah kurz zu mir, dann zu Graves und, als dieser Neél zunickte, zu ihm.

Und Neél sagte: »Weil das, was hier vor sich geht, nicht richtig ist.«

• • •

Wir kehrten erst Stunden später zum Gefängnis zurück und schwiegen den ganzen Weg über. Ich war Neél dankbar, dass er mich in Ruhe Ordnung in meine buchstäblich ver-rückten Gedanken bringen ließ. Wenn mein Bild von der Welt ein Gemälde war, dann war dieses soeben in winzige Fetzen gerissen und neu zusammengefügt worden. Ich musste nun versuchen, die Fugen zu kitten, um das Ganze wieder erkennen zu können.

Schwieriger war es, zu begreifen, was ich gerade erlebt hatte. Mein ganzes Leben lang hatte ich von Helden geträumt, die mehr taten, als bloß zu existieren. Menschen, die für Größeres kämpften als um das eigene Überleben. Für das Richtige. Ich hatte mir Geschichten erzählen lassen und ausgedacht, in denen strahlende Sieger für uns alle einstanden und die Menschheit retteten, und in den meisten dieser Geschichten kam ich vor. In meinem Clan hatte ich mich nie ganz zugehörig gefühlt, weil sie so wenig taten. Weil sie nicht kämpften. Keine höheren Ziele hatten.

Nun, ausgerechnet hier, ausgerechnet zur schlimmsten Zeit meines Lebens, in Gefangenschaft, fand ich eine kleine Gruppe, die genau das tat. Die etwas bewegte. Die das Richtige tat – ohne zu wissen, ob es auch tatsächlich richtig war. Ohne jeden Kompromiss. Vielleicht wurde ich verrückt, vielleicht verlor ich den Verstand. Aber vielleicht … so gering die Chance auch sein mochte … hatte ich meine Helden ja gefunden.

Und es waren keine Menschen.

24

»wer sich stark fühlt, ist es auch.«

Am nächsten Tag begann meine Hand zu schmerzen. Ich drückte dunkles, geronnenes Blut und Eiter aus den so harmlos wirkenden Bisswunden, schmierte eine dicke Schicht der Kräutersalbe darauf, die Mina mir beim letzten Mal gegeben hatte, und wickelte einen neuen Verband aus sauberen Tuchstreifen darum.

Als der Abend in die Nacht überging, starrte ich meine Löcher in die Dunkelheit, wie Neél es nannte. Auch er fand keinen Schlaf.

Etliche Male holte ich Atem, um zu sprechen, und ebenso oft verließ kein Wort meinen Mund.

»Joy?«, sagte er irgendwann leise. »Ich möchte schlafen. Bitte sag es heute noch oder warte bis morgen.«

Trotz seiner Worte brauchte ich noch mehrere Minuten, ehe ich den Mut fand, ihn zu fragen: »Was, glaubst du, ist da draußen?«

Er gähnte. »Schau aus dem Fenster, Frau.«

Ich musste kichern. *Frau* hatte er mich noch nie genannt. Es weckte eine ganz andere Frage in mir, die ich mir in Flagg's Boulder verkniffen hatte. »Wer ist Alex?«

Ich hörte Neél leise lachen. »Alex war zunächst Flynns Dienerin. Dann seine Frau. So wie Mina Clouds Frau ist.«

»Er hat also Anspruch auf sie erhoben?«

»So wie ich Alex einschätze, hat sie Anspruch auf ihn erhoben. Aber nenn es, wie du willst.«

»Was hat sie gegen mich?«

»Mindestens ein Messer, aber mach dir keine Sorgen, darin bist du ihr überlegen.«

»Neél? Versuch so spät am Abend nicht mehr lustig zu sein.« Ich tat mein Bestes, ihn das Grinsen in meiner Stimme nicht hören zu lassen. »Warum hat sie mich so komisch angesehen?«

Er seufzte. »Vielleicht, weil sie blind ist?«

Das nahm mir für einen Moment die Worte. »Bist du sicher?«

»Sehr sicher.«

»Das merkt man ihr nicht an.«

»Sie verbirgt es.« Er richtete sich im Bett auf. Durch den Hauch von grauem Nachtlicht, das zum Fenster hereinfiel, konnte ich nur seine Silhouette erkennen. »Schwäche zu zeigen macht die Feinde stärker.«

Sie hielt mich für ihre Feindin? »Sie traut mir nicht.«

»Sie traut erst mal niemandem.«

Ich ahnte, dass das nicht alles war. Ich war ein Mensch, genau wie sie. Warum hätte ich sie verraten sollen?

»Ist ja auch nicht so wichtig«, murmelte ich. »Ich wollte etwas anderes wissen.«

»Ach«, spottete er. Ich spürte, dass er mich ansah. »Wirklich?«

»Wirklich. Ich wollte dich fragen, was deiner Meinung nach hinter dem Meer ist. In den anderen Ländern, die deinen Präsidenten solche Angst machen.«

Neél atmete tief ein und ließ die Luft geräuschvoll über die Lippen strömen. »Ich habe keine Ahnung. Aber ich habe eine Hoffnung.«

»Welche?«

Im nächsten Augenblick wünschte ich, ich hätte nicht gefragt. Neél stand auf und kam zu mir. Sein Haar war offen. Das Nachtlicht zog blaue Strähnen ins Schwarz. Sein Oberkörper war nackt. Ich wollte wegsehen – ich wollte wirklich wegsehen –, aber irgendetwas ließ mich nicht. Vielleicht war es seine Fähigkeit, mich bewegungsunfähig zu machen. Seine Schlangenaugen. Teuflisch. Und auf aufregende Weise auch ein winziges bisschen schön.

Er setzte sich auf meine Bettkante. Die Matratze senkte sich, sodass ich ungewollt näher rutschte. Unter meinem Kopf knisterten das Papier und der Pass.

»Hier passiert einiges, das nicht richtig ist«, sagte er so leise, dass ich ihn trotz der plötzlichen Nähe kaum noch verstehen konnte. Weit entfernt, hinter der Stadtgrenze, heulte voller Sehnsucht ein Hund. »Vielleicht ist es auf der anderen Seite des Meeres anders.«

»Du glaubst, die Menschen könnten frei sein?«

»Das kann möglich sein, aber will ich das?« Er blieb ernst. »Will ich, dass jene frei sind, die meine Art über Jahrzehnte als Sklaven missbrauchten?«

»Das gibt euch nicht das Recht –!«, fuhr ich auf, aber er unterbrach mich sanft und leise.

»Vielleicht ist hinter dem Meer ja Frieden.«

»Glaubst du, das ist möglich?«

Er antwortete mit zärtlichem Spott in der Stimme, der mich irritierte: »Wenn es dort keine Menschen mehr gibt, dann bestimmt.«

»Mag sein.« Mir gelang nur noch ein Hauchen und ich wollte mich räuspern, um energisch zu widersprechen. Da streckte er die Hand aus und berührte meine Haare. Ich lag da wie erstarrt.

Was tust du, schrie es in mir. *Fass mich bloß nicht an!* Doch jeder Laut blieb mir in der Kehle stecken.

Auch Neél klang, als fiel ihm das Atmen schwerer. »Um ehrlich zu sein, weiß ich nicht, was ich will. Ich will sehen, was möglich ist.«

Er zog seine Hand langsam zurück und ich fand meine Sprache wieder. »Jetzt weiß ich endlich, wo du jeden Abend warst«, plapperte ich, um das angespannte Schweigen mit Gewalt zu zerstören. »Du warst in Flagg's Boulder.«

»Unter anderem«, erwiderte er und wirkte dabei irgendwie niedergeschlagen. »Cloud hat dich deswegen als meinen Soldaten ausgewählt. Er ahnte schon, dass ich deine Ausbildung sehr ernst nehmen und weniger Zeit mit Graves und den anderen verbringen würde.«

»Er weiß davon?«

Neél nickte. Seine Haarspitzen glitten dabei über seine Schultern nach vorne, sodass ihm eine Strähne vors Gesicht fiel. »Ich bin Anfang des Winters aufgegriffen worden, als ich versucht habe, Informationen aus einem Fischer herauszupressen. Es hat mächtig Ärger gegeben, aber Cloud hat die Sache gerichtet. Er war stinksauer auf mich. Cloud ist immer sehr um seinen Ruf bemüht, weil er für ein Präsidentenamt in der Triade kandidiert. Die Präsidenten ernennen nach dem Chivvy ihre Nachfolger, darum darf er es sich mit ihnen nicht verderben. Verstehst du?«

Das tat ich, wenn ich auch sonst nicht viel verstand.

Im Licht der Nacht sah Neél nicht aus wie ein Percent. Er schien so menschlich, so schmerzhaft menschlich. Wie konnte das sein? Ich hätte am liebsten vor lauter Zorn über die Täuschung etwas an der Wand zerschlagen und gleichzeitig konnte oder wollte ich mich nicht bewegen. Er hätte eine Ewigkeit dort sitzen können. Seine Nähe hatte jetzt, nachdem er seine Hand weggenommen hatte, etwas Tröstliches – hey, das musste erlaubt sein, er wollte mich immerhin retten. Ich fühlte mich wie kurz vor dem Moment, in dem man erzittert, aber mir war nicht kalt und das Gefühl blieb.

»Dann war ich eine Art Ablenkung, die dich von Flagg's Boulder fernhalten sollte?«, fragte ich, nur damit er weitersprach. Meine Stimme war ganz rau.

Neél grinste, seine Zähne leuchteten hell in seinem Gesicht auf. »Ja, bloß dass ich vor Cloud nie zugeben würde, dass der *Unsinn* – wie er es nennt – einen Namen hat.«

»Der Name stammt aus einem Buch, sagt Graves.«

»Ja, der verrückte Graves und seine Bücher! Er reißt die Seiten heraus und verbrennt die Umschläge, hat er dir das erzählt?«

Ich schüttelte verwirrt den Kopf. »Nein. Warum das denn?«

»Er hat Angst, jemand könnte den Namen des Schriftstellers für neue Percents stehlen. Dazu gehört, das entsprechende Buch zu vernichten.«

»Dann macht er es lieber kaputt?«

»Nein. Er macht nur den Namen unkenntlich. Das Buch selbst nicht. Er fertigt sogar Abschriften an, um es zu erhalten, falls das alte Papier sich einmal auflöst. Er hat durch die Bücher viel über euch gelernt.«

»Über uns?«

»Menschen.«

Ich bedauerte, selbst nie viel gelesen zu haben. Vielleicht wüsste ich dann auch mehr über uns Menschen. Vielleicht würde ich mich selbst besser verstehen. Dieses warme Gefühl im Bauch zum Beispiel. Dieses ... Wohlbefinden, das nicht sein sollte. Zumindest nicht hier und nicht jetzt.

»Wie geht es deiner Hand?«, fragte Neél und tippte mit Zeige- und Mittelfinger gegen den Verband.

»Nicht der Rede wert.« Die Wunde war rot und angeschwollen, aber das war vermutlich normal, denn Minas Salbe hatte beim Auftragen wie Essig gebrannt. Es pochte. Ich schenkte dem keine Aufmerksamkeit. Es war nur ein Mensch gewesen, der mich gebissen hatte. Ein Kind. Welcher Rebell, welcher *Soldat* jammerte herum, weil er von einem Kind gebissen worden war?

»Es riecht komisch«, meinte Neél. Die glatte Haut an seiner Brust vibrierte.

Rasch steckte ich die Hand unter die Decke. »Entschuldige. Das ist bloß die Salbe.«

»In Ordnung. Lass es mich morgen ansehen, ja?«

»Das ist wirklich nicht nötig, es ist –«

»Soldat!«, sagte er leise, aber scharf und fiel von einer Sekunde auf die andere in seinen Befehlston zurück, den ich nach einem einzigen Tag schon fast vergessen hatte. Es versetzte mir einen Stich. »Das ist keine Bitte, keine Frage und kein Interesse an deiner Meinung. Es ist ein Befehl und der wird befolgt.« Im nächsten Moment stand er auf, wandte sich ab und ging in harten Schritten zu seinem Bett.

Ich blieb reglos und kaute minutenlang auf einer patzigen Antwort herum, um sie mir am Ende doch zu verkneifen.

Neél war es, der plötzlich in die Stille sprach. »Was ich dich noch fragen wollte. Willst du ein eigenes Zimmer?«

Meinte er das ernst?

Völlig überrumpelt schoss nun doch etwas Unfreundliches aus meinem Mund. »Das wäre besser. Dann störe ich dich auch nicht ständig, indem ich still daliege und ins Dunkel gucke.«

»Gut«, erwiderte er kühl.

»Gut!«, wiederholte ich und drehte mich um.

• • •

Ich erwachte von meinem eigenen schmerzvollen Stöhnen, mein Kopf voller Hitze. Für einen Moment wusste ich nicht, wo ich war.

»Hey. Joy, was ist?«

Dass das Neél war, kam mir erst nach einigen hilflosen Augenblicken in den Sinn.

»Ich … ich habe geträumt.« Mir war komisch. Mein Gesicht glühte, meine Kopfhaut prickelte und meine Hand pochte. Ich konnte mich nicht mehr an meinen Traum erinnern, nur noch an Angst, große Angst.

Durch ein eigenartiges Säuseln und Rauschen vernahm ich, wie irgendwer sagte: »Ja, ich auch«, und wieder musste ich kurz überlegen, bis ich darauf kam, dass es Neél gewesen sein musste, denn außer uns war niemand da.

»Du hast auch geträumt?« Ich gluckste, weil ich die Vorstellung so absurd fand. »Ihr träumt?«

»Ständig«, antwortete er und nun kicherte ich los. Das war verrückt. Percents träumten nicht. So hieß es. Wie kam es, dass er, der Percent, immer träumte, während ich das fast nie tat.

»Vielleicht sind Träume ansteckend«, meinte er. Hatte ich vielleicht laut gedacht? »Wenn ich ihn ausgeatmet habe, den Traum, dann ist es nur logisch, dass du ihn wieder eingeatmet hast.«

Ich musste mich konzentrieren, um zu sprechen. »Man atmet keine Träume ein oder aus.«

»Wenn man im Traum redet, dann schon.«

Das Lachen verging mir. Mein Kopf war heiß, meine Hand war heiß und meine Brust war eisig kalt. Etwas stimmte nicht. Ich zog die Decke höher. »Habe ich denn geredet?«

»Ich weiß es nicht. Aber ich habe bestimmt geredet. Ich rede immer im Schlaf.«

Ich musste an das Stofftuch denken, das er sich jeden Abend in den Mund stopfte, und verstand plötzlich den Sinn. Es hatte verhindern sollen, dass er im Schlaf Dinge sagte, die ich nicht erfahren durfte. Ich glaubte, den Stoff in meinem ausgedörrten Mund zu schmecken; Staub und Seife. Ich wollte aufstehen, um einen Schluck Wasser zu trinken, aber schon als ich den Kopf hob, spürte ich, dass mich etwas zurückhielt. Meine Arme und Beine wurden heiß und kalt und schwer und gehorchten mir nicht länger. Mein Kopf schwirrte und die Dunkelheit drehte sich. Selbst mit geschlossenen Augen drehte sich alles, wirbelte herum und machte mich ganz verrückt. Wenn ich blinzelte, war es, als wären meine Lider wund und voller Sand. Mein Herz flatterte auf einmal und ich hatte Angst, es würde nicht mehr genug Blut in mein Gehirn pumpen. Zugleich fühlte es sich an, als wäre mein Gehirn voll von Blut. Es rauschte in meinen Ohren, drückte gegen meine Augäpfel und wurde immer mehr und mehr.

Du bist krank, erfasste ein letzter funktionierender Teil in meinem Kopf. *Fieber. Ziemlich hoch offenbar*. Es war wie damals, als die Mutprobe lautete, die Beeren der Belladonna zu essen, und ich die Mutigste von uns gewesen war. Oder die Blödeste, wie Amber meinte.

Neél sagte noch etwas, das ich nicht verstand. Ich zertrat meinen Stolz und wollte ihn um Hilfe bitten, aber die Müdigkeit war stärker und zerrte mich in den Schlaf.

Vielleicht war es auch eine Ohnmacht.

• • •

Meine Hand lag in geschmolzenem Eisen.

Der Zwang zu schreien weckte mich auf. Es brannte – es brannte so schrecklich! Ich warf den Kopf herum, zappelte und versuchte, um mein Leben zu brüllen. Etwas hielt mich fest und presste mir den Mund zu. Ich hörte Stimmen wie durch ein Kissen.

Versuchte er, mich zu ersticken? Diesmal endgültig?

Wellen aus Schmerz jagten durch meine Hand, fraßen sich durch meinen Arm und packten meinen ganzen Körper.

»Genug!«, sagte irgendwer. Dann kam die Stimme ganz nah zu mir. »Ich lasse dich jetzt los, Joy. Du darfst nicht schreien, hast du das verstanden? Sie dürfen dich nicht hören.«

Der Druck auf meinen Mund gab nach. Ich presste die Lippen zusammen, sie waren ausgetrocknet und von Rissen durchzogen.

»Hörst du mich, Joy?«

Ich wollte antworten, aber es kam nur ein Wimmern.

»Du bist ein dummes Mädchen«, sagte die Stimme. War das Neél? Ich blinzelte und glaubte, ihn zu erkennen. »Deine Hand hat sich entzündet, du hast eine Sepsis.«

Was sollte das sein? Ich konnte nicht nachfragen, aber mein Stöhnen reichte offenbar aus, denn eine zweite, viel hellere Stimme mischte sich ein.

»Das ist eine bakterielle Vergiftung deines Blutes. Sie kam durch den Biss in deine Hand.«

Meine Hand? Ja, richtig, meine Hand. Sie fühlte sich an wie gut durchgekocht. Ich versuchte, sie an den Körper zu ziehen, aber sie wurde festgehalten.

»Nicht«, bat Neél. »Mina muss die Wunde heiß ausspülen. Das tut weh, ist aber nötig.«

»Mit Malvenaufguss und einem Mittel, das die Bakterien tötet«, sagte sie. »Die Apotheker nennen es Antibiotikum. Sie gewinnen es aus Schimmelsporen, das ist mir zwar alles andere als geheuer, aber die Ergebnisse sind wirklich gut. Du hast Glück gehabt, nach dem Krieg gab es lange keins.«

»Die Apothekerin war hier, kannst du dich erinnern?«

Ich kippte den Kopf erst zur einen und dann zur anderen Seite. Die kleinen Bewegungen taten weh, aber sich nicht zu bewegen tat ebenso weh. In meinem Blut waren Splitter, sie kratzten mir die Adern von innen wund.

»Seltsam«, meinte Neél. »Du hast doch mit ihr gesprochen. Über eine Amber. Wer ist Amber? Und wer ist … Matthial?«

Ich ließ die Augen zufallen und hoffte, die Ohnmacht würde mich holen kommen. Sie ließ mich schändlich im Stich.

Mina rettete mich, ich glaubte zumindest, dass sie es war, die mit der zweiten Stimme sprach. »Lass sie etwas schlafen, Neél, sie hat jetzt nicht die Kraft für deine Fragen. Sie muss zwischen den Waschungen Stärke sammeln. Das arme Mädchen. Das Fieber schwächt sie.«

Blutvergiftung also. Da hätte ich auch draufkommen können, aber woher sollte ich wissen, wie sich so etwas anfühlte? Ich stieß die Decke weg und zog sie in der nächsten Bewegung mit der gesunden Hand wieder bis an mein Kinn. Alles war zu warm und gleichzeitig zu kalt. Und alles tat weh.

Die Tür wurde geöffnet und geschlossen. Ich quälte vorsichtig ein Auge auf und stöhnte, weil das Deckenlicht mich traf wie ein Schlag ins Gesicht.

»Ist schon gut.«

Ich war mit Neél allein, Mina war gegangen. Er tupfte mir mit einem nassen Tuch das Gesicht ab. Ich dachte an Schnee und mein Herz begann zu jagen und mein Mund zu kichern. Neél ließ meinen Unterarm los, um das Tuch mit beiden Händen in einer Schale auszuwaschen. Vorsichtig umfasste ich mit der gesunden Hand die Finger der verletzten. Ein komisches Gefühl. Die Haut war prall, heiß und trotz Wassertropfen irgendwie trocken, das Fleisch darunter aufgequollen. Ich konnte die Finger kaum beugen, sie waren ganz steif. Das entzündete Gefühl zog sich bis in den Unterarm.

»Du musst den Arm ruhig liegen lassen«, sagte Neél. Er befeuchtete mit einem kleinen Schwamm meine Lippen, was unglaublich wohltat. Ich saugte das Wasser daraus wie ein Baby, das instinktiv zu nuckeln beginnt, wenn es Milch schmeckt.

»Die Apothekerin hat das gemacht«, meinte Neél. »Es ist abgekochtes Wasser mit Salz und Honig. Ich kann mir nicht vorstellen, dass dir das schmeckt, aber sie erlaubt mir gerade nicht, dass ich dir ein ordentliches Brot und einen Krug Gebrautes bringe.«

Dieser Schwätzer hatte mir nie auch nur einen Schluck Gebrautes gegeben, aber ich beschloss, für heute nachsichtig zu sein.

»Vielleicht hätten wir doch einen Heiler fragen sollen. Doch die anderen Varlets kennen die Heiler, sie hätten sofort geahnt, dass etwas passiert ist. Die Apotheker gehen häufiger ein und aus, weil immer mal jemand ein Mittel gegen Flöhe oder Bettwanzen braucht.«

Ich glaube, er redete aus Unsicherheit, weil er nicht wusste, was er sonst tun sollte. Auf eine seltsam geistesabwesende Weise amüsierte ich mich still über seine Hilflosigkeit.

»Mir hätte auffallen müssen, dass die Wunde sich infiziert hat.« Er berührte meine geschwollene Hand, betrachtete sie und ich reckte den Kopf, um endlich selbst zu sehen, wie es aussah. »Ich hätte es gerochen, aber die Salben, die du benutzt hast, überdecken den Entzündungsgeruch. Wer hätte auch ahnen können, dass das kleine Biest derart beißt?«

Ich zuckte zusammen. Das kleine Biest! Ich hatte es ganz vergessen!

»Werden … sie es jetzt … fangen?«, presste ich mühsam hervor. Wenn Mina und die Apothekerin von dem Biss wussten, dann hatten sie sicher schon gefragt, wer ihn mir zugefügt hatte. Wusste nun schon die halbe Stadt von dem wilden Kind in der stillen Siedlung? Was hatte ich mit meiner Sorglosigkeit angerichtet?

»Nein.« Neél bot mir erneut etwas Wasser aus dem Schwamm an, aber ich schüttelte den Kopf. Ich wollte eine Antwort. Und richtig trinken.

Er seufzte. »Die Apothekerin haben wir bestochen. Mina hat geschworen, nichts zu sagen. Ich hoffe, dass ich mich auf sie verlassen kann. Aber sie ist und bleibt Clouds Frau und damit ist und bleibt sie auch ebenso wenig durchschaubar wie er.«

»Danke«, flüsterte ich. Er gab sich alle Mühe und das war mehr, als ich erwarten durfte. »Ich habe Durst.«

Er reichte mir einen Metallbecher, den ich kaum festhalten konnte und auf meiner Brust abstellen musste. Den Kopf zu heben, um trinken zu können, glich einem Kraftakt. Neél lehnte sich ein Stück vor, vielleicht, um mir zu helfen, aber dann tat er es doch nicht.

»Hör mir gut zu«, sagte er, während ich mir den ersten Schluck in den Mund goss. Ich verschätzte mich und die süßsalzige Flüssigkeit rann mir aus den Mundwinkeln, über den Hals und versickerte in der Bettdecke und meinem Unterhemd. Er tat so, als hätte er nichts bemerkt, was es weniger peinlich machte. »Das Fieber kann wieder ansteigen, meint Mina. So sehr, dass du kaum bei dir sein wirst. Du musst trotzdem versuchen, ganz ruhig zu bleiben, in Ordnung? Die anderen dürfen nicht erfahren, dass du krank bist.«

Ich setzte den Becher kurz ab und ließ den Kopf ins Kissen sinken. Es war ganz nass von Schweiß und meiner Kleckerei. »Wegen dem Kind?«

»Vergiss das Menschenkind.« Er sprach sehr ernst, blickte an mir vorbei und kratzte sich an der Wange. »Krankheit zieht Schwäche nach sich. Ich will nicht, dass irgendwer dich für schwach hält.«

Ich hätte gern die Augen über seine Ansichten verdreht, aber der Druck in meinem Kopf ließ mich den Versuch sofort bereuen.

»Joy, ich meine das ernst. Reiß dich zusammen, hörst du? Schwäche bewirkt nur eins: Dein Gegner fühlt sich stärker. Und wer sich stark fühlt, der ist es auch.«

Und wer sich fühlte wie ich gerade, war vermutlich stark wie ein Regenwurm im Bomberland nach vier Wochen Dürre. Um nicht antworten zu müssen, trank ich einen weiteren Schluck.

»Langsam«, mahnte Neél, »sonst wird dir schlecht.«

Ich sah zu ihm hoch und fragte mich, ob Percents kotzen konnten. Warum eigentlich nicht?

Er tupfte mir die verschwitzte Schläfe ab und dann wischte er einen Tropfen verschüttetes Wasser von meinem Kinn. Skeptisch betrachtete er die Narbe, die sich bis über meine Unterlippe zog, und ich betrachtete ihn.

Mein Kopf fühlte sich an, als wäre mein Gehirn wie meine Hand auf das Doppelte seiner Größe angeschwollen. Die Gedanken, die manchmal so schnell und flüchtig waren wie silberglitzernde Fische im Fluss, mussten sich ihren Weg durch völlig verstopfte Nerven bahnen. Jeder einzelne kroch so langsam, dass ich ihn prüfen, halten und beinahe greifen konnte. Es klingt verrückt, aber wer es selbst erlebt hat, weiß es: Im fiebrigen Delirium ist man vollkommen klar, weil alles langsam und beschaulich vonstattengeht.

Mit diesem Gefühl betrachtete ich Neéls Gesicht und sah Dinge, die ich nie zuvor bemerkt hatte. Es war weniger ebenmäßig als das der anderen Percents. Die Nase war gerade wie bei allen, aber das linke Jochbein schien weniger ausgeprägt als das rechte, als hätte man es ihm ein Stück nach innen gedrückt. Und sein linkes Augenlid hatte nicht die gleiche hellbraune Farbe wie das restliche Gesicht, sondern war bleicher. Ich weiß nicht, was mich ritt – das Fieber vermutlich –, aber wider alle Vernunft hob ich die gesunde Hand, berührte sein Haar und zog ein paar Strähnen aus dem strengen Zopf.

»Besser?«, fragte er. Sein Lächeln war an der Oberfläche etwas spöttisch. Darunter wirkte es sehr, sehr ernst.

»Besser.«

Statt des Tuchs spürte ich seine Finger kühl an meiner Stirn und für einen Moment wünschte ich, er würde mir seine ganze Hand aufs Gesicht legen, beide Hände, um das pochende Feuer in meinem Kopf zu löschen. Ich seufzte ungewollt. Gerade wollte ich die Lider wieder schließen, als es an der Tür klopfte. Neél zog seine Hand zurück.

Mina kam herein. Sie trug einen Topf, den sie mit einem Holzbrett abgedeckt hatte, und stellte ihn neben meinem Bett auf den Boden. Neél atmete hörbar durch und ich musste schwer schlucken. Mina nahm den Deckel vom Topf. Dampf quoll hervor, so dicht, dass ich nicht sehen konnte, ob bloß Wasser darin war oder etwas anderes.

»Wir sollten es unbedingt noch einmal wiederholen«, sagte sie in fast fragendem Ton zu Neél. Er knurrte als Antwort. Wovon auch immer sie sprachen – es gefiel mir nicht.

»Joy, das wird wehtun. Denk daran, was ich dir gesagt habe. Nicht schreien.«

Er beugte sich über mich, um meine Hand festzuhalten, die an der ihm abgewandten Seite auf der Matratze lag. Sie hatten ein Tuch daruntergelegt. Ich warf einen kurzen Blick auf den roten Klumpen, der das Ende meines Arms darstellte. Die Form einer Hand war das nicht mehr. Eher erinnerte es an den alten Gummihandschuh, den wir als Kinder gefunden und mit Wasser gefüllt hatten. Er war quietschend grün gewesen, meine Hand allerdings leuchtete in einem ungesund grellen Rot. Eine Farbe, die Haut nicht haben sollte. Mir wurde beinahe schlecht und ich drehte den Kopf weg, um Neél anzusehen. Er war ganz nah. Ich roch Kräuter, irgendeine Salbe, die in die Nase biss, etwas extrem Süßes, Verfallendes (das Antibiotikum, vermutete ich) … und ihn. Er roch immer ein bisschen nach Leder und morgendlichem Schnee, wenn er noch weiß und sauber war.

»Ich muss das tun«, sagte er leise und im nächsten Moment fing ich an zu schreien und begriff erst Sekunden später, warum.

Ein eiskalter Schwall ergoss sich über meine Hand. Dann wurde es heiß. Kochend heiß.

Ich boxte Neél gegen die Brust, strampelte mit den Beinen und versuchte freizukommen, aber das war vollkommen aussichtslos. Sein Griff schloss sich wie eine eiserne Klammer um meinen Arm. Mit der anderen Hand drückte er mir den Mund zu und erstickte meine Schreie. Es gelang mir, einen kleinen Blick auf meine Hand zu werfen. Er hatte das getränkte Tuch einfach darauffallen lassen, die brennend heiße Flüssigkeit sickerte in die Wunde. Er flüsterte etwas. Ich solle mich beruhigen, ich solle daran denken, stark zu sein, ich solle ihm vertrauen.

Er sollte tot umfallen, der Mistkerl!

Ich versuchte, ihn zu beißen, aber ohne jede Kraft nutzten mir meine Zähne überhaupt nichts. Die Anstrengung und der Schmerz machten mich schwindelig und ein dunkler Ring aus Resignation zog sich um Neéls Gesicht zusammen und ließ das Bild vor meinen Augen schließlich komplett verschwinden. Ich hörte bloß noch Rauschen und Zischen und dann nichts mehr. Schwarze Stille senkte sich über mich.

Wie lange ich ohnmächtig gewesen war, ließ sich beim Aufwachen nicht mehr erahnen. Vielleicht mehrere Minuten, wahrscheinlich aber nur ein paar Herzschläge lang (und mein Herz jagte).

»Es ist vorbei. Hörst du mich, Joy?«

Ich hauchte eine Antwort, die sowohl Ja als auch Nein bedeuten konnte, denn ich war mir nicht sicher, ob ich mit ihm reden wollte. Neél schien zufrieden, er lächelte, was seltsam verzerrt aussah.

»Mina meint, es muss sein.«

»Tust du immer, was Mina sagt?«, gab ich schwach zurück.

»Wenn es um dein Leben geht … vielleicht.«

»Oh.« Ich hatte nicht gedacht, dass es so schlimm um mich stand.

Er musste mir meine Bestürzung angesehen haben, denn er strich mir übers Haar, was mich erstarrten ließ. Nicht einmal zittern war mehr möglich. Er tat so, als würde er nichts merken, und reichte mir den Becher. Mein Mund war so trocken, als hätte ich seit Wochen nichts getrunken.

»Das Schlimmste hast du hinter dir«, sagte Neél leise. »Du hast verdammt großes Glück, dass wir eine Apothekerin haben, die gutes Antibiotikum herstellt. Wie sie das macht«, er feixte, »willst du aber nicht so genau wissen.«

Eigentlich wollte ich es doch wissen, zumindest, wenn ich ihn so dazu bringen konnte, mit mir zu reden. Im Fieber fühlt man sich schwebend. Haltlos. Trudelnd, zwischen Realität und Traum, oder eher gesagt … Wahn. Der Kontrollverlust machte mir Angst. Seine

Stimme gab mir etwas, das mich mit dem Hier und Jetzt verband. Ich versuchte, mich zu erinnern, was Neél über Träume gesagt hatte, aber die Gedanken waren zu sperrig. Ich trank den Becher leer und versuchte, ihn auf die Kiste neben meinem Bett zu stellen. Selbst meine gesunde Hand war so tatterig, dass der Becher umkippte und auf den Boden kullerte.

Neél hob ihn wortlos auf.

»Erlaubst du …« Er griff nach meinem Arm, wartete keine Antwort ab. Vermutlich hatte er nur gefragt, damit ich keinen Schreck bekam. Vorsichtig wickelte er ein feuchtes Tuch um meine Hand. Für einige Atemzüge linderte die Kälte das Brennen der Entzündung, doch schnell gewann das Feuer wieder die Oberhand. In der Wunde puckerte es bestialisch. Als würde der Eiter sich mit jedem Herzschlag verdoppeln. Absurderweise war es mir peinlich. Erst hatte ich mich von einem Kind beißen lassen und dann auch noch so wenig auf die Wunde aufgepasst. Dabei wusste ich, wie schnell sich ausgerechnet Menschenbisse entzündeten. Ob Neél das zerstörte Gewebe riechen konnte? Ob er sich auch davor ekelte?

»Die Apothekerin sagte, in den Rebellenclans gäbe es kein Antibiotikum.« Er sprach zu sich selbst, als würde er laut denken. »Und ohne Antibiotikum wärst du gestorben.«

»So schnell stirbt man nicht.«

»Du warst zwei Tage nicht ansprechbar, Joy. Zwei Tage sind mehr als genug Zeit, um zu sterben.«

Was sollte das werden? Wollte er mir einreden, welche Vorteile das Leben in der Stadt hatte? Ich verdrängte die Information über die zwei Tage. Ihm zwei Tage hilflos ausgeliefert gewesen zu sein fühlte sich unvorstellbar an. Nur fort mit diesem Gedanken; fort!

»Lass mich in Ruhe«, murmelte ich und dann musste ich feststellen, dass ich zu schnell eine zu große Menge Wasser getrunken hatte, die mein Magen mir jetzt zurückschickte. Ich schaffte es noch, nicht auf meine Matratze zu spucken, aber Neél, der auf der Bettkante saß, bekam einen Schwall auf die Hose, und statt zurückzuweichen, hielt er mich an den Schultern fest. Ich wollte nur noch eins: sterben. Vor Scham, wenn das Fieber mich schon nicht umbrachte.

»Verdammt, das tut mir leid.«

Er war es, der das murmelte, nicht ich. Es war so skurril, dass ich lachen musste, mich an meiner Spucke verschluckte, hustete und gegen seine Seite sank. Es tat *ihm* leid, dass ich ihm Wasser und Magensaft auf die Hose kotzte? Was für ein komischer Kerl war dieser Percent?

»Mina hat gesagt, ich soll aufpassen, dass du nicht zu schnell trinkst. Ich dachte … ich wollte …«

Der Percent stammelte und ich lachte, so gut das vollkommen erschöpft und ohne Atem möglich war. Es ging irgendwie, solange ich mich an ihm festklammerte, aber es fühlte sich an, als würde mir jemand mit kleinen, harten Schuhen in den Magen treten.

»Ich … ich mache das sauber, bevor sie kommt und mich zusammenfaltet, weil ich nicht auf dich aufgepasst habe«, murmelte Neél, als ich mich zurück ins Bett fallen ließ. Er wechselte noch mein Kissen, das nass geworden war, und gab mir seins dafür. Während er den Boden aufwischte und dabei unzusammenhängenden Kram brummte, als wäre er es, der fieberte, holte mich langsam, aber sicher der Schlaf zurück in sein Reich.

• • •

Im Nachhinein muss ich zugeben, dass alles, was an diesem Tag geschah, vielleicht auch nur meiner wirren Fantasie entsprungen war. Mir blieb am nächsten Tag kein Anhaltspunkt, der mir sagte, dass der Percent, der mich pflegte und mein Erbrochenes vom Boden aufwischte, Realität war. Ich hatte bloß Vermutungen und längst nicht genug Mut, um Neél zu fragen.

Ab dem nächsten Tag ging mein Fieber langsam zurück. Ich fühlte mich nicht mehr berauscht, sondern nur noch schwach, als hätte die Entzündung alle Kraft in meinem Blut abgetötet. Das Ganze ging mit bösen Kopfschmerzen einher. Doch die Hand schwoll ab, und wenn Mina den Schorf aufbrach und die Wunde auswusch, kam viel frisches Blut, aber kaum mehr Eiter.

Ich konnte wieder trinken und durfte in Wasser eingeweichtes Brot essen. Missbrauch am Brot, wenn man mich fragte (aber Neél betonte, dass das niemand tun würde). Nachdem ich es bei mir behielt, brachte Mina mir Fleischbrühe, auf der Fettaugen schwammen, so groß wie Kinderfäuste. Selten war ich so dankbar für etwas Nahrhaftes gewesen. Ich konnte, auf Neél oder Mina gestützt, wieder bis zur Toilette gehen und mich notdürftig waschen.

Neél hatte sein Wort gehalten. Ich besaß nun mein eigenes Zimmer. Er überließ mir den Raum, den wir bis jetzt geteilt hatten, und schlief woanders; ich fragte nicht, wo. Die Tage verbrachte er bei mir. Man hätte sagen können, dass er mir nicht von der Seite wich.

Jeden Tag schien es draußen etwas wärmer zu werden. Zunächst gewann die Sonne an Kraft, einmal sah ich sie kreisrund durch die Wolkenschicht leuchten. Am nächsten Vormittag pumpten sie über Dark Canopy mehr pulverisiertes Gestein in den Himmel. Im Sommer brauchten sie so viel davon, dass es sich auf die Haut legte und man es zwischen den Zähnen knirschen spürte. Trotzdem ließ ich das Fenster offen.

Daraufhin kamen die nach Licht und möglichst sauberer Luft lechzenden Falter in die Häuser, manche klein und weiß, beinahe durchsichtig, andere grau, schwarz oder braun und groß wie eine Faust. Neél hasste das Geräusch, das sie verursachten, wenn sie an den Wänden entlangflatterten. Ständig schloss er das Fenster, und kaum drehte er sich weg, riss ich es wieder auf.

»Sie tun nichts«, sagte ich. Ein grauer Falter saß auf meinem nackten Knie und klappte seine Flügel hoch und wieder runter, als wolle er mir das feine Muster darauf aus allen Perspektiven zeigen.

Neél verzog angewidert das Gesicht. »Sie stauben, wenn man draufhaut. Und sie haben Haare an den Beinen.«

Ich musste lachen, der Falter zitterte mit den Flügeln. »Ich habe auch Haare an den Beinen, und wenn man auf mich draufhaut, passiert Schlimmeres, als dass ich nur mit Staub um mich werfe. Wusstest du, dass es Falter früher in allen Farben gab?«

»Ich habe Bilder gesehen, in verblichenen Büchern. Ja.«

»Früher«, fuhr ich fort, »da gab es sie in Farben, deren Namen wir längst nicht mehr kennen. Farben, die so wild sind, dass man sie nicht in Büchern zeigen kann, weil sie sich nicht auf Papier bannen lassen, sondern wegfliegen.«

»So was gibt es? Dinge, die man nicht in Worten beschreiben kann?«

Oh ja. Sein Blick gehörte dazu. Ein Anflug von Staunen in eine Richtung, in die er noch nie gegangen war.

»Erzähl das nicht Graves.« Neél rieb sich über die Stirn und wischte den Ausdruck fort. »Für ihn existiert nichts, was sich nicht in seinen Büchern findet.«

Für dich denn? Existiert Unmögliches für dich?, wollte ich fragen, tat es aber nicht. Ich spürte, einer Grenze nahe zu kommen, wie so oft in den letzten Tagen. Der Grenze zwischen uns beiden, dem Percent und der Menschenfrau. Weiterzugehen würde bedeuten, zu etwas anderem zu werden. Zu Neél und Joy. Es würde bedeuten, etwas zu tun, was sich nicht mehr rückgängig machen ließ. Verdammt sollte ich sein. Es war richtig, nicht weiterzugehen – die Seiten zu wechseln kam nicht infrage, ich durfte nicht zum Verräter werden –, aber nun war ich in dem Zustand gefangen, dass es sich wider besseres Wissen falsch anfühlte. Böse Falle.

Der Falter stob auf. Neél zog den Kopf wie im Reflex zwischen die Schultern und ich erhob mich, um das flatternde Insekt zum Fenster hinauszuscheuchen. Die Wunde an meiner Hand heilte gut, aber meine Beine waren immer noch steif wie trockene Äste, meine Muskeln schmerzten und mein Kopf war müde und dröhnte gleichzeitig vom vielen Schlafen. Ich wedelte mit der gesunden Hand, sodass der Falter hinausflog, und sah ihm nach. Es war so viel Staub in der Luft, dass man nicht einmal bis zu den Feldern gucken konnte, geschweige denn bis zum Wald. Es schien, als gäbe es kein Leben außerhalb der Stadt.

»Du hast im Fieber viel geredet«, sagte Neél hinter mir und klang dabei, als hätte er mit dem Satz darauf gewartet, dass ich mich umdrehte und ihn nicht ansah. »Über eine Amber. Einen Matthial. Penny. Will. Ein Baby. Und ein … Vögelchen?«

Wenn das Fieber noch gewesen wäre, hätte ich die Augen schließen können. Der Himmel war bleischwer und noch schwerer wäre es gewesen, es länger aufzuschieben.

»Meine Freunde«, erwiderte ich. Der Versuch, mit fester Stimme zu sprechen, misslang kläglich. »Wobei … nein, so kann man es auch nicht nennen. Dem Vögelchen, dem war ich kein Freund. Ich kannte nicht mal seinen Namen. Er war der kleine der Matches-Brüder und ich habe ihn Vögelchen genannt, weil er Flöte gespielt hat.«

»Was ist mit ihm passiert?«

»Ich habe ihn dazu gebracht, in die Stadt zu gehen, wo wir das Hotel anzünden wollten, und er ist getötet worden.«

Neél schwieg eine Weile und ich setzte mich wieder auf mein Bett, weil das Stehen anstrengend wurde.

»Warum wolltet ihr das Hotel anzünden?«

»Ich musste Amber retten. Sie haben sie gefangen genommen.«

»Sie?«

Ich seufzte schwer. »Ihr.«

»Verstehe«, sagte er, aber in seinem Gesicht breitete sich entgegen seiner Antwort Unverständnis aus. »Das heißt, warte mal. Ihr seid in die Stadt gekommen, um einen von euch zu retten?«

»Amber, ja.« Ich konnte nur noch flüstern. »Aber es war alles umsonst.«

Neél schüttelte den Kopf. »Cloud hat etwas anderes behauptet.«

»So?«, fragte ich mäßig interessiert. Ich konnte mir schon denken, dass sich die Percents Geschichten erzählten, die uns Rebellen radikal und blutrünstig erscheinen lassen sollten.

Neél kratzte sich an der Wange und kam wieder auf unser anfängliches Gesprächsthema zurück. »Was ist mit den anderen Rebellen passiert?«

»Willie ist tot.«

»Das waren auch wir?«, fragte er behutsam.

»Nein. Nein, das war ich. Ich und Matthial.« Ich hoffte, er würde irgendwie darauf reagieren, aber das tat er nicht. Er sah mich nur an und ich musste wohl oder übel ohne Hilfestellung weitersprechen. »Willie wollte sich eigentlich nicht beteiligen. Er war ein ruhiger Typ, sehr still, und mit der Welt zufrieden, solange er sich halbwegs sicher fühlte. Wir haben ihn manchmal aufgezogen, weil er in allem so korrekt und ordentlich war. Er hat sogar seine Schnürsenkel regelmäßig aus den Schuhen gezogen, sie mit Seife gewaschen und danach in kochendes Wasser geschmissen. Wegen der … Bakterien.« Ich lachte, aber damit kaschierte ich bloß mein Schluchzen. »Er hatte einen Fehler.«

»Er mochte dich«, riet Neél.

»Ja. Und ich habe mich an ihn verkauft, damit er mit uns kämpfte.«

Neél gab ein leises, zustimmendes Geräusch von sich, eine Art dunkles »Hhmm«. Dann sagte er: »Aber es war seine Entscheidung, oder?«

»Ich weiß, worauf du hinauswillst. Und du hast recht. Er traf die Entscheidung, er war verantwortlich für die Konsequenzen. Aber es blieb ja nicht dabei.« Ich atmete tief durch. »Als wir von der Patrouille verfolgt wurden, da ...« Weiterreden? Lieber schweigen? Durcheinander in meinem Kopf. »... da hat Matthial Willie niedergeschossen, um mir Zeit zu verschaffen.«

Jetzt war es raus. Zum ersten Mal hatte ich es in Worte gefasst.

»Er hat ihn erschossen?«, fragte Neél. »Joy? Sag etwas.«

Mir wurde schwindlig. Vornübergebeugt stützte ich mich mit den Armen auf meinen Knien ab und legte den Kopf in die Hände. »Was?«

»Hat er ihn erschossen?«

»Nein.« Nein, so barmherzig war er nicht. »Er hat ihm einen Bolzen durchs Knie gejagt, damit die Patrouille ihn in die Hände bekam.«

Neél stand auf, trat zu mir und kniete sich neben mich. »War er ein guter Freund, dieser Matthial?«

Der beste! Und genau das machte seine Tat so unerträglich. »Ich bin mir nicht mehr sicher«, sagte ich. »Er hat mir diese Schuld aufgeladen. Das hätte er niemals tun dürfen. Ich muss damit leben, dass Willie für mich gestorben ist. Ich muss damit leben, dass sie alle für mich ins Unglück gegangen sind, weil ich – ich ganz allein! – so versessen darauf war, Amber zu retten.« Ich redete mich in Rage und spürte, wie mir Tränen aus den Augen quollen. Ich schämte mich nicht, ich ärgerte mich bloß und wischte sie mir grob von den Wangen. »Dabei war das völlig aussichtslos.«

Neél schüttelte langsam den Kopf. »Nichts ist aussichtslos. Und nichts unverzeihlich, wenn du um Verzeihung bittest.«

»Du verstehst das nicht!« Ich schluchzte nun hemmungslos. »Wir haben alles falsch gemacht. Von Anfang an alles falsch –«

»Nein. Man entscheidet nicht immer richtig, auch wenn man gute Absichten hat. Manchmal tut man aus der Not heraus Dinge, die falsch sind. Manchmal tut man etwas nicht, weil es falsch sein könnte, und macht damit den größten Fehler. Und manchmal muss man einfach etwas riskieren, ohne hundertprozentig zu wissen, wie es ausgeht.«

Ich seufzte. Vielleicht hatte er recht, aber … »Aber das ändert nichts an dem schrecklichen Gefühl, zu wissen, für was man verantwortlich ist.«

Er drehte den Kopf weg, so weit weg, dass ich sein Gesicht nicht mehr sehen konnte. Seine Stimme war nur ein Flüstern. »Ich weiß. Und man denkt, es nie wiedergutmachen zu können.«

»Kann man auch nicht.«

Er stand auf. So abrupt, als hätte ich ihn beleidigt. In wenigen Schritten war er bei der Tür, murmelte etwas, das ich nicht verstand, und verließ das Zimmer.

Als er die Tür bedächtig hinter sich schloss, fanden in meinem Kopf die Zahnräder ineinander und mir ging das buchstäbliche Licht auf. Er hatte gar nicht von mir gesprochen. Sich selbst hatte er gemeint, sich und sein früheres Verhalten mir gegenüber. Er hatte sich zu entschuldigen versucht. Und er hatte auf die merkwürdige Situation zwischen uns angespielt. Es war so offensichtlich, dass da etwas entstand, was eindeutig falsch war und sich doch so richtig anfühlte. Ein Gefühl wie ein Schimmelpilz. Unerwünscht, Ärger bringend, gefährlich!

Neél hatte versucht, mir seine Gefühle zu gestehen. Und ich hatte ihn zurückgewiesen.

»sie sind keine menschen, weil sie nicht geboren werden.«
ist das so?

In der folgenden Woche ging das Fieber komplett zurück, aber immer noch erlaubte die Apothekerin mir nicht, das Zimmer zu verlassen, und so verpasste ich die große Parade, die am Tag der Übernahme in der Stadt veranstaltet wurde. Es wäre gelogen, zu behaupten, dass ich traurig darüber war, doch aus einem Grund, den er mir nicht verriet, nahm auch Neél nicht teil. Zwar sagte er nichts, aber ich sah die sehnsüchtigen Blicke, die er aus dem Fenster warf, als die Glockenklänge vom Band ertönten und die anderen Varlets sich zum Hotel aufmachten. Dort versammelten sich alle und verschmolzen zu einem grässlichen, lärmenden, durch die Straßen ziehenden Ungeheuer aus Tausenden von Percents. Trotz der Entfernung hörten wir sie, hörten ihr Trommeln, ihr Stampfen, ihr Gebrüll und ihr Jubeln. Die Geräusche ließen die Mauern um uns herum vibrieren, und obwohl Neél mir erklärt hatte, dass die Route nicht am Gefängnis vorbeiführte, spürte ich einen Anflug von Angst, dass sie herkommen und mich holen könnten.

»Unglaublich, was da draußen vor sich geht«, murmelte Neél. Sein Atem beschlug die Scheibe. Ich war mir nicht sicher, ob er mit mir redete oder mit sich selbst, denn in seiner Stimme klang Stolz mit, den ich nicht hören wollte.

»Sie schlagen Lärm, um den Leuten Angst zu machen. Ich weiß nicht, was daran unglaublich sein soll.«

»Darum geht es während der Parade nicht. Sie ist eine Erinnerung.«

»An die feindliche Übernahme.«

»An die Befreiung. An das Ende des Krieges.«

Ich schüttelte verständnislos den Kopf. Der Krieg hatte nie geendet. Denn dann wäre Frieden.

»Früher«, fuhr er fort, »da waren wir nichts weiter als Sklaven. Die Percents wurden zu härtester Arbeit gezwungen und in die Kriege, die die Menschen untereinander führten. Und wenn ein Mensch krank wurde und eine neue Leber, eine Niere oder frisches Blut brauchte, dann schlitzten sie unsereins auf, rissen heraus, was sie brauchten, und warfen den Rest auf den Müll.«

»Das sind Geschichten.«

»Geschichten von früher, ja.«

»Es könnten auch Märchen sein – Lügen, die sie euch erzählen, damit ihr uns hasst.«

Er drehte sich zu mir um. »Glaubst du nicht, dass es so war? Wenn du dir die Menschen ansiehst, die du kennst, kannst du dir dann nicht vorstellen, dass es sich wirklich so ereignet haben könnte?« Er sah mich an, als wäre ihm meine Antwort wichtig. Aber ich konnte nur schweigen. Ich hatte keine Antwort für ihn. Das Einzige, was ich hätte sagen können, war: *Ihr seid auch nicht besser*; aber das wusste er selbst und hatte es nie bestritten.

Er lächelte, mein Schweigen hatte zu viel gesagt. »Unsere ›Geschichten‹, wie du sie nennst, erzählen noch mehr. Es heißt, dass unsere Befreiung nie gelungen wäre, wenn die Menschen sich nicht selbst gegenseitig bekriegt hätten. Nur weil die Menschen all ihre Macht auf ihre Feinde in anderen Ländern konzentrierten, konnten wir – über die ganze Welt verteilt – einen Sieg erringen. Klingt das auch nach einer Lüge?«

»Es klingt nach einem Märchen«, antwortete ich.

* * *

Ich begann, mit dem Messer zu trainieren, das Neél mir gegeben hatte. Es war solide gearbeitet, nicht überragend gut ausbalanciert, aber sauber geschärft und geschliffen. Allerdings ist eine Waffe selten besser als die Hand, die sie führt. Und meine Hand war zwar auf ihren normalen Umfang zurückgegangen, allerdings noch steif, als wären sämtliche Gelenke gestaucht. Mina hatte gesagt, das würde sich mit etwas Zeit sicher geben. Neél hatte etwas sehr Passendes erwidert: »Wir haben keine Zeit.«

Das klang lächerlich, schließlich war es erst Sommeranfang und das Chivvy fand im Herbst statt. Aber es galt, in den wenigen Monaten einen Soldaten aus mir zu machen, der nicht nur allen anderen Menschen davonlief, sondern auch einer Horde Percents. Es sah aussichtslos aus, aber ich hegte dennoch die stille Hoffnung, es trotzdem zu schaffen; schließlich behauptete Neél, nichts wäre aussichtslos.

Die Tage ohne Training hatten uns massiv zurückgeworfen, also tat ich alles, wozu ich in meiner Verfassung in der Lage war: Ich zeichnete mit dem Finger unsichtbare Linien, die mir beim Orientieren im Wald helfen würden. Im Kopf fertigte ich Listen der Varlets an, die gegen mich antreten würden, und versuchte, mir ihre Stärken und Schwachpunkte einzuprägen. Es machte mir nicht unbedingt Mut, dass die Listen mit den Stärken sehr lang waren und bei den Schwächen allenfalls eine belanglose Kleinigkeit stand. Mit schmerzenden Gliedern in der Kammer zu hocken, während sie weiter an sich arbeiteten, frustrierte mich.

So kam ich auf die Idee, mit dem Messer zu üben. Da die rechte Hand immer noch wehtat, versuchte ich es zunächst mit links. Ich dachte daran, wie Matthial das Messer warf. Er war mit beiden Händen geschickt. Während er den Bogen oder die Armbrust anlegte wie ein Rechtshänder, warf er das Messer immer mit links. »Er schält auch Kartoffeln mit links«, hatte ich Neél vor ein paar Tagen erzählt.

Seit unserem verhängnisvollen Gespräch war unser Verhältnis wieder distanzierter geworden, freundlich, aber mit mehr emotionalem Abstand. Das funktionierte ganz gut und ich wusste inzwischen auch, wie und wo er Graves kennengelernt hatte und dass Graves eine Art Sonderstatus innehatte und deshalb nicht zu den Kriegern zählte.

Die Erinnerung an Matthial und seine Messerwürfe halfen mir leider nicht weiter. Sein Stil war immer eher barbarisch gewesen – Treffer waren pures Glück –, außerdem tat es zu weh, ihn in meiner Erinnerung kämpfen zu sehen.

Vor zwei Tagen hatte ich mich überwunden und Neél gebeten, in Erfahrung zu bringen, ob Matthial, Liza und die anderen geschnappt worden waren. Neél war erschüttert. Er hatte angenommen, ich wüsste das bereits, und verstand nicht, warum ich ihn nicht vorher gefragt hatte.

»Ich war nicht sicher, ob ich die Antwort ertragen hätte«, erklärte ich ihm. Das war eiskalt gelogen. Ich hatte ihm ihre Namen nicht sagen wollen. Namen bedeuteten Macht. Macht, die Neél nicht über meine Freunde haben sollte. Ihm zu vertrauen fiel mir weiterhin schwer. Nachdem ich im Fieber geredet hatte, war allerdings ohnehin fast alles gesagt.

Neél schickte Graves, der fragte einen anderen, und der wiederum schickte einen weiteren Percent nach den Informationen. Als Neél mir die Antwort brachte, erschien sie mir unrealistisch, nicht greifbar. Verschleiert.

»Du hattest recht«, sagte er. »Willie und ein anderer starben noch auf der Straße, eine Frau namens Liza und drei Männer wurden gefangen genommen. Ich konnte ihre Namen noch nicht in Erfahrung bringen. Aber die Söhne des Clanführers gehören zu denen, die entkommen sind.«

Er wirkte erleichtert. Ich war es nicht.

• • •

Eine Fliege krabbelte die Wand hoch. Früher hätte ich sie sogar aus größerer Entfernung getroffen. Ich warf. Das Messer schlug gegen die Wand. Die Fliege flog eine Acht durchs Zimmer und streifte fast meine Nase, als wollte sie mich verspotten. Ich fluchte, sammelte das Messer ein und erntete ein unwirsches Geräusch von Neél, der über seinen Papieren saß.

»Grauenhafter Wurf«, murmelte ich.

Zu allem Überfluss war die Klinge an der vorderen Spitze einen Fingerbreit abgebrochen. Man warf solche Messer eben nicht gegen Betonwände, beim Licht der Sonne noch mal!

»Brauchst du Hilfe?«, brummte Neél, ohne aufzusehen.

»Spiel die Zielscheibe für mich, Percent!«, blaffte ich zurück. Er schmunzelte die Karte an, auf der er irgendwelche Punkte einzeichnete.

Ich sah genauer hin. »Sind das die Fundorte der Leichen?«

»Nicht nur. Die ausgemalten Kreise sind Leichen, die Kringel Leichenteile und die Kreuze alles andere, was wir mit den Fremden in Verbindung bringen. Pässe, Waffen, die es hier nicht gibt …«

»So was habt ihr gefunden?«

Er deutete auf einen Punkt westlich der Stadt, ganz in der Nähe von unserem Clangebiet. Nein – *in* unserem Clangebiet. »Hier haben wir eine Pistole gefunden, der Typ wird bei uns nicht hergestellt. Sie war aber eindeutig zu neu, um aus der Zeit vor der Übernahme zu stammen. Wir haben sie zur gleichen Zeit gefunden wie den Pass, den ich dir gegeben habe – und ganz in der Nähe. Daher dachte ich, du wüsstest vielleicht, wem beides gehört.«

»Nein, keine Ahnung. Warum lässt jemand etwas so Wertvolles wie eine Pistole liegen?«

»Vielleicht, weil er weiß, dass es hier keine passenden Kugeln gibt, sobald er sie leer geschossen hat. Die Waffe schien mir empfindlich. Nicht wie die, die alles abschießen, was man reinstopft, und wenn es ein Mutantrattenköttel ist.«

Das klang plausibel. Ich studierte die Karte mit ihm gemeinsam, verriet ihm ein paar Stellen, die falsch eingezeichnet waren, wie zum Beispiel eine Verbindung zwischen dem Kanal und einem Fluss, die es nicht gab. Neél markierte alles mit schnellen, sauberen Tintenstrichen, ohne meine Angaben infrage zu stellen. Schnell sah die Karte unbrauchbar aus, so sehr war sie bekritzelt, aber wir beide wussten, dass die Landkarte erst dadurch wirklich wertvoll wurde. Er würde sie neu abzeichnen. Im Kopf machte ich ein Kreuz an der Stelle, wo ich meine Papiere gefunden hatte, aber das brachte nicht den entscheidenden Lösungspunkt, durch den alle anderen Punkte wie durch Zauberhand zu einem Symbol verschmolzen. Wäre auch zu schön gewesen.

Ich hatte inzwischen entschieden, meine Papiere herzugeben. Sobald wir die Villa wieder aufsuchen würden, sollten Neél, Graves und ihre Freunde sie bekommen. Vielleicht halfen sie ihnen. Ein paarmal spielte ich mit dem Gedanken, Neél die Blätter vorher zu übergeben, aber als ich ihm gegenüber andeutete, Papiere zu besitzen, dachte er nur an den Pass und sagte, ich solle ihn noch behalten. Also wartete ich ab und freute mich auf sein erstauntes Gesicht, wenn ich die Katze aus dem Sack lassen würde.

* * *

Am gleichen Abend ließ Neél mir eine Scheibe von einem gefällten Baumstamm bringen und hängte sie an die Wand, bevor er zum Schlafen in das andere Zimmer ging.

Ich warf das Messer auf das hölzerne Ziel, verfehlte es aber, und wieder brach dabei ein Stück Klinge ab. Mit der nutzlos gewordenen Hand schlug ich erst gegen meinen Oberschenkel und dann auf den Tisch, bis der Schmerz biss, statt beständig zu stören. Das einstige Messermädchen traf nicht einmal mehr das verdammte Holz!

• • •

Es schien eine Ewigkeit zu vergehen, bis mein Körper sich erholt hatte und mir nicht nach ein paar Kniebeugen und Liegestützen schon schwarz vor Augen wurde.

Als Neél endlich wieder mit mir hinausging, hing der Sommer wie ein schweres, warmes Stück Wolle über der Stadt. Zwischen den Häusern staute sich Luft, die mich an das Dachgeschoss unseres früheren Stadthauses erinnerte: Da der Keller ständig von den Percents nach Gebrautem und Gebranntem durchsucht wurde (meine Großmutter soll eine exzellente Brauerin gewesen sein), lagerte mein Vater unsere Kohlen auf dem Speicher. Wenn dieser sich im Sommer richtig aufheizte, roch das ganze Haus nach Kohlenstaub und Asche, genau so wie jetzt die Stadt.

Die Falter wurden weniger. Sie starben, wenn es ein paar Tage nicht regnete, vermutlich aufgrund des Staubs von Dark Canopy, der ihre Flügel verklebte. Percents und Menschen spuckten dieser Tage ständig auf den Boden, weil man das Gesteinspulver mit jedem Atemzug in den Mund bekam. Durch die Nase atmete in der Stadt niemand mehr.

Wir gingen Richtung Villa. Ich war aufgeregt, denn heute wollte ich den anderen meine Papiere geben. Wie sie wohl reagieren würden? Meine Gedanken nahmen mich so sehr gefangen, dass ich erst aufsah, als Neél mich anstieß.

»Ich rede mit dir, hast du das nicht gemerkt?«

Ich spürte meine Wangen rot werden. »Ich war in Gedanken.«

»Geht es dir gut?« Die Ehrlichkeit, mit der er fragte, rührte mich. Da klang doch wahrhaftig etwas Sorge in seiner Stimme durch. Es hatte sich tatsächlich etwas geändert zwischen uns.

»Joy? Was ist los mit dir?«

Ich wurde mir bewusst, dass ich dümmlich grinste, und wischte mir das Lächeln mit etwas Schweiß und Staub aus dem Gesicht. »Entschuldige. Ich habe einfach nur an früher gedacht.«

»Ach.« Schweigend gingen wir ein paar Schritte weiter. Dann fragte er: »Wo hast du eigentlich gelebt, bevor du zu den Rebellen gegangen bist?«

»Ich kann dir nicht mehr sagen, wo genau. Ich war noch klein, als wir geflohen sind, gerade sechs Jahre alt.«

»Wie habt ihr es geschafft?«

»Wir sind in den Kanal gesprungen. Meine Schwester war mit Seilen an meine Mutter gebunden und ich an meinen Vater.«

Neél hakte die Daumen in seinen Hosenbund. »Es heißt, diese Art ›zu reisen‹ sei sehr gefährlich.«

»Die Stromschnellen sind kein Spaß«, gab ich zu und versuchte, mich besser zu erinnern. »Ein paarmal wurden wir gegen Felsen geworfen, einmal knallte ich mit dem Gesicht irgendwo an und der Unrat, der im Kanal schwimmt, ist auch nicht zu unterschätzen.«

Er berührte seine Unterlippe an der Stelle, wo ich von der Narbe gezeichnet war. »Ist das damals passiert?«

»Ja. Aber so entkamen wir aus der Stadt und schlossen uns den Rebellen an, die uns irgendwo aus dem Wasser zerrten.« Ich erinnerte mich, wie groß und erhaben Mars damals auf mich gewirkt hatte. Er hatte mir das Blut vom Kinn gewischt, ich sah es vor mir, als wäre es erst gestern gewesen. Meine Mutter hatte vom ersten Augenblick an großen Respekt vor Mars gehabt, aber mein Vater, der Mann, der bis zu dem Zeitpunkt mein Held gewesen war, fürchtete sich vor ihm. Dadurch wurde Mars zu meinem neuen Helden.

»Leben deine Eltern noch dort?«, fragte Neél.

Ich seufzte. »Meine Mutter starb wenige Jahre später. Kennst du die Krankheit, bei der nach und nach die Organe versagen? Erst der Darm, bis der ganze Bauch vergiftet ist; dann die Lungen, sodass man nicht mehr richtig atmen kann; hinterher das Herz, das Gehirn …«

»Ich habe davon gehört.«

Wir gingen an einer Gruppe Percents vorbei, die uns auf unangenehm genaue Weise musterten. Neél sprach leiser, damit sie uns nicht hörten.

»Bei uns nennt man diese Krankheit *Bombe*. Weil sie im Krieg, als es noch Flugzeuge gab, mittels Gasbomben über manchen Städten abgeworfen wurde und weil sie sich auch verhält wie eine Bombe. Ein paar wenige Leute sterben sofort, aber dann passiert jahrelang nichts. Und irgendwann geht die Krankheit hoch. Deine Mutter stammte aus dem Süden des Landes, habe ich recht?«

Ich zuckte unsicher mit den Schultern. Ich hatte nie gefragt, woher sie kam.

»Im Süden ist das ganze Land verseucht. Selbst heute noch. Alle, die diese Gegend betreten, sterben früher oder später. Geh nie nach Süden, Joy.« Er schluckte und rieb sich die Wange. »Was geschah mit deinem Vater?«

Ich zog die Luft scharf ein. »Er ging zurück in die Stadt, etwa ein Jahr nachdem meine Mutter starb. Er hat aufgegeben.«

»Und du hast nie versucht, ihn zu finden?«

»Ich würde ihn gar nicht wiedererkennen. Ich war noch viel zu klein.« Und bis auf die Knochen verletzt. Er hatte uns nie gefragt, ob wir mit ihm gehen wollten. Über Nacht war er einfach verschwunden und hatte nichts hinterlassen außer einem Messer für mich, einem Buch für Penny und einem Lebewohl, das Mars uns überbrachte.

Neél sah sich nach den Percents um. Ich brauchte das nicht – ich spürte, dass sie uns nachsahen. Mir fiel auf, dass keiner das Zeichen für Respekt gemacht hatte, auch Neél nicht. Das war eigenartig.

Bevor ich fragen konnte, sagte Neél: »Ich finde, du solltest nach ihm suchen. Ich würde sofort nach meiner Mutter suchen, wenn es die Möglichkeit gäbe.«

Seine *Mutter*? Ich starrte ihn an – das musste ein Missverständnis sein –, aber er lächelte, wenn auch unglücklich.

»Wir sind nicht alle gleich. Hast du das Wort *Optimierungsprogramm* schon mal gehört?«

»Ja schon, aber ich weiß nicht, was es bedeutet.«

»Mina hat dir erklärt, wie wir entstanden sind, nicht wahr?«

»Stimmt«, sagte ich leise. Wenn ich gewusst hätte, dass sie ihm gleich davon berichtet, hätte ich sie nicht befragt. Aber was Neél mir während der Parade erzählt hatte, war mir nicht aus dem Kopf gegangen und so hatte ich Mina darauf angesprochen.

Sie hatte mir erklärt, dass man die Forschung an den Percents auf zweihundert Jahre vor der Übernahme – dem Beginn unserer Zeitrechnung – zurückdatierte. Bücher belegten, dass man zunächst Pflanzen und Tiere in Chargen hergestellt und genetisch verändert hatte. Mit einem Schaf soll es begonnen haben. (Ich hatte mit dem Gedanken gespielt, Neél damit aufzuziehen, fand allerdings, dass er nicht viel mit einem Schaf gemein hatte.) Später dann fand dasselbe mit menschlichem Material statt. Die Aufzeichnungen berichteten zunächst von Aufständen. Viele Menschen rebellierten gegen die Arbeit an menschlicher DNA, aber die Wissenschaftler setzten sich durch. Sie arbeiteten an Embryonen, die abgetrieben worden waren, und mit Stammzellen aus Nabelschnurblut, das die Eltern zur Forschung freigegeben hatten – Eltern, die einen Beitrag im Kampf gegen Krankheiten leisten wollten. Sie wurden die Komplizen von Menschen, die sich über die Schöpfung erhoben – so nannte es

Mina. Das Material wurde immer weiter optimiert, verarbeitet, manipuliert und schließlich verkündete man in jenem schicksalhaften Jahrzehnt vor dem Beginn des Dritten Weltkriegs, etwas Einzigartiges erschaffen zu haben. Eine Rasse, nicht ganz Mensch, nicht ganz Tier, die sich durch Gehorsam, Lernbereitschaft und Arbeitseifer auszeichnete. Die bei Nacht sehen und über Membranen am ganzen Körper riechen konnte, was ihre Haut zwar übersensibel für UV-Strahlen machte, sie aber dafür prädestinierte, Gefahren wie biochemische Waffen oder Gase aufzuspüren. Außerdem konnten sie über diese Haut Sauerstoff aus dem Wasser filtern und so länger tauchen als jedes Säugetier, denn die Hautmembranen waren winzigen Kiemen nachempfunden. Ferner galt der zunächst nur in Chargen zu hundert Stück gezüchtete Percent als resistent gegenüber vielen Krankheiten und Giften. Da er vor dem Gesetz kein Mensch war, hatte er keinerlei Grundrechte und wurde wie ein Tier als Sache behandelt. Eine rechtlose und leicht nachzuproduzierende Spezialeinheit war entstanden.

Ein altes Buch, das Mina hütete wie ihren Augapfel, berichtete von einem Großeinsatz von Percents nach einem Vorfall, den sie als Super-GAU bezeichneten, in einem Atomkraftwerk in einem Land, das man damals Frankreich nannte. Man hatte das halbe Land evakuieren müssen und ein Dutzend Legionen Percents in das kollabierte Kraftwerk voller zerstörerischer Substanzen geschickt, um es wieder unter Kontrolle zu bekommen. Mit diesem erfolgreich abgeschlossenen Projekt endete das Buch.

Mina zeigte mir Broschüren, in denen man lesen konnte, dass diese fantastischen Percents den idealen Soldaten darstellten, besonders, da man damit rechnen musste, dass in den nächsten Kriegen nukleare Waffen zum Einsatz kommen würden.

Mit einem bitteren Lächeln hatte Mina erzählt, dass Percents wie am Fließband hergestellt wurden, denn überall auf der Welt bestand große Nachfrage. Proteststimmen, die nach Rechten für die Percents verlangten, wurden niedergemacht und als Feinde des Fortschritts diffamiert. In Anbetracht dessen, dass Menschen die Arbeiten in den atomar verseuchten Gebieten nicht übernehmen konnten, verstummten die Skeptiker nach und nach.

Ich war erstaunt gewesen, was Mina alles wusste. Sie musste sich lange mit der Geschichte der Percents beschäftigt haben. Als ich sie fragte, lächelte sie und sagte: »Ich lese jedes Buch, bevor es vernichtet wird. Und manchmal bin ich hinterher froh, dass es verbrannt wird. Es ist wie ein Zeichen, dass sich so etwas nicht wiederholen soll.«

• • •

»Mina trägt den Kopf in den Wolken«, sagte ich unwillkürlich. Es musste zusammenhanglos auf Neél wirken, aber er lächelte, als verstünde er genau.

»Ich weiß, was du meinst. Sie hasst die Vergangenheit, glorifiziert die Gegenwart und verträumt die Zukunft.«

»Sie glaubt diesem Buch und ihren alten Broschüren blind. Sieht sie denn gar nicht, dass es heute die Menschen sind, die ebenso übel ausgebeutet werden?«

»Sie glaubt, ihr hättet es verdient. Das sagt sie oft: Jeder bekommt, was er verdient.«

Das war doch krank! Sie war ein Mensch und stellte sich auf die Seite der Percents, weil die – angeblich – vor hundert Jahren unterdrückt und ausgenutzt worden waren?

»Es ist nur ein Gerücht«, fuhr Neél fort, »aber es heißt, Mina wäre eine Nachfahrin jener Wissenschaftler, die uns erfunden haben. Sie glaubt, sie müsste das wiedergutmachen. Von ihr stammt auch die Idee zum Optimierungsprogramm, sie hat es entwickelt.«

Da war es also wieder, dieses Wort, das überall, wo es in der Luft erklang, diesen unangenehmen, bedrohlichen Nachhall nach sich zog.

Wir erreichten die Villa, aber Neél ging nicht zur Tür, sondern ließ sich auf den abgetretenen Stufen davor nieder. Ich lehnte mich gegen die Mauer, sodass ich etwas höher stand als er. Ich mochte es, wenn er zu mir aufblickte; ich sah es gerne, wenn seine dichten Wimpern die Augen überschatteten und ich raten musste, ob das Lächeln auf seinen Lippen echt war oder ob der Spott in seinem Blick dominierte.

»Und was genau bedeutet *Optimierungsprogramm* nun?« Vielleicht wäre Unwissenheit in diesem Fall doch die bessere Wahl gewesen. Denn was er dann sagte, ließ mich trotz meiner düsteren Erwartungen zusammenzucken.

»Optimiert bedeutet *geboren.*«

»Geboren«, wiederholte ich stumpf. »Wie soll das möglich sein? Es gibt keine Percent-Frauen. Du willst mir doch nicht erzählen, das sei ein Gerücht und es gibt Frauen, man kann sie nur nicht von den Männern unterscheiden.« Ich kicherte, um meine Furcht zu überspielen. »Das wäre ja schlimm. Für die Frauen.«

Er lachte nicht und das bereitete mir ernsthaft Sorgen. »Du hast recht. Es gibt keine Frauen.«

Ich biss mir ein Stück Fingernagel ab und murmelte gegen meine Hand. »Menschen?«

Er starrte den Boden an. »Es ist noch nicht lange möglich, aber seit einer Weile entstehen die Ersten von uns auf einem Weg, den ihr wohl als *natürlich* bezeichnen würdet.«

»Du meinst …?« Ich machte jene peinliche Geste mit den Händen, mit der wir als Kinder das Wort Sex überspielt hatten. Prompt schoss mir das Blut in den Kopf. Ich hatte nicht einmal gewusst, dass Percents fortpflanzungsfähig waren. »Das bedeutet, im Optimierungsprogramm sitzen Frauen, die ihr schwängert, um bessere Percents zu schaffen.«

»Genau so ist es.«

»Gegen ihren Willen?« Lüg, dachte ich, bitte lüg mich einfach an.

Aber Neél hatte mich noch nie geschont. »Wer macht so etwas wohl freiwillig?«

»Und du … du bist auf diesem Weg … zur Welt gekommen?« Mein Fingernagel war nun völlig abgebissen, ich nagte an der Haut.

Er nickte und warf mir einen Blick von schräg unten zu, den ich schlecht einschätzen konnte. »Ich gehöre zu den Ersten aus dieser Testreihe.«

Das konnte erklären, warum er anders war als die anderen Percents. Doch für den Augenblick galten meine Sorgen nicht ihm.

»Warum erzählst du mir das? Ist es wahr, was die anderen Soldaten gesagt haben? Komme ich dahin, wenn sie mich beim Chivvy kriegen?«

Er zog Luft zwischen den Zähnen ein. »Sie planen es. Die Rede ist von einer ganzen Versuchsreihe von Frauen, die sich im Chivvy beweisen müssen und dadurch vorsortiert werden.«

»Die Stärksten kommen in die Zucht und die Schwächsten in die Suppe«, wiederholte ich die Worte, die mal eine Frau zu mir gesagt hatte, die Hunde züchtete. Ich mochte stark sein, aber zur Zucht taugte ich nichts, weil ich nie meine Periode bekommen hatte. Penny schob es darauf, dass unsere Mutter in der Schwangerschaft ihren ersten Krankheitsschub gehabt hatte. Ich war beschädigt geboren worden.

Ich wunderte mich, dass es Neél nicht aufgefallen war; fragte er sich nicht, warum er niemals mein Monatsblut roch? Aber was mochte er schon über den Körper einer Frau wissen. Besser, ich verriet es ihm nicht.

Er spuckte auf den Boden und schwieg und ich wechselte schnell das Thema. »Außerhalb der Städte gibt es viel weniger Staub. Hast du das gewusst?«

Sein Blick wurde düster. »Das habe ich mir schon gedacht. Es gibt nicht viele Gründe für euch, hier leben zu wollen, nicht wahr?«

»Nein.« Aber es wäre auch gelogen zu behaupten, es gäbe überhaupt keine Gründe. Die meisten Menschen hier wirkten nicht völlig verzweifelt. Viele Städter arrangierten sich besser mit ihrer Situation als die frustrierten Krieger der Rebellenclans.

»Aber das braucht dich nicht zu kümmern«, sagte er unerwartet, »denn eine Zeit in der Stadt wird es nach dem Chivvy für dich nicht geben – richtig?« Seine Frage klang eher nach einer Feststellung.

»Richtig.«

»Gut.« Er sprang auf und strich seine Weste glatt. »Dann lass uns reingehen. Ich habe eine Überraschung für dich.«

Oh, die hatte ich auch! Ich bewegte die Schultern und an meinem Rücken knisterte kaum hörbar das Papier. Gleich würde ich es preisgeben, meinen einzigen Besitz. Doch traf das überhaupt noch zu? Immerhin hatte ich jetzt wieder ein Messer – gut, ein beschädigtes – sowie ein wertloses Seil. Zeit, etwas zurückzugeben.

Ich folgte ihm mit einem Lächeln. Aber ich wusste ja auch noch nicht, was er sich für mich ausgedacht hatte.

26

»öffne endlich die augen.«

Keine fünf Minuten später trug ich eine Binde aus schwarzem Stoff über den Augen.

»Muss das wirklich sein? Ich finde es –«

Alex zog den Stoff mit einem Ruck fest und ich sah nicht einmal mehr den kümmerlichsten Lichtstrahl.

»Willkommen in meiner Welt«, flüsterte sie nah an meinem Ohr. »Ja, es muss sein. Neél, du kannst jetzt gehen. In einer Stunde bin ich fertig mit ihr.«

Eine Tür wurde geschlossen. Alex und ich waren allein und das war auch gut so, denn ich hatte nicht übel Lust, Neél zu erwürgen.

Ich hatte keine Ahnung, wo ich war, wusste nur, dass wir uns im Erdgeschoss befanden und der Boden unter mir glatt und hart war. Steinfliesen, vielleicht Marmor. Der Raum musste ziemlich groß sein, die Decken vermutlich hoch. Der Hall klang ein wenig so wie in der alten Kirche.

»Du hast ihre Augen gesehen«, sagte Alex. An ihrer Stimme hörte ich, dass sie mich umrundete. Ihre Schritte waren lautlos und ich versuchte mich vergeblich zu erinnern, ob sie bei der Begrüßung in der Eingangshalle Schuhe getragen hatte oder barfuß gewesen war. »Weißt du, warum sie im Dunkeln sehen können?«

»Weil ihre Pupillen lichtempfindlicher sind und sich weiten oder zu Schlitzen zusammenziehen wie bei Katzen«, gab ich lustlos zurück. Dieses Experiment war mir unheimlich. Ich traute Alex nicht über den Weg und fühlte mich ihr ausgeliefert.

»Sehr richtig«, erwiderte sie. »Sie nutzen diesen Vorteil ohne jede falsche Scham. Wenn das Chivvy sich seinem Ende nähert und noch Menschen frei sind, dann drehen sie das Licht ab.«

»Sie stellen Dark Canopy dunkler?«

»In der Tat.« Ich zuckte zusammen, weil sie plötzlich genau hinter mir stand. »So dunkel, dass kein Mensch mehr sieht als ich.«

»Aber die Percents können noch sehen?«

»Oh ja. Das können sie.«

Ich schnaubte resigniert. Sollte ich hier lernen, mich mit meinen Händen durch die Finsternis zu tasten? Das war vollkommen sinnlos, wenn ich gegen Percents antrat, die mich sehen konnten.

»Du glaubst, du hättest keine Chance?«, fragte Alex schmeichelnd. Ihre Stimme kam schon wieder aus einer anderen Richtung. »Dann geh. Geh und such dir einen guten Tag zum Sterben. Das wirst du ohnehin. Besser, du entscheidest selbst, wann und wo.«

»Redest du immer so pathetisch daher?« Ich straffte die Schultern, auch wenn sie es nicht sah. »Wie ist dein Plan?«

Sie lachte, es klang, als werfe jemand Kiesel in eine Blechschale. »Du denkst, ich habe einen Plan? Für dich?«

»Ansonsten hätte Neél mich nicht hierhergebracht.«

Ein paar Atemzüge lang war sie vollkommen still. »Der gute Neél«, säuselte sie dann. »Verlass dich besser nicht auf seine Versprechen, Mädchen. Die hält er nicht immer.«

»Was meinst du damit?«

»Ach.« Sie schien plötzlich am anderen Ende des Raumes zu sein, denn ihre Stimme erreichte mich wie von vielen Wänden zurückgeworfen. »Das solltest du doch am allerbesten wissen.«

Was meinte sie damit? Doch zum Fragen blieb mir keine Zeit.

»Komm zu mir!«, rief sie und klang plötzlich viel weniger frostig. »Ich lehre dich, im Dunkeln zu sehen. Wenn du es lernen willst, dann komm her. Ansonsten geh, verschwinde, das wäre mir ohnehin am liebsten.«

»Vergiss es.« Ungelenk tastete ich mich mit Händen und Füßen voran.

»Warte!«, rief Alex. »Hör erst zu.« Sie schnalzte mit der Zunge, gab kleine, zügig aufeinanderfolgende Klicklaute von sich. Sollten das Morsezeichen sein?

»Wir Blinden sehen wie Fledermäuse. Mit unseren Ohren. Jeder Laut, den du entlässt, stößt irgendwann auf ein Hindernis und kommt zu dir zurück. Hör genau hin, dann hörst du alles, was dir im Weg steht.« Wieder schnalzte sie und ich registrierte, wie sie sich von links nach rechts bewegte. »Versuch es. Komm zu mir.«

Ich schnalzte, lauschte, schnalzte und lauschte. Das war doch Unsinn. Wenn die Schnalzechos wirklich anders klangen, sobald sie auf ein Hindernis trafen, dann spielte sich das in Frequenzen ab, die ich nicht wahrnahm. Meine Sohlen tappten hilflos über den Stein. Mit dem Kopf knallte ich an einen Balken und das Knie stieß ich mir an der Kante einer mit Eisen beschlagenen Truhe. Ich warf etwas um, vermutlich einen Stuhl, und prallte gegen einen Tisch. Eine Vase kippte, rollte langsam über das Holz und ging schließlich mit einem Klirren auf dem Boden zu Bruch. Verdammt, hatten die hier mit Absicht alles vollgestellt?

Als Alex ihr »Komm zu mir« wiederholte, packte mich der Frust, denn ihre Stimme kam aus der vollkommen falschen Richtung. Ich fluchte und sie lachte erneut ihr schadenfrohes Kieselsteinlachen.

»So wird das nichts«, sagte sie, plötzlich wieder dicht bei mir. »Du stellst dich fürchterlich an.«

Warum hatte ich das Gefühl, dass sie gar nicht das Blindekuh-Spiel meinte?

»Du trampelst herum, machst alles kaputt und es stört dich noch nicht einmal. Spürst du denn gar nichts?«

»Ich weiß es nicht«, zischte ich. »Ich weiß überhaupt nichts mehr.

Weder was ich spüren noch was ich denken soll. Und vor allem weiß ich nicht, was ich dir eigentlich getan habe.«

»Was meinst du? Du hast mir überhaupt nichts getan«, erwiderte sie betont harmlos.

»Willst du abstreiten, dass du mir von Anfang an misstraut hast?«

»Vertraust du denn irgendwem?«

Ich ignorierte ihren Einwand – das stand hier nicht zur Debatte. »Und erst recht weiß ich nicht, was ich hier hören soll. Das alles hat doch überhaupt keinen Si–« Ich wollte mir die Binde vom Kopf ziehen, aber Alex fing meine Hand ab. Wider Willen beeindruckte mich ihre Genauigkeit.

»Bist du wirklich vollkommen blind?« Die Frage war schneller aus meinem Mund, als meine Manieren eingreifen konnten.

»Offenbar nicht ganz so blind wie du«, erwiderte sie kühl.

»Was meinst du?«

»Stellst du dich dümmer, als du bist, oder weißt du es wirklich nicht?«

»Ich weiß nicht einmal, wovon du redest.«

Darauf schwieg sie eine Weile, dann folgte ein heller, kurzer Seufzer, der nach »Was soll's?« klang.

»Die Laute«, erklärte Alex, »sind individuell zu wählen. Ich nutze das Schnalzen, andere machen einen Klacklaut in der Wange oder pfeifen. Ein Typ, mit dem ich mal im Bett war, ruft ›Katzenkacke‹, um sich zu orientieren, aber ich glaube, bei dem ist mehr kaputt als nur die Augen. Probiere es aus. Sende unterschiedliche Laute in unterschiedliche Richtungen, gegen eine Wand aus Stein, ein Fenster aus Glas, gegen etwas Großes, gegen etwas Kleines, gegen dicke, weiche Menschen und harte, raue Bäume. Finde den Laut, mit dem du die Unterschiede hörst.« Von einem auf den anderen Moment schwang ihre Stimme um. Es wäre zu viel gewesen, ihren Tonfall als freundlich zu bezeichnen, aber er war gefärbt von einer klaren Sachlichkeit.

»Was ist?«, fragte sie.

Hatte ich unbemerkt durchgeatmet oder las sie meine Gedanken? »Nichts, ich will mich bloß konzentrieren.«

»Das ist gut. Du musst hören. Aber auch riechen, die Erde fühlen, den Wind schmecken. Und dann besitzen wir noch unsere Intuition. Dein Körper spürt vieles, ohne dass du dir dessen bewusst bist.«

Ich musste daran denken, dass ich ständig die Blicke der Percents spürte. Oder die Fährte des Wildes, wenn ich jagte. Schnee oder Sturm, lange bevor er kam. »Mein Instinkt funktioniert bestens, glaub mir.«

»Dann frage ich mich, warum du ihn nicht nutzt. Er führt dich sicher, wenn du lernst, auf seine Signale zu reagieren.«

Ihrer Stimme nach umkreiste sie nun den Tisch. Da war ein Auf und Nieder in den Worten, so als ... ja, so als drehte sie sich. Sie tanzte! Irgendwo da mussten die Bruchstücke der Vase liegen, aber weder hörte ich Scherben knirschen noch gab Alex einen Schmerzenslaut von sich.

»Du bist eine Künstlerin!«, rief ich unwillkürlich und zuckte im gleichen Moment zusammen. Das hatte Penny immer zu mir gesagt, wenn ich mein Messer geworfen hatte. Ich ballte meine rechte Faust, so weit ich konnte. Mein Arm zitterte vor Anstrengung, aber die Finger blieben versteift.

»Jeder kann das lernen«, sagte Alex. »Selbst Fledermäuse können es. Willst du behaupten, Fledermäuse seien dir überlegen?«

»Fledermäuse können fliegen, Alex.« Ich versuchte mich an unterschiedlichen Lauten und musste feststellen, dass sich mein zischelndes Pfeifen durch die Zähne tatsächlich anders anhörte, wenn ich den Kopf drehte.

»Neél hat mal ein großes buntes Stoffstück und Streben aus einem Leichtmetall gefunden. Wir haben das Gerät rekonstruiert. Es ist von vor dem Krieg und weißt du, wofür es gut war? Zum Fliegen! Vor dem Krieg konnten die Menschen fliegen.«

Der alte Laurencio hatte uns davon erzählt, aber wer wusste schon, was Vergangenheit war und was Märchen. Bücher waren gute Lügner.

»Ich habe gehört«, erzählte ich, »dass früher Menschen in Raketen zum Himmel geschossen wurden. Dort verbrachten sie viele Jahre. Man fror sie sogar ein und taute sie wieder auf, damit sie weitere Strecken reisen konnten und unterwegs nicht alt wurden und starben. Stell dir vor, einer von denen kehrt irgendwann zurück.«

Alex lachte. »Der dürfte sein blaues Wunder erleben. Aber vielleicht gefällt es ihm sogar.«

»Denkst du denn, dass es heute besser ist als früher?« Wieder so eine Frage, die ich bereute, bevor sie ganz ausgesprochen war. Und offenbar war ich zu weit gegangen, denn Alex antwortete gar nicht erst darauf.

Ich tastete mich durch den Raum. Pfiff, lauschte, lauschte, pfiff. Die Unterschiede waren da, aber sie einzuschätzen schien unmöglich. Ich atmete tiefer, versuchte, mit dem, was ich roch, zu sehen.

Moder im Stein, ein Anflug von Schimmel. Ich folgte dem Geruch und blieb stehen, wo er am stärksten war. Mit den Fingern berührte ich den Boden, strich über den Marmor und leckte die Fingerkuppe ab. Bloß Staub.

»Über mir«, murmelte ich, »könnte ein dunkler Fleck sein. Da gab es vielleicht mal einen Wasserschaden.«

»Du rätst. Aber du darfst nicht raten. Du sollst sehen. Du darfst keine Angst vor Fehlern haben. Etwas Falsches zu tun ist viel weniger schlimm, als gar nichts zu tun. Mit dem Sehen ist es nichts anderes. Also noch mal. Was siehst du?«

Ich seufzte. »Einen dunklen Fleck an der Decke, der von einem Wasserschaden stammt. Zufrieden?«

»Du denn nicht? Du hast gerade ohne deine Augen gesehen. Wer ohne Augen sehen kann, kann ohne Berührungen fühlen und ohne Seele lieben.«

Wie kitschig. Ihr Pathos überschritt meine Schmerzgrenze. »Und was nützt mir das?«

»Denk an den Herbst«, verlangte Alex. »Was siehst du?«

Tausend Dinge. Menschen auf den Straßen, die das verfluchte Zeichen für Respekt machen, während Glockenklänge vom Band kommen. Percents, stolz und überheblich in ihren Schauwagen. Kinder, die die besten Teile der Ernte als Tribut abgeben müssen. Gefüllte Keller und das Wissen, dass es dennoch nicht über den Winter reichen wird, wenn sie kommen, um sich ihren Anteil zu holen. Wunde, aufgerissene Hände vom Weben, Stricken und Nähen. Matratzen, von denen man die Überzüge gerissen hat, um ein dringend gebrauchtes Babyjäckchen daraus zu nähen. Nackte, blutende Hühner. Federn wachsen nach und manchmal legen sie trotzdem weiter Eier.

Das Chivvy. Menschen, die rennen. Um ihr Leben.

»Willst du wissen, was ich sehe?«, fragte Alex. »Ich sehe eine dichte Laubschicht über den Sümpfen.«

Sie hatte durchaus recht. Man sah die Sümpfe im Herbst nicht. Sie zu riechen, war ein Vorteil – den auch die Percents genossen.

»Ich sehe schwarz«, sagte ich schlicht.

Alex schnaubte, ich spürte ihren Atem auf meinem Arm. »Wie pessimistisch. Warum versinkst du ständig im Selbstmitleid?«

Warum ich –? Für einen Augenblick blieb mir die Spucke weg. »Ich wurde gefangen genommen, ich wurde eingesperrt, in die Kammer eines Percents gezwungen«, zählte ich auf, »ich werde ausgebildet, um ihr Spielzeug zu sein und –«

»Neél setzt Himmel und Erde in Bewegung, um dich zu befreien«, fuhr sie dazwischen. Ihre Stimme war so scharf, dass sie mir wie ein Dolchstich bewusst machte: Alex war in irgendeiner Weise involviert.

»Ich frage dich noch mal«, sagte ich langsam und deutlich. »Was habe ich dir getan? Was hast du gegen mich? Sag's mir endlich, damit ich eine Chance habe, es zu verstehen.«

»Frag Neél.« Sie zog die Nase hoch und zum ersten Mal hörte ich ihre Schritte. Sie entfernten sich von mir. »Wiederhole täglich, was ich dir beigebracht habe. Du weißt jetzt, wie es geht, und du bist recht gut für den Anfang. Alles Weitere ist Übung.«

Ich zog an der Augenbinde, war aber nicht schnell genug. Als ich wieder sehen konnte, tanzten zunächst dunkle Punkte vor meiner Linse und ich brauchte erschreckend lange, um mich zu orientieren.

Alex war fort. Aber der Wasserfleck, der war wirklich da.

• • •

»Ich hätte nicht gedacht, dass ihr beide diesen Raum wieder lebend verlasst«, begrüßte mich Neél. Er stand mit verschränkten Armen an das Treppengeländer gelehnt und wirkte erheitert, wenn nicht sogar etwas schadenfroh.

»Dann sollte das ein Mordanschlag werden?« Ich tat nicht wütend. Ich war es. »Was war das gerade? Warum muss sie mich trainieren? Du weißt, dass sie mich hasst.«

Das Grinsen verging ihm augenblicklich. »Sie will dir trotzdem helfen.«

Ich stemmte die Hände in die Hüften. »Du glaubst doch nicht, es würde mir helfen, mit verbundenen Augen einen Wasserschaden zu finden. Die Aktion da drin, die war vollkommen hirnrissig.«

Neél hob eine Augenbraue. »Da ist ein Wasserschaden im Salon? Was für eine Schande!«

Ich knurrte und boxte nach ihm, was er schrecklich komisch fand.

»Es schadet doch nicht. Vielleicht kannst du es irgendwann gebrauchen.« Sein Versuch, mich zu beschwichtigen, ging gehörig in die Hose.

»Warum?«, wiederholte ich.

Er hob die Arme und ließ sie gleich wieder fallen. »Sie wollte es eben. Sie will helfen, etwas beitragen und ... ja, gut, sie wollte dich kennenlernen. Ich konnte ihr das nicht abschlagen. Ich stehe in ihrer Schuld.«

»Dann tritt zur Seite«, murmelte ich.

Alex' Worte klebten an mir wie heißes Pech. Ob ich nichts spüren würde, hatte sie mich gefragt. Ich hatte nie viel auf das gegeben, was andere über mich zu wissen glaubten. Als Freundin des Mannes, hinter dem jede Frau im Clan her gewesen war, verstand ich es besser als jede andere, die Tratschtanten reden zu lassen. Es ging an mir vorbei.

Nur nicht ... wenn es stimmte.

Hatte ich wirklich keine Gefühle? Waren sie mir abhandengekommen, verloren gegangen wie mein Messer, meine Freiheit und alle Freunde? Wann war das geschehen?

»Wir gehen zurück«, sagte Neél.

»Was? Aber wir sind doch nicht bloß für das alberne Spiel hergekommen!«

»Scheinbar schon, Joy, tut mir leid. Graves und die anderen sind nicht da.«

Seine Worte beunruhigten mich. Sie steckten ihre Nasen in Angelegenheiten, die von oberster Stelle geheim gehalten wurden. Sie agierten gegen die Triade! »Nicht gekommen? Meinst du, ihnen ist etwas passiert?«

Sein Grinsen gefiel mir nicht. »Um wen sorgst du dich so? Um unseren Literaten Graves?«

Ich boxte Neél erneut gegen den Oberarm und diesmal zuckte er zusammen. Das würde einen schönen blauen Fleck geben – und den hatte er verdient!

»Keine Sorge …«, meinte er, öffnete die Tür und hielt sie mir auf, nur um sie dann als Retourkutsche im richtigen Moment zuzuziehen, sodass ich mit der Schulter schmerzhaft gegen das Türblatt stieß.

»Au, verdammt!«

»… wir haben Vorsichtsmaßnahmen.« Er sprach weiter, als sei nichts geschehen, während ich mir die Schulter rieb. »Eine Regel lautet, dass wir unsere Treffen beim geringsten Verdachtsmoment ausfallen lassen. Falls einer erwischt wird, zieht er keinen der anderen mit rein. Und wenn wirklich mal etwas ist, dann weiß Alex es vor allen anderen. Alex riecht, wenn es brennt.«

Das glaubte ich ihm sofort. »Was, glaubst du, könnte passiert sein?«

Neél strich sich durchs Haar und band sich einen neuen, straffen und höchst akkuraten Zopf. »Ich hatte heute ohnehin nur mit Graves gerechnet. Er muss sicher arbeiten.«

»Verrätst du mir, was er macht?«

»Sicher. Er arbeitet im Hotel, hin und wieder auch im Gefängnis, wenn er dort gebraucht wird. Als Reiniger.«

Reiniger … Das klang schaurig. Was mochte ein so belesener und gebildeter Percent wohl reinigen? Tatorte?

Neél wirkte frustriert, als ich ihn fragte. »Die Böden«, sagte er schlicht, »die Böden.«

die toten dürfen keine wünsche mehr haben.

Meistens ist es dem Zufall zu verdanken, dass man das große Glück um Haaresbreite verpasst.

Seit Wochen suchte Matthial nach einer Spur von Joy. Sie war gesehen worden. Seltsame Gerüchte kamen ihm zu Ohren. *Soldat*, nannte eine alte Frau sie. *Hure eines Percents*, sagte ein Mann, dem Matthial dafür bedauerlicherweise die Nase brechen musste. Doch der Kerl bestand, selbst als er Blut spuckte, noch darauf, gesehen zu haben, wie sie erst gestern lachend mit einem der Percents die Marktstraße entlangspaziert war. Matthial glaubte ihm kein Wort, hielt die besagte Straße jedoch die folgenden Tage im Blick. Und so kam es, dass er bei der Suche nach Joy jemand anderem über den Weg lief.

Amber.

Sein erster Eindruck war allerdings, dass er sie mit einer Fremden verwechselt haben musste, denn sie sah ihn nicht an, starrte zu Boden und zwängte sich an ihm vorbei, auf einen Marktkarren zu, hinter dem ein Mann mit leiernder Stimme von der Qualität seiner Eier und Geflügelprodukte faselte.

»Amber.« Das Hemd klebte ihm feuchtkalt in den Achseln, die Zunge salzig am Gaumen. »Amber, warte.«

»Bitte«, flüsterte sie – nein, sie wimmerte beinahe, »ich habe doch keine Zeit. Ich darf ihn nicht warten lassen.«

Matthial biss die Zähne zusammen, als sein Blick ihre Hände streifte, die verharschten Striemen auf den Fingerrücken. Sie bemerkte es und zog rasch die Ärmel darüber, verlangte mit kaum hörbarer Stimme fünf Eier und sah sich dabei immer wieder über die Schulter um. Ein Pferdekarren holperte vorbei und Amber zitterte im Takt der Holzräder. Die Peitsche klatschte nachlässig auf die Kruppe des Pferdes. Amber schloss die Augen und atmete die staubschwere Luft langsam durch die Nase ein.

»Amber, was ist passiert?«, wollte Matthial wissen und im gleichen Augenblick wurde ihm klar, dass das, wonach er fragte, nichts war, was man am Straßenrand besprach.

»Du musst gehen.« Wieder sah sie sich um. »Heute habe ich keine Zeit zum Reden.«

»Ich komme wieder.«

»Bitte nicht.«

»Wir holen dich hier raus. Wir sind mehr geworden und wir sind stark!«

»Matthial!« Sie sah nur einen Moment auf, aber er erkannte die Tränen in ihren rot geränderten Augen. »Geh! Komm nicht zurück.«

Der Atem blieb ihm, wie ein Tier mit Krallen, in der Kehle stecken. »Amber, warte, nur einen Moment. Hast du Joy gesehen?«

»Es geht ihr gut«, flüsterte sie, ohne die Lippen zu bewegen. Dann eilte sie die Straße hinunter, geradewegs auf einen Percent zu, der dort auf sie wartete. Sie nickte ihm zu, fast war es eine Verbeugung, und trabte hinter ihm her um eine Ecke.

Mit einem gelangweilten »Was jetzt?« riss der Verkäufer Matthial aus seinen Gedanken. »Willst du etwas kaufen, du Hänsel, oder bloß gaffen?«

»Nichts davon.« Matthial ließ die Schultern hängen und trollte sich.

• • •

Zum Abend verließ er die Stadt durch einen unterirdischen Tunnel, den er erst wenige Tage zuvor entdeckt hatte. Regenfälle hatten den einstigen Abwasserkanal ausgespült und wilde Sträucher überwucherten den Zugang, sodass er den Percents bisher nicht aufgefallen war. Matthial hatte ihn durch die Hilfe seines Hundes gefunden und nutzte ihn seitdem nahezu täglich, um seine Waffen zu verstecken und sicher in die Stadt und wieder hinaus zu gelangen.

Um sie zu finden. Bisher vergeblich. Und nun?

Es ging ihr gut.

Aber welchen Wert besaß die Aussage von Amber, deren Angst die Luft geschwängert hatte wie alter Schweißgeruch? Konnte er auf ihre Worte bauen?

Auf dem Rückweg durch das Bomberland und den angrenzenden Wald beschloss Matthial, das Positive zu sehen. Joy lebte. Das stand fest – Amber hatte nicht ausgesehen, als hätte sie Kraft für Lügen. Wenn Joy lebte, würde er sie finden, früher oder später. Alles, was er brauchte, war ein Plan.

In seinen Gedanken gefangen, bemerkte er nur am Rande seines Bewusstseins, wie ungewohnt still der Abend war. Die Luft drückte aufs Land, selbst zwischen den Bäumen hing sie schwer. Vielleicht zog ein Gewitter herauf. Hoffentlich. Die Wasservorräte wurden schon wieder knapp, es stand zu befürchten, dass der Brunnen ein Leck hatte. Das hatte er heute kontrollieren wollen, es aber wieder aufgeschoben, wie er alles aufschob, abgesehen von der Suche nach Joy. Matthial seufzte bei dem Gedanken daran und zog sich den vom Schweiß festgeklebten Hemdstoff vom Rücken.

Und dann hörte er ein Keuchen. Im ersten Moment klang es wie das Fauchen einer der so selten gewordenen Wildkatzen und Matthial schwenkte schon vom Weg ab, um einen vernünftigen Bogen um das höchst aggressive Tier zu ziehen, doch dann folgte ein Schrei. Das war eindeutig ein Mensch! Eine Frau!

Matthial griff über die Schulter, zog einen Pfeil aus dem Köcher und legte ihn auf die Sehne des Bogens. Er beschleunigte seine Schritte, begann zu rennen, als er einen weiteren Laut der Frau hörte, diesmal klang er weniger zornig, sondern verzweifelt. Der Himmel war kaum mehr heller als Asche und spendete nur noch wenig trübes Licht, aber Matthials Augen waren durch die Wochen in den Kanälen an Dunkelheit gewöhnt. Er fand seinen Weg über umgestürzte Baumstämme, niedergedrückte Wurzelausschläge und durchs Unterholz, ohne innehalten zu müssen. Trockene Zweige brachen krachend unter seinen Sohlen. Er gab sich keine Mühe, leise zu sein. Wenn er recht hatte und sich einem Kampf näherte, dann würden die Konkurrenten nicht auf ihr Umfeld achten.

Er sah die Frau zuerst, erkannte sie an ihrem stacheligen, kurzen Haar. In der Dunkelheit wirkte es fast schwarz. Kendra. Was tat sie hier? Die Tiere entdeckte er erst auf den zweiten Blick. Wilde Hunde; es waren zwei magere Geschöpfe, deren Rippen unter räudigem Fell hervorstachen. Geduckt schlichen sie um Kendra herum. Wichen ihr aus. Warteten.

Matthial ließ den Blick über die umliegenden Büsche schweifen. Es war nicht selten, dass wilde Hunde im Rudel angriffen und sich die stärksten Tiere versteckt hielten, bis die Vorhut das Opfer geschwächt hatte. Tatsächlich sah er unter einem Strauch gelbe Augen aufblitzen. Das Tier starrte in seine Richtung, es schien ihn entdeckt zu haben. Matthial gab ihm keine Sekunde Zeit zum Reagieren. Mit einem Zischen durchschnitt der erste Pfeil die Luft und traf den Hund in den Hals. Das Tier sprang aus dem Gebüsch, um auf die Beine zu kommen, doch Matthial hatte sauber gezielt – das tat er immer, wenn er auf Hunde schoss. Er quälte sie ungern, denn jedes Mal musste er an seinen treuen Rick denken. Auch dieser hier würde nicht lange leiden. Schon beim ersten Belasten knickten ihm die Vorderläufe ein. Er gab ein heiseres Jaulen von sich, dann verebbte es und wurde zu einem Stöhnen. Der Hund fiel auf die Seite und starb, noch ehe Kendra und die beiden angreifenden Tiere begriffen hatten, was geschehen war.

»Kenny!«, schrie Matthial.

Sie blickte sich irritiert um und der kleinere der Hunde wollte das ausnutzen, um sie von hinten anzugreifen. Matthial legte erneut an, so hastig, dass er sich an der Befiederung des Pfeils die Finger aufschnitt. Kendra wirbelte herum, als der Hund auf sie zusprang, aber dadurch geriet sie in die Schusslinie. Entsetzen überkam ihn, als er bemerkte, dass sie unbewaffnet war.

Der schmutzig graue Hund fiel Kendra an. Sie schrie auf. Es gelang ihr, dem Hund den Unterarm zwischen die Zähne zu rammen, sodass er ihr wenigstens nicht an die Kehle gehen konnte. Der zweite Hund, ein Tier von der Farbe wie Durchfall, ließ keine Sekunde verstreichen und sprang von hinten an ihr hoch.

Matthial hatte keine Wahl. Er musste einen Schuss riskieren. Die Gefahr, Kendra zu treffen, war aus dieser Entfernung groß, aber wenn er nicht schoss, würden die Hunde sie binnen Sekunden niederreißen und womöglich so schwer verletzen, dass er die Freundin nur noch erschießen konnte. Seine Pflicht als Clanherr, die grausamste. Der Pfeil sirrte schon los, bevor Matthial sich bewusst entschieden hatte. Die Spitze bohrte sich zwischen die Rippen des braunen Hundes bis in dessen Eingeweide. Winselnd ließ er von Kendra ab, drehte sich um sich selbst und versuchte, nach dem Pfeil zu schnappen. Er erwischte nur die Federn und preschte los, um zwischen den Bäumen Sicherheit zu suchen. Matthial fluchte und stürmte zu Kendra, die am Boden kniete und mit dem letzten Hund rang. Das Vieh war riesig. Beide Ohren und der halbe Schwanz fehlten ihm, das Tier war alt. Ein alter Kämpfer, der schon viele Schlachten geschlagen hatte. Erfahren und zäh. Matthial legte seinen letzten Pfeil an, aber Kendra und der Hund waren zu sehr ineinander verkeilt und ein Schuss war nicht möglich. In seiner Hektik stolperte Matthial über eine Wurzel und tat das Einzige, was noch möglich war: Er brüllte und schlug mit dem Bogen gegen einen Ast. Wenn der Hund schlau war, ließ er sich durch den Lärm vertreiben.

Der Hund war entweder sehr dumm, sehr hungrig oder vollkommen taub. Blut verklebte das Fell in seinem Gesicht, vielleicht sein eigenes, vielleicht Kendras. Er warf die zierliche Frau auf den Rücken und biss ihr in die Schulter bei dem Versuch, ihr an die Gurgel zu gehen. Kendra schrie vor Schmerzen, dass es durch den Wald schallte. Doch Matthial konnte endlich schießen. Der Pfeil drang dem Hund in die Brust. Ein Schwall Blut quoll aus dem Maul über Kendras Gesicht und das Tier brach röchelnd über ihr zusammen.

Matthial ließ den Bogen fallen, eilte ihr zu Hilfe und trat den winselnden Hund von ihr herunter. Kendras Atem ging in schweren Stößen, aber ehe er sich um sie kümmern konnte, musste er den Hund erledigen. Blut rann dem Tier aus Maul und Nase und schlug, wenn es zu jaulen versuchte, rote Blasen. Die Lunge war zerfetzt. Matthial wandte vor Abscheu das Gesicht ab, als er den Pfeil griff, den Fuß auf der Brust des Tieres absetzte und die Spitze mit einem Ruck aus dem sterbenden Leib zog.

»Armes Vieh«, murmelte er und stach erneut zu. Diesmal traf er das Herz. Der Tod kam ohne einen weiteren Laut. Ein dunkler Fleck entstand an der Hinterseite des Kadavers. Im Sterben lockerte sich der Schließmuskel. Der wässrige Hundekot stank bestialisch und Matthial beeilte sich, Kendra auf die Beine zu helfen und von dem Kadaver wegzuziehen.

»Alles in Ordnung? Bist du schwer verletzt?«

Sie rang sichtbar um Fassung, das Gesicht eher grau als bleich. »Es geht schon. Er hat mich nur am Arm erwischt, nur am …« Sie betastete ihren Unterarm, dann die Schulter und geriet ins Schwanken.

»Setz dich einen Moment«, sagte Matthial und führte sie zu einer ausladenden Wurzel.

»Es geht schon«, beharrte sie energisch und wandte sich ab. »Lass mich einen Moment allein, nur kurz.« Sie entfernte sich ein paar Schritte und übergab sich an einen Stamm gelehnt.

Matthial ließ sie. Er konnte sich vorstellen, wie unangenehm ihr dieser schwache Moment war – das kannte er von Joy –, und wollte sie nicht beschämen. Um nicht untätig herumzustehen, trat er zu den Hundekadavern und zog die Pfeile heraus. Bei einem brach dabei die Spitze ab. Verdammt! Mit zwei Fingern bohrte er in der warmen Wunde herum. Er wollte die mühsam gegossene und geschliffene Eisenspitze nicht aufgeben, doch sie saß zu tief, ohne ein Messer würde er sie nicht aus dem Leib des Hundes bekommen. Aussichtslos, er würde morgen wiederkommen müssen, wenn die Ratten bis dahin noch etwas übrig gelassen hatten.

Er warf einen Blick zu Kendra, sie wischte sich mit Laub das Gesicht ab und würgte kurz darauf erneut. Sie brauchte noch ein wenig Zeit, um sich zu fangen, also folgte Matthial der selbst im Düsteren unübersehbaren Blutspur, die das überlebende Tier bei seiner Flucht gelegt hatte. Das Blut musste ihm regelrecht aus dem Körper geströmt sein und mit dieser Verletzung konnte es nicht weit gekommen sein. Wenn er es fand, konnte er es erlösen und der Pfeil wäre gerettet.

Er fand den Hund, als dieser gerade seine letzten Atemzüge tat. Er zitterte noch einmal, dann wurden die halb offenen gelben Augen starr. Der Pfeil stak zwischen seinen Rippen hervor. Matthial konnte nicht anders, er strich kurz über den Hundekopf. Diese Tiere erinnerten ihn in unerträglicher Intensität an Rick. Es waren kluge Geschöpfe, nur wenn der Hunger sie quälte, wurden sie so dumm, sich mit Menschen anzulegen. Die kleine Dreiergruppe musste kurz vor dem Verhungern gewesen sein. Vor ihm lag ein altes Weibchen, dessen Hüft- und Schulterknochen weit hervorstanden. Es hatte viele Welpen großgezogen, das sah er an den hängenden Zitzen. Vermutlich hatte das restliche Rudel die drei Hunde, die Kendra angefallen hatten, fortgebissen, als sie alt und schwach geworden waren und damit zu einem Risiko. Matthial kannte dieses Vorgehen besser, als ihm lieb war. Sein Vater zwang die alten Clanmitglieder vor dem Winter, in die Städte zu gehen, wenn er nicht mehr bereit war, sie durchzufüttern. Eine Ausnahme stellte bloß Laurencio dar, der durch sein immenses Wissen und sein Talent, dieses weiterzugeben, immer noch nützlicher war als drei junge Männer zusammen.

Matthial schrak aus seinen Gedanken hoch, als er neben dem toten Hund etwas entdeckte. Er stutzte. War das … nein, das konnte nicht sein. Aber doch, es gab keinen Zweifel. Neben dem Hundekadaver erkannte er einen frischen Hufabdruck in der Erde. *Hier müssen Percents gewesen sein.*

Andererseits beschlugen die Percents ihre Reittiere. Dieser Abdruck stammte von einem Pferd ohne Hufeisen. Zweifelsohne war er nicht mal ein paar Stunden alt. Der Abdruck war noch feucht. Matthial fluchte innerlich, weil Josh nicht in der Nähe war. Der Hufabdruck könnte theoretisch zu Mars' Clanpferd passen, doch genau sagen konnte er das nicht. Sein Bruder hatte sich früher immer um die Pferdepflege gekümmert, und so oft, wie der Gaul ihn getreten hatte, würde Josh seine Hufabdrücke überall wiedererkennen.

Mit tief gesenktem Kopf folgte Matthial der Spur. Sie war schwer zu finden. Nach ein paar Metern verriet die Fährte, dass das Pferd in Trab verfallen war. Danach verlor sie sich, weil die Bäume weiter auseinanderstanden, wodurch der Waldboden trockener und härter wurde. Die Hufabdrücke wurden zu seichten Halbmonden und verschwanden dann völlig.

Grübelnd ging Matthial zurück zu Kendra.

»Bist du okay?«

Sie hob den Kopf und strich sich das Haar zurück, wodurch es nur noch wilder zu Berge stand. »Ja. Wir können gehen. Es war nur der Schreck. Die Wunden werde ich auswaschen müssen, aber sie sind nicht allzu schlimm. Zum Glück hatte ich die Jacke an. Manchmal hat es seine Vorteile, ständig zu frieren.« Sie lächelte bemüht.

Matthial erwiderte ihr Lächeln nicht, betrachtete bloß ihr bleiches Gesicht unter der dünnen Schweißschicht.

»Hör mal, Matthial, es tut mir leid, das weißt du, oder?«

»Was? Dass die Hunde dich angefallen haben? Das muss dir nicht leidtun.«

»Aber ich weiß, wie schwer es dir fällt, wilde Hunde zu töten. Und das war unnötig. Ich hätte nicht allein rausgehen sollen. Sie hätten sicher nicht angegriffen, wenn ich nicht allein gewesen wäre.«

»Allein?«, hakte Matthial nach. »Du warst ganz allein?«

Wieder dieses bemühte Lächeln. »Siehst du hier noch jemanden?«

»Nein. Ich frage mich nur, was du hier gemacht hast. Allein.«

Ihre Antwort kam schnell. Vielleicht zu schnell. »Holunderblüten sammeln. Du weißt doch, dass ich daraus immer Limonade mache. Erinnerst du dich noch dran?«

Das tat er. Allerdings sah er weder einen Beutel noch eine einzige Holunderblüte, und dass sie vor dem Sammeln von den Hunden angegriffen worden war, schien ihm unwahrscheinlich. Wer ging schon in der Dämmerung los zum Holunderblütensammeln?

»Und es war sicher niemand hier?«

»Matthial, ich sagte es doch.«

Er nickte. *Ja, das sagtest du. Aber ich habe die Hufspuren gesehen. Was, wenn ein Reiter da war? Welchen Grund könntest du haben, es mir zu verheimlichen. Was, Kendra, wenn du mich anlügst?* Er schüttelte die Gedanken ab. Ein Verdacht rechtfertigte keinen Streit, der ihr Vertrauen in ihn erschüttern würde. »Lass uns gehen, bevor das Blut noch Mutantratten anlockt. Wir müssen deine Wunden versorgen.«

Aber verlass dich drauf, dass ich dich im Auge behalte.

28

zum trost hüllen sich witwen in schwarz.
die nacht ist schön.

Graves' Humor war rabenschwarz. Ansonsten hätte er uns wohl kaum mit dem Versprechen auf eine Überraschung aus der Stadt gelockt und uns nach einem Gewaltmarsch durch den Wald, eine Ruinenstadt und jede Menge vernarbtes Bomberland zu einer Leiche geführt.

»Oh, der Kollege hat's hinter sich.« Neél rieb sich die Nasenwurzel und atmete durch den Mund, während er sich über den toten Percent beugte.

»Wenn dem nicht so wäre, hätte ich einen Heiler oder Apotheker mitgenommen statt euch und Gummihandschuhe«, meinte Graves. »Ich habe ihn heute Mittag beim Jagen gefunden. Aber so, wie er aussieht, liegt er schon eine Weile hier.«

»Das glaube ich nicht.«

Beide sahen mich aufmerksam an, aber ich konnte es nicht sofort erklären. Ich kniete neben der Leiche nieder – und hielt die Luft an. Verwesungsgeruch ist das Übelste, was es gibt. Süßlich-sauer beißend und gleichzeitig legt er einen dünnen Film über die Zunge und die Naseninnenwände, sodass man, wenn man ihn erst einmal eingeatmet hat, für Stunden von dem Gestank verfolgt wird. Wie die Percents das wohl ertrugen? Neél rieb sich die Arme, vielleicht verschloss er so die Poren.

Um so schnell wie möglich von hier wegzukommen, konzentrierte ich mich auf die Leiche. Mein Vorteil war, dass sie kaum mehr aussah wie ein Percent. Der Kopf war skurril verformt, was es mir leichter machte, den Toten als eine Art Beweisstück zu betrachten. Dass er gelebt, gelacht, gestritten, gegessen, gepinkelt, gehasst und geliebt hatte, ließ sich verdrängen, denn ich musste nicht in seine toten Augen gucken. An ihrer Stelle klafften Löcher, innen leuchtend rot und an den Rändern schwarz verkrustet. Die Stirn hatte eine gewisse Ähnlichkeit mit einer Treppe. Und die Nase war nicht mehr als eine verformte Knolle mit zwei zugeschwollenen Schlitzen.

»Die Schwellungen lassen vermuten, dass er noch gelebt hat, als sie ihn erschlagen haben«, sagte Neél mit düsterer Stimme.

Ich warf ihm einen entsetzten Blick zu. »Was?« Blöderweise vergaß ich vor Schreck, das Atmen zu unterlassen. Erst wurde mir schlecht, dann schwindelig. Ich schluckte an Spucke, die zum Kotzen schmeckte, und kämpfte gegen meinen rebellierenden Magen. Jetzt nur nicht an den Schweineschinken vom Frühstück denken!

»Denk mal an Schweineschinken«, erklärte Neél. Oh, manchmal hasste ich ihn so sehr! »Wenn das Schwein erst tot ist, schwillt nichts mehr an, auch wenn du mit dem stumpfesten Küchenmesser darauf losgehst. Er hier allerdings«, er deutete auf den Toten, »hat im Gesicht jede Menge Prellungen.«

Graves schlitzte das Hemd über dem Bauch der Leiche auf. »Nicht nur da.«

Ich presste mir eine nass geschwitzte Hand vor Mund und Nase. Der Brustkorb war zu einer undefinierbaren Masse zusammengeprügelt worden und überzogen von Flecken in allen Farbschattierungen von Blau bis Schwarz. Dazwischen schimmerten Verfärbungen in einem Braun durch, das nur wenig dunkler war als die Hautfarbe eines gesunden Percents.

»Die Verletzungen sind unterschiedlich alt.« Graves sprach aus, was ich nicht hören wollte.

Dieser arme Kerl war vor seinem Tod bestialisch gefoltert worden.

Ich musste mich abwenden und ein paar Schritte gehen. Mein

Magen krampfte sich zusammen, aber ich war fest entschlossen, mich nicht zu übergeben. Wenn es hart auf hart kam, dann musste ich in einigen Wochen selbst Percents töten, um nicht zu enden wie dieser Tote. Ich war Soldat. Pingeliges Gehabe konnte ich mir nicht leisten. Entschlossen atmete ich noch einen Schwall frischer Luft ein und kehrte zurück.

»… und dann haben sie ihn hier getötet«, sagte Graves gerade zu Neél. Er wies auf zwei Einstiche im Unterbauch. »Sie haben ihn ausbluten lassen, vermutlich lebte er noch ziemlich lange, das erklärt die Blutmenge.«

Ich sah genauer hin. Graves musste einen Fehler gemacht haben. »Er kann nicht hier gestorben sein.«

»Joy«, sagte Neél, »unter den Wunden tränkt literweise Blut die Erde.«

Vielleicht irrte ich mich? »Seit wann ist er tot?«

Graves hob mit seinen roten Gummihandschuhen einen Arm der Leiche an und ließ ihn wieder auf die Erde fallen. »Die Totenstarre hat nachgelassen. Das geht schneller, wenn es so warm ist, aber einen ganzen Tag dauert das trotzdem in jedem Fall.«

Das deckte sich mit meiner Beobachtung. »Dann kann er unmöglich hier gestorben sein.« Ich verschränkte die Arme, als beide mich kritisch musterten. »Schaut mal dahinten, an den Büschen.« Zwei Mutantratten, größer als kleine Hunde, huschten im Schatten der Ruinen und Sträucher auf und ab. Ich hatte ihre keckernden Schimpflaute schon gehört, als wir gekommen waren. Sie warteten darauf, dass wir endlich verschwanden. »Die Biester riechen das Blut.« Ich kniete mich erneut neben den Toten und beugte mich über seine Hand. Es war, wie ich vermutet hatte: Die Fingerkuppen waren bis auf den Knochen abgefressen. »Seht euch die Finger an. Sie haben schon probiert und beraten jetzt, ob es sich lohnt, den Rest zu holen.«

Ratlose Blicke schlugen mir entgegen.

»Wisst ihr, wie sie sich gegen eure Giftköder wehren? Sie schicken einen Vorkoster, der probiert, und dann beobachten sie ihn eine Weile, ehe sie sich über die restliche Beute hermachen.«

»Clever«, unterbrach mich Graves. »Erinnert mich an Widden, die Ratte.«

»Halt die Klappe, Graves.« Neél schoss ihm einen wütenden Blick zu, aber es war zu spät. Ich hatte den Namen verstanden und Neél wusste, dass er Fragen erwarten durfte. Sie bereiteten mir jetzt schon einen bitteren Geschmack im Mund. Fürs Erste schluckte ich sie runter und fuhr fort, das Verhalten der Mutantratten zu erklären.

»Ich habe das schon Dutzend Male beobachtet. Nie dauert es länger als ein paar Stunden. Wenn der Mann gestern hier getötet worden wäre, dann hätten die Biester ihn längst in Stücke zerfetzt und weggetragen. Nein, wann immer er auch getötet wurde – hier liegt er erst wenige Stunden.«

Neél schüttelte den Kopf, als wollte er seine Gedanken in die richtigen Bahnen schwenken. »Aber das Blut«, meinte er. »Er muss doch hier verblutet sein, aus einer Leiche wären nie solche Blutmengen geflossen.«

»Vielleicht sieht es nach mehr aus, als es wirklich ist«, riet ich.

Neél zog ein Messer – mein Messer – aus der Scheide, die an der Innenseite seiner Lederweste befestigt war, und hieb es dicht neben dem Toten in die blutgetränkte Erde. Der Boden war mehrere Zentimeter tief aufgeweicht. »Das ist höchstens *mehr* Blut, als in einen Lebenden passt, aber nicht weniger.«

Graves betastete mit seinen Handschuhen das Kinn der Leiche und schob es nach unten. »Ach du Scheiße!«

Mich schauderte, als er die Zunge des Toten aus dessen Mund nahm und Neél hinhielt.

»Sauber herausgeschnitten«, murmelte Graves verhalten. Auch er atmete jetzt nicht mehr durch die Nase.

Neél verspannte sich. Jeder Muskel und jede Sehne zeichneten sich an seinen Armen sowie an Hals und Kiefer ab. »Der soll uns etwas sagen.« Er flüsterte fast.

Graves legte den Kopf schief. »Könnte schwierig werden, ihn zum Reden zu bringen.«

»Nein, hör zu! Er ist eine Botschaft. An dich, oder wer geht sonst täglich diesen Weg? Nur du. Und vermutlich wissen die Präsidenten das ganz genau – dazu müssen sie bloß deine Passierscheine kontrollieren. Die Leiche wurde mit Absicht hier hingelegt, damit du sie findest. Denk nach, Graves: Bisher mussten wir alle Leichen suchen, diese wird dir regelrecht vor die Füße geworfen. Die Zunge bedeutet, dass du aufhören sollst, darüber zu sprechen. Dass du aufhören sollst, Fragen zu stellen. Du bist unvorsichtig geworden. Vielleicht wir alle.«

Mir wurde trotz der heißen, trockenen Luft plötzlich eiskalt. »Das Blut könnten sie abgefangen und neben die Leiche gekippt haben, um zu vertuschen, wo dieser Percent getötet wurde. Und von wem.«

»So«, bestätigte Neél, »sieht es aus, als hätten Rebellen ihn hier draußen getötet.«

»Aber wer war es wirklich?«

Graves schluckte. »Wer foltert einen Mann, wenn er ihn ohnehin tot sehen will? Und warum?«

Die Antwort war so klar, dass sie niemand von uns aussprechen musste.

Die Präsidenten.

• • •

Wir durchsuchten den Toten, fanden nichts und verscharrten ihn dann notdürftig in einer Mulde im trockenen Boden. Eine Schaufel zu holen wäre zu auffällig, denn wir hätten sie an den Torwachen vorbeibekommen und ihnen ihren Zweck erklären müssen. Also schoben wir mit den bloßen Händen Steine und Sand über den Körper.

Neél und Graves knieten sich an das Grab und machten das Zeichen für Respekt. Gemeinsam legten sie die letzten Steine auf den flachen Grabhügel und murmelten etwas, das ich nur in groben Bruchstücken verstand. Sie ehrten den Unbekannten, so viel war mir klar. Auch ich senkte den Kopf und suchte nach einem Gedanken, um ihn dem Fremden mitzugeben. All unsere Wünsche an die Toten hatten allerdings mit der Sonne zu tun und wären vermutlich eine Beleidigung für den Percent gewesen. Ich blieb ganz still.

Die Mutantratten würden ihn ausgraben, das wusste ich, aber ich sagte nichts. Es machte keinen Unterschied, ob Ratten ihn fraßen oder Würmer. Er war tot und wir grübelten still über die Gründe.

Trotz der zotigen Scherze, die Graves und Neél machten, fiel mir auf, dass keiner von ihnen lachte. Auch sie maskierten unter dunklem Humor, dass ihnen der grausige Fund naheging. Graves schien sich in seinem Pullover zu verkriechen, den er trotz der Hitze nicht einmal an den Ärmeln hochkrempelte. Neél war unter dem Dreck im Gesicht blasser als sonst. Als er etwas zurückblieb, trat ich an seine Seite.

»Was willst du, Soldat?«, fragte er unerwartet schroff.

Ich ließ mich nicht abschrecken. »Widden«, sagte ich fest. »Erzähl mir von ihm.«

Er atmete laut aus. »Was gibt es da zu erzählen? Er hat das Chivvy vor zwei Jahren bestanden, zählte zum Mittelfeld. Darum kam er zu den höhergestellten Arbeitern. Er ist trotz des mäßigen Ergebnisses beim Chivvy schnell zu hohem Ansehen gekommen, weil er Aufseher über die Imker geworden ist. Das ist ein wichtiger Beruf.«

»Ich wusste nicht, dass euch Honig so wichtig ist«, spottete ich. Waren die Percents etwa Naschkatzen?

»Der Honig ist nicht entscheidend. Die Bienen sind wichtig für die Vegetation und ihre Pflege ist schwierig. Der Staub in der Luft schadet ihnen und sie sind ohne Sonne schwer durchzubringen.«

»Kenne ich.« Meine Stimme klang ungewollt kalt. »Aber lenk mich nicht ab. Ich wollte nichts von Bienchen und Blümchen hören, sondern von Widden. Ist er … wie du?«

»Optimiert?«, erwiderte er. »Nein.«

»Du weißt, dass ich das nicht meine«, gab ich gereizt zurück. »Meine Freundin ist zu seiner Dienerin geworden. Ich will wissen, ob es ihr gut geht.«

»Ich weiß es nicht.«

»Du willst es mir nicht sagen.«

Er zuckte mit den Schultern. »Ich weiß es wirklich nicht. Ich kann nichts versprechen. Nicht bei Widden.« Mein Blick musste ihn erschreckt haben. Er berührte meinen Oberarm. »Joy, sie ist nur vorläufig dort. Er hat seinen Anspruch noch nicht auf sie erhoben, das heißt, dass sie nur eine Dienerin ist.«

Allgemeingut, schoss es mir durch den Kopf. Meine Knie wurden weich, aber meine Beine traten einfach weiter aus. Schritt für Schritt für Schritt.

»Ich möchte sie gerne sehen«, flüsterte ich. »Meinst du, das geht? Kannst du das möglich machen, Neél?«

»Willst du das wirklich?«

Nein. Aber … »Ich muss. Es ist doch meine Schuld.«

Er widersprach mir nicht, er nickte bloß. »Ich versuche es, aber erwarte nicht viel.«

»Ich will nur reden«, flüsterte ich.

»Nur reden«, wiederholte er fest. »Ich schulde dir etwas. Du hast heute gute Arbeit geleistet, Joy. Danke.«

»Machst du dich lustig über mich?« Ich zog meinen Arm weg. »Ich habe fast gekotzt!«

Er lächelte, kratzte sich an der Wange. Beides sah unglücklich aus. »Ich auch. Aber ich wäre auf den Trick mit dem Blut reingefallen und hätte nicht an die Ratten gedacht.«

Ein paar Schritte gingen wir schweigend. Das Tor kam in Sichtweite. Ich hatte noch eine Frage, die ich ihm stellen wollte, ehe wir wieder hinter den Mauern der Stadt gefangen und von tausend Augen beobachtet wurden.

»Was habt ihr da eben am Grab gesagt? War es eine Art Totengruß?«

Neél lächelte sanft. »Das war der Wahlspruch der ersten Percents, die sich damals gegen die Unterdrückung auflehnten und im Krieg das Soldatenamt niederlegten, um für ihre eigenen Interessen zu kämpfen. Mina hat es in einem alten, völlig zerfledderten Buch gefunden.«

»Bücher sind gute Lügner«, sagte ich. »Vielleicht stammt der Spruch nur aus einer Geschichte.« Ein Teil von mir, tief in mir drin, verachtete mich für meinen Pessimismus.

Neél sah mich eine Weile an. An seinen Lippen und der Stirn waren noch Spuren von der staubgrauen Erde, in der wir den Toten vergraben hatten. Auf seine ureigene Art sah er schön aus, nicht nur für einen Percent, sondern generell.

»Und wennschon. Wenn es eine Geschichte ist, dann ist es eine gute. In jedem Fall ist es ein gutes Motto. Es passt zu dem Zeichen, das wir machen, und gibt ihm eine neue Bedeutung.«

Ich blieb skeptisch, aber Neugier gesellte sich dazu. »Wie lautet es?«

Graves ließ sich zurückfallen und kam neben mich. Ich hatte nicht mitbekommen, dass er zuhörte. Er sagte: »Mit dem Herzen und dem Verstand und allem, was wir sagen und tun«, und berührte dabei mit der rechten Faust Brust, Stirn, Lippen und die geöffnete linke Hand. »Für das Recht auf Freiheit.«

Ich musste schlucken.

»Kaum jemand kennt es heute noch«, sagte Neél. »Aber wir finden, dass sich das ändern sollte.«

»Ich versuche wirklich, euch zu verstehen«, sagte ich, »ich versuche, beide Seiten zu verstehen, aber …«

… aber es war schwer.

Neél lächelte mich an. »Tu das nicht. Wenn du beide Seiten verstehst, kann es kein gutes Ende für dich geben.«

Er hatte recht, denn wenn es endete, würde eine Seite zwangsläufig das Nachsehen haben. Ich fragte mich, ob es ein gutes Ende für ihn geben konnte.

• • •

Auf meinem Körper verklebte der Staub mit trocknendem Schweiß und juckte, als wir durch die Stadt zum Gefängnis gingen. Nachdem ich lange nicht trainiert, sondern nur untätig in meinem Zimmer gehockt hatte, war ich nach dem langen Marsch völlig erschöpft. Ich neidete den Percents den Vorteil, dass sie nicht schwitzten.

Graves verabschiedete sich und ging seiner Wege. Selbst in seinem Wollpullover stand ihm nicht eine Schweißperle auf der Stirn. Wie machten sie das bloß, dass man ihnen nicht die geringste Anstrengung ansah? Mir klebte das Baumwollhemdchen unter meinem Leinenhemd wie eine zweite Haut am Oberkörper. Mein Atem ging schwer und meine Lippen fühlten sich nach dem langen Tag an wie ausgedörrt. Im Gehen träumte ich von einer Dusche und kaltem, klarem Wasser auf der Haut.

»Die haben uns gerade noch gefehlt«, hörte ich Neél plötzlich murmeln. Ich sah auf.

Giran und sein Soldat Brad kamen genau auf uns zu. Sie hatten uns bereits entdeckt und das falsche Grinsen, das Girans Visage verzerrte, gefiel mir gar nicht.

»Kein Wort«, flüsterte Neél, ohne die Lippen zu bewegen.

Ich wusste sofort, dass er die Leiche und Graves meinte. Ob Giran irgendwie involviert war? War diese Begegnung vielleicht gar nicht so zufällig? Bei dem Gedanken, dass er etwas mit der Leiche zu tun haben könnte, richteten sich meine Nackenhaare auf.

Neél drehte sich zur Seite, stützte die Hände auf die Oberschenkel und atmete in schweren Zügen. Eine Sekunde lang war ich perplex. War er krank? Dann begriff ich, was er tat. Er spielte Giran vor, er sei krank, um meinen Zustand zu vertuschen.

»Neél!«, rief Giran und schlug ihm so fest gegen die Schulter, dass Neél ein wenig schwankte. »Lange nicht gesehen, mein Freund.«

»Ja«, erwiderte Neél und hustete. »Aber selbst die besten Zeiten sind irgendwann vorbei.«

»Unverschämtheiten sind wohl die letzten Freuden, die dir noch geblieben sind. Ich gönne sie dir. Habe gehört, du bist krank gewesen?« Giran warf mir einen Blick zu. »Hast du dir bei deinem Spielzeug etwas eingefangen?«

Ich straffte den Rücken und verschränkte die Arme vor der Brust. Neél stand leicht gebeugt da und sah Giran von der Seite an. Immer noch gab er vor, kaum Luft zu bekommen.

»Freu dich, Giran«, sagte er. »Hast du nicht immer behauptet, wir Optimierten würden irgendwann merken, woran wir sind. Da hast du's – oder hast du dich je mit einer menschlichen Erkrankung der Bronchien angesteckt?«

»Faszinierend. Aber so was hatte ich mir schon gedacht, du hast recht.« Giran beobachtete Neél wie ein ekliges Insekt und begann, ihm einen Vortrag über die Nachteile der in seinen Augen perversen Hybridenversuche zu halten.

Brad wich meinen Blicken aus. In Girans Nähe erschien er mir viel kleiner als sonst.

Neél war erstaunlich! Vermutlich war er nie krank gewesen, doch er spielte die abklingende Grippe annähernd perfekt. Er demonstrierte Kurzatmigkeit, zog hin und wieder die Nase hoch und wischte sich ständig über Stirn und Nacken, als würde er schwitzen. Indem er Erschöpfung vortäuschte, lieferte er eine Erklärung dafür ab, warum ich nach unserem vermeintlichen Training schwitzte und fast ebenso wenig Atem übrig hatte wie er.

»Ehrlich, Neél«, sagte Giran übertrieben fürsorglich, »dein Spielzeug nimmt dich zu hart ran. Du solltest noch nicht wieder so hart trainieren, wenn es dir so schlecht geht.«

»Ich gebe es nicht gerne zu«, antwortete Neél, »aber ich fürchte, du hast recht. Soldat, morgen laufen wir eine kleine Runde.«

Ich nickte knapp. »Aye, aye, Sir.«

Für den Bruchteil einer Sekunde flackerte Erheiterung in seinen Augen auf. »Na, dann komm. Ich könnte meinen Tee aus wilder Malve vertragen. Bis bald, Giran, wir sehen uns sicher schneller wieder, als mir lieb ist.«

»Mit Honig?«, fragte ich, als wir nebeneinander davonmarschierten. »Trinkst du deinen Malventee zufällig mit Honig?« Ich musste so sehr an Amber denken, dass es überall wehtat.

»Gib mir ein paar Tage Zeit«, bat er leise.

• • •

Ich saß auf meinem Bett, flocht mir das Haar, solange es vom Duschen noch feucht war, und versank in Erinnerungen. Früher hatten wir uns auf diese Art die Haare gewellt, um den Jungs zu gefallen.

Wir hatten Kohle angespitzt und uns damit die Augen umrahmt. Ich fand, dass schwarze Farbe das helle Blau meiner Iris eisig aussehen ließ, aber ich hatte es trotzdem immer wieder gemacht, weil Matthial der Mund offen stand, wenn er mich so sah.

Mein Haarband riss und ein Fluch entschlüpfte meinem Mund und wischte mein Lächeln fort.

Ich war nicht mehr vollständig. Mir fehlte etwas, mir fehlte etwas ganz Entscheidendes.

Ich sehnte mich nicht mehr nach meinem Zuhause. Geblieben waren mir nur noch die Erinnerungen, ohne jegliches Gefühl wie Heimweh oder Sehnsucht. Es fühlte sich an, als würde ich meine Clanfreunde verraten, die sich mit Sicherheit jeden Tag mehr um mich sorgten, während es mir zunehmend besser ging.

Neél ging an mir vorbei zum Tisch und hob das Seil auf, das er mir nach unserem Kampf gelassen hatte. Ich sah nur seinen Rücken, das frischweiße, ärmellose Hemd, die hellbraune Haut, die im Kerzenlicht immer einen goldenen Schimmer bekam, und das nachtschwarze Haar. Er trug es offen. Da er sich vorbeugte und die Strähnen wie ein Vorhang über seine Wangen fielen, konnte ich keinen Blick auf sein Gesicht erhaschen. Was machte er denn da?

Ich hörte ein Ratschen, dann klapperte etwas auf dem Holz der Tischplatte. Er drehte sich um und hielt ein kurzes Stück von meinem Lederband in den Händen. Er hatte es abgeschnitten, nun flocht er es auseinander, sodass er drei dünne Lederschnüre erhielt, die sich wellten wie trockene Würmer. Er reichte mir eins. »Für dein Haar.«

»Danke.« Er verwirrte mich. Das tat er immer häufiger, vor allem, wenn er mich so ansah. Ich wickelte das Lederbändchen um meinen Zopf, während Neél die beiden anderen Enden durch seine Hände gleiten ließ.

»Wir müssen das nicht riskieren«, sagte er unvermittelt und ohne mich anzusehen.

Er meinte das Chivvy; ich sah es an dem harten Zug um seinen Mund.

»Es gibt eine Alternative, Joy.«

»Die gibt es immer.« Ich konnte nur flüstern, und während er auf seine Hände starrte, stierte ich auf meine nackten Füße. Wir beide hatten Furcht vor dem, was wir erkennen würden, wenn wir uns ansahen. »Aber was ist der Preis? Ich kann nicht so tun, als wäre alles in Ordnung. Das ist kein Leben für mich. Ich brauche Freiheit. Ich will meine eigenen Entscheidungen treffen. Ich muss … den Himmel über mir sehen können. Aber in der Stadt gibt es nicht mal das kleinste Fleckchen Himmel. Ich kann nicht hierbleiben, Neél.«

Ich blickte vorsichtig zu ihm auf. Sein Adamsapfel machte einen Hüpfer. »Und ich kann dich nicht gehen lassen.«

»Aber ich werde gehen. Ich könnte dir vor dem Chivvy entkommen. Ich habe es einmal fast geschafft. Was, wenn ich es wieder versuche?«

»Dann würden sie dich jagen und ein Exempel statuieren.«

»Dazu«, ich sah ihn provokant an, »müssten sie mich erst mal finden.«

Neél wickelte ein paar Stoffstreifen umeinander, sodass ein kleiner Ball entstand, den man in der Faust verstecken konnte. »Das würden sie. Die Triade lässt sich linken, aber nicht öffentlich beleidigen. Soldatenflucht wäre mehr als eine Beleidigung, in deinem Fall erst recht, denn jeder kennt deinen Namen. Die Stadt spricht über dich. Bitte, Joy, tu es nicht. Das Chivvy ist deine einzige Chance, wenn dir die Alternative so unerträglich scheint.«

»Und du meinst, sie halten Wort?« Ich zweifelte daran, aber er nickte.

»Ja. Du bist ein freier Städter, wenn du beim Chivvy entkommst.«

»Und das Optimierungsprogramm?«

Sein Kiefer verkrampfte sich. »Du traust uns nicht das kleinste bisschen Ehrgefühl zu, oder? Solltest du das Chivvy wirklich gewinnen, verdienst du unseren Respekt. Am Tag danach kannst du deine Marke abholen und ein unbehelligtes Leben führen.«

Das, was er unbehelligt nannte, war nicht dasselbe, was ich mir darunter vorstellte. »Ich darf die Stadt danach nicht mehr verlassen.«

Er zog die Fäden seiner Stoffkugel fest, warf sie prüfend in die Höhe und fing sie auf. »Das durftest du vorher auch nicht. Hat es dich abgehalten? Du wärst so frei wie jeder andere Städter.« Damit legte er mir den Ball in die steife Hand und schloss meine Finger darum. Er drückte sie sanft gegen den Stoff, um mir zu zeigen, wie ich ihre Kraft und Beweglichkeit damit trainieren konnte.

»Danke«, flüsterte ich und dann, mit dem Wissen, dass er mich verstehen würde: »Aber was, wenn mir das nicht reicht?«

Er lächelte müde. »Zieh dir was über.«

»Was?«, rief ich, ließ den Ball auf die Matratze fallen und zog die Beine an den Körper. »Sag mir nicht, dass du jetzt noch trainieren willst!«

»Will ich nicht.« Er warf mir mein Hemd zu. »Ich will nur das tun, was ich am besten kann. Das, wozu ich gemacht wurde.« Und ganz leise, sodass ich es kaum hören konnte, fügte er hinzu: »Ich will ein wenig kämpfen.«

• • •

Ich ahnte schnell, wohin wir gingen. Zum Hotel. Die Straßen dorthin waren hell erleuchtet, was dem Himmel über uns ein tiefes Schwarz verlieh, obwohl es sicher noch zwei Stunden vor Mitternacht war. Viele Percents kamen uns entgegen; junge, alte, in kleinen Gruppen oder allein. Einige grüßten Neél, andere raunten mir etwas Frivoles zu oder streckten ihre Finger nach mir aus, um sie wieder zurückzuziehen, wenn Neél die Zähne fletschte.

Manche führten eine Frau am Arm. Nicht alle sahen glücklich aus. Aber erstaunlich viele.

»Neél, komm mit uns ins *Mondlicht*«, rief einer, der dem Alkohol schon großzügig zugesprochen hatte. »Bring dein Mädchen mit, sie kann für uns tanzen.« Er wedelte mit einer Hand quer über die Straße. Ich folgte seinem Blick.

Das *Mondlicht* war eine Bar, über deren Eingangstür ein gewaltiger silberblauer Vollmond hing, der von hinten beleuchtet wurde, was ihn in fast dasselbe fahle Licht tauchte, in dem auch der echte Mond einmal im Monat auf die Erde herabsah.

»Heute nicht«, antwortete Neél mit einem schiefen Lächeln. »Ich habe schon was vor.« Und an mich gewandt, sagte er: »Wir sollten in jedem Fall mal in diese Bar gehen, Joy. Sie machen dort einen Gebrannten mit Honig, der so gut ist, dass schon mancher seinen Verstand darin ersäuft hat. Und zwar mit Freuden, Joy, mit großen Freuden.«

»Stammen diese Informationen aus erster Hand?«, neckte ich ihn. »Dümpelt dein Verstand im Alkohol? Das würde einiges erklären.«

Das Grinsen fror in seinen Augenwinkeln fest. »Beinahe.« Er flüsterte fast. »Man denkt, man würde die Unzufriedenheit ertränken, doch man verändert nur die Sicht darauf. Irgendwann wird man blind.« Er sah sich um, ob jemand in Hörweite war, und fuhr dann fort: »Aber ich bekam eine Aufgabe, die so schwer zu bewältigen war, dass mir keine Zeit mehr blieb, meine Nächte in Bars totzuschlagen.«

Er meinte mich.

Seine Ehrlichkeit machte mich sprachlos. Es erklärte vieles. Seine

Grobheit, sein Verschwinden in den ersten Nächten. Ich hatte davon gehört, dass Alkohol Menschen verändern konnte, sodass sie irgendwann nicht mehr ohne ihn leben wollten; ihn brauchten wie Nahrung. Warum sollte das bei Percents anders sein? Ob es so schlimm gewesen war? Hatte er mich deshalb gehasst?

Erst als Neél fragend eine Augenbraue anhob, bemerkte ich, dass ich ihn angestarrt hatte. Meine Ohren prickelten warm und ich sah zu Boden.

»Hier entlang, Joy.« Kurz bevor wir das Hotel erreichten, führte Neél mich in eine schmale Gasse.

Mit wenigen Schritten hatten wir die belebten Straßen verlassen und tauchten in eine gespenstische Stille. Nur die Echos unserer Schritte hallten vor uns her und die hohen Gebäude zu beiden Seiten hielten die Geräusche von außen ab. Zwischen den Mauern waren Leinen gespannt, auf denen graue Kleidungsstücke hingen, teils so tief, dass Neél sich ein wenig ducken musste, um sie nicht zu streifen.

»Wo gehen wir hin?« Ich sprach leise, meine Stimme tönte dennoch unangenehm in der Stille. Das Bedürfnis, mich nach Augen umzusehen, deren Blicke mich verfolgten, wurde übermächtig. Da war niemand. Oder sah ich die Gesichter bloß nicht? Verbargen sie sich hinter den geschwärzten Fensterscheiben?

»Ich möchte dir jemanden vorstellen«, raunte Neél und blieb stehen. Ein stilles Lachen rollte durch seine Brust. Er roch meine Nervosität und sie amüsierte ihn – so ein Mistkerl!

»Sehr witzig!« Ich versetzte ihm einen Klaps gegen den Oberarm. Offenbar fand er, ihn verdient zu haben, denn er grinste nur noch breiter. Dann streckte er die Hand aus und legte mir den Zeigefinger auf die Lippen.

Zunächst hörte ich nur mein Herz poltern. Ich stand still und wagte nicht zu atmen. Nicht einmal blinzeln konnte ich. Neél senkte die Hand und hinterließ ein Brennen auf meinem Mund. Ich rieb die Lippen aneinander und glaubte, einen Hauch Honig zu schmecken.

Verdammt seist du, Percent, dass du das mit mir machst!

Eine helle Stimme lenkte mich ab. Ich konzentrierte mich auf die Worte. Jemand zählte. »Dreiunddreißig, vierunddreißig, fünfunddreißig …« Eine Frau? Nein, ein Kind.

Neél bedeutete mir weiterzugehen und ich folgte ihm bis zum Ende der Gasse. Dort befand sich eine Mauer, die uns jäh den Weg abschnitt. Auf den ersten Blick fiel mir auf, dass sie viel neuer war als die Gebäude drum herum, massiv gebaut und hoch. Wenn man genauer hinsah, erkannte man noch mehr. Die Mauer war zunächst auf Schulterhöhe errichtet, später dann aber höher gezogen worden. Der oberste Teil war neu, das Bauwerk heller. Da, wo die Mauer mit der Hauswand einen rechten Winkel bildete, hockte Neél sich auf den Boden, wackelte an einem Stein und zog ihn heraus. Er horchte konzentriert. Unvermittelt pfiff er durch die Zähne.

Das Zählen verstummte.

Dann waren jenseits der Mauer Schritte zu hören, schnelle, kleine Schritte, und kurz darauf eine helle Flüsterstimme. »Neél!«

»Hallo, Zwerg.«

»Ich hab geglaubt, du kommst gar nicht mehr her.«

»Ich hatte ein wenig zu tun«, antwortete er in das Mauerloch hinein und die zarte Stimme sagte gedämpft: »Hast du mich vergessen?«

»Keinen Moment.«

»Aber du bist nicht mehr hergekommen. Ich dachte … ich dachte, wir wären Freunde.«

»Sind wir«, erwiderte Neél. »Ich werde es dir erklären. Kannst du zum Fenster kommen?«

»Vergiss es.« Das Kind lachte leise, aus der Brust heraus. Ich erkannte sofort, bei wem es sich dieses Lachen abgeguckt hatte. »Ich kann was viel Besseres.«

Für einen Moment war es ruhig. Ich sah Neél fragend an. Was sollte das hier? Dann hörten wir ein Schaben, irgendetwas kratzte an der anderen Mauerseite. Ein unterdrücktes »Hff!« erklang und kurz darauf tauchte ein von schmalen Schultern getragener, blank rasierter Kinderkopf über der Mauerkrone auf. Schlangenaugen blickten neugierig auf uns herab.

»Erinnerst du dich, was du früher immer zu mir gesagt hast?«, fragte der Junge.

Neél nickte anerkennend. »Klar. Ich habe zu dir gesagt, dass die Mauer dich nicht mehr lange aufhalten wird.«

»Aber dass ich so schnell rüberkomme, hättest du nicht gedacht, was?«

Sie lachten beide dieses rollende Lachen, tief und rau bei Neél, etwas bemüht noch bei dem Kind. Ich fühlte mich fehl am Platz. Der Kleine mochte nur ein Kind sein, aber uns einander nicht vorzustellen war trotzdem unhöflich von Neél. Solange ich nicht fragte, schien er von sich aus nichts erklären zu wollen – wieder mal.

Allerdings kam mir der Junge zuvor.

»Mit was warst du so beschäftigt?«, wollte er wissen, setzte sich auf die Mauer und ließ die nackten Beine in abgerissenen Shorts herabbaumeln.

Neél hob eine Hand, berührte die Außenseite seines verdreckten, kleinen Fußes und seufzte. »Mit vielem, was ich dir nicht sagen darf.«

»Hast du viele Rebellenmenschen gejagt?« Ich hätte die Frage gerne als kindliche Arglosigkeit aufgefasst, aber diese kühlen Schlangenaugen waren dabei auf mich gerichtet. »Wir haben das heute wieder gespielt, Rebellenjagd. Ich hab meinen Rekord gebrochen.«

Er leckte sich über die Lippen und behielt mich im Blick. »Ich hab schon alle Rekorde gebrochen.«

»Is' ja 'n Ding«, murmelte ich. Meine Stimme klang seltsam belegt, vielleicht, weil ich lange nichts gesagt hatte. Das Kind war mir unheimlich und nun vibrierte auch noch die Haut an seinen Armen. Es witterte mein Unbehagen.

Neél. Was soll der Scheiß?

»Vergiss es«, meinte der lapidar. »Joy zu beeindrucken, schaffst du nicht. Das gelingt nicht mal mir.«

Der Kleine streckte einen Fuß kurz in meine Richtung. »Joy? So heißt es? Ist es dein Sklave?«

Neél trat näher an den Jungen, sodass die kleinen Füße genau vor seinem Gesicht hingen. Er stützte seine Hände zu beiden Seiten der Kinderwaden gegen die Steine. »Nein, das ist sie nicht. Ich würde dir nicht raten, sie zu beleidigen. Ich habe das schon getan und es zutiefst bereut.« Er warf mir einen Blick über die Schulter zu. »Sie ist ein Soldat.«

»Ein guter?«

»Der beste. Und außerdem ist sie meine Freundin.«

Für einen Moment zuckte Erstaunen über das Gesicht des Jungen, doch er erkämpfte sich rasch wieder seinen kühlen Gleichmut. »Du bist komisch, Neél.«

»Das versuche ich ihm auch permanent zu sagen«, meinte ich, um nicht noch länger ratlos danebenzustehen. »Er glaubt es mir aber nicht.«

Das Gesicht des Jungen blieb reglos.

»Es war mir wichtig, euch einander vorzustellen«, sagte Neél und sah mich bedrückend intensiv an. »Ihr könntet viel voneinander lernen. Edison, das ist Joy. Joy, Edison.«

»Edison?«, wiederholte ich fragend und hielt dem Knilch die Hand hin, wofür ich mich auf die Zehenspitzen recken musste. Er wich ein kleines Stück zurück, vergewisserte sich mit einem Blick zu Neél, dass ich harmlos war, und reichte mir seine. Sein Händedruck war zögerlich und seine Finger waren warm und staubig.

»Edison hat die Glühbirne erfunden«, ließ er mich wissen. »Das ist kein Geheimnis, das sollte jeder wissen.«

Du irrst dich, kleiner Klugscheißer. »War das nicht Göbel?« Ich unterdrückte ein Grinsen und dachte dankbar an den alten Laurencio und all die unwichtigen Informationen aus der Zeit vor dem Krieg, die er uns eingebläut hatte. Er meinte immer, alles Wissen, das den Krieg überdauert hatte, sei es wert, erhalten und vermehrt zu werden. »Doch, ich bin sicher. Göbel stellte die ersten Glühbirnen her.«

Edison blickte zwischen mir und Neél hin und her, und da Neél bedauernd nickte (auch wenn ich sicher war, dass er keine Ahnung hatte), grinste er schließlich. »Dann ist es ja gut, dass ich nicht nach dem Erfinder der Glühbirne benannt bin. Göbel klingt wie göbeln.« Er sprang auf, beugte sich beunruhigend weit vor und tat so, als würde er sich den Finger in den Hals stecken und von der Mauer in den Hof kotzen, was er mit eindrucksvollen Geräuschen untermalte. Wir lachten und im nächsten Moment war die Befangenheit verschwunden.

»Wohnst du hier?«, fragte ich den Jungen.

Er nickte und wies mit dem Daumen über seine Schulter. Die Mauer verbarg, worauf er zeigte. »In dem Haus lebt mein Mentor, aber der ist bei der Arbeit. Er ist Berater der Triade und arbeitet im Hotel.« Seine Augen schimmerten stolz im Mondschein. »Ich soll nicht nach draußen gehen, wenn er nicht zu Hause ist, aber in den Innenhof darf ich.«

»Die Oberkante der Mauer wurde aber vermutlich nie erwähnt, oder?«, neckte Neél.

Edison winkte ab. »Macht nichts. Denn dich darf ich eigentlich auch nicht mehr sehen. Du bist kein Umgang für mich. Du hast falsche Freunde.« Die Wangen des Kleinen begannen vor Aufregung zu glühen. Für ihn machte das Verbot die ganze Sache zu einem Abenteuer. Aber ich bemerkte den Schatten, der über Neéls Gesicht huschte.

»Dann behalten wir unser Treffen heute besser für uns, was?« Seine Stimme klang belegt.

»Auf jeden Fall. Sonst krieg ich Hausarrest und Strafarbeiten. Neulich hab ich eine Scheibe mit einem Stein eingeworfen – ganz aus Versehen, ich schwöre es. Danach durfte ich eine Woche lang nicht mit den anderen spielen. Und ein anderes Mal musste ich den Verhaltenskodex abschreiben – zehn Seiten! In Schönschrift! Und alles nur, weil ich eine Schüssel Haferbrei auf Lavaders Stuhl gestellt habe, als er sich gerade setzen wollte.«

• • •

Als wir wenig später zum Gefängnis zurückkehrten, nahmen wir einen Umweg, um nicht durch das belebte Barviertel gehen zu müssen. Wir wollten reden und hätten für etwas Ruhe wohl auch die ganze Stadt umrundet.

»Woher kennst du den Knirps?«

Neél lächelte gedankenverloren. »Habe ihn vor fünf Jahren auf der Straße aufgelesen. Er saß im Motorraum eines ausgeschlachteten Autos und wimmerte. Er war erst vier und sprach so undeutlich, dass ich kaum mehr als seinen Namen verstand.«

»Du hast ihn da rausgeholt?«

»Das ging nicht. Die Sonne stand am Himmel. Ich war damals zum ersten Mal allein mit einem Schutzanzug auf Streife. Eigentlich wollte ich Hilfe holen, aber er bettelte mich an, nicht wegzugehen, also habe ich mich neben den Wagen gesetzt und mit ihm geredet.

Er wollte singen, aber ich kannte aus meiner Kindheit nur noch dieses eine Lied, das wir beim Seilspringen immer gesungen haben.«

»Seilspringen und singen?« Ich stellte mir eine kleinere Version von Neél vor und musste lachen. »Entschuldige. Aber das tun bei uns nur die Mädchen.«

»Wie dumm für die Jungs«, erwiderte er. »Singend seilzuspringen ist eine gute Übung für Geschicklichkeit und Ausdauer.«

»Wie geht das Lied?«

»Oh nein. Ich singe nicht.«

»Nur den Text«, bat ich.

»Er wird dir nicht gefallen.«

Ich tat etwas, das ich mir bei Amber abgeschaut hatte. Ich senkte den Kopf und schlug die Wimpern hoch. »Neél. Bitte.«

Neél seufzte. »Er geht so: *Für ein Stück Käse, Wurst und Brot schieß ich viele Menschen tot.* Und dann wird gezählt. Eins, zwei, drei …« Er redete hastig, als wollte er das blöde Kinderlied so schnell wie möglich hinter sich bringen. »Edison zählte immer von eins bis vierzehn, dann kam die siebzehn, die zwanzig, und dann fing er wieder von vorne an. Ich habe ihn zu seinem Mentor zurückgebracht, nachdem der Himmel verdunkelt war. Dort erfuhr ich, dass er vor dem Morgengrauen weggelaufen war, um sich auf eigene Faust umzusehen. Das hat er hinterher noch häufiger getan, er ist recht freiheitsliebend.« Neél sah mich skeptisch an. »Ich wollte gerne, dass du ihn kennenlernst. Ist es danebengegangen?«

Total. »Nur ein klein wenig.«

»Ich dachte … nun ja, ich habe wohl vergessen, dass Kinder …«

»Sehr ehrlich sind?«, bot ich an.

Er nickte. »Das mit dem Rebellen-Jagen-Spiel … tut mir leid.«

»Es ist ja kein Wunder«, sagte ich. »Bei solchen Liedern. Willst du wissen, was wir singen?« Ich sang mit leiser Stimme, denn immerhin waren wir in der Stadt, und auch wenn alle Fenster geschlossen waren, befanden sich Percents dahinter. »Soll er brennen, der Percent, soll er brennen. Soll er kochen in seinem Blut, denn gut durchgekocht schmeckt er gut. Soll er brennen, der Percent, soll er brennen.«

Neél verschluckte sich fast bei dem Versuch, sein Lachen zu unterdrücken. »Eure Kinder singen solche Lieder und ihr behauptet, *wir* würden Menschenfleisch essen?«

»Tut ihr das denn nicht?« Ich feixte.

»Nicht wenn genug Alternativen da sind.« Er fasste sich an den Kiefer, als ob er überlegen würde. »Aber hilf mir rasch. Wer hat noch mal versucht, *mich* zu fressen?«

Ich spürte, wie ich rot wurde, was er trotz der Dunkelheit bestimmt sehen konnte. »Weißt du, was ich glaube? Solange wir klein sind, scheinen wir uns gar nicht so unähnlich zu sein. Nur dass bei uns die Kinder originellere Lieder singen.«

Er knuffte mich freundlich in die Seite, aber fest genug, dass es einen blauen Fleck geben würde. Dann stutzte er und sah die verfallenen Hausreihen entlang, die so ungleichmäßig vor uns aufragten wie eine Gruppe völlig unterschiedlicher, Spalier stehender Menschen.

»Was ist?«, wollte ich wissen.

»Hier wohnt niemand. Wir sind allein.«

Er hatte recht. Hinter allen Fenstern war es dunkel. Ich konnte mich nicht erinnern, wann wir die letzte beleuchtete Straßenlaterne hinter uns gelassen hatten. Man hörte nicht den kleinsten Laut eines Lebewesens. Hauchfein wisperte lauer Wind durch die letzten Blätter kränklicher Linden. In einiger Entfernung knirschte eine Fensterlade, die der Luftzug sanft hin und her bewegte.

»Ich wollte dir noch etwas anderes zeigen«, sagte Neél. Er sprach deutlich, aber leise; kein Flüstern, sondern eine klare Aussage, bloß in der Lautstärke reduziert, nicht in ihrer Kraft.

»Was denn?« Meine Stimme und ich zitterten ein wenig, dabei war die Nacht mild.

Er wies nach oben. »Den Himmel. Du hast gesagt, dass du den Himmel brauchst. Da ist er.«

Eine Gänsehaut überzog meinen ganzen Körper, als ich den Kopf in den Nacken legte. Es ließ sich nicht zählen, wie viele Stunden ich in den Nachthimmel gestarrt hatte, seitdem ich in der Stadt war. Aber nie hatte ich so viele Sterne gesehen. Ich hatte angenommen, es gäbe über der Stadt nicht die gleiche Anzahl an Sternen wie draußen in der Wildnis. Und dann, als fielen einige vom Himmel, leuchtete es plötzlich auch um uns herum. Glühwürmchen.

Ich rang um Fassung. »Wie hast du das gemacht?«

»Was meinst du?«

»Die vielen Sterne. So viele habe ich noch nie gesehen, seit …« Ich verstummte.

Neél lächelte, aber darin lag nichts Fröhliches. »Da ist nichts bei. Ein windiger Abend und eine wolkenfreie Nacht reichen schon. Man muss an einen dunklen Ort gehen, wenn man Sterne sehen will. Sie verstecken sich vor dem Licht.«

»Die Nacht aber hüllt sich in Schwarz wie eine Witwe und verbirgt das Lächeln hinter dem Schleier«, zitierte ich leise. »Das ist aus einem Gedicht. Der alte Laurencio, unser Lehrer im Clan, hat es uns abschreiben lassen, hundert Mal, als Strafe für eine unsaubere Handschrift. Weißt du, was es bedeutet, Neél? Ich habe es so gehasst, dass ich nie nachgefragt habe.«

»Vielleicht ist es ein altes Gedicht. Ich glaube, Witwen trugen früher Schwarz.«

»Ich weiß leider nicht, was Witwen sind.« Das Sprechen war anstrengend, weil ich den Blick nicht von den Sternen lösen konnte.

»Frauen, deren Männer gestorben sind.«

Alex war also eine Witwe. In schwarzen Kleidern hatte ich sie noch nie gesehen, aber das machte ja auch keinen Unterschied, denn sie hätte es ohnehin nicht gesehen.

»Warum trugen die Witwen früher Nachtfarben?«, fragte ich.

»Mmmh«, machte Neél gedehnt, »zum Trost, vermute ich. Die Nacht ist schwarz. Und sie ist schön.«

»Kein Wunder, dass du das sagst.« Kaum hatte ich es ausgesprochen, tat es mir leid. Er konnte nichts dafür, dass das Sonnenlicht ihn quälen und töten konnte. Hatte er nicht recht? Wir Menschen hassten die Dunkelheit, weil sie uns aufgezwungen wurde. Würden wir die Nacht mit anderen Augen sehen, wenn es keine Unterdrückung, keinen Hass und keine Kämpfe gäbe? War wahrer Frieden zwischen unseren Arten überhaupt denkbar?

Menschenfresser, hallte es in meiner Erinnerung. Das Wort klang völlig absurd in Verbindung mit Neél.

Er ging ein paar Schritte weiter und fuhr mit den Fingern durch die Zweige einer wuchernden Thujahecke, die wie ein Zaun um das dahinterliegende Gebäude gezogen war. Thuja galt bei den Städtern als Zeichen der Hoffnung, ein weiteres Märchen aus irgendeinem ihrer Bücher.

Von den Menschen, die hier einst gelebt und gehofft hatten, zeugten die verfallenden Mauern und die eingeschlagenen Fenster, von denen nur noch Zacken übrig waren, die wie Stalaktiten in den Rahmen hingen.

»Was ich dir zeigen wollte«, begann Neél und sprach dabei so leise, dass ich ihm nachgehen musste, um ihn besser zu verstehen, »ist, dass die Stadt auch schöne Seiten hat. Du siehst sie bloß nicht. Für dich gibt es keinen Himmel in der Stadt. Für mich gibt es diesen.« Er deutete nach oben, ohne seinen Blick folgen zu lassen. »Für mich ist die Stadt Zwang und Angst –«

»Und Gefangenschaft.«

»Und Gefangenschaft, ja. Aber für mich ist auch der kleine Edison die Stadt. Er ist nicht wie die Lieder, die er singt, er muss nicht so werden.«

»Offenbar wollen sie ihn aber so machen«, entgegnete ich. Die Möglichkeit, der Intimität zu entfliehen, die das Gespräch entwickelt hatte, erleichterte mich. Seine Worte gingen mir plötzlich so nah – aber trotz meiner Angst regte sich tief in mir der Wunsch nach noch größerer Nähe.

»Ich weiß. Edison hat die Order bekommen, nicht mehr mit mir zu reden. Das und der Tote auf Graves' Weg sind deutliche Zeichen. Sie wissen, dass Graves zu viele Fragen stellt.«

»Und sie wissen, dass du viele Worte mit Graves wechselst«, führte ich seine Aussage weiter.

»Es gefällt ihnen nicht. Wir scheinen auf der richtigen Spur zu sein.«

Ich spürte, wie mir Schweiß im Nacken ausbrach bei dem Gedanken, der mich mit einem Mal überkam. »Oder ihr folgt einer Spur, die jemand ausgelegt hat, um euch in eine Falle zu locken. Neél! Bist du sicher, dem Kleinen trauen zu können? Was, wenn er dich verrät?«

Neél schüttelte entschieden den Kopf. »Das wird er nicht.«

»Was macht dich da so sicher.«

»Er liebt mich. Er denkt, er wäre mein Bruder.«

Die Worte hingen eine Weile unschlüssig in der Luft. Ich konnte nichts damit anfangen und fragte mich bereits, ob ich sie einfach ignorieren oder mit einem »Ach so« abfertigen sollte.

Neél stieß ein Geräusch aus, das nicht ganz Seufzen und nicht ganz Grunzen war, sondern irgendetwas dazwischen. »Ich war damals auf der Suche nach der Frau, die mich geboren hat, verstehst du? Als ich ihn in diesem Auto fand, voller Angst vor der Sonne und Misstrauen, da war das Erste, was mir einfiel, ihm zu erzählen, ich sei sein Bruder und unsere Mutter würde mich schicken, um ihn zu beschützen.«

»Du hast das nie richtiggestellt?«

Einen Moment lang schürzte er die Lippen und sah im höchsten Maße trotzig aus. Trotzig und so jung, dass ich mich erstmals fragte, ob ich womöglich älter war als er.

»Ich war selbst fast noch ein Kind«, antwortete er. »Und ich hatte gefunden, wonach ich suchte. Ich konnte mir einreden, es wäre wahr und ich hätte einen kleinen Teil von dem, was ich so gerne haben wollte.«

Eine Familie.

»Ich verstehe«, flüsterte ich, aber Neél wand sich dennoch von mir ab. Er zerrieb winzige Thujazweigspitzen zwischen seinen Fingern, ich roch ihr Aroma und starrte auf seine Hände.

»Er wird dich nicht verraten«, sagte ich, weniger, weil ich dem Jungen vertraute, sondern nur, weil ich ihm gerne vertraut hätte. Ich berührte Neéls Oberarm. Er atmete aus.

»Wenn doch, war es das wert.«

Ein Lächeln schlich sich auf meine Lippen. »Ich bin wirklich überrascht von dir, Neél. Wie viele Geheimnisse hast du noch?«

»Nur noch ein einziges.« Und dann, schneller als in einem Kampf und sanfter als in einem Tanz, drehte er sich um und zog mich an sich. Ich spürte warme, raue Haut an meinem Hals. Mein Puls donnerte ihm gegen die Handfläche. Er hatte sich zu mir herabgebeugt und sein Mund war so nah an meinem, dass ich seinen Atem riechen und auf den Lippen hätte spüren müssen. Aber er atmete nicht.

Ich bewegte mich nicht, es gab keinen Grund, mich zu bewegen. Ich hoffte, er würde es auch nicht tun. Jeder Schritt weiter wäre nicht rückgängig zu machen und würde unweigerlich etwas zerstören, das wir vielleicht noch brauchten.

In meinem Magen schienen kleine Tiere aufgewühlt herumzukrabbeln. Etwas tiefer wurde mein Körper ganz warm.

»Schhht«, machte ich, so leise ich konnte, um zu retten, was zu retten war.

Das zwischen uns, das war wie der Wind. Stürmisch, pfeifend, eisig und rau, voller Zorn, aber ebenso mild, berührend oder zärtlich flüsternd. Solange es frei war, konnte es all das sein. Wenn wir es festhalten würden, blieb uns vermutlich bloß Luft in den Händen.

Ich machte einen halben Schritt zurück. Neél ließ mich los und ich wandte mich ab.

»Joy«, sagte er, noch immer stand er so dicht hinter mir, dass ich durch unsere Kleidung seine Wärme spürte. Und jetzt verstand ich erst, was er gemeint hatte, als er vorhin gesagt hatte, er wolle kämpfen. Denn er sagte: »Bleib bei mir.«

Nein, das war nicht fair! Ich hätte mir fast die Ohren zugehalten, aber er sprach weiter, er sprach weiter und hörte nicht auf – er hörte einfach nicht auf!

»Du wärst sicher bei mir, wenn du zulassen würdest, dass ich Anspruch auf dich erhebe. Das Chivvy würde ohne uns stattfinden. Ich kann ein Jahr warten. Ja, du wärst eine Städterin, aber ich würde dafür sorgen, dass du alle Freiheiten bekommst, die ich dir irgendwie ermöglichen kann. Du müsstest nie wieder kämpfen, es sei denn, du willst mit mir weiter nach Antworten suchen. Wir könnten weitere an unsere Seite holen, in die Villa, in Flagg's Boulder, und ...«

»Danke, Neél«, sagte ich leise, einzig und allein damit er aufhörte. »Ich muss ein wenig nachdenken, ist das in Ordnung?«

Dabei war alles geklärt. Vielleicht war es wahr, was ich aufgrund des Chaos in mir drin vermutete. Schon möglich, dass ich mich in Neél verliebt hatte und er sich in mich. Aber in seinen Worten fand ich etwas, das viel wichtiger war. Er hatte das, was ich brauchte. Sicherheit. Die Bedingungen klangen nicht schlecht.

Nur dass er diese Sicherheit mir geben wollte.

Ich aber wollte sie nicht.

Nicht für mich.

»dein geburtstag ist der blutsonnentag, joy.
das ist etwas ganz besonderes!«

Vergeblich bemühte ich mich, meine Gedanken für mich zu behalten.

Ich saß mit Graves im Erkerzimmer der Villa über verschiedene Papiere in einer fremden Sprache gebeugt. Wir versuchten, sie zu übersetzen, aber es war wie ein Puzzle, bei dem mehr Teile fehlten als zur Verfügung standen. Wir konnten bloß raten. Manche Buchstabenkombinationen kannten wir aus unserer Sprache – aber das hieß nicht, dass sie dieselbe Bedeutung haben mussten. Manche Worte waren den uns bekannten ähnlich, aber auch das führte uns häufiger in die Irre, als dass es uns weiterbrachte.

Immer noch hatte ich meine Papiere der Sammlung nicht hinzugefügt. Ich spürte sie in der Tasche zwischen meinen Schultern. Aus einem Grund, den ich weder verstand noch hinterfragte, wollte ich sie erst herausholen, wenn alle dabei waren, zumindest Neél, Graves und Alex.

Alex war in der Nähe, sie geisterte ziellos durch die Räume und verbarg ihre Unruhe weniger als ich. Inzwischen wusste ich, dass sie hier wohnte, wenn ich auch keine Antwort auf die Frage erhielt, wie eine Blinde zu einer solchen Villa kam. Vielleicht war sie ihr Erbe.

Neél war fort, wir erwarteten seine Rückkehr erst zum Abend. Er hatte einen Auftrag von Cloud erhalten, mich zu Graves gebracht und war schnell wieder gegangen. Er und drei andere Varlets waren dazu abkommandiert worden, die Westgrenze der Stadt zu kontrollieren. Westlich der Stadt hatte man Menschen gesehen. Ich hatte ihm erzählt, dass in dieser Richtung mein Clan lebte, und ihn gebeten, an mich zu denken, sollte er jemanden entdecken. Er hatte sich ruppig von mir weggedreht und gesagt: »Damit ich zögere und meine Kameraden und ich getötet werden? Meinst du, deine Leute würden auch zögern?«

Ich konnte ihm nicht einmal die Schärfe in seiner Stimme übel nehmen. Das Warten auf meine Antwort machte ihn hart und bitter. Außerdem hatte er recht.

»Joy? Joy!« Graves riss mich aus meinen Gedanken. »Träumst du?«

»Ich habe nachgedacht, das ist alles.« Ich sah wieder auf die Texte und die frustrierend kurze Liste unserer Übersetzungen. Ich starrte so angestrengt darauf, dass die schwarz gedruckten Buchstaben vor meinen Augen ein tiefes Blau annahmen und zu schweben begannen. Das Nichtstun zehrte an meinen Nerven. Ich stellte die Ellbogen auf dem Tisch ab, ballte die Fäuste und schlug die Fingerknöchel gegeneinander.

»Versuchst du, mich zu nerven?«, fragte Graves. »Komm schon, Joy, was ist los?«

Ich biss mir auf die Lippe. »Alex«, murmelte ich dann. »Ich frage mich, was sie für ein Problem mit mir hat. Sie hat mir gezeigt, wie man sich mithilfe von Geräuschen orientieren kann. Ich habe viel geübt und wollte ihr eben von meinen Fortschritten erzählen. Da sagte sie«, mir entwich ein Schnaufen, so sehr regte ihr Kommentar mich noch immer auf, »dass ich sie in Ruhe lassen soll.«

Graves versuchte, sein Lachen zu unterdrücken, was in einem Grunzen endete.

»Das ist nicht witzig. Sie hasst mich und ich möchte wenigstens wissen, warum. Sie ist außer mir der einzige Mensch hier, aber ausgerechnet sie straft alles, was ich tue, mit Verachtung. Was hat sie gegen mich?«

Das Lachen war Graves inzwischen vergangen. »Es liegt eher daran, was du hast«, sagte er.

»Was soll ich schon haben?« In meinem Nacken kribbelte es. Wusste sie von meinem Geheimnis? Hätte ich meine Papiere schon früher abgeben sollen? Hatte ich alles falsch ge–?

»Neél«, sagte Graves und mir blieb die Spucke weg. »Die beiden hatten Pläne. Neél wollte Anspruch auf Alex erheben, damit sie gemeinsam –«

»Sie lieben sich?«, platzte ich dazwischen. Es war, als zerplatzte in meinem Kopf eine Blase und ließ Gift in meine Gedanken strömen. Scham, Unverständnis und eine mir noch unverständlichere Wut. Und Eifersucht, ja, die biss ganz besonders schmerzhaft.

»Das nun nicht direkt, es war nie was Ernstes zwischen den beiden«, meinte Graves, aber er hätte in dem Moment auch in der Sprache der Fremden mit mir reden können, es machte keinen Unterschied.

Neél hatte Alex seine Sicherheit versprochen, und das lange Zeit vor mir. Sie stand ihr zu. Ich war fehl am Platz, gehörte nicht zu ihm. Wie irritierend, dass es mich so hart traf, hatte ich doch nie geplant, bei ihm zu bleiben.

»Es war nicht viel mehr als eine Vereinbarung unter Freunden«, erklärte Graves. Er saß neben mir am Tisch, klang aber, als wäre er sehr weit weg. »Alex' Partner ist tot, wie du weißt, er starb Anfang des letzten Winters bei einem Kampf gegen Rebellen. Erst nach dem nächsten Chivvy darf wieder Anspruch auf sie erhoben werden. Sie hat uns gefragt, aus Angst, dass es jemand anders tun könnte, der nur auf dieses Anwesen scharf ist, und Neél hat zugesagt.« Er zuckte mit den Schultern. »Das hatte er zumindest.«

Er hatte das Versprechen, das er Alex gab, für mich gelöst, und das schon lange bevor er mir sein Angebot gemacht hatte. Ein bisschen Wärme mischte sich unter meine giftigen Empfindungen, doch meine Scham schien dadurch nur noch zu wachsen. Sie ließ meine Wangen heiß glühen.

»Hat er inzwischen mit dir gesprochen?«

Ich nickte. »Vor ein paar Tagen. Ich habe nicht Ja gesagt, Graves. Neél kann immer noch Anspruch auf Alex erheben.« Nach dem letzten Satz hätte ich am liebsten auf den Boden gespuckt, so bitter lag mir sein Geschmack im Mund. »Ich habe nicht Ja gesagt!«

Graves stand auf und trat zum Erkerfenster. »Darum geht es nicht mehr. Als du gefragt hast, ob sie sich lieben, da habe ich nur die halbe Wahrheit gesagt.«

»Sie liebt ihn«, stellte ich nüchtern fest. Und sie war eifersüchtig auf mich. Konnte ich ihr das verdenken, wenn ich dasselbe fühlte?

»So ist es.« Graves seufzte. »Aber mach dir keine Gedanken. Ihre Sicherheit ist gewährleistet. Ich werde Anspruch auf sie erheben, das hat Neél geklärt, ehe er zu ihr gegangen ist und es ihr gesagt hat. Aber Alex' Stolz ist so schwer verletzt wie ihre Augen, fürchte ich. Seit sie es weiß, hat sie sich verändert.«

»Seit wann weiß sie es denn schon?«

»Neél hat es ihr gesagt, bevor er dich zum ersten Mal herbrachte.«

Ich schloss die Augen, denn meine Lider waren plötzlich zu schwer und das trübe Tageslicht schien zu grell. So lange wusste er schon, dass er seinen Anspruch auf mich geltend machen wollte. Warum hatte er es mir nicht eher gesagt? *Dummkopf*, schalt ich mich. *Weil er dich erst von den schönen Seiten der Stadt überzeugen wollte. Und von seinen guten Seiten.*

»Darf ich dich etwas fragen, Graves?«, bat ich, um mich abzulenken. »Warum hast du nicht längst Anspruch auf eine Frau erhoben? Erst dachte ich, du hättest vielleicht eine und würdest sie nur nicht erwähnen.«

»Das ist nicht so einfach zu erklären.« Er sah mich an und winkte mich zu sich.

»Du bist schwul!«, riet ich, aber er erwiderte: »Wenn es so einfach wäre. Ich habe einen Makel. Das heißt, ich darf meinen Anspruch nicht auf eine Frau ohne Makel erheben. So sagt es das Gesetz, weil eh schon zu wenig Frauen da sind.«

Ja, so wenige, dass ihr sie euch mit Gewalt holen müsst. Aber das war nicht Graves' Schuld, daher sprach ich es nicht aus. Sie waren nicht alle gleich, das hatte ich endlich verstanden.

Er zog den Wollpullover über seinem Unterarm zurück. Zuerst erkannte ich nicht, was er meinte. Aber dann sah ich wieder, dass seine Haut eine ganz andere Struktur aufwies als Neéls. Die winzigen, beweglichen Lamellen, mit denen die Percents über ihre Haut atmeten und rochen, waren bei ihm wie verkrustet. Zugeklebt, als wäre seine oberste Hautschicht zu einer Flüssigkeit voller Bläschen verschmolzen und wieder fest geworden. Ich sah keine Bewegung, kein Vibrieren. Die Haut war ... wie tote Rinde.

»Wie ist das passiert?« Ich näherte mich seinem Arm mit den Fingerspitzen und sah ihn fragend an. Er nickte und ich berührte seine Haut. Rau und schuppig fühlte sie sich an. Verkrustet.

»Das kommt von der Sonne. Ich kann mich kaum daran erinnern, ich war noch klein, etwa drei Jahre alt. Hast du schon mal von dem Tag gehört, als Dark Canopy sabotiert wurde?«

Ich widerstand dem Impuls, mir eine Hand vor den Mund zu pressen. Oder beide auf die Ohren. Er meinte den Blutsonnentag! Die plötzliche Anspannung drückte mir die Brust zu. Trotzdem presste ich hervor: »Erzähl mir davon.«

»Das willst du nicht hören.«

»Was ich hören will, entscheide ich. Wenn du kannst, dann erzähl es mir. Bitte.«

»Nun gut.« Graves zuckte mit den Schultern. »Die Menschen gingen auf die Barrikaden damals. Sie waren vollkommen außer sich, jubelten, tobten, sangen Lieder und randalierten. Es herrschte das totale Chaos, weil die ausgebildeten Percents zum größten Teil abberufen worden waren, um Dark Canopy zu verteidigen und wieder in Betrieb zu nehmen. Die Varlets waren mit der Situation völlig überfordert. Ich war im Krankenhaus – dort werden unsere Kinder aufgezogen, bis sie vier oder fünf Jahre alt sind. Dann werden sie den Mentoren übergeben. Selbst ins Krankenhaus brachen die Menschen ein. Sie … sie legten Feuer und …«

Und ich wurde gerade geboren.

»Es waren Zustände, wie ich sie hinterher nie wieder erlebt habe.« Graves' Blick glitt in die Ferne, durch das Fenster direkt zum Wald, als würde er sich ebenso gerne dort verstecken wie ich. Monoton sprach er weiter. »Die Männer schlugen die Menschenfrauen nieder, die für unsere Pflege verantwortlich waren und die Kleinsten verteidigen wollten. Säuglinge, die vor Tagen erst aus den Bruttanks geholt worden waren, flogen durch die Luft und klatschten gegen die Zimmerwände. Auf dem Weiß waren überall rote Schlieren. Ich sah, wie ein winziges Neugeborenes mit schweren Stiefeln zertrampelt wurde. Ich sah, wie einer gefangenen Frau der Bauch aufgeschlitzt und der Fötus herausgerissen wurde.«

Ich hätte ihn beinahe angefleht, nicht weiterzusprechen. Aber mein Mund war verstopft von einem Knebel aus Fassungslosigkeit. Ich glaubte, tief in meinem Kopf grölende Stimmen zu hören, wie ein Echo meiner allerersten, vagen Erinnerungen, gerufen im Takt eines Kindersingspiels: *Vernichtet ihre Brut. Ver-nich-tet ih-re Brut!*

»Was ist dann passiert?«, flüsterte ich.

Graves zog das Band aus seinem Zopf, um ihn neu zu binden und sogleich wieder eine Strähne herauszuzerren. Er ging so ruppig vor, dass er sich dabei einige Haare ausriss, aber seine Stimme behielt ihren fast teilnahmslosen Klang. »Eine unserer Pflegerinnen rannte mit uns größeren Jungs zum Treppenhaus. Sie flüsterte uns zu, wir sollten in den Keller laufen und uns in den Wäschewagen verstecken, wie wir es manchmal beim Spielen machten. Wir stürmten auch gleich los, während sie in der Tür zum Treppenhaus stehen blieb und den Männern den Durchgang verwehrte. Sie schrie: »Lasst die Kinder, lasst doch bitte die Kinder!« Ich erinnere mich, dass sie sie zu Boden warfen und ihr ins Gesicht traten. Und die Hände, sie zertraten ihr die Finger, als wären es Kakerlaken. »Verräterische Schlampe!«, haben sie gebrüllt. Ich stand auf der Treppe, konnte mich nicht rühren. Die Pflegerin rief mir zu: »Lauf, Kleiner, lauf endlich!«, oder irgend so was in der Art, aber ich konnte es kaum verstehen, weil Blut aus ihrem Mund quoll. Ihre Zähne fielen vor ihr auf den Boden, als würde sie Kirschkerne ausspucken. Ich rannte los, weil einer der Männer näher kam, aber in den Keller konnte ich nicht mehr. Ich rüttelte an der Stahltür, aber irgendwer hatte sie von innen verschlossen. Vielleicht war ich auch bloß zu klein und zu schwach, um sie aufzuziehen. Also lief ich nach draußen. Und da war überall die Sonne.« Graves zeigte mir die Innenseite seiner Unterarme. Hier sah man es deutlich: Narben. Runde und halbrunde Schatten von Blasen, die seine Haut damals geworfen hatte. »Ich glaubte, ich würde verbrennen«, sagte er, es klang heiß und kalt und gleichgültig zugleich. »Aber ich verbrannte nicht, nur meine Haut, die brannte immer weiter und weiter.«

Ich sah ihn fast vor mir, den winzigen, kahl geschorenen Graves, wie er mit den Armen sein Gesicht vor den Strahlen zu schützen versuchte und vor den Menschen floh.

Mir wurde schlecht.

Denn keine fünf Minuten Fußmarsch entfernt feierte zur gleichen Zeit eine kleine Familie die Geburt von Joy Annlin Rissel.

manchmal muss man falsche wege gehen,
um die richtigen zu finden.

Erst als Neél zurückkam, sich erschöpft auf den Teppich sinken ließ und den Kopf mit den Händen abstützte, als wäre er zu schwer geworden, kam mir der Gedanke, dass seine Rückkehr nicht selbstverständlich war. Sein Auftrag hatte einen kriegerischen Hintergrund, es hätte zum Kampf kommen können, durchaus auch zu seinem letzten. Man wusste vorher nie, wie ernst eine Situation wirklich werden würde.

Neéls Gesicht war mit Staub bedeckt, seine Lider vom Reiben ganz wund, aber er sah nicht aus, als hätte er gekämpft.

»Wie ist es gelaufen?«

Ich war froh, dass Graves diese Frage stellte. Egal wie ich es formuliert hätte, es hätte zynisch geklungen.

»Wir haben keinen Menschen außerhalb der Stadt gesehen«, antwortete Neél. Ich atmete erleichtert durch und sah das missbilligende Zucken in Alex' Mundwinkeln.

Neél fuhr fort: »Wir haben bloß einen Bogen gefunden, in einem unterirdischen Tunnel, der wohl mal Teil der Kanalisation gewesen ist. Wir mussten das verdammte Ding zuschütten und hatten dafür nur die Werkzeuge, die uns die Bewohner aus der Gegend überließen. Meine Schaufel war morsch wie ein verfaulter Zahn.« Er betrachtete seine Handinnenflächen, die voller Schwielen waren.

»Bist Arbeit wohl nicht mehr gewohnt, Neél«, spottete Alex, aber niemand ging darauf ein. Seit Graves mir von seinem Blutsonnentag berichtet hatte, hing die Stimmung tief und trüb wie eine Herbstregenwolke zwischen uns.

Neél sah uns an. »Ist hier alles in Ordnung?«

»Immer.« Graves löste seinen Zopf und band ihn neu. Neél zog die Brauen zusammen und forderte mich wortlos auf, etwas zu sagen.

Die Zeit war reif.

»Ich habe etwas für euch. Bitte fragt nicht, woher ich es habe. Ich hoffe einfach, dass es euch … nein, *uns* weiterhilft.« Ich verrenkte meine Arme bei dem mühseligen Versuch, die Papiere aus meinem Unterhemd zu ziehen. Ungeschickt wie ich mit meiner immer noch leicht steifen rechten Hand war, zerriss ich eine Ecke, aber dann gelang es mir endlich. Ich faltete die Bögen auseinander, legte sie auf die Tischplatte und strich sie glatt.

»Was hat sie da?« Alex kam näher und tastete nach der Tischkante. Auch Neél stand auf.

Graves' Stimme war staubtrocken. »Irgendwann muss das mal Papier gewesen sein.«

Ich schluckte ein wenig Scham herunter. Die Blätter sahen wirklich erbärmlich aus. Sie waren mehrmals vom Regen und meinem Schweiß durchtränkt und wieder getrocknet worden und wellten sich. Die Schrift war verblasst, die Falzstellen, an denen ich das Papier sicher hundert Mal geknickt hatte, ausgefranst. Es schien, als hielten sie nur noch wenige Fasern zusammen.

»Keine Fragen nach der Herkunft, hast du gesagt?« Graves berührte die Überschrift, strich über das an einen stilisierten Wolfskopf erinnernde Symbol und sah mich dann mit einem unergründlichen Ausdruck in den Augen an. »Aber eine Frage musst du mir erlauben, Joy. Willst du denn deine Jacke gar nicht zurückhaben?«

Stille breitete sich aus.

Wie konnte Graves von der Jacke wissen? Ich sah Hilfe suchend zu Neél, aber er erwiderte meinen Blick völlig ahnungslos.

»Joy, was ist? Was ist das für Papier?« Neél beugte sich darüber, während Graves mich fixierte, als wolle er mir, über den Tisch hinweg, geradewegs ins Gesicht springen.

»Hilft uns das weiter?«, fragte Neél.

Ich machte einen Schritt zurück als Zeichen, dass ich es beim besten Willen nicht wusste.

»Nein«, sagte Graves und entließ mich endlich aus seinem Blick. »Ich habe schon versucht, es zu übersetzen. Die Symbole und alle Worte, die häufig in Kombination auftauchen, sind abgezeichnet und katalogisiert.«

»Habt ihr das heute Nachmittag gemacht?«, fragte Alex.

Neél runzelte die Stirn und sah mich an. Er ahnte natürlich, dass das nicht möglich war. Auf einmal war es mir sehr wichtig, dass er von mir erfuhr, was passiert war. Ich wollte nicht von der Wahrheit bloßgestellt werden – nicht vor ihm.

»Die Blätter gehören mir nicht«, sagte ich. »Ich habe sie jemandem gestohlen, der sie in der Schule versteckt hatte.«

Alex schnappte nach Luft. »Du warst in der Schule? Wann?«

»Lange her. Es war eine gute Woche bevor ich gefangen genommen wurde. Ich habe die Papiere damals mit mir rumgetragen, aus Angst, unser Clanführer würde sie mir wegnehmen.«

In Neéls Gesicht regte sich kein Muskel.

»Es ist nicht so, dass ich jemanden bestehlen wollte, das müsst ihr mir glauben. Ich fand es durch Zufall und habe es mitgenommen. Ich dachte … ich glaubte –«

»Du hast die Texte gegen eine Jacke aus Leder getauscht«, unterbrach mich Graves und mit einem Mal schien er milder gestimmt.

»Ja, ich habe meine Jacke zurückgelassen. Woher weißt du das? Kennst du den Menschen, der dieses Versteck genutzt hat?«

»Durchaus. Der … *Mensch*«, Graves grinste bitter, »war ich selbst.«

Ich fand keine Worte. Ich hatte Graves bestohlen, denjenigen, der das wohl am wenigsten von allen verdient hatte und dessen Respekt mir so wichtig geworden war. Mein Mund formte: »Tut mir leid.«

»Schon gut, Joy. Ich kann dir keinen Vorwurf machen, dass du die Blätter mitgenommen hast.«

»Wohl aber«, sagte Alex herrisch, »dass du sie erst jetzt rausrückst.«

Ich senkte den Kopf. Sie hatte ja recht. »Als ich gefangen genommen wurde, waren diese beiden Papierstücke mein ganzer Besitz.« Ich versuchte, mich nicht zu entschuldigen – ich wollte, dass sie mich verstanden. »Ein Flaschendeckel hätte dieselbe Aufgabe erfüllen können. Es war alles, was ich hatte, alles, worüber ich selbst bestimmen konnte. Ich habe es all die Monate versteckt.«

»Ich wusste doch, dass ihr nicht zu trauen ist«, raunzte Alex.

Graves seufzte. »Sieh mal, Alex – oh, entschuldige, wie dumm von mir.« Er zwinkerte in meine Richtung und Alex schnaubte wie ein Stier vor dem Angriff. »Immerhin hat sie uns doch freiwillig davon erzählt, wenn auch erst jetzt. Und es ist kein Schaden entstanden. Die Karte haben wir mehrfach im Bestand, die Skizze durch Abpausen ebenfalls und den Text hatte ich bereits untersucht, ehe ich die Papiere in der Schule versteckte.«

»Für einen Abgleich hilft es immer, viele Vergleichsmöglichkeiten zu haben«, schoss Alex zurück.

Graves nickte gemächlich. »Sehr richtig. Ich bin mir sicher, Joy erklärt sich dazu bereit, die Dokumente noch mal abzugleichen und zu versuchen, Worte zu übersetzen.«

»Jederzeit!«

»Jederzeit«, äffte Alex mich schrill nach. Sie schüttelte den Kopf, wandte sich ab und tastete sich an der Wand entlang Richtung Zimmertür.

Es tat mir leid, ihren Stolz verletzt zu haben. Sie war im Recht. Ich bedeutete Neél, der das ganze Gespräch über mit unerwarteter Ruhe geschwiegen hatte, sie aufzuhalten.

Er wartete, bis sie aus dem Raum gegangen war und die Tür hinter sich zugeschlagen hatte. Dann beugte er sich zu mir und flüsterte: »Ich geh mal nach ihr sehen. Gut gemacht, Joy.« War das sarkastisch gemeint? Nein. Sein Atem berührte meine Wange warm und weich und beinahe wie ein Kuss. Seine Stimme klang sanft – wie verwirrend. Ich hatte mir nicht gerade ein Lob erwartet.

Neél folgte Alex. Graves und ich blieben zurück. Unschlüssig schwiegen wir uns an, während wir draußen die anderen beiden sprechen hörten, ohne ihre Worte zu verstehen.

»Nun sag schon«, meinte Graves schließlich. »Was hast du damals in der Schule gesucht?«

Ich dachte nicht gern an diesen Tag zurück, aber ich war ihm diese Antwort schuldig. Er hatte weit schlimmere Erinnerungen mit mir geteilt. Also erzählte ich ihm von unserem Auftrag, Felle gegen Essen einzutauschen, vom Schneider, der uns verraten hatte, von unserer Flucht und davon, dass Amber im Gegensatz zu mir nicht ins Clanhaus zurückgekommen war. Er hörte mir schweigend zu.

»Und du?«, fragte ich schließlich. »Warum hast du dich ausgerechnet in eine Schule zurückgezogen?«

Graves setzte sich auf die Tischkante und legte die Fingerspitzen aneinander. »Wir haben viele Verstecke für unsere Fundstücke. Damit sie mit niemandem von uns in Verbindung gebracht werden können, verstehst du? Es war ein großes Risiko, die Texte in Neéls Zimmer aufzubewahren. Er hätte arge Probleme bekommen können.«

Ich wollte erwidern, dass Neél selbst abgeschriebene Texte in der fremden Sprache besaß und mit sich herumtrug, behielt es dann aber für mich. Vielleicht hatte auch Neél seine Geheimnisse. Stattdessen sagte ich: »Es ist klug von euch, nicht alles an einem Platz zu lagern. So gehen immer nur Teile verloren, wenn ein Versteck gefunden wird.«

»Das ist richtig. Aber dieses eine Versteck war dennoch etwas anderes, zumindest für mich. Ich bin froh, dass du es durchwühlt hast und kein anderer. Jetzt kann ich unbesorgt dorthin zurück.«

Ich rief mir die Kammer hinter dem Schotterberg in Erinnerung. »Da waren Spuren eines Feuers«, murmelte ich.

»Der letzte Winter war verdammt kalt.«

»Ich hätte nicht gedacht, dass euch Kälte etwas ausmacht.« Plötzlich verstand ich, warum er ständig Wollpullover trug. Seine Haut war zerstört – er fror. Immerzu.

»Ich bewundere dich«, gestand ich Graves nach kurzem Schweigen leise. »Dir ist Schreckliches geschehen, Unwiderrufliches, aber du bist nicht verbittert.« Wie es die meisten Menschen wohl wären. »Du kämpfst sogar Seite an Seite mit Menschen, statt sie zu hassen. Warum?«

Ein Lächeln glitt über Graves' Gesicht. »Nach fast zwanzig Jahren wird es Zeit, sich miteinander auszusöhnen, meinst du nicht auch?«

»Ja. Aber man muss vorsichtig sein.«

Er sah mich einen Moment regungslos an. Er blinzelte nicht einmal. Dann berührte er mich an der Schulter und drehte sich um. Während er zur Tür ging, hörte ich ihn leise sagen: »Kluges Mädchen. Beherzige es.«

• • •

Auf dem Rückweg sprachen Neél und ich über Alex.

Er schlenderte die Straße entlang, beide Daumen in den Hosenbund gehakt. Lässig sah das aus, aber meistens tat er es, um nicht gedankenlos seine Hände zu bewegen, was seine Nervosität verraten würde.

»Ich hätte es ahnen müssen«, meinte er und schüttelte den Kopf. »Sie wollte dich nicht trainieren, sie war bloß neugierig und brauchte einen Vorwand, um dich kennenzulernen.«

»Man muss nutzen, was man bekommt«, erwiderte ich, fest entschlossen, trotzdem weiterzuüben, mich im Dunkeln anhand von Geräuschen zu orientieren. Es funktionierte inzwischen zu gut, um es aufzugeben, auch wenn ich nie auch nur annähernd die Sicherheit erreichen würde, die ich an Alex so bewunderte.

»Ich unterschätze manchmal, was verletzter Stolz alles anrichten kann.«

»Du meinst nicht nur Alex, oder?«

Er gab mir ein Grunzen als Antwort, das alles und nichts sagte, mich aber effektiv davon abhielt, weiter nachzuhaken. Es gab ohnehin eine Frage, die mir im Moment wichtiger erschien, so wichtig, dass sie meinen Magen schwer und hart machte, als hätte ich Steine gegessen.

»Bist du enttäuscht, Neél?«

»Von unseren Resultaten? Ja. Es wird immer schwieriger. Wir stehen unter Beobachtung, Graves noch stärker als ich. Wir brauchen endlich Ergebnisse, aber ich weiß nicht, wie weit wir gehen können, ohne dass es zu gefährlich wird. Tödlich. Ich bin nicht erfahren darin, Grenzen zu überschreiten. Bis vor Kurzem habe ich mich immer aus allem rausgehalten, hatte Vertrauen in die Triade und glaubte an unser Recht – daran, dass das Land uns gehört, und nur uns.«

»Und daran glaubst du nun nicht mehr?«

Er sah mich seltsam an. So als überlegte er, mich anzulügen. Aber scheinbar entschied er sich für die Wahrheit. »Doch. Du kennst unsere Geschichte, es *ist* unser Recht, denn wir haben den Krieg gewonnen. Versteh mich nicht falsch: Auch Graves glaubt, dass wir ein Recht auf das Land haben. Nur missbilligt er, *wie* es umgesetzt wird. Er glaubt, dass Zwang und Gewalt unweigerlich zu einem neuen Krieg führen, und er hasst Krieg, darum kämpft er dagegen.«

Das konnte man Graves nicht verdenken. »Was glaubst du?«, fragte ich und erinnerte mich an die Selbstverständlichkeit, mit der Neél Gewalt angewandt hatte. Auch mir gegenüber. Er war nicht wie Graves. Kein bisschen. Und trotzdem stand er auf seiner Seite.

Er hob die Hände ein wenig. »Zunächst war ich nur neugierig. Ich wollte wissen, ob es andere Möglichkeiten gibt, andere Wege als die, auf die die Triade uns schickt. Und dann wurde ich neugierig, ob diese anderen Wege vielleicht besser sind.«

»Und jetzt?«, flüsterte ich.

»Und jetzt scheint jeder Weg der falsche zu sein ...« Er stieß die Luft aus. »Weißt du noch: Wer beide Seiten sieht, der kann nur verlieren.«

»Nicht wenn beide Seiten sich einig werden«, widersprach ich, aber wie aussichtslos das war, wusste ich selbst, daher verwunderte mich sein bitteres Lachen nicht.

»Das sagst ausgerechnet du, die alles als Märchen oder Lügengeschichten versteht?«

»Du zum Beispiel, du versuchst es doch«, sagte ich und versuchte, nicht patzig zu klingen. »Das ist mehr, als die meisten anderen tun. Die meisten denken nur an sich selbst.« *Ja, allen voran du*, stichelte es in mir. Ich räusperte mich und fand es an der Zeit, das Thema zu wechseln, ehe wir uns völlig zwischen Worten verliefen, die nirgendwohin führten. »Bist du enttäuscht von mir, weil ich die Papiere erst jetzt hergegeben habe?«

Neél tat das, was er am besten konnte: Er irritierte mich. »Ich wusste davon.«

»Du wusstest davon? Aber wie –?«

»Als du Fieber hattest und bewusstlos warst, habe ich jeden Tag deine Bettlaken ausgewechselt. Dabei sind mir die Blätter in die Hände gefallen.«

Er sagte das ganz unbekümmert, aber der Gedanke, dass er mich aus dem Bett gehoben hatte, ließ mich erröten. »Und du hast sie einfach wieder zurückgelegt?«

»Natürlich. Sie gehören dir. Sie gehören auch weiterhin dir, ich bringe sie dir, wenn du sie zurückhaben willst.«

Ich schüttelte den Kopf. »Ich brauche sie nicht. Jetzt nicht mehr.«

Neél blickte auf und im grauen Dämmerlicht sahen seine Augen erstaunlich normal aus. Fast wie bei einem Menschen. »Ich habe sie zurückgelegt, weil ich neugierig war. Ich wollte wissen, ob der Tag kommen würde, an dem du mir ein bisschen vertraust.«

»Es hat lange gedauert«, murmelte ich. Verdammt. Ich hätte ihm doch vor den anderen davon erzählen sollen.

»Ich hätte nicht erwartet, dass es überhaupt so weit kommt. Bleib kurz stehen, Joy.«

Ich wusste, wohin das führen würde. Ich war vielleicht eine Niete, was Zwischenmenschliches betraf – und der Kerl war nicht einmal ein Mensch, du lieber Himmel! –, aber ich war nicht vollkommen ahnungslos. Wir würden uns ansehen, er würde mich berühren und dann würde er mich küssen und ich würde ihn zurückküssen. Wenn ich jetzt stehen blieb, war das unausweichlich, dann gab es keine Möglichkeit, es nicht zu tun, keine noch so winzige.

Ich ging weiter. »Lieber nicht.« Ich presste die Lippen zusammen und tat so, als ignorierte ich sein leises, bittendes »Joy«. Mein verräterischer Körper ignorierte es nicht. Er kribbelte und brannte überall. Aber ich war stärker. Immer wenn ich nachzugeben drohte, rief ich mir in Erinnerung, dass ich seine Gefühle noch brauchte. Ich war im Begriff, ihn zu verraten und unsere Freundschaft zu benutzen. Ich konnte ihm nicht nachgeben. Nicht weil ich nicht wollte. Ich wünschte mir nichts sehnlicher. Aber ich hatte ein höheres Ziel. Es gab Wichtigeres als meine Wünsche.

• • •

An diesem Abend fand ich ein Messer in meinem Bett.

Es lag direkt unterhalb des Kissens auf dem Laken, von der Decke versteckt, damit es von niemandem entdeckt wurde, der zufällig mein Zimmer betrat. Ich hätte mich fast im Slip auf die Klinge gesetzt und mein erster Gedanke war: *In der Sonne soll er schmoren – der verrückte Percent wird mich noch umbringen, beim simplen Versuch, mir ein Geschenk zu machen!*

Vorsichtig nahm ich das Messer an mich. Ich betrachtete es, wog es in den Händen und ließ meine Fingerspitzen über die Schneide gleiten. Vielleicht war meine Hand durch die Verletzung zu ungeschickt, vielleicht war ich aber auch bloß überrascht: War die Klinge schon immer so perfekt gewesen? Neél musste sie geschliffen und poliert haben. Ich schnitt mich prompt daran. Sie war so scharf, dass ich es zuerst gar nicht spürte. Ich sah nur das Blut. Es lief den Griff entlang, rann in die eingeschnitzten Linien, die meinen Namen formten, und tropfte mir in den Schoß.

Mein Messer war mir einst so vertraut gewesen wie meine eigene Gefühlswelt. Jetzt schnitt ich mich daran. Am einen wie am anderen.

»du glaubst, es wäre leicht, matthial?
du glaubst es wirklich.«

Matthial kam sich vor wie bei einer Audienz mit einem Phantom.

Jamie führte den größten Clan im Land und jedermann sprach seinen Namen voller Respekt aus, doch gesehen hatte ihn kaum jemand. Es gab flüsternde Stimmen, die behaupteten, es gäbe ihn gar nicht. Aber nun wusste Matthial es besser, denn er saß ihm gegenüber auf einem strohgefüllten Kissen über wurmstichigen Holzdielen. Der Wind pfiff um die Wände und durchs Fenster war in der Ferne flackerndes Wetterleuchten zu erkennen. Donner grollte.

»Das Gewitter zieht vorbei«, sagte Jamie. Er musste es ja wissen. Vermutlich hatten die Blattläuse es ihm erzählt, während er vor dem Gespräch minutenlang mit geschlossenen Augen auf dem Balkon gestanden und dem Wind gelauscht hatte.

Matthial hatte gewusst, dass sie in Baumhäusern lebten. Er kannte die Gerüchte, laut denen Jamie und sein Clan naturverbundene Menschen waren. Aber in diesem Dorf sprachen sie von der Erde und der Sonne, als wären es Gottheiten, und das irritierte ihn.

Das Schwanken, mit dem die auf elf Metern Höhe angebrachte Hütte auf den anschwellenden Sturm reagierte, ließ seinen Magen kribbeln. Er war eben weder ein Vogel noch ein Eichhorn. Menschen gehörten nicht in solche Höhen. Diese Menschen hier schienen das allerdings anders zu sehen. Wie die Affen huschten sie an Strickleitern und Netzen die Stämme rauf und runter. Diesen Rebellenclan mit den angeblich stärksten Kämpfern hatte Matthial sich anders vorgestellt. Und vor allem Jamie. Laut den Legenden, die über ihn kursierten, war er ein Mann wie ein Baum. Hart, wettergegerbt und in den Schultern so breit wie zwei Frauen, wenn man sie nebeneinanderstellte. Matthial ließ seinen Blick über den sagenumwobenen Clanführer schweifen, während der einen tiefen Schluck Kräutertee aus seiner Tasse nahm. Jamie war in Wahrheit klein und gedrungen, mit rötlich braunem Haar und buschigen Augenbrauen. Unter dem gestutzten Bart schimmerten Aknenarben durch. Er sah völlig unauffällig aus und verhielt sich auch nicht wie ein Anführer. Das Wasser für den Tee hatte er selbst gekocht und die Hornhaut an seinen Händen ließ vermuten, dass er sogar das Feuerholz hackte.

»Macht dich das Wetter denn so nervös?« Jamie lachte, wie ein Ziegenbock meckert. »Das muss es nicht. Dieses Dorf steht schon lange. Es muss mehr kommen als ein bisschen Regen, damit wir unruhig werden.«

»Ganz erstaunlich«, lobte Matthial höflich. »Was meinst du mit *mehr*? Percents?« Ihm war aufgefallen, dass das Dorf zwar recht gut getarnt war und die Baumhäuser im Sommer zwischen den dicht bewachsenen Zweigen kaum auffielen, aber völlig unbemerkt konnte man eine solche Siedlung trotzdem nicht unterhalten.

Jamie rieb sich den Bart. »Dass die zum letzten Mal hier waren, ist lange her. Vor elf oder zwölf Jahren – weiß ich gar nicht mehr so genau – kamen sie mal, mit viel Tamtam und Pistolen und Armbrüsten und so was. Das hat aber nicht so geklappt, wie sie sich das dachten. Da kamen sie dann mit Feuer. Das wurde aber auch nichts.«

»Warte mal, warte.« Matthial hob die Hand. Das wollte er näher wissen. »Wie habt ihr sie zurückgeschlagen?«

Jamie griff nach einem Pfeil, der achtlos am Boden lag, und hob mit dessen Spitze einen Lederlappen an, der an die Wand genagelt war. Darunter versteckte sich eine schmale, längliche Öffnung, die aussah wie ein extrem breiter Briefschlitz. Matthial hatte von draußen schon gesehen, dass alle Außenwände hier über diese Ritzen verfügten. Er musste zugeben, dass sie optimal durchdacht waren. Mit hochgezogenen Strickleitern und geschlossenen Fenstern konnte der Clan seine Angreifer durch die Öffnungen bequem beschießen. Jeder Schütze blieb in der Sicherheit seiner vier Wände.

»Und als sie mit Feuer kamen?«, hakte er nach.

Jamie lächelte gönnerhaft. »Das Dorf liegt in einer Flussbiegung, wie du vielleicht gesehen hast. Sie kamen nur von einer Seite nah genug heran und diese sichern wir durch Außenposten. Einmal haben sie versucht, uns auszuräuchern, indem sie ein paar Bäume auf der anderen Seite des Flusses abgefackelt haben, aber unser Freund, der Wind, stand auf unserer Seite.«

Ihr Freund, der Wind, so, so. Matthial beschloss, es einfach dabei zu belassen.

»Später«, fuhr Jamie fort, »haben wir uns darauf geeinigt, dass wir sie in Ruhe lassen und sie uns.«

Matthial stutzte. Er griff nach seiner Teetasse und nahm einen zaghaften Schluck. Es schmeckte bitter. »Ich fürchte, ich habe nicht richtig verstanden. Ihr habt euch *geeinigt*?«

»Man muss miteinander sprechen.« Jamie verschränkte die Füße. »Das habe ich auch zu deinem Vater gesagt, als er bei mir saß wie du jetzt.«

»Davon weiß ich nichts. Mein Vater hat nie viel geredet. Auch mit mir nicht.«

»Wundert mich nicht.«

»Aber …« Matthial wägte seine Worte sorgfältig ab. Er wusste, dass Jamie und Mars im Streit auseinandergegangen waren, aber er hatte nie erfahren, warum. »Wenn ihr Absprachen mit den Percents getroffen habt, wie kommt es dann, dass auch einige von euren Männern umgekommen sind, als die Percents vor vier Jahren Rebellen in den Clangebieten angegriffen haben?«

Erstmals senkte Jamie den Kopf. Für einen winzigen Moment hatte Matthial den Eindruck, einem alten Mann gegenüberzusitzen. Doch dann wischte der Clanführer den Eindruck aus seinem Gesicht wie einen Schlammspritzer. »Die Absprachen gelten für das Dorf. Ich mache mir nichts vor, sie haben dem Waffenstillstand nur zugestimmt, weil diese Hütten uneinnehmbar sind und weil wir gute Lieferanten für Wild und andere Waldprodukte sind. Unsere Außenposten und Kundschafter genießen allerdings keine Privilegien.«

»Möglich, dass ich etwas anzubieten habe, das dir in der Hinsicht eine Hilfe sein kann.«

Jamie lächelte, es wirkte fast mitleidig. »Junge, ich habe es deinem Vater gesagt und ich sage es dir: Ich brauche keine Leute mehr. Wir sind genug.«

Einen Moment lang war Matthial irritiert. Sein Vater hatte Jamie gebeten, Clanmitglieder bei sich aufzunehmen? Das hörte er zum ersten Mal.

»Darum geht es nicht«, erwiderte er. »Mein Vater hat die Gegend verlassen. Ich spreche nicht länger für ihn, sondern für mich und meinen Clan.«

Jamie runzelte die Stirn. »Clanführer, ja? Meinen Glückwunsch, Junge. Mit welcher Stärke kämpft dein Clan?«

»Ich habe zwei Männer, eine Frau sowie einen Hund. Außerdem drei weitere Frauen in der Stadt.« Joy, Liza und Amber hatten sicher nichts dagegen, dass er sie zu seinen Anhängern zählte.

»Und ein Pferd«, vermutete Jamie.

»Leider nicht. Das Pferd nahm mein Vater mit sich.«

Die Aussage schien Jamie zu irritieren. »Seltsam«, murmelte er. »Wir haben Pferdespuren auf eurem Clangebiet gefunden, ist noch gar nicht so lange her.«

»Nun, ich wüsste es sicher, wenn ich ein Pferd besäße. Meine Füße wären weniger schwer nach dem langen Marsch zu dir.« Matthial lachte. Aber auch er grübelte über das mysteriöse Pferd. Es musste doch ein Percent gewesen sein. »Wie auch immer, Jamie, es erstaunt mich, dass du über die Geschehnisse in meinem Terrain so gut informiert bist. Neugierig?«

Jetzt war es Jamie, der lachte. »Man muss doch wissen, was vor sich geht.«

»Aber das ist riskant, wie du mir eben selbst gesagt hast.«

Das Lachen des Clanführers verebbte. »Das soll keine subtile Drohung sein, nehme ich an?«

»Nicht im Geringsten. Es ist ein freundliches Angebot. Ich möchte gerne näher mit dir zusammenarbeiten, Jamie. Intensiver, als du es mit meinem Vater getan hast.«

Wieder nahm Jamie seine Teetasse in die Hand und drehte die Flüssigkeit darin. »Vorstellbar ist das. Eins hast du zweifelsfrei bereits bewiesen – du redest besser als der verbohrte, alte Sack, der dein Vater ist. Ich nehme an, du hast wirklich ein Angebot für mich und willst nicht nur, wie er, die Leute loswerden, für die du keine Verwendung mehr hast. Fraglich bleibt, ob mich interessiert, was du anbietest.«

»Du wirst mitbekommen haben, dass mein Clan noch klein ist. Aber wir teilen mit euch, was wir haben.«

»Und das wäre?«

»Vorerst nicht mehr als Unterschlupf und Gastfreundlichkeit in einem sicheren Haus, das noch nie durchsucht wurde.« Matthial hoffte, dass Jamie ihm die Lüge nicht anmerkte. Die Percents waren im Clanhaus gewesen – allerdings hatte sich sein Zwei-Mann-Clan zu der Zeit tief unter der Erde befunden. »Für den Fall, dass wir es aufgeben müssen, verfügen wir über mehrere vollständig erschlossene Tunnel. Unsere Türen stehen euch offen.«

Jamie starrte eine entnervend lange Weile in seine Tasse. »Damit wir uns richtig verstehen«, sagte er schließlich, »ich biete dir und den Deinen jederzeit dasselbe. Ich nehme niemanden dauerhaft im Dorf auf, aber kurzfristig ist euch meine Gastfreundschaft sicher. Bevor du höhere Ansprüche stellst – ein Bündnis, Unterstützung bei Kämpfen oder was auch immer du dir erhoffst –, musst du mehr bieten. Dein Angebot ist nützlich, aber nicht das, was ich als unwiderstehlich bezeichnen würde.«

»Verstehe ich.« Mehr hatte Matthial sich nicht erwartet. Wichtiger als Versprechungen waren Kontakte, das hatte er von seinem Vater gelernt, auch wenn dieser die meisten seiner Kontakte schnell wieder verprellt hatte. Hier war nun seine Chance, es besser zu machen.

Ein Schritt nach dem anderen. Geduld. Dafür hatte Matthial zwar keine Zeit, im Grunde brauchte er Jamies Hilfe in Gestalt von kämpfenden Männern sofort. Doch er wusste, dass der Pfad der Geduld die einzige Möglichkeit war, überhaupt etwas zu bekommen.

angenommen, du könntest wählen.
freiheit oder sicherheit. was wäre deine wahl?

Die Tage schmolzen in sich zusammen wie Stundenkerzen nah am Feuer. Jede Nacht starrte ich ins Leere und atmete das frostige Alleinsein ein. Wenn mir vorher jemand gesagt hätte, dass der verdammte Percent mir fehlen würde, wäre ich ihm ins Gesicht gesprungen.

Morgens aßen wir zusammen, danach brachte ich unser Geschirr weg und half der stummen grauen Frau in der Küche beim Abwaschen. Niemand hatte mich darum gebeten, aber keiner schickte mich fort, und so arbeiteten wir bald wie aufeinander abgestimmt. Ich wusste, dass sie reden konnte – Neél hatte es mir erzählt. Zu Anfang hatte es mich irritiert, dass sie nie ein Wort zu mir sagte und auch auf meine Ansprache kaum reagierte, aber Tag für Tag fühlte ich mich wohler in ihrer Nähe und vergaß irgendwann meine Bemühungen, sie zum Sprechen zu bewegen. Wir schwiegen gemeinsam und ich merkte, wie entspannend das sein konnte. Es war angenehm, dass sie mich nie drängte, etwas Falsches zu sagen, denn manchmal schien alles falsch in dieser Welt, in die ich nicht gehörte. Ebenso wenig wie sie. Vielleicht war das ja der Grund, aus dem sie schwieg.

Nach der Arbeit erkundete ich das Gefängnis. Ich durfte mich in den Gängen frei bewegen, achtete aber trotzdem darauf, möglichst wenigen Varlets über den Weg zu laufen, denn meist verspotteten sie mich. Die anderen Soldaten beäugten mich mit Misstrauen und grüßten mich allenfalls einsilbig. Ich konnte es ihnen nicht verdenken. Keiner von ihnen hatte meine Freiheiten. Ich flüchtete mich in

Gänge, in denen ich allein war, und trainierte das Zurechtfinden mit verbundenen Augen. Später skizzierte ich die Gänge, durch die ich gegangen war. Diese Momente waren dieser Tage die einzigen, in denen ich eine Verbundenheit mit Matthial verspürte. Manchmal erschreckte mich sein Name, wenn mir auffiel, wie lange ich ihn nicht ins Leere geflüstert, wie lange ich nicht an ihn gedacht hatte. Vergaß ich Matthial? Wurde ich so unmenschlich und gefühlskalt wie die Percents, in deren Mitte ich lebte? Was passierte mit mir?

Ich kannte das Gefängnis inzwischen besser als mich selbst. Immer dieselben Gänge, Winkel und Abzweigungen. Dieselben steinernen Treppen, immer mit der gleichen Anzahl symmetrischer Stufen, so oft ich sie auch zählte. Beständig. Warum war ich nicht so?

Wenn ich an dem Punkt ankam, an dem meine Stimmung ohnehin nicht mehr tiefer sinken konnte, nahm ich das Training mit dem Messer auf. Meine Fortschritte konnte man mit viel gutem Willen als existent bezeichnen, aber das war es auch schon. Mein Geschick beim Werfen war Vergangenheit. Früher hätte ich auf eine pochende Arterie zielen können. Heute war ich froh, wenn ich die Zielscheibe traf. Die Wand in meinem Zimmer hatte Dutzende von kleinen Löchern; Stellen, an denen die Waffe den Putz herausgeschlagen hatte. Manchmal versuchte Neél, witzig zu sein, und markierte das Datum neben diesen offensichtlichen Beweisen meiner Unfähigkeit.

Ich hatte mein Unterhemd, mein letztes Kleidungsstück, das in Handarbeit von Rebellen statt von Maschinen gefertigt worden war, um die Hälfte gekürzt. Es reichte mir nun nur noch bis knapp über die Brust. Den unteren Teil hatte ich in Streifen geschnitten und um den Messergriff gewickelt. Dasselbe hatte Penny damals für mich getan, damit mir die Waffe nicht aus der Hand rutschte, wenn meine Hände schwitzten. Ich war weniger geschickt mit dem Stoff als meine Schwester und so erreichte ich kaum eine Verbesserung. Aber den Stoff und die Waffe gleichzeitig in der Hand zu halten motivierte mich. Es erinnerte mich wieder daran, wer ich war. Eine Rebellin.

Ich hatte das Werfen mit der rechten Hand schon einmal, von klein auf, geübt. Es sprach nichts dagegen, dasselbe nun mit der linken zu lernen.

Ich war das Messermädchen. Und ich würde es bleiben.

• • •

Ich musste Neél nicht an sein Versprechen erinnern, Kontakt zu Amber aufzunehmen. Er würde es nicht vergessen, da war ich mir sicher.

Als es so weit war, wechselte er kein Wort mit mir darüber – vielleicht, um mir die Enttäuschung zu ersparen, falls es doch nicht klappen würde –, aber ich spürte, was er vorhatte. Die Gewissheit vibrierte in meinen Knochen und stach bei jedem Schritt durch die beleuchteten Straßen in mein Herz. Wir gingen zu Amber.

Neél brachte mich zu einer Bar in einem Viertel, von dem sich vernünftige Leute fernhielten. Es war nicht weit vom Hotel entfernt, doch der Wind schien hier ein anderes Lied zu singen. In den frei stehenden kleinen Häusern, jedes gesäumt von einem brachliegenden Garten, lebten ausschließlich Percents der niederen Arbeiterklasse. Nur ungern und bis in die letzte Faser angespannt, ging ich durch diesen Stadtteil. Die Fassaden waren mit vulgären Graffiti beschmiert. Wer kein Geld für Farbe besaß, bemalte seine Wände mit Kohle. Vor einem Haus, das wie unbewohnbar wirkte, weil etwas Schweres das Dach eingedrückt hatte wie eine Pappschachtel, hatte man ein helles Tier angepflockt. Eine Ziege vielleicht? Ich sah genauer hin und im nächsten Moment bereute ich es zutiefst. Das war gar kein Tier. Es war ein Mensch, ein junger Mann mit bloßem Oberkörper, an Ketten an einen Pfahl gefesselt.

»Bei der Sonne«, entwich es mir ungewollt.

Der Mann sah nicht auf, als wir näher kamen. Er starrte zu Boden. Wenn er nicht gezittert hätte, hätte ich annehmen müssen, er wäre tot. Seine Schultern waren grün und blau geprügelt, am Rücken teilten blutunterlaufene Striemen seine Haut.

»Geh weiter, Joy.« Neél atmete flach, ich bemerkte, warum. Der Mann hockte in seinen eigenen Ausscheidungen. Selbst ich konnte es trotz der Entfernung von mehreren Metern riechen.

Ich versuchte, stehen zu bleiben, aber Neél griff mich am Arm und zog mich unerbittlich mit sich.

»Wir können nicht einfach weitergehen«, zischte ich. »Der arme Kerl ist dort festgebunden wie ein Tier. Wir müssen –«

»Du kannst nichts tun«, sagte Neél schlicht.

Du. Nicht *wir*. Wollte *er* dem Mann gar nicht helfen? War es ihm egal, was hier vor sich ging?

Ich versuchte, mich von Neél loszureißen, aber er verstärkte den Griff um meinen Arm.

»Du tust mir weh, verdammt noch mal!«

Er fuhr zu mir herum. »Dann reiß dich jetzt zusammen! Das hier ist eine gefährliche Gegend, auch für mich. Die Männer, die hier leben, haben nichts zu verlieren.« Jedes Wort verriet seine Anspannung. Er bestand nur noch aus harten Muskeln und zog mich gnadenlos weiter.

Mir blieb keine Wahl, ich musste hinter ihm herstolpern. »Das kann doch nicht erlaubt sein«, wimmerte ich.

»Du hast keine Ahnung.«

»Bitte, Neél. Ich binde ihn los. Keiner sieht mich. Wir müssen ihm wenigstens eine Chance geben.«

Neél schnaubte abfällig. Hinter einem Fenster bewegte sich eine dunkle Silhouette. Neél ging schneller. »Der Junge würde dich überwältigen und für ein paar Privilegien seinem Herrn übergeben.«

»Unsinn!« Ich schrie beinahe und riss an meinem Arm, aber alles, was ich erreichte, war, dass Neéls Finger sich schmerzhaft in meine Haut gruben. »Neél, bitte! Du kannst doch nicht erwarten, dass ich das einfach akzeptiere.«

»Wenn ich gewusst hätte, dass du so was zu sehen bekommst, wäre ich nie mit dir hergekommen«, sagte er leise. Irgendwo polterte etwas, jemand grölte. Ein Hund kläffte, winselte hoch auf und war still. »Aber du wolltest es, es war dir wichtig. Ich bitte dich nur um eins: Mach keine Dummheiten. Du hast in diesem Viertel schneller den Wert eines Stück Schlachtviehs, als du meinen Namen rufen kannst. Bleib an meiner Seite und verhalte dich still.«

Resigniert trottete ich hinter ihm her. »Warum mussten wir herkommen? Warum *hier*her?«

»Ich kann es mir vorstellen«, erwiderte er gepresst. Es klang düster und unheilvoll. »Den Treffpunkt hat Widden vorgeschlagen. Und Widden überlässt nichts dem Zufall. Wir sind – nein, *du bist* – aus einem bestimmten Grund hier.«

Ich wischte mir die feuchten Hände an meinem Hemd ab. »Und der wäre?«

»Du sollst das Elend sehen. Du sollst sehen, wie jene leben, die im Chivvy versagen.«

»Du kannst ihm ausrichten, dass man blind sein müsste, um das nicht zu sehen.« Meine Worte waren durchaus als Angriff gedacht, aber sie schienen an ihm abzuperlen.

Wir gingen um eine Häuserecke, eine Gruppe ungepflegt erscheinender, junger Varlets kam uns entgegen. Als sie Neél sahen, stießen sie sich gegenseitig an und rannten davon. Sie hatten die Straßenlaternen ausgetreten, sodass wir durch die Dunkelheit gehen mussten.

Neél ließ meinen Arm los. Ich blieb stehen, rieb über die schmerzende Stelle und fühlte mich schrecklich alleingelassen. Von ihm, ja, aber vor allem von mir selbst, weil ich nicht den Mut fand, zurückzulaufen und den Mann zu befreien. Neél ging langsamer, aber er wandte sich nicht zu mir um.

»Komm schon, Joy«, sagte er leise. Und ich kam. Ich hasste mich dafür, denn es war falsch, aber ich trottete hinter ihm her und versuchte, nicht länger an diesen armen Teufel zu denken. Ich würde Amber sehen. Es war kein guter Trost, bloß eine bittere Ablenkung.

Wir gingen weiter und mit einem Mal hörte ich aus einiger Entfernung eigenartige Laute.

»Was ist das?« Ich reckte den Hals, ohne mehr zu erkennen als viele dunkle, ein paar zerbrochene und wenige beleuchtete Fenster.

»Musik«, antwortete Neél. »Kennst du das nicht?«

Es war Flötenmusik – die Erinnerung an den kleinen Matches-Bruder, der noch wenige Stunden vor seinem Tod so hingebungsvoll auf der Flöte gespielt hatte, legte eine Klemme um meinen Brustkorb und drückte mir den Atem ab.

»Hatte ich hier nicht erwartet«, murmelte ich. Meine Augen brannten. Hier, im übelsten Viertel der Stadt, bei den Percents, Musik zu hören war, als kollidierten zwei Welten. Nichtsdestotrotz lockte mich die Melodie, ein wildes, trudelndes Lied, näher.

»Joy, warte kurz.« Neél fasste nach meinem Oberarm. Es war die gleiche Stelle, an der sich von seinem zerrenden Griff ein blauer Fleck bilden würde, aber diesmal berührte er mich sanft. »Dieser Mann da eben … du kennst ihn gar nicht. Oder?«

Am liebsten hätte ich ihm ins Gesicht gespuckt. »Meinst du, ich würde jemanden, den ich kenne, in dieser Situation zurücklassen?«

»Keine Ahnung«, erwiderte er mit entnervender Ruhe. »Also weißt du nur, dass er ein Mensch ist.«

»Lass gut sein, Neél.« Ich hatte keine Lust auf die Belehrung, dass der Gefangene möglicherweise ein Kindermörder oder Vergewaltiger war und seine Strafe verdient hatte. Es interessierte mich überhaupt nicht, wer oder was er war. »Er wird zur Schau gestellt, um andere abzuschrecken, das ist mehr, als ich wissen muss, um sicher zu sein, dass es falsch ist.«

Erstaunen spielte in Neéls Augenwinkeln, ich fragte mich, ob es echt war. »Du hättest ihn auch befreien wollen, wenn er ein Percent gewesen wäre?« Nein, es war nicht echt, es war reine Provokation.

»Leck mich, Neél.«

Er fuhr sich herausfordernd langsam mit der Zunge über die Lippen. Ich machte einen Schritt zurück und spuckte auf den Boden.

»Wir gehen lieber«, sagte er und wandte sich ab. Seine Arroganz umgab ihn wie eine zweite Haut. »Und ich wünsche, dass du dich gleich benimmst, ich möchte nicht, dass du nach mir schreist und ich dich retten muss.«

»Bevor ich nach dir schreie, fresse ich Gift!«

»Könnte passieren. Ich wollte dich ohnehin bitten, nichts zu essen oder zu trinken, vor allem nichts, was man dir anbietet.«

Ich zerbiss eine gepfefferte Antwort zwischen den Zähnen, rammte die Fäuste in die Hosentaschen und stapfte hinter ihm her.

Wir durchquerten ein Tor aus hohen, schmalen Holzlatten. Neél flüsterte dem Percent, der es bewachte, etwas zu, dann traten wir auf einen finsteren Innenhof – ein kahles Fleckchen zwischen klobigen Backsteinbauten. Feuchte Mauern umgaben ihn; Wände, an die man nicht zu nah heranwollte, als schwitzten sie etwas Ekelhaftes aus. Als das Tor zufiel, blieb selbst das letzte bisschen Licht draußen. Die Musik war lauter und schriller geworden. Sie schallte aus einem Eingang, den man nur über eine schmale Kellertreppe erreichte.

»Du wirst hierbleiben«, sagte Neél. »Der Club erlaubt keine Menschen. Widden müsste gleich kommen, deine Freundin wird ebenfalls draußen warten.«

Wir mussten im Hof bleiben wie verflohte Köter. Na prächtig. Zumindest würde ich so mit Amber reden können, ohne dass Neél etwas mitbekam.

Neél wies auf eins der niedrigen, mit Gittern verschlossenen Fenster knapp über dem Boden. »Ich setze mich in die Nähe des Fensters, bleib so stehen, dass ich dich sehen kann.«

»Ich hau schon nicht ab«, fauchte ich ihn an.

Er schüttelte den Kopf. »Das war auch nicht meine Befürchtung.« Damit ließ er mich stehen, stieg die Treppen hinab und verschwand in den Eingeweiden des Klotzbaus. Eine schwere Tür knallte zu.

Hinter den Kellerfenstern erkannte ich bloß Schemen, die sich durch Nebelschwaden bewegten. Flackerndes Kerzenlicht beleuchtete den Raum minimal. Ich lehnte mich an das eiserne Geländer am oberen Ende der Treppe und fragte mich, ob Neél mich hier draußen in der Finsternis überhaupt sehen konnte. Ich erkannte drinnen allenfalls Silhouetten und auch die nur, wenn sie sich bewegten. Allerdings hatte ich auch keine Percentaugen.

Das Tor wurde geöffnet, der Wachmann ließ zwei ältere Percents hinein. Ihre Gesichter waren von Dunkelheit maskiert, aber ich spürte ihre Blicke auf mir ruhen. Der eine flüsterte dem Wachmann etwas zu, was dieser verneinte. Die beiden zuckten mit den Schultern, gingen zur Treppe und kamen dabei unnötig nah an mir vorbei. Einer rempelte mich leicht an, grapschte nach mir; als wollte er mich festhalten, damit ich nicht fiel. Ich wusste es besser und wich seinen Händen aus. Lachend verschwanden die beiden im Club.

Je länger ich hier draußen stand, umso schneller schwand meine Geduld. Würde Amber überhaupt kommen? Die Vorstellung, mir diese Demütigung umsonst anzutun, machte mich ganz krank. Aber wenn ich Amber vor diesem Widden schützen wollte, durfte ich jetzt keine Dummheiten machen.

Und dann kamen sie.

Widden begrüßte den Wachmann wie einen alten Freund. Offenbar kam er regelmäßig her. Er durchmaß den Hof und ging ins Gebäude, ohne mir oder Amber Beachtung zu schenken. Meine ganze Aufmerksamkeit galt ihr. Ich verfolgte jede ihrer Bewegungen. Die kleinen, lautlosen Schritte. Den gesenkten Kopf unter einer großen Kapuze. Die Art, wie sie die Arme vor dem Körper hielt, als müsse sie jederzeit einen Angriff abwehren. Sie blieb zwei Meter entfernt von mir stehen und lehnte sich an eine Wand. Die Kapuze beschattete ihr Gesicht – niemand, dem ihre Statur oder Bewegungen weniger vertraut waren als mir, würde sie erkennen.

Ich wartete, bis die Tür hinter Widden ins Schloss gefallen war. Dann flüsterte ich: »Amber? Ich bin es, Joy.«

»Ich weiß.«

Warum kam sie dann nicht zu mir? Bei der Sonne, was war mit ihr passiert?

»Warum bist du hier?«, fragte sie. Es klang hohl und leise. Als wäre meine Anwesenheit ihr lästig.

»Ich wollte dich sehen.«

»Zufrieden?«

Sie sah nicht zu mir, aber ich schüttelte dennoch den Kopf. »Was ist passiert?«

»Sie haben uns erwischt. Selbst du solltest das inzwischen gemerkt haben. Sie wussten, dass wir kommen würden. Es war eine Falle.«

Es dauerte ein wenig, bis ich mir klar wurde, dass sie von dem Schneider sprach, mit dem wir hatten handeln wollen. Sie wusste gar nicht, dass ich erst später gefangen genommen worden war.

»Man hat uns verraten, Joy. Ist dir das klar?«

»Das weißt du nicht!«, rief ich. Meine Stimme hallte aufgebracht von allen Wänden wider. »Wer sollte so was tun? Wie kannst du das behaupten!«

»Es ist wahr«, sagte Amber. Die Tonlosigkeit, mit der sie sprach, schmerzte mir in der Brust. Mir war, als wäre Amber nicht mehr sie selbst, sondern nur noch eine Hülle, die aussah wie meine ehemals beste Freundin. Ich war immer eher distanziert gewesen, auch wenn Penny behauptete, dass es vor dem Tod unserer Mutter anders war, aber daran konnte ich mich nicht erinnern. Nicht einmal jetzt wagte ich, meine beste Freundin, die mir so gefehlt hatte, in den Arm zu nehmen. Sie war kaum wiederzuerkennen.

»Ich habe Matthial gesehen«, sagte sie. Nicht einmal sein Name brachte sie dazu, zu mir aufzusehen. Ihr Blick klebte an dem Unkraut und Moos, das zwischen den Plattensteinen hervorwucherte.

Ich atmete erleichtert durch. »Er lebt.«

»Es geht ihm ausgezeichnet«, erwiderte Amber spöttisch. »Jetzt, nachdem Mars fort ist, gehört der Clan ihm.« Ich hörte ein Lächeln in ihrer Stimme, eins von der bitteren Sorte. »Ich bin unauffällig, Joy, und ich bekomme jede Menge mit. Nicht nur über Matthial.«

»Was soll das heißen?«

»Ich höre, was sie über dich reden. Ist es wahr?«

Ich wusste nicht, was sie meinte. Redende Menschen verstummten, wenn ich näher kam. Selbst die Soldaten brachen die Gespräche ab, wenn ich einen Raum betrat.

»Ich bin Soldat«, sagte ich, weil das alles war, was ich sicher wusste, »und ich werde im Chivvy antreten und fliehen.«

»Viel Glück«, erwiderte sie kühl. Ich spürte es so deutlich wie Hagel im Gesicht: Sie neidete mir diese Möglichkeit. Nein, es war schlimmer. Sie missgönnte sie mir. Sie dachte, dass sie die Chance eher verdient hatte als ich.

Und sie hatte recht.

»Es war meine Schuld.« Ich wusste nicht, ob ich es gedacht oder ausgesprochen hatte.

Wir schwiegen uns an, während Percents in den Hof kamen. Sie malten sich lautstark und in bunten Farben aus, was sie gerne mit uns tun würden, aber sie fassten keine von uns an. Ich hatte ein paar der Worte gehört, die der Wachmann ihnen am Tor zuflüsterte: »Eigentum von Neél, unter Auftrag von Cloud.« Der Respekt hielt sie nicht davon ab, uns zu belästigen, aber er verhinderte, dass sie Amber und mich anfassten.

Als sie im Club verschwanden, entwich Amber ein winziger Schluchzer. Sie fing sich sofort wieder. Trotzdem stand ich im nächsten Augenblick neben ihr.

»Hab keine Angst.« Es war das Einzige, was mir einfiel.

Amber lachte abfällig. »Macht es ohne Angst etwa Spaß? Na los, sag es mir! Ist deine Methode besser? Tut es weniger weh?«

Ich verachtete mich für meine unbedarften Worte. Ich hasste mich dafür, dass mir keine besseren einfielen. Die Hilflosigkeit ließ mich zittern. Ich wollte auf etwas einschlagen und mich gleichzeitig nie wieder bewegen. Das, was ich befürchtet hatte und doch nie wahrhaben wollte, war Realität. Der Percent vergewaltigte Amber.

»Du scheinst es richtig zu machen«, sagte sie und erstmals sah sie mich direkt an. Ihr Blick glitt prüfend an mir auf und ab. »Du siehst gut aus, Joy.«

Und da begriff ich erst. Sie glaubte, ich würde dasselbe durchmachen wie sie. Der Gedanke war lächerlich, aber ich wagte nicht, es richtigzustellen. Für Amber musste es sich so anfühlen, als würde ich aus einem kleinen Boot springen, in dem nur wir beide saßen. Ich konnte sie nicht alleinlassen; nicht wenn das Meer so wild war. Ich log, indem ich schwieg und den Blick senkte.

Amber trat ein wenig näher an mich heran. Mir fielen ihre ineinandergekrallten Hände und die bis aufs Fleisch abgebissenen Fingernägel auf. Selbst die Haut über den Fingergelenken war abgefressen. Blutschlieren überzogen ihre Finger.

»Ich habe jeden Tag an dich gedacht«, sagte ich, weil mir nichts Sinnvolles einfiel.

Sie nickte. »Ich habe auch viel an dich gedacht. Zuerst war ich wütend.«

Das solltest du sein. Ich bin schuld.

»Aber dann habe ich nachgedacht. Und jetzt, da ich dich sehe, glaube ich, dass du es richtig gemacht hast. Im Gegensatz zu mir.«

»Amber … ich weiß nicht, was du meinst.«

»Ich meine das, was sie über dich sagen.« Ihre Wangen röteten sich, was den Rest ihres Gesichts noch fahler wirken ließ. An der Stirn war ihre Haut so bleich, dass die Adern durchschimmerten. Sie sah aus, als hätte sie Fieber. »Zuerst war ich so wütend, Joy. Das, was ich gesagt habe –«

»Moment!«, unterbrach ich sie. »Was hast du denn gesagt? Über mich? Wem? Matthial?«

Sie schüttelte den Kopf. »Einer der anderen Soldaten hat mit mir gesprochen, als sich unsere«, sie verzog den Mund, »*Herren* getroffen haben. Er hieß Brandon oder Brady –«

»Brad?«

»Ja, richtig. Brad. Hat er es dir nicht gesagt?«

»Was gesagt?« Ungewollt wurde meine Stimme immer lauter. Ich mahnte mich, geduldig mit ihr zu sein. Sie war so schrecklich verwirrt, so kannte ich sie gar nicht.

»Dass ich entsetzt war, über das, was du tust.«

Ich atmete tief ein, presste die geballten Fäuste gegeneinander und musste die Zähne zusammenbeißen, weil die rechte Hand so schmerzte. »Amber. Was. Denkst. Du. Würde. Ich. Tun?«

Sie schloss die Augen. »Dich verkaufen. Dich von ihnen vögeln lassen, damit sie gut zu dir sind.«

Das meinte sie doch nicht ernst! Ich konnte sie nur anstarren. Kannte sie mich wirklich so schlecht?

»Es ist nicht schlimm«, sagte sie schnell, doch nicht einmal jetzt verschwand der teilnahmslose Unterton aus ihrer Stimme. Ich hätte ihn am liebsten aus ihr herausgeschlagen. »Sie nehmen sich ja doch, was sie wollen. Besser, man gibt es ihnen freiwillig, das macht es leichter.«

Ob sie weinen würde, wenn ich sie schlüge? Sie sollte weinen. Sie sollte zeigen, dass sie noch Amber war, und sie sollte nicht glauben, ich würde mir einen Sonderstatus in Neéls Bett erarbeiten.

Doch das war nicht das Schlimmste. Um ehrlich zu sein, wollte ich nicht wahrhaben, was sie durchmachte. Ich ertrug es nicht und schämte mich für meine Schwäche, schließlich war sie es, die durch die Hölle musste. Da konnte es nicht zu viel von mir verlangt sein, dass ich ihr zuhörte, ohne mein eigenes Leid in den Vordergrund zu stellen.

»Amber.« Ich wimmerte ihren Namen bloß, dabei wollte ich sie doch trösten. Stattdessen nahm sie mich in den Arm. Vorsichtig nur, mit viel Distanz zwischen unseren Körpern und noch mehr zwischen unseren Seelen. Ich weinte ihren Namen, weinte, weinte ...

Ich weiß nicht, wie lange mein Zusammenbruch dauerte. Zwischendurch musste ich an meinen Vater denken. Er hatte einmal gesagt, man müsse weinen, wenn man traurig ist, sonst würden die Tränen nach innen in den Kopf laufen und den Verstand verwässern, bis man nicht mehr man selbst ist. Ich erzählte Amber schluchzend davon.

Sie murmelte: »Ich wünschte, ich könnte meinen Verstand in Tränen ersäufen.«

An meinen Vater zu denken gab mir ein wenig Kraft. Ich musste mich zusammenreißen. Ich war immer noch eine Kriegerin, immer noch das Messermädchen. Und immer noch hatte ich eine Mission. Ich war hier, um Amber zu retten.

Ich zog die Nase hoch und wischte mir das Gesicht an meinem Hemd ab. Es roch nach Neél, ich nahm das durch all den Rotz und die Tränen wahr und spürte trotz Streit und Unverständnis ein klein wenig Halt. Die Erinnerung daran, wie leicht er mich im Trainingskampf wieder und wieder besiegt hatte, machte mir klar, was er sonst noch alles mit mir tun könnte. Er tat es nicht. Er war nicht wie Widden.

Er war ein Percent und er war anders.

Er war Neél.

Und wenn Amber es zuließ, dann würde er sie für mich retten. Ich hatte alles geplant.

Ich legte meiner Freundin eine Hand auf die Schulter und sah sie fest an. »Ich muss dich etwas fragen. Es ist wichtig, also denk gut nach. Angenommen, du könntest wählen. Freiheit oder Sicherheit. Amber, was wäre deine Wahl?«

Sie biss sich auf die Unterlippe und zog mit den Schneidezähnen etwas rissige Haut ab. Ein kleiner Blutfleck blieb zurück. »Es gibt keine Sicherheit.«

»Und wenn es sie gäbe?«

»Was denkst du denn!« Sie klang fast aggressiv. »Ich war lange genug frei – wir waren es beide. Was hat die Freiheit uns gebracht?«

Mein Herz setzte einen Schlag aus. Es war entschieden. Sie hatte gewählt. Sie hatte Sicherheit gewählt. Neél. »Du wirst sehen«, sagte ich. »Helden findet man dort, wo man nicht nach ihnen sucht.«

• • •

Spät in der Nacht kehrten wir ins Gefängnis zurück. Ich war erschöpfter als nach einem harten Training und wusste, dass ich trotzdem keinen Schlaf finden würde.

Neél sprach kaum mit mir. Den ganzen Weg über spürte ich seine Wut. Ich roch, dass er Gebrannten getrunken hatte. Zu viel davon. Er ließ mich in mein Zimmer und wandte sich sofort zum Gehen. Ich wünschte, ich könnte ihn gehen lassen, aber das durfte ich nicht.

»Neél? Bleib einen Moment, ja?«

Er fasste nach dem Türrahmen, als könnte er ohne Halt nicht mehr gerade stehen. »Lass mich. Ich muss duschen.«

»Kommst du zurück?«

»Mal sehen.«

Ich glaubte nicht daran. Unruhig stiefelte ich im Raum auf und ab, warf Blicke aus dem Fenster und lauschte an der Tür auf Schritte, die nicht kamen. Eine gefühlte Ewigkeit verstrich. Hatten wir nicht längst schon wieder Morgen?

Neél kam mit nassem Haar zurück. Wasser lief ihm aus dem schwarz glänzenden Zopf in sein frisches Hemd und durchtränkte den ganzen Rücken. Dort, wo die obersten Hemdknöpfe offen standen, war seine Haut gerötet wie nach großer Hitze.

»Ich musste den Rauch aus der Bar abwaschen«, erklärte er. Er klang, als wäre seine Zunge müde. »Er setzt sich auf die Haut, dringt in den Körper und … er macht, dass einem alles egal ist, verstehst du? Man erträgt das Gefühl nur, wenn man trinkt, und das verstärkt die Gleichgültigkeit noch.«

»Gehen die Percents aus dieser Gegend oft in solche Clubs?« Die Percents waren mir egal, es ging mir konkret um Widden.

»Anders ist es schwer auszuhalten, wenn man am unteren Ende der Hierarchie lebt.«

»Das erklärt einiges.« Ich sprach schon wieder zu scharf – ich würde noch alles verderben –, aber ich konnte es nicht ändern.

Neél setzte sich auf das Bett, in dem er früher geschlafen hatte. »Ist dein Gespräch so verlaufen, wie du es dir erhofft hattest?«

Ich konnte nicht aufhören, wie ein eingesperrtes Tier umherzulaufen. »Es war so, wie ich befürchtet hatte.«

»Und das wiederum hatte ich befürchtet.« Er rieb sich die Augen.

»Das ist schon verrückt. Ich versuche, dich die guten Seiten meiner Welt sehen zu lassen, und du verlangst, dass ich dir die übelsten zeige. Die Kloake der Stadt.«

Wie gerne hätte ich nur an Graves und ihn gedacht und alle Horrorszenarien auf Übertreibungen und Gerüchte geschoben. Aber all das war Ambers Realität. »Sie würde mich nicht interessieren, wenn nicht meine Freundin mittendrin gefangen wäre.«

Er seufzte. »Cloud hatte recht. Ich hätte dich nicht mit ihr sprechen lassen dürfen.«

»Du weißt, dass es falsch gewesen wäre, das zu verhindern.«

»Falsch für dich? Ja. Falsch für mich? Nein. Was machst du nur mit mir, dass ich mir all das antue?«

Es lief schief. Ich hatte gehofft, er würde etwas sagen wie: *Ich kann nichts für deine Freundin tun*, denn dann könnte ich rufen: *Doch, du kannst sie retten! Erhebe Anspruch auf Amber!*, aber er sagte es nicht. Wusste Neél von meinen Plänen und lenkte uns geschickt um all die Punkte herum, die ich mir zunutze machen konnte? Oder bekam ich selbst die Wahrheit nicht über die Lippen? Und warum? Womöglich, weil ich Angst hatte, er würde ablehnen. Oder aber, weil ich fürchtete, er würde es nicht tun. Die Vorstellung, er würde sein Leben tatsächlich mit Amber verbringen, ließ etwas in mir drin ganz kalt werden. Ich würde es nicht ertragen, ihn weiterhin zu sehen, so viel stand fest.

Ich sank auf meine Pritsche. Mein Kopf fiel auf die Matratze wie ein Stein. Ohne Gedanken darin. Wie tot. »Ich kann nicht mehr, ich kann das nicht«, flüsterte ich lautlos. Er hörte es trotzdem und kam zu mir.

»Es ist bald vorbei.« Er kniete vor meinem Bett und fuhr mir mit den Fingern durch die Haare, von den Schläfen und der Stirn bis zum Hinterkopf. Erst als der Schmerz etwas nachließ, bemerkte ich, wie weh mir mein Kopf getan hatte. Meine Augen fielen zu.

»Kannst du heute Nacht bei mir bleiben?« Ich wollte nicht allein sein. Nicht, solange Amber ihre Nächte in Angst verbringen musste. Nicht, solange ich nicht den Mut hatte, etwas dagegen zu tun.

Neél fuhr fort, mein Haare mit den Fingern zu kämmen. Er winkelte den anderen Arm an und legte den Kopf darauf. »Ich bleibe genau hier.«

• • •

Irgendwann wurde ich wach. Wann war ich eingeschlafen?

Neél hatte sein Wort gehalten und saß immer noch auf dem Boden, den Kopf auf meiner Matratze. Er schlief. Seine Hand lag in meinem Nacken. Ich berührte seine Stirn mit den Fingerspitzen, fuhr den Schwung seiner Augenbrauen nach. Seine Mundwinkel zuckten im Traum. Dann murmelte er meinen Namen und ich musste lächeln. Die ersten Nächte hatte er sich Stoffreste in den Mund gestopft, damit ich nicht hören konnte, was er im Schlaf redete.

Und in diesem Moment der absoluten Stille, in tiefster, witwenschwarzer Nacht, war ich mir plötzlich sicher.

Er hatte sich in mich verliebt. Er würde alles tun, worum ich ihn bat.

Ich verfluchte still meinen Vater und den Unsinn, den er mir von nach innen laufenden Tränen erzählt hatte. Offenbar war es zu spät für mich. Ich hatte zu viele Tränen nicht geweint. Mein Geist war völlig ausgespült, so leer und rein gewaschen, dass ein neuer Mensch in mir Platz fand.

Ein Mensch, der Neél lieben konnte.

Und diesem neuen Menschen fiel es plötzlich schwer, ein Rebell und eine gute Freundin zu bleiben und das Richtige zu tun.

Fetzen sind besser als nichts.

Wir kämpften.

Jeder auf seine Art und mit seinen Mitteln, aber wir kämpften. Gegeneinander. Und füreinander. Gleichzeitig.

Ich schrie ihn in Gedanken an. *Er vergewaltigt meine Freundin! Rette sie! Rette mich!*

Neél reagierte darauf, so gut er konnte: gar nicht. Stattdessen besorgte er uns noch einmal die beiden Pferde und ritt mit mir aus. Ich sollte zurück in die stille Siedlung, was mir einen kalten Schauer über den Rücken rinnen ließ. Doch wir mussten nachschauen, ob das bissige Kind noch dort war und Hilfe brauchte. Wer außer uns sollte ihm helfen?

Die Luft war so schwül, dass die Pferde schon im Schritt schwitzten. Sie trotteten mit gesenkten Köpfen voran. Meine Braune empfand es sogar als zu heiß, um nach Neéls Fuchsstute zu schnappen, an die sie wie beim letzten Mal mit dem Lederseil festgebunden war. Als Dank für ihren Gehorsam gab ich mir die größte Mühe, die aufdringlichen Pferdebremsen totzuschlagen, die nach unserem Blut lechzten. Neél beobachtete das Ganze mit einem Schmunzeln. Keins der abscheulichen Insekten zeigte Interesse an seinem Blut. Doch er nahm sich ein Beispiel an mir und vertrieb die, die sein Pferd stechen wollten.

Die stille Siedlung war noch stiller geworden, wenn das überhaupt möglich war. Kein Lufthauch rührte sich zwischen den Gassen und der Staub lag auf der Erde wie totgeschlagen. Unweigerlich fragte ich mich, ob Einsamkeit irgendwo eine Grenze hatte – ein Punkt, an dem alles so vereinsamte, dass es einging – oder ob sie immer weiter steigerbar war, bis man so allein war wie der letzte Gedanke des letzten Menschen auf der Welt, lange nach dessen letzter Erinnerung.

»Hier ist niemand«, sagte Neél, als wir die Brücke wieder überquert hatten. Keiner von uns hatte zwischen den stillen Häusern auch nur ein Wort sprechen wollen.

»Vermutlich nicht, nein.« Höchstens Rebellen, die nicht gesehen werden wollten. Ich kannte den Unterschied zwischen nicht sichtbaren Menschen und nicht existierenden Menschen. »Lass uns zurückreiten.«

• • •

Wir rasteten im Schatten des Waldes an einem Bach, der vom Fluss abzweigte. Dünn wie ein Häutchen floss er über rund gewaschene Kiesel. Ich ließ meine Schuhe am Ufer stehen, krempelte die Hosenbeine bis zu den Knien hoch und trat ins Wasser. Es war so kalt, dass ich einen Moment die Luft anhalten musste, doch dann tat die Erfrischung gut. Ich trank das Wasser aus meinen Händen und beneidete die Pferde, die ihre Mäuler tief eintauchten und so sicherlich schneller schlucken konnten.

»Du solltest herkommen, es ist herrlich!«, rief ich Neél zu. Er grinste nur und wandte sich wieder ein paar Pflanzen zu, die er offenbar interessanter fand als den Bach. Ich hätte es mir denken können. Ihm machte die Hitze überhaupt nichts aus. Wie er wohl seinen Körper abkühlte? Percents waren Warmblüter, schwitzten aber nicht. Die Vorstellung, er könnte hecheln wie ein Hund, ließ mich kindisch kichern.

Meine Schulter juckte, und als ich das Hemd runterzog, entdeckte ich einen knallroten, anschwellenden Bremsenstich. Das Mistvieh musste durch den Stoff gestochen haben. Ich schlüpfte aus den Ärmeln, warf das Hemd zum Ufer und kippte Wasser aus der hohlen Hand über den Stich. Mein Unterhemd – oder das, was davon übrig war – saugte es auf. Die Kühle fühlte sich wunderbar an, sie war auf der Haut nicht weniger lindernd als in meiner rauen Kehle. Ich goss mir mehr kaltes Wasser über den Oberkörper, in den Nacken und ins Gesicht und schloss genüsslich die Augen.

»He, Planschkuh!« Neél stand plötzlich direkt vor mir. Ich zuckte zusammen und machte einen Schritt zurück. Ein Stein rutschte unter meinem Fuß weg, und ehe ich mich's versah, platschte ich mit dem Hintern voran ins Wasser. Die Pferde rissen die Köpfe hoch und traten ein paar hastige Schritte nach hinten.

»Verdammt, Percent!«, rief ich. »Musst du mich so erschrecken!« Doch als ich sah, wie er zunächst erschrocken aus der Wäsche schaute und dann gegen das Lachen ankämpfen musste, konnte ich ihm kaum noch böse sein.

»Brauchtest du ein Bad?«, spottete er.

»Fast genauso dringend wie du. Du stinkst nach Pferd.« Ich spritzte ihn nass, er revanchierte sich prompt und ich schöpfte das Wasser mit beiden Händen in seine Richtung. Wir lieferten uns eine Wasserschlacht wie wild gewordene Kinder. Erst als ich mir klar wurde, wohin seine Blicke ständig schweiften, räusperte ich mich, wischte mir das Wasser aus dem Gesicht und verschränkte vorsichtshalber die Arme vor der Brust. Ich hatte vergessen, wie weißer Stoff auf Wasser reagiert, und ebenso hatte ich vergessen, wie Männer auf durchscheinende Brustwarzen reagieren. Mein Körper reagierte natürlich auch entsprechend – mein Gesicht wurde prompt wie von roter Farbe übergossen.

»Planschereien sind nun nicht sehr soldatenhaft«, stellte ich unnötigerweise fest.

»Nein, kein bisschen.« Seine Antwort klang nicht wirklich bedauernd. »Komm lieber raus, ehe dich jemand sieht und für eine Sirene hält.« Er führte mich am Handgelenk aus dem Bach.

Das Wasser rann aus unserer Kleidung und tränkte den Boden. Ich beobachtete, wie es versickerte, als würde es mich brennend interessieren. Tatsächlich aber brauchte ich Ablenkung. Von seinen Blicken auf meiner Haut. »Nixen … l…leben im Meer.«

Neél hob mein Kinn an, sodass ich sein Lächeln sah, das irgendwie verzückt und zugleich verloren wirkte.

Ich schlotterte sicher nur, weil es plötzlich so kalt war. Eine Art Temperatursturz. So was kam hin und wieder vor. Ich hatte davon gehört. Unter dem kalten Wasser auf meiner Haut brach mir erneut der Schweiß aus. Ich strich mir durch die Haare, sodass sie mir über die Schultern fielen und die Spitzen meine Brüste versteckten.

»Ich wollte dir etwas zeigen«, sagte er.

Es gelang mir weder seine Stimme zu deuten noch seinen Blick. Er sah ein wenig so aus wie nach dem Clubbesuch, natürlich nicht so wütend, aber dafür gefährlicher. Seine Augen waren glasig. Ich sollte mich losreißen und weglaufen. Laufen, laufen, laufen, so schnell ich konnte. Stattdessen machte ich einen Schritt zu viel, der mich so nah an ihn heranführte, dass die aufgerichteten Härchen an meinen Unterarmen seine Haut berührten. Ein hauchfeines Zittern lief über seinen Körper. Wie er wohl roch, wenn ich erst ganz nah … Verdammt!

»Schau.« Er wies ins Gebüsch und ich folgte seinem Blick widerwillig. Struppige Ästchen, Brennnesseln, Brombeeren und … fliederfarbene Pflanzen in Form von Sternen.

»Blumen«, sagte ich. Mein Hirn war Brei. »Wie nett …«

»Wilde Malven.« Neél streckte die Hand danach aus und mein Herz blieb für einen Moment stehen. Ich hörte den Stängel brechen. Er hob die Blume an, berührte mit den Blütenblättern meine Stirn und strich bis zu meiner Nasenspitze. War meine Haut jemals mit etwas so Zartem in Berührung gekommen? Ich zitterte, so brutal behutsam war er. »Damit haben sie dein Leben gerettet.«

Ich rang um Beherrschung. »Wohl eher mit dem Antibiotikum.«

Er beugte sich vor und flüsterte mir ins Ohr: »Das würde weniger hübsch aussehen, glaub mir.«

»Du bist abscheulich.«

»Immer gern.«

Zuerst küsste bloß sein Atem meine Wange. Neél strich mir über den Rücken, nur ganz leicht, aber es reichte, um mir das Gleichgewicht zu nehmen. Ich sank gegen seine Brust. Sein Atem küsste meinen Mund. Ich fühlte mich ganz leicht und genau das machte es so schwer. Meine Lippen bewegten sich, dennoch neigte ich den Kopf zur Seite.

Ich konnte nicht.

Wie hart sein Herz gegen meine Brust schlug! Ich spürte den Rhythmus, lauschte auf meinen eigenen. Sollten sie nicht im Gleichklang schlagen? Da versagte ich wohl, denn mein Herzschlag jagte in doppelter Geschwindigkeit dahin. Ambers Namen flackerte in meinen Gedanken auf. Natürlich – es schlug für sie mit. Es rannte vor Neél weg.

Sein Mund war meinem ganz nah. Er formte lautlos meinen Namen. Eine stille, zaghafte Bitte.

Meine Antwort brach mir das Herz. »Nicht.«

»Joy.« Nie hatte er meinen Namen leiser ausgesprochen. Nie eindringlicher.

»Nein. Es tut mir leid, Neél, ich kann das nicht.«

Er senkte den Kopf und zuckte mit den Schultern. Dann drückte er mir die Blume in die Hand und wandte sich ab.

Ich starrte auf die wilde Malve, als stünde eine Rettung als Antwort auf ihren Blütenblättern. »Es ist schwierig!«, rief ich Neél hinterher, weil ich nicht wollte, dass er ging.

Er drehte sich nicht um. »Ich weiß.«

»Nichts weißt du.« Die Malve zitterte in meinen Händen, so nervös machte mich die Situation. »Es hat nichts damit zu tun, wer wir sind.«

»Nur *was* wir sind«, erwiderte er bissig. »Das ist natürlich fair, denn wir haben es uns schließlich so ausgesucht. Soll ich dir was sagen, Joy?«

»Bitte, werd nicht wütend.«

»Es macht mich aber wütend! Und ich will, dass du es weißt. Ich habe es mir nicht ausgesucht, ein Percent zu sein. Ich habe es mir nicht ausgesucht, in diesem Land am Ende der Welt zu leben. Ich habe es mir auch nicht ausgesucht, einen Chivvy-Soldaten aufgezwungen zu bekommen. Und am wenigsten ausgesucht habe ich es mir, dass du mir so wichtig geworden bist. Wenn ich eine Wahl hätte, wärst du mir egal! Aber ich habe keine Wahl. Es gibt keine!«

»Wenn ich eine Wahl hätte«, sagte ich, »dann würde ich dich küssen.«

Sein Blick war bitter, als er sich zu mir umdrehte. »Du hast die Wahl.«

Ich schüttelte den Kopf. »Es wäre nicht fair. Ich möchte dich nicht benutzen und noch weniger möchte ich meine Gefühle benutzen. Aber genau das würde ich tun.«

Er breitete die Arme aus und sah an sich herab. »Ich wünschte, du würdest mich benutzen. Ich wünschte, ich könnte irgendetwas für dich tun.«

Und da war er, der Moment, den ich so lange gesucht hatte.

»Du kannst es«, wisperte ich, weil mir plötzlich der Atem wegblieb. »Bitte. Erhebe Anspruch auf Amber.«

»Amber.« Er sagte den Namen, als hätte er ihn noch nie gehört.

»Meine Freundin.« Ich trat zu ihm. »Widdens Dienerin. Er quält sie. Sie leidet. Wenn du Anspruch auf sie erhebst –«

»Dann bist du verloren, falls dir beim Chivvy die Flucht nicht gelingt!«, rief Neél. Und nun wurde er doch wütend, vom einen auf den anderen Moment war er fuchsteufelswild. »Bist du des Wahnsinns?«

»Ich bin ohnehin verloren.«

Er fasste mich an den Schultern und schüttelte mich. »Ist dir eigentlich klar, was du da sagst?«

Ich riss mich los. Es war mir klar und es war mir egal. »Ich habe nur diese eine Bitte«, sagte ich bestimmt. »Die Entscheidung liegt bei dir.«

Er starrte mich an. Dann lachte er – auf abscheulich böse Art. Ich hatte noch nie erlebt, dass er so lachte. »An meiner Entscheidung hängt deine, sehe ich das richtig? Wenn ich die richtige Antwort gebe, küsst du mich. Wenn ich das Falsche sage, nicht. Was muss ich tun, damit du das Bett mit mir –«

»Sei still!«, keifte ich ihn an. Die Wut brannte plötzlich überall in mir. Sie raste wie von Panik getrieben durch meinen Körper, wie ein Pferd, dem man Schweif und Mähne in Brand gesteckt hatte. Ich atmete tief ein und langsam aus, um mich zu beruhigen, aber es war aussichtslos. »Ich konnte dich nicht küssen«, presste ich hervor, »denn hätte ich es getan und dich danach gebeten, Amber zu retten, dann müsste ich mein Leben lang anzweifeln, ob du es aus freien Stücken getan hast.«

»Wie edel!« Aus seiner Stimme troff der Hohn. »Aber du hast eine Kleinigkeit vergessen: Wer rettet dich?«

»Ich bleibe nicht. Nach dem Chivvy bin ich frei – so frei ich in dieser Welt sein kann. Mich muss keiner retten.«

»Bist du dir sicher?«

Das war ich und er wusste es. Nichts konnte mich in der Stadt halten, nicht einmal er. Es würde mich zerreißen, ihn zu verlassen, aber besser, ich zerriss, als dass ich mich aufgab und verlor.

Er musterte mich mit schräg gelegtem Kopf, was ihn hochmütig aussehen ließ. »Wenn sie dich beim Chivvy einfangen und ich keinen Anspruch auf dich erhebe, kann es jeder andere tun.« Pause. »Wenn es niemand tut, gehst du ins Optimierungsprogramm. Ist dir das klar? Du wirst eine Gebärmaschine. Jedes Jahr ein Neugeborenes.« Und wieder eine Pause. »Sie sagen, die künstliche Befruchtung wäre zu aufwendig. Daher experimentieren sie an einer Möglichkeit, die Empfängnis *direkt* zu gestalten. Würde dir das gefallen?«

Ich drehte den Stängel der Malve zwischen meinen Fingern und überschlug im Kopf, wie lange sie wohl versuchen würden, mich zu schwängern, ehe sie mir glaubten, dass ich nicht zeugungsfähig war. Es konnte mir egal sein. Denn ... »Sie kriegen mich nicht.«

»Und wenn doch?!«, brüllte er. »Wenn doch! Du fesselst meine Hände, wenn du verlangst, dass ich deine Freundin beanspruche. Ich kann dann nichts mehr für dich tun. NICHTS! Was verlangst du da von mir, Joy?«

Und dann ging es mit mir durch. Ich packte ihn, griff ihn mit beiden Händen im Nacken und zerquetschte dabei die Malve zwischen meiner Handfläche und seinem Hals. Ich tat einfach das, was ich wollte – ich küsste ihn. Genauso hart, wie er laut gewesen war, und ebenso verzweifelt. Ich hätte ihn ohnehin geküsst. Vielleicht hätte ich mich weniger rabiat gegen seine Brust geworfen, vielleicht wäre unser erster Kuss sanfter gewesen und nicht nah dran an einer wüsten Beißerei. Sicher wären unsere Zähne nicht gegeneinandergeschlagen und ganz bestimmt hätte ich kein Blut geschmeckt, wenn ich mich nur besser unter Kontrolle gehabt und abgewartet hätte.

Aber ich war nun mal, wie ich war. Joy, eine Rebellin. Und er wollte doch Joy, oder nicht?

Wir ließen voneinander ab, als hätte uns unsere Reaktion entsetzt, aber wir blieben dicht aneinandergedrückt stehen und sahen uns an.

Mein Herz raste. Auf meiner Zunge lag sein Geschmack und meine Lippen brannten und pochten wie nach einem Schlag auf den Mund. Alles in mir verlangte nach mehr. Ich wusste, dass ich mich zurückziehen sollte, doch ich war zu schwach. Der Geruch seiner Haut und die Kühle seines Atems in meinem Gesicht überwältigten mich. Ich kam nicht von ihm los, wenn er mich so sanft hielt.

Neéls Lider sahen aus, als fiele es ihm unsagbar schwer, die Augen offen zu halten. »Ich mag deine Interpretation von Fairness«, flüsterte er.

»Ich wollte doch nur sicher sein«, antwortete ich an seinen Lippen. Amber hatte recht gehabt, Sicherheit war eine Illusion.

Neél war echt. Nichts an ihm war wirklich weich, nicht einmal seine Lippen und erst recht nicht seine rauen Hände, und trotzdem gelang es ihm, mich mit überwältigender Zärtlichkeit zu küssen. Wie machte er das bloß, dass meine Beine so schwer und weich wurden und ich mich ganz nah an seine Brust lehnen musste, um nicht umzufallen? Hitze lief mir in kleinen Schauerwellen durch den Körper. Ich fühlte mich wie im letzten Jahr, als der Blitz ganz in meiner Nähe eingeschlagen hatte und ich die Energie über meine Haut flüstern sah. Unablässig bewegte ich meine Hände, weil ich nicht wusste, wohin ich sie legen sollte. Wenn ich seine Wange berührte, wurden seine Küsse zarter. Grub ich die Finger in seinen Rücken, zischte sein Atem. Spürte ich über seine harte Brustmuskulatur, um seinen Herzschlag zu finden, stöhnte er leise. Er küsste mich tiefer, seine Zunge ertastete meine und aus der Wärme in meinem Inneren wurde ein heißes Vibrieren. Es war, als zitterte meine Haut von innen vor Verlangen nach noch mehr Nähe. Ich bekam kaum noch Luft. Vor meinen geschlossenen Augen wanden sich weiße und rote Lichtspiralen.

Erst als er von mir abließ, mir mit dem Daumen über die Wangen strich und »Ist gut, ist gut« murmelte, begriff ich, dass ich weinte.

»Es ist nichts«, schluchzte ich. Wie albern das war, denn wenn das eben nichts gewesen war, dann war nichts meine Welt und meine Welt war nichts. Aber die Worte scherten sich nicht um meinen Widerstand und verließen meinen Mund wie an einer Perlenkette, die man aus mir herauszog. »Es ist nichts, es ist nichts. Nichts, nichts …«

»Ich weiß.« Neél presste mich an sich. Er drückte mein Gesicht in sein Hemd, sodass es schwierig wurde, genug Luft zu holen, um zu sprechen. Also war ich still und sog seinen Geruch ein, der mir in den letzten Wochen so vertraut geworden war wie mein eigener. Ich spürte sein Herz rasend schlagen. Seine Schultern zitterten. In ihm war etwas gefangen, das hinausmusste. Ein Entschluss. Ich spürte es.

Sag es mir. Wie du dich auch entscheidest, ich werde es akzeptieren. Nur sag es endlich.

Er schwieg mich an. Ich befreite mich aus seinen Armen, trat einen Schritt zurück und zerrte befangen mein dünnes Hemd zurecht. Es bedeckte plötzlich viel zu wenig Haut, der Stoff war zu dünn und zu weiß und zu nass und meine Füße zu nackt, um zu fliehen, und meine Hände zu schwach zum Kämpfen … Ich schlug mit der Faust gegen einen Baum, um die Gedanken zum Schweigen zu bringen. Als ich die Finger öffnete, lag die wilde Malve welk und zerdrückt in meiner Handfläche. Empfindliche Dinge gingen kaputt, wenn man mit ihnen umging, wie ich es tat. Eine Träne tropfte auf zerquetschte lilafarbene Blütenblätter. Ich hatte das nicht gewollt.

»Weißt du«, rief ich, »dass die Alten sagen, am Blutsonnentag wäre die Sonne am Horizont ins Meer gefallen und hätte für eine Weile das ganze Wasser in Lava verwandelt?«

»Glaube ich nicht.«

»Natürlich nicht. Aber es sah so aus. Alles war purpurn und karmesinrot. Bordeaux und golden, orange, lavendel, fliederfarben, lila, violett. Alles zusammen. Sie sagen, früher hat man solche Wunder jeden Tag erlebt. Der Himmel soll so klar gewesen sein, als wäre er aus Glas. Ein Himmel aus Glas, kannst du dir das vorstellen? Man konnte endlos weit schauen. Man konnte sogar am Tag den Mond sehen, so weit reichte der Blick. Und heute?« Ich hob die Arme und streckte mich nach oben, als wollte ich den Wolkenhimmel packen, auf die Erde zerren und ihn zertrampeln. »Das Graue hängt so tief, dass ich es anfassen kann. Es zerdrückt mich. Ich kann nichts dafür. Am liebsten will ich jemand anders sein. Ich habe all das, was passiert ist, nicht gewollt – es zerdrückt mich!«

Noch mehr Tränen. Die wilde Malve wurde ganz dunkel. Sie hatte keine Chance. Von dem Moment, als Neél sie für mich pflückte, war sie dem Untergang geweiht gewesen.

»Joy? Ich tu es.«

Ich sah auf. »Was?«

»Das Mädchen. Ich werde tun, was du von mir verlangst.«

Mein Herz wurde erst ganz leicht. Es flog wie ein Vogel. Und dann trudelte es in die Höhe, in der Dark Canopy keinen Raum zum Überleben ließ. Es erstickte in der Dunkelheit und fiel zu Boden, wo es zerschellen würde.

Er hatte recht. Genau das wollte ich.

Neél würde Amber retten. Nicht mich.

• • •

Ich war nackt.

Das war ich Hunderte Male gewesen und ebenso oft hatte mich nur eine Trennwand aus milchigem Glas von Neél abgeschirmt. In den ersten Tagen hatte seine Silhouette mir Angst gemacht, später erkannte ich, dass er mich vor denen beschützte, bei denen diese Angst angebracht gewesen war. Heute zitterten meine Hände, wir waren wieder ganz am Anfang. Ich hörte es, wenn er sich räusperte, und ich sah es seinen Konturen hinter der Scheibe an, wenn er schluckte. Mein ganzer Körper reagierte sensibler als sonst, ich spürte sogar die winzigen Schmutzpartikel, die das Wasser von meiner Haut gewaschen hatte, unter den Fußsohlen wie Sand.

Zwischen uns war der Nebel des Wassers und zwischen uns war alles klar.

• • •

»Du bist ganz sicher?«, hatte er gefragt, als wir zurückgeritten waren. »Sie bedeutet dir so viel, Joy?«

»Es bedeutet die Welt für mich, wenn sie leidet.« Wegen mir und meiner Fehler.

Wir passierten Brombeersträucher und aßen ein paar Beeren. Sie waren hart und süß-säuerlich, gerade erst reif, und doch glaubte ich, bereits zu riechen, wie sie an den Zweigen vergoren. Das Gegenteil eines Echos klang durch den Wald und sang vom Herbst, der plötzlich so erschreckend nah war.

»Dann mache ich es.«

Mein Puls schlug mir gegen die Kehle. »Wirklich? Wann?«

»Ich gehe morgen zum Schriftführer und erhebe Anspruch auf Amber. Erwarte nicht zu viel, ich kann sie nicht zu dir bringen. Als Varlet darf ich nicht mit einer Frau im Gefängnis leben.«

»Bin ich keine Frau?«

Er lächelte müde. »Du bist Soldat.«

»Aber sie muss doch nicht noch länger bei Widden bleiben?«

»Nein. Deine Freundin wird meinem Mentor unterstellt, bis ich einen eigenen Wohnraum bekomme.« Er seufzte. »Cloud wird sich herzlich bei mir bedanken.«

»Aber sie werden gut zu ihr sein.« Ich dachte an Clouds Frau Mina und konnte mir kaum etwas anderes vorstellen.

Neél nickte und das Thema war erledigt, zumindest glaubte ich das. »Es wird spät. Lass uns ein Stück galoppieren.«

Dicht nebeneinander preschten unsere Pferde Richtung Stadt. Der Sommerwind schlug mir Staub und Hitze ins Gesicht und doch konnte ich so leicht atmen wie lange nicht mehr. Es nimmt einem so viel drückende Last, wenn man die wichtigen Dinge klärt. Plötzlich riss Neél seine Stute ein Stück herum. Ich spürte einen Ruck und mein Pferd schlug mit dem Kopf. Es war frei.

Das Seil war gerissen. Unsere Pferde galoppierten frei nebeneinanderher. Ich konnte meine Stute wenden, ihr die Fersen in die Flanken treten und auf ihr fliehen. Ich hatte eine Chance – eine gute. Der Preis war Ambers Sicherheit. Und Neéls Kuss.

Ich zügelte meine Braune, blieb neben Neél und ertrug seine durchdringenden Blicke ohne ein Wort.

Die Bedeutung dieses Vorfalls begriff ich erst später, als ich die Seilenden von den Trensen band, um die Pferde dem Pfleger zu übergeben. Der Strick war nicht gerissen, wie ich zunächst angenommen hatte. Tatsächlich war nur ein winzig schmales Stück ausgefasert. Den Rest des Leders hatte jemand mit einem scharfen Messer sorgfältig durchtrennt. Ich war nicht sicher, warum Neél das getan hatte. Vielleicht wollte er mir eine Chance geben. Oder aber, er wollte wissen, wie ernst es mir wirklich war, und hatte mich auf die Probe gestellt.

Ich verstaute die Seilenden in meiner Tasche. Übel nehmen konnte ich ihm nichts. Ich war auch nicht fair gewesen. Nie.

• • •

Die Erinnerung waberte wie Dampf durch meinen Kopf. Mir schwindelte, ich drehte das heiße Wasser weiter zu und beeilte mich, den Seifenschaum aus meinem Haar zu spülen. Er floss über meine

Brust und meinen Bauch und verschwand zwischen meinen Beinen.

Ich sah zu Neéls Silhouette. Sie regte sich ganz leicht, als atmete er sehr tief ein. Mit einer Hand stützte er sich gegen die Glaswand. Wie würde sich seine Hand auf meiner Haut anfühlen?

Bei der Sonne – was war los mit mir? Dieser Kuss hatte einen Knoten gelockert, der mein Leben in seinen Bahnen gehalten hatten. Nun war ich frei. Und alles wackelte. Ich fühlte mich voll von Verlangen. Und Fragen.

Wollte ich wirklich mit Neél schlafen? Oder wollte ich bloß, dass er mit mir schlafen wollte? Wollte ich beides? War ich gefangen, solange ich hier bei Neél war, oder würde ich es sein, sobald ich frei war? Wer war eigentlich die graue Frau, warum trug Graves selbst bei größter Hitze immer diese wollenen Pullover und wie mochte das Schwarz aussehen, in das Alex immerzu blickte? Hatte es noch einen Sinn, Amber zu retten, oder war sie nicht mehr zu retten? Wie ging es Penny; weinte sie um mich in den kurzen Pausen zwischen dem Lesen und dem Einschlafen, und in der Nacht, wenn sie das Baby stillte? Stillte sie das Baby überhaupt noch? Seit dem Winter waren viele Monate vergangen, was mochten sie verändert haben? Konnte ich noch zurückkehren? Wollte ich, dass Neél mich liebte, oder wollte ich Neél lieben oder wollte ich alles, alles, alles?

Wollte ich weiterhin ich selbst sein? Oder würde ich mich erst noch finden?

Aus meinen Haaren tropfte das Wasser Spuren auf unsere Wege, die wir durchs Gefängnis nahmen. Mein Atem ging schneller als sonst, vielleicht weil wir zügiger liefen, fast, als wären wir in Eile. Wir redeten nicht, aber wenn wir uns ansahen, sagte das jedes Mal sehr viel. Meine Wangen wurden heiß. Das Klackern, mit dem Neél die Zimmertür von innen abschloss, ließ mich frösteln unter meinem viel zu großen Hemd. Während er langsam auf mich zukam, öffnete ich die Knöpfe.

»Du bist dir ganz sicher?«, fragte er noch einmal.

Nicht wirklich. Aber wer war das schon und was machte es für einen Unterschied? Der Stoff strich über meine Schultern und Oberarme. Mit einem Rascheln fiel er zu Boden.

Er sah mich an und schluckte, ich hörte das Klicken in seiner Kehle. War ich so dürr geworden? Oder blieb ihm die Spucke weg, weil er mich … gern ansah? Ich berührte den Gurt, der meine Hose an ihrem Platz hielt. Neél blinzelte träge. Als mir die Hose von den Hüften glitt, bekam sein Blick etwas Glasiges. Ich hatte keine Unterhose angezogen. Wozu?

Von draußen klangen Stimmen, Varlets kamen von ihren Arbeiten oder den Ausflügen zurück und riefen sich scherzhafte Beleidigungen zu. Hunde kläfften. Vögel tschilpten. Ich hatte das Gefühl, es würden Stunden vergehen, in denen ich vor ihm stand, der Körper nackt, die Seele schutzlos.

»Wir haben nicht viel Zeit, Neél. Bald ist Herbst.« Ich hatte scherzen wollen, aber darin war ich nie gut gewesen. Stattdessen hatte ich ihn schmerzlich getroffen.

Er rieb sich über die Augen. »Ich habe mir überlegt, dass man mehr Gesteinsstaub in Dark Canopy einfüllen könnte. Schwereren Staub. Blei vielleicht. Er würde sich über die Welt legen, bis sie zu schwer wird, um sich weiterzudrehen. Damit niemals Herbst wird.«

»Dann sterben wir eben alle«, sagte ich und versuchte mich an einem unbekümmerten Grinsen. Es machte mir kaum etwas aus, nackt mit ihm über den Herbst zu philosophieren, es war – abgesehen von ein bisschen Peinlichkeit – beinahe lustig. All die Entscheidungen, die Klarheiten und die Hoffnung, dass alles gut werden würde, so gut wie eben möglich, beflügelten mich. Nach der langen Zeit in Sorgenfesseln fühlte ich mich so unglaublich erleichtert. Unter dem Einfluss von Gebrautem – und vermutlich hätte ich nicht einmal viel davon benötigt – wäre ich wahrscheinlich nackt im Zimmer umhergehüpft.

»Bevor wir es tun, Neél … bevor wir sterben, meine ich … könntest du dein Hemd ausziehen?«

Er nickte. Stand eine Weile reglos vor mir und begann dann, mit unruhigen Fingern sein Wildlederhemd zu öffnen.

Er war schön. Anders konnte man es nicht nennen – er war schön. Die Feststellung erstaunte mich nicht mehr. Ich hatte ihn etliche Male ohne Hemd gesehen, ich kannte den Anblick seiner Muskeln unter hellbrauner Haut, die leicht vibrierte, wenn er einatmete. Wann hatte ich begriffen, dass er schön war? Es war mir nie aufgefallen, ich wusste es einfach, vielleicht hatte ich es vom ersten Tag an gewusst.

Sein Hemd landete auf dem Bett und Neél breitete in einer hilflosen Geste die Arme aus. Seine Unsicherheit machte mich mutig. Nein, um ehrlich zu sein, raubte sie mir den Verstand.

»Mehr nicht?« Ich verengte die Augen und richtete meinen Blick auf seinen tief auf der Hüfte sitzenden Hosenbund.

Neél lächelte seine Füße an. »Du bist grausam.« Seine Stimme war ganz rau. »Jetzt hast du mich endlich da, wo du mich haben wolltest, was? Dir völlig ausgeliefert.«

Nie hätte ich mir träumen lassen, dass es einmal hier enden würde. Mit allem hatte ich gerechnet, aber nicht damit. Alles hatte sich verändert. Der Ort war derselbe, aber alles andere war neu. Wie wenn man eine Lichtung im Wald, die man nur im Dämmerlicht kennt, zum ersten Mal in den Sonnenstunden sieht. Plötzlich schwebt über allem dieses Leuchten. Aus allem Grau wird Blau und Grün. Glitzernder Blütenstaub tanzt in der Luft und lässt selbst einen gewöhnlichen Felsen schimmern wie einen Edelstein. Der

Wind fühlt sich verändert an, weicher. Die Welt riecht sogar anders.

Jetzt, da zwischen uns alles geklärt war, war Neél wie die Sonne für mich, die alles in ein neues Licht hüllte.

Ich ging auf ihn zu. Von seinem Körper strahlte Wärme ab, als litt er an Fieber, und er zitterte ein wenig. Ich berührte seine Schultern, seine Oberarme, seine Brust.

Sehnsucht ist ein erstaunliches, kleines Gefühl. Ich kannte sie, seitdem ich ein kleines Mädchen gewesen war; mein Vater hatte manchmal gescherzt, »Desire« wäre ein passenderer Name für mich gewesen. Ich sehnte mich nach so vielem, jeden Tag, jede Stunde, jeden Augenblick. Nach Freiheit, nach Weite, nach dem Himmel und der Sonne, die meine Haut verbrannte; danach, schneller zu rennen, als mein Körper rennen konnte, zu fliegen, und danach, mit jemandem zusammen allein zu sein. Aber nie hatte ich mich derart nach etwas gesehnt, das mir so nah war, dass ich es berühren konnte. Nie war die Erfüllung einer Sehnsucht so erreichbar gewesen. Ich musste nur die Hand heben und schon konnte ich sein Herz unter fester, samtiger Haut schlagen fühlen.

Das Herz eines Percents.

Nein, *Neéls* Herz!

Er hob spöttisch eine Augenbraue und einen Mundwinkel. »Ist dir etwa kalt?«

Im Gegenteil. Ich schmiegte mich trotzdem an ihn, als suchte ich nach Wärme. »Zu viele Gedanken«, murmelte ich. »Kannst du sie wegmachen?« Bevor ich mich in ihnen verlor, was bedeuten würde, ihn zu verlieren, bevor unsere Zeit abgelaufen war.

Er konnte. Er hob mein Kinn und küsste mich, bis sich alle Gedanken, so zäh sie auch waren, auflösten und zu Schlieren verwirbelten. Dann begann er mich zu streicheln – erst zaghaft, tastend, mit rückversichernden Blicken – und seine Hände wischten alles

Denken fort. Angenehme Schwere füllte meinen Kopf. Bloß tief im Innern, kurz hinter den Gedanken, an die man sich später erinnert, kam mir in den Sinn, dass es keinen Ort auf der Welt gab, an dem ich in diesem Moment lieber sein wollte als hier bei ihm, mochte sein Himmel auch noch so grau sein.

Er legte mich auf seine Pritsche und ließ mich nur los, um seine Hose auszuziehen. An seinem ganzen Körper vibrierte die Haut.

Ich wünschte, ich würde wahrnehmen, was er wahrnahm, wenn er meinen Geruch in sich aufnahm. War es vergleichbar mit hauchzarten Berührungen?

Ich hatte aus vielen Gründen Sex gehabt. Aus Neugier, aus Freundschaft, aus Einsamkeit oder weil ich mir etwas davon erwartete. Dieses Mal war der Grund ein anderer. Ich wollte ihn, weil er der war, den ich in meiner Nähe brauchte. Der, von dem ich immer gedacht hatte, dass es ihn nicht gab.

34

er kämpfte.
ich sollte das auch tun.

»Du hast keine Waffe.« Er stützte sich auf den Langbogen und deutete mit der Pfeilspitze in meine Richtung.

Der Himmel war noch nicht durch Dark Canopy verdunkelt, es waren echte Regenwolken, die Neél vor der Vormittagssonne schützten. Ganz weit weg grollte ein Gewitter. Wir waren beide nass bis auf die Knochen, aber während ich mich fühlte wie eine ersoffene Mutantratte, strahlte er Erhabenheit aus, als das Wasser in feinen Linien über sein Gesicht rann.

Wie ein Baum, dachte ich. *Denen macht schlechtes Wetter auch nichts aus, sie strecken sich dann nur stolzer dem Himmel entgegen.* Der Regen ließ seine Haut glänzen und in seinem schwarzen Haar schimmerten winzige silbrige Perlen.

»Dann sollte ich wohl besser rennen.« Ich musste rufen, weil uns ein paar Meter trennten und der Regen in seinem steten Gemurmel die Geräusche schluckte.

»Nein, solltest du nicht.«

»Dein Wort drauf, Percent! Gleich lässt du mich ohnehin wieder rennen wie ein Karnickel.« Meine Geduld war am Ende. Neél hatte versprochen, den amtlichen Teil um Ambers Beanspruchung nach unserem Training zu erledigen. Ich verstand nicht, warum er sich so viel Zeit ließ. Amber musste weg von diesem Scheißkerl, der sie zerstörte und seine Taten noch genoss. Jede Sekunde, die sie in seiner Gewalt war, war eine Sekunde zu viel. Sicher war sie auch in der letzten Nacht misshandelt worden – während Neél und ich uns geliebt hatten, als gäbe es kein Morgen. Die Scham pochte mir von innen gegen den Schädel und hämmerte mir Kopfschmerzen ein, wie es sonst nur kalter Herbstregen schaffte, wenn er mir gegen die Stirn prasselte.

»Wie ein Karnickel, ja?«

Ich sah irritiert auf. Neél hatte den Pfeil auf die Sehne gelegt und zielte. Auf mich. In einer geschmeidigen Bewegung spannte er die Sehne. Der Langbogen dehnte sich wie ein frischer Ast. Es sah kinderleicht aus, doch ich wusste, wie viel Kraft man dazu brauchte.

Kraft. Langbogen. Neél. Ich leckte mir über die Lippen. Neél kommentierte das mit einem Blick, der ein Glas Wasser in Eis verwandelt hätte. Er hielt den Bogen absolut still, nicht das geringste Zittern war zu erkennen.

Das war heute Nacht ein wenig anders. Ich musste kichern. Neél nahm den Bogen wieder runter und warf Waffe und Pfeil vor sich ins Gras.

»Soldat!«

Ich zuckte zusammen. Er hatte mich ewig nicht mehr so angesprochen. Erst recht nicht in diesem Ton.

Er rauschte auf mich zu, als wollte er mir den Hintern versohlen wie einem trotzigen Gör. Ich stemmte unwillkürlich die Fäuste in die Hüften. Sollte er nur kommen!

»Joy«, begann er mit seiner Standpauke. Ich verdrehte die Augen. »Liegt dir so viel daran, den nächsten Winter nicht mehr zu erleben? Du nimmst das hier nicht ernst! Das hier ist dein Training!«

»Ach! Und das ist heilig, oder was?«

»Ja!« Sein Gesicht und sein Hals färbten sich dunkler, es sah aus wie die Percent-Variante des Errötens. »Du lässt zu, dass deine Gefühle dich schwach und hilflos machen. Wenn du so weitermachst, wird dich das umbringen. Reiß dich zusammen! An diesem Training – das dir so an deinem hübschen Arsch vorbeigeht – hängt ebendieser hübsche Arsch. Und der Rest von deinem Leben ebenfalls.«

»Hmpf«, machte ich, denn zu meinem allergrößten Bedauern war das nicht ganz von der Hand zu weisen. Ich grummelte: »So wild wird es schon nicht, wir haben doch schon so viel trainiert. Heute habe ich einfach andere Sorgen.«

»Du denkst an Amber?«

Ich nickte, obwohl mir sein lauernder Tonfall nicht gefiel.

Er lächelte überlegen. »Gut. Fünf von zehn. Sobald du das schaffst, erledige ich meinen Teil der Abmachung.«

Fünf von zehn? Was sollte das nun wieder bedeuten? Und was hieß hier *sein* Teil? »Moment, Percent! Du hast es mir versprochen. Von Bedingungen war nie die Rede! Das ist Erpressung.«

»Das ist es. Ich habe dir nie Fairness versprochen.« Er wandte sich ab und ging zurück zu seinem Bogen. Erneut legte er auf mich an. Angst machen konnte er mir nicht – nicht viel –, aber es gelang ihm, eine weiß glühende Wut in mir anzufachen. Ich ließ mich doch nicht behandeln wie Vieh! Erst recht nicht, nachdem er mich eine ganze Nacht lang im Arm gehalten hatte.

»Du hast keine Waffe«, rief er erneut. »Bogen- und Armbrustschützen können das ändern. Sieh ihre Pfeile als Geschenke.«

»Na, vielen Dank«, blaffte ich.

»Fünf von zehn, Joy.«

»Verflucht, Percent!« Ich brüllte, so laut ich konnte, gegen den Wind. »Was willst du von mir?«

»Du sollst sie fangen, Liebes.« Und dann sirrte der erste Pfeil wenige Zentimeter an meinem rechten Ohr vorbei.

Ich starrte Neél an. Er meinte das ernst. Ich sollte seine Pfeile fangen – Pfeile mit Spitzen aus Eisen, die Holzbretter durchschlugen. Während er das nächste Geschoss aus dem Köcher zog und anlegte, erklärte er mir mit ruhiger Stimme, was ich zu tun hatte.

»Weiche dem Pfeil aus.«

»Ach, sag bloß.«

Er ließ sich nicht irritieren. »Weiche aus, aber nicht zu viel. Schlag den Pfeil mit einer halbrunden Hand von oben nach unten und zieh ihn in deine Richtung. Halt ihn nicht fest, wenn du keine Handschuhe trägst. Falls der Pfeil feucht ist oder du nicht fest genug zugreifst und er durch deine Hand rutscht, reißt die Befiederung dir die Finger auf. Schlag ihn einfach zu Boden, dann kannst du ihn aufheben und hast eine Waffe.«

»Kannst du mir nicht lieber zeigen, wie ich an eine Pistole ... Verdammt!« Der zweite Pfeil zischte an mir vorbei.

Fangen? Ich war froh, beim Ausweichen nicht zu stürzen. Bevor ich einen solchen Pfeil fing, würde ich einer Mücke im Flug Knoten in die Flügel machen.

»Joy? Das ist kein Spaß, konzentrier dich. Fünf aus zehn. Und Joy ... sei vorsichtig. Es könnte wehtun. Bereit?«

Ich atmete tief durch und verwahrte die Wut auf Neél zwischen meinen zusammengebissenen Zähnen. Es sollte doch zu machen sein, diese verdammten Pfeile aus der Luft zu holen. Für Amber sollte es mir ein Leichtes sein. Ich trainierte meine Reflexe seit Jahren und mein Blick war scharf. Meine verletzte rechte Hand hinderte mich bei dieser Übung kaum, weil es weniger auf Präzision, sondern nur auf den richtigen Moment ankam. »Bereit!«

Er legte an, zielte, schoss. Legte an, zielte, schoss. Legte an ... Die Pfeile flogen einer nach dem anderen in den Stamm einer Eberesche. Hin und wieder prasselten durch den Schwung die kleinen roten Beeren auf mich nieder. Der Regen wurde stärker, das Donnergrollen kam näher. Pfeil um Pfeil flog an mir vorbei.

Neél holte sie sich zurück. Als er wieder zu seinem Ausgangspunkt ging, kam er dicht an mir vorbei. »Mehr Gefühl. Hör den Pfeil. Vertrau dir. Du kannst es.« Seine Worte waren leise und zart. Und nur für mich allein. Sie verloren sich fast zwischen dem Rascheln der Blätter im Regen.

»Bereit?«

»Bereit.« Ich schloss die Augen, als er den Pfeil auf mich abschoss. Hörte. Fühlte. Reagierte unbewusst wie ein Tier, das nach der Beute greift. Und dann begriff ich, was er mit *Es könnte wehtun* gemeint hatte.

Ich kreischte auf. Tränen schossen mir in die Augen. Mein erster Gedanke war, dass der Pfeil direkt durch meine Hand gegangen war. Aber er steckte nicht zwischen meinen Knochen, sondern lag mir zu Füßen. Ich hatte ihn gefangen, bloß war die Wucht des Geschosses so stark gewesen, dass es sich anfühlte, als hätte man mir einen Schlag mit dem Rohrstock verpasst. Ich wischte mir mit den Fingerknöcheln die Feuchtigkeit aus den Augenwinkeln. »Ich habe den ersten … Bereit!«

• • •

Mit aufeinandergepressten Lippen ließ ich kaltes Wasser über meine Handflächen laufen. Rosa kreiselte es im Becken, bevor es im Abfluss verschwand. Die Befiederung der Pfeile war tatsächlich äußerst scharf. Nachdem ich mich bei einem Geschoss vergriffen hatte, konnte ich nur noch mit links fangen. Sie waren nicht zählbar, die Pfeile, die an mir vorbeigesaust waren, bis ich die geforderten fünf von zehn aus der Luft geholt hatte.

Ich dachte an Neéls Lippen an meiner geschundenen Haut, an sein »Es tut mir leid«, das ich auf den Striemen gespürt, aber nicht gehört hatte. Fast hätte ich ihm eine Ohrfeige dafür verpasst, doch dafür war ich viel zu erschöpft. Er hatte ja recht. Ich musste trainieren. Mich nun zu schonen würde sich rächen, wenn es hart auf hart kam.

Ich drehte das Wasser ab, tupfte mir die Hände an meinem Hemd ab und verteilte etwas von Minas Ringelblumensalbe in meinen

Handflächen. Dann ließ ich mich auf Neéls Bett fallen. Es war noch ganz zerwühlt, roch nach der betörenden Mischung, die sich aus seinem und meinem Körpergeruch ergab, und brachte mich zum Lächeln. Neél hatte sich verändert, das betraf nicht nur sein Bett, das er früher gleich nach dem Aufstehen mit akribischer Sorgfalt gemacht hatte. Ich starrte auf den Schlüssel, der von innen im Schloss der Zimmertür steckte, und seufzte. Es würde ein langer Tag des Wartens werden. Ich fühlte mich nutzlos und so eingesperrt wie schon lange nicht mehr.

»Schließ von innen ab«, hatte Neél befohlen, als er gegangen war. »Widden wird nicht erfreut sein. Lass niemanden rein außer mir. Niemanden, Joy, hast du verstanden?«

»Wird es lange dauern?«

»Das solltest du hoffen. Wenn ich schnell zurückkomme, hat es nicht geklappt.«

Er kam nicht schnell zurück. Das Warten zerrte an meinen Nerven. Es kam mir vor, als würde er überhaupt nicht mehr zurückkommen. Wenn ich blinzelte, sah ich auf den Innenseiten meiner Lider grässliche Bilder. Neél. Mit einem Loch im Kopf und im Todeskrampf zuckenden Füßen lag er im Staub, Widden hoch aufgerichtet über ihm.

Ich hätte niemals zustimmen dürfen, im Gefängnis zu bleiben, während er für mich dieses Risiko einging. Ich sollte an seiner Seite sein, die Sache gemeinsam mit ihm durchziehen. Doch ich wusste genau, wie naiv mein Wunschdenken war. Es gab keine gemeinsamen Kämpfe. Ob wir miteinander schliefen oder nicht – ja, selbst ob wir uns liebten oder nicht – machte keinen Unterschied.

Wir standen auf unterschiedlichen Seiten.

• • •

Irgendwann am frühen Abend klopfte es.

»Wer ist da? Neél?«

Ich bekam keine Antwort. Stattdessen wurde erneut geklopft. Dreimal, leise, aber energisch. *Tocktocktock.*

»Wer. Ist. Da?«

Erneute Stille. Und dann wieder das Klopfen. Ich hockte mich aufs Bett und hielt mir die Ohren zu. Warum waren die verfluchten Luken in den Türen nur von außen zu öffnen?

Ich stellte mir vor, wie die Klappe aufgeschoben wurde und irgendein Percent ohne Gesicht mir sagte, dass Neél verletzt oder tot war. Würde man mir vielleicht Beweise bringen? Sein blutverschmiertes Hemd? Seinen abgeschnittenen Zopf? Oder gar den ganzen … Nein! Ich musste aufhören, mich verrückt zu machen. Neél hatte recht, Gefühle durften nicht dazu führen, dass ich schwach und hilflos wurde.

Es klopfte wieder. Warum sagte derjenige denn nichts? Und dann kam mir eine Idee. War es vielleicht die graue Frau, die nicht sprach? Ich war am Vormittag zum ersten Mal seit Langem nicht bei ihr gewesen. Womöglich wollte sie nur nach mir sehen. Dummerweise konnte ich nicht nachsehen. Neéls Anweisung war eindeutig gewesen.

»Es ist alles in Ordnung!«, rief ich. Ich stand auf, ging zur Tür und lehnte mich dagegen. »Alles wird gut.«

Es klopfte nicht noch einmal.

• • •

Neél kam am späten Abend. Ein Veilchen zierte sein linkes Auge und er trug eine aufgeplatzte Lippe sowie ein überhebliches Grinsen zur Schau.

»Es hat geklappt!«, rief ich, ohne ein Wort von ihm abzuwarten.

Ich war so erleichtert, dass mir Tränen in die Augen schossen. »Oje, was ist passiert? Bist du verletzt?«

»Es hat geklappt«, bestätigte er. Offenbar fand er, meine Nerven könnten noch ein wenig weiter strapaziert werden.

»Und dann? Was dann? Wie geht es Amber?«

Er setzte zu einer Antwort an, aber – bei der Sonne – warum ließ er sich denn so viel Zeit?

»Ist Widden wütend geworden?« Ich strich mit den Fingerspitzen über die Schwellung an seinem Auge. Au, verdammt, es tat schon vom Hinsehen weh.

»Widden? Ja, der war auch wütend. Aber das hier«, er deutete auf sein lädiertes Gesicht, »war deine Freundin Amber. Meine ... Frau. Oder so was. Nenn es, wie du willst.«

»Oh«, machte ich, wenig geistreich. Er hatte es tatsächlich getan. Die Erleichterung ließ mich aufseufzen und gleichzeitig stach mir irgendein Gefühl, das ich nicht haben wollte, in die Brust. Neid? Eifersucht? Nein. Ich glaube, es war Angst.

»Ja, *oh* trifft es gut. Dasselbe dachte ich auch, als sie plötzlich aus ihrer Lethargie erwachte, explodierte und um sich schlug.«

»Sie muss sich gefürchtet und das Schlimmste erwartet haben«, sagte ich lahm. Meine arme Amber. Was sie wohl alles durchgemacht hatte? Ging sie davon aus, dass die Peinigungen von vorne beginnen würden? Oder war es ein gutes Zeichen, dass sie kämpfte und sich noch nicht so weit aufgegeben hatte, wie ich befürchtete?

Neél nickte. »Das denke ich auch. Sie ist jetzt bei Cloud. Mina sorgt für sie, sie hat sich gleich drangemacht, einen riesigen Topf Rinderbrühe zu kochen. Cloud war nicht so glücklich ...«

»Wegen der Rinderbrühe?«

Neél gluckste. »Ich glaube, ich war ein größeres Ärgernis als die Suppe. Er redet nicht mehr mit mir.«

»Aber er wird gut zu Amber sein?«

»Ist Wasser nass? Mina wird nichts anderes zulassen, glaub mir. Sie ist ganz vernarrt in deine Freundin, vor allem, seit sie erfahren hat, dass sie es war, die mir das Gesicht zerkratzt hat. Offenbar ist man sich einig.« Neél seufzte gespielt selbstmitleidig. »Ich bin der Böse – ich habe es verdient.«

Ich küsste ihn heftig und rücksichtslos auf den Mund. »Du bist großartig. Wann darf ich zu ihr?«

Er entzog sich mir prompt und ging zum Fenster. Seine Silhouette zeichnete sich vor dem Schwarz der Nacht ab und bekam augenblicklich etwas Düsteres. »Gar nicht.« Er rieb sich das Gesicht. »Cloud erlaubt es nicht.«

»Was?« Seine Antwort bekam ich nur in Bruchstücken mit: Rebellen … Austausch von Informationen … nicht in seinem Haus … aufs Chivvy konzentrieren … es tat ihm leid.

Neél war so rücksichtsvoll, sich mir erst wieder zuzuwenden, nachdem ich meine Tränen in den Griff bekommen hatte. »Ist schon okay.« Ich wischte mir die Nase ab. »Ich hatte etwas anderes erwartet, aber ich verstehe es. Es ist nicht wichtig, ob ich sie sehe, solange es ihr gut geht.« Ich musste die Situation, so wie sie war, schlucken. »Versprichst du mir das, Neél?«

Es ärgerte ihn sichtlich, dass ich ihm diese Verantwortung aufdrängte, doch er sagte: »Ich würde dir lieber andere Dinge versprechen. Aber ich tu, was ich kann.«

»Du kannst das. Ich glaube, dass ihr euch mögen werdet. Vielleicht …« Nein, auszusprechen, dass sich Neél und Amber möglicherweise ineinander verlieben könnten, das gelang mir nicht. »Vielleicht versuchst du nicht, sie im Schnee zu ersticken, wie mich damals. Ansonsten kannst du nicht viel falsch machen.« *Denn du bist wunderbar, Neél, und Amber wird das sehen. Fürchte ich.*

ihr sucht nach abenteuern?
ich habe davon mehr als genug für uns alle.

Matthial betrachtete den Staub, der von seinen Schuhsohlen aufgewirbelt wurde. Ziellos schlenderte er durch die Straßen, in denen er Amber mehrfach gesehen hatte. Der Percent, der sie gefangen hielt, wohnte offenbar in dieser Gegend. Amber ließ sich kaum als seine Informantin bezeichnen, aber etwas, das dem am nächsten kam. Er brauchte sie nun mehr als je zuvor.

Seitdem die Percents den Tunnel zugeschüttet hatten, durch den er so oft gegangen war, wagte Matthial sich nicht mehr täglich in die Stadt. Sie hatten Spuren von ihm gefunden. Seinen Bogen. Der Verlust kratzte an ihm, es war seine beste Waffe gewesen, das Ersatzstück dagegen nicht mehr als in Ordnung. Vor allem musste er nun sehr vorsichtig vorgehen, da sie wussten, dass er da gewesen war und wiederkommen würde. Vielleicht wäre es klug, eine Übernachtungsmöglichkeit in der Stadt auszumachen. Der Aufenthalt war nicht so riskant wie das Eindringen und Ausbrechen; war er erst einmal in der Stadt und verhielt sich wie jeder andere, fiel er nicht auf. Ja, zu bleiben, um noch intensiver nach Joy zu suchen, war keine dumme Idee. Das Chivvy näherte sich mit riesigen Schritten. Jeder Temperaturabfall roch nach dem drohenden Herbst. Immer noch hatte er Joy nicht gefunden. Für seine Pläne war es unabdingbar, dass sie diese kannte.

Pläne. Der Gedanke schmeckte nach nichts mit einem Hauch von Enttäuschung. Früher hätte er die paar unsystematischen Strategien, die allesamt nur mit Glück und Improvisation ineinandergreifen würden, niemals als Plan bezeichnet, allenfalls als Rohentwurf, den man noch zu Ende denken musste. Doch mehr hatte er nicht. Die beiden jungen Krieger aus Jamies Clan, die eigentlich nur auf Erkundung waren und bei Matthial übernachten wollten, hatten sich von den spontan zusammengeworfenen Ideen überzeugen lassen und ihm ihre Unterstützung zugesagt. So waren sie eben, die Abenteurer, die glaubten, alles schaffen zu können, weil sie noch nicht wussten, was es bedeutete, wirklich in der Scheiße zu stecken. Und zu verlieren. *War ja selbst mal so einer*, dachte Matthial. *Vor nicht allzu langer Zeit.*

Er sah auf, als er beinahe einem drahtigen, kleinen Kerl in die Karre gelaufen wäre, die dieser vor sich herschob. *Moment, den kenne ich doch.*

»Hey! Hey, du, warte mal!«

Der Mann fluchte, ließ seinen Handkarren stehen und wollte zur Flucht ansetzen, doch Matthial war rasch bei ihm, packte ihn am Oberarm und sah ihm ins Gesicht. Kein Zweifel. Es war der Kerl, der Joy als Percent-Hure beleidigt hatte. Die Nase über dem monströsen, struppigen Schnauzbart war immer noch leicht schief von Matthials Faust.

»Ich tu dir nichts.«

»Wag dich bloß nicht«, brummte der andere, es sollte wohl abfällig klingen, wirkte aber nur nervös.

»Ich meine es ernst. Ich habe etwas überreagiert, beim letzten Mal. 'tschuldigung.«

Schnauzbart schnaubte, das Gestrüpp in seinem Gesicht vibrierte. »Was willste denn schon wieder von mir? Ich weiß nix. Bin bloß ein Arbeiter und beliefere die Läden.« Er zeigte in seinen Karren, auf dessen schmutzigem Holzboden etwa zwei Dutzend Hühner mit gebrochenen Hälsen lagen. »Gute Ware. Brauchste was? Mach dir 'nen Sonderpreis.« *Sonderpreis* hieß wahrscheinlich besonders teuer.

»Ich will etwas anderes von dir. Du hast doch zu mir gesagt, dass die Soldatenfrau etwas mit einem der Percents hat.« Matthial verengte die Augen. *Wage es nur nicht, mich anzulügen.*

»Mann, ich sag's dir. Hab sie bloß zusammen gesehen. Man hört doch, was so geredet wird, wenn man viel unterwegs ist.«

»Dann hört man sicher auch, wo man diese Frau finden kann.«

Frustriert raufte der Mann sich den Bart. »Hab dir damals schon gesagt, wo die meisten Percents sind, die bald ins Chivvy gehen. Im alten Gefängnis. Jeder weiß das. Und da leben auch die Soldaten, sogar die Frau. Wenn's anders wäre, wüsst ich's.«

»Ja, ja, das sagtest du«, unterbrach Matthial ihn. »Aber ich muss mehr wissen. Ich war oft in dieser Gegend, aber ich finde sie nicht. Wann verlassen sie das Gefängnis, wann kommen sie zurück?« Es war schwierig, sich unauffällig in der Nähe des Gefängnisses aufzuhalten. Die meisten Menschen mieden den Ort, da fiel einer, der es nicht tat, sofort ins Auge.

»Keine Ahnung. Kann dir höchstens sagen, wo er sie trainiert. Meine Schwägerin sieht die manchmal.«

»Wo?«

Schnauzbart beschrieb einen Weg, der durch das kleine Tor in der Nähe des Schlachthauses aus der Stadt hinausführte. »Von dort aus links. Da muss es irgendwo sein.«

»Das hilft mir. Danke.«

Der Mann brummte, sich beeilen zu müssen, damit die Ware frisch blieb, und zockelte mit seinem Karren davon.

Matthial beachtete ihn nicht länger. Er markierte bereits strategisch geschickte Punkte auf der imaginären Stadtkarte in seinem Kopf. Grübelnd sah er zum Himmel. Nein, heute würde es nicht lohnen, die Gegend auszukundschaften. Bis er dort wäre, würde es bereits dunkel werden und nicht vertrautes Terrain – das hatte Mars ihm wieder und wieder eingebläut – betrat man nicht bei Nacht.

Sein Magen meldete sich mit einem Knurren. Matthial griff in seine Hosentasche und tastete nach den verbliebenen Münzen. Er hatte ein paar Tage zuvor Rauchkraut und eine geschnitzte Pfeife verkauft. In der Stadt war man aufgeschmissen, wenn man nichts zum Zahlen oder Tauschen hatte. Nichts bekam man hier umsonst, nicht einmal einen Schluck sauberes Wasser. Dass man für die Mücken, die einem das Blut aussaugten, nicht bezahlen musste, war alles. Erschreckend, wie schnell er die Münzen für Brot und ein Stück Wurst aufgebraucht hatte. Es waren nur noch wenige übrig und er hatte Josh versprochen, Käse mitzubringen. Ob es dafür noch reichte? Matthial hatte keinen Überblick, wie viel man für die Stadtwaren bezahlen musste. Jeder Händler hatte seine eigenen Preise und er vermutete, dass diese auch von Kunde zu Kunde schwankten. Wie auch immer – er musste seinem Bruder diesen verflixten Käse mitbringen, schließlich hatte Josh die Pfeife gefertigt, die Matthial gegen Münzen eingetauscht hatte. Er würde nur widerwillig weitere schnitzen, wenn er nichts dafür bekam.

Seufzend drehte Matthial sich um und ging noch einmal die Marktstraße entlang. Bei den ersten beiden Händlern fragte er nach dem Preis und trollte sich kopfschüttelnd, sobald dieser genannt wurde. Im dritten, einem größeren Laden, in den man eintreten musste, hatte er Glück. Zehn Münzen kostete ihn der Käse, die hatte er gerade noch. Die Händlerin, ein strohblondes Mädchen von siebzehn oder achtzehn Jahren, lächelte ihm scheu zu, während er das Geld in ihre Handfläche abzählte. Er verstaute den Käse in seinem Beutel und bedankte sich. Das Mädchen errötete.

»Ich hab dich noch nie hier gesehen«, murmelte sie, als er sich bereits zum Gehen abwenden wollte.

»Ich«, … *komme nicht von hier*, hätte er fast gesagt, konnte es sich aber gerade noch verkneifen. »… kaufe meist woanders ein.«

»Wie schade.« Sie schien ehrlich getroffen, was ihn rührte.

»Das muss ja nicht so bleiben.«

»Nicht?« Die Röte in ihrem Gesicht wurde so stark, dass er glaubte, die Hitze zu spüren, die sie ausstrahlte.

»Nein. Wenn der Käse gut ist, komme ich bald wieder und hole neuen. Aber nun muss ich los.«

»Oh, wir haben auch andere Sachen«, rief sie ihm nach, aber er war schon draußen.

Die Kleine war hübsch und die scheue Art, mit der sie unbeholfen flirtete, hatte etwas derart Entzückendes an sich, dass er lieber so schnell wie möglich verschwand. Alles, was er nicht brauchte, waren noch mehr Menschen, um die er sich kümmern musste. Genau das stand bei der kleinen Händlerin zu befürchten, denn sie zählte zu dem Typ Frau, um den er sich gerne gekümmert hätte. *Komisch*, dachte er. *Sie ist doch ganz anders als Joy.*

Joy wäre viel zu stolz, um ihm etwas nachzurufen (Beleidigungen ausgenommen), und viel zu selbstbewusst, um scheue Worte an einen Mann zu richten. Joy nahm sich, was sie wollte, und gab selbst nicht mehr, als sie zu geben bereit war. Ob sie noch dieselbe sein würde, wenn er sie irgendwann fand?

Seine Überlegungen fanden ein jähes Ende, als er um eine Häuserecke bog und vor sich zwei Percents und einen Menschen vor einer Garküche stehen sah. Er erkannte die Gesichter nicht sofort wieder, aber ein blitzartiger Instinkt durchfuhr ihn. *Gefahr!*

Ehe er einen klaren Gedanken fassen konnte, sprang er zurück und presste sich gegen die Hauswand. Vorsichtig lugte er um die Ecke. Eindeutig, einen dieser Percents hatte er schon einmal gesehen. Jetzt, da das Adrenalin nachließ, erinnerte er sich an ihn. Es war der, der Amber wie einen getretenen Hund mit sich geführt hatte. Matthial rügte sich still für seine panische Reaktion. *Sehr unauffällig!* Doch irgendetwas stimmte nicht. Der Percent wirkte auffallend mies gelaunt. Nicht dass sie je lächelnd durch die Straßen zogen, aber dieser schien in höchstem Maße frustriert. Matthial sah es an den fahrigen Handbewegungen und an den tiefen Falten in seiner Stirn. Auch seine Stimme klang unzufrieden, wenn nicht wütend, und obwohl Matthial auf die Entfernung nur Wortfetzen verstand, hörte er sehr deutlich die Beschimpfungen, die nicht das Gegenüber des Percents betrafen. Über irgendwen regte er sich schrecklich auf. Entscheidend in diesem Zusammenhang war die Frage: Wo war Amber?

Matthial lauschte. Sein eigener Atem störte ihn in den Ohren, also hielt er die Luft an. Keine Chance. Mehr als unelegante Bezeichnungen einiger intimer Körperstellen kamen nicht bei ihm an. Nun betraten die Percents auch noch die Garküche, vor der sie gestanden hatten. Die Stimmen verstummten vollends. *Verdammt!* Matthial versetzte der Hauswand einen Schlag mit dem Handballen. Aber dann entdeckte er, dass die dritte Person – der Mensch – draußen stehen geblieben war. Skeptisch blickte der junge Mann in Matthials Richtung. Er musste ihn gehört haben.

Matthial sann nicht über das Für und Wider nach, sondern ging auf ihn zu. Er vergewisserte sich, dass er aus dem Inneren der Garküche nicht durch die Fenster gesehen werden konnte, bevor er den jungen Mann ansprach.

»Guten Abend.«

Der Mann grinste müde. »Gut? Wie man's nimmt, Kumpel.« Er hatte eine auffallend samtige, fast feminine Stimme, die gar nicht zu seinem gedrungenen Körper und dem breiten Kinn passte.

»Du bist ein Diener, habe ich recht?«, fragte Matthial geradeheraus. Nicht die sensibelste Art, um ein Gespräch zu beginnen, aber er wusste, dass bei solchen grobschlächtigen Kerlen jedes weitere Wort verschwendet wäre. Und ein Diener musste er ja sein, denn sonst würde er nicht vor der Tür warten. Dieses Garhaus gehörte nicht zu denen, die Menschen den Eintritt verwehrten, wer ausreichend zahlte, konnte hier sogar ein warmes Essen bestellen.

Wie erwartet wurde das Grinsen des Mannes etwas breiter. Er schob eine Hand in die Tasche seiner formlosen Hose. »Kann durchaus sein. Wer will das wissen? Und warum?«

»Vielleicht suche ich ja neue Arbeit«, sagte Matthial, lachte lautlos und hielt dem anderen die Hand hin. »Mein Name ist Matt.«

»Ist ja ein Ding. Ich bin Brad – das reimt sich.« Brad schlug mit der freien Hand ein und schüttelte Matthials. Pranken wie ein Bär hatte er, das musste man ihm lassen.

»Tatsache. Wir sollten tanzen gehen.«

Eine Sekunde wirkte Brad bestürzt, dann erkannte er, dass Matthial einen Witz gemacht hatte, und boxte ihm gegen die Brust. »Du bist mir ein Vogel.«

»Heißt das, ich soll singen und du tanzt?« Matthial lächelte gutmütig, während Brad sich kaum einkriegte. Er krümmte sich vor Erheiterung und hielt sich den Bauch. Offenbar litt er an chronischer Langeweile oder ständigem Elend, sonst wäre es nicht so leicht, ihn zu amüsieren. Aber langsam war es Zeit, zum Punkt zu kommen. Wer wusste, wie lange die Percents brauchten, um ihr Abendessen zu verschlingen. »Ich brauche deine Hilfe, Brad. Die beiden, da drinnen, wer sind die?«

»Die Percs? Mein Herr Giran. Ich bin kein Diener, ich bin Soldat.«

»Chivvy-Soldat?«, hakte Matthial nach. Plötzlich erschien ihm seine eigene Stimme viel zu hoch.

»So ist es. Bald bin ich ein freier Mann. Ich geh dann zurück zu meiner Frau. Bin inzwischen Vater, hab das Kind aber noch nie gesehen. Ein Mädchen, so viel hat mir einer gesagt, der meine Frau –«

»Verzeih mir, Brad«, unterbrach ihn Matthial voller Ungeduld. »Kennst du die Frau, die sie für das Chivvy ausbilden? Die Soldatin?«

»Joy? Oh ja, die kenn ich, klar. Und wenn du sie auch kennst, dann sprich schon mal ein Gebet zur Sonne für sie, mein Freund. Wenn sie überhaupt noch an die Sonne glaubt.«

Matthials Muskeln spannten sich unwillkürlich an. Er zwang sich, seine Fäuste zu lockern. »Ich kenne die Gerüchte. Sie sind nicht wahr.«

»Gerüchte?« Brads Stimme bekam nun etwas Höhnisches. »Ach, Unsinn. Die haben sich eine Weile ganz gut verstanden, die brave Joy und der stolze Neél.«

Neél? So hieß er also. Nun ballte Matthial die Fäuste doch.

»Aber an ihr interessiert zu sein schien er nicht. Giran hatte da schon die wildesten Theorien, weil Neél zwar mit der Frau trainierte, aber eben nicht auf diese spezielle Art, du weißt schon. Zumindest gab es kein Geschrei aus ihrem Zimmer und sie sieht auch nicht aus, als würde er ihr etwas antun.«

Matthial hatte plötzlich Magensäure in der Kehle.

»Irgendwer hat gewettet, Neél wäre schwul, weil er so oft mit einem anderen Typen rumhängt. Hab seinen Namen vergessen. Aber wer auch immer das erzählt hat, hat seinen Einsatz verloren, denn jetzt ist der Hammer passiert!«

»Was denn?« Wollte er es überhaupt hören?

»Dieser Neél«, Brad klopfte sich auf den Oberschenkel, so witzig fand er das, »hat die Dienerin von Widden für sich beansprucht. Das ist der Kerl, der da drinnen neben meinem Herrn am Tisch sitzt und sich vermutlich vor Wut die Birne mit Gebranntem zudröhnt. Ich mein, klar, sie ist ganz hübsch. Anfangs war sie durchaus noch eine Nummer heißer als die kleine Soldaten-Joy. Aber hinterher …« Brad schüttelte bedauernd den Kopf.

Matthial nickte, er hatte genug gehört. Brad hatte recht. Amber hatte furchtbar ausgesehen, als er sie das letzte Mal zu Gesicht bekommen hatte. Und immer wieder hatte er in seinen Träumen Joy gesehen, mit diesen stumpfen Augen, den eingefallenen Wangen und den zerbissenen Lippen – wie bei Amber.

»Weißt du, wo Amber nun ist?«, wollte er wissen.

Brad schüttelte den Kopf, es wirkte nicht, als würde ihn die Antwort interessieren. »Keine Ahnung. Bei Neél wohl nicht. Einen Gefallen hat er sich damit nicht getan.«

»Was meinst du damit?«

»Na, sieh mal. Widden hat eine Mordswut. Er trifft sich reihum mit den Varlets, die mit Neél ins Chivvy gehen, und ...«, Brad kratzte sich unschlüssig an einem Insektenstich an der Halsseite, »... sagen wir so: Er motiviert sie, Neél unter keinen Umständen gewinnen zu lassen.«

Matthial verstand. Wie weit das wohl gehen mochte? Bis hin zu »Unfällen«? Warum nicht. Es waren Percents. »Ist das erlaubt?«

Brad zuckte mit seinen breiten Schultern. »Kommt auf die Motivation an. Widden hat schon recht, wenn er stinksauer ist. Er will Rache. Er will Neél an die Eier. Weibchen gegen Weibchen, verstehst du?«

»Joy!« Matthial prasselte eisige Angst über den Rücken.

Brad nickte beklommen. »Auf die Glückliche wurde ein Kopfgeld ausgesetzt.« Offenbar hatte er Matthials schockierten Blick registriert, denn er hob beide Hände. »Ich würde sie ja warnen – aber Neél schottet sie total von uns ab und Giran hat mich auch immer im Blick. Wir Soldaten können ihr nicht helfen. Wir wollen nur zu unseren Familien zurückkehren. Die Percs machen das mit Neél und Joy unter sich aus, im Chivvy, und wir nutzen die Gelegenheit und hauen ab. So ist allen gedient. Und für das Mädchen ist es vielleicht besser, wenn sie sie plattmachen.«

Es fiel Matthial schwer, ein halbwegs unbeeindrucktes Gesicht zu machen. Er durfte sich jetzt nicht durch unbedachte Reaktionen verraten. »Wie kommst du drauf? Todessehnsucht?«

»Nicht dass ich wüsste. Aber wenn sie sie einfangen – und das werden sie, sie ist schließlich bloß ein Mädchen –, kommt sie in die Zuchtanlage. Das hat noch jeder Frau den Hals gebrochen. Seelisch, wenn du verstehst, was ich meine.«

Nein, Matthial verstand nicht. Aber er hatte keine Zeit zu fragen, denn Brad war noch nicht fertig.

»Der Witz an der ganzen Sache ist ja, dass wir alle Stein und Bein darauf geschworen hätten, dass Neél das Mädchen für sich beanspruchen wird. Wie der die immer angesehen hat … Und eifersüchtig ist der Kerl, du glaubst es nicht. Nicht mal mit uns anderen essen darf sie.« Entrüstet schüttelte Brad den Kopf, um dann zu grinsen. »Aber sie muss ihn immer wieder abserviert haben. Blieb ewig auf Abstand. Wir hatten schon Wetten am Laufen, wann er sie mit Gewalt nimmt oder ihr den Hals umdreht. Aber offenbar hat er sich für was anderes entschieden.«

Für Matthial war das alles zu viel. Er verstand zu wenig von den Gepflogenheiten der Percents, um zu durchschauen, was Brad da andeutete. »Du willst mir was sagen, Kumpel, aber ich komme nicht dahinter.«

Brad kratzte sich am Hals, bis seine Nägel Blut verteilten. »Warum sonst sollte er gerade jetzt ein anderes Mädchen für sich beanspruchen, wenn nicht, um sie damit zu strafen? Ist doch sonnenklar: Sie hat ihn nicht rangelassen und dafür kriegt sie nun die Rechnung. Es heißt, die beiden Frauen würden sich sogar kennen. Die Freundin wandert mit dem Perc ins warme Bettchen und für Klein-Joy bleibt das Leben als Zuchtstute, *sollte* sie das Chivvy überleben. Kannst du dir eine schlimmere Strafe für das unterkühlte Soldatenmädel vorstellen?«

Nein, das konnte er nicht.

36

wozu brauche ich die sonne?

Sanftes Gemurmel weckte mich.

»He, Langschläfer«, drang Neéls leise Stimme amüsiert an mein Ohr. »Seit wann hast du denn so einen tiefen Schlaf? Habe ich dich so geschafft?«

Nein, es schlief sich einfach nur herrlich entspannt, solange ein dünner Schweißfilm meinen Rücken an seine warme Brust klebte. Das Gefühl von Sicherheit brachte meinen Schlaf zuverlässig in die Nähe einer Bewusstlosigkeit. Aber das musste Neél nicht unbedingt wissen, er sollte sich bloß nichts darauf einbilden. Daher blieb ich ihm die Antwort schuldig, reckte und streckte mich ausgiebig in seinem Arm und genoss die wenigen Minuten vor dem Aufstehen, in denen wir so viel mehr waren als Varlet und Soldat.

Neél hatte eindeutig weniger Probleme damit, zwischen diesen Rollen hin und her zu switchen, als ich, was daran liegen konnte, dass er es war, der kommandierte, und ich diejenige, die zu spuren hatte. Verdenken konnte ich es ihm nicht. Ich hätte ihn ausgesprochen gerne auch mal durch Schlamm robben, unter Dornbüschen herumkriechen oder wie einen Affen auf Bäume klettern lassen. Vom gestrigen Training hatte ich den Muskelkater meines Lebens. Ich stöhnte leicht, als die Bewegung in meinen Schultern zog wie ein Ochse am Pflug. Ohne dass ich ihn bitten musste, begann Neél, meine Schultern zu massieren, während ich die Bestandsaufnahme meiner körperlichen Leiden fortführte. Bauchschmerzen gesellten sich zu verkrampften Muskeln und wunden Händen. Am Vorabend hatte es Bohnen gegeben und mein Innenleben hatte entsprechend darauf reagiert. Da ich aber nicht allein im Bett lag und keine Luft ablassen konnte, hatte ich nun Bauchschmerzen. Fantastisch. So weit war es also gekommen. Ich konnte mich nicht daran erinnern, jemals ein solches Opfer für die Romantik gebracht zu haben.

»Was ist mit dir?«, fragte er. Seine Lippen spielten an meiner Ohrmuschel. »Du bist so still.«

Mit geschlossenen Augen genoss ich seine Zärtlichkeiten. Gefühle wie diese waren es wert, sich noch ganz andere Dinge zu verkneifen. »Ich sinniere über meine neu entdeckte romantische Ader«, antwortete ich gähnend.

»So was hast du?«

»Ich fürchte schon. Kann man etwas dagegen tun?«

»Wohl kaum.« Er streckte seinen Arm aus und griff in eine Nische zwischen Matratze und Bettgestell. Er zog etwas hervor und hielt es mir unter die Nase. Ich musste blinzeln, mir den Schlaf aus den Augen reiben und seine Hand ein Stück zurückschieben, um etwas erkennen zu können.

»Ich fürchte sogar, dass es ansteckend ist«, sagte Neél leise.

Als ich erkannte, was er in der Hand hielt, schlug mein Herz plötzlich so heftig, wie es das eigentlich nur tat, wenn er mich küsste. Er hatte zwei Stücke durchsichtigen Kunststoff mit winzigen Nadelstichen aneinandergenäht, sodass eine kleine, flache Tasche entstanden war, etwa im gleichen Format wie der Pass, den ich gefunden hatte. Darin steckte eine sorgfältig gepresste Blume in zartem Lila.

»Eine wilde Malve«, flüsterte ich andächtig. So präpariert, dass sie nicht kaputtging, selbst wenn ich ungeschickt damit umging. Mir fehlten die Worte. Ich wusste nicht recht, wo ich das gehauchte »Danke« hernahm, so sehr rührte mich das kleine Geschenk.

»Du kannst sie bei dir tragen und notfalls leicht verstecken«, sagte Neél. Ich hörte den ernsten Unterton in seiner Stimme. Natürlich, er meinte die Zeit nach dem Chivvy. Ich würde sie verstecken müssen, wenn ich zu meinen Leuten zurückkehrte. Wie sollte ich den Rebellen sonst erklären, dass es ein Percent gewesen war, der mir die Blume geschenkt hatte. Dass es ein Percent war, den ich liebte? All das war dann vorbei. Ob es richtig war, ein Andenken zu behalten? Würde es nicht bloß wehtun?

»Vergessen wäre leichter«, murmelte ich. »Leichter für uns beide.«

»Das weiß ich zu verhindern«, sagte er und sah mir tief in die Augen. »Du willst gehen und das akzeptiere ich. Aber leicht mache ich es dir sicher nicht. Weißt du noch, Joy? Ich bin einer von den Bösen. Ich muss nicht fair sein.«

Er kämpfte noch immer. Ich zog ihm die Decke weg und hüllte mich darin ein.

Neél sprang aus dem Bett und lächelte mich breit an. »Nein, Liebes, leichte Wege sind nicht mein Ding. Und deins erst recht nicht.«

Draußen schien die Sonne, und auch wenn ihre Strahlen nicht direkt ins Zimmer fielen, sondern sich gleißend in den Pfützen brachen, als flösse pures Gold über die Straßen, tauchte ihr Licht Neéls nackte Haut in ein sanftes Schimmern. Fasziniert sah ich ihm dabei zu, wie er in Hose, Hemd und seine Weste schlüpfte und mir zwischendurch immer wieder diese zuversichtlichen Blicke zuwarf.

Wozu brauchst du die Sonne?, ging es mir durch den Kopf. *Hell und warm ist er auch. Und wenn seine Augen auch die Farbe haben wie der Himmel, den Dark Canopy erschafft, so ist er zumindest nicht so weit weg.*

• • •

Später machten wir uns auf den Weg zum Training. Es war ein ausgesprochen schöner Tag, einer von denen, die sich von einer bleigrauen Kuppel aus Wolken nicht entmutigen lassen. Die Sommerwärme wurde von frischem Wind gemildert, der vom Meer kam und trotz Staub noch ein wenig nach Salz und trockenem Tang roch. In dem Armenviertel, das wir auf dem Weg zum Stadttor durchquerten, zogen Kinder Himmel-und-Hölle-Kästchen in den Dreck und hüpften darin herum. Doch sobald wir näher kamen, riefen die Frauen sie rasch zu sich. Neél ging mit gesenktem Kopf an ihnen vorbei.

»Glauben die denn, du würdest ihre Kinder fressen?«, fragte ich ihn leise.

»Hast du das denn nicht auch einmal geglaubt?« Er ließ mich nicht antworten, sondern sah mich scharf an. »Gerüchte haben oft einen wahren Hintergrund, Joy.«

Spielerisch knuffte ich ihn in den Bauch. »Stimmt, manchmal könnte man meinen, du würdest mich auffressen wollen.«

Zu meiner Erleichterung lachte er und wies auf die kleine Narbe, die meine Zähne an seinem Kiefer hinterlassen hatten. »Das sagt die Richtige.«

Ich grinste ihn an, denn mir lag schon eine passende Antwort auf der Zunge. Doch mit einem Schlag verging mir das Scherzen.

Auf einer niedrigen Treppe, die zu einem Haus führte, saß jemand, den ich kannte. Jemand, den ich eine lange Zeit besser gekannt hatte als mich selbst. Jemand, den ich einmal geglaubt hatte zu lieben.

Matthial.

Ich spürte, wie mir das Blut aus dem Gesicht wich. In meinen Wangen und tief in meiner Stirn prickelte es. Hastig fuhr ich mir übers Gesicht. Jetzt nur nicht ohnmächtig werden.

»Joy? Joy, was ist los?« Neél rieb mir über die Schulter. Mit der anderen Hand berührte er meine Wange. Ich stieß ihn ein Stück von mir. Wenn Matthial das sah …

Ich blickte zu ihm hinüber. Ausdruckslos starrte er zurück. Es war zu spät. Er hatte bereits gesehen, wie ich lachend mit dem Percent durch die Straßen gelaufen war. Wie sollte ich ihm das erklären?

»Da ist jemand, den ich kenne«, flüsterte ich Neél zu, ohne meine Lippen zu bewegen. »Ich muss kurz mit ihm reden.«

Neél nickte, aber noch ließ er mich nicht los. Nein, er verstärkte seinen Griff sogar, tat mir ein bisschen weh. »Joy«, mahnte er mich leise, »den werde ich diesmal nicht für dich heiraten.«

Sein Scherz perlte an mir ab, als hätte ich ihn nicht gehört. Ich löste mich von Neél und ging auf Matthial zu. Einen Meter entfernt blieb ich stehen. Eine dunkle, lautlose Leere hatte sich in meinem Kopf ausgebreitet. Ich wollte etwas sagen, aber es kam nichts. Zu weit weg und zu lange her erschienen mir die Codes und geheimen Gesten, mit denen wir uns früher unterhalten hatten.

»Marc«, sagte ich schließlich laut genug, dass auch Neél es hörte. Es war ein Hinweis für Matthial, dass ich nichts über ihn verraten hatte. Aber entsprach das wirklich der Wahrheit? Was hatte ich Neél alles erzählt? Ich wusste es nicht mehr. »Wie geht es dir?«

»Ganz gut. So weit.« Matthial zuckte mit den Schultern und sah zwischen seinen gespreizten Beinen auf die Treppe hinab. Er stand nicht auf. Ich hatte keine Ahnung, was das bedeutete.

Denk nach, Joy, du weißt es, du musst dich nur erinnern, denk nach!

Er riss einen Halm aus, der zwischen den Steinen gewachsen war. »Du siehst gut aus.«

»Es geht mir auch gut«, erwiderte ich. »Ich trainiere hart.« Für die nächsten Worte senkte ich die Stimme, ohne dass es nötig gewesen wäre. »In nicht einmal zwei Wochen ist das Chivvy. Ich werde entkommen. Sag unserem Clanführer, dass ich ein eigenes Zimmer will, wenn ich zurück bin. Mit Penny und Ennes wird es mir zu –«

»Mars ist fort«, entgegnete Matthial. »Auch Penny ist fort. Alle sind es. Ich bin jetzt Clanführer.« Er hatte nicht besonders leise gesprochen und blickte nun provokant zu Neél.

Ich drehte mich nicht um. Ich konnte mich auf Neél verlassen, mein Leben würde ich ihm anvertrauen. Allerdings wusste ich nicht, ob Letzteres auch für meine Freunde galt. Mit einem Blick signalisierte ich Matthial, vorsichtig zu sein. Er nickte wissend. In seinen Mundwinkeln war der Hass in sichtbaren Falten eingegraben. Neél und ihn so nah beieinander zu wissen jagte mir plötzlich panische Angst ein.

Ich trat näher zu ihm, hockte mich vor ihn hin und legte eine Hand auf sein Knie. »Matthial, mach keine Dummheiten und geh nach Hause. Ich komme nach. Ich verspreche es dir, es wird alles gut!«

Er legte seine Hand auf meine. Schwieg. Sah mich an, den Boden und wieder mich. Und dann sprudelten plötzlich geflüsterte Worte aus ihm heraus wie Blutstropfen aus aufgeschlitzter Haut. »Es ist ein abgekartetes Spiel, Joy. Die verarschen dich. Du hast beim Chivvy keine Chance, sie haben ein Kopfgeld auf dich ausgesetzt, um dich für irgendwas zu bestrafen.«

Kopfgeld? Nun konnte ich nicht anders, ich sah über die Schulter zu Neél. Seine zusammengekniffenen Augen waren dunkel und kalt, wie scharfe Scherben aus schwarzem Glas.

»Der Typ da ist in die Sache verwickelt«, fuhr Matthial fort. »Er hat Amber nur benutzt und nun will er dir den Rest geben, bei diesem verfluchten Chivvy.«

»U...Unsinn«, stammelte ich. Matthi... Marc – du irrst dich, das musst du falsch verstanden haben.«

»Falsch verstanden?« Matthial sprang so heftig auf, dass er mich umwarf und ich auf dem Hintern landete. »Du machst mit ihm rum und der lässt zu, dass die dich umbringen.«

Mit *der* war Neél gemeint und *der* stand im nächsten Moment neben Matthial, versetzte ihm einen kurzen, aber effektiven Schlag gegen die Kehle und drehte ihm einen Arm auf den Rücken.

Matthial japste, der Schlag hatte ihm für einen Moment die Luft abgeschnitten. Er taumelte, fing sich wieder, aber Neél trat ihm von hinten in die Kniekehlen und Matthial fiel auf die Knie.

»Neél!«, rief ich entsetzt. »Neél, bitte nicht.«

Er beachtete mich nicht. »Jetzt noch einmal, mein lieber Clanführer«, zischte er Matthial ins Ohr. »Und schön der Reihe nach. Wer will Joy umbringen?«

• • •

Ich hatte Neél oft genug wütend erlebt. Aber als wir nun durch die engen Gassen zu Clouds Haus hasteten, raste er vor Zorn. Er wich den letzten Pfützen, die in der Wärme langsam verdunsteten, nicht aus, sondern stiefelte geradewegs hindurch, sodass Schmutzwasser spritzte. Ich kam kaum hinterher, längst rasselte mir keuchend der Atem durch die Kehle und trocknete meinen Mund aus. Mein Puls, der eben noch aus Angst um Matthial so wild geschlagen hatte, bekam keine Chance, sich zu beruhigen.

Lauf, Matthial, verschwinde!, betete ich in Gedanken. Neél hatte ihn gehen lassen, doch ich wusste nicht, was er Cloud erzählen wollte. Ich wusste nur, dass Cloud niemanden gehen lassen würde.

Widden bezahlte die Varlets, die am Chivvy teilnahmen, dafür, mich zu töten. Wie war Matthial an diese Information gelangt? Ob sie glaubwürdig war? Matthial ging fest davon aus, aber was, wenn er einer Lüge aufsaß? Doch Neél glaubte ihm, sein Zorn ließ keine Zweifel.

Natürlich war uns von Anfang an klar gewesen, dass Widden wütend werden würde, wenn Neél ihm Amber wegnahm. Es hatte mich erstaunt, dass wir bisher nichts von ihm gehört hatten. Nun wussten wir den Grund. Mit einem Kopfgeld hatte selbst ich nicht gerechnet.

Ich fröstelte, meine Hände schwitzten so schlimm wie noch nie und nicht einmal die Aussicht, Amber zu treffen, beruhigte mich. Vielleicht hätte Neél mich trösten können, doch er schien vor mir fortzulaufen. Er hatte Matthial mit Tritten und Drohungen vertrieben, nachdem dieser mir seine vagen Informationen und ein paar geflüsterte Pläne, wie er und sein Clan mir beim Chivvy helfen würden, preisgegeben hatte. Kein einziges Wort hatte Neél bisher an mich gerichtet, keine Berührung, keinen Blick. Ich war allein. Meine wilde Malve lag in unserem Zimmer, weit weg.

Neél hämmerte an Clouds Haustür und ich bekam Angst, dass er das Holz einschlagen würde. Cloud öffnete selbst.

»Neél!«, fuhr er ihn scharf an. »Ich hatte dir untersagt, sie herzubringen.«

Kein Problem, ich wäre ohnehin gerade lieber woanders.

»Es ging nicht anders.« Neél nutzte eine kleine Nische, die Clouds breiter Körper im Türrahmen freiließ, und schob mich ins Haus. Meine Schulter schrammte an Clouds Brust entlang. Ich wischte mir die klitschnassen Hände an meinem Hemd ab und wünschte mir, mich einfach aufzulösen, bis nur noch eine salzige Pfütze von mir übrig war, die man ruhig finster anstarren konnte, da sie es in Ermangelung von Augen und Gefühlen niemals merken würde.

»Cloud«, begann Neél und zog mich wie ein störrisches Pferd hinter seinem Mentor her ins Wohnzimmer. »Ich habe erfahren, dass es eine Intrige gegen Joy und mich gibt.«

»Ist das etwas Neues?«, fragte Cloud ruhig. Er trat zu einem Schrank, nahm ein Glas heraus und goss es mit goldener Flüssigkeit halb voll. Vermutlich war es Gebrannter.

Ich nutzte den stillen Moment und lauschte nach Mina und Amber. Zwar konnte ich nichts hören, aber im ganzen Haus roch es nach Suppe, vermutlich waren sie also da.

»Ich nehme an, es betrifft das Chivvy«, sagte Cloud schließlich und Neél nickte.

»Widden manipuliert. Meine Quelle spricht sogar von einem Kopfgeld, das er ausgesetzt hat.«

»Ich habe es dir bereits gesagt und wiederhole mich ungern, aber wer sich abschottet wie du, muss sich nicht wundern, wenn sich andere gegen ihn verbrüdern. Individualität bedeutet Feinde. Das ist nichts Schlechtes, nicht immer. In dieser Situation ist es sehr offenkundig ein Nachteil, das stimmt. Aber kein unerwarteter. Du wusstest, was du tust.«

Neél stapfte in kurzen, hektischen Schritten vor mir auf und ab. Er suchte nach Worten, nach Argumenten, nach einem Weg, Cloud zu überzeugen. Aber er war ebenso gefangen wie ich. Das, was er suchte, gab es nicht.

»Es ist nicht erlaubt!«, rief er. Im Gegensatz zu unserem ersten gemeinsamen Besuch hier versuchte er heute erst gar nicht, Clouds überlegene Ruhe zu imitieren. »Die Triade verbietet derartige Beeinflussung des Spiels.«

»Dann hast du Beweise?« Clouds Blick brannte sich in Neéls, während er einen Schluck trank. »Oder einen Zeugen?«

Neél sah zu Boden.

»Was erwartest du von mir? Glaubst du wirklich, ich gehe zu den Präsidenten, melde einen Verstoß ohne jeglichen Beweis und stehe dann da wie ein Anfänger? Du solltest mich besser kennen.«

In Neéls Augen loderte ein anthrazitfarbenes Feuer auf. »Vergiss die Präsidenten. Hilf mir.«

Cloud stellte das Glas auf dem Tisch ab. »Was hast du vor?« Die Frage war ein unheilvolles Zischen.

»Ich bringe sie fort!« Neél packte mein Handgelenk, als müsste er sich an mir festklammern. »Wir brauchen nichts von dir, außer etwas Zeit. Im Gefängnis schlagen sie Alarm, wenn Joy bis zum Abend nicht zurück ist.«

So funktionierte das also. Sie überwachten mich und Neél. Ich hatte das schon angenommen.

»Wenn du ihr Zeit verschaffst, nur bis morgen früh – wir könnten behaupten, sie würde hier übernachten, oder du –«

»Schluss, Neél.« Cloud wartete, bis Neél aufhörte zu gestikulieren.

Ich war mir sicher, vor Neéls Mentor nicht ungefragt sprechen zu dürfen, aber diese Regel hatte ich schon oft genug verletzt, also brauchte ich auch jetzt nicht damit anzufangen, sie einzuhalten. »Wir kommen zurecht«, sagte ich. »Ich werde das Chivvy schon irgendwie schaffen.«

Neél schnaubte. »Was schaffst du ... sterben? Ist es das, was du vorhast, Joy?«

»Du redest groben Unfug«, sagte Cloud. »Ich verstehe deine Sorge, mein Junge, aber ich kann dir unmöglich helfen.«

»Du *willst* es nicht!« Neél schrie fast. Die Verzweiflung in seiner Stimme tat mir körperlich weh. »Du kannst es, verdammt, du hast die Macht dazu!«

»Und die darf ich nicht missbrauchen. Das Mädchen hat recht, es liegt nun an ihr, sich zu retten.«

»Das lasse ich nicht zu.« Eine Sekunde sah Neél aus wie ein bockiges Kind, dann schluckte er und es blieb nur noch Entschlossenheit in seinem Gesicht zurück. »Ich habe es versprochen.«

»Dann hast du zu viel versprochen.«

Neél setzte jenes bitterböse Lächeln auf, mit dem er selbst mir noch Angst machen konnte. »Aber auch du hast etwas versprochen, Cloud, erinnerst du dich nicht? Du hast versprochen, immer auf meiner Seite zu sein. Da zu sein, wenn ich dich brauche. Ich habe dich nie um etwas gebeten, aber jetzt brauche ich dich.« Die Worte kamen langsam und bedächtig aus seinem Mund. Sie waren wie giftige Insekten. Unauffällig, kaum zu bemerken. Doch wen sie stachen, der musste sterben. »Hilf mir, Cloud, oder rechne nie wieder mit mir.«

Natürlich blieb Cloud unbeeindruckt. Er nahm einen genüsslichen Schluck von seinem Gebrannten. »Du willst es auf die unangenehme Art, nun schön. Schick das Mädchen hinaus.«

Neéls Griff um mein Handgelenk wurde fester. »Ich vertraue ihr.«

»Hinaus mit ihr.«

»Sie bleibt!« Nun brüllte Neél. Er hatte jegliche Beherrschung aufgegeben.

Clouds Augen gefroren zu solcher Grausamkeit, dass ich Angst bekam. Angst um Neél.

»Lass nur«, flüsterte ich ihm zu. »Ich warte draußen.«

»Joy, du musst nicht gehen. Es geht hier um dich.«

»Schon gut. Bitte, ich …« Ich blickte wie suchend im Raum umher und dachte, so fest ich konnte, an Amber. Ich könnte versuchen, sie zu finden. Mit den Lippen formte ich ihren Namen. Neél verstand. Widerstrebend ließ er mich los. Ich ging nicht zur Tür, ich rannte fast, schloss sie hinter mir und lehnte mich dagegen. Was hatte dieser Cloud nur an sich, dass mir in seiner Nähe jedes Mal angst und bange wurde?

Drinnen war es nun sehr still. Auf einmal war ich mir nicht mehr so sicher, ob es die richtige Entscheidung gewesen war, hinauszugehen. Was, wenn Cloud Neél etwas antat? *Sicher, weil du ihm dann auch helfen könntest, haha.* Trotzdem legte ich das Ohr an die Tür.

Als Neél die Stimme erhob, zuckte ich zusammen, weil er so brüllte.

»Rede endlich mit mir!«

»Du vergisst, wer ich bin, Neél.« Mich schauderte. Diese beherrschte Stimme würde mich noch in den Wahnsinn treiben.

»Nein, du vergisst, wer du bist. Früher warst du anders. Früher hättest du das Richtige getan. Du hättest ihr geholfen, du –«

»Ihr?« In dem Wort klang Hohn mit. »Du willst, dass ich *dir* helfe, mein Junge, das hat mit der Soldatenfrau nichts zu tun.«

Ich konnte förmlich durch die Tür sehen, wie Neél die Zähne zusammenpresste, als er erwiderte: »Es hat nur mit ihr zu tun.«

»Nein, Neél. Du bist besorgt um die Chancen deines Soldaten. Jeder wäre es an deiner Stelle, die Frau bestimmt schließlich über deine Zukunft.«

Ich presste die Wange ans Holz. *Nein, Neél, nicht, lass dich nicht locken, er will die Wahrheit aus dir herauspressen.*

Aber Neél hörte mich nicht. »Meine Zukunft? Die bedeutet mir nichts. Nicht ohne sie.«

Eigentlich sollte mein Herz jetzt stehen bleiben, aber das Mistding schlug einfach weiter. Etwas Kaltes rann mir über die Wange.

»Das habe ich befürchtet«, sagte Cloud. »Du willst sie behalten. Darum soll ich verhindern, dass sie ins Chivvy geht. Weil du sie nicht hergeben willst.«

»Nein, verdammt, du sollst es verhindern, weil sie sie sonst umbringen werden!«

»Du hast Widden herausgefordert und ihm deine Schwachstelle offenbart. Wenn du so etwas tust, musst du auch mit den Konsequenzen leben.«

Neél schien Cloud gar nicht zuzuhören. »Sie hat doch so keine Chance!«

»Vielleicht. Vielleicht auch nicht. Ich habe nichts von einer Absprache mitbekommen, womöglich war das nur Geschwätz.«

»Bitte, Cloud, lass es nicht darauf ankommen. Das bist du ihr schuldig!«

Schweigen. Ich atmete nicht, aus Angst, das feine Geräusch könnte einen Laut von drinnen übertönen.

Cloud widersprach nicht. Er sagte nur: »Ich kann nicht, Neél. Ich kann einfach nicht.«

Einen Augenblick lang war es totenstill. Und dann prasselten die Geräusche regelrecht auf mich ein. Etwas, das klang wie ein Wutschrei. Getrampel. Ein stumpfer Schlag. Stöhnen. Neél. Das Klirren, mit dem ein Glas zersplitterte. An der Wand?

Plötzlich knallte von innen etwas gegen die Tür. Ich spürte es wie einen Faustschlag direkt ins Gesicht, wich reflexartig zurück. Hastig presste ich mein Ohr wieder an das Holz. Direkt über den Riss, der eben noch nicht da gewesen war.

Ich hörte Neél. Er röchelte, rang nach Luft. Mir fiel plötzlich das Atmen schwer. Tonnen von Stein lagen auf meiner Brust.

»Versuch das nie wieder.« Das war Cloud. Hatte Neél ihn etwa angegriffen? Ich hätte vor Erleichterung geheult, wenn Cloud wenigstens jetzt, als er Neél offenbar gewaltsam an die Tür nagelte, geschrien hätte. Doch das tat er nicht, man hörte kein Fünkchen Wut in seinen Worten. Er atmete nicht einmal schneller.

»Hör gut zu. Du wirst jetzt nach Hause gehen und dich zwischen den Beinen deines Mädchens verkriechen, bis die Zeit ihrer Aufgabe gekommen ist: Sie läuft im Chivvy für dich. Und du wirst ihr Mut machen und Angst zugleich, damit sie rennt wie ein Hase und keiner sie erwischt – dann bekommst du einen ranghohen Posten. Und wir vergessen diesen erbärmlichen Auftritt hier.« Cloud machte eine Pause.

Ich hörte Neél nicht mehr röcheln, ich vernahm nur noch etwas, das klang wie … ein Wimmern. Ich presste die Stirn ans Holz und bildete mir ein, die Wärme seiner Haut zu fühlen. Als ich den Riss berührte, den sein Aufprall verursacht hatte, blieb ein Tropfen Blut an meinen Fingern kleben. Warum wehrte Neél sich nicht?

»Ich stehe kurz vor der Ernennung zum Präsidenten«, fuhr Cloud fort. »Ich kann es mir nicht erlauben, dein Spielzeug freizukaufen.« Das Holz knirschte. Bewegte er sich? *Wehr dich endlich, Neél … Nein, halt ganz still, damit er dich nur gehen lässt.*

»Und ebenso wenig kann ich mir erlauben, dass du – mein Varlet – jetzt den Aufstand probst. Der Zeitpunkt, Neél, der Zeitpunkt ist denkbar ungünstig für Kapriolen.«

Ich hörte einen Schritt, dann ein Kratzen und Schaben. Schließlich ein Poltern. Ganz fest drückte ich die Handfläche gegen die Tür, aber ich wusste, dass Neél nicht mehr da war. Er lag am Boden. Gab keinen Laut von sich. Ich hörte, wie an der Tür gerüttelt, die Klinke heruntergedrückt wurde. Erst Sekunden später bemerkte ich, dass ich das selbst war. Kurz gab die Tür ein winziges Stück nach, dann wurde sie wieder zugestoßen. Von Cloud? Von Neél? Ich hämmerte gegen das Holz und schrie Neéls Namen.

Stimmen brachten mich zur Räson, ich lauschte erneut.

»Ich warne dich zum letzten Mal, Neél. Ich bin so nah am Ziel. Verdirb es mir nicht.«

»Dein Ziel«, erwiderte Neél. Er gab Laute von sich, die halb Lachen und halb Stöhnen waren. »Es geht immer nur um einen dieser drei verschissenen Präsidentensessel. Wenn du wüsstest, was sie tun, in ihrer feinen Runde, wenn du nur wüsstest … Aber vermutlich passt du dort rein, sie haben bloß auf dich gewar–«

Ein Krachen und ein qualvoller Laut aus Neéls Kehle ließen mich aufschreien. Ich warf mein ganzes Gewicht gegen die Tür. Im gleichen Momente gab diese nach und ich stolperte in den Raum, fiel über einen Stuhl, der umkippte, und wäre fast gestürzt.

Neél lag bäuchlings neben der Tür. Cloud stand über ihm, mit einem Fuß zwischen Neéls Schulterblättern, die Faust in seinem offenen Haar vergraben. Am Boden unter Neéls Gesicht glitzerten karmesinrote Scherben.

»Ich tu mein Bestes«, sagte Cloud und schlug Neéls Gesicht kurz und hart in die Reste des zerschlagenen Glases. »Du dagegen denkst nur, dass du etwas tust. Das ist der Unterschied zwischen uns. Deine Leidenschaft macht dich zum Idioten.«

Adrenalin vernebelte mein Denken und schärfte meine Sinne. Waffe! Ich brauchte … Mein Fuß krachte gegen ein Stuhlbein, es gab sofort nach. Ich hob es über meine Schulter wie ein Schwert. Die Umgebung verschwamm, den Schatten an der Tür sowie Neéls schmerzvolle Geräusche registrierte ich nur peripher. Meine ganze Konzentration war auf Cloud gerichtet. »Runter von ihm!«

Er sah mich an und zog dabei Neéls Kopf in den Nacken. Ich trat zwei Schritte näher, verstärkte den Griff um meine lächerliche Waffe und schüttelte den Kopf. »Runter von ihm!«

Der Percent lachte, absurderweise schwang keine Gehässigkeit in diesem Lachen mit. »Erstaunlich«, sagte er. »Wie überaus erstaunlich.« Er ließ von Neél ab, sein Gesicht sank in die Scherben zurück, aber ich konnte dem vorerst keine Beachtung schenken. Cloud ging an mir vorbei Richtung Schrank, ich drehte mich langsam, um ihm nicht den Rücken zuzuwenden. In Seelenruhe griff er nach einem neuen Glas, schenkte es voll und verließ damit das Zimmer.

Eine Weile blieb ich perplex stehen und schluckte gegen den Brechreiz an, den die Panik verursachte, dann sank ich neben Neél auf die Knie und zog ihn aus den Scherben.

»Verflucht, Neél«, murmelte ich. »Musstest du ihn provozieren? Der Mann ist doch völlig irre.«

Neél versuchte zu antworten, er bewegte die Lippen, aber da kam nichts, nur ein wenig Blut, das er mühsam ableckte. *Möge Cloud in der Sonne schmoren!*, dachte ich, befahl Neél mit einem zärtlichen »Schht!« zu schweigen und verschaffte mir einen Überblick. Die Verletzungen in seinem Gesicht waren nicht so schlimm, wie ich zunächst befürchtet hatte. Das meiste waren Kratzer, außerdem rann Blut aus seiner Nase. Eine Scherbe hatte sich komplett durch seine Wange gebohrt, eine andere hatte einen tiefen Schlitz durch seine Augenbraue gezogen. Ich blendete sämtliches Mitleid aus (Er war doch selbst schuld, der Verrückte!), pfriemelte die Splitter mit meinen dreckigen Fingernägeln heraus und bettelte in Gedanken um Minas desinfizierende Arzneien. Schlimmer als das Gesicht hatte es Neél Hals erwischt. Die geplatzten Blutgefäße unter der Haut deuteten darauf hin, dass er morgen wahrscheinlich blau und violett schillern würde. Außerdem bewegte Neél seinen Oberkörper mit äußerster Vorsicht, als er sich halb aufrichtete und an die Wand lehnte. Drecks-Cloud hatte ihn mit Sicherheit getreten, als er am Boden lag. Meine Hände zitterten vor Wut. Und Angst. Denn aus seiner Nase rann das Blut wie aus einem Wasserhahn und mir fiel auf, dass er immer wieder schluckte. Das konnte nur eins bedeuten: mehr Blut; Blut, das er mich nicht sehen lassen wollte.

Die Tür wurde geöffnet. Meine Hand schoss zum Stuhlbein und hielt inne. Es war Mina. Sie schnalzte mit der Zunge, als hätte Neél sich nur das Knie aufgeschlagen.

»Er tobt vor Wut«, sagte sie schlicht und tränkte ein Tuch mit Clouds Gebranntem. Die Vorstellung, wie Cloud, der sich selbst dann noch beherrscht artikulierte, wenn er seinen Varlet verdrosch, tobte, brachte mich fast zum Lachen. Wie das wohl aussah? Hatte er etwa seine Stimme erhoben oder *verdammt* gesagt?

»Wie kannst du nur so ungerecht sein?« Mina klatschte Neél das triefende Tuch auf die Wange, als gäbe sie ihm eine Ohrfeige.

Der Alkohol musste sich in den offenen Wunden wie Säure anfühlen. Neél presste die Lider zu, bis sie vor Anstrengung beinahe weiß wurden, gab aber keinen Laut von sich. Von seiner hellbraunen Hautfarbe war nichts übrig, unter dem Blut war er bleich wie der Mond.

»Neél hat aber recht«, presste ich durch meine zusammengebissenen Zähne. »Die Präsidenten –«

»Ach, halt du doch den Mund!«

Ich zuckte zusammen. Mina hatte mich noch nie so angefahren. Die Situation musste sie schwer mitnehmen, sie fluchte immer wieder leise und ihre Hände flogen unruhig umher, während sie Neéls Wunden säuberte. Warum sagte sie nichts zu dem Blut, das ihm aus Mund und Nase kam? Konnte sie mich nicht wenigstens wissen lassen, dass es nichts Schlimmes war? Ich traute mich nicht, danach zu fragen.

»Ihr habt ja keine Ahnung«, grummelte Mina.

Neél tastete mit geschlossenen Augen nach meiner Hand und drückte sie kurz. Ich verstand.

»Dann erklär es uns.«

»Ja, das wollte Cloud doch tun!«, rief Mina. »Aber nein, Neél muss ihn herausfordern. Ihn beleidigen. Ihn provozieren.« Sie seufzte und schnalzte erneut tadelnd mit der Zunge. Dann sagte sie: »Wir wissen es doch. Wir wissen von der Gilde der Wölfe. Die Präsidenten töten die Boten, lange geht das nicht mehr gut. Cloud befürchtet, dass es Krieg geben könnte.« Sie setzte Neél die Flasche mit dem Gebrannten an die Lippe. »Trink das!«

»Hilft das gegen die Schwellungen?«, fragte ich.

»Es hilft gegen die dummen Fragen.«

Da kannte sie mich aber schlecht. »Was ist das, die Gilde der Wölfe?« Ich dachte an meine gefundenen Papiere und das Symbol über dem Text. Der Umriss eines Wolfs.

»Eine Partei.« Mina bearbeitete Neéls Wunden mit roher Gewalt. Fast hätte ich ihr das Tuch aus den Händen gerissen, aber ich fürchtete, dass sie dann nicht weitersprach. Neél lauschte ihr trotz der Schmerzen aufmerksam.

»Im Ausland ist es anders als hier. Da gibt es Orte, in denen Percents und Menschen miteinander leben. Das basiert auf den Visionen eines Statthalters, der Andreas Wolf hieß. Er gründete die Gilde der Wölfe.«

»Woher wisst ihr das?«, fragte ich. Neél gab einen krächzenden Laut von sich.

»Einige Fremdländer konnten ihre Botschaft verbreiten, bevor sie getötet wurden. Cloud selbst hat nie mit einem gesprochen. Aber er kennt die Gerüchte. Er glaubt daran.«

Neél keuchte: »Aber er will zur Triade gehören. Er will Präsident werden.«

»Um die Dinge zu ändern, Neél! Aber die meisten eurer Art fürchten sich vor Veränderungen, daher muss er behutsam vorgehen und darf nicht überstürzt handeln.«

Ich massierte mir die Schläfen und verteilte dabei Alkohol und Neéls Blut auf meiner Haut. Die Gedanken wirbelten durcheinander wie Laub in einer Windhose. Sollte das bedeuten, dass Neél und Graves an derselben Sache arbeiteten wie Cloud, ohne dass sie voneinander wussten? Oder wusste Neéls Mentor mehr, als wir ahnten?

»Warum Joy?«, quetschte Neél hervor. Er hustete. Winzige Blutstropfen benetzten sein Kinn.

Ich verstand nicht gleich, was er meinte, aber Mina begriff. »Cloud braucht Männer unter sich, die dem Neuen positiv gegenüberstehen. Als Beispiel und Vorbild für andere. Er wusste, was du lernen würdest, wenn er dir aufträgt, sie zu trainieren.« Sie blickte auf seine gesunde Wange. Mein Blick folgte ihrem und erwischte meine Hand, die ganz selbstverständlich dort lag, um ihm etwas Trost zu spenden, ob er ihn nun brauchte oder nicht. Vielleicht brauchte ich ihn ebenso. Ich zog die Hand schnell zurück und Minas Zunge schnalzte ein weiteres Mal.

»Ich hatte ja geahnt, dass es dazu kommen würde. *Cloud*, habe ich gesagt, *wenn er sich in das Mädchen verliebt, dann macht er alles kaputt.* Cloud hat nur darüber gelacht. Seine Sorge war, du könntest sie erwürgen, bevor der Sommer kommt. *Verlieben?*, sagte er. *Das soll er nur. Wenn er sie liebt, trainiert er sie besser. Je besser sie im Chivvy läuft, umso besser für Neéls Status und umso besser für mich.*« Mina seufzte. »Er wusste damals schon, dass du eine Spur verfolgst, die zur Gilde der Wölfe führt. Er hat die Briefe gesehen, die du abgeschrieben hast, Neél. Er hat deine Übersetzungen gelesen – im Übrigen fand er sie gar nicht so schlecht. Aber er musste dich davon abhalten, weiterzuforschen, da es seine Karriere ruiniert hätte, wenn du aufgeflogen wärst. Und gleichzeitig musste er dich motivieren, ein Menschenfreund zu werden, weil er dich und deine Loyalität brauchen wird, wenn er Präsident ist. Sein Plan war, dich auf Kurs zu halten, aber außerhalb der Schusslinie. Unbemerkt von den Kritikern. Er dachte, mit einer Menschenfrau, für die du verantwortlich bist, würde ihm beides gelingen. Ich wusste immer, dass das nicht gut gehen würde.«

Neél nickte und krächzte ein leises »Verstehe«. Er versuchte aufzustehen, aber die Beine kippten unter ihm weg.

Ich wollte ihn stützen, mit dem Ergebnis, dass wir beide hinfielen. Seine Augen waren plötzlich ganz verdreht. Und dann sah ich den Blutfleck an der Wand, wo sein Kopf gelehnt hatte.

»Neél.« Etwas anderes fiel mir nicht ein. Behutsam tastete ich seinen Hinterkopf ab. Meine Finger stießen auf eine Schwellung, groß und hart wie eine Faust. Darüber zog sich ein klaffender Riss von zehn Zentimetern Länge. Das Blut rann ihm den Nacken hinab. Er taumelte nun sogar im Sitzen.

»Leg dich hin, Neél«, wies Mina rasch, aber ruhig an. Zu mir sagte sie: »Er wird eine schwere Gehirnerschütterung haben, Cloud hat das angedeutet.«

»Wo ist er?«

»Oben. Er hat mich gleich geschickt, damit ich mich um Neéls

Wunden kümmere. Weißt du, er meint es nicht böse. Du musst das verstehen. Es ist schwer für ihn, die Jungen zu Männern zu machen, die in dieser Welt etwas bewegen können. Dazu braucht es gehorsame Männer, die etwas aushalten. Sie sind nicht wie wir, sie ...«

Ich versuchte, ihr zu folgen, aber ich kam nicht mehr mit. Clouds Gründe konnten mir gestohlen bleiben. Wäre er zurückgekommen – immerhin war das hier sein Wohnzimmer –, hätte ich ihn mit dem Stuhlbein und der Glasflasche zur Tür hinausgeprügelt. Mein Zorn brodelte und verkochte die Vernunft zu einer zähen Masse.

Neél quoll das Blut aus dem Kopf, aus der Wunde sowie aus der Nase, er bewegte sich am Rande der Bewusstlosigkeit. Vielleicht war eine Ohnmacht das Beste – schließlich würde Mina die Kopfwunde nähen müssen. Ich hielt seine Hand, während sie ihn versorgte, die andere immer in der Nähe meiner provisorischen Waffe. Nur vorsichtshalber.

Als Mina den Raum verließ, um das Nähzeug zu holen, schlug Neél die Augen auf. Zu meinem Erstaunen schien er vollkommen klar zu sein. »Weißt du, wann er mich das letzte Mal verprügelt hat?«, flüsterte er heiser. »Mit vierzehn. Ich fühl mich gerade ganz klein.«

Ich sah an ihm herunter und musste sachte lächeln. Mit seinem ausgestreckten Körper nahm er fast das ganze Zimmer ein. »Du solltest nicht reden.«

»Dann erzähl mir was, vielleicht bin ich still, wenn ich zuhören muss.«

»Mina bekommt dich wieder hin«, sagte ich. »Du weißt schon. Calendula-Salbe und Malve. Wilde Malve.«

»Joy? Wenn du von Mina sprichst, muss ich an die Nadel denken. Nadeln mag ich noch weniger als Falter. Erzähl mir was anderes.«

Was sollte ich ...? Ich hatte die Frage noch nicht zu Ende gedacht, als mir die Antwort einfiel. »Als *ich* vierzehn war, hatte meine

Schwester Penny ihren ersten Freund. Nachts, wenn sie dachten, ich schlief, haben sie sich immer Dinge zugeflüstert. Kleine, nette Worte. Mir hat das gefallen. Manchmal habe ich das auch getan. Ich habe mir vorgestellt, ich würde diese Dinge demjenigen erzählen, den ich ... den ich ...« Den ich irgendwann mal lieben würde. Aber das konnte ich ihm ja schlecht sagen. »Ist ja auch egal«, sagte ich stattdessen. »Ich hätte einfach nie gedacht, ihn unter den Percents zu finden. Ist doch verrückt, oder?«

Er blinzelte langsam und bemüht. »Joy? Das ist sehr ... wie heißt das Wort?«

»Melodramatisch.«

»Ja. Man könnte meinen, ich liege im Sterben. Liege ich im Sterben, Joy?«

* * *

Er lag nicht im Sterben. Zumindest war das Minas Überzeugung, sie sprach von Quetschungen des Kehlkopfs und der Lunge, einer schweren Gehirnerschütterung und hundert anderen Dingen. Ach, und sie betonte, Cloud würde Neél lieben, nur deshalb wäre er so wütend geworden. *Natürlich.*

Aber ob Neél nun starb oder nicht – er würde in seinem Zustand niemals den Weg zum Gefängnis schaffen. Um ehrlich zu sein, hatte es ihm schon Probleme bereitet, sich auf die Couch zu hieven.

Mina ordnete an, dass er über Nacht dortbleiben sollte, und entschied, mich zum Gefängnis zurückzubringen. Ich verließ ihn nur äußerst widerwillig; eigentlich tat ich es nur, weil sie mir drohte, dass Cloud jeden Ärger, den ich verursachte, an Neél auslassen würde.

Als wir aus dem Haus traten, entdeckte ich Amber. Ich erschrak. Die ganze Zeit hatte ich kaum an sie gedacht. War sie der schmale

Schatten gewesen, der an der Wohnzimmertür vorbeigehuscht war? Wer sonst. Sie hatte uns beobachtet. Jetzt stand sie an einem Fenster in der oberen Etage, die Fingerspitzen gegen die Scheibe gelegt, und sah zu mir herunter. Ich lächelte ihr zu. Sie erwiderte es mit frostkalter Miene. Auf einmal fraß meine Angst mich fast auf.

»Kannst du bitte bei Neél bleiben?«, fragte ich Mina. Meine Stimme wackelte ein wenig. »Ich finde den Weg auch allein.«

Minas Lächeln war voller Nachsicht und ich wusste augenblicklich, was sie dachte. Sie nahm an, ich wollte fliehen. Tröstend tätschelte sie mir den Rücken. »Keine Sorge. Cloud wird ihm kein Haar mehr krümmen.«

Wie sollte ich ihr beibringen, dass Cloud meine geringste Sorge war?

• • •

Das Zimmer hatte sich in keiner Nacht derart leer angefühlt. Die Leere bedrängte mich, sie schlich sich immer näher an mich heran, als wollte sie mich ersticken. Immer wenn ich dem Einschlafen ganz nah war, fühlte ich, wie mir der Hals nach innen zuschwoll. Ich konnte nicht mehr atmen und schreckte hoch. Irgendwann gab ich es auf, schlafen zu wollen. Ich starrte Löcher in die Dunkelheit und dachte an Neél.

Als die Nacht am finstersten war, hörte ich schlurfende Schritte auf dem Gang. Jemand näherte sich. Die Türklinke bewegte sich nach unten. Ich lag da wie erstarrt. Mit einer Hand hielt ich die Decke fest, als wäre ich unter ihr in Sicherheit. Mit der anderen tastete ich über meinem Kopfende, zwischen Wand und Bettgestell, nach meinem Messer. Meine Nägel schrammten an der Mauer entlang und rissen ein. Ich musste einen Fluch runterschlucken, so weh tat es. Ich erreichte den Messergriff in dem Moment, als die Tür geöffnet wurde. Es musste ein Percent sein, ich glaubte, vage die Umrisse von breiten Schultern zu erkennen und das Schimmern grauer Augen. Im Gegensatz zu mir sahen sie in der Nacht so gut wie bei Tag. Wer auch immer dort stand – er konnte mich sehen.

»Komm nur her«, murmelte ich und ließ die Messerschneide hauchfein über den Stein schaben. Er sollte nicht denken, dass ich hilflos war.

Ein leises »Ja« antwortete mir. Der Percent stolperte unbeholfen auf mich zu und ich spürte, wie mir fast die Augen aus dem Kopf quollen.

Es war Neél.

»Bist du wahnsinnig?«, rief ich.

Er kippte neben mir aufs Bett. »Ja.« Das Wort war nicht mehr als ein Wispern.

»Bist du … den ganzen Weg gelaufen? Mit diesen Verletzungen?«

»Hätte sie auch lieber bei Cloud gelassen«, antwortete er ins Kissen, aber mir war nicht nach seinen blöden Scherzen zumute. Ich überlegte kurz, welche Körperstelle noch unverletzt war, und knuffte ihm dann, so fest ich konnte, in den Oberschenkel.

Er sagte erst »Au« und dann etwas, von dem ich nur »… bei dir sein …« verstand.

Fassungslos strich ich ihm über die offenen Haare. Sie waren ganz verklebt. Aus der Naht an seinem Hinterkopf rann noch immer, oder schon wieder, warmes, klebriges Blut.

»Cloud hilft uns nicht«, stieß Neél hervor – als wüsste ich das noch nicht. »Muss mir selbst was überlegen, Joy.«

»Morgen, Neél.«

»Bleib bei mir, ja?«

Kann ich nicht. »Natürlich.«

Er kämpfte noch immer.

»wenn du groß bist, willst du dann
den clan an meiner statt führen, mein sohn?«
nicht wenn ich es verhindern kann.

Nur noch ein Tag, dann war es so weit.

Das Chivvy.

Matthial konnte es kaum glauben. Über lange Zeit war der Tag einfach nicht näher gekommen und dann, ohne einen Übergang, waren die Stunden derart haltlos an ihm vorbeigerast, dass er die Zeit gerne angehalten hätte. Plötzlich ging alles viel zu schnell. Die Pläne brauchten noch Überarbeitung, vielleicht noch einen Testlauf und dringend eine weitere Absprache mit Joy. Sie wusste lediglich, an welcher Stelle jemand aus dem Clan mit Waffen zu ihr stoßen würde. Das war viel zu wenig, um sich ernsthaft Hoffnungen auf Erfolg machen zu können.

Wie konnte morgen schon das Chivvy stattfinden, wenn der Sommer noch gar nicht richtig vergangen war? Er klammerte sich tranig warm ans Land, als wollte er es niemals aus seiner Umarmung freigeben. Matthial befürchtete, der Percent würde sich ebenso an Joy klammern und sie nicht loslassen.

Matthial verscheuchte die Gedanken und pfiff nach seinem Hund. Rick brauchte lange, bis er endlich mit hängender Zunge aus dem Unterholz gehumpelt kam. Seine milchigen Augen stierten an Matthial vorbei. Er schnalzte mit der Zunge, damit sein alter Freund sich an dem Geräusch orientieren konnte. Der Sommer mochte hartnäckig und zäh sein, aber er würde gehen. Und Rick vermutlich mit ihm.

Hinter den Hagebuttensträuchern ragte das Clanhaus vor ihnen auf. Rick legte den Kopf schief. Auch Matthial stutzte. Hatte er etwas gehört, das hier nicht hergehörte? Er presste sich die Zeige- und Mittelfinger gegen die Ohren und rieb darüber. In letzter Zeit erschreckten ihn ständig Geräusche, die nichts bedeuteten. Es war wie in seiner Kindheit, als er greifende Klauen gesehen hatte, wo bloß die Schatten von Ästen gewesen waren. Es musste an der Nervosität liegen. Morgen … morgen schon.

Doch als Rick und er sich dem Backsteinklotz mit der Coca-Cola-Front näherten, hörte er es erneut. Diesmal war er sich sicher. Da schnaubte ein Pferd.

Ehe sein Kopf die Frage *Wer ist da?* zu Ende gedacht hatte, spannten seine Arme bereits den Bogen. Wie ein Dieb schlich er weiter, drückte sich an die Hauswand und lief zu dem großen Rolltor an der Ostseite. Von dort war das Schnauben gekommen. Matthial blieb wie versteinert stehen, als er sah, dass das Tor offen stand. Offen wie ein Maul. Und als er die Luft anhielt, hörte er das Malmen von Pferdezähnen und das leichte Scharren von Hufen auf Stein. Beschlagene Hufe. Percent-Pferde!

Sein alter Hund trottete einfach weiter. Früher hätte ein Blick gereicht, um Rick dazu zu bringen, sich still hinzulegen. Jetzt latschte der halb blinde Kerl geradewegs in sein Verderben. Matthial sah schon vor sich, wie die Bolzen durch Fell, Fleisch und Rippen schlugen. Er stieß den Atem aus, hob den Bogen und warf sich um den Torstock, um seinem Hund Deckung zu geben. Doch in der Halle waren keine Percents. Das störrische alte Pferd, auf dem Matthial vor vielen Jahren das Reiten gelernt hatte, hob den Kopf, erkannte ihn und begrüßte ihn mit einem tief blubbernden Wiehern. Ein zweites Pferd sah neugierig zu ihm herüber und kaute Heu, ohne sich um den Pfeil zu kümmern, der zwischen seine Augen gerichtet war. Matthial ließ die Waffe sinken.

»Vater?«, flüsterte er und dann erblickte er die Gestalt, die tief im Inneren der Halle, zwischen den Schatten, auf ihn gewartet hatte.

»Ich habe gehört, was du planst.« Mars' Stimme hallte durchs Halbdunkel und schien das Licht zu fressen. Matthial zwang sich zum Grinsen. Es war so typisch für Mars, gleich mit der Tür ins Haus zu fallen. Persönliche Worte waren in seinen Augen Zeitverschwendung.

»Die Entscheidung steht. Sie ist meine, du brauchst nicht –«

»Red nicht, bevor du überhaupt weißt, weshalb ich hier bin.« Mars trat ihm gemächlich entgegen. Er sah gut aus, irgendwie jünger. Matthial hatte sich seinen Vater alternd und ausgemergelt vorgestellt. Zerbrochen wie der Clan. Er hatte sich geirrt.

»Warum bist du hier?«

Mars ließ eine Kette durch seine Finger gleiten. Eine Marke hing daran, eine Stadtmarke. Matthial hatte ihn nie eine tragen sehen. »Ich habe gehört, dass Männer von Jamies Clan bei dir sind, um dir zu helfen. Es ist kein gutes Gefühl, dass Jamies Männer meinem Sohn helfen und meine nicht.«

»Du willst … helfen? Mir?«

Mars' Augenbrauen bewegten sich nach oben, es war wie ein minimalistisches Schulterzucken. »Ich bin um gute Kontakte mit allen Clans bemüht, auch mit deinem. Vermutlich werde ich früher oder später auch deine Hilfe brauchen. Sieh es als Vorleistung.«

»Du gehst nie in Vorleistung.« Das Misstrauen war heraus, ehe Matthial es verhindern konnte. Er wusste nicht, wohin mit seinen Händen, und zupfte an der Bogensehne. Seine Pfeife fehlte ihm, ein bisschen Kraut hätte ihn sicher beruhigt.

Mars lächelte. »Dein ewiger Fehler. Du meinst, sobald man erwachsen ist, würde man nichts mehr dazulernen. Das war immer dein Problem, Matthial. Du hältst dich für klug. Das verhindert, dass du es wirst.«

»Wir kommen dem wahren Grund deines Besuchs näher, Vater.«

Mars trat neben das neue Pferd und klopfte dem Tier den Hals. Dabei wandte er das Gesicht ab, Matthial konnte nur ahnen, dass er schmunzelte. »Du hast recht. Ich bin auch hier, weil ich sehen wollte, ob du zurechtkommst. Ich habe ein Auge auf dich, das hatte ich immer.«

Matthial nickte und versuchte, sich seine Überraschung nicht anmerken zu lassen. »Natürlich. Ich bin ja nicht blind.«

»Hat Kendra mich verraten?«

»Kendra ist dir loyal. Du hast dich selbst verraten.« Er deutete auf das Pferd. »Du hast Spuren hinterlassen.«

»Ich oder meine Männer.«

»Woher hast du das Pferd? Es ist beschlagen, wie die der Percents.«

»Rechtmäßig gestohlen.« Mars feixte. »Um dir zu helfen, mein Sohn. Ich komme mit einem Krieger und zwei Pferden, um zu unterstützen, was du dir vorgenommen hast.«

Matthial gelang es nicht, sein Misstrauen ganz abzuschütteln. Das Angebot war verlockend, aber es verwirrte ihn. »Ich hatte … Ich meine, ich habe Pläne gemacht. Die kann man nicht alle umwerfen, nur weil du kommst.«

Mars hob die Hände zu einer beschwichtigenden Geste. »Dein Kampf, deine Entscheidungen. Plane mich und meinen Krieger irgendwo ein, wo du Deckung brauchst. Die Pferde gehören für morgen dir.«

Die Worte erreichten Matthial wie Hände, die sich unterstützend auf seine Schultern legten, wenn er sie am nötigsten brauchte. Seit Jahren hatte er sich solch eine Geste von seinem Vater gewünscht. Das Gefühl leuchtete in seinem Inneren, ganz warm und hell – er verspürte Dankbarkeit und den dringenden Wunsch, seine Planungen zu aktualisieren. Wo hatte er seine Aufzeichnungen? Zwei Pferde – zwei weitere Krieger. Das war fantastisch! So könnten sie es schaffen, sie könnten es tatsächlich schaffen, und wären nicht länger auf Zufall und Glück angewiesen. Nicht, wenn er sorgfältig plante. Er brauchte einen Stift. Schnell. Die Zeit raste!

Wie hell es sich in seiner Brust anfühlte. So hell. Ihm war, als sähe er in die Sonne.

nichts muss man für immer versprechen,
weil es dieses *für immer* nicht gibt.

In der Nacht vor dem Chivvy schlief kein Percent. Man ließ die Varlets, die am nächsten Tag keine mehr sein würden, auf einer großen Feierlichkeit im Hotel hochleben.

Neél hatte erzählt, dass es dieses Fest gab, seit er denken konnte. In den Jahren davor hatte er als jüngerer Varlet für die Bewirtung der älteren sorgen und ihren Dreck wegräumen müssen. Heute war er es, der sich bedienen lassen durfte und gefeiert wurde.

»Ich würde dir etwas Musik mitbringen, wenn ich könnte«, sagte er zu mir, als er sich mit einem Kuss verabschiedete – womöglich war es unser letzter.

Neél wollte nicht gehen und feiern, was morgen geschehen würde. Ich schob ihn sanft auf den langen Flur. »Du musst da hingehen, sonst kommen sie dich holen. Halt die Augen und Ohren offen, vielleicht erfährst du etwas, das uns hilft. Motiviere sie zum Trinken. Mit Gebranntem in den Beinen kriegen sie mich nie.«

»Schließ von innen ab. Lass keinen rein.«

»Nur dich.«

• • •

Er kam zurück, als es schon beinahe Morgen, die Feier aber noch in vollem Gang war. Wir wussten beide, dass er nicht hier sein durfte. Geflüstertes *Schnellschnell* lag in der Luft. Außerdem sein Kichern (Hatte ich ihn schon einmal kichern hören?) und der Duft von frischem Brot und Gebrautem. Viel davon.

»Wenn jemand fragt, meldet sisch Graves übersch Comm und verschafft Zeit«, sagte er mit schwerer Zunge. »Angeblich bin ich grad beim Kotzen.« Genug getrunken hatte er in jedem Fall, sein Atem machte mich schwindelig vor lauter Alkohol.

Er öffnete seine Umhängetasche mit den Worten, dass da leider keine Musik drin sei, und holte in Papier eingeschlagenes Brot und eine Flasche heraus, in der vermutlich noch mehr Alkohol war. Es fiel ihm schwer, die Sachen auf den Tisch zu stellen, die Flasche wäre fast umgekippt.

»Isch hab sie alle abgefüllt«, ließ er mich mit lallenden Worten wissen. Schwer zu glauben, dass irgendwer betrunkener war als er. Mit den Zähnen entkorkte er die Flasche und hielt sie mir hin.

»Ganz schlechte Idee, Neél.«

»Du has' recht.« Er lächelte. Seine Augen waren glasig, als läge Tau über ihnen. »Aber du muscht das Brot probieren. Graves hat gesagt, ich soll dir davon bringen. Er hat mich Rotkäppschen genannt und gemeint, ich soll mich vor dem Wolf in Acht nehmen. Wen meinte er mit dem Wolf?«

Ich wusste es nicht, aber der Wolf machte mir Sorgen. »Vielleicht die Gilde der Wölfe?« Nein, das ergab keinen Sinn.

Neél versuchte, mich anzusehen, schien den Blick aber nicht fokussieren zu können, sodass er durch mich hindurchstarrte. »Ich denk … Graves redet dummes Zeug.« Er beugte sich zu mir und flüsterte: »Verrat es ihm nicht, ich mag Graves, er ist ein feiner Kerl. Aber er ist ein bisschen verrückt, findest du nicht?«

Die Versuchung, eine einzige meiner Fragen beantwortet zu bekommen, war zu groß. Ich wusste, dass ich seinen Zustand ausnutzte, aber wir hatten uns nie Fairness versprochen. »Könnte sein. Warum trägt er eigentlich immer Wollpullover? Selbst im Sommer?«

»Weil die Alte aus der Küche sie ihm strickt«, stammelte Neél mit fragendem Unterton, als wäre das völlig selbstverständlich.

»Die graue Frau?«

»... strickt graue Pullover. Graves wurde verbrannt, weißt du das nicht? Seitdem friert er. Er friert immer. Haut kaputt. Da hilft auch keine graue Wolle.«

Das brachte mich nicht weiter, so viel hatte ich bereits selbst herausgefunden. »Du bist völlig betrunken, nicht wahr?«

»Nich wahr.«

»Doch, ich glaube schon. Du solltest jetzt deinen Rausch ausschlafen, wenn du morgen nicht über deine eigenen Füße fallen willst.«

»Du solltest das Brot aufessen, bevor es kalt wird. Ich geb noch nicht auf. Du kannst hierbleiben. Bei mir.«

Er kämpfte noch immer um mich und meine Entscheidung. Er kämpfte mit süßem weißem, watteweichem Maisbrot, das geschmolzene, salzige Butter aufgesogen hatte, und er kämpfte mit Küssen, die mich betrunken machten, mit klebrig zuckrigem Wein aus Zimt und Pflaumen und mit seinen groben Händen an den empfindlichsten Stellen meines Körpers.

»Wir sehen uns wieder«, sagte ich – es machte nun keinen Unterschied mehr, ob ich log oder nicht. Die Lüge ermöglichte uns eine letzte, kurze, beinahe unbeschwerte Nacht. Morgen würde sowieso alles vorbei sein.

»Im Mondlicht, ja.«

Und wir waren uns so nah und ich so nah davor, ihm zu versprechen, bei ihm zu bleiben, für immer, wenn es das überhaupt gibt, aber ich tat es nicht.

Ich liebe ihn. So sehr.

Und sagte ihm ohne Worte, dass ich gehen musste.

• • •

Am nächsten Morgen war von Neéls ausuferndem Alkoholkonsum kaum noch etwas zu spüren. Er roch nur noch danach und seine Augen waren gerötet. Neben der Narbe, die Cloud verursacht hatte, überzog ein geschwollener Kratzer seine Wange. Wenn er unsicher war, fuhr er sich immer mit den Fingernägeln über diese Stelle; es schien, als wäre er an diesem Morgen nervöser als jemals zuvor. Der Striemen sah aus wie eine rot nachgezogene Tränenspur.

»Du siehst einschüchternd aus«, sagte ich. Einschüchternd schön.

Er trug bereits die Uniform für das Chivvy. Braune Stiefel. Eine sandfarbene Hose und einen Ledergürtel, an dem verschiedene Messer in mit Fett polierten Scheiden hingen, und seinen Comm. Darüber eine eng am Körper anliegende, ärmellose Weste aus dunkelrot gefärbtem Wildleder. Ich wusste, dass sie über dem Herzen und am Rücken mit ins Leder eingenähtem Metall verstärkt war. Ich hatte die Schwachstellen dieser Schutzweste mit ihm gemeinsam studiert. Fingerfreie Handschuhe aus braunem Leder schützten seine Hände und Unterarme bis fast zum Ellbogen.

Ich berührte die glänzenden Schnallen, dann seine Oberarme. Das Stück Brust, das die Weste frei ließ. Seinen Hals. Beide Wangen und schließlich sein Haar. Den schwarzen Zopf hatte er so fest zurückgekämmt, dass die Haut an seinen Schläfen spannte. Das darunterliegende Haar war raspelkurz, was die Narbe an seinem Hinterkopf betonte. Percents heilten schneller, aber manche Wunden scherten sich nicht darum, wer oder was man war. Mir machte diese Narbe Sorgen. Neél hatte selbst gesagt, dass man Gegnern nie eine Schwäche zeigen durfte, weil es sie stärker machte. Diesen Wulst, der zwischen schwarzen Haarstoppeln aufragte wie ein rot glänzendes Gebirge, konnte niemand übersehen. Versehentlich löste ich eine Haarsträhne aus seinem strengen Zopf. Ich wollte es richten; die Ordnungsvorschriften zu beachten war an diesem bedeutungsschweren Tag bestimmt noch wichtiger als sonst, aber er hielt meine Hand fest.

»Lass es so.«

»Bist du sicher?« Ich erinnerte mich, was er mir über Zeichen gesagt hatte, aber ich erinnerte mich auch, wie schnell die Percents sich beleidigt fühlten.

»Ja. Bist du dir denn sicher?«, fragte er.

»Du bist unfair.« Aber das wusste er selbst. Ich war mir sicher.

Neél massierte meine rechte Hand. Die Finger wurden beweglicher, wenn er das tat. Ich ging noch einmal meine Ausrüstung in Gedanken durch. Neél würde sich einen Bogen oder eine Armbrust abholen, bevor wir das Gefängnis verließen. Ich hatte nicht mehr als das, was ich am Körper trug: Ein Messer – *mein* Messer – steckte in einer Scheide am Gürtel. Das andere klemmte in einer provisorischen Halterung unter meinem Hosenbein. Mein Seil hatte ich mir ums Handgelenk gewickelt und in der Hosentasche trug ich ein paar gesammelte Armbrustbolzen, die sich zwar schlecht werfen, aber gut als Stichwaffe verwenden ließen. Ich überprüfte den Sitz meines Kopftuchs, ich wollte es keinesfalls verlieren. Es schützte meine Haare, wenn ich durchs Unterholz kriechen musste, vor allem aber roch es nach Neél – ich hatte es aus einem seiner Hemden genäht.

»Erinnerst du dich an den hohlen Baum in der Nähe des Kanals? Da, wo wir einmal den wilden Hundewelpen beim Spielen zugesehen haben? Graves hat in dem Baum einen Bogen für dich versteckt.«

»Graves«, flüsterte ich, als könnte er mich hören, »danke.«

»Und unter dem Brombeergebüsch, da, wo die Malven wachsen, liegt eine Armbrust. Und nur für den Fall …«

Statt seiner warmen Finger spürte ich plötzlich etwas eisig Kaltes in der Handfläche. Die Pistole war anthrazitfarben wie seine Augen.

Es war eine gute Waffe, wie nur wenige Percents sie besaßen. Sie ließ sich mit einem ganzen Magazin Patronen laden. Neél steckte mir ein Päckchen zu. Munition. Es wog schwer in meiner Hosentasche.

»Versteck sie«, flüsterte Neél. »Nutze sie nur, wenn es nicht anders geht.«

»Ist sie registriert?«

»Ist das wichtig?«

Sehr wichtig. »Nicht wirklich.« Lebenswichtig! »Auf deinen Namen?«

Er nickte und mir wurde schwindelig. »Was passiert mit dir, wenn sie erfahren, dass du sie mir gegeben hast?«

Er lächelte. »Erzähl es besser keinem.«

»Sag es mir, Neél!« Es war keine Frage, es war eine Forderung.

»Dasselbe wahrscheinlich, was dir passiert, wenn du sie brauchst und nicht hast. Nimm sie schon, steck sie weg.«

Widerwillig schob ich die Pistole zwischen meinen Bauch und den Hosenbund. Sie war eisig, ich lenkte mich davon ab, indem ich mich auf die kleine Tasche am Rücken meines Hemdchens konzentrierte. Genau zwischen meinen Schulterblättern lag sie und war ganz warm: meine wilde Malve.

Ein letztes Mal nahm Neél mich in die Arme. Stark fühlte sich sein Körper an, sehnig und muskulös, und zum ersten Mal seit Langem versprach mir das keine Sicherheit mehr. Die anderen Percents waren nicht weniger stark.

Es kam nicht mehr zu einem letzten Kuss. Seine Nase streifte meine, seine Fingerspitzen meine geschlossenen Lider. Dann hörten wir die Rufe. Es ging los – alle Chivvy-Teilnehmer machten sich gemeinsam auf den Weg.

Wir gingen in Formation die Straßen entlang: zunächst ein Dutzend Percents, die die Jagd überwachten, zu zweit nebeneinander.

Dann die Varlets, ihre Soldaten dicht hinter ihnen. Neél und ich gehörten zu den Letzten. Ich versuchte, die Menschen zu ignorieren, die in den Haustüren und hinter den Fenstern standen. Dabei fiel mir auf, dass Neéls lockere Haarsträhne nicht das einzige Zeichen war, das seinen Wunsch nach Veränderung ausdrückte. Alle anderen Varlets führten ihre Soldaten an einer Kette, die an einer Schelle um den Hals oder das Handgelenk befestigt war. Ich fing den einen oder anderen verwunderten Blick aus den Zuschauerreihen auf. Denn ich ging neben Neél. Frei. Mit erhobenem Kopf. Und so dicht, dass ich nur den Finger hätte ausstrecken müssen, um seine Hand zu berühren.

Je näher wir der Stadtgrenze kamen, desto mehr Leute standen auf den Straßen. Manche wichen nur so weit zurück, dass wir gerade eben an ihnen vorbeigehen konnten, ohne sie anzurempeln. Sie starrten uns Soldaten an – einer hob sogar die Hand und tastete den Mann vor mir ab wie ein Pferd, das zum Verkauf stand. Als der Typ sich mir zuwandte, bleckte Neél die Zähne und stieß ein Fauchen aus.

»Wettorganisatoren«, erklärte er mit unbewegtem Gesicht, sobald wir außer Hörweite waren.

»Oh … okay. Wie ist meine Quote?«

»Deine ist die höchste, was bedeutet, dass sie dir miserable Chancen zugestehen. Aber ich habe eine kleine Handvoll Münzen auf dich gewettet und morgen früh bin ich ein reicher Mann.«

»Schön für dich«, antwortete ich sarkastisch.

»Hab keine Angst. Du bist gut. Ich würde alles, was ich habe, auf dich verwetten.«

Ich musste lächeln.

Und dann verging es mir, mein Lächeln, denn die ersten Soldaten wurden von ihren Ketten befreit; nacheinander traten sie vor und gingen zum Stadttor. Das Chivvy begann.

Einige Städter bildeten eine Gasse für die Soldaten, andere klebten regelrecht am Zaun, von wo sie die beste Sicht hatten. Beängstigend war die Geräuschkulisse. Es gab keine. Ich hätte nie geglaubt, dass so viele Menschen derart still sein konnten. Selbst die Vögel hörte man kaum, sie hatten sich vorsorglich zurückgezogen. Kluge, kleine Biester, auch ich hätte gerne die Flatter gemacht.

»Joy. Viel Glück.« Neél berührte meinen Handrücken, dann bog er nach links ab, zum Treffpunkt der Varlets, während ich weiter geradeaus gehen musste. Zum Tor.

Ich wollte ihm danken, noch etwas sagen, wenigstens mit einem Blick. Aber als ich über meine linke Schulter sah, war Neél bereits zwischen etlichen Rücken, Gesichtern und Haarschöpfen verschwunden.

Nun galt es, nach vorn zu schauen, durch das Tor zu treten und dann um mein Leben zu rennen. Notfalls – nein, mit an Sicherheit grenzender Wahrscheinlichkeit – auch zu kämpfen. Ich hob meinen Kopf und biss die Zähne zusammen, was mir hoffentlich etwas Entschlossenes, Zorniges verlieh. In Wahrheit hielt ich mit all meiner Kraft die Tränen zurück.

ich bin wie er.

Ein letztes Mal zog Matthial Linien in den sandigen Boden und überprüfte die Pläne. Nicht dass es jetzt noch etwas genutzt hätte, denn alle Krieger – seine, die beiden Kämpfer von Jamie sowie Mars und Steven, den Mars mitgebracht hatte – waren auf dem Weg zu ihren Posten. Er tat es aus Gewohnheit, weil er es nicht ertrug, nichts zu tun. Und vielleicht ein bisschen aufgrund seiner Erfahrung, dass ihm die besten Ideen kamen, wenn es einen Moment zu spät für sie war.

Zwischen den X, die die Kämpfer markierten, zeichnete er mit festen Schrägstrichen jene Waldstücke ein, die aufgrund der Unterholzdichte nicht passierbar waren. Schwach schraffierte er die Bereiche, durch die man langsam zu Fuß kam, aber nicht rennend oder zu Pferd. Matthial warf einen kurzen Blick zu dem Wallach hinüber, den sein Vater ihm überlassen hatte. Das zweite Pferd ritt Kendra. Nachdem sie die beiden Tiere getrennt hatten, war der Braune eine Weile nervös gewesen, doch nun stand er ruhig dort, wo Matthial ihn angebunden hatte, und wühlte mit seinen Lippen im Laub, auf der Suche nach dem einen oder anderen frischen Halm. Gedankenverloren zog Matthial die Flüsse als wellige Linien auf seine provisorische Karte. Schwungvolle Bögen, wo das Wasser tief war; kleine Kringel, wo man durchwaten konnte; zackige Kritzel, wo es gefährliche Stromschnellen und unter Wasser liegende Felsen gab.

Und dann zuckte er zusammen. Er hatte etwas übersehen.

Himmelgraue Scheiße, wie hatte er das übersehen können!

Mars war an einer Stelle in der Nähe des Flusses positioniert, an der dieser sich perfekt zum Überqueren eignete. Das Flussbett war in dieser Gegend gespickt mit scharfkantigen Steinbrocken und das Wasser besaß eine solche Kraft, dass es selbst gute Schwimmer leicht gegen die Felsen schlug. Doch nach der langen, sommerlichen Trockenheit in diesem Jahr hatte der Fluss an Tempo eingebüßt und es gab eine Stelle, an der man ihn ohne großes Risiko überqueren konnte. Diese Stelle musste man kennen. (Und Matthial bezweifelte, dass dreckige Percents sich mit Wasser auskannten.) Wenige Meter weiter erhöhte sich das Risiko bereits dramatisch. Sollte Mars fliehen müssen – ob mit oder ohne Joy –, so wäre das Wissen um den ungefährlichen Flussabschnitt seine Lebensversicherung. Er hätte es seinem Vater sagen müssen! In der Hektik, die durch das Umplanen entstanden war, hatte er schlicht vergessen, den niedrigeren Wasserstand und das veränderte Verhalten des Flusses zu berechnen. Ein unverzeihlicher Fehler.

Matthial schätzte ab, ob er Mars die Information noch zukommen lassen konnte. Wie viel Zeit mochte ihm bleiben? Eine Stunde? Zwei? Eine halbe? Die Fanfaren hatten die Jagd noch nicht angeblasen. Wenn er sich beeilte …

Die Entscheidung war noch nicht bewusst getroffen, da löste er schon die Zügel vom Ast und saß auf. Im Galopp ritt er zu seinem Vater. Nur keine Zeit verlieren. Das Pferd schnaubte vor Empörung. Ein paar Zweige schlugen Tier und Reiter ins Gesicht, aber für Empfindlichkeiten war heute nicht der Tag.

Als er sich Mars' Posten näherte, streifte Matthials Blick etwas, das er nicht gleich erfasste. Er zügelte den Braunen in einer engen Wendung und sah zu Boden. Aus dem Augenwinkel hatte er dort etwas gesehen. Etwas, das seinen Instinkt ansprach. Etwas, das von Gefahr flüsterte. Und dann entdeckte er es. Es war ein zentimetertief in den Boden getretener Halbkreis – ein Abdruck beschlagener

Pferdehufe. Frisch. Ob Kendra in der Nähe war? Nein, unmöglich. Das zweite Pferd, das Kendra heute ritt, war nicht beschlagen. Auch der Gedanke, dass es eine Spur seines eigenen Pferdes sein könnte, erwies sich als haltlos. Der Wallach hinterließ viel schmalere, kleinere Abdrücke. Dieser hier stammte von einem Kaltblut mit fast tellergroßen Hufen. Konnte noch jemand aus Mars' Clan ihm gefolgt sein? Unmöglich. Mars hatte gesagt, dass er nur diese beiden Pferde besaß. Jamies Clan verfügte über gar keine größeren Tiere, sie verließen sich auf das Klettern und das Verschmelzen mit der Natur, wobei ein Pferd nur hinderlich wäre. Es musste ein Percent-Pferd sein. Ritten sie den Wald ab, ehe das Chivvy begann?

Der Abdruck sah beunruhigend frisch aus. Sein Vater war ganz in der Nähe, aber offenbar nicht nur er. Matthial ließ sein eigenes Pferd zurück. Ohne das Tier konnte er sich leiser bewegen, sich anschleichen und, wenn es erforderlich war, einen gezielten Schuss aus sicherer Deckung abgeben. Er lief geduckt und verfluchte die Trockenheit in den letzten Tagen. Das Laub raschelte weit hörbar unter seinen Füßen. Es trug diesen ganz besonderen Duft mit sich, den Geruch von vergehender Wärme, der Matthial seit vielen Jahren in jedem Herbst aufs Neue schwermütig machte, da ein weiterer Sommer vergangen war, ohne dass die Sonne gesiegt hatte. Dieses Jahr roch alles etwas anders. Vielleicht nahm er es aber auch nur anders wahr, weil er wollte, dass dieser Sommer starb. Er bestand ohnehin bloß aus Einsamkeit, Druck und zu großer Verantwortung. Und etwas Endgültigem, das er nicht benennen konnte.

Sollte er verrecken, der Sommer!

Er blieb stehen, als er ein Geräusch vernahm. Schloss die Augen, um besser zu hören. Ja, da waren Stimmen, zu weit weg, um sie zu erkennen. Sie sagten ihm nicht mehr als Bachbettgemurmel. Er schlich näher, blieb im Schutz von Sträuchern und Baumstämmen. Mit dem Daumen rieb er über das blanke Holz seines Bogens. Er konzentrierte sich auf das Rascheln der Befiederung seiner Pfeile im Köcher. Machte sich seiner Waffe bewusst, was Angst nahm, aber nicht den Leichtsinn weckte, sondern Vorsicht schürte.

Und dann entdeckte er sie. Zwei Gestalten, die eine kräftig, mit aschgrauem Haar und Bart, dem man noch ansah, dass es einmal die Farbe von Sand gehabt hatte. Mars stand mit dem Gesicht zu ihm, aber Matthial wusste, dass sein Vater schlechte Augen hatte. Die andere Gestalt, schlank und hochgewachsen, wandte ihm den Rücken zu. Ein Percent, vielleicht der Typ, der Joy gefangen hielt. Sie sahen doch alle gleich aus mit ihren straff zurückgekämmten Haaren und den ledernen Westen. Das Pferd, ein milchweißes Halbblut von beeindruckender Größe, stand in der Nähe.

Der erste Impuls war gewesen, seinen Vater zu beschützen. Der Pfeil lag schon auf der Sehne, als Matthial merkte, dass Mars seiner Rettung nicht bedurfte. Mars floh nicht. Er kämpfte nicht. Stattdessen lächelte er.

Matthial wagte sich ein paar weitere Schritte heran. Verdammt, er konnte noch immer nicht hören, was sie redeten! Ihre Stimmen waren leise wie Gemurmel. Mars wandte sich ein Stück ab und wies in einer weit ausholenden Geste in eine Richtung. Sein ausgestreckter Finger war wie ein Faustschlag in Matthials Gesicht, denn er wusste, wohin dieser Finger deutete.

Mars verriet dem Percent Joys geplanten Fluchtweg.

Und dann, in einer einzigen, schrecklichen Sekunde, die sich ins schier Endlose strecken wollte, begriff Matthial.

Jamies Worte über notwendigen Handel mit den Percents. Mars' gute Verfassung trotz des angeblich zersplitterten Clans. Seine heimlichen Treffen mit Kendra. Das beschlagene Pferd – das Percent-Pferd. Die verschwundenen Clanmitglieder. Mars' plötzliches Auftauchen.

Wie hatte er das alles nicht sehen können!

Matthial wusste nicht, welchen Preis Mars dafür kassierte, aber in diesem Moment begriff er, womit sein Vater handelte: mit Seelen.

Er verkaufte und verriet Menschen. Rebellen. Clanmitglieder, die ihm nahestanden wie Blutsverwandte.

Matthial musste sich an einem Baum abstützen, als ihm das ganze Ausmaß bewusst wurde. Wie lange tat sein Vater das schon? Hatte Joy an dem Tag, als Amber gefangen genommen wurde, nicht davon gesprochen, dass sie beim Schneider das Gefühl gehabt hatte, in eine Falle geraten zu sein? Hatte Mars sich vor Ambers misslungener Befreiung nicht genau erkundigt, an welchen Orten seine Söhne eingesetzt werden würden? Hatte er nicht verhindert, dass ihre Schwester Janett sich ihnen anschloss? Schienen die Percents ihnen nicht aufgelauert zu haben?

Seit wann belog sein Vater ihn?

Matthial hörte sich aufkeuchen. *Zusammenreißen!*, befahl er sich.

Er sah, wie der Percent Mars' Geste folgte und seinen Comm vom Gürtel nahm. Wie gedankenlose Reflexe waren Matthials nächste Bewegungen. Anlegen, spannen, zielen.

Der Perc darf seine Information nicht weitergeben.

Schuss.

Der Pfeil sauste durch die Luft und durchschlug das Genick des Percents mit einem Geräusch, als zerbräche ein trockener Ast. Kein Schrei. Matthial atmete aus. Nichts war schlimmer als die Schreie Sterbender. Der Percent starb still. Er stürzte einfach nach vorne, stieß gegen Mars – der im nächsten Augenblick eine Pistole in die Luft hielt und ziellos damit herumfuchtelte – und klatschte dann zu Boden. Matthial rannte.

»Was hast du getan?«, schallte seine Stimme durch den Wald. Sollten ihn doch alle hören! Seine Welt brach in Stücke – und eine Welt sollte nie lautlos in Stücke brechen, sondern mit Krawall und Geschrei.

Matthial lief, er hörte sich brüllen, in seinem Kopf und zugleich ganz weit weg. Er packte Mars an den Schultern, schüttelte ihn, schleuderte ihn herum. »Was! Hast du! Getan?«

Mars stolperte rückwärts über die Beine des Percents, der sich noch in krampfartigen Todeszuckungen regte. Er lag auf dem Bauch in zwei dunklen Lachen. Eine im Nacken, eine um den Unterleib herum. Fast hätte Matthial gelacht. Er wollte immer schon mal wissen, ob Percents sich wie die Tiere vollpissten, wenn sie verreckten. Jetzt wusste er es. Er stieß den Percent mit der Schuhspitze an. Das Zucken ließ nach. Matthial tippte gegen den Kopf des Toten, um das Gesicht zu erkennen. Hatte er diesen Kerl schon einmal gesehen? Beim Angriff auf die Stadt vielleicht? Womöglich war es einer der Mistkerle, die Joy festgenommen hatten. War es nicht egal, wenn ohnehin einer war wie der andere?

Glasige Augen starrten an Matthial vorbei ins Leere. Es war unmöglich, dem Tod ins Auge zu blicken. Der Tod ließ sich nicht dazu herab, einen Blick zu erwidern.

Müde wischte Matthial sich den Schweiß von der Stirn und aus den Augen. Er blickte zu seinem Vater, der hinter dem Percent auf dem Hosenboden saß und völlig verloren aussah. So als müsse er nach Hause gebracht werden. So, wie Matthial sich fühlte.

»Was hast du mir zu sagen?«

Mars stöhnte. »Nichts. Nichts würde etwas ändern. Du verstehst das nicht.«

Matthial lief die Nase. Er ließ sie laufen. »Hat es sich gelohnt?«, höhnte er.

»Die Verantwortung ist so groß, Matthial«, erwiderte Mars. »Man schafft es nicht ohne Hilfe. Man muss Kompromisse eingehen.«

»Menschen verraten, heißt das für dich. Clanmitglieder ausliefern.«

»Nur so konnte ich den restlichen Sicherheit garantieren. Du glaubst doch nicht wirklich, dass sie uns im Clanhaus nie entdeckt hätten, du Narr! Alles hat seinen Preis.«

»Zu töten.«

»Sie haben mir versprochen, niemanden zu verletzen, der bei den Festnahmen kooperiert.«

Matthial legte das Gesicht in eine Hand. Die Lüge war zu viel. Blanker Hohn. Niemanden verletzen? Er dachte an all die Gefallenen, an die Verletzten. An Amber, die gebrochen, und Joy, die völlig verändert war. Jemanden zu töten für die Sicherheit des anderen war abscheulich, er wusste das und er wünschte, die Scham würde niemals enden. Er hatte keine Absolution verdient. Aber es gab Dinge, die schlimmer waren als der Tod.

»Geh, Mars.« Er sah seinen Vater nicht an. Er würde ihm nie wieder in die Augen sehen, und wenn er daran zugrunde ging. »Uns verbindet nichts mehr. Von heute an werde ich mein Terrain gegen dich verteidigen. Geh.«

Mars hob die Arme, ein erbärmlicher Versuch einer beschwichtigenden Geste. »Sei doch vernünftig. Sie wollen bloß das Mädchen. Sie fangen sie ein und im Gegenzug ist der Clan ein Jahr lang sicher vor ihnen. Joy würde das verstehen. Wir müssen alle unseren Beitrag zum Erhalt der Freiheit leisten.«

»Joy ist kein Beitrag. Heute Abend wird sie es sein, die frei ist. Um jeden Preis, Mars.«

»Vergiss es. Es ist zu spät.« Mars kniff die Lippen zusammen und deutete auf den Comm. »Zu spät. Sei vernünftig.«

Matthial ließ sich nicht anmerken, wie sehr ihn die Aussage schockierte. Zu spät? Dann war Joy bereits verraten worden? »Um *jeden* Preis«, sagte er, viel entschlossener, als er sich fühlte. »Das ist eine Warnung.«

Mars schüttelte entrüstet den Kopf. »Du bist dumm, Matthial. Dumm und –«

»Sieh es als dein persönliches Versagen als Vater. Jetzt verschwinde endlich.«

»Was hast du vor?«

Matthial packte den Pfeil, um ihn aus dem Genick des Percents zu ziehen. Die Spitze hatte sich in den zersplitterten Knochen verhakt, das Rucken und Zerren ließ den Kiefer des Toten auf- und zuschnappen.

»Was hast du vor?«, wiederholte Mars.

Matthial ignorierte ihn. Er zertrat den Comm des Percents mit der Hacke seines Stiefels, dann wandte er sich um und rannte zu seinem Pferd.

»Der Gaul gehört mir!«, brüllte Mars ihm nach. Dann wurde seine Stimme zynisch. »Er ist mit Blut bezahlt, Matthial. Wenn du ihn nimmst, bist du genau wie ich. «

Matthials Pfeil verfehlte seinen Vater um Haaresbreite. »Zu spät.«

• • •

Im gestreckten Galopp ritt Matthial zu der Stelle, wo er den Zaun unbemerkt überqueren konnte. Sein Glück war, dass die Wachen sich heute auf das Große Nordtor konzentrierten, wo das Spektakel stattfand.

Kaum war er in die Stadt eingedrungen, hetzte er weiter. Es gab nur diese eine Chance – er musste Joy warnen. Er rannte, bis er seinen Puls fiebrig in den zitternden Oberschenkeln spürte. Am Großen Nordtor standen die Leute dicht an dicht. Familienangehörige der Soldaten, Freunde, Feinde, Neider, Gaffer. Jeder wollte noch einen letzten Blick auf die Menschen erhaschen, die gleich gehetzt werden würden, schlimmstenfalls bis in den Tod. Ein Durchkommen schien unmöglich und zu allem Unglück hatte man die Soldaten bereits durch das Tor hindurchgeführt. Matthial sah die kleine Traube umringt von Percent-Wachen am Waldrand stehen. Zu weit weg, um ihnen noch etwas zuzurufen.

Verdammt, es war fast so weit! Das Chivvy würde gleich beginnen und ihm blieb keine Möglichkeit mehr, Joy zu warnen. Er musste zurück an seinen Posten und retten, was zu retten war. Er musste wenigstens Josh warnen. Sein Bruder war der Einzige, dem er noch vertraute, und er hatte ihn mit ihrem verräterischen Hundesohn von Vater allein im Wald gelassen.

Matthial schlug sich die Hände vor die Schläfen. Er hatte sich zwischen all den glotzenden Menschen völlig verirrt. Alles war falsch, es gab keine Richtung mehr, die nach Hause führte. Was sollte er tun?

Ein Mann stieß ihn an, wies mit dem Daumen in eine unbestimmte Richtung. »Da guck, da hocken sie«, grollte er. Eine Woge aus altem Alkoholgeruch und faulem Atem schwappte aus seinem Mund direkt in Matthials Gesicht. »Hocken da und essen, trinken und feiern, bevor sie unsere Jungens hetzen wie Mutantratten.«

»Die Percents?«, fragte Matthial.

»Eben die. Mein Junge ist dabei, bei den Soldaten. Wenn dem was passiert, dann hab ich mir geschworen, dass es Rache gibt. Ist mir dann alles egal, verstehst du? Hab sonst eh keinen mehr, für den es sich lohnt, nicht tot umzufallen.«

»Tut mir leid«, sagte Matthial, aber seine Gedanken waren längst woanders. »Wo, sagtest du, sind die Percs?«

Der Mann zeigte ihm die Richtung. Matthial sah nichts, es standen zu viele Menschen um ihn herum. »Danke!«, rief er, dann wühlte er sich durch die Massen.

Scheißidee, dachte er. Aber die einzige, die er hatte. Doch würde er Neél wiedererkennen, diesen Perc, dem Joy vertraute? Er musste, es gab keine Alternative. Joy war verloren, wenn sie nicht gewarnt wurde, und außer dem Percent konnte das nun niemand mehr.

Vielleicht ritt er sie auch nur noch tiefer in den Mist. Dass Joy dem Kerl vertraute, musste rein gar nichts heißen. Matthial traute ihm jedenfalls nicht. Doch die andere Option war, nichts zu tun, und das kam nicht infrage. Wenn er nur mehr Zeit gehabt hätte. Zeit, um die Möglichkeiten abzuwägen, die Motive zu beleuchten und die Glaubwürdigkeit zu prüfen. Zeit für einen Plan.

Er schob die Gedanken wie die herumstehenden Leute zur Seite und bahnte sich seinen Weg zu dem abgetrennten Bereich, wo er die Percents vermutete. Brusthohe, mobile Lattenzäune umsäumten ein paar niedrige Tische, an denen die Varlets mit den roten Westen saßen und von anderen bewirtet wurden. Tatsächlich schien man diese Bastarde vor der Jagd euphorisch zu feiern. Matthial sah zum Überlaufen gefüllte Gläser sowie buttertriefendes Gebäck, reife Früchte und kalten Braten, auf Platten angerichtet. Er ließ seinen Blick über die Percents schweifen, aber diesen Neél erkannte er nicht unter ihnen. War er überhaupt hier? Matthial pfiff laut durch die Zähne. Ein paar Gesichter wandten sich ihm zu. Jemand gab einem Wachmann ein Handzeichen, das vermutlich bedeutete, der menschliche Störenfried solle augenblicklich entfernt werden. Aber einer der Rotwesten erhob sich, winkte die Wache fort und kam zum Zaun.

Wortlos starrte er auf Matthial herab. Die Muskeln des Percents spielten, seine Haut zitterte, als er Witterung nahm und höchstwahrscheinlich panische Angst roch. Um den Mund spielte ein herablassendes Lächeln. Die Augen waren kalt und grau wie Bomberland im Winter. Das ganze Geschöpf strahlte düstere Bedrohung aus.

»Bist du Neél?«, fragte Matthial. Er räusperte den belegten Klang von seiner Stimme, als der Percent nickte. »Joy vertraut dir.«

»Du kommst, um mir das zu sagen?« Neéls Lächeln wurde breiter und zugleich härter – grausamer –, aber ein Hauch von Nervosität überschattete nun seine Augen. Als spürte er die Grausamkeit selbst. *Verbittert ist er*, schoss es Matthial durch den Kopf. Er registrierte feuchte Flecken auf Neéls Hose und hätte schwören können, dass es Gebrannter war, kein Gebrauter oder süßer Wein, wie die anderen ihn tranken.

»Du musst ihr helfen.«

Im selben Moment erhoben sich die anderen Varlets. Irgendjemand rief: »Neél, es geht los, komm schon!« Und mit einem Mal hatte Matthial die volle Aufmerksamkeit des Percents.

»Was willst du damit sagen?«

»Sie steckt in Schwierigkeiten. Unsere Pläne …« Er bekam es kaum über die Lippen, »… sie sind hinfällig. Wir hatten einen Verräter unter uns.«

Neél warf den Kopf herum. Sein düsterer Blick verfing sich in den Augen eines anderen Varlets, seine Lippen flüsterten einen Namen. »Giran. Ich hätte es ahnen müssen.«

Die anderen setzten sich in Bewegung. Sie verließen den abgesteckten Bereich und traten durch eine Gasse, die die Menschen bildeten, zum Tor. Neél sah ihnen nach, schweigend. Doch dann wandte er sich um und folgte ihnen.

»Neél«, flüsterte Matthial. »Du wirst ihr doch helfen, oder?«

»Ich kann nicht.«

»Was soll das heißen?« Glühende Wut durchfuhr Matthial wie ein Pfeil. »Du hast sie in diese Situation gebracht. Es ist deine Schuld. Sag nicht, du könntest ihr nicht helfen!«

Neél ging einfach weiter. Matthial hielt sich in seiner Nähe, drückte sich an den Menschen vorbei. Stieß und wurde gestoßen. Drängelte. Beharrlich hielt er sich neben Neél und suchte seinen Blick.

»Du bist es ihr schuldig!«, rief er immer wieder. »Du bist es ihr schuldig.«

Endlich wandte der Percent ihm das Gesicht zu. »Sie würde es nicht wollen«, sagte er und dann trat er durch das Tor und Matthial musste in der Stadt zurückbleiben. Gefangen.

Mit ohrenbetäubendem Jubel eröffneten die Fanfaren das Chivvy. Ihre Töne fraßen sich in seine Gehörgänge wie Schreie. Hektisch blickte er sich um. Er stand inmitten einer Menschenmasse, wurde von den drängelnden Schaulustigen in Wogen hin und her geschoben und hatte das Gefühl, zwischen diesen dummen, ahnungslosen Städtern zu ertrinken. Er musste fort hier, nur schnell weg, und rennen und reiten wie der Teufel.

Er würde trotzdem zu spät kommen; er konnte nur noch zu spät kommen.

40

»ich habe auf dich gewettet, joy.«

Der Waldrand war nah. In meinem geistesabwesenden Zustand spürte ich mich lächeln. Wie oft hatte ich während des Trainings versucht, den Waldrand zu erreichen. Nun würde es mir gelingen, was daran lag, dass das Große Nordtor, an dem das Chivvy begann, nun einmal mitten im Wald, auf einer weitläufigen Lichtung lag. Ich sah es trotzdem als gutes Omen, denn andere Omen gab es nicht.

In die männlichen Soldaten kam Unruhe. Jemand stieß mich am Arm an und klopfte mir aufmunternd auf die Schulter. Zwei andere umarmten sich kurz. Ich suchte Brads Blick, er sah mich so ernst an, als wäre ich schon tot. Alle wirkten verstört. Andere Emotionen mischten sich darunter und dominierten ihre Gesichter. Entschlossenheit. Angst. Hoffnungslosigkeit. Aber verstört schienen sie alle. Was mochte mein Gesicht aussagen?

»Es geht gleich los«, sagte irgendwer.

»Die Percs kommen raus.«

»Rennt ihr? Oder versucht ihr einen Kampf, um an Waffen zu gelangen?«

»Gleich. Gleich blasen sie die verdammten Tröten.«

»Kämpfen? Bist du des Wahnsinns?« Der Mann, der das sagte, war klein, aber sehnig. Narben bedeckten seine linke Gesichtshälfte, um den Kiefer und das Kinn herum war seine Haut so zerstört, dass nicht einmal mehr Bart wuchs. Er kaute permanent, als hätte er etwas im Mund, aber ich sah nichts. »Nimm die Beine in die Hand und schau zu, dass du Land gewinnst, Mann. Gegen die Percs kämpft keiner.«

»Ich renne auch.«

»Wohin?«

»Das sage ich sicher grade dir, damit du mich verpfeifst.«

»Ich habe nicht einmal ein verdammtes Messer«, meinte ein älterer, vierschrötiger Kerl. Ich nahm seinen Blick, der auf meine Hüfte gerichtet war, durchaus wahr. Es war zu spät, mich abzuwenden.

Mit zusammengekniffenen Lidern starrte ich ihn an. *Meins bekommst du nicht, denk nicht mal dran.*

Er schnaubte. »Also ich hau einen tot und hol mir eine Waffe. Und dann … und dann sind sie alle fällig!«

Kopfschüttelnd und mit einem abfälligen Grinsen wandte sich Brad ab, der bisher geschwiegen hatte.

»He, Brad!«, rief ich, auf einmal von einer seltsamen Sorglosigkeit gepackt. »Was wirst du tun?«

Sein Grinsen verblasste. »Sterben. Denk ich.«

Es war keine Frage, aber ich schüttelte trotzdem den Kopf. »Grüß das Jenseits von mir. Ich habe etwas anderes vor.«

»Wie auch immer. Viel Glück, Joy, du wirst es brauchen.«

»So weit kommt's noch«, rief ein anderer mit wässrigen blauen Augen. »Keiner stirbt heute und hier.«

»Bislang ist noch bei keinem Chivvy keiner totgeschlagen worden«, erwiderte der Kerl, der mein Messer anschmachtete, als sei es ein halb nacktes Mädchen.

»Vielleicht … wenn wir uns zusammentun.« Der dickliche Kerl, der das sagte, sah hilflos von einem zum anderen. Bei seinen Ringen um die Körpermitte fragte ich mich, ob er tatsächlich von irgendwem trainiert worden war. Er erweckte den Eindruck, als würde er nach wenigen Schritten japsend zusammenbrechen. Manche taten so, als wäre er gar nicht anwesend, als hätten sie ihn nicht gehört. Auch ich spürte, wie ich beklommen in eine andere Richtung sah.

Zusammentun? Keiner von den Männern glaubte nach den Monaten des Trainings noch an so etwas wie Zusammenhalt. Ich tat es durchaus – aber nicht mit ihnen. So dicht wir auch beieinanderstanden, das Misstrauen stand wie Mauern aus kalten Quadersteinen zwischen uns allen. Ich musste mich zusammenreißen, um mich nicht zu den Percents umzusehen. Zu Neél.

Und dann bliesen die Fanfaren zur Jagd.

Ich starrte zur Stadtgrenze. Aus einem unsinnigen Grund dachte ich, sie ansehen zu müssen, um zu begreifen, dass der Zeitpunkt tatsächlich gekommen war.

Die Männer rannten los. Irgendwer stieß mich zur Seite, ich fiel in den Dreck wie ein umgeschubstes Kind. Die anderen kümmerten sich nicht um mich. Nur der Dicke blieb einen Moment stehen, sah mich an, als überlegte er, mir aufzuhelfen, rannte dann doch davon und überholte zwei andere. Bei der Sonne – war der schnell! Sie liefen alle schnurstracks zum Wald.

In diesem Augenblick zerbrach dieses winzige Stückchen Hoffnung, das ich mir über die letzten Monate erhalten hatte. Der Wald war weder *meine* Hoffnung noch *mein* gutes Omen. Es schien einfach ein niederer Trieb zu sein, zwischen den Bäumen Schutz zu suchen. Ein Instinkt. Sie alle flohen in den Wald. Ich hatte darauf spekuliert, dass sie sich verteilen würden und daher auch die Verfolger, sodass ich zwischen den breit gestreuten Jägern und Gejagten hindurchschlüpfen konnte. Genau durch ihre Mitte. Aber nun rannten sie alle in die gleiche Richtung.

Aufstehen!, befahl ich mir. *Aufstehen und nach Hause laufen!* Es fiel so schwer. Ich stolperte ein paar Schritte auf den Wald zu, anstatt zu rennen.

Ich wusste sehr genau, dass ich, wenn ich den anderen folgte, als Erste geschnappt werden würde. Trotzdem zog irgendetwas meinen Körper in genau diese Richtung. Es ist nicht so schwer, mit dem

Strom ins Verderben zu rennen. Die Angst vor dem Alleinsein reißt dich einfach mit. Schwieriger ist es, einen eigenen Weg zu wählen, einen, der dir neue Chancen öffnet und für den du ganz allein verantwortlich bist. Ich schwenkte ab, sodass der Wald zu meiner Linken lag. Vor mir in weiter Entfernung waren die Felder zu erkennen. Irgendwo dort war der Fluss.

Wider besseres Wissen zog es mich weiterhin zu den anderen Soldaten. Meine Schritte fühlten sich schwer an, als watete ich durch Sumpf. Menschen brüllten hinter dem Zaun, ich hörte sie an den Gittern rappeln. Was wollten sie? Sollte ich rennen – feuerten sie mich an? Oder brüllten sie, dass die Percents mich holen sollten? Ich gehörte nicht mehr zu ihnen, sie machten mir Angst. Und als ich mir vorstellte, sie würden den Zaun niederreißen und auf mich zustürmen, gelang es mir endlich, den Sumpf zu überwinden und zu laufen. Ich lief ein paar Schritte, dann rannte ich. Immer am Waldrand entlang, angetrieben von Stimmen, die lauter zu werden schienen, statt in der Entfernung zu verhallen. Bäume flogen an mir vorbei, der Zaun, der die Stadt umgab, wurde kleiner. Würde ich das Tor noch erkennen, wenn ich über die Schulter sah?

Als ich den Rand der bereits abgeernteten Weizenfelder erreichte, blieb ich einen Moment lang stehen und fragte mich, ob mein Mut für eine Dummheit ausreichte. Wenn ich das Stoppelfeld überquerte, könnte ich schneller am Fluss sein. Andererseits wäre ich auch ein dankbares Ziel, sobald die Percents kamen. Ich wusste nicht, ob sie die Verfolgung schon aufgenommen hatten. Immer noch wagte ich es nicht, mich umzusehen. Hatte ich das zweite Fanfarensignal überhört oder war es noch gar nicht ertönt? In meinen Ohren trommelte mein Puls. Dahinter, irgendwo zwischen Erinnerung und Fantasie, hörte ich das Glockenläuten vom Band, mit dem sie den Tag und die Hetzjagd ausklingen lassen würden.

Und meinen Geburtstag. Die Glocken läuteten immer zu meinem

Geburtstag. Beim Himmel! Ich hatte es ganz vergessen. Heute war mein Geburtstag!

Ein Windstoß erfasste mich von hinten, wirbelte Strähnen aus meinem Zopf, bis mir mehr ums Gesicht wehten, als noch vom Tuch gehalten wurden. Ich musste den Kopf neigen, da mein Haar mir ansonsten die Sicht nahm. War da etwas im Wind? Fanfarenklänge? Auf der anderen Seite des Feldes blinkte etwas schwach auf. Ein Licht? Ein Sonnenstrahl, der durch die Wolken fiel?

Was immer es auch war, es nahm mir meine Entscheidung ab. Ich rannte. Auf dem Feld war ich schutzlos wie ein einsamer Baum im Bomberland, wenn ein Gewitter kommt. Er kann sich noch so sehr im Sturm beugen, es wird ihm nie gelingen, sich flach auf den Boden zu legen, wo der Blitz ihn nicht findet. Er muss auf sein Glück hoffen. Wie ich.

Die Trockenheit hatte den Boden gefestigt. Staub wirbelte auf, drang in meine Augen und Atemwege. Ich hörte den Fluss für mich singen, mich rufen, mich locken. Vielleicht waren es die Lieder der Sirenen. Oder das Rauschen meines eigenen Bluts in meinen Ohren. Dazu das frenetische Trommelschlagen, das mein Leben verriet. *Bambam-bambam-bambambambambambam.*

Und dann vernahm ich noch ein anderes Trommeln. Schneller Dreitakt. Donnernd und näher kommend.

Zum ersten Mal sah ich mich um. Hätte ich den nötigen Atem gehabt, so hätte ich laut geflucht. Ein Pferd! Welcher Dreckspercent mich auch immer jagte, er tat es zu Pferd. Wie unfair! Alles in mir schrie nach der Pistole, aber weiter hinten sah ich noch mehr Verfolger. Wenn sie erfuhren, dass ich eine Pistole besaß, würde der Himmel auf die Erde stürzen. Es war doch Neéls Waffe.

Ich musste schneller laufen! Die kühle Herbstluft versengte mir die Kehle, aber ich zog das Tempo an. Hinter dem Stoppelfeld lag ein Maisfeld, ein kleines bloß, aber der Mais stand noch hoch, er würde erst in ein paar Tagen geerntet werden. Es würde mich nicht retten, mir aber ein Versteck bieten, um ein paar Augenblicke durchzuatmen und meine Richtung zu überdenken. Früher oder später musste ich in den Wald zurück, wo Matthial mich erwarten würde. Wenn alles gut ging. Und das musste es, denn eine Alternative existierte nicht.

Hinter mir brüllte der reitende Percent, ich solle stehen bleiben, dann würde er mich verschonen. Er sollte mich lieber mit seinem Scheißgelaber verschonen! Wie nah musste er sein, wenn ich seine Worte verstand? Ich riskierte nur einen knappen Blick, als bereits der erste Armbrustbolzen in den Boden einschlug. Ein Warnschuss oder er hatte auf meine Beine gezielt. Ich wusste nicht, ob ich ihn schon einmal gesehen hatte. Er war ein Percent. Sie waren alle gleich. Sie waren der Feind.

Ich konnte die geschwollenen Adern in den Nüstern des Pferdes erkennen. Zu fliehen würde mich nicht mehr retten. Ich dachte an den Tag, an dem ich Pfeile gefangen hatte. Dieser Percent hatte etwas, das noch nützlicher war als ein Pfeil.

Aus vollem Lauf rammte ich die Füße in den Boden, stoppte und warf mich herum. Das Pferd kam nicht so schnell zum Stehen wie ich. Ich packte es am Zaumzeug. Ein paar Galoppsprünge riss es mich einfach mit, dann bäumte es sich hoch auf. Meine Füße schwebten kurz über dem Boden. Ein Huf erwischte mich an der Hüfte, irgendetwas anderes an der Schulter. In meinem Kopf war alles laut und schrill und dunkelrot. Ich ließ das Zaumzeug mit einer Hand los und hatte plötzlich mein Messer in der Faust. Das, was mich in meiner plötzlich aufkommenden Kampflust davon abhielt, dem Tier die Waffe in die Brust zu rammen, um den Reiter zu Fall zu bringen, war klein und leise. Aber noch war ein Rest Vernunft da. Sie bahnte sich ihren Weg durch meinen Blutrausch – das Pferd war nicht mein Feind. Ich brauchte es!

Der Percent trat nach mir. Ich brüllte meine Wut hinaus und stieß ihm das Messer in die Wade. Das Pferd geriet außer Kontrolle, weil er die Zügel losließ, um nach seinem eigenen Messer zu greifen, ohne dabei die Armbrust fallen zu lassen. Das Tier versuchte, dem Kampf auszuweichen, zerrte mich seitwärts, bockte. Ich schlug ein weiteres Mal mit meiner Klinge nach dem Percent. Er drosch mir die Armbrust auf den Kopf. Mein Messer verfehlte ihn. Grub sich durch das Sattelblatt. Das Pferd schrie auf – kein Wiehern, ein Schrei. Wie von einem Kind. So unschuldig.

Ich sah das Blut am Bein des Percents, spürte, wie erneut Holz auf meinen Kopf krachte, und wusste, was ich zu tun hatte. Ich musste meinen Gegner vom Pferd holen.

Ich stach mit dem Messer nach dem Sattelgurt, traf aber den Pferdebauch, gleich hinter dem Vorderbein. Fell zerriss, dann weiche Haut. Das Pferd keuchte dunkel. *Verzeih mir, verzeih!* Der Messergriff war vom Blut ganz flutschig geworden, aber endlich hatte ich die Klinge dort, wo ich sie haben wollte. Irgendwie gelang es mir, den ledernen Gurt zu durchtrennen. Der Percent stürzte mitsamt dem Sattel zu Boden, dass es nur so krachte.

Eine Sekunde lang hielt ich mich für frei. Er war verletzt, würde nicht mehr laufen können. Nicht schnell genug, um mich zu kriegen. Aber da waren immer noch seine Geschosse, die schneller waren als ich und mein neues Pferd. Schon legte der Percent den ersten Bolzen ein und meine Überlegungen waren hinfällig. Ich musste mein Messer werfen, ob ich dazu in der Lage war oder nicht.

Meine Knie zitterten, meine Hand zitterte, die Klinge zitterte. Ich nutzte den kurzen Moment, in dem er den Blick auf seine eigene Waffe senkte, und warf, ohne zu zielen. Das Messer flog. In der gleichen Sekunde schwirrte mir der Bolzen entgegen und verfehlte mich und das Pferd nur um wenige Zentimeter. Ich zischte einen Fluch, der wie ein Stoßgebet klang. Der Percent saß immer noch am

Boden, die Augen weit aufgerissen, die Hände vor den Bauch gepresst. Zwischen seinen Fingern ragte das Heft meines Messers hervor. Ich reagierte wie fremdbestimmt, als schrie die Klinge nach mir. Mit einem Sprung war ich neben dem Percent, der mich anstarrte, als wäre ich ein Geist. Seine Pupillen waren groß und rund, was ihn beinahe wie einen Menschen aussehen ließ. Ich packte mein Messer, drehte es, während ich es ihm aus dem Fleisch zog. Zunächst ließ er mich gewähren. War er vielleicht schon tot, bloß sein Kopf hatte es noch nicht begriffen? Dann stieß er einen derart markerschütternden Schrei aus, dass ich zurückstolperte, beide Hände um den Messergriff gekrallt. Im gleichen Moment löste sich irgendwo in der Ferne ein Schuss. Das Pferd bäumte sich vor Entsetzen auf und entriss mir die Zügel mit einem Ruck. Noch ehe ich wieder auf sicheren Füßen stand, war es mehrere Meter davongestürmt.

Verflucht! Das Tier würde ich nicht mehr einholen, also blieb mir nichts anderes übrig, als zu rennen. Diesen Percent hatte ich besiegen können, aber es näherten sich drei weitere. Ich war chancenlos, wenn ich nicht schnellstens zusah, dass ich hier wegkam. Ich rannte. Weiter hinter mir knallte ein zweiter Schuss, aber noch war mein Vorsprung zu groß, als dass sie mich hätten treffen können. Ich verzog die Lippen zu einem grimmigen Lächeln. Sollten sie ruhig ihre Munition verballern.

Ich erreichte das Maisfeld völlig außer Atem. Ein Rehbock, der ebenfalls Schutz zwischen den Pflanzen gesucht hatte, stob auf und preschte davon. Kurz verfluchte ich ihn – das Vieh konnte ja nicht ahnen, dass es sich heute nicht vor den Zweibeinern fürchten musste, aber es brachte den Mais zum Schwingen und verriet uns dadurch beide. Doch dann erkannte ich meinen Vorteil. Meine Verfolger sahen bloß die wogenden Maiskolben in ihren dunkelgrünen Blätterhüllen. Vermutlich glaubten sie, dass ich kopflos und in Panik einfach geradeaus floh. Ich ließ sie in dem Glauben und bewegte mich langsam nach links, Richtung Wald. Vorsichtig glitt ich an den Stängeln vorbei und versuchte, kein Blatt mehr als unbedingt nötig zu berühren, damit die Pflanzen sich nicht bewegten und meinen Standort preisgaben. Ich atmete tief ein und konzentrierte mich auf den herben Geruch und das Grün um mich herum, um mich zu beruhigen. Die Jagd hatte erst begonnen, ich musste jede Pause nutzen.

Nur nicht die Orientierung verlieren, mahnte ich mich. Ich konnte kaum etwas sehen, nur Mais und Erde und über mir den Himmel. Leicht irrt man sich in solchen Situationen in der Richtung und läuft im Kreis. Doch wir hatten den Städtern in jedem Jahr Gemüse geklaut – ich kannte die Maisfelder. Und so erreichte ich den Waldrand in dem Moment, als ich meine Verfolger durch die ersten Pflanzen brechen hörte. Jetzt durfte ich mich nicht verraten! Leise und geduckt lief ich zwischen die Bäume. Immer wieder blieb ich stehen und lauschte. Die Stimmen, die aus dem Wald drangen, schienen weit weg, aber ich wusste, dass die Bäume viele Geräusche schluckten. In den Zweigen turnten heute keine Eichkätzchen und die wenigen Vögel blickten mit misstrauisch schief gelegten Köpfen zu mir herunter. Die Tiere witterten Gefahr und ich nahm nicht an, dass ich es war, die ihnen Angst machte. Nicht nur ich.

Weiter musste ich dennoch. Weiter, weiter! Keine Geräusche verursachen, keinen Zweig unter den Füßen zertreten, keinen lauten Schritt. Und ich musste irgendetwas tun, damit sie mich nicht witterten. Mein Schweiß war wahrscheinlich kilometerweit zu riechen. An einer feuchten Senke wendete ich mein Messer im Schlamm, was zumindest den Geruch des Percentbluts überdeckte. Ein paar Minuten später fand ich wilden Salbei, zerrieb ihn zwischen den Händen und verteilte den Saft aus den Blättern unter meinen Armen, in meinem Nacken und auf der Stirn. Wieder hörte ich Stimmen. Dieses Mal waren sie nicht mehr so fern.

Und dann vernahm ich ein Knacken schräg über mir. Es war Brad, aber ich erkannte ihn erst auf den zweiten Blick. Er hockte in der Krone eines Baumes und starrte aus unnatürlich großen Augen auf mich herab. Ich erkannte ihn kaum hinter all der Angst in seinem Gesicht.

Ich wollte die Hand nach ihm ausstrecken. *Komm, lass uns zusammen laufen*, wollte ich sagen. *Wir fliehen gemeinsam und schützen einander den Rücken.*

Im nächsten Augenblick brüllte er los. »Hier ist sie!«, schallte es durch den Wald, sodass man es bis zur Stadt hören musste. »Hier! Hier ist sie!«

Ich blieb wohl besser allein.

Brad brüllte und brüllte, als könne er damit sein Leben retten.

Ich empfand zunächst keine Angst, ich war nur unfassbar wütend; mehr auf mich selbst als auf ihn. Ich hatte ihm vertraut. Ich hatte ihn sogar beinahe gerngehabt. Und nun verkaufte er mich für … ja, für was? Glaubte er, sie würden ihn verschonen, wenn er mich verriet? Der Idiot konnte dort oben nicht einmal fliehen, sie würden ihn wie einen reifen Apfel aus den Ästen pflücken. Ich beließ es dabei, ihm den Mittelfinger entgegenzustrecken, und lief weiter; versuchte, sein »Da rennt sie! Da! Rennt sie!« zu ignorieren. Er wollte, dass ich in Panik geriet, wollte mich zu Fehlern treiben. Nur ahnte er noch nicht, dass er es war, der den Fehler machte. Es wunderte mich nicht, dass kurz darauf sein Schrei durch den Wald schallte, dicht gefolgt von einem krachenden Aufschlag, der die verbliebenen Vögel aufscheuchte. Vermutlich hatte ein Percent Brad einfach mit der Armbrust vom Baum geschossen.

Gänsehaut lief über meinen Rücken. Doch ich musste weiter, nur weiter. Gleich würde ich den Fluss erreichen und von dort an war es nicht mehr weit bis zu der Stelle, an der Matthial mich erwarten und mir Deckung geben wollte. Ich glaubte, das Wasser schon riechen zu können, klar und silbrig; ein bisschen roch Flusswasser auch im Sommer immer nach Schnee. Meine Kehle war vielleicht wund und meine Zunge vor Anstrengung geschwollen, aber meine Füße bewegten sich wie von allein. Schneller, schneller und schneller. Ich achtete nicht mehr darauf, wohin ich trat. Zwar bemerkte ich, dass ich nicht mehr lautlos lief, und presste die Zähne bei jedem Geräusch fester aufeinander, aber behutsamer vorzudringen war nun nicht mehr möglich. Wie von einer Leine gezogen, rannte ich zum Fluss. Da, war da nicht schon der verkrüppelte Ahorn, dessen Äste mir helfen würden, auf die andere Seite zu gelangen? Meine Vorsicht entglitt mir wie eine Katze, die sich aus streichelnden Händen windet. Ich gab meine ganze Kraft und erreichte den Ahorn laut keuchend. Das Wasser schwatzte und murmelte vor sich hin, als erzählte es eine Geschichte; eins dieser harmlosen Märchen, bei denen man schon am Anfang weiß, dass am Ende alles gut werden wird.

Dass nichts gut werden würde, war mir klar, als der Percent vor mir stand. Und seine Pistolenkugel meinen Oberarm durchschlug. Zuerst kam gar kein Blut. Dann, ganz plötzlich, sehr, sehr viel.

41

der wolf unter menschen lebt in wahrheit
so viel schwerer als der mensch unter wölfen.

Ich sackte zusammen, als der Schmerz mich packte. Mein Messer fiel zu Boden. Aus einem albernen Impuls heraus streckte ich die unverletzte Hand zum Ahorn aus, als wäre der Baum mein Retter, der mich auf knorrigen Armen von hier forttrug. Der Rest meines Körpers krümmte sich um den Schmerz zusammen. Zuerst war da nur eine unglaubliche Kälte; es war, als bestünde mein Oberarmknochen aus Eis. Frost fraß sich von innen durch mein Fleisch. Ich schrie durch fest zusammengebissene Zähne.

Der Percent grinste auf mich herab und griff nach den Fesseln, die er an seinen Gürtel gebunden hatte.

Ich stöhnte und zog die Beine an den Körper, bis ich nur noch eine verkrampfte Kugel war. Und mit der unversehrten Hand an meine Wade fassen konnte, wo ich das zweite Messer versteckt hielt. Ich zerrte es aus der Halterung und warf.

Die Klinge stieß in die Hüfte des Percents, im nächsten Augenblick stand er über mir. Schmerzverzerrtes Gesicht. Nein, zornverzerrt. Er trat mir mit voller Wucht in den Bauch. Etwas, das viel härter war als sein Stiefel, grub sich in meine Innereien. Neéls Pistole. Ich packte sie, schoss, ehe ich den Lauf auf ihn gerichtet hatte. Der Rückschlag jagte unerträglichen Schmerz durch meinen verletzten Arm. Mein Körper schien von innen zu kreischen. Doch ich lud durch und schoss erneut. Lud durch. Schoss. Lud durch. Schoss.

Plötzlich schrie hinter mir jemand auf. Der Percent brach zusammen, fiel auf mich, sodass sein Kopf gegen meinen krachte und sein

Blut meine Sachen durchtränkte, bis es überall an meiner Haut klebte. Er gab scheußliche Laute von sich, während er starb. Dennoch verstand ich die Worte genau, die jemand hinter mir schrie.

»Joy. Hör auf!«

Irgendwer wimmerte, vielleicht war ich es. Ich drehte mich in seltsam asymmetrischen Kreiselbewegungen um mich selbst und fragte mich, wie das möglich war, wenn ich doch am Boden und der Percent auf mir drauflag.

Ich ließ die Lider zufallen und im nächsten Moment war der Percent fort. Noch ehe es mir gelang, die Augen wieder zu öffnen, wurde ich an beiden Händen hochgezerrt. Durch meinen Arm schien eine zweite, lautlose Kugel zu wüten. Ich wollte schreien, aber aus meinem Mund kam nur ein schwaches Stöhnen.

»Joy, Joy. Wir müssen weg hier, ein paar Schritte nur. Joy!«

Das war nicht der tote Percent, der keinen Namen hatte und nie einen haben würde. Das war Neél. Er versuchte, mir etwas zu sagen, ich versuchte, etwas zu verstehen, aber wir schienen gegen unterschiedliche Seiten einer Mauer zu schreien und fanden keinen losen Stein, durch den wir uns finden konnten.

»Joy!« Er schrie noch einmal meinen Namen, dann schlug er mir leicht ins Gesicht. Im nächsten Moment war die Mauer fort. Ich stand wieder auf beiden Beinen. Nahm die Pistole, die er aufgehoben hatte und mir in die Hände drückte, und steckte sie in den Hosenbund. Hörte, was er sagte.

»Gib auf. Ich bringe dich heim. Es hat keinen Sinn, du kannst es so nicht scha–«

»Nein!«

»Joy!« Er weinte nicht, er weinte ganz sicher nicht, aber es klang beinahe so. »Giran hat mehrere Soldaten getötet. Du kannst es nicht schaffen, sie werden alle hinter dir her sein, weil jeder danach giert, einen Soldaten zu fangen. Gib auf. Ich beschütze dich.«

Er log. Und er wusste es.

Er hatte mir mehrmals gesagt, dass er mich nicht mehr beschützen konnte, nachdem er Amber für sich beansprucht hatte. Ich würde im Optimierungsprogramm landen und dann auf dem Müll, sobald sie feststellten, dass ich zur Fortpflanzung nichts taugte.

»Nein«, sagte ich ein zweites Mal. Und plötzlich hielt er mein Messer, das Messer mit meinem in den Griff geritzten Namen, in der Hand und richtete es auf mein Herz.

»Du wirst mitkommen.« Seine Stimme war eisig wie mein Arm. Die Tränen versengten mir dagegen Lider und Wangen. »Du bist meine Gefangene, Joy.« Und kaum hörbar flüsterte er: »Verzeih mir, aber ich kann dich nicht sterben lassen.«

Ein Teil von mir gab auf, nicht nur den Kampf, sondern alles Denken und Fühlen. Der andere Teil lächelte. Meine gesunde Hand schloss sich beinahe zärtlich um seine Faust, die mein Messer hielt.

Es geht nicht anders, oder?

Nein, es geht nicht anders.

Dann geht es nicht anders, Neél.

Ich riss seine Hand hoch und stieß die eben noch auf mich gerichtete Waffe in seine eigene Schulter. Nie wäre mir das gelungen, hätte Neél mir nicht vollkommen vertraut. Vermutlich ritzte die Klinge bloß seine Haut, aber der Schreck traf ihn tiefer und die Zeit reichte mir, um mich herumzuwerfen und zu rennen.

Irgendwo in meiner Brust saß der Schmerz, Neél verletzt zu haben. An der Oberfläche gab es nur eins: meinen unbedingten, kompromisslosen Drang nach Freiheit. Ich war so nah dran, so nah. Neél hatte die Macht, mir alles zu nehmen, was ich hatte, ich würde es ihm mit Freuden in die Hände legen. Nur diese eine Sache – meine Freiheit –, die nicht.

Ich versuchte, mein Seil vom Unterarm zu lösen. Um den Ahorn zu erklimmen, brauchte ich es. Aber das Blut, das aus meinem Oberarm rann wie aus einer geborstenen Leitung, hatte das Leder schlüpfrig und die Knoten zäh gemacht. Ich bekam es nicht von meinem Handgelenk und so lief ich weiter, am Ahorn vorbei. Ich rannte durch niedrige Farne, die nach meinen Waden packten und sich um meine Knöchel wanden. Ich beachtete sie nicht, riss sie aus der Erde, kämpfte mich weiter. Immer weiter den Fluss entlang, der sein freundliches Märchen mit gutem Ende erzählte.

Er log.

Als sie mich fanden, wusste ich es, lange bevor ich sie sah. Ich spürte ihre Blicke. Ich sah über die Schulter. Neél war noch da, er war mir nachgerannt, aber in seinen Augen erkannte ich einen Hauch von Resignation und gleich dahinter wahre Furcht. Er wusste auch von ihrer Anwesenheit. Und dann brachen sie durchs Unterholz. Sie waren zu dritt, Giran und zwei andere. Dicht am Ufer schnitten sie mir den Weg ab. Hatten sie auf mich gewartet?

Der Fluss war hier zu tückisch, um ihn zu überqueren, aber lieber sollte das Wasser mich töten als die Percents. In meiner Waffe waren noch zwei Schuss Munition, ehe ich nachladen musste; dass Neél eine weitere Pistole hatte, war unwahrscheinlich. Die drei Percents, die uns mit überheblichen Gesichtern entgegenkamen, waren mit Armbrüsten und Pistolen bewaffnet, von den Messern und Bögen, die sie bei sich trugen, ganz zu schweigen.

»Es ist vorbei«, sagte Giran.

Mir lag eine bittere Zustimmung auf der Zunge. Ich hob den rechten Arm als Zeichen, dass ich mich ergab. Der angeschossene Arm hing kraftlos herab.

»Sie gehört mir!«, rief Neél hinter mir. Aber angesichts unserer drei Gegner, die auf seine Meinung nichts geben würden, wirkte das wenig überzeugend.

Giran lachte, es war ein bitteres, verletztes Lachen. »Ach so, ich verstehe. Dir gebührt das Vorrecht, denkst du. Weil du ein Optimierter bist, etwas Besseres.«

»Das hat nichts mit ihr zu tun«, gab Neél zurück.

»Nein, es hat mit dir und mir zu tun und der simplen Tatsache, dass du der Letzte bist, dem ich eine bessere Stellung gönne als mir, Neél. Glaubst du, ich krieche vor dir?«

»Darum geht es mir nicht.« Neél sagte die Wahrheit, obwohl er genau wusste, dass Giran das nicht interessierte. »Giran, ich war nicht fair zu dir, ich weiß. Aber wir waren jung. Jung und ahnungslos und zu überzeugt von uns selbst, wir alle.«

»Nur dass meine Selbsteinschätzung auf meinen Fähigkeiten und Erfolgen basierte und deine … darauf, dass du aus dem stinkenden Schlitz einer Menschenfrau gekrochen bist, statt in einem Tank herangewachsen zu sein.« Giran sah mich an, prüfend und leicht amüsiert. »Wusstest du davon?«, fragte er mich. »Dass er von einer von euch ausgeschissen wurde? Wusstest du, wie stolz er darauf ist und mit welcher Überheblichkeit er uns verspottet hat, nur weil ein kleiner Teil von ihm menschlich ist?« Er machte einen Schritt auf mich zu. Seine Schergen klebten wie zwei Schatten an seinen Fersen. Ich hörte auch Neél von hinten näher kommen, aber er war weiter entfernt.

»Und nun sieh dir mal an, worauf der gute Neél so stolz ist. Auf einen Teil, der so erbärmlich schwach ist, dass …« Unvermittelt trat Giran mir mit voller Wucht gegen den Oberschenkel und seine Worte gingen in meinem Schrei unter.

Ich krachte zu Boden wie ein Stein. Zunächst vernahm ich nur Stimmen, die ich nicht zuordnen konnte, bis ich meine trudelnden Sinne wieder beisammenhatte. Doch dann hallte plötzlich ein weiterer Schrei durch den Wald. Laut und nah und verwirrend.

Ich sah Blut, das Girans Hemd tränkte, und einen Pfeil, der in seiner Kehle steckte. Ich kannte diese Art von Pfeilen, wusste genau, wer sie herstellte. Und ich wusste um Matthials Mut, den manche Leichtsinn nannten; wusste, dass ich ihm helfen musste, weil in seinem Zorn keine seiner beherrschten Strategien mehr Bedeutung hatte. Ich riss die Pistole aus meinem Hosenbund und jagte einem von Girans Schatten beide Kugeln in die Brust. Der Percent schrie nicht, er lag schneller am Boden als Giran, der immer noch stand, röchelte und Bluttröpfchen aus seiner Halswunde prustete. Er war schon tot, aber sein Körper wollte es noch nicht wahrhaben. Sein zweiter Schatten war einen Moment unsicher, zielte mit seiner Armbrust erst in die Luft, von wo der Pfeil gekommen sein musste, dann auf mich, und als ein weiterer Pfeil angeflogen kam, wieder nach oben, in die Baumkronen. Schlussendlich entschied er sich und senkte die Armbrust. Ich sollte sein Ziel sein, sein letztes, bevor er starb. Er lächelte, als er die Spitze seines Bolzens genau in mein Gesicht richtete.

Später würden mehrere Rebellen aus Matthials Gruppe behaupten, den Schuss abgegeben zu haben, der dem Percent die Stirn und das Gesicht zerschmetterte, bevor er abdrücken konnte. Aber ich wusste es besser. Der Bolzen kam von hinten und jagte über mich hinweg, ehe er sein Ziel eliminierte. Nur Neél stand in dieser Richtung. Der Percent war tot, bevor er auf dem Boden aufschlug.

Giran starrte Neél an, sah ihm direkt in die Augen, ehe seine leer wurden und auch er in sich zusammensackte.

Kurz glaubte ich, wir hätten es geschafft. Das Adrenalin quoll mit dem Blut aus meinem Körper und ließ Schmerzen zurück, die mich fast wahnsinnig machten. Doch dann ertönten kriegerische Schreie, als sei die Schlacht noch nicht geschlagen. Ein weiterer Schuss. Dann Erkenntnis. Angst.

Neél? Neél! Ich wollte es rufen, aber mein Mund blieb verschlossen. Sie würden keinen Unterschied machen. Ein Percent war ein Percent. Der Feind.

Sie waren alle gleich. Alle gleich. Alle. Gleich.

Und ich … ohnehin gleich tot.

Im Mondlicht. Wir sehen uns im Mondlicht. Irgendwo, wo Mond und Sterne sich in Witwenschwarz hüllen und den ganzen Tag scheinen.

Mich erlöste die Gnade einer Ohnmacht.

42

mit dem herzen und dem verstand
und allem, was wir sagen und tun.

Der Raum, in dem ich erwachte, war mir vertraut und doch so fremd, als hätte jemand alles auf den Kopf gestellt, alles Innere nach außen gekehrt und Licht grob dorthin gemalt, wo vorher feine Schattenzeichnungen gewesen waren.

Ich war zwischenzeitlich schon bei Bewusstsein gewesen, doch sie hatten mir etwas eingeflößt, das mich schlafen ließ. Vermutlich Mohn. Ich wusste nicht mehr, warum, wusste nur, dass etwas schiefgegangen war …

Mit schwerem Kopf sah ich mich um. Es war recht dunkel und mein linkes Auge ließ sich aufgrund einer pochenden Schwellung nicht ganz öffnen. Matthial kauerte in sich zusammengesunken neben der Matratze, auf die sie mich gelegt hatten. Sein Hund schmiegte sich an seine Seite und döste. Er öffnete ein Auge zur Hälfte und leckte sich die Schnauze. Etwas weiter weg saßen Josh, Kendra und Zac im Kreis um ein paar Kerzen herum und unterhielten sich leise. Bei ihnen waren noch zwei andere, die ich nicht kannte, sowie der dickliche Soldat, der schneller rennen konnte als alle anderen. Es wunderte mich kaum, dass er es geschafft hatte, aber es freute mich.

Ich tat einen tiefen Atemzug und Matthial wandte sich zu mir um. »Hey«, wisperte er. »Hey. Bist du wach?«

Ich versuchte zu lächeln, es gelang ganz gut. Zunächst hatte sich mein Körper wie ein einziger, gigantischer blauer Fleck angefühlt, aber jetzt spürte ich, dass die Schmerzen nur von einzelnen Punkten ausstrahlten. Mein angeschossener Arm war bereits straff verbunden und mit flachen Holzleisten geschient. Mein Bein war sicher dick und vermutlich schwarz statt blau, aber nicht gebrochen. Mit der gesunden Hand tastete ich mein Gesicht ab. Das geschwollene Auge und ein paar Beulen. Mehr nicht. Ich war überraschend gut aus der Sache herausgekommen.

»Ihr habt euch in den Baumkronen versteckt«, riet ich. Matthial nickte. »Das war klug von euch.«

»Erinnerst du dich an Laurencios Lehrstunden über die stinkenden Pilze? Sie überdecken den menschlichen Geruch. Die Percs haben uns nicht wahrgenommen.«

»Ob der alte Laurencio wohl noch lebt?«, fragte ich. Die Antwort war mir in dem Augenblick nicht wichtig, ich stellte die Frage nur, um die entscheidenden hinauszuzögern, aber als Matthial betroffen den Blick senkte, traf es mich doch. Laurencio war also tot.

»Es ist so viel passiert«, sagte Matthial leise. Er war nicht mehr der Matthial, den ich kannte. Ich sah es an seinen Augen – es waren die eines alten, fremden Mannes. Doch eine Frage brannte in mir wie ein ungeduldiges Feuer. »Was ist mit Neél geschehen?«

Ich nahm einen Glanz in Matthials Augen wahr, der mir Angst machte. »Wir haben ihn.«

»Er lebt?« Mein Herz schlug wie wild.

»Ja.« Die Art, wie er das Wort betonte, gefiel mir nicht. Etwas Bösartiges verzerrte seine Stimme. Und dann begann er zu erzählen. Ich verstand nur Bruchstücke – er wollte Informationen aus Neél herauspressen.

»Das kannst du nicht machen!« Ich richtete mich mühsam auf. Mein Kopf schmerzte, es donnerte regelrecht unter meiner Schädeldecke. Mir fiel auf, dass ich saubere Kleidung trug. Mein Unterhemd war fort. Meine Malve!

»Wo sind meine Sachen?«, rief ich. »Wo ist meine Malve? Wo ist Neél? Ich muss –«

Matthial drückte mich zurück auf die Matratze. »Schhh, Joy, alles wird gut. Du bekommst neue Sachen. Sie können dir nichts mehr tun.«

»Meine Sachen!« Meine Stimme erreichte eine Tonhöhe, die ich nicht von mir kannte. Ich brauchte meine Malve, sie war wichtig, sie war das Einzige, was wichtig war! Das Einzige, was ich von Neél hatte.

»Das war alles ganz kaputt, Joy.«

»Aber …« Ich hielt inne. Die Verwirrung hatte mich fest im Griff. Wie konnte ich nur einer Blume nachweinen, wenn Neél in Gefangenschaft war? »Ihr müsst ihn gehen lassen. Er hat mir nichts getan, nie. Das hätte er niemals gemacht. Er –«

»Er hat dich gejagt. Er wollte dich gefangen nehmen, Joy, ich habe dich doch vor ihm flüchten sehen. Egal was er dir erzählt hat, es war gelogen. Er wollte bloß dein Vertrauen gewinnen, um es sich im Chivvy leichter zu machen.«

»Das ist nicht wahr. Er … Ich … Er ist … mein Freund, Matthial, und du kannst nicht –«

»Schhht!« Sanft, aber energisch versuchte Matthial, mich zu beruhigen. »Du bist verwirrt. Er hat dich getäuscht. Kein Wunder, dass ihm das gelungen ist, du hast bei diesen Monstern die Hölle durchgemacht. Es war ein Kinderspiel für ihn, dir Freundschaft vorzuspielen.«

Ich schüttelte den Kopf, was die Schmerzen erneut anschwellen ließ. Mir wurde übel. »Nein!«, wiederholte ich.

»Holt ihr noch etwas Mohnsaft«, befahl Matthial.

»Auf keinen Fall!« Ich schob die Decke zurück. Mein halber Oberschenkel war dunkelviolett und doppelt so dick wie sonst. Die Beine aus dem Bett zu zerren tat weh, aber es ging. »Ich muss zu ihm. Er wird dir alles erklären. Ihr müsst ihn freilassen.«

Matthial fasste mich an den Schultern. Sein Gesicht war so ernst, seine Augen voller Güte und Ruhe und doch gefährlich wild entschlossen. »Beruhige dich. Du bist krank.« Es war mir völlig klar, was Matthial damit meinte. Er glaubte, ich sei verrückt geworden. Irre.

»Nein, das bin ich nicht. Ich lasse bloß nicht zu, dass ihr ihm etwas tut.« Okay, das zu sagen war nicht besonders schlau gewesen. Ich glaube, ab diesem Augenblick hielt er mich tatsächlich für geistesgestört, und er hatte recht. Wie konnte ich so dumm sein, seine Eifersucht heraufzubeschwören?

Mitleid verzerrte seine Züge. Ich versuchte aufzustehen, aber er hielt mich fest. »Denk doch mal nach. Er weiß vieles, das uns weiterhelfen kann. Er weiß, wo Dark Canopy steht, wie es mit Strom versorgt wird und wie man es zerstören kann.«

Ich dachte daran, was Graves am Blutsonnentag passiert war. »Er wird es euch nie verraten.« *Hoffentlich.* Denn das würde eine erneute Katastrophe heraufbeschwören.

»Früher oder später wird er es.«

Seine Worte ließen mich schaudern. »Was habt ihr vor?«

»Nichts«, erwiderte Matthial, aber ich sah die Lüge in seinen Augen. »Nichts, solange er freiwillig mit uns redet. Er ist wertvoll, verstehst du? Einen Percent als Geisel zu haben bringt unserem Clan hohes Ansehen, und das wiederum macht Bündnisse mit anderen Clans möglich und erleichtert unser Überleben. Wir können ihn auch eintauschen, gegen Privilegien bei den Percents, sollte er von Wert für sie sein. Jamie hat mir erzählt, er hätte durch einen solchen Austausch Immunität für ein Jahr erlangt.«

Ich starrte Matthial an, starrte in das Leuchten seiner Hoffnung wie in gleißendes Licht. »Er ist kein Stück Vieh«, flüsterte ich. »Matthial, sie sind nicht so, wie wir immer glaubten. Sie sind keine Produkte, gleichgültig und einer wie der andere. Sie haben Namen.«

»Joy, ich muss an meinen Clan denken! Denk doch an Amber. So etwas darf nie wieder passieren. Hier ist unsere Chance, die Zukunft zu verbessern. Unsere Zukunft! Vielleicht können wir Amber sogar auslösen gegen den Kerl. Er ist nur ein Percent.«

»Sie haben Namen!«, schrie ich. »Er heißt Neél, Matthial, *Neél*, und er hat mir die Sterne gezeigt, mich das Kämpfen gelehrt und auch, wann es Zeit ist, aufzugeben, und er hat meine Hand gehalten, als ich krank war, und mir eine wilde Malve geschenkt, in Plastik konserviert, weil ich immer alles kaputt mache.«

Matthials Gesicht wurde ganz kühl. »Wusstest du«, fragte er leise, »dass er weiß, wo sich Amber befindet?«

Entsetzt hob ich eine Hand an den Mund. Wenn Neél ihnen das bereits erzählt hatte, war ihr Versuch, Informationen aus ihm herauszupressen, vielleicht schon im vollen Gang. Sie folterten ihn, während ich hier unnötige Gespräche mit Matthial führte.

Ich riss mich von ihm los. »Er … er hat sie doch gerettet!«, stammelte ich. »Deshalb hat er mich beim Chivvy gejagt, weil er mich im Nachhinein nicht mehr beschützen konnte, weil Amber –«

Matthial unterbrach mich, indem er mein Gesicht streichelte, als wäre ich schwer verletzt. »Du redest wirr.«

Ich wollte rufen: *Natürlich tue ich das. Gefühle sind wirr, wer sie in einfachen Worten beschreibt, hat sie nicht verstanden.* Stattdessen sagte ich: »Ist das nicht seltsam? Mir kommt es vor, als würde ich nach langer Zeit endlich klarsehen.«

Matthials Kopf sackte nach vorn. Er stieß die geballten Fäuste gegen seine Stirn, rieb sich mit den Handknöcheln über die Augen. »Ich glaube das nicht.« Glänzende Tropfen rannen ihm über die Hände. Rick winselte. »Ich kann nicht glauben, was ich alles getan habe, um dich zu retten. Und jetzt trittst du das alles mit Füßen.«

»Matthial, ich hatte nie vor, dich zu verle–«

»Zuerst Will!«

Ich sah ihn ebenso scharf an, wie er mich mit seinen Worten verletzte, aber er erwiderte meinen Blick nicht. »Ich habe nie von dir verlangt, das zu tun. Ich wünschte, du hättest es nicht getan.«

»Die Matches-Brüder. Liza. Meine Schwester. Der Clan«, zählte er monoton seine Verluste auf.

Ich atmete tief durch. »Ich habe nichts davon gewollt. Ich wollte doch bloß –«

»Mein Vater. Ich habe mit meinem Vater gebrochen, Joy. Für dich. Wegen dir. Nur, um dich zu retten. Bei der Sonne, was hätte ich sonst tun sollen? Was verlangst du bloß von mir?«

»Ich wollte nur Amber retten.« Der Satz fühlte sich nicht ganz richtig an, also fügte ich hinzu: »Und meine Seele, die auch. Ich wollte nicht schuld sein, ich wollte alles wiedergutmachen. Vielleicht war genau das mein Fehler.«

»Dann komm zurück, Joy. Wir können alles noch zum Guten wenden. Wir schaffen das. Ich liebe dich.«

Das war der Moment, in dem mir klar wurde, dass ich ihn nicht liebte. Es nie getan hatte.

Ich hatte es immer auf das unausgesprochene Darf-Nicht geschoben, weil ich ihm, dem künftigen Clanführer, nicht die Kinder schenken konnte, die der Clan brauchte. Aber nun merkte ich, dass ich mich irrte. Bei Neél war das Darf-Nicht von einem ganz anderen Kaliber gewesen, doch letztlich hatte es keine Rolle gespielt. Liebe scherte sich nicht darum, ob sie sein durfte. Sie war oder war nicht. Sie ließ sich weder erzwingen noch verleugnen.

»Tut mir leid, Matthial.« Ich wollte hinzufügen, dass ich mich verändert hatte, nicht mehr dieselbe war, aber eigentlich stimmte das nicht. Ich war mehr ich selbst als je zuvor. »Es tut mir furchtbar leid. Aber ich liebe dich nicht.«

Er brach vor meinen Augen zusammen. Innerlich, auf die stille Art, die man dem anderen nur ansieht, wenn man sich gut kennt. Auf die endgültige Art, die etwas für immer zerstört.

Die Blicke der anderen um uns herum sagten mir, dass ich ihn in den Arm nehmen sollte – vielleicht würde dann alles wieder gut werden. Stattdessen stand ich auf und machte einen schwerfälligen Schritt von ihm weg. »Lass uns genau überlegen, was wir nun tun, Matthial. Keine weiteren Fehler.«

Er lachte düster, den Blick auf den Boden gerichtet. »Das entscheidest nicht du. Nicht mehr.«

• • •

Wenig später humpelte ich nach unten. Allein. Und einsam.

Früher war ich das Messermädchen gewesen, danach eine Kriegerin, schließlich Soldat. Das alles war vorbei.

Von nun an war ich nur noch Joy. Und das war beängstigend wenig.

Matthial war nicht zu überzeugen gewesen. Nicht mit Vernunft, nicht mit Drohungen, nicht mit Betteln und Flehen und nicht mit Geschrei. Er beharrte auf dem Standpunkt, Neél für den Clan als Geisel und Druckmittel zu brauchen. Und ihm vorher so viele Informationen wie möglich zu entreißen, auch mit Gewalt. Wenn die letzten Monate mich nicht zerstört hatten – ihn hatten sie zerstört.

Diese Schuld trug ich mit mir, aber das machte es für Matthial nicht leichter.

Ich ging nicht nur nach unten. Ich ging. Endgültig. Sobald Neél ihnen nicht mehr ausgeliefert war, würde ich den Clan verlassen.

Wohin ich gehen wollte?

Ich wusste es nicht.

Vielleicht in die stille Siedlung, wo ich inmitten all der Lautlosigkeit womöglich jene flüsterleisen Gedanken hören würde, die mir von einer Lösung erzählten. Wenn es denn eine gab.

Vielleicht zum Fluss. Dorthin, wo die wilden Malven wuchsen, für alle Ewigkeit, solange sie niemand ausriss. Irgendwo dort hatte Graves eine Armbrust für mich versteckt.

Vielleicht ging ich auch zurück in die Stadt. Würde meine Hoffnung auf Neéls Rettung ausreichen, um Matthial, Josh, Kendra, Zac und die anderen zu verraten? Die Antwort auf diese Frage war ebenfalls flüsterleise und meine Umgebung zu laut, um sie zu verstehen.

Ich schlich auf nackten Füßen die metallene Wendeltreppe hinab in die Halle.

Er war allein. Ich hatte die anderen darum gebeten, uns allein zu lassen, und es war mir gewährt worden. Ein letztes Zeichen des Respekts? Oder aus Mitleid? Ich wusste, dass sie sich trotzdem in der Nähe befanden. Es bestand keine Chance zur Flucht.

Neél saß aufgerichtet, den Rücken gerade, den Kopf erhoben. Mit ein paar Metern Abstand, solange er nicht mehr war als ein schwarzer Umriss, sah man kaum, dass er an den Stuhl gefesselt war. Sein Haar war zerzaust. Der Wind spielte mit den Strähnen, die sich aus dem Zopf gelöst hatten. Sein Hemd lag in Fetzen neben dem Stuhl. Sie hatten ihn ins geöffnete Rolltor gesetzt, mit dem Gesicht nach draußen. Gen Osten. In kurzer Zeit würde dort die Sonne aufgehen.

Ich blieb am hinteren Ende der Halle stehen, betrachtete seine Silhouette und wagte mich nicht näher. Wenn er mich sah, würde er vielleicht auf meine Hilfe hoffen. Zu spät fiel mir ein, dass er meine Anwesenheit riechen konnte. Noch.

»Joy«, flüsterte er, so leise, dass ich nur die Bewegung seiner Lippen hörte. Ich ging zu ihm.

Ich konnte ihm nicht helfen. Sie beobachteten uns. Am liebsten wäre ich fortgelaufen, aber auch ich war ihm ein letztes Zeichen des Respekts schuldig.

Verkrustetes Blut überzog seine Lippen. Aus seinem linken Ohr rann es dünn und wässrig. Es malte bizarre Muster auf seine Schultern und seine Brust und rahmte die Wunden ein, die sie ihm zugefügt hatten.

Er hob den Blick und lächelte mich an – seine trockenen Lippen sprangen.

»Ich … ich hole Wasser«, stammelte ich und hasste mich dafür, nicht eher daran gedacht zu haben. Ich wollte nur weg. Heulen; dort, wo er es nicht sah.

»Geh nicht.«

Ich kniete mich neben ihn auf den Boden und dachte an all die Entschuldigungen und Rechtfertigungen, die auf meinen Lippen lagen, obwohl ich mir so sicher war, dass er sie nicht hören wollte. Er hatte meinen Streit mit Matthial gewiss mit angehört. Doch was gab es sonst noch zu sagen, wenn alle Gedanken außer *Verzeih mir* gefesselt und verblutend auf dem Grund meiner Seele lagen und kurz davor waren zu sterben.

Ich würde das Unmögliche sofort tun, wenn er mich darum gebeten hätte. Ich flehte lautlos. *Bitte mich! Sag, ich soll dich befreien, und ich tue es oder sterbe bei dem Versuch.* Ich hätte ihn auch getötet, schnell und schmerzlos, wenn er mich nur darum gebeten hätte.

Wir wussten beide, dass er es nicht tun würde.

Ich starrte auf seine Beine, auf seine zerfetzte Hose. Der linke Stiefel fehlte, den rechten trug er noch, aber beide Füße standen seltsam verdreht auf dem Boden. So als wären es Fremdkörper, die irgendwer an seinen Beinen befestigt hatte. Ich schluchzte unwillkürlich auf, als mir klar wurde, dass sie ihm die Beine gebrochen hatten.

»Hey«, sagte Neél. »Hey, Joy. Schon gut.« Dann war er lange still. »Was immer passiert. Es war es wert.«

Er hätte wissen müssen, dass er sich irrte. Nichts war gut und nichts war das wert, was hier geschah. Vielleicht glaubte er ja, im

Morgengrauen zu sterben. Ich ließ ihn in dem Glauben, um nicht die letzte seiner Hoffnungen zu zerstören.

Wir blickten gemeinsam nach draußen. Alles war still und reglos. Schwarze Baumstämme, schwarze Zweige und schwarze Blätter vor dunkelgrauer Nacht. Tröstlich. Wenn wir nicht atmeten, blieb vielleicht die Zeit stehen und irgendwer schaufelte Massen an Gesteinsstaub in Dark Canopy – so viel, dass die Sonne nie mehr auf den Boden treffen und die Erde sich nicht mehr drehen würde.

Aber dann machte ich den Fehler und blinzelte. Und auf einmal schmolz die Dunkelheit und der Morgen kam, ein klarer, bösartiger Morgen.

Josh betrat die Halle durch das Rolltor. Er hatte sich kaum verändert in den letzten Monaten, nur dass er Matthial kein bisschen mehr ähnlich sah. »Komm jetzt, wir gehen nach oben«, sagte er zu mir. Er sah an Neél vorbei, als würde er seinen Anblick nicht ertragen. Scham stand ihm ins Gesicht geschrieben.

Ich schüttelte den Kopf.

»Komm schon«, bat er. »Sie werden dich holen, wenn du nicht freiwillig mitkommst.«

»Joy?« Neél hob den Kopf. Seine Stimme klang plötzlich sehr sicher. »Danke, dass du da warst. Danke. Und jetzt geh.«

Er wollte nicht, dass ich es mit ansah.

Ich versprach es ihm mit einem letzten Kuss auf die Stirn. Dann machte ich das Zeichen für Respekt, berührte mit der rechten Faust nacheinander Brust, Stirn, Lippen und meine geöffnete linke Hand.

Josh verbarg die Augen hinter seiner Hand, als könnte er nicht glauben, was ich da tat.

Neél nickte, weil es die einzige Bewegung war, die die Fesseln erlaubten. »Ich weiß, Joy. Danke.«

Ich ging vor Josh die Treppe nach oben. Auf halbem Weg begann ich zu laufen, zu rennen, obwohl der Schmerz in meinem Bein mich taumeln ließ. Tränen rannen mir übers Gesicht, ich achtete nicht darauf.

»Joy, wohin …«, keuchte Josh hinter mir.

Zu Matthial! Es war noch nicht zu spät! Ich musste ihn aufhalsten!

Ich stürzte zu seinem Zimmer, riss die Tür auf, doch der kleine Raum war vollkommen leer. Also stürmte ich weiter, zum Gemeinschaftsraum, doch auch hier war er nicht.

»Matthial!«, brüllte ich, meine Stimme hallte durch das ganze Haus.

Die Tür von Mars' altem Zimmer wurde geöffnet. Matthial sah mich mit leeren Augen an. Erst jetzt fiel mir auf, wie bleich er geworden war, ein struppiger Bart überzog seine Wangen. Er sah aus, als hätte er seit ewigen Zeiten weder geschlafen noch gegessen, und für einen Moment wollte ich ihn nur noch um Verzeihung bitten.

»Du kannst das nicht tun!«, flüsterte ich stattdessen und fasste ihn an der Schulter.

Mit einer müden Kopfbewegung wies er in das Zimmer hinter sich und ich trat ein, erleichtert, weil er bereit war zu reden. Es blieb nicht mehr viel Zeit.

Doch dann sagte er: »Ich kann.« Er schlug die Tür von außen zu und ich war gefangen.

Einen Moment stand ich reglos da. Dann rüttelte ich an der Klinke und donnerte mit der Faust meiner gesunden Hand gegen die Tür, aber sie blieb verschlossen. Alles, was ich von draußen hörte, waren langsame, leiser werdende Schritte.

Das Schluchzen raubte mir den Atem, ich ließ mich gegen die Tür fallen. Aussichtslos. Ich prüfte das Fenster. Es ließ sich öffnen, aber eine Möglichkeit, an der Fassade hinabzuklettern, gab es hier nicht. Die Feuerleiter war viel zu weit weg.

Das Rolltor befand sich schräg unter mir. Neél war keine zehn Meter von mir entfernt und gleichzeitig unerreichbar. Ich würde ihn hören, wenn er schrie.

»Ich hasse euch!«, brüllte ich in den frühen Morgen. »Euch alle, ihr Feiglinge!«

In einer Zimmerecke kauerte ich mich zusammen, schlang den gesunden Arm um die angezogenen Beine und legte die Stirn auf die Knie. Naives, dummes Ding, das ich war, hoffte ich immer noch, dass etwas geschehen würde. Dass Matthial vernünftig wurde. Dass Graves angriff, um Neél zu retten. Dass Neél lautlos floh. Dass Amber kam und mir half. Dass Dark Canopy den Himmel schwarz machte, schwarz und schwer.

Ich betete zur Sonne und zum Mond, dass seine Schreie ausblieben, während ich auf sie wartete. Ich betete und glaubte, die verbrannte Haut schon zu riechen und das Blut schon auf meinen Händen zu spüren.

• • •

Als die Sonne aufging, war es für lange, lange Zeit ganz still.

Aber dann schrie er doch.

danksagung

Ein Buch zu schreiben ist eine einsame Arbeit – für *Dark Canopy* gilt dies ganz besonders, denn um mich in Joys spröde Gedanken einzufühlen, brauchte ich vor allem eins: Einsamkeit. Ich danke zunächst allen, die mir den wochenlangen Rückzug in mein Schneckenhaus aus Worten nicht zu lange nachtragen.

Besonderer Dank gilt meinem Mann, der es immer wieder geschafft hat, irgendwo ein oder zwei Stunden Zeit zu stehlen, um sie mir zu schenken, sowie meinen Kindern für ihr Verständnis, ihre Mutter mit deren imaginären Freunden teilen zu müssen.

Für die Mitarbeit an diesem Buch danke ich zunächst meinem Agenten Bastian Schlück – ohne ihn wäre die Idee in meiner Schublade versauert.

Stellvertretend für das ganze Team von Loewe/script5 danke ich meiner Lektorin Ruth Nikolay, die an den richtigen Kanten beherzt ihre Lektorenfeile eingesetzt und an anderen nur sachte mit einem weichen Tuch poliert hat.

Lisa Frikases und Kerstin Franz danke ich fürs Testlesen – ihr wart die ersten Leser dieses Buches und könnt euch kaum vorstellen, wie wichtig mir eure Rückmeldungen waren.

Ein ganz besonders herzliches Dankeschön geht an Sama Hasafi, die mich am Telefon intensiv über das von ihr gelebte Phänomen der menschlichen Echoortung aufklärte, das Alex Joy im Buch beibringt – und das, obwohl Sama ebenso ungern telefoniert wie ich.

Alexander Knauß, Soldat und Extremsportler, unterstützte mich bei den Waffen, den Kampfszenen und sämtlichen Nahtoderfahrungen meiner Heldin; danke, Alex, für deine *interessanten* Erfahrungsberichte …

Stephen King wird es wohl nie erfahren, aber auch ihm möchte ich – stellvertretend für alle Autoren, die mich permanent vom Arbeiten, Schlafen und Essen abhalten – Danke sagen, für die Inspiration und die Faszination. Flagg's Boulder, der Ort, an dem meine aufständischen Percents sich treffen, spielt auf seinen Endzeitroman *The Stand – Das letzte Gefecht* an. Sollte es in ferner Zukunft tatsächlich nur mehr eine Handvoll Bücher geben, muss dieses dabei sein!

Weiterhin möchte ich den vielen Kolleginnen und Kollegen, Leserinnen und Lesern danken, die mir bei allen Fragen rund ums Schreiben behilflich waren, die mit mir gemeinsam spekulierten, wie sich eine Welt unter radikalen Umständen wohl verändert; die mich motivierten und hin und wieder meinen Frust besänftigt oder meine hysterischen Panikanfälle abgefangen haben, wenn ich zwischenzeitlich glaubte, dass nichts mehr ginge. Dazu zählen die Mitglieder des Autorenforums Montségur, die 42er Autoren, die Büchereulen und viele andere. Ganz besonders erwähnt werden müssen Rebekka Pax und Britta Strauß, die für mich mehr als Kolleginnen geworden sind.

Jennifer Benkau

Jarno hatte sich in die geheimnisvolle Figur aus Marmor tatsächlich ein bisschen verliebt. Und zärtlich die kalten Lippen geküsst. Wie verwirrt ist er nun, als eine lebendige junge Frau vor ihm steht, die weder elektrisches Licht noch zerrissene Jeans kennt und offenbar hundert Jahre in dieser alten Villa verschlafen hat.

Es beginnt eine märchenhafte Liebesgeschichte und gleichzeitig ein Spiel auf Leben und Tod. Denn Jarno ist kein Prinz – im wirklichen Leben steckt er tief in einem Sumpf aus Verbrechen …

Jennifer Benkau: Marmorkuss
432 Seiten, ISBN 978-3-8390-0166-0